【传世经典　文白对照】

太平广记

十二

卷四六〇至卷五〇〇

〔宋〕李昉 等　编

高光　王小克　主编

中华书局

目录

第十二册

太平广记

卷第四百六十
禽鸟一

凤 鸾附

旄涂国

周时，旄涂国献凤雏，载以瑶华之车，以五色玉为饰，驾以赤象。至京师，育于灵禽之苑，饮以琼浆，饴以云实。二物皆出《上元经方》。凤初至之时，毛色未彪发。及成王

凤_{鸾附}

旃涂国

　　周朝时,旃涂国进献了一只凤雏,把它装载到华贵的车子里,车子用五色玉石装饰,用红色的大象拉车。到了京城,把凤雏养在珍禽的园子里,给它喝美酒,吃云实,两种东西都出自《上元经方》上记载的秘方。凤雏刚到的时候,毛色不太鲜亮焕发。等到周成王

封泰山，禅社首之后，文彩炳耀，中国飞走之类，不复喧鸣，咸服神禽之远至。及成王崩，冲天而去。出《拾遗录》。

凤凰台

凤骨黑，雄雌旦夕鸣各异。皇帝使伶伦制十二籥写之，其雄声，其雌音。乐有《凤凰台》。此凤脚下物如白石者，凤有时来仪，候其所止处，掘深三尺，有圆石如卵，正白，服之安心神。出《酉阳杂俎》。

元庭坚

唐翰林学士陈王友元庭坚者，昔罢遂州参军，于州界居山读书。忽有人身而鸟首，来造庭坚，衣冠甚伟，众鸟随之数千，而言曰："吾众鸟之王也，闻君子好音律，故来见君。"因留数夕，教庭坚音律清浊，文字音义，兼教之以百鸟语。如是来往岁余。庭坚由是晓音律，善文字，当时莫及。阴阳术数，无不通达。在翰林，撰《韵英》十卷，未施行，而西京陷胡庭，坚亦卒焉。出《纪闻》。

睢阳凤

贞元十四年秋，有异鸟，其色青，状类鸠鹊，翔于睢阳之郊，止丛木中。有群鸟千类，俱率其类，列于左右前后，而又朝夕各衔蜚虫稻粱以献焉。是鸟每飞，则群鸟咸噪

到泰山封禅,在社首山举行封禅仪式以后,毛色变得光彩鲜亮。中原本地的飞禽走兽,不再喧闹鸣叫,都臣服于从远方而来的神鸟。等到周成王死了,凤直冲云霄飞走了。出自《拾遗录》。

凤凰台

凤凰的骨头是黑色的,雄的和雌的在早晨和夜晚的叫声各不相同。皇帝让乐官制造了一支十二个孔的管乐器"龠",来模仿雌雄凤凰鸣叫的声音,于是就有了《凤凰台》这支乐曲。这种凤凰脚下有一种好像白石头的东西,凤凰有时停下,找到它站立过的地方,挖掘三尺深,能找到一块像卵石一样的圆石,纯白色,吃了它能让人心神安定。出自《酉阳杂俎》。

元庭坚

唐代翰林学士陈王的朋友元庭坚,从前被免去遂州参军的官职后,就在州界的山上住着读书。一天,忽然有一个人身鸟头的人鸟,来拜访元庭坚,仪表端正神态庄严,有几千只鸟跟着他。他说:"我是鸟类之王,听说你喜欢音律,所以来见你。"便留下住了好几个晚上,教元庭坚音律的清浊,文字的音义,同时教给元庭坚百鸟的语言。他们就这样来往了一年多,元庭坚因此通晓音律,善写文章,当时的人们没有能比得上的。至于天文、阴阳、术数等学问,也没有他不精通的。后来,元庭坚在翰林院撰写了《韵英》十卷,没等推广施行,西京就被安禄山叛军占领了,不久元庭坚也死了。出自《纪闻》。

睢阳凤

唐朝贞元十四年秋天,有一只异鸟,羽毛是绿色的,样子类似于斑鸠或喜鹊,在睢阳城郊飞翔,有时落在丛林之中。这时有一大群鸟,大约有一千多个种类,都由每个种类的头领率领着,排列在那只异鸟的周围,这些鸟每天早晚都把各自衔来的虫子和谷物献给这只鸟吃。这只鸟每次起飞,群鸟全都鸣叫着

而导其前,咸翼其旁,咸拥其后,若传唤警卫之状。止则环而向焉,虽人臣侍天子之礼,无以加矣。睢阳人咸适野纵观,以为羽族之灵者。然其状不类鸾凤,由是益奇之。时李翱客于睢阳,翱曰:"此真凤鸟也。"于是作《知凤》一章,备书其事。出《宣室志》。

鸾

尧在位七年,有鸾鹊岁岁来集,麒麟游于泽薮,鸱枭逃于绝漠。有折支之国,献重明之鸟,一名重睛。言双睛在目,状如鸡,鸣似凤,时解落毛羽,以肉翮而飞。能搏逐猛虎,使妖灾不能为害,饴以琼膏。或一岁数来,或数岁不至。国人莫不扫洒门户,以留重明之集。国人或刻木,或铸金,为此鸟之状,置于户牖之间,则魑魅丑类,自然退伏。今人每岁元日,刻画为鸡于户牖之上,此遗像也。出《拾遗录》。

鹤

徐 奭鹤

晋怀帝永嘉中,徐奭出行田,见一女子,姿色鲜白,就奭言调。女因吟曰:"畴昔聆好音,日月心延仁。如何遇良人,中怀邈无绪。"奭情既谐,欣然延至一屋。女施设饮食而多鱼,遂经日不返。兄弟追觅,至湖边,见与女相对坐。

在它的前面做向导,有的像翅膀飞在它的两旁,有的跟在它的后面,像仆从和警卫一样簇拥在它的周围。这只鸟停下来时,群鸟全都头朝它围成一圈,即使臣子侍奉天子的礼节,也不能超过这群鸟了。睢阳城的人都到野外去观看,认为这只鸟是飞禽类中通灵的鸟。可是它的样子不像鸾鸟和凤凰,因此大家更是对它感到惊奇。当时李翱在睢阳做客,他说:"这才是真正的凤鸟啊。"于是撰写了《知凤》这篇文章,详细地记载了这件事。出自《宣室志》。

鸾

尧在位七年,有鸾鸟和一种鸜鸟年年来集会,麒麟在沼泽中游玩,鸱枭等凶恶的鸟逃到大漠深处。有个折支国,进献了一种叫"重明"的鸟,又名"重睛"。是说一只眼睛里有两个瞳仁,重明的样子像鸡,叫声像凤鸣,经常脱落羽毛,用肉翅飞翔。它能搏逐猛虎,使妖灾不能对人类造成伤害,要给它饮用琼膏。重明有时一年来好几次,有时几年也不来一次。百姓没有谁不打扫干净门户,来准备迎接重明的到来。老百姓有的雕刻木头,有的熔铸金属,制造成这种鸟的样子,放在大门和窗户之间,则能使各种鬼怪自然退避躲藏起来。现在的人们每年正月的第一天,都在门窗之上刻鸡画鸡,就是那时候传下来的重明的形象。出自《拾遗录》。

鹤

徐 奭^鹤

晋怀帝永嘉年间,徐奭出外打猎,看见一个女子,姿色鲜白,走过来与徐奭说话调笑。女子吟诗道:"畴昔聆好音,日月心延伫。如何遇良人,中怀邈无绪。"徐奭同她情意相投,高兴地请她来到一所房屋里。女子准备了饮食大都是鱼,徐奭就整天不回家。他的兄长追寻他,来到湖边,看见他与一个女子相对坐着。

兄以藤杖击女，即化成白鹤，翻然高飞。奭恍惚年余乃差。
<small>出刘敬叔《异苑》。</small>

乌程采捕者

隋炀帝大业三年，初造羽仪，毛氅多出江南，为之略尽。时湖州乌程县人身被科毛，入山捕采，见一大树高百尺，其上有鹤巢养子。人欲取之，其下无柯，高不可上，因操斧伐树。鹤知人必取，恐其杀子，遂以口拔其毛放下，人收得之，皆合时用，乃不伐树。<small>出《五行记》。</small>

户部令史妻

唐开元中，户部令史妻有色，得魅疾，而不能知之。家有骏马，恒倍刍秣，而瘦劣愈甚。以问邻舍胡人，胡亦术士，笑云："马行百里犹倦，今反行千里余，宁不瘦耶？"令史言："初不出入，家又无人，曷由至是？"胡云："君每入直，君妻夜出，君自不知。若不信，至入直时，试还察之，当知耳。"令史依其言，夜还，隐他所。一更，妻起靓妆，令婢鞍马，临阶御之。婢骑扫帚随后，冉冉乘空，不复见。令史大骇，明往见胡，瞿然曰："魅信之矣，为之奈何？"胡令更一夕伺之。其夜，令史归堂前幕中，妻顷复还，问婢何以有生人气，令婢以扫帚烛火，遍然堂庑，令史狼狈入堂大瓮中。

他哥哥用藤杖打那个女子，女子就变成了一只白鹤，向高空飞走了。徐奭回去后精神恍惚一年多才好。出自刘敬叔《异苑》。

乌程采捕者

隋炀帝大业三年，下令制造仪仗中以羽毛装饰的旌旗，所用羽毛大多出自江南，为此差不多将鸟羽搜罗光了。当时有个湖州乌程县的人，身上披着羽毛伪装，进山去捕鸟。他看见一棵一百尺高的大树，树上有个鹤巢，里面有大鹤在养育幼鹤。这个人要捉鹤拔取羽毛，可是树的下部没有枝茎，树高上不去，便拿着斧子砍伐大树。鹤知道人一定要捉到它取毛，恐怕人们会杀害幼子，就用嘴拔下身上的羽毛扔下来。人拾起羽毛，全都合乎标准，就不再伐树了。出自《五行记》。

户部令史妻

唐代开元年间，户部令史的妻子长得很美，得了被鬼魅蛊惑的病，而他却不知道。他家有匹骏马，总是喂给加倍的草料，反而越来越瘦弱。他去请教邻住的一个胡人，这个胡人也是个占卜术士，笑着说："马行百里尚且疲倦，现在行了一千多里，能不瘦吗？"令史说："从来就很少骑它出入，家里又没有别人，为什么会这个样子？"胡人说："你每次入宫值班，你妻子夜间就出去了，你却不知道。如果不信，到你再去值班的时候，试着回家观察一下，就知道了。"令史照着胡人说的话，夜间回到家，隐藏在别的屋里。到了一更天，妻子起身梳洗打扮，让女仆给马备上鞍子，走上台阶骑上马。女仆骑扫帚跟随在后面，逐渐升空而去，消失在夜色中。令史非常害怕，天亮以后去见胡人，吃惊地说："鬼魅蛊惑的事我相信了，怎么办呢？"胡人让他再观察一个晚上。这天夜里，令史回家后隐藏在堂前的幕布中，妻子不一会儿就又回来了，问女仆为什么有生人的气味，她让女仆把扫帚点上火，把堂下四周的屋子都检查了一遍。令史狼狈地钻进堂上的大瓮里。

须臾，乘马复往，适已烧扫帚，无复可骑，妻云："随有即骑，何必扫帚。"婢仓卒，遂骑大瓮随行。令史在瓮中，惧不敢动。须臾，至一处，是山顶林间，供帐帘幕，筵席甚盛。群饮者七八辈，各有匹偶，座上宴饮，合昵备至，数更后方散。妇人上马，令婢骑向瓮，婢惊云："瓮中有人。"妇人乘醉，令推著山下，婢亦醉，推令史出，令史不敢言，乃骑瓮而去。令史及明，都不见人，但有余烟烬而已，乃寻径路，崎岖可数十里方至山口。问其所，云是阆州，去京师千余里。行乞辛勤，月余，仅得至舍。妻见惊问之久何所来，令史以他答。复往问胡，求其料理，胡云："魅已成，伺其复去，可遽缚取，火以焚之。"闻空中乞命，顷之，有苍鹤堕火中，焚死，妻疾遂愈。出《广异记》。

裴沆

同州司马裴沆尝说，再从伯自洛中，将往郑州，在路数日，晓程偶下马，觉道左有人呻吟声，因披蒿莱寻之。荆丛下见一病鹤，垂翼俯咮，翅下疮坏无毛，且异其声。忽有老人白衣曳杖，数十步而至，谓曰："郎君少年，岂解哀此鹤邪？若得人血一涂，则能飞矣。"裴颇知道，性甚高逸，遽曰："某请刺此臂血，不难。"老人笑曰："君此志甚劲，然须

不一会儿,他妻子骑着马又要出去,因为刚才已经把扫帚烧了,女仆再没有可骑的了。妻子说:"随便有个什么东西都可以骑,何必一定要扫帚。"女仆仓促之中,就骑上大瓮跟着走了。令史在瓮里,吓得不敢动。不一会儿,到了一个地方,是一座山顶的树林中间,地上架设着帐幕,摆着丰盛的酒席。一起喝酒的有七八个人,各自都带有一个伙伴,坐下来喝酒欢宴,关系融洽亲昵到了极点,喝了几个更次才散席。妇人骑上马,让女仆去骑瓮,女仆吃惊地说:"瓮里有人!"妇人喝醉了,让女仆把人推到山下去,女仆也醉了,把令史推出坛子。令史不敢说话,女仆就骑着瓮走了。令史等到天亮,看不见一个人了,只有剩余的冒着烟的灰烬。令史就寻找路径下山,山路崎岖大约走了几十里才到山口。令史问路上的人这里是什么地方,回答说是阆州,离京城有一千多里。令史一路上像乞丐一样辛苦,走了一个多月,才回到家里。妻子一见,吃惊地问他为什么离家这么久,是从哪里回来的,令史编造谎话回答了妻子。令史又去找那个胡人,求他帮忙解决这个问题,胡人说:"鬼魅已经成了气候,等它再出去的时候,可以突然捉住它捆上,用火烧死它。"令史照着他的话做了,就听见空中有乞求饶命的声音,不一会儿,有一只苍鹤落在火中,被烧死了,妻子的病跟着也好了。出自《广异记》。

裴 沇

　　同州司马裴沇曾经说,他父亲的堂兄裴某从洛阳出发去郑州,在路上走了好几天。有一天早晨在路上偶尔下马歇息,听到路旁有人呻吟的声音,于是分开蒿草寻找。在荆棘丛中看见一只病鹤,垂着翅膀耷拉着嘴,翅膀下面生疮腐烂,患处的毛已脱落,并且它叫的声音也很奇异。这时忽然有个穿白衣服的老人,挂着拐杖从几十步外走来,对裴某说:"郎君是年轻人,难道懂得怜悯这只鹤吗? 如果能得到人的血给鹤涂上,它就能飞走了。"裴某是个很懂事理的人,性情高逸,急忙说:"请刺我臂上的血,没问题的。"老人笑着说:"你的这种精神很了不起,但必须

三世是人，其血方中。郎君前生非人，唯洛中胡卢生，三世人矣。郎君此行，非有急切，岂能至洛中，干胡卢生乎？"裴欣然而返，未信宿，至洛，乃访胡卢生，具陈其事，且拜祈之。胡卢生初无难易，开襆，取一石合，大若两指，授针刺臂，滴血下满合，授裴曰："无多言也。"及至鹤处，老人已至，喜曰："固是信士。"乃令尽涂其鹤，复邀裴云："我所居去此不远，可少留也。"裴觉非常人，以丈人呼之，因随行。才数里，至一庄，竹落草舍，庭芜狼藉。裴渴甚，求浆，老人指一土甀："此中有少浆，可就取。"裴视甀中，有一杏核，一扇如笠，满中有浆，浆色正白，乃力举饮之，不复饥渴，浆味如杏酪。裴知隐者，拜请为奴仆，老人曰："君有世间微禄，纵住亦不终其志。贤叔真有所得，吾久与之游，君自不知。今有一信，凭君必达。"因裹一襆物，大如合，戒无窃开。复引裴视鹤，鹤损处毛已生矣。又谓裴曰："君向饮杏浆，当哭九族亲情，且以酒色诫也。"裴复还洛中，路阅其所持，将发之，襆四角各有赤蛇出头，裴乃止。其叔得信，即开之，有物如干大麦饭升余。其叔后因游王屋，不知其终。裴寿至九十七。 出《酉阳杂俎》。

是三世为人的人,这样的人血才能用。你前世不是人,只有洛阳的胡卢生,三世是人。你这次出行,如果不是有急事,难道不能到洛阳,去面见胡卢生吗?"裴某欣然返回,不到两宿,到了洛阳,就去拜访胡卢生,详细讲述了事情的经过,恳切请他帮助。胡卢生一点也没有感到为难,打开包袱,取出一个石头盒子,大小约有两个指头。他接过针刺破手臂,将血滴满一盒,交给裴某说:"不必多说了。"裴某赶到遇见鹤的地方,老人已经等在那里,高兴地说:"你真是个守信用的人。"就让他把血全涂到那只鹤的伤口上,又邀请裴某说:"我住的地方离这里不太远,可以去少呆一会儿。"裴某觉得这老人不是个平常的人,称他为老伯,就跟着他去了。走了几里路,来到一个庄园,竹篱笆茅草屋,庭院长满荒草。裴某觉得很渴,向老人要水喝,老人指着一个用土做的神龛说:"这里面有一点浆液,可以取出来喝。"裴某看那神龛里,有一枚杏核,像斗笠一样,里面装满浆液,浆液的颜色是纯白的,裴某用力举起神龛把浆液喝了,不再饥渴,浆液的味道像杏酪。裴某知道老人是个隐居的高人,行礼请求做他的仆人。老人说:"你在人世上还有点官禄,即使跟着我隐居也不会坚持到底。你的叔叔是个真正得道的高人,我很早就和他有所交往,这些你自然不会知道。现在我有一封信给他,交给你一定能送到。"于是包装好一个包裹,大小形状像个盒子,并告诫他不要私自打开看。又领着裴某看那只鹤,鹤受损的地方已经长出新毛。他又对裴某说:"你刚才喝了杏浆,会成为整个家族最长寿的人,并且不能接近酒色。"裴某又回到洛阳,路上看着他拿的小包裹,想打开看看,小包的四角各有一条小红蛇露出头来,裴某便停下手没有打开。他的叔叔接到信,就把包裹打开来看,里面有一升多像是干大麦饭粒的东西。他的叔叔后来便游历到王屋山了,不知道最后怎么样了。裴某活了九十七岁。

出自《酉阳杂俎》。

又

李相公游嵩山，见病鹤，亦曰须人血。李公解衣即刺血。鹤曰："世间人至少，公不是。"乃令拔眼睫，持往东都，但映眼照之，即知矣。李公中路自视，乃马头也。至东洛，所遇非少，悉非全人，皆犬彘驴马，一老翁是人。李公言病鹤之意，老翁笑，下驴袒臂刺血。李公得之，以涂鹤，即愈，鹤谢曰："公即为明时宰相，复当上升。相见非遥，慎无懈惰。"李公谢，鹤遂冲天而去。出《逸史》。

鹄

鹄生百年而红，五百年而黄，又五百年而苍，又五百年为白，寿三千岁矣。出《述异记》。

苏 琼

晋安帝元兴中，一人年出二十，未婚对，然目不干色，曾无秽行。尝行田，见一女甚丽，谓少年曰："闻君自以柳季之俦，亦复有桑中之欢耶？"女便歌，少年微有动色，后复重见之，少年问姓，云："姓苏名琼，家在涂中。"遂要还尽欢，从弟便突入，以杖打女，即化成雌白鹄。出刘义庆《幽冥录》。

又

　　李相公当初在嵩山游玩,看见一只病鹤,也说须要人血治疗。李相公解开衣服就要刺血。鹤说:"世上真正的人很少,您不是人。"就让他拔下自己的眼睫毛,拿着睫毛到东都洛阳去,只要把眼睫毛拿到眼前对着人看,就知道谁是真正的人了。李公半路上用这方法看自己,竟然是个马头。到了东都洛阳,遇见的人不少,全都不是人,都是些猪狗驴马。最后遇到一个老人是人。李公向他说了病鹤的意思,老人笑了,下驴来露出手臂刺血。李公得到老人的血,用血涂到鹤的伤处,鹤马上就好了。鹤感谢他说:"你将要做治世的宰相,又将羽化飞升天界。我们相见的日子不会太远,你一定不要懈怠。"李公表示感谢,鹤就冲着天空飞走了。出自《逸史》。

鹄

　　天鹅出生一百年,毛色变为红色,五百年后变成黄色,再过五百年变成灰白色,再过五百年变成白色。天鹅的寿命是三千岁。出自《述异记》。

苏　琼

　　晋安帝元兴年间,有一个人年龄二十多岁,还没结婚,可是他眼睛不看女色,也没有淫秽的行为。一天他曾经去打猎,看见一个很美丽的女子。女子对他说:"听说你认为自己是柳下惠那样的人,又怎能懂得私奔幽会的快乐呢?"说着女子便唱起歌来,少年稍微有点动心,后来又见到这个女子,少年就问女子的姓名。女子说:"我姓苏名琼,家就在路边。"于是邀请少年回家尽情欢乐。少年的堂弟突然走过来,用木杖打那女子,女子就变成一只雌性白天鹅。出自刘义庆《幽冥录》。

鹦鹉

鹦鹉能飞,众鸟趾,前三后一,唯鹦鹉四趾齐分。凡鸟下睑向上,独此鸟两睑俱动,似人目。 出《酉阳杂俎》。

张　华

张华有白鹦鹉,华行还,鸟辄说僮仆善恶。后寂无言,华问其故,鸟云:"见藏瓮中,何由得知?"公时在外,令唤鹦鹉,鹦鹉曰:"昨夜梦恶,不宜出户。"强之至庭,为鸱所攫,教其啄鸱喙,仅而获免。 出《异苑》。

鹦鹉救火

有鹦鹉飞集他山,山中禽兽辄相贵重。鹦鹉自念,虽乐不可久也,便去。后数日,山中大火,鹦鹉遥见,便入水濡羽,飞而洒之。天神言:"汝虽有志,意何足云也?"对曰:"虽知不能,然尝侨居是山,禽兽行善,皆为兄弟,不忍见耳。"天神嘉感,即为灭火。 出《异苑》。

雪衣女

天宝中,岭南献白鹦鹉,养之宫中。岁久,颇甚聪慧,洞晓言词。上及贵妃,皆呼为雪衣女。性既驯扰,常纵其饮啄飞鸣,然不离屏帏间。上命以近代词臣篇咏授之,数遍

鹦鹉

鹦鹉能够飞翔,别的鸟类的脚趾,三个在前,一个在后,只有鹦鹉是四个脚趾一齐分开。凡是鸟类都是下眼皮向上动,只有鹦鹉能上下眼皮都能活动,像人的眼睛一样。出自《酉阳杂俎》。

张 华

张华有只白色的鹦鹉,他每次外出回来,鹦鹉就向他讲述仆人的善恶。后来又不说了,张华问它是什么缘故,鹦鹉说:"我被藏在瓮里,怎么能够知道仆人的善恶呢?"张华有一次在屋外,让人去叫鹦鹉出来,鹦鹉说:"昨天晚上做了个恶梦,不宜到门外去。"勉强让它到了庭院,就被鸱鸟捉住,急忙教鹦鹉啄鸱鸟的嘴,才免于一死。出自《异苑》。

鹦鹉救火

有只鹦鹉飞落在别的山上,山里的飞禽走兽都很尊重它。鹦鹉心里想,这里虽然快乐却不能久住,就离开了。过了几天,山上燃起大火,鹦鹉远远地看见了,就跳进水里沾湿羽毛,飞去洒向大火。天神说:"你虽然有救火的好意愿,但你认为这种做法值得一提吗?"鹦鹉回答说:"虽然知道没有用,可是我曾经在这座山上侨居过,山上的禽兽都很善良,全都像我的兄弟一样,我不忍心看它们被烧死。"天神赞美鹦鹉并受到感动,就替它将山火扑灭。出自《异苑》。

雪衣女

唐玄宗天宝年间,岭南进献了一只白鹦鹉,养在皇宫里。时间长了,鹦鹉很聪明,能理解人的话语。宫里的人,上到贵妃,都称呼鹦鹉为"雪衣女"。鹦鹉的性情非常温顺驯服,所以宫人们常常放开它,任其吃喝飞鸣,可是它总也不离开屏风和帐幕之间。皇上让人把近代词臣的文章念着教给它,几遍后

便可讽诵。上每与嫔妃及诸王博戏,上稍不胜,左右呼雪衣女,必飞局中,鼓翼以乱之。或啄嫔御及诸王手,使不能争道。一旦,飞于贵妃镜台上,语曰:"雪衣女昨夜梦为鸷所搏,将尽于此乎?"上令贵妃授以《多心经》,自后授记精熟,昼夜不息,若惧祸难,有祈禳者。上与贵妃出游别殿,贵妃置鹦鹉于步辇上,与之同去。既至,命从官校猎于前,鹦鹉方嬉戏殿槛上。瞥有鹰至,搏之而毙。上与贵妃,叹息久之,遂命瘗于苑中,立鹦鹉冢。开元中,宫中有五色鹦鹉,能言而惠。上令左右试牵御衣,辄瞋目叱之。岐王文学熊延景,因献《鹦鹉篇》,上以示群臣焉。出《谭宾录》。

刘潜女

陇右百姓刘潜家大富,唯有一女,初笄,美姿质。继有求聘者,其父未许。家养一鹦鹉,能言无比,此女每日与之言话。后得佛经一卷,鹦鹉念之,或有差误,女必证之。每念此经,女必焚香。忽一日,鹦鹉谓女曰:"开我笼,尔自居之,我当飞去。"女怪而问之:"何此言邪?"鹦鹉曰:"尔本与我身同,偶托化刘潜之家,今须却复本族,无怪我言。人不识尔,我固识尔。"其女惊,白其父母,父母遂开笼,放鹦鹉飞去,晓夕监守其女。后三日,女无故而死,父母惊哭不已。方欲葬之,其尸忽为一白鹦鹉飞去,不知所之。出《大唐奇事》。

它就能背诵。皇上常和嫔妃及各位王爷下棋玩，皇上的棋稍呈败势，左右的人呼唤雪衣女，它一定会飞到棋盘上，鼓动翅膀搅乱棋局。有时还啄嫔妃和诸王爷的手，使他们不能抢到好的棋路。一天早晨，雪衣女飞到贵妃的镜台上，说道："雪衣女昨天夜里梦见被老鹰捉住，我的性命就要结束了吗？"皇上让贵妃教给它念《多心经》，此后它记得特别熟练，昼夜不停地念，像是害怕遭受灾祸，进行祈祷以求免灾。皇上与贵妃到别的宫殿游玩，贵妃就把鹦鹉放在辇车上，和她一起去。到了以后，皇上命令随从官员围栏猎取野兽，鹦鹉这时正在宫殿的栏杆上嬉戏游玩。一瞬间有一只鹰飞来，捕杀了鹦鹉。皇上和贵妃，长久地为它叹息，就令人把鹦鹉埋在宫苑中，立起一座"鹦鹉冢"。开元年间，皇宫里有一只五色鹦鹉，能说话并且很聪明。皇上让侍从试着牵扯自己的衣服，那只鹦鹉就瞪起眼睛叱责他们。岐王府的文学侍从熊延景，便写了文章《鹦鹉篇》献上，皇上把文章交给群臣欣赏。出自《谭宾录》。

刘潜女

陇右百姓刘潜家特别富有，只有一个女儿，刚刚十五岁，长得很美。不断有人来向刘家求婚，她的父亲都没有答应。家里养了一只鹦鹉，擅长说话，这个女孩每天都与鹦鹉说话。后来得到一本佛经，鹦鹉念佛经，有时念错了，女孩一定纠正它。每当念佛经时，女孩一定要烧香。忽然有一天，鹦鹉对女孩说："给我打开笼子，你自己来住，我应当飞走了。"女孩奇怪地问它："为什么这么说呢？"鹦鹉说："你本来和我同是一类，偶然托生到刘潜的家里，现在应该回到原来的种族之中，不要怪我说这样的话。别人不认识你，我却认识你。"这个女孩很吃惊，把这事告诉了父亲，父母就打开笼子，放鹦鹉飞走了，开始从早到晚守着女儿。又过了三天，女孩无缘无故就死了，父母吃惊地哭泣不止。正要埋葬女儿的时候，女儿的尸体忽然变成一只白鹦鹉飞走，不知飞到哪里去了。出自《大唐奇事》。

鹰

楚文王

楚文王好猎，有人献一鹰。王见其殊常，故为猎于云梦。毛群羽族，争噬共搏，此鹰瞪目，远瞻云际。俄有一物鲜白，不辨其形。鹰便竦羽而升，蠢若飞电。须臾，羽堕如雪，血下如雨，有大鸟堕地。度其羽翅，广数十里，时有博物君子曰："此大鹏雏也。"出《幽明录》。

刘聿

唐永徽中，莱州人刘聿性好鹰，遂于之罘山悬崖，自缒以取鹰雏。欲至巢而绳绝，落于树歧间，上下皆壁立，进退无据。大鹰见人，衔肉不敢至巢所，遥放肉下，聿接取肉喂鹰雏，以外即自食之。经五六十日，雏能飞，乃裂裳而系鹰足，一臂上系三联，透身而下，鹰飞，挈其两臂，比至涧底，一无所伤，仍系鹰而归。

邺郡人

薛嵩镇魏时，邺郡人有好育鹰隼者。一日，有人持鹰来告于邺人，人遂市之。其鹰甚神俊，邺人家所育鹰隼极多，皆莫能比，常臂以玩，不去手。后有东夷人见者，请以缯百余段为直，曰："吾方念此，不知其所用。"其人曰：

鹰

楚文王

楚文王喜好打猎，有人献给他一只鹰。文王见这鹰与普通的鹰不一样，所以带它到云梦一带打猎。一般的飞禽走兽，争着捕捉猎物，只有这只鹰瞪着眼睛，远远地望着天边的云。不久有一个鲜亮的东西出现在天空，分辨不出它的形状。这只鹰就振动翅膀升上天空，快得像闪电一样。不一会儿，羽毛像下雪一样飘落下来，血像下雨一样洒落下来，有只大鸟掉到地上。估计这只大鸟的翅膀，展开有几十里宽。当时有见识广博的君子说："这是大鹏的雏鸟啊！"出自《幽明录》。

刘聿

唐高宗永徽年间，莱州人刘聿喜好饲养猎鹰，于是到之罘山的悬崖上，自己拴好绳子下山崖去捉雏鹰。当他快到鹰巢时绳子断了，他掉在树杈间，上下都是直立的石壁，没有办法爬上或爬下。大鹰看见人，衔着肉不敢到巢里去，远远地放下肉。刘聿取过肉来喂雏鹰，剩下的就自己吃了。过了五六十天，雏鹰能飞翔了，刘聿就撕开衣服系在鹰的脚上，另一端系在自己的胳臂上，系了三根布绳，然后纵身跳下悬崖。雏鹰飞起来，拉起他的两只手臂，等落到山涧底部，一点也没有受伤。他仍旧系着鹰回家去了。

邺郡人

薛嵩镇守魏州时，邺郡有个喜好养育鹰隼的人。有一天，有人带着一只鹰来面见这个邺郡人，邺郡人就买下了鹰。这只鹰非常威武英俊，邺郡人家里饲养的鹰隼很多，但没有一只能比得上它的。他常把这鹰架在胳膊上游玩，不离开手。后来有个东夷人看见了这鹰，愿意用一百多段丝织品换取它。邺州人说："我正考虑这件事，不知道它有什么用处。"那个人说：

"此海鹢也，善辟蛟螭患，君宜于邺城南放之，可以见其用矣。"先是邺城南陂蛟常为人患，郡民苦之有年矣。邺人遂持往，海鹢忽投陂水中，顷之乃出，得一小蛟，既出，食之且尽，自是邺民免其患。有告于嵩，乃命邺人讯其事，邺人遂以海鹢献焉。出《宣室志》。

鹞

魏公子

魏公子无忌曾在室中，读书之际，有一鸠飞入案下，鹞逐而杀之。忌忿其鸷戾，因令国内捕鹞，遂得二百余头。忌按剑至笼曰："昨杀鸠者，当低头伏罪；不是者，可奋翼。"有一鹞俯伏不动。出《列异传》。

鹘

宝观寺

沧州东光县宝观寺，常有苍鹘集重阁，每有鸽数千。鹘冬中每夕，即取一鸽以暖足，至晓，放之而不杀。自余鹰鹞，不敢侵之。出《朝野佥载》。

落雁殿

唐太宗养一白鹘，号曰将军，取鸟，常驱至于殿前，然后击杀，故名落雁殿。上恒令送书，从京至东都与魏王，仍取报，日往返数回，亦陆机黄耳之徒欤？出《朝野佥载》。

"这是一只海鸥,擅长克制蛟螭的祸害,你应当到邺城南去放飞它,就能看到它的用处了。"很早以前邺城南的池塘中就有一只蛟,经常给人带来祸患,邺郡百姓受到蛟的祸害有好多年了。邺郡人就带着这只海鸥去了,海鸥忽然投身进入水塘之中,不久就出来,捉了一只小蛟,出来后,就把这只蛟给吃光了,从此邺郡的百姓免除了蛟患。有人把这事告诉了薛嵩,薛嵩就把邺郡人找来询问这件事,邺郡人就把海鸥献给了薛嵩。出自《宣室志》。

鹞

魏公子

魏公子无忌有一天正坐在室内,读书之时,有一只斑鸠飞到他的书案下面,有一只雀鹰追进屋捕杀了它。无忌忿恨雀鹰的凶残,便命令国内的百姓捕捉雀鹰,捉到二百多只。无忌握着剑走到笼子边上说:"昨天杀死斑鸠的,应当低头认罪;不是的,可以展翅飞离。"有一只雀鹰趴着一动不动。出自《列异传》。

鹘

宝观寺

沧州东光县宝观寺,常有苍鹘聚集在高高的楼阁上,同时楼阁上也常常聚集着几千只鸽子。鹘鸟到了冬天,每天晚上,就捉来一只鸽子放在自己的脚下暖脚,到了天亮,再放走鸽子而不杀死它。其余的鹰鹘,也不敢来侵害它们。出自《朝野佥载》。

落雁殿

唐太宗养了一只白鹘,号称将军。它捉鸟时,常驱赶到宫殿前面,然后再击杀鸟,所以把这宫殿叫"落雁殿"。皇上常常让它送信,从京城送到东都洛阳给魏王,并取回信,一天往返好几次,它也是陆机的俊犬黄耳一类的动物吗?出自《朝野佥载》。

卷第四百六十一
禽鸟二

孔雀

交 趾

交趾郡人多养孔雀,或遗人以充口腹,或杀之以为脯腊。人又养其雏为媒,旁施网罟,捕野孔雀。伺其飞下,则牵网横掩之,采其金翠毛,装为扇拂。或全株,生截其尾,

孔雀

交　趾

　　交趾郡人多养孔雀,有的送给别人吃肉,有的杀了做成肉脯。人们又养小孔雀做诱饵,在旁边安好网,捕捉野孔雀。等野孔雀飞下地,就牵动网绳将孔雀罩住,拔取孔雀金翠色的羽毛,制造成扇子。有时要完整的羽毛,就活活截断孔雀的尾巴,

以为方物。云，生取则金翠之色不减耳。出《岭表录异》。

罗 州

罗州山中多孔雀，群飞者数十为偶。雌者尾短，无金翠。雄者生三年，有小尾，五年成大尾。始春而生，三四月后复凋，与花萼相荣衰。然自喜其尾而甚妒，凡欲山栖，必先择有置尾之地，然后止焉。南人生捕者，候甚雨，往擒之，尾沾而重，不能高翔。人虽至，且爱其尾，恐人所伤，不复骞翔也。虽驯养颇久，见美妇人好衣裳与童子丝服者，必逐而啄之。芳时媚景，闻管弦笙歌，必舒张翅尾，盼睐而舞，若有意焉。山谷夷民烹而食之，味如鹅，解百毒。人食其肉，饮药不能愈病。其血与其首，解大毒。南人得其卵，使鸡伏之即成。其脚稍屈，其鸣若曰"都护"。土人取其尾者，持刀于丛篁可隐之处自蔽，伺过，急断其尾，若不即断，回首一顾，金翠无复光彩。出《纪闻》。

王 轩

卢肇住在京南海，见从事王轩有孔雀。一日奴来告曰："蛇盘孔雀，且毒死矣。"轩令救之，其走卒笑而不救，轩怒，卒云："蛇与孔雀偶。"出《纪闻》。

当作道家的器物。人们说，孔雀活着时取毛，毛上的金翠色一点不变。出自《岭表录异》。

罗　州

罗州山中有很多孔雀，几十只为一群在一起飞翔。雌孔雀尾巴短，没有金翠色。雄孔雀出生三年，开始长出小尾巴，五年长成大尾巴。春天开始时尾羽开始生长，三四个月后又凋落了，和花朵同时繁荣和凋谢。孔雀喜爱自己的尾巴并且非常忌妒，但凡想在山林里休息，一定要先选择有放置尾巴的地方，然后才停在那里。南方人要捕捉活孔雀，要等到下大雨的时候再去擒拿，这时孔雀的尾巴沾上雨水变得很重，不能高飞。虽然有人走近，但是因为它太爱自己的尾巴，恐怕被人损坏，就不再飞翔了。孔雀即使是驯养了很久，但是如果看见穿着好看衣裳的漂亮女人和穿丝绸衣服的小孩，也一定要追上去啄她们。如果遇到好天气和美景，听到管弦笙歌，一定会舒展开翅膀和尾巴，顾盼而舞，好像很有情意的样子。住在山谷的夷民把孔雀煮熟了吃，味道像鹅肉一样，能解百毒。人要是吃了孔雀肉，吃药就没有治病的效验了。孔雀的血和头，能解剧毒。南方人得到孔雀蛋，让鸡孵化它就可以了。孔雀的脚稍稍弯曲，它的叫声像是在说"都护"。当地的土人想得到孔雀尾巴，就拿着刀在竹林丛中可以藏身的地方隐蔽起来，等孔雀经过时，赶快砍断它的尾巴，如果不能立即砍断，孔雀回头看上一眼，尾巴金翠色就会失去光彩。出自《纪闻》。

王　轩

卢肇住在京城南海，看见从事王轩有只孔雀。有一天，仆人来告诉说："蛇盘住孔雀，快要毒死孔雀了。"王轩让人快去救孔雀，他的手下笑着却不去救，王轩生气了，手下人说："蛇与孔雀在交配。"出自《纪闻》。

燕

汉 燕

蓐泥为窠，声多稍小者汉燕。陶胜力注《本草》云，紫胸轻小者是越燕，胸斑黑声大者是胡燕。其作巢喜长，越燕不入药用。越与汉，亦小差耳。出《世说》。

胡 燕

凡狐白貂鼠之类，燕见之则毛脱，或燕蛰于水底。旧说燕不入室，取桐为男女各一，投井中，燕必来。胸斑黑声大，名胡燕，其窠有容匹素者。出《酉阳杂俎》。

千岁燕

齐鲁之间，谓燕为乙，作巢避戊己。《玄中记》云，千岁之燕户北向。《述异要》云，五百岁燕生胡髯。出《酉阳杂俎》。

晋 瑞

魏禅晋岁，北阙下有白光如鸟雀之状，时有飞翔去来。有司即闻奏，帝使罗者张之，得一白燕，以为神物，以金为笼，致于宫内，旬日不知所在。论者云："金德之瑞。昔师旷时，有白燕来巢。"检瑞应图，果如所论。师旷，晋人也，古今之议相符焉。出《拾遗录》。

燕

汉　燕

用草和泥做巢，叫声频繁体形较小的燕子是汉燕。陶胜力注《本草》说，胸前是紫色重量轻体形小的是越燕，胸前有黑斑叫声洪亮的是胡燕。胡燕喜欢做长形的巢，越燕不能做药用。越燕和汉燕，也只不过是稍有差别罢了。出自《世说》。

胡　燕

凡是狐狸和貂鼠一类的动物，燕子看见它们羽毛就脱落了，有的燕子蛰伏在水底。传说燕子如果不进到室内，取来桐木雕刻成男女各一个木偶，扔到井里，燕子一定进到屋里来。胸前有黑色斑点叫声洪亮的，名叫胡燕，它的巢有的能放下一匹生绢。出自《酉阳杂俎》。

千岁燕

齐鲁那个地方的人，把燕叫做乙。燕子做巢避开戊己日。《玄中记》中说，千年燕子的巢口向北开。《述异要》中说，五百年的燕子长胡须。出自《酉阳杂俎》。

晋　瑞

魏国把帝位禅让给晋的那一年，京城北面的城楼下有白光，像是鸟雀的形状，经常飞来飞去。主管官吏就把这件事报告给皇上，皇上派人用网去捉，结果捉到一只白燕，认为是神物，用金丝做了个笼子，放在皇宫内，十天之后白燕不知到哪里去了。有人评论说："这是兴盛繁荣的好兆头。从前师旷的时候，就有白燕来筑巢。"考察《瑞应图》，果然就像这个人讲的一样。师旷，是晋人，古代和今天的议论是相符合的。出自《拾遗录》。

元道康

后魏元道康，字景怡，居林虑山。云栖幽谷，静掩衡茅，不下人间，逾二十载。服饵芝木，以娱其志。高欢为丞相，前后三辟不就。道康以时方乱，不欲应之。至高洋，又征，亦不起。道康书斋常有双燕为巢，岁岁未尝不至。道康以连征不去，又惧见祸，不觉嗟咨。是夕，秋月朗然，清风飒至。道康向月微思，忽闻燕呼康字云："景怡，卿本澹然为乐，今何愁思之深耶？"道康惊异，乃知是燕。又曰："景怡景怡，乐以终身。"康曰："尔为禽而语，何巢我屋？"燕曰："我为上帝所罪，暂为禽耳。以卿盛德，故来相依。"道康曰："我忘利，不售人间，所以闭关服道，宁昌其德，为卿所谓？"燕曰："海内栖隐，尽名誉耳。独卿知道，卓然器外，所以神祇敬属，万灵归德。"燕曰："我来日昼时，往前溪相报。"道康乃策杖南溪，以伺其至。及昼，见二燕自北岭飞来而投涧下，一化为青衣童子，一化为青衣女子。前来谓道康曰："今我便归，以卿相命，故来此化。然无以留别，卿有隐志，幽阴见嘉，卿之寿更四十岁，以此相报。"言讫，复为双燕飞去，不知所往。时道康已年四十，后果终八十一。

元道康

　　后魏元道康,字景怡,隐居在林虑山。云雾笼罩着幽深的山谷,静静掩映着简陋的茅屋,他从不下山到尘世去,一直过了二十年。他服用灵芝仙草,来陶冶自己的情操和志向。高欢做了丞相,前后三次来请他出山做官他都没有去。元道康认为那时正要发生动乱,不想答应他。等到高洋做了丞相,又来请他出山,他仍然没有去。元道康的书房常常有一对燕子做巢,每年都飞来。元道康因为朝廷连年征召自己都没有去,又害怕引来灾祸,不觉暗自叹气。这天晚上,秋月朗朗照着,清风阵阵吹来。元道康面向明月思索,忽然听到燕子叫元道康的字说:"景怡,你本来心情淡泊,自得其乐,现在为什么有这么深的忧愁和思虑呢?"元道康很惊讶,才知道是燕子在说话。燕子又说:"景怡景怡,要一辈子快乐。"元道康说:"你是禽鸟却会说话,为什么在我的屋里筑巢?"燕子说:"我被上帝责罚,暂时做禽鸟了。因为你道德高尚,所以才来依附你。"元道康说:"我忘却名利,不愿步入尘世,所以才闭关学习道家学说,发扬光大这种品德,就像你所说的那样。"燕子说:"天下隐居的人,全是沽名钓誉的人。只有你真正懂得道行,卓然独立尘世之外,所以神灵尊敬你,千万种生灵都佩服你的德行。"燕子又说:"我明日中午时,到前溪水边有话对你说。"第二天,元道康便拄着木杖到南溪,去等候燕子到来。等到中午,看见两只燕子从北岭飞来落到山涧下面,一只变成一个穿青衣的男童,一只变成一个穿青衣的少女,走上前来对元道康说:"今天我们就要回天上去了,因为曾和你相依为命,所以变化为人到这里。然而没有什么可留念的,你有隐居的志向,阴间都嘉奖你,你的寿命增加四十岁,就用这作为对你的报答吧。"说完,又变成一对燕子飞走了,不知道哪里去了。这时元道康已经四十岁了,后来果然八十一岁才死去。

范　质

汉户部侍郎范质言,尝有燕巢于舍下,育数雏,已哺食矣。其雌者为猫所搏,食之,雄者啁啾,久之方去。即时又与一燕为匹而至,哺雏如故。不数日,诸雏相次堕地,宛转而僵。儿童剖腹视之,则有蒺藜子在嗉中,盖为继偶者所害。出《玉堂闲话》。

鹧鸪

飞　数

鹧鸪飞数逐月,如正月,一飞而止于窠中,不复起矣。十二月十二起,最难采,南人设网取之。出《酉阳杂俎》。

飞南向

鹧鸪似雌雉,飞但南,不向北。杨孚《交州异物志》云:"鸟像雌雉,名鹧鸪,其志怀南,不思北徂。"出《旷志》。

吴楚鹧鸪

鹧鸪,吴楚之野悉有。岭南偏多此鸟。肉白而脆,远胜鸡雉,能解冶葛并菌毒,臆前有白圆点,背上间紫赤毛。其大如野鸡,多对啼。《南越志》云:"鹧鸪虽东西回翔,然开翅之始,必先南骞。其鸣自呼'社薄州'。"又《本草》云:"自呼'钩辀格磔'。"李群玉《山行闻鹧鸪》诗云:"方穿诘曲崎岖路,又听钩辀格磔声。"出《岭南录异》。

范 质

汉代户部侍郎范质说,曾经有一对燕子在他家屋下筑巢,养育了几只雏燕,已经进入哺育喂食阶段。那只雌燕被猫吃了,雄燕鸣叫了很久才离开。不多时又和另一只雌燕配成一对回来了,还像从前一样哺育雏燕。不几天,几只雏燕一个接一个掉到地上,辗转着死去。儿童剖开雏燕的肚子观察,发现有蒺藜子在雏燕的食囊里,都是被燕子后来的配偶给害死的。_{出自《玉堂闲话》}。

鹧鸪

飞 数

鹧鸪飞翔的次数随着月份而变化。如果是正月,飞一次后就呆在巢中,不再起飞了。十二月十二日开始,最难捕捉,南方人就张网捕捉鹧鸪。_{出自《酉阳杂俎》}。

飞南向

鹧鸪的样子像雌野鸡,只向南飞,不向北飞。杨孚《交州异物志》说:"有一种鸟像雌野鸡,名叫鹧鸪。它心里只想着南方,不愿意朝北方走。"_{出自《旷志》}。

吴楚鹧鸪

鹧鸪,吴楚一带的山野都有。岭南这种鸟尤其多。鹧鸪的肉白而且脆嫩,远远超过家鸡和野鸡的味道,并且能化解和治疗葛草和菌类中毒。鹧鸪胸前有白色圆点,背上间有紫红羽毛。它的大小像野鸡,大多数喜欢对着鸣叫。《南越志》说:"鹧鸪虽然东西来回地飞翔,可是刚展翅起飞的时候,一定先向南飞。鹧鸪鸣叫的声音似乎是自呼'社薄州'。"另外《本草》说:"鹧鸪常常自呼'钩辀格磔'。"李群玉《山行闻鹧鸪》诗说:"方穿诘曲崎岖路,又听钩辀格磔声。"_{出自《岭南录异》}。

鹊

知太岁

鹊知太岁之所在,《博物志》云:"鹊窠背太岁。"此非才智,任自然尔。《淮南子》曰:"鹊识岁多风,去乔木,巢傍枝。"出《说文》。

又

鹊构窠,取在树杪枝,不取堕地者,又缠枝受卵。端午日午时,焚其巢,灸病者,疾立愈。 出《酉阳杂俎》。

张 颢

常山张颢为梁相,天新雨后,有鸟如山鹊,稍下堕地,民拾取,即化为一圆石。颢椎破之,得一金印,文曰"忠孝侯印"。颢以上闻,藏之秘府。颢后官至太尉,后议郎汝南樊行夷校书东观,上表言:"尧舜之时,尝有此官,今天降印,宜应复。"

条支国

章帝永宁元年,条支国有来进异瑞,有鸟名鸹鹊,形高七尺,解人言。其国太平,鸹鹊群翔。昔汉武时,四夷宾服,有致此鹊,驯善。有吉乐事,则鼓翼翔鸣。按庄周云"雕陵之鹊",盖其类也。 出《拾遗记》。

鹊

知太岁

喜鹊知道太岁星所在的方向，《博物志》说："鹊筑巢时背着太岁星。"这不是因为喜鹊有智慧，而是任由它天生的本能。《淮南子》说："喜鹊知道一年要刮很多次风，就离开高大的乔木，去到旁出的树枝上筑巢。"出自《说文》。

又

喜鹊建巢，常选取在树梢的树枝，不取落在地上的树枝，然后缠起树枝传卵受孕。端午节这一天的中午，用火烧喜鹊的巢，用来给病人烧炙治病，病立刻就好了。出自《酉阳杂俎》。

张　颢

常山张颢是梁国的宰相。有一天刚下雨后，有一只像山鹊的鸟，坠落到地下，一个老百姓拾起来，就变成一块圆圆的石头。张颢椎破石头，得到一金印，上面的文字是"忠孝侯印"。张颢把这件事报告给皇上。金印被收藏在宫内秘府里。张颢后来官至太尉。后来议郎汝南人樊行夷在东观书府校勘书籍，上书说："尧舜的时候，曾经设过忠孝侯的官职，现在上天降下这颗金印，应该重设这个官职。"

条支国

东汉章帝（应为汉安帝）永宁元年，条支国派人来进献异常的吉祥物，有一只鸟名鸹鹊，身高七尺，能听懂人说的话。国家太平，就会有鸹鹊成群地飞翔。从前汉武帝时，四方少数民族归顺，有的国家就奉献过这种鸹鹊，驯养得很好。要是有了吉祥快乐的事，它就振动双翅一边飞翔一边鸣叫。按庄子所说的"雕陵之鹊"，大概就是指的这种鸟。出自《拾遗记》。

黎景逸

唐贞观末,南康黎景逸居于空青山,常有鹊巢其侧,每饭食喂之。后邻近失布者,诬景逸盗之,系南康狱。月余,劾不承,欲讯之。其鹊止于狱楼,向景逸欢喜,以传语之状。其日传有赦,官司诘其来,云:"路逢玄衣素衿人所说。"三日而赦果至,景逸还山,乃知玄衣素衿者,鹊之所传。出《朝野佥载》。

张昌期

汝州刺史张昌期,易之弟也,恃宠骄贵,酷暴群僚。梁县有人白云,有白鹊见。昌期令司户杨楚玉捕之,部人有鹞子七十笼矣,以蜡涂爪。至林见白鹊,有群鹊随之,见鹞迸散,唯白者存焉。鹞辣身取之,一无损伤,而笼送之。昌期笑曰:"此鹊赎君命也。"玉叩头曰:"此天活玉,不然,投河赴海,不敢见公。"拜谢而去。出《朝野佥载》。

崔圆妻

鹊窠中必有栋。崔圆相公妻在家时,与姊妹于后园见一鹊构窠,共衔一木,大如笔管,长尺余,安窠中,众悉不见。俗言见鹊上梁必贵。出《酉阳杂俎》。

黎景逸

唐太宗贞观末年,南康黎景逸住在空青山上,常常有喜鹊在他住的地方旁边筑巢,他每天用饭喂喜鹊。后来,他的邻居中有个丢了布的人,诬告黎景逸偷布,黎景逸被关押在南康监狱中。一个多月的时间,黎景逸都没有承认偷布,官府正准备刑讯。那只喜鹊停在狱楼上,向着黎景逸显出很欢喜的样子,似乎是在向他传递话语。当天就有人传言说要有大赦,官府问消息是从哪里来的,回答说:"路上遇到一个穿黑色衣服白色领子的人说的。"三日后大赦的公文果然传到,黎景逸被放还归山,这才知道黑衣白领的人,就是喜鹊去传的话。出自《朝野金载》。

张昌期

汝州刺史张昌期,是张易之的弟弟。他依仗哥哥被宠爱的权势骄横自大,对待同事也残酷暴虐。梁县有人对他说,有白鹊出现。张昌期就命令司户杨楚玉捕捉,杨楚玉的部下有七十笼雀鹰,他们把蜡涂到雀鹰的爪子上。到了树林以后,看见一只白鹊,有一群喜鹊跟在这只白鹊后飞,看见雀鹰以后都飞散了,只有白鹊还在。雀鹰竦身去捉白鹊,白鹊一点也没受到损伤。杨楚玉用笼子装着白鹊送给张昌期。张昌期笑着说:"这只白鹊赎了你一条命。"杨楚玉磕头说:"这是上天让我活着,不然的话,就是去投河跳海,也不敢来见您。"拜谢后就离开了。出自《朝野金载》。

崔圆妻

喜鹊的巢里一定有一根"栋梁"。崔圆丞相的妻子在家的时候,和姐妹们在后园看见一对喜鹊在筑巢。两只喜鹊共同衔着一根木棍,粗细像笔管一样,长短有一尺多,安放到巢中,而别的人都没有看见。俗话说,看见喜鹊上梁的人一定尊贵。出自《酉阳杂俎》。

乾 陵

大历八年,乾陵上仙观之尊殿,有双鹊衔柴及泥,补葺隙壤十五处。宰臣表贺之。<small>出《酉阳杂俎》。</small>

鸽 信

大理丞郑复礼言,波斯舶上多养鸽,鸽能飞行数千里,辄放一只至家,以为平安信。<small>出《酉阳杂俎》。</small>

鸡

陈仓宝鸡

秦穆公时,陈仓人掘地得物,若羊非羊,若猪非猪,牵以献穆公。道逢二童子曰:"此为媪述,常在地中,食死人脑。若欲杀之,以柏插其首。"媪曰:"此二童子名为鸡宝,得雄者王,得雌者伯。"陈仓人舍之,逐二童子,二童化为雉,飞入于林。陈仓人告穆公,发徒大猎,果得其雌,又化为石,置之汧渭之间。至文公立祠,名陈宝。雄者飞南集,今南阳雉飞县,即其地也。<small>出《列异传》。</small>

楚 鸡

楚人有担山鸡者,路人问曰:"何鸟也?"担者欺之曰:"凤皇也。"路人曰:"我闻有凤皇久矣,今真见之。汝卖之乎?"曰:"然。"乃酬千金,弗与。请加倍,乃与之。方将

乾　陵

唐朝大历八年，乾陵上仙观的殿楼上，有一对喜鹊衔着木柴和泥，修补殿楼上的裂缝和损坏的地方十五处。辅政大臣给皇上上书祝贺这件事。出自《酉阳杂俎》。

鸽　信

大理丞郑复礼说，波斯人的船上大都养着鸽子，鸽子能飞行数千里，过一段时间就放一只鸽子回家，当做是一封平安的家信。出自《酉阳杂俎》。

鸡

陈仓宝鸡

秦穆公时，陈仓人挖地得到一个动物，像羊又不是羊，像猪又不是猪，便牵着它准备去献给秦穆公。路上遇到两个童子对他说："这个动物叫媪述，经常生活在地下，吃死人的脑子。如果想要杀它，可以用柏树枝插进它的脑袋里。"媪述说："这两个童子名叫鸡宝，如果捉到雄的就能做国王，捉到雌的就能够做伯爵。"陈仓人就舍掉媪述，去追赶两个童子。两个童子变成野鸡，飞进树林。陈仓人把这件事告诉了秦穆公，秦穆公就派人进行大规模地捕猎，果然捉到了那只雌的，雌的又变成石头，被放到汧山和渭水之间。等到秦文公（此处有误）时为它建祠堂，把那块石头叫做"陈宝"。那只雄鸡飞到南集，现在南阳的雉飞县，就是那只雄鸡停留的地方。出自《列异传》。

楚　鸡

楚国有一个人挑着山鸡，有个路人问他说："这是什么鸟？"挑担人欺骗路人说："是凤凰。"路人说："我听说有凤凰已经很久了，现在才算真正看见了。你卖吗？"回答说："卖。"于是路人出价千金，挑担人不同意，要求加倍出钱，这才把山鸡卖给了路人。路人正要

献楚王,经宿而鸟死。路人不遑惜其金,惟恨不得以献耳。国人传之,咸以为真凤而贵,宜欲献之。遂闻于楚王,王感其欲献己也,召而厚赐之,过买凤之直十倍矣。出《笑林》。

卫　女

《雉朝飞操》者,卫女傅母所作也。卫侯女嫁于齐太子,中道闻太子死,问傅母曰:"何如?"傅母曰:"且往赴丧。"丧毕,不肯归,终之以死。傅母悔之,取女所自操琴,于冢上鼓之。忽有二雉俱出墓中,傅母抚雌雉曰:"女果为雉耶?"言未卒,俱飞而起,忽然不见。傅母悲痛,授琴作操,故曰《雉朝飞》。出扬雄《琴清英》。

长鸣鸡

汉成帝时,交趾越巂献长鸣鸡伺晨鸡,即下漏验之,晷刻无差。长鸣一食顷不绝,长距善斗。出《西京杂记》。

沉鸣鸡

建安三年,胥图献沉鸣石鸡,色如丹,大如燕。常在地中,应时而鸣,声能远彻。其国闻其鸣,乃杀牲以祀之。当声处掘地,得此鸡。若天下平,翔飞颉颃,以为嘉瑞,亦谓宝鸡。其国无鸡,人听地中,以候晷刻。道师云:"昔仙人

把它献给楚王时,过了一宿鸟就死了。路人没有时间可惜花掉
的那些钱,只恨不能把鸟献给楚王。人们传说着这件事,全都认
为那是只真正的凤凰才那么昂贵,因而路人才要把它献给楚王。
事情就传到楚王的耳朵里,楚王为路人想把凤凰献给自己的行为
所感动,便把路人叫来厚赏了他,超过买"凤凰"时所花的价钱的
十倍。出自《笑林》。

卫 女

《雉朝飞操》琴曲,是卫女的傅母所作的。卫侯的女儿嫁给
齐国的太子,走到半路上听说太子死了,就问傅母说:"怎么办
呢?"傅母说:"暂且去参加丧礼。"丧礼结束后,卫女不肯再回娘
家,一直到死。傅母后悔这件事,拿来卫女生前使用的琴,在卫
女的坟上弹了起来。忽然有两只野雉一起从坟墓里飞出来。傅
母抚摸着雌雉说:"你果然变成雉鸟了吗?"话未说完,两只雉鸟
一起飞起来,一会儿就不见了。傅母很悲痛,弹着琴创作了一支
乐曲,所以叫《雉朝飞》曲。出自扬雄《琴清英》。

长鸣鸡

汉成帝时,交趾的越巂进献了长鸣鸡和伺晨鸡。成帝立即
令人用滴漏计时器来验证,司晨鸡鸣叫的时刻和计时器的刻度
一点不差。长鸣鸡鸣叫起来能连续一顿饭的时间不停歇,这种
鸡的脚爪很长,善于搏斗。出自《西京杂记》。

沉鸣鸡

建安三年,胥图国进献沉鸣石鸡,红色,大小像燕子一样。
石鸡曾生活在地下,应时鸣叫,声音能传到很远的地方。胥图国
的人听到了石鸡的叫声,就杀牲畜祭祀它。在它发出叫声的地
方挖地,就得到这只石鸡。如果天下太平,石鸡就上下翻飞,人
们认为这是祥瑞之兆,也把这种鸡叫作宝鸡。胥图国没有普通
的鸡,人们听沉鸣石鸡的鸣叫,来计算时间。道师说:"从前仙人

相君采石，入穴数里，得丹石鸡，舂碎为药。服者令人有声气，后天而死。"昔汉武宝鼎元年，四方贡珍怪，有琥珀燕，置之静室，自然鸣翔，此之类也。《洛书》云："胥图之宝，土德之征。大魏嘉瑞焉。"出《王子年拾遗记》。

孙　休

孙休好射雉，至其时，则晨往夕返。群臣莫不上谏曰："此小物，何足甚耽？"答曰："虽为小物，耿介过人，朕之所以好也。"出《语林》。

吴　清

徐州民吴清，以太元五年被差为征。民杀鸡求福，煮鸡头在盘中，忽然而鸣，其声甚长。后破贼帅邵宝，宝临阵战死。其时僵尸狼籍，莫之能识。清见一人著白袍，疑是主帅，遂取以闻。推校之，乃是宝首。清以功拜清河太守，越自什伍，遽升荣位。鸡之妖，更为吉祥。出《甄异记》。

广州刺史

广州刺史丧还，其大儿安吉，元嘉三年病死，第二儿，四年复病死。或教以一雄鸡置棺中，此鸡每至天欲晓，辄在棺里鸣三声，甚悲彻，不异栖中鸣，一月日后，不复闻声。出《齐谐记》。

相君去采石料，入洞穴几里深，得到丹石鸡，捣碎了做药。服了能使人加强声音和气息，在先天的寿数后才死。"从前汉武帝宝鼎（应为元鼎）元年，四方国家都来贡献珍奇的宝物，其中有个琥珀燕，把它放在静室里，会自然地鸣叫飞翔。沉鸣石鸡就是这一类的珍奇宝物。《洛书》说："胥图国的宝物，乃是土德的象征。这正是大魏国的祥瑞之兆。"出自《王子年拾遗记》。

孙 休

孙休喜欢射猎雉鸡，到了适合打猎的季节，他就早晨出去晚上才返回。大臣们无不劝谏说："这是小动物，哪里值得这么沉迷呢？"孙休回答说："它虽然是小动物，耿直刚正却超过了人，所以我才喜欢它。"出自《语林》。

吴 清

徐州百姓吴清，在吴国太元五年被派遣出征。吴清杀鸡祈求赐福，煮熟的鸡头在盘子里，忽然鸣叫起来，叫声悠长。后来打败贼兵主帅邵宝，邵宝临阵战死。当时战场上僵尸乱七八糟，没有人能识别邵宝的尸体。吴清看见一具尸体穿着白袍，怀疑是主帅，就搬过尸体来推断核实，正是邵宝的首级。吴清因为此功被任命为清河太守，从士兵越级提升，一下子就登上高贵荣耀的官位。鸡表现出的妖异现象，更是吉祥的征兆。出自《甄异记》。

广州刺史

广州刺史办完丧事回到任上，他的大儿子安吉，在南朝元嘉三年得病死了；第二个儿子，元嘉四年又得病死了。有人教他把一只公鸡放在棺材里避灾，这只鸡每到天要亮时，都在棺材里叫三声，叫得很悲惨，同在鸡窝里叫的没有什么不一样。一个月以后，不再能听到这只鸡的叫声了。出自《齐谐记》。

祝鸡公

祝鸡公者，洛阳人也。居尸乡北山下。养鸡百余年，鸡皆有名字，千余头。暮栖树下，昼放散之。欲取呼名，即种别而至。卖鸡及子，得千余万，辄置钱去。之吴，作养池鱼。后登吴山，鸡雀数百，常出其旁。出《列仙传》。

朱 综

临淮朱综遭母难，恒外处住。内有病，因见前妇。妇曰："丧礼之重，不烦数还。"综曰："自荼毒已来，何时至内？"妇云："君来多矣。"综知是魅，敕妇婢，候来，便即闭户执之。及来，登往赴视，此物不得去，遽变老白雄鸡。推问是家鸡，杀之遂绝。出刘义庆《幽明录》。

代郡亭

代郡界中一亭，作怪不可止。有诸生壮勇者，暮行，欲止亭宿，亭吏止之。诸生曰："我自能消此。"乃住宿食。夜诸生前坐，出一手，吹五孔笛，诸生笑谓鬼曰："汝止有一手，那得遍笛，我为汝吹来。"鬼云："卿为我少指耶？"乃复引手，即有数十指出。诸生知其可击，因拔剑砍之，得老雄鸡。出《幽明录》。

祝鸡公

祝鸡公,洛阳人。住在尸乡北山下。他养了一百多年的鸡,养的鸡都有名字,一共有一千多只。晚上鸡就睡在树下,白天就散养着。他想找哪一只鸡就呼唤它的名字,那只鸡就自动来到他的身边。他卖鸡和鸡蛋,得到一千多万钱,就放好钱离开这里。到了吴国,又开始用池塘养鱼。后来他攀登吴山,有几百只鸡和雀,经常出现在他的身边。出自《列仙传》。

朱　综

临淮朱综因母亲去世,长期在外面居住守丧。妻子病了,他便回去看望妻子。妻子说:"丧礼是大事,不必劳烦你经常回来。"朱综说:"自从母亲去世以来,我什么时候到内室来过?"妻子说:"你来的次数很多啊。"朱综知道是妖魅作怪,就命令妻子和婢女,等冒充他的人到来时,就立即关上门捉拿。等到那个装扮成他的怪物来了,朱综立刻前去捉拿,这个怪物无法离开,马上变成一只白色老公鸡。一追问原来是家鸡,杀了鸡以后再没有怪事发生。出自刘义庆《幽明录》。

代郡亭

代郡边界处有一座供行人住宿吃饭的亭站,有妖精经常作怪不能制止。有一个健壮而勇敢的姓诸的书生,傍晚行路,想在亭站中住宿,亭吏制止他。诸生说:"我自己能消除灾祸。"于是便住下来吃饭休息。夜里诸生坐在前厅,出现了一只手,吹着一支五孔笛,诸生笑着对鬼魅说:"你只有一只手,怎么能按住所有的笛孔,我替你吹吧。"鬼魅说:"你以为我手指少吗?"于是又伸出手来,一下子就有几十个手指伸出。诸生知道这个时候可以攻击它了,便拔出剑来砍他,结果砍死的是一只老雄鸡。出自《幽明录》。

高 巘

唐渤海高巘巨富，忽患月余日，帖然而卒，心上仍暖，经日而苏。云，有一白衣人，眇目，把牒冥司，讼杀其妻子。巘对元不识此老人，冥官云："君命未尽，且放归。"遂悟白衣人乃是家中老瞎麻鸡也，令射杀，魅遂绝。

天 后

唐文明已后，天下诸州，进雌鸡变为雄者甚多，或半已化，半未化，乃则天正位之兆。

卫 镐

卫镐为县官，下县，至里人王幸在家，方假寐，梦一乌衣妇人引十数小儿，著黄衣，咸言乞命，叩头再三，斯须又至。镐甚恶其事，遂催食欲前。适镐所亲者报曰："王幸在家穷，无物设馔，有一鸡，见抱儿，已得十余日，将欲杀之。"镐方悟，乌衣妇人果乌鸡也，遂命解放。是夜复梦，感欣然而去。并出《朝野金载》。

合肥富人

合肥有富人刘某，好食鸡，每杀鸡，必先刖双足，置木柜中，血沥尽力，乃烹，以为去腥气。某后病，生疮于鬓，既愈，复生小鸡足于疮瘢中。每巾栉，必伤其足，伤即流血被面，痛楚竟日。如是积岁，无日不伤，竟以是卒。出《稽神录》。

高 巘

唐代渤海的高巘非常富有,忽然得了一个多月的病,安然死去,心口还是温的,过了一天又苏醒过来。他说,有一个白衣人,瞎了眼睛,拿着状子到阴司,控告我杀了他的妻子和孩子。高巘申辩说从来就不认识这个老人,冥官说:"你的寿命未尽,暂且放你回阳间吧。"他于是明白白衣人就是家中老瞎麻鸡,便让人杀死了它,鬼魅的事也就没有了。

天 后

唐中宗文明年间以后,天下各个州,进献的母鸡变成公鸡的很多。有的已经变化了一半,还有一半没变。这是武则天要正式登基做皇帝的预兆。

卫 镐

卫镐当县令时,下乡体察民情,到了里人王幸在家。他正在打盹,梦见一个穿黑衣服的妇人领着十多个小孩,小孩穿黄色衣裳,都说请饶命,再三磕头,过了一会儿又来了。卫镐很讨厌这件事,就催着快点吃饭往前走。正好卫镐的亲信报告说:"王幸在家穷,没有什么东西拿出来吃,养了一只鸡,刚生了小鸡,已经十多天了,王幸在想把这只鸡杀了。"卫镐这才明白,黑衣妇人就是这只黑母鸡,就命令人不要杀了。这天夜里他又做了一个梦,黑母鸡十分感谢他,然后高兴地离开了。并出自《朝野佥载》。

合肥富人

合肥有个姓刘的富人,喜欢吃鸡。每次杀鸡时,一定要先砍去鸡的双脚,放在木柜子里,等到血流光了力气也没有了,才煮着吃,认为这样能解除腥气。刘某后来生了病,在鬓角处生了个疮,疮治好后,又在疮瘢的地方长出一只小鸡爪。每次洗脸梳头,一定会碰伤那只鸡爪而血流满面,疼痛一整天。像这样过了一年,没有一天不受伤流血,竟因此而死去。出自《稽神录》。

卷第四百六十二
禽鸟三

鹅

史惺

晋太元中，章安郡史惺家有驳雄鹅，善鸣。惺女常

鹅

史悝

晋太元年间,章安郡史悝家有杂色公鹅,善鸣叫。史悝女儿常

养饲之,鹅非女不食。荀金苦求之,鹅辄不食,乃以还悝。又数日,晨起,失女及鹅。邻家闻鹅向西,追至一水,唯见女衣及鹅毛在水边。今名此水为鹅溪。出《广古今五行记》。

姚　略

义熙中,羌主姚略坏洛阳沟,取砖,得一双雄鹅,并金色,交颈长鸣,声闻九皋,养之此沟。出《幽明录》。

鹅　沟

济南郡张公城西北有鹅沟,南燕世,有渔人居水侧,常听鹅声。而众鹅中有铃声甚清亮,候之,见一鹅咽颈极长,因罗得之,项上有铜铃,缀以银镶,有隐起元鼎元年字。出《酉阳杂俎》。

祖录事

久视年中,越州有祖录事,不得名,早出,见担鹅向市中者。鹅见录事,频顾而鸣,祖乃以钱赎之。至僧寺,令放为长生。鹅竟不肯入寺,但走逐祖后,经坊历市,稠人广众之处,一步不放,祖收养之。左丞张锡亲见说。出《朝野金载》。

喂鹅吃食,不是史悝女儿喂的食,鹅就不吃。荀金苦苦要这只鹅,鹅就不吃食,只好又把鹅还给了史悝。又过了几天,早晨起来,女儿和鹅一起不见了。邻居家听到鹅向西面走的声音,便追到一条河边,只看见史悝女儿的衣服和鹅毛堆在河边。如今就把这条河叫做"鹅溪"。出自《广古今五行记》。

姚 略

东晋文帝义熙年间,羌族的首领姚略毁坏了洛阳沟,搬取砌沟的砖时,得到一对雄鹅,都是金色的,他们脖子相交在一起高声鸣叫,声音传得很远很远。姚略就把这两只鹅放养在这条洛阳沟里。出自《幽明录》。

鹅 沟

济南郡张公城西北方向有个鹅沟。南燕时,有个渔人住在水边,经常听到鹅叫的声音。而在众多的鹅鸣中传出很清亮的铃声,等到这群鹅游过来,他看见一只鹅的脖颈极长,于是设罗网捉住了这只鹅,鹅的脖子上有只铜铃,用银锁锁在脖子上,铃上隐隐约约地有突起的"元鼎元年"的字样。出自《酉阳杂俎》。

祖录事

唐武则天久视年间,越州有个姓祖的录事,不知道他的名字。早晨出门,看见一个人挑着鹅向市集走去。鹅看见了祖录事,频频回头鸣叫,祖录事就用钱赎下鹅。到了一个寺庙,他要把鹅放生到这里。鹅竟然不肯进入寺庙,只是跑着跟在祖录事身后,经过作坊和集市等人多广众的地方,那鹅一步也不放松,祖录事就收养了这只鹅。左丞相张锡说是自己亲眼看见的事。出自《朝野佥载》。

周氏子

汝南周氏子，吴郡人也，亡其名，家于昆山县。元和中，以明经上第，调选，得尉昆山。既之官，未至邑数十里，舍于逆旅中。夜梦一丈夫，衣白衣仪状甚秀，而血濡衣襟，若伤其臆者。既拜而泣谓周生曰："吾家于林泉者也，以不尚尘俗，故得安其所有年矣。今以偶行田野间，不幸值君之家僮，有系吾者。吾本逸人也，既为所系，心甚不乐，又纵狂犬噬吾臆，不胜其愤。愿君子悯而宥之，不然，则死在朝夕矣。"周生曰："谨受教，不敢忘。"言讫忽寤，心窃异之。明日，至其家。是夕，又梦白衣来曰："吾前以事诉君，幸君怜而诺之，然今尚为所系，顾君不易仁人之心，疾为我解其缚，使不为君家囚，幸矣。"周即问曰："然则尔之名氏，可得闻乎？"其人曰："我鸟也。"言已遂去。又明日，周生乃以梦语家僮，且以事讯之。乃家人因适野，遂获一鹅，乃笼归。前夕，有犬伤其臆。周生即命放之。是夕，又梦白衣人辞谢而去。出《宣室志》。

平固人

处州平固人访其亲家，因留宿。夜分，闻寝室中有人语声，徐起听之，乃群鹅语曰："明旦主人将杀我，善视诸儿。"言之甚悉。既明，客辞去，主人曰："我有鹅甚肥，将以食子。"客具告之，主人于是举家不复食鹅。顷之，举乡不食矣。出《稽神录》。

周氏子

汝南周氏子,是吴郡人,不知道他的名字,他家住在昆山县。元和年间,他参加明经科考试及第,选官调职,担任昆山县尉。去赴任途中,不到县城几十里的地方,住在一个旅店里。夜间他梦见一个男子,穿着白色衣服,仪表俊秀,衣襟染满了血,像是胸部受了伤。这男子拜见后哭着对周生说:"我家住在树林泉间,因为不喜欢尘世的骚扰,所以能在林泉间安度许多年。今天因为偶尔在田野之间行走,不幸遇到你家僮仆,把我捉住用绳子拴上了。我本来是个隐居的人,被捉住之后,心里很不高兴。家僮又放恶狗咬伤了我的胸部,我气愤得无法忍受。希望你能可怜并放了我,不然的话,我马上就会死了。"周生说:"我接受你的请求,不敢忘记。"说完忽然醒了,心中私下觉得这事很奇异。第二天,他回到自己家里。这天晚上,他又梦见白衣人来说:"我之前把事情告诉了你,幸亏你怜悯并答应了我,可是现在我还被捆绑着,料想你不会改变仁爱之心,快些替我解开绳子,使我不再被囚禁在你们家里,那就万幸了。"周生就问他说:"那么你的姓名,能够让我知道吗?"那个人说:"我是一只鸟。"说完就离开了。第二天,周生就把梦中的事对僮仆说了,并且向僮仆询问这件事。原来家人到野外去,捉到了一只鹅,就用笼子装着回家了。前天晚上,有只狗伤了鹅的胸部。周生立即命令把鹅放了。这天晚上,又梦见白衣人向他告辞道谢,然后就离开了。出自《宣室志》。

平固人

处州有个平固人去拜访他的亲家,被留下住宿。半夜时,他听见寝室中有人说话的声音,便慢慢起身过去仔细倾听,原来是一群鹅在说话。一只鹅说:"明天早晨主人要杀我,好好照看这群孩子吧。"说得很清楚。天亮以后,客人要走。主人说:"我有只鹅很肥,准备把它杀了给你吃。"客人就把听到的鹅的话详细告诉了主人,主人从此全家不再吃鹅。没多久,全乡的人也都不再吃鹅了。出自《稽神录》。

海陵斗鹅

乙卯岁，海陵郡西村中有二鹅斗于空中，久乃堕地。其大可五六尺，双足如驴蹄，村人杀而食之者皆卒。明年，兵陷海陵。出《稽神录》。

鸭

晋周昉少时与商人溯江俱行，夕止宫亭庙下。同侣相语："谁能入庙中宿？"昉性胆果决，因上庙宿。竟夕晏然，晨起，庙中见有白头老翁，昉遂擒之，化为雄鸭。昉捉还船，欲烹之，因而飞去，后竟无他。出《述异记》。

鹭

冯法

晋建武中，剡县冯法作贾，夕宿荻塘，见一女子，著缥服，白晢，形状短小，求寄载。明旦，船欲发，云："暂上取行资。"既去，法失绢一匹，女抱二束刍置船中。如此十上，失十绢。法疑非人，乃缚两足，女云："君绢在前草中。"化形作大白鹭。烹食之，肉不甚美。出《幽明录》。

钱塘士人

钱塘士人姓杜，船行。时大雪日暮，有女子素衣来，杜曰："何不入船？"遂相调戏。杜阖船载之，后成白鹭去。

海陵斗鹅

乙卯年,海陵郡西村里有两只鹅在空中相斗,过了很久才坠落到地上。它们大约有五六尺长,双脚像驴的蹄子那样大。村子里凡是杀了这两只鹅并且吃了鹅肉的人都死了。第二年,军队攻陷海陵。出自《稽神录》。

鸭

晋代周昉年轻时和商人一起溯长江而行,傍晚住在宫亭庙下。同行的人们互相说道:"谁敢到庙里去睡一宿?"周昉胆大果断,就到庙里去住。一晚上都很平安,早晨起来,他看见庙里有一个白发老翁,周昉就去捉拿他,白头老翁变成了一只雄鸭。周昉捉住鸭子回到船上,准备煮了吃肉,这雄鸭又飞走了,后来竟然也没有发生别的什么事。出自《述异记》。

鹭

冯 法

晋代建武年间,剡县冯法做买卖,晚上住在荻塘里,看见一个女子,穿着丧服,皮肤白皙,身形矮小,请求搭船。第二天早晨,船正要出发,女子说:"我暂且上岸去取出门用的钱物。"她离开后,冯法丢了一匹绢,这时那女人抱了两捆草回来放在船里。那女人像这样上下了十次,冯法就丢了十匹绢。冯法怀疑她不是人,就捆上了她的两只脚,那女子说:"你的绢在前面的草丛中。"说完身形变成了一只大白鹭。冯法将大白鹭煮着吃了,肉味并不太好吃。出自《幽明录》。

钱塘士人

钱塘士人姓杜,坐船外出。当时天下大雪已到黄昏,有个穿素衣的女子走来,士人说:"你为什么不进到船舱里来?"然后互相调戏。士人关上船舱门将那个女子载走,女子后来变成白鹭飞走了。

杜恶之,便病死也。出《续搜神记》。

黎州白鹭

黎州通望县,每岁孟夏,有白鹭鹚一双坠地。古老传云,众鸟避瘴。临去,留一鹭祭山神。又每郡主将有除替,一日前,须有白鹭鹚一对,从大渡河飞往州城,盘旋栖泊,三五日却回。军州号为先至鸟。便迎新送故,更无误焉。出《黎州图经》。

雁

南人捕雁

雁宿于江湖之岸,沙渚之中,动计千百,大者居其中,令雁奴围而警察。南人有采捕者,俟其天色阴暗,或无月时,于瓦罐中藏烛,持棒者数人,屏气潜行。将欲及之,则略举烛,便藏之。雁奴惊叫,大者亦惊,顷之复定。又欲前举烛,雁奴又惊。如是数四,大者怒啄雁奴,秉烛者徐徐逼之,更举烛,则雁奴惧啄,不复动矣。乃高举其烛,持棒者齐入群中,乱击之,所获甚多。昔有淮南人张凝评事话之,此人亲曾采捕。出《玉堂闲话》。

海陵人

海陵县东居人多以捕雁为业。恒养一雁,去其六翮以为媒。一日群雁回塞时,雁媒忽人语谓主人曰:"我偿尔钱

士人厌恶这件事,便生病死了。出自《续搜神记》。

黎州白鹭

黎州的通望县,每年初夏,都有一对白鹭鹞落到地上。古老的传说认为,这是众鸟躲避瘴毒。临离开的时候,留下一对鹭鹞祭祀山神。又传说,每郡的主将如果有升迁替换,一天之前,一定会有一对白鹭鹞,从大渡河飞往州城,盘旋栖息在水边,三五天又飞回去。军州人称这种鸟叫"先至鸟"。见到先至鸟,人们就开始准备迎接新上司送别老上司,从来没有出过差错。出自《黎州图经》。

雁

南人捕雁

雁栖息在江湖的岸边,沙洲之中,往往都是千百只为一群。大的雁住在中间,让雁奴围在外面并担任警卫。南方有捕捉大雁的人,专等天色阴暗,或者没有月光的晚上,在瓦罐中藏好蜡烛,很多人拿着棒子,屏住呼吸悄悄地行走。将要接近雁群的时候,就稍微举一下蜡烛,然后立即藏起来。雁奴看见火光惊叫起来,大雁也被惊醒了,不一会儿又安定下来。这时再向前举起蜡烛,雁奴又惊叫起来。像这样反复进行几次,大雁生气了就去啄雁奴,拿蜡烛的人再慢慢向前逼近,再举起蜡烛,这时雁奴因为害怕被啄,不再骚动和鸣叫了。于是那人高高举起蜡烛,拿棒子的人一起冲进雁群中,乱打一顿,就能捕获到很多雁。从前有个淮南人张凝评事讲述了这件事,张评事曾经亲自参加过这种采捕雁的活动。出自《玉堂闲话》。

海陵人

在海陵县东住的人大多以捕雁维持生活。家家都长年养着一只雁,拔去雁的六翮后用它作媒雁。有一天,雁群回栖息地的时候,那只雁媒忽然说人话,对它的主人说:"我给你赚来的钱

足,放我回去。"因腾空而去,此人遂不复捕雁。出《稽神录》。

鹳鹆

勾 足

鹳鹆交时,以足相勾,促鸣鼓翼如斗状,往往坠地。俗取其勾足为魅药。出《酉阳杂俎》。

能 言

鹳鹆,旧言可使取火,效人言胜鹦鹉。取其目精,和人乳研,滴眼中,能见烟霄外物。出《酉阳杂俎》。

桓 豁

晋司空桓豁之在荆州也,有参军,五月五日,剪鹳鹆舌教语,无所不名。后于大会,悉效人语声,无不相类。时有参佐齄鼻,因内头瓮中效之,有主典盗牛肉,乃白参军:"以新荷裹置屏风后。"搜得,罚盗者。出刘义庆《幽明录》。

广陵少年

广陵有少年畜一鹳鹆,甚爱之。笼槛八十日死,以小棺贮之,将瘗于野。至城门,阍吏发视之,乃人之一手也,执而拘诸吏。凡八十日,复为死鹳鹆,乃获免。出《稽神录》。

足够多了,放我回去吧。"接着便腾空飞走了。这个人于是不再捕雁了。出自《稽神录》。

鸜鹆

勾　足

八哥交配时,用脚互相勾着,短促地叫着,扇动翅膀像是争斗的样子,往往坠落到地上。民间习俗取它们的勾足做魅惑药。出自《酉阳杂俎》。

能　言

八哥,传说可以让它取火,学人说话胜过鹦鹉。取它的眼珠,和人乳研磨在一起,滴到眼睛里,能看见烟霄以外的东西。出自《酉阳杂俎》。

桓　豁

晋代司空桓豁在荆州的时候,有个参军,在五月五日这一天,修剪八哥的舌头教它说话,没有什么不会说的。后来在一次大聚会中,八哥能效仿各种人说话的声音,没有学得不像的。当时有个参佐患有鼻道阻塞发音不清的病,八哥就把头钻进瓮中模仿他的声音。有个主典偷了牛肉,八哥就告诉参军说:"用新鲜荷叶裹着放在屏风后面了。"搜查出来后,惩罚了偷肉的人。出自刘义庆《幽明录》。

广陵少年

广陵有个少年养了一只八哥,很喜爱它。但是在笼子里关养了八十天就死了,少年用一个小棺材装着它,准备埋葬在野外。到了城门,守门的官吏打开一看,竟然是人的一只手。于是把少年抓住并交给官吏。一共关押了八十天,那只人手又变成死八哥,少年才获免。出自《稽神录》。

雀

雀目夕昏

雀皆至夕而不见物,人有至夕昏不见物者,谓雀盲是也。鸺鹠夜察毫末,昼瞑目不见丘山,殊性也。出《感应经》。

吊乌山

蜀吊乌山,至维雀来吊,最悲。百姓夜燃火,伺取之,其无嗉不食,似特悲者。以为义则不杀。出《酉阳杂俎》。

杨　宣

杨宣为河内太守,行县,有群雀鸣桑树上,宣谓吏曰:"前有覆车粟。"出《益都耆旧传》。

乌

越乌台

越王入国,丹乌夹王而飞,故句践得入国也。起望乌台,言乌之异也。出《王子年耆旧传》。

何潜之

晋时营道县令何潜之于县界得乌,大如白鹭,膝上髀下,自然有铜环贯之。出《酉阳杂俎》。

雀

雀目夕昏

麻雀都是到了晚上就看不见东西,也有到了晚间看不清东西的人,叫做"雀盲"。鹃鹏鸟夜间能看清毫微,白天却眯着眼睛看不见山丘,这是因为有不同的天性啊。出自《感应经》。

吊乌山

蜀地有吊乌山,等到雉雀都来吊唁时,最令人悲伤。百姓在夜里点上火,等着捉拿雉雀。这种雉雀没有嗉子不吃食,像是特别悲伤的样子,百姓认为是义雀就不杀它。出自《酉阳杂俎》。

杨　宣

杨宣做河内太守时,巡行县里,有一群麻雀在桑树上鸣叫。杨宣对随行官吏说:"前面有一辆运谷子的车翻了。"出自《益都耆旧传》。

乌

越乌台

越王回国的时候,丹乌鸟会挟带越王飞翔,所以勾践才能够回到国内。他修建了一座望乌台,来纪念丹乌鸟的奇异功绩。出自《王子年耆旧传》。

何潜之

晋时营道县令何潜之在县界捉到一只乌鸦,大小像白鹭一样。这只鸟的膝盖上面大腿下面,天然有铜环贯穿着。出自《酉阳杂俎》。

乌君山

乌君山者,建安之名山也,在县西一百里。近世有道士徐仲山者,少求神仙,专一为志,贫居苦节,年久弥励。与人遇于道,修礼,无少长皆让之。或果谷新熟,辄祭,先献虚空,次均宿老。乡人有偷者坐罪当死。仲山诣官,承其偷罪,白偷者不死,无辜而诛,情所未忍。乃免冠解带,抵承严法,所司疑而赦之。

仲山又尝山行,遇暴雨,苦风雷,迷失道径。忽于电光之中,见一舍宅,有类府州,因投以避雨。至门,见一锦衣人,顾仲山,乃称此乡道士徐仲山拜。其锦衣人称监门使者萧衡,亦拜。因叙风雨之故,深相延引。仲山问曰:"自有乡,无此府舍。"监门曰:"此神仙之所处,仆即监门官也。"俄有一女郎,梳绾双鬟,衣绛绡裙青文罗衫,左手执金柄麈尾幢旌,传呼曰:"使者外与何人交通,而不报也?"答云:"此乡道士徐仲山。"须臾,又传呼云:"仙官召徐仲山入。"向所见女郎,引仲山自廊进。至堂南小庭,见一丈夫,年可五十余,肤体须发尽白,戴纱搭脑冠,白罗银镂帔,而谓仲山曰:"知卿精修多年,超越凡俗。吾有小女颇闲道教,以其夙业,合与卿为妻,今当吉辰耳。"仲山降阶称谢拜起,而复请谒夫人,乃止之曰:"吾丧偶已七年,吾有九子,三男六女,为卿妻者,最小女。"乃命后堂备吉礼。

乌君山

乌君山,是建安县的一座名山,在县城西面一百里处。近代有个道士叫徐仲山,从年轻时就追求得道成仙,专心虔诚,生活俭朴坚守节操,时间越长越坚定。他与别人在路上相遇,自觉遵守礼节,无论是老是少都礼让他。当瓜果粮食刚刚成熟时,他就进行祭祀,先献给上天,再献给德高年老的人。乡里有个偷东西的人按罪应当处死。徐仲山去面见审理案件的官员,承认小偷有罪,又说小偷不应当判死罪,无辜而受诛杀,感情上忍受不了。然后他摘掉帽子解下衣带,自愿替小偷抵罪承受制裁,审案官怀疑自己判案有错就赦免了小偷。

徐仲山又曾经在山路上行走,遇上暴风雨,无法抵挡大风雷电,竟迷了路。忽然他在电光之中,看到一处宅院,有点类似州府官员的住处,便走过去避雨。到了门前,看见一个穿锦衣的人,那人回头发现了仲山,仲山就自称本乡道士徐仲山拜见。那个锦衣人自称是监门使者萧衡,也回拜。仲山便叙说自己遭受风雨的情况,萧衡真诚地邀请他进宅院避雨。徐仲山问:"自从有了这个山乡,从未看见过有这么一处宅院。"监门说:"这里是神仙的住处,我就是监门官。"不久有一个女郎,梳着一对环形的发髻,穿着紫红色的裙子和青纹罗衫,左手拿着金柄麈尾幢旄,传唤道:"使者在外面与什么人谈话,怎么不报告呢?"萧衡回答说:"是这个乡的道士徐仲山。"不一会儿,那女子又传唤说:"仙官请徐仲山进去。"刚才见过的女郎,领着徐仲山从走廊进去。到了堂屋南侧的小庭院,看见一个男子,年龄大约五十多岁,皮肤须发都白了,戴着纱巾做成的帽子,穿白绸布银色花纹的披风。这个男子对徐仲山说:"我知道你诚心修炼了很多年,超越了一般的俗人。我有个小女儿很熟悉修道的方法,根据她前世的罪业和宿命,应当与你结为夫妻,今天正是好时辰。"徐仲山走下台阶拜谢,接着又请求拜见老夫人。男子阻止他说:"我丧妻已经七年了。我有九个孩子,三个男孩六个女儿。做你妻子的,是我最小的女儿。"然后他命令在后堂准备举行婚礼的用具。

既而陈酒殽，与仲山对食讫，渐夜闻环佩之声，异香芬郁，荧煌灯烛，引去别室。

礼毕三日，仲山悦其所居，巡行屋室，西向厂舍，见衣竿上悬皮羽十四枚，是翠碧皮，余悉乌皮耳。乌皮之中，有一枚是白乌皮。又至西南，有一厂舍，衣竿之上，见皮羽四十九枚，皆鹓鹕。仲山私怪之，却至室中，其妻问其夫曰："子适游行，有何所见，乃沉悴至此？"仲山未之应，其妻曰："夫神仙轻举，皆假羽翼。不尔，何以倏忽而致万里乎？"因问曰："乌皮羽为谁？"曰："此大人之衣也。"又问曰："翠碧皮羽为谁？"曰："此常使通引婢之衣也。""又余乌皮羽为谁？"曰："新妇兄弟姊妹之衣也。"又问："鹓鹕皮羽为谁？"曰："司更巡夜者衣，即监门萧衡之伦也。"语未毕，忽然举宅惊惧，问其故，妻谓之曰："村人将猎，纵火烧山。"须臾皆云："竟未与徐郎造得衣。今日之别，可谓邂逅矣。"乃悉取皮羽，随方飞去。即向所见舍屋，一无其处。因号其地为乌君山。出《建安记》。

魏　伶

唐魏伶为西市丞，养一赤嘴乌，每于人众中乞钱，人取一文，而衔以送伶处，日收数百，时人号为魏丞乌。出《朝野佥载》。

接着摆上酒席,和徐仲山一起吃喝完毕。渐渐地夜深了,徐仲山听到妇女身上的环佩之声,异香浓郁,灯烛辉煌,有人把徐仲山带到另外的房间。

婚礼结束后第三天,徐仲山很喜欢他的住所,逐个参观各个房间,走到一间朝西的厂舍,看见衣竿上悬挂着十四件羽毛皮衣,是翠碧的皮羽,其余全是乌皮。乌皮中,有一件是白乌皮羽。他又到西南面去看,有一个厂舍,衣竿之上,有四十九件皮羽,都是鹈鹕皮羽。徐仲山暗暗觉得这事很怪异,回到自己的居室后,妻子问丈夫说:“你刚才出去走了一趟,看见了什么?竟然情绪低落地回来了?”徐仲山没有回答,他的妻子又说:“神仙能够轻飘飘地升到天上去,都是凭借翅膀的作用。不这样的话,又怎么能够在片刻之间就到了万里之外呢?”徐仲山便问:“乌皮羽衣是谁的?”回答说:“那是父亲的羽衣。”又问:“翠碧皮羽衣是谁的?”回答说:“那是经常派去通话领路的女仆的羽衣。”“其余的乌鸦皮羽衣是谁的?”回答说:“是我和兄弟姐妹们的羽衣。”又问:“鹈鹕羽衣是谁的?”回答说:“是负责打更和巡夜的人的羽衣,就是监门官萧衡一类人的羽衣。”话没说完,忽然整个宅院的人都惊慌失措起来,徐仲山问是什么原因,妻子对他说:“村里的人准备打猎,放火烧山。”不一会儿大家都说:“竟没给徐郎制做一件羽衣。今日分别之后,就当是萍水相逢一场吧。”然后众人都取来羽衣,四散飞去。原来看见的一片房屋,也都不见了。从此以后那个地方就叫“乌君山”。出自《建安记》。

魏 伶

唐代魏伶做长安西市丞,他养了一只红嘴乌鸦,经常在人多的地方向人要钱。如果有人给它一文,它就衔着送到魏伶的住处,每天能收几百文,当时的人们叫它魏丞乌。出自《朝野佥载》。

三足乌

天后时，有献三足乌，左右或言："一足伪耳。"天后笑曰："但令史册书之，安用察其真伪？"《唐书》云："天授元年，有进三足乌，天后以为周室之瑞。"睿宗云："乌前足伪。"天后不悦。须臾，一足坠地。出《酉阳杂俎》。

李　纳

贞元十四年，郑汴二州群乌飞入田绪、李纳境内，衔木为城。高至二三尺，方十余里。绪、纳恶而命焚之，信宿如旧，乌口皆流血。出《酉阳杂俎》。

吕生妻

东平吕生，鲁国人，家于郑。其妻黄氏病将死，告于姑曰："妾病且死，然闻人死当为鬼。妾常恨人鬼不相通，使存者益哀。今姑念妾深，妾死，必能以梦告于姑矣。"及其死，姑梦见黄氏来，泣而言曰："妾平生时无状，今为异类，生于郑之东野丛木中，翼其翼，嗷其鸣者，当是也。后七日，当来谒姑，愿姑念平生时，无以异类见阻。"言讫遂去。后七日，果一乌自东来，至吕氏家，止于庭树，哀鸣久之，其姑泣而言曰："果吾之梦矣，汝无昧平素，直来吾之居也。"其乌即飞入堂中，回翔哀嗅，仅食顷，方东向而去。出《宣室志》。

三足乌

唐朝武则天当政时,有人献上一只三足乌鸦。左右有人说:"一只脚是假造的。"武则天笑着说:"只管令人将这件事记录到史册上,何必去考察它的真假呢?"《唐书》记载说:"天授元年,有人进献三足乌,则天皇后认为是大周王朝祥瑞的征兆。"睿宗说:"乌的前脚是假的。"武则天不高兴。不一会儿,乌鸦的一只脚掉到了地上。出自《酉阳杂俎》。

李 纳

唐朝贞元十四年,郑州和汴州两个州有一群乌鸦飞到田绪和李纳的境内,衔来树枝木块垒成城。高有二三尺,方圆十多里。田绪和李纳厌恶这件事,所以派人烧了"城"。过了两宿,乌鸦又把城恢复成原来的样子,乌鸦的嘴里都流出了血。出自《酉阳杂俎》。

吕生妻

东平县的吕生,是鲁国人,家住在郑地。他的妻子黄氏有病快要死了,告诉她的婆婆说:"我得病快死了,可是听说人死了要变成鬼。我常常遗憾人和鬼不能相互沟通,使活着的人更加悲哀。婆婆你对我感情很深,我死后,一定要用梦把情况告诉婆婆。"等到黄氏死了,婆婆梦见黄氏回来,哭着对她说:"我生前做了些不该做的事,现在成为不同的族类,出生在郑地东面的荒野丛林之中。那个翅膀是黑色、嗷嗷鸣叫的,就是我呀。再过七天,我会来拜见婆婆,希望婆婆考虑我活着时的好处,不要因为我是异类就阻挠我。"说完就走了。过了七天,果然有只乌鸦从东面飞来,飞到吕家,停在庭院的树上,悲哀地叫了很长时间。她的婆婆哭着说:"果然同我的梦一样,你活着的时候和我关系很好,直接来我的住处吧。"那只乌鸦就飞入堂中,来回飞翔悲哀地叫着,仅仅呆了一顿饭的工夫,就又向东方飞去。出自《宣室志》。

梁　祖

梁祖亲征郓州，军次卫南。时筑新垒工毕，因登眺其上，见飞乌止于峻坂之间而噪，其声甚厉。副使李璠曰："是乌鸣也，将不利乎？"其前军朱友裕为朱瑄所掩，拔军南去，我军不知，因北行。遇朱瑄军至，梁祖策马南走，入村落间为贼所追。前有沟坑，颇极深广，匆遽之际，忽见沟内蜀黍秆积以为道，正在马前，遂腾跃而过。副使李璠、郡将高行思为贼所杀。张归宇为殿骑，援戈力战，仅得生还，身被十五箭。乃知卫南之乌，先见之验也。出《北梦琐言》。

枭

鸣　枭

夏至阴气动为残杀，盖贼害之候，故恶鸟鸣于人家，则有死亡之征。又云："鸱枭食母眼精，乃能飞。"郭璞云："伏土为枭。"《汉书·郊祀志》云："古昔天子，尝以春祠黄帝，用一枭破镜。"出曹植《恶鸟论》。

鸥

鸥，相传鹘生三子一为鸥。肃宗张皇后专权，每进酒，常以鸥脑和酒，令人久醉健忘。出《酉阳杂俎》。

又

世俗相传，鸥不饮泉及井水，唯遇雨濡翮，方得水饮。并出《酉阳杂俎》。

梁　祖

　　后梁太祖亲自征伐郓州,军队驻扎在卫南。当时新垒工事修筑完毕,他们便登上城垒向远处眺望,见乌鸦飞来停在陡坡上叫,叫声很凄厉。副使李璠说:"这种乌鸦的鸣叫,将对我们不利吧?"梁太祖的前军朱友裕的部队受朱瑄的袭击,拔军南去,但梁太祖不知道,却向北走。中途遇上朱瑄的部队到了,梁太祖又策马向南逃跑,进入村子里又被贼所追赶。前面有一沟坑又深又宽。匆忙荒乱之际,忽然看见沟内的玉米秸秆堆积成一条道路,正在马前,梁太祖就放马腾跳过去。副使李璠、郡将高行思被贼兵所杀。张归宇是后卫骑士,拿着武器奋力战斗,仅仅能活着回来,身上中了十五支箭。这时才知道卫南的乌鸦,是事先发出的征兆。出自《北梦琐言》。

枭

鸣　枭

　　夏至时阴气开始发动,就是快到肃杀的季节了。所以说有恶鸟在家鸣叫,就是这家有人要死的征兆。又有人说:"鸱枭吃了母亲的眼珠,才能飞翔。"郭璞说:"伏土就是枭鸟。"《汉书·郊祀志》说:"从前的天子,曾经在春天祭祀黄帝,用一只枭鸟和一只破镜。"出自曹植《恶鸟论》。

鸱

　　鸱鸟,相传鹖鸟每生三个雏鸟其中一个就是鸱。肃宗时张皇后专权,每次送上酒来,常常用鸱鸟的脑子和在酒中,喝了让人长时间醉酒并健忘。出自《酉阳杂俎》。

又

　　世俗相传,鸱鸟不喝泉水和井水,只有遇上下雨沾湿了翅膀,才能饮到水。并出自《酉阳杂俎》。

鸺鹠目夜明

鸺鹠即鸱也，为鸓，由。可以聚诸鸟。鸺鹠昼日，目无所见。夜则飞撮蚊虻。鸺鹠乃鬼车之属也，皆夜飞昼藏。或好食人爪甲，则知吉凶，凶者辄鸣于屋上，其将有咎耳。故人除指甲，埋之户内，盖忌此也。亦名夜游女，好与婴儿作祟，故婴孩之衣，不可置星露下，畏其祟耳。又名鬼车，春夏之间，稍遇阴晦，则飞鸣而过，岭外尤多，爱入人家，烁人魂气。或云，九首，曾为犬啮其一，常滴血，血滴之家，则有凶咎。《荆楚岁时记》云："闻之，当唤犬耳。"又曰："鸮大如鸱，恶声，飞入人家不祥。"其肉美，堪为炙，故《庄子》云："见弹思鸮炙。"又云："古人重鸮炙。尚肥美也。"《说文》："枭不孝鸟，食母而后能飞。"《汉书》曰："五月五日作枭羹，以赐百官。"以其恶鸟，故以五日食之。古者重鸮炙及枭羹，盖欲灭其族类也。出《岭表录异》。

又

或云，鸺鹠食人遗爪，非也，盖鸺鹠夜能拾蚤虱耳，爪蚤声相近，故误云也。出《感应经》。

夜行游女

又云，夜行游女，一曰天帝女，一名钓星，夜飞昼隐，如鬼神。衣毛为飞鸟，脱毛为妇人，无子，喜取人子，胸前有乳。

鸼鹠目夜明

鸼鹠就是鸱鸟，用它作圈，由。能够把各种鸟聚集起来。鸼鹠在白天什么也看不见，夜间则飞着能捕捉蚊虻小虫。鸼鹠是鬼车一类的鸟，都是夜间活动白天躲藏起来。有的鸼鹠喜欢吃人的指甲，就能知道人的吉凶，有凶信的就在他家的屋子上鸣叫，那家就将有灾祸。所以人们剪下指甲，把指甲埋在门内，大概就是忌讳这件事。有人也把鸼鹠叫做夜游女，因为它喜欢与婴儿作怪，所以婴孩的衣服，不可放在星光下的露天场所，是害怕鸼鹠作怪。又有人叫它"鬼车鸟"，春夏之间，稍微遇到阴晦天气，它就飞叫着掠过天空。这种鸟岭外尤其多，喜欢进入人们的宅院，迷惑人的精气魂魄。有的人说，鸼鹠鸟九个头，曾被狗咬去一个，伤口常常滴血，血滴到的人家，就有灾祸。《荆楚岁时记》上说："听到了鸼鹠的叫声，就应当把狗唤来。"又说："鸱鸟的大小像鸠鸟，声音难听，飞进人家不吉祥。"它的肉很鲜美，适合烤着吃，所以《庄子》说："看见弹丸就想烤鸱肉吃。"又说："古代人喜欢烧烤鸱肉，是喜欢它的肉质肥美。"《说文》上说："枭是一种不孝的鸟，吃了母亲然后才能飞翔。"《汉书》上说："五月五日这天用枭鸟做羹汤，并把它赏赐给文武百官。"因为枭是恶鸟，所以在五月五日这一天吃它的汤。古时候人们看重烤鸱肉和枭羹，大概是想消灭这种鸟的族类吧。出自《岭表录异》。

又

有的人说，鸼鹠吃人的遗爪，不是这样的，是因为鸼鹠鸟夜间能拾取跳蚤和虱子吃掉，爪和蚤两个字声音接近，所以产生误传。出自《感应经》。

夜行游女

又有一种说法，夜行游女，一个名叫天帝女，一个名叫钓星，夜里飞行白天隐藏，像鬼神一样。它穿上羽毛就是飞鸟，脱下毛羽就是妇女。它没有子女，喜欢偷取别人家的孩子，胸前长有乳房。

凡人饲小儿,不可露。小儿衣亦不可露晒,毛落衣中,当为鸟祟,或以血点其衣为志,或言产死者所化。出《酉阳杂俎》。

禳 枭

常骞为齐景公以周礼之法禳枭,枭乃布翼伏于地死。出《感应经》。

张率更

有枭晨鸣于张率更庭树,其妻以为不祥,连唾之,张云:"急洒扫,吾当改官。"言未毕,贺客已在门矣。出《朝野佥载》。

雍州人

贞观初,雍州有人夜行,闻枭鸣甚急,仍往来拂其头。此人恶之,以鞭击之,枭死,以土覆之而去。可行数里,逢捕贼者,见其衣上有血,问其何血,遂具告之。诸人不信,将至埋枭之所。先是有贼杀人,断其头,瘗之而去,又寻不得。及拨土取枭,遂得人头。咸以为贼,执而讯之,大受艰苦。出《异闻录》。

韦 颛

大中岁,韦颛举进士,词学赡而贫窭滋甚。岁暮饥寒,无以自给。有韦光者,待以宗党,辍所居外舍馆之。放榜之夕,风雪凝沍,报光成事者,络绎而至,颛略无登第之耗。

人们喂小孩时,不可露在外面。小孩的衣服也不能在露天的地方晾晒,毛要是落到小孩的衣服里,就要被鸟作祟伤害。有时用血点染人的衣服作标志,有人说这种鸟是难产的妇人死后变成的。出自《酉阳杂俎》。

禳鸮

常骞替齐景公用周礼上的方法祭礼祷告,以消除鸮鸟的危害,鸮鸟就展开翅膀趴在地上死去了。出自《感应经》。

张率更

有只鸮鸟早晨在张率更家庭院的树上鸣叫,他的妻子认为不吉祥,接连唾那鸮鸟。张率更说:"赶快打扫打扫,我要升官了。"话未说完,祝贺的客人已经到了门口。出自《朝野佥载》。

雍州人

唐太宗贞观初年,有个雍州人夜里走路,听到鸮的叫声很急促,并且往来飞翔用翅膀拍打他的头。这人很厌恶它,就用鞭子打它,鸮死了,然后用土盖上后离开了。又走了几里路,遇到捉贼的人,看见他的衣服上有血,问他那是什么血,他就把事情详细告诉这些人。大家不相信,把他带到埋鸮的地方。在这之前有个贼杀了人,砍下人头,埋上后走了,后来又找不到了。等到拨开土找鸮的时候,就得到了人头。大家都认为这个人是贼,把他捆起来审讯他,他吃尽了苦头。出自《异闻录》。

韦颛

唐宣宗大中年间,韦颛去考进士,他词学富丽但生活贫穷。年底到了,他又冷又饿,无法自给。有个叫韦光的人,把韦颛当做一个宗族的人来看待,收拾出自己住的外院屋子让韦颛住。放榜的那天晚上,风雪很大,滴水成冰,报告韦光将要考中进士的人,一个接一个地来到,韦颛没有一点儿能考中的消息。

光延之于堂际小阁，备设酒馔慰安。见女仆料数衣装，仆者排比车马。颧夜分归所止，拥炉愁叹而坐。候光成名，将修贺礼，颧坐逼于坏牖，以横竹挂席蔽之。檐际忽有鸣枭，顷之集于竹上。颧神魂惊骇，持策出户逐之，飞起复还，久而方去。谓候者曰："我失意，亦无所恨，妖禽作怪如此，兼恐横罹祸患。"俄而禁鼓忽鸣，榜放，颧已登第，光服用车马，悉将遗焉。出《剧谈录》。

韦光请他到堂屋边上的小阁楼上，设了一桌酒席安慰他。只见女仆们在料理衣服和行装，仆人们在准备安排车马。韦颤半夜回到住的地方，围着炉子坐在那里愁得直叹气。等候韦光成名的消息，打算准备一份贺礼。韦颤坐着的地方靠近一个破窗户，上面横着竹竿挂了席子遮挡风雨。屋檐上忽然有枭鸣叫，不一会儿停在竹竿上。韦颤神魂惊骇，拿起竹杖出门去赶走枭鸟。枭鸟飞起来一会儿又回来，很久才离去。韦颤对等候的人说："我不如意，也没什么可遗憾的，这些妖怪似的鸟如此作怪，恐怕还要遭受横祸。"不久皇宫中的鼓忽然敲响，开始发榜了，韦颤已经考中了。韦光准备的服用车马，全都送给了韦颤。出自《剧谈录》。

卷第四百六十三
禽鸟四

飞涎鸟

南海去会稽三千里,有狗国,国中有飞涎鸟似鼠,两翼如鸟而脚赤。每至晓,诸栖禽未散之前,各各占一树,口中有涎如胶,绕树飞,涎如雨沾洒众枝叶。有他禽之至而如网也,然乃食之。如竟午不获,即空中逐而涎惹之,无不中焉。人若捕得脯,治渴。其涎每布后半日即干,自落,落即布之。出《外荒记》。

飞涎鸟

南海离会稽郡有三千里,那里有个狗国,国中有一种飞涎鸟像老鼠,两翅像鸟,爪子是红色的。每到天亮时,各种飞禽还栖息在树上没飞散之前,飞涎鸟各自占一棵树,鸟的口中有涎水像胶一样,它绕着树飞,涎水像雨一样洒下来沾在树的枝叶上。有其他禽鸟飞来,就像遇到网一样,飞涎鸟就吃被网住的鸟,被枝叶上的涎水粘住。如果到中午还没捉到鸟,就在空中追逐并用涎水往鸟身上洒,没有不中的。人如果捉住此鸟用它的肉作成肉脯,能治消渴病。它的涎水每次布网后半天就干,干后便从枝叶上自己落下来,脱落后就重新吐涎布网。出自《外荒记》。

精 卫

有鸟如乌,文首白喙赤足,名曰精卫。昔赤帝之女名女娃,往游于东海,溺死而不返,其神化为精卫。故精卫常取西山之木石,以填东海。出《博物志》。

仁 鸟

晋文公焚林以求介推,有白鸦绕烟而噪,或集介子之侧,火不能焚。晋人嘉之,起一高台,名曰思烟台。种仁寿之木,木似柏而枝长软,其花堪食。故《吕氏春秋》云:"木之美者,有寿木之华。"即此是。或云,此鸦有识,于焚介之山,数百里不复识罗网。呼之曰仁鸟。俗亦谓仁鸟白臆为慈乌,则此类也。出《王子年拾遗记》。

鹳

幽州之墟,羽山之北,有善鸣禽。人面鸟喙,八翼一足,毛色如雉,行不践地,名曰鹳,其声似钟磬笙竽也。《世语》曰:"青鹳鸣,时太平。"乃盛明之世,翔鸣薮泽,音中律吕,飞而不行。禹平水土,栖于川岳,所集之地,必有圣人出焉。自上古铸诸鼎器,皆图像其形。铭赞至今不绝。出《拾遗录》。

韩 朋

韩朋鸟者,乃凫鹥之类。此鸟为双飞,泛溪浦。水禽中鸂鶒、鸳鸯、鸡鶄,岭北皆有之,唯韩朋鸟未之见也。案干宝《搜神记》云:"大夫韩朋,其妻美,宋康王夺之。朋怨,

精　卫

有一种鸟像乌鸦一样，头上有花纹，白色的嘴红色的爪子，名字叫精卫。从前赤帝的女儿名叫女娃，到东海去游玩，淹死了没能回去，她的灵魂化为精卫鸟。所以精卫鸟常常衔来西山的木石，用来填东海。出自《博物志》。

仁　鸟

春秋时晋文公焚烧树林以寻求介子推时，有只白鸦鸟绕着烟鸣叫，有时停在介子推的旁边，火就烧不着介子推。晋国人赞美它，修起一座高台，名叫思烟台。栽种象征仁爱、长寿的树木，这树像柏树，树枝长而柔软，开的花能吃。所以《吕氏春秋》说："木之美者，有寿木之华。"就是这种树。有人说，这种鸦很有见识，人们在烧死介子推的山上，几百里之内不再设罗网捕鸟。并称这种鸟叫"仁鸟"。民间也把仁鸟中胸部为白色的称为慈鸟，就是这一类鸟。出自《王子年拾遗记》。

鹳

幽州一带，羽山北面，有一种善于鸣叫的飞禽。长着人面鸟嘴，八只翅膀一只脚，毛色像野雉，行走时不踩地面，名叫鹳。它的叫声像钟磬笙竽。《世语》上说："青鹳鸣，天下太平。"说的就是昌盛繁荣的时代，它在沼泽上鸣叫，叫声符合音律，只飞而不行走。大禹治水之后，它便栖息在高山大川上。它们聚集的地方，一定有圣人出世。自从上古开始铸造各种鼎器，都用鹳鸟的形象做图案铸在鼎器上。关于它的铭赞至今不断。出自《拾遗录》。

韩　朋

韩朋鸟，本是野鸭水鸥一类的鸟。这种鸟为雌雄双飞鸟，生活在溪水湖泊之中。水禽中的鹈鹕、鸳鸯、鸡鹈等鸟，岭北全都有，只是没见过韩朋鸟。根据干宝《搜神记》上所说："大夫韩朋，他的妻子很美，宋康王强夺了韩朋的妻子。韩朋特别怨恨，

王囚之，朋遂自杀。妻乃阴腐其衣，王与之登台，自投台下，左右提衣，衣不胜手。遗书于带曰：'愿以尸还韩氏而合葬。'王怒，令埋之，以冢相望。经宿，忽见有梓木生二冢之上，根交于下，枝连其上。又有鸟如鸳鸯，恒栖其树。朝暮悲鸣。"南人谓此禽即韩朋夫妇之精魂，故以韩氏名之。出《岭表录异》。

带　箭

带箭鸟，鸣如野鹊，翅羽黄绿间错，尾生两枝，长二尺余，直而不枭，唯尾稍有毛，宛如箭羽，因目之为带箭鸟。同上。

细　鸟

汉元封五年，勒毕国贡细鸟，以方尺玉笼盛数百头。大如蝇，其状如鹦鹉，闻声数里，如黄鹄之音。国人常以此鸟候时，亦名曰候虫。上得之，放于宫内，旬日之间，不知所止，惜甚，求不复得。明年，此鸟复来集于帷幄之上，或入衣袖，因更名曰蝉鸟。宫人婕妤等皆悦之，但有此鸟集于衣上者，辄蒙爱幸。武帝末，稍稍自死，人尤爱其皮，服其皮者，多为男子媚也。出《洞冥记》。

王母使者

齐郡函山有鸟足青嘴赤，素翼绛颡，名王母使者。昔汉武帝登此山，得玉函，长五寸，帝下山，玉函忽化为

宋康王囚禁了他，韩朋就自杀了。他的妻子于是暗中把衣服弄得很糟烂，宋康王和她一同登上高台，韩朋妻从高台上跳下去。康王手下的人想提她的衣服，但衣服一提就烂，所以没拉住。她在衣带上留下遗书说：'希望把我的尸体还给韩朋，与他合葬。'康王很生气，令人埋葬，却把她的坟埋在韩朋坟的对面，互相对望。过了一夜，忽然看见有梓树从二人的坟上长出来，树根在地下相交一起，树枝在地上相连。还有像鸳鸯一样的鸟，经常栖息在树上。从早到晚悲切地鸣叫。"南方人说这对鸟就是韩朋夫妻的灵魂，所以用韩朋的名字给这鸟命名。出自《岭表录异》。

带　箭

　　带箭鸟，叫声像野鹊一样，翅膀上的羽毛黄绿交错，尾巴上长出两根长枝，二尺多长，挺直而有弹性，只有尾梢才稍稍长毛，很像箭羽，因此人们称它为带箭鸟。同上。

细　鸟

　　汉武帝元封五年，勒毕国进贡一种细鸟，用一尺见方的玉笼装了几百只。大小如苍蝇，形状像鹦鹉，叫声传出几里远，像黄鹄的叫声一样。勒毕国的人常用这种鸟判断时间，也把它叫做候虫。皇上得到这种鸟后，放在宫内，十多天后，不知飞到哪里去了，皇上很惋惜，再想找就得不到了。第二年，这些鸟又回来聚集在帷幄上，有的钻入宫人的衣袖里，因而又改名叫蝉鸟。宫人婕妤等都喜欢这种鸟，只要这种鸟落到谁的衣服上，谁就会受到皇帝的宠爱。汉武帝末年，它们自己渐渐死掉了，人们尤其喜爱它的皮，穿上这种鸟皮做的女人，多会受到男人的喜爱。出自《洞冥记》。

王母使者

　　齐郡函山有一种鸟，青脚红嘴，白翅紫脑门，名叫王母使者。从前汉武帝曾登此山，得到一个玉函，五寸长，武帝下山时，玉函忽然变成

白鸟飞去。世传山上有王母药函,常令鸟守之。出《酉阳杂俎》。

鸳　鸯

汉时,鄢县南门两扇,忽一声称“鸳”,一声称“鸯”,晨夕开闭,声闻京师。汉末恶之,令毁其门,两扇化为鸳鸯,相随飞去,后遂改鄢为晏城县。出《朝野佥载》。

五色鸟

杨震卒,未葬,有大鸟五色高丈余,从天飞下,到震棺前,举头悲鸣,泪出沾地。至葬日,冲天上升。出谢丞《后汉书》。

新喻男子

豫章新喻县男子见田中有六七女,皆衣毛衣。不知是鸟,匍匐往,得其一女所解毛衣,取藏之。即往就诸鸟,诸鸟各飞去,一鸟独不得去。男子取以为妇,生三女,其母后使女问父,知衣在积稻下,得之,衣而飞去。后复以衣迎三儿,亦得飞去。出《搜神记》。

张　氏

京兆有张氏独处一室,有鸠自外入,止于床。张氏祝曰:“鸠为祸也,飞上承尘;为福也,即入我怀。”以手探之,而得一金钩。是后子孙渐盛,资财万倍。蜀贾客至长安,闻之,乃厚赂婢,婢窃钩以与客。张氏既失钩,渐渐衰耗,

一只白鸟飞走了。世人传说山上有王母娘娘的药函,常常让鸟常年守着它。 出自《酉阳杂俎》。

鸳　鸯

汉代时,鄮县南门的两扇大门,忽然一扇发出"鸳"的声音,一扇发出"鸯"的声音,早晚开关城门时,京城内都能听到这个声音。汉代末年,人们厌恶这种声音,便下令毁掉这两扇门,两扇门变成了鸳鸯,相随着飞走了。后来就改鄮县为鄞城县。 出自《朝野佥载》。

五色鸟

杨震去世了,还没埋葬时,有一只一丈多高的五色大鸟,从天上飞下来,飞到杨震的棺材前,抬头悲叫,流出的泪水沾湿了地面。到安葬那天,大鸟冲天飞去。 出自谢丞《后汉书》。

新喻男子

豫章郡新喻县有个男子看见田野中有六七个女人,都穿着毛衣。他不知道是鸟,匍匐前往,拿到了其中一个女子脱下的毛衣,并藏了起来。他又向前靠近那些鸟,那些鸟都各自飞走了,只有一只鸟不能飞离。男子就娶了这只鸟做妻子,生了三个女儿。她们的母亲后来让女儿问父亲,知道了她的毛衣藏在堆着的稻谷下面,便取出它,穿上飞走了。后来,她又用毛衣迎接三个女儿,也都飞走了。 出自《搜神记》。

张　氏

京城有个张氏独居一室,有一只鸠从外面飞进室内,落在床上。张氏祷告说:"鸠若是带来祸,就飞到帐幕上去;如果能带来福,就飞到我怀中。"果然飞到她怀中,她用手去抚摸鸠鸟,竟得到一个金钩。从此以后她的子孙也逐渐发达兴盛起来,财产增加万倍。有个蜀地商人来到长安,听说了这件事,就用重金收买张氏婢女,婢女便偷出金钩送给了商人。张氏失钩后,逐渐败落,

而蜀客亦罹穷厄，于是赍钩以反张氏，张氏复昌。 出《搜神记》。

漱金鸟

魏时，昆明国贡漱金鸟。国人云："其地去然州九千里，出此鸟，形如雀，色黄，毛羽柔密，常翾翔海上，罗者得之，以为至祥。闻大魏之德，被于荒远，乃越山航海，来献大国。"帝得此鸟，蓄于灵禽之圃，饴以真珠，饮以龟脑。鸟常吐金屑如粟，铸之可以为器。昔汉武时，有献大雀，此之类也。此鸟畏霜雪，乃起小室以处之，名曰辟寒台。皆用水晶为户牖，使内外通光，而常隔于风雨尘雾。宫人争以鸟所吐之金饰钗佩，谓之辟寒金，故宫人相嘲言曰："不服辟寒金，那得君王心；不服辟寒钿，那得君王怜。"于是媚惑争以宝为身饰，及行卧皆怀挟以要宠也。魏代丧灭，珍宝池台，鞠为茂草，漱金之鸟，亦自高翔。 出《拾遗录》。

鹜

晋永嘉二年，有鹜集于始安县，木矢贯之，铁镞，其长六寸有半，以箭计之，其射者当身长丈五六尺。

营道令

晋太元中，营道令何偕之去职，于县界山中得一鸟，大如白鹭，青色赤目，膝上髀下，自然有铜环形，大小刻画转辗如揽子，绝妙人功，于是京邑皆传观之。营道经今属道州。 原缺出处，许本、黄本作出《酉阳杂俎》。

蜀地的商人也遭到了厄运,于是,又把金钩还给了张氏,张氏家族又昌盛起来。出自《搜神记》。

漱金鸟

魏国时,昆明国进贡了漱金鸟。国人说:"有个离然州九千里的地方,出产这种鸟,形状如雀,黄色,羽毛柔软浓密,常常在海上作短时飞翔,用网捕捉,认为此鸟是吉祥之物。听说大魏的德政,使偏远地区也受到恩惠,所以才越山渡海,来献给大国。"皇帝得到这种鸟后,放在灵禽园中,喂它珍珠,给它龟脑喝。鸟常吐出米粒大小的金粒,可以用来铸造器物。从前汉武帝刘彻时,有来进贡大雀的,也是这一类鸟。这种鸟怕霜雪,便盖了小房子让鸟住,名叫避寒台,都用水晶做门窗,使内外通光,而且常能挡住风雨尘雾。宫女们争着用鸟吐出的金粒装饰钗佩,把它叫做避寒金,所以宫女们互相取笑说:"不戴避寒金,怎得君王心;不戴避寒钿,怎得君王怜。"于是想媚惑君王的人,争着用避寒金做饰物,竟连行走坐卧都挟在怀里来邀宠。魏灭亡后,当年的珍宝池台,充满荒草,吐金的鸟,也远走高飞了。出自《拾遗录》。

鹜

西晋永嘉二年,有鹜鸟停在始安县,被木箭射穿,铁箭头,有六寸半长,用箭头和箭的长度推算,这个射鹜的人身高能有一丈五六尺。

营道令

东晋孝武帝太元年间,营道县令何偕之离任时,在县界山中得到一只鸟,像白鹭那么大,青色的羽毛,红色的眼睛,膝盖上大腿下,自然生长着一个铜环,大小适中上面刻画着图案,转动自如,像绳子,远远胜过人工,于是京城里的人都传着观看。营道县现属道州管辖。原缺出处,许本、黄本作出自《酉阳杂俎》。

纸鸢化鸟

梁武太清三年，侯景围台城，远不通问，简文作纸鸢飞空，告急于外。侯景谋臣王伟谓景曰："此纸鸢所至，即以事达外。"令左右善射者射之，及堕，皆化为鸟，飞入云中，不知所往。出《独异志》。

鹖

安定原土筑时，奠祭以觚爵，忽有一鹖飞于觚上，因名鹖觚城。后魏文帝大统中，立为鹖觚县。出《穷神秘苑》。

戴文谋

有戴文谋者，隐居阳城山中。曾于客堂食际，忽闻有呼曰："我天帝使者，欲下凭君，可乎？"文谋闻甚惊，又曰："君疑我也？"文谋乃跪曰："居贫，恐不足降下耳。"既而洒扫设位，朝夕进食甚谨。后谋于室内窃言之，其妇曰："此恐是狐魅依凭耳。"文谋曰："我亦疑之。"乃祠飨之时，神乃言曰："吾相从，方欲相利，不意有疑心异议。"文谋辞谢之际，忽堂上如数十人呼声，出视之，见一大鸟，五色，白鸠数十随之，东北入云而去。出《穷神秘苑》。

瑞 鸟

炀帝征辽回，次于柳城郡之望海镇。步出观望，有大鸟二，素羽丹嘴，状同鹤鹭，出自霄汉，翻翔双下，高一丈四五尺，长八九尺，徘徊驯扰，翔舞御营。敕著作佐郎虞绰

纸鸢化鸟

梁武帝太清三年,侯景领兵围台城,城内与外面不通消息,简文帝制作了一只纸鸢放到空中,向外面的人告急。侯景的谋臣王伟对侯景说:"这个纸鸢落下,便可把城内的消息传到外面。"侯景便命令身边的射箭能手射纸鸢,等被射中坠落后,那纸鸢都变成了鸟,飞到云中,不知飞到哪里去了。出自《独异志》。

鹑

安定原用土筑城时,用鹋和爵盛酒举行祭奠仪式,忽然有一只鹑鸟飞落在鹋上,便起名叫鹑鹋城。后来魏文帝大统年间,立为鹑鹋县。出自《穷神秘苑》。

戴文谋

有个叫戴文谋的人,隐居在阳城山中。曾经在客堂吃饭时,忽然听到有呼喊声说:"我是天帝的使者,准备到人间来依靠你,可以吗?"文谋听后很吃惊,又听到说:"你是怀疑我吗?"戴文谋于是跪下说:"我的住处很贫寒,恐怕不足以迎您降临寒舍。"接着就进行洒扫设置神位,一早一晚很恭谨地进奉饮食。后来,戴文谋在内室悄悄向妻子说了这件事,他妻子说:"这恐怕是鬼狐来依附。"文谋说:"我也很疑惑。"等到再进奉食物时,那神便说:"我来你这里,正想给你好处,没想到你有了疑心和另外的想法。"文谋正在道歉时,忽然堂上发出了像数十人的呼喊声。出来一看,见一只大鸟,身有五色,数十只白鸠跟随着它,往东北方向飞入云霄离开了。出自《穷神秘苑》。

瑞 鸟

隋炀帝杨广征辽东回来时,驻扎在柳城郡的望海镇歇息。走出来观望时,看见两只大鸟,白毛红嘴,样子像白鹤和鹭鸶,从云中飞出来,翅膀翻飞双双落下,有一丈四五尺高,八九尺长,很驯服地在地上徘徊,或在御营前飞舞。隋炀帝命令著作佐郎虞绰

制《瑞鸟铭》以进，上命镌于其所，仍敕殿内丞阁毗图写其状，秘书郎虞世南上《瑞鸟颂》，敕令写于图首。出《大业拾遗记》。

报春鸟

顾渚山中有鸟如鸲鹆而小，苍黄色，每至正月二月，作声云："春起也！"至三月四月，作声云："春去也！"采茶人呼为报春鸟。出《顾渚山记》。

冠凫

石首鱼，至秋化为冠凫，冠凫头中有石也。出《海陆碎事》。

秦吉了

秦吉了，容、管、廉、白州产此鸟，大约似鹦鹉，嘴脚皆红，两眼后夹脑，有黄肉冠，善效人言，语音雄大，分明于鹦鹉。以熟鸡子和饭如枣饲之。或云，容州有纯赤、纯白色者，俱未之见也。出《岭表录异》。

韦氏子

汧阳郡有张女郎庙。上元中，有韦氏子客于汧阳，途至其庙，遂解鞍以憩，忽见庙宇中有二屦子在地上。生视之，乃结草成者，文理甚细，色白而制度极妙。韦生乃收贮于囊中，既而别去。及至郡，郡守舍韦生于馆亭中。是夕，生以所得屦，致于前而寐。明日已亡所在，莫穷其处。仅食顷，乃于馆亭瓦屋上得焉。仆者惊愕，告于韦生，生即命升屋而取之。既得，又致于前，明日又失其所，复于瓦屋上得之。

写《瑞鸟铭》呈给他，皇上又命令将铭文刻碑立在瑞鸟飞翔的地方，又下令叫殿内丞阁毗画下鸟的形状，秘书郎虞世南献上《瑞鸟颂》，炀帝下令将《瑞鸟颂》写在画像的上面。出自《大业拾遗记》。

报春鸟

　　顾渚山中有一种鸟像鸲鹆但体形小，青黄色。每到正月二月时，发出声音说："春起也。"到了三月四月，又发声说："春去也。"采茶人叫它报春鸟。出自《顾渚山记》。

冠　凫

　　石首鱼，到秋天就变成冠凫鸟，冠凫鸟的头里面有石头。出自《海陆碎事》。

秦吉了

　　秦吉了，容州、管州、廉州、白州都产这种鸟。大小和鹦鹉相似，嘴脚都是红色，两眼后夹着头，长着黄色的肉冠，善于模仿人说话，语声高而厚重，和鹦鹉很不相同。用熟鸡蛋和着像枣一样大小的饭团喂养它。有人说，容州有纯红色和纯白色的秦吉了，但都没看见过。出自《岭表录异》。

韦氏子

　　汴阳郡有个张女郎庙。上元年间，有个韦氏子去汴阳做客，路过进了这座庙，就下马解鞍休息，忽然看见庙中有两只木鞋放在地上。韦生看那木鞋，是用草编成的，纹理很细密，白色而且编制方法极妙。韦生就把这一对木鞋收起放在口袋中，接着就离开这里。等到了汴阳郡，郡守让韦生住在馆亭里。这天晚上，韦生把木鞋放在身前睡了，第二天却不见了，什么地方也没找到。仅一顿饭的工夫，便在馆亭的瓦房上找到了。仆人很惊奇，便告诉了韦生，韦生立即叫人上房取下来。得到后，睡觉时又放在身前，第二天又不见了，又在瓦房上找到了它。

如是者三,韦生窃谓仆曰:"此其怪乎?可潜伺之。"是夕,其仆乃窃于隙中伺之,夜将半,其屦忽化为白鸟,飞于屋上。韦生命取焚之,乃飞去。出《宣室志》。

乌 贼

李靖弟客师官至右武卫将军,四时从禽,无暂止息。京师之西南际澧水,鸟兽皆识之,每出,鸟鹊竞逐噪之,人谓之乌贼。出《谭宾录》。

鸟 省

冯兖给事,亲仁坊有宅,南有山亭院,多养鹅鸭及杂禽之类极多,常遣一家人掌之,时人谓之鸟省。出《卢氏杂说》。

刘景阳

天后时,左卫兵曹刘景阳使岭南,得吉了鸟,雄雌各一只,解人语。至都进之,留其雌者。雄烦怨不食,则天问曰:"何乃无聊也?"鸟为言曰:"其配为使者所得,今颇思之。"乃呼景阳曰:"卿何故藏一鸟不进?"景阳叩头谢罪,乃进之,则天不罪也。出《朝野佥载》。

食蝗鸟

开元中,贝州蝗虫食禾,有大白鸟数千,小白鸟数万,尽食其虫。出《酉阳杂俎》。

像这样反复了几次，韦生偷偷地对仆人说："这事不是很奇怪吗？可以暗中察看一下。"这天晚上，他的仆人便悄悄在暗处等待观察，快半夜时，这木鞋忽然变成了白鸟，飞到瓦房上。韦生叫人取来木鞋烧掉，却变成鸟飞走了。出自《宣室志》。

乌　贼

李靖的弟弟李客师官至右武卫将军，一年四季都捕猎禽鸟，没有停止休息的时候。京城西南边的沣水一带，鸟兽都认识他，他每次出来打猎，乌鹊竞相追逐而对之鸣叫，人们把他叫做乌贼。出自《谭宾录》。

乌　省

冯宽给事，在亲仁坊有宅院，宅院南面有个山亭院，养了很多鹅鸭和杂禽，常常派一个家人管理此事，当时人们叫这个地方为乌省。出自《卢氏杂说》。

刘景阳

武则天执政时，左卫兵曹刘景阳出使岭南，得到吉了鸟，雌雄各一只，能听懂人说的话。到京城进献了雄鸟，自己留下了雌鸟。雄鸟烦躁不安不吃食，武则天问道："为什么这样无聊？"雄鸟对她说："我的配偶被使者得去了，现在很思念它。"武则天便传呼刘景阳说："你为什么藏起一只鸟不进献呢？"景阳叩头谢罪，便把雌鸟也献上来，武则天没有怪罪他。出自《朝野佥载》。

食蝗鸟

唐玄宗开元年间，贝州蝗虫吞吃禾苗，有数千只大白鸟，数万只小白鸟，把蝗虫都吃光了。出自《酉阳杂俎》。

卢　融

开元初,范阳卢融病中独卧,忽见大鸟自远飞来,俄止庭树,高四五尺,状类鹆,目大如杯,嘴长尺余。下地上阶,顷之,入房登床,举两翅,翅有手,持小枪,欲以击融,融伏惧流汗。忽复有人从后门入,谓鸟云:"此是善人,慎勿伤也。"鸟遂飞去,人亦随出,融疾自尔永差。出《广异记》。

张　氏

濮州刺史李全璋妻张,牛肃之姨也,开元二十五年,卒于伊阙庄。张寝疾,有鸟止于庭树,白首赤足,黄腹丹翅。其鸣但云:"懊恨也母兮。"如是昼夜不绝声。十余日,张殂,鸟遂不见。出《纪闻》。

王　绪

天宝末,台州录事参军王绪病将死,有大鸟飞入绪房,行至床所,引嘴向绪声云:"取取。"绪遂卒。出《广异记》。

武功大鸟

大历八年,大鸟见武功,群噪之。行营将张日芬射获之,肉翅狐首,四足,足有爪,广四尺,状类蝙蝠。出《酉阳杂俎》。

鹳鸼

鹳鸼,一名堕羿,形似鹊。人射之,则衔矢反射人。出《酉阳杂俎》。

卢　融

开元初年，范阳卢融病中独卧，忽然看见有只大鸟从远处飞来，一会儿落在庭院的树上，四五尺高，形状很像鹞，眼大如酒杯，嘴有一尺多长。落到地上走上台阶，一会儿，竟进入房中上了床，举起两翅，翅膀上长着手，手上拿小枪，想刺卢融，卢融趴在床上，吓得流了一身汗。忽然又有人从后门进来，对鸟说："这是个好人，千万不要伤了他。"大鸟便飞走了，人也随着出去了。卢融的病从此好了。出自《广异记》。

张　氏

濮州刺史李全璋的妻子张氏，是牛肃的姨母。唐玄宗开元二十五年，死在伊阙庄。张氏卧病不起的时候，有一只鸟落在庭院的树上，白头红爪，黄色的腹部红色的翅膀。它鸣叫时只是说："悔恨呀妈妈。"像这样昼夜不停地叫。十多天后，张氏死去，鸟也不见了。出自《纪闻》。

王　绪

唐玄宗天宝末年，台州录事参军王绪有病将要死时，有只大鸟飞入王绪的房中，走到床前，伸嘴向着王绪出声说："取取。"王绪便死了。出自《广异记》。

武功大鸟

唐代宗大历八年，有只大鸟出现在武功，人们对大鸟乱嚷乱叫。行营将官张日芬射中了大鸟。大鸟肉翅膀，狐狸头，四只脚，脚上有爪，四尺宽，形状像蝙蝠。出自《酉阳杂俎》。

鹳　鹆

鹳鹆，还有一个名叫堕羿，形状像鹊。人用箭射它，它就衔住箭反过来射人。出自《酉阳杂俎》。

吐绶鸟

鱼复县南山有鸟大如雉鸹,羽色多黑,杂以黄白,头颇似雉。有时吐物长数寸,丹采彪炳,形色类绶,因名为吐绶鸟。又食必蓄嗉,臆前大如斗,虑触其嗉,行每远草木,故一名避株鸟。出《酉阳杂俎》。

杜 鹃

杜鹃,始阳相推而鸣,先鸣者吐血死。尝有人出行,见一群寂然,聊学其声,即死。初鸣,先听者主离别。厕上听其声,不祥。厌之之法,当为犬声应之。出《酉阳杂俎》。

蚊母鸟

蚊母鸟,形如鹢,嘴大而长,池塘捕鱼而食。每叫一声,则有蚊蚋飞出其口。俗云,采其翎为扇,可辟蚊子。亦呼为吐蚊鸟。出《岭表录异》。

桐花鸟

剑南彭蜀间,有鸟大如指,五色毕具,有冠似凤。食桐花,每桐结花即来,桐花落即去,不知何之,俗谓之桐花鸟。极驯善,止于妇人钗上,客终席不飞。人爱之,无所害也。出《朝野佥载》。

真腊国大鸟

真腊国有葛浪山,高万丈,半腹有洞。先有浪鸟,状似老鸥,大如骆驼。人过,即攫而食之,腾空而去,百姓苦之。真腊王取大牛肉,中安小剑子,两头尖利,令人载行,鸟攫

吐绶鸟

　　鱼复县南山有鸟大如雏鹤,羽毛颜色多是黑的,夹杂着黄白色,头特别像野鸡。有时吐出几寸长的东西,大红色十分鲜艳,形状颜色像绶带,因此叫它吐绶鸟。另外,吃食后一定会先存在嗉子里,前胸大得像酒斗,担心碰到它的嗉子,飞行时远避草木,所以一名叫避株鸟。出自《酉阳杂俎》。

杜　鹃

　　杜鹃鸟,阳气开始上升时就互相推诿让别的杜鹃鸣叫,先叫的吐血死亡。曾经有个人外出走路,看见一群杜鹃静静地站在那里,就学杜鹃的叫声,他就死了。杜鹃初次啼叫,先听到的人意味着别离,在厕所听到叫声,不吉祥。抑制这种不祥之兆的办法,应当是学狗叫回应它。出自《酉阳杂俎》。

蚊母鸟

　　蚊母鸟,形状像鹳(一种像鹭鸶的小鸟),嘴大而长,从池塘中捕鱼吃。每叫一声,就有蚊蚋从口中飞出来。人们传说,用它的翎毛做扇子,能避蚊子。也叫它吐蚊鸟。出自《岭表录异》。

桐花鸟

　　剑南彭蜀之间,有一种像手指大的鸟,身上五种颜色都全了,还有像凤凰似的冠。吃桐花,每当桐树开花时就飞来,桐树花落时就飞走,不知道去了哪里。俗称桐花鸟。这鸟特别驯服善良,常落在妇女的钗上,客走了席散了也不飞走。人们很喜爱它,它对人们没有害处。出自《朝野佥载》。

真腊国大鸟

　　真腊国有座葛浪山,高万丈,半山腰有个洞。洞里先前有只浪鸟,样子像老鸱,像骆驼那么大。有人经过,人便被抓去吃了,然后腾空飞去,老百姓深受其苦。真腊国王拿出大块牛肉,肉里放上小剑,两头带尖特别锋利,让人背着走,大鸟抓来牛肉

而吞之，乃死，无复种矣。出《朝野佥载》。

百 舌

百舌春啭，夏至唯食蚯蚓。正月后冻开，蚓出而来。十月后，蚓藏而往。盖物之相感也。出《朝野佥载》。

鹳

江淮谓群鹳旋飞为鹳井，鹳亦好旋飞，必有风雨。人探巢取鹳子，六十里旱。能群飞，薄霄激雨，雨为之散。出《酉阳杂俎》。

又南方有鹳食蛇，每遇巨石，知其下有蛇，即于石前，如道士禹步，其石阽然而转，因得而啖。里人学其法者，伺其养雏，缘树，以蔑絙缚其巢，鹳必作法而解之，乃铺沙树底，俾足迹所印而仿学之。出《北梦琐言》。

甘 虫

大中末，舒州奏众鸟成巢，阔七尺，高一丈，而燕雀鹰鹳，水禽山鸟，无不驯狎如一。更有鸟，人面绿毛，嘴爪皆绀。其声曰"甘虫"，因谓之甘虫。时人画图，鬻于坊市。出《杜阳编》。

戴 胜

王蜀刑部侍郎李仁表寓居许州，将入贡于春官。时薛能尚书为镇，先缮所业诗五十篇以为贽，濡翰成轴，于小亭凭几

便吞吃了它,于是就死了,从此就绝了种。_{出自《朝野佥载》。}

百　舌

　　百舌鸟到春天时婉转地鸣叫,夏天到来后它只吃蚯蚓。正月后大地解冻,蚯蚓出来百舌鸟便飞来。十月以后,蚯蚓冬眠,百舌鸟就飞走了。这就是物与物之间互相感应啊。_{出自《朝野佥载》。}

鹳

　　江淮人把一群鹳鸟旋转飞翔称为鹳井,鹳鸟很喜欢旋转着飞翔,它一飞一定会刮风下雨。人若到巢中捉鹳卵,六十里内必然天旱。鹳鸟能成群飞翔,飞到云霄搅动云雨,云雨就搅散了。_{出自《酉阳杂俎》。}

　　另外南方有一种鹳吃蛇,鹳鸟每当遇到大石头,知道石头下有蛇,就在巨石前面,像道士那样迈着禹步,石头便也随着转动,于是就能捉到蛇吃掉。乡里人想学鹳的步法,趁鹳鸟育雏时,爬上树,用细竹篾作绳子系住它的巢,鹳鸟一定作法解开篾网,就在树底下铺沙子,使鹳鸟在沙上印上足迹,以便模仿学习。_{出自《北梦琐言》。}

甘　虫

　　唐懿宗大中末年,舒州向皇帝上奏说一群鸟筑成一个鸟巢,宽七尺,高一丈,而燕雀鹰鹯,水禽山鸟,无不驯服亲近得像一种鸟一样。还有一种鸟,长着人面绿毛,嘴和爪都是深青透红的颜色,它鸣叫的声音是"甘虫",便把它叫做甘虫。当时有人把它画成图像,在街市上出卖。_{出自《杜阳编》。}

戴　胜

　　前蜀的刑部侍郎李仁表客居在许州,准备入礼部参加举试。当时是薛能尚书镇守许州,李仁表先抄写了自己写的五十首诗作为晋见的礼物,将诗书写在轴书上,在小亭子里靠着桌几

阅之。未三五首，有戴胜自檐飞入，立于案几之上，驯狎。良久，伸颈弹翼而舞，向人若将语。久之，又转又舞。如是者三，超然飞去。心异之，不以告人，翌日投诗，薛大加礼待。居数日，以其子妻之。出《录异记》。

北海大鸟

北海有大鸟，其高千里，头文曰"天"，胸文曰"候"，左翼文曰"鹥"，右翼文曰"勒"，头向东正，海中央捕鱼。或时举翼飞，而其羽相切，如雷风也。出《神异录》。

鸦

温璋为京兆尹，勇于杀戮，京邑惮之。一日，闻挽铃而不见有人，如此者三，乃一鸦也。尹曰："是必有人探其雏而来诉耳。"命吏随鸦所在而捕之，其鸦盘旋，引吏至城外树间，果有人探其雏，尚憩树下。吏执送之，府尹以事异于常，乃毙捕雏者。出《北梦琐言》。

仙居山异鸟

王蜀永平二年，得北邙山章弘道所留瑞文于什邡之仙居山，遂出缗钱，委汉州马步使赵弘约，缔构观宇。洎创天尊殿，材石宏博，功用甚多。是日，将架巨梁，工巧丁役三百余人缚拽鼓噪，震动远近。忽有异鸟三只，一红赤色，二皆洁白，尾如曳练，各长二尺余，栖于梁上，随缏索上下，

阅读这些诗。还没看完三五首，就有一只戴胜鸟从屋檐飞进亭子，站在几案之上，很驯服亲近的样子。过了很久，又伸着脖子垂着翅膀跳起舞来，对着他像是要说话。很久之后，又旋转又跳舞，像这样反复好几次，然后就轻轻地飞走了。李仁表心里感觉很奇怪，也没把这件事告诉别人，第二天去投递诗稿时，薛能对他大加礼待。过了几天，便把女儿嫁给李仁表做妻子。出自《录异记》。

北海大鸟

北海有一只大鸟，高一千里，头上的花纹是"天"字，胸前花纹是"候"字，左翼花纹是"鷖"字，右翼花纹是"勒"字，头朝着正东方，到海中央捕鱼吃。有时展翅飞翔，它的羽毛互相摩擦，像打雷刮大风一样。出自《神异录》。

鸦

温璋任京兆尹时，敢于杀戮，京城的人都怕他。一天，听到拉铃声却看不见人，像这样连续三次，竟是一只鸦。京兆尹说："这一定是有人去捉它的雏鸟而来投诉的。"于是命人随着到鸦鸟所在的地方去捉人。那只鸦盘旋飞翔，把差吏引到城外树林间，果然有人捉住雏鸟，还在树下休息。差吏便把他捉住送到温璋这里，府尹觉得这事很异常，就处死了捉雏鸟的人。出自《北梦琐言》。

仙居山异鸟

前蜀永平二年，得到了北邙山章弘道在什邡仙居山留下的瑞文，便出钱，委托汉州马步使赵弘约，建造一座道观。到建筑天尊殿时，用的木料石头很多，工程很大。这一天，准备架起大梁时，能工巧匠和工人三百多人又绑又拽声音鼓噪，震动远近。忽然有三只异鸟，一只大红色，两只纯白色，尾巴像拖着一条彩带，每个都二尺多长，落在大梁上，随着拉拽大梁的绳子上上下下，

在众人中，略无惊怖。工人抚搦戏玩之，如所驯养者。梁既上毕，鸟亦飞去。出《录异记》。

莺

顷年，有人取得黄莺雏，养于竹笼中。其雌雄接翼，晓夜哀鸣于笼外，绝不饮喙。乃取雏置于笼外，则更来哺之。人或在前，略无所畏。忽一日，不放出笼，其雄雌缭绕飞鸣，无从而入。一投火中，一触笼而死。剖腹视之，其肠寸断。出《玉堂闲话》。

在人群中，一点不害怕。工人们抚摸它和它戏耍，就像他们驯养的一样。大梁上完了，鸟也飞走了。出自《录异记》。

莺

近年来，有个人抓到了黄莺鸟的幼雏，养在竹笼中。有一对雌雄大鸟连着翅膀，白天黑夜在竹笼外哀鸣，雏鸟不吃东西不饮水。于是取出雏鸟放在笼外，这一对雌雄黄莺就来哺育幼雏。人有时在旁边，雌雄黄莺也不怕。忽然有一天，那人没放雏鸟出笼，那一对雌雄黄莺就围绕着笼子边飞边叫，没办法进笼子育雏。便一只投到火中，一只撞在笼子上死了。剖开腹部一看，它的肠子已经断成一寸寸的小段。出自《玉堂闲话》。

卷第四百六十四
水族一

东海大鱼	鼍鱼	南海大鱼	鲸鱼	鲤鱼
海人鱼	南海大蟹	海鳝	鳄鱼	吴余鲙鱼
石头鱼	黄腊鱼	乌贼鱼	横公鱼	骨雷
彭蜎	鲅鱼	鲵鱼	比目鱼	鹿子鱼
子归母	鲦鲼鱼	卿鱼	鲱鱼	黄虹鱼
蟕蠵	海燕	鲛鱼		

东海大鱼

东方之大者,东海鱼焉。行海者,一日逢鱼头,七日逢鱼尾。鱼产则百里水为血。出《玄中记》。

鼍鱼

《博物志》云:"南海有鼍鱼,斩其首,干之,椓去其齿,而更复生者,三乃已。"《南州志》亦云然。又闻广州人说,鳄鱼能陆追牛马,水中覆舟杀人,值网则不敢触,有如此畏慎。其一孕,生卵数百于陆地,及其成形,则有蛇,有龟,有鳖,有鱼,有鼍,有为蛟者,凡十数类。及其被人捕取宰杀之,其灵能为雷电风雨,比殆神物龙类。出《感应经》。

东海大鱼

东方最大的水生物,是东海大鱼。在海上航行的人,第一天遇见鱼头,走到第七天才遇见鱼的尾巴。东海鱼生产的时候则百里方圆的海水都是血红的。出自《玄中记》。

鼍　鱼

《博物志》说:"南海有一种鼍鱼,砍下它的头,晒干了,敲去它的牙齿,却能够再生出来,反复多次才停止长新牙。"《南州志》里也这样说。又听广州人说,鳄鱼能在陆地上追逐牛马,能在水里颠覆舟船吃人,碰到渔网就不敢触碰了,它也害怕这些东西。鳄鱼怀一次孕,在陆地上生下几百枚卵,等到卵成形的时候,就变出蛇、龟、鳖、鱼、鼍、还有蛟,一共有十几种。等到鳄鱼被人捉住宰杀,它的魂灵能够制造雷电风雨,这大概就是龙一类的神物。出自《感应经》。

南海大鱼

岭南节度使何履光者,朱崖人也。所居傍大海,云,亲见大异者有三:其一曰,海中有二山,相去六七百里,晴朝远望,青翠如近。开元末,海中大雷雨,雨泥,状如吹沫,天地晦黑者七日。人从山边来者云,有大鱼,乘流入二山,进退不得。久之,其鳃挂一崖上,七日而山拆,鱼因尔得去。雷,鱼声也;雨泥,是口中吹沫也;天地黑者,是吐气也。其二曰,海中有洲,从广数千里,洲上有物,状如蟾蜍数枚。大者周回四五百里,小者或百余里。每至望夜,口吐白气,上属于月,与月争光。其三曰,海中有山,周回数十里。每夏初,则有大蛇如百仞山,长不知几百里。开元末,蛇饮其海,而水减者十余日。意如渴甚,以身绕一山数十匝,然后低头饮水。久之,为海中大物所吞。半日许,其山遂拆,蛇及山被吞俱尽,亦不知吞者是何物也。出《广异记》。

鲸 鱼

开元末,雷州有雷公与鲸斗,身出水上,雷公数十在空中上下,或纵火,或诟击,七日方罢。海边居人往看,不知二者何胜,但见海水正赤。出《广异记》。

鲤 鱼

开元中,台州临海,大蛇与鲤鱼斗。其蛇大如屋,长绕孤岛数匝,引头向水。其鱼如小山,鬐目皆赤,往来五六里,

南海大鱼

　　岭南节度使何履光，是海南朱崖人，住的地方靠近大海。他说，亲眼看见三件特别奇异的事：其中之一是：海中有两座山，相距六七百里，晴朗的早晨远远望去，山上一片青翠，好像就在眼前。唐玄宗开元末年，海里雷雨大作，下的雨是泥水，样子像吹出的混浊泡沫，天地之间的暗黑色持续了七天。有个从山边来的人说，有条大鱼，顺着水流进入海中两座大山之间，不能进退。时间一长，鱼鳃挂在一个山崖上，七天以后，山崖裂了，鱼因此才能离开。雷声就是鱼的叫声，下的泥水是鱼口中吹出的水沫，天地黑了，是鱼吐出的水气造成的。其中之二是：海中有块洲岛，长和宽有几千里，岛上有几个东西，样子像几只蟾蜍。大的周长有四五百里，小的也有一百多里。每当到了农历十五这天夜里，口中吐出白气，向上同月亮相连接，与月亮争辉。其中之三是：大海中有座山，周边有几十里。每年初夏的时候，就有一条大蛇像百仞山一样，长不知道有几百里。唐玄宗开元末年，蛇在海里饮水，海水减少了十多天。像是很渴的样子，用身子绕着那座山一共绕了几十圈，然后低下头来喝水。喝了很久，又被海中大物吞吃了。大约半天时间，那座山就崩裂了，蛇和山都被吞光了，也不知道吞吃它们的是什么动物。出自《广异记》。

鲸　鱼

　　唐玄宗开元末年，在雷州有雷公与鲸鱼打斗。鲸鱼的身子露出水面，雷公几十次在空中忽上忽下，有时放火，有时边骂边打，斗了七天才停止。海边的居民去观看，不知双方谁胜利了，只看见海水一片红。出自《广异记》。

鲤　鱼

　　唐玄宗开元年间，台州临海县，有大蛇与鲤鱼争斗。那条蛇大得像间屋子，身长能围绕孤岛好几圈，伸着头向着水面。那条鲤鱼像座小山，鱼脊鳍和眼睛都是红色的，往来奔游五六里，

作势交击。鱼用鳞鬐上触蛇,蛇以口下咋鱼。如是斗者三日,蛇竟为鱼触死。出《广异记》。

海人鱼

海人鱼,东海有之,大者长五六尺,状如人,眉目、口鼻、手爪、头皆为美丽女子,无不具足。皮肉白如玉,无鳞,有细毛,五色轻软,长一二寸。发如马尾,长五六尺。阴形与丈夫女子无异,临海鳏寡多取得,养之于池沼。交合之际,与人无异,亦不伤人。出《洽闻记》。

南海大蟹

近世有波斯常云,乘舶泛海,往天竺国者已六七度。其最后,舶漂入大海,不知几千里,至一海岛。岛中见胡人衣草叶,惧而问之,胡云,昔与同行侣数十人漂没,唯己随流,得至于此。因尔采木实草根食之,得以不死。其众哀焉,遂舶载之,胡乃说,岛上大山悉是车渠、玛瑙、玻璃等诸宝,不可胜数,舟人莫不弃己贱货取之。既满船,胡令速发,山神若至,必当怀惜。于是随风挂帆,行可四十余里,遥见峰上有赤物如蛇形,久之渐大。胡曰:"此山神惜宝,来逐我也,为之奈何?"舟人莫不战惧。俄见两山从海中出,高数百丈,胡喜曰:"此两山者,大蟹螯也。其蟹常好与山神斗,神多不胜,甚惧之。今其螯出,无忧矣。"大蛇寻至蟹许,盘斗良久,蟹夹蛇头,死于水上,如连山。船人因是得济也。出《广异记》。

做出要互相攻击的样子。鲤鱼用鳞和脊鳍向上撞蛇,蛇用嘴向下咬鲤鱼。像这样斗了三天,蛇竟然被鲤鱼撞死了。出自《广异记》。

海人鱼

海人鱼,东海里就有。大的长五六尺,样子像人。眉眼、口鼻、手脚和头都像美丽的女子,没有一样缺少的。皮肉白得像玉石,身上没有鱼鳞,有细毛,毛分五种颜色,又轻又软,毛长一二寸。头发像马尾巴一样,长五六尺。生殖器的形状和男人女人的一样,靠海的鳏夫寡妇大多都捉海人鱼,放在池沼中养育。交合时,与人没什么两样,也不伤人。出自《洽闻记》。

南海大蟹

近代有个波斯人曾说,他乘着大海船渡海,前往天竺国已经六七次了。那最后一次,海船漂进大海,不知漂了几千里,漂到一个海岛。在岛上看见一个胡人穿着用草和树叶编的衣服,波斯人很害怕问他怎么回事。胡人说,从前自己和几十个同行伙伴漂在海上沉没了,只有自己随着水流,才到达这个岛上。因此就采树上的果实和草根吃,这才能活下来。船上的人都可怜他,就让他乘坐海船回来。胡人这才说,这个岛上的大山全是车渠、玛瑙、玻璃等各种宝贝,多得数不过来,船上的人都扔掉自己的贱货去取宝贝。装满船后,那胡人命令赶快开船,山神如果来了,一定会痛惜丢失的宝贝。于是顺着风挂上船帆,走了大约四十多里,远远地看见山峰上有个红色的东西像蛇一样,时间一长渐渐地变大了。胡人说:"这是山神痛惜宝贝,来追赶我们了,怎么办呢?"船上的人都很害怕。不一会儿,就看见两座山从海中伸出来,高几百丈。胡人高兴地说:"这两座山,是大蟹的蟹夹,那个大蟹常常喜欢与山神打斗,山神多数时候没取胜,很惧怕大蟹。现在大蟹的蟹夹伸出来了,不用担心了。"大蛇很快到了大蟹跟前,翻动着斗了很久,蟹夹断了蛇头,蛇死在水上,像连绵的山。船上的人因此得救了。出自《广异记》。

海 鳅

海鳅鱼，即海上最伟者也，小者亦千余尺。吞舟之说，固非谬矣。每岁，广州常发铜船过南安货易，北人有偶求此行，往复一年，便成斑白。云，路经调黎地名。海心有山，阻东海涛，险而急，亦黄河之三门也。深阔处，又见十余山，或出或没，初甚讶之。篙工曰："非山，海鳅鱼背也。"果见双目闪烁，鬐鬣若簸米箕。危沮之际，日中忽雨霖霖。舟子曰："此鳅鱼喷气，水散于空，风势吹来若雨耳。"及近鱼，即鼓船而噪，倏尔而没去。"鱼畏鼓"，物类相伏耳。交趾回，乃舍舟，取雷州缘岸而归，不惮苦辛，盖避海鳅之难也。乃静思曰："设使老鳅瞑目张喙，我舟若一叶之坠智阱耳，宁得不为人皓首乎？"出《岭表录异》。

鳄 鱼

鳄鱼，其身土黄色，有四足，修尾，形状如鼍，而举止趫疾。口森锯齿，往往害人。南中鹿多，最惧此物。鹿走崖岸之上，群鳄嗥叫其下，鹿必怖惧落崖，多为鳄鱼所得，亦物之相摄伏也。故太尉相国李德裕贬官潮州，经鳄鱼滩，损坏舟船，平生宝玩，古书图画，一时沉失。遂召舶上昆仑取之，见鳄鱼极多，不敢辄近，乃是鳄鱼之窟宅也。出《岭表录异》。

吴余鲙鱼

吴王孙权曾江行，食鲙有余，因弃之中流，化而为鱼。今有鱼犹名吴余鲙者，长数寸，大如箸，尚类鲙形也。出《博物志》。

海鳅

海鳅鱼，是海上最大的水生物，小的也有一千多尺。吞舟的说法，并不是荒谬的事。每年，广州常发出铜船到南安进行贸易，有北方人偶尔要求随船走一趟，往来一年，头发便斑白了。他说，船路过调黎地名。海心有山，阻隔东海波涛，十分险急，也是黄河之三门。又深又宽的地方，又看见十多座山，有时露出来，有时沉没下去，开始很惊讶。撑篙工说："这不是山，是海鳅鱼的脊背。"果然看见双眼闪烁，海鳅鱼的脊鬐像簸箕一样。正在危险沮丧的时候，大晴天里忽然下起了小雨。船工说："这是鳅鱼喷气，水珠散在空中，顺风吹来像雨罢了。"等到靠近鳅鱼，人们就敲着船大声乱叫，鳅鱼一下子就沉了下去。"鱼害怕鼓声"，物种之间相互制伏。从交趾回来，就扔了船，顺着雷州沿着海岸回到广州，不怕苦和累，就是为了躲避海鳅的灾难。于是静下心来想一想说："假如老海鳅睁开眼睛张开嘴巴，我们坐的船就会像一片树叶掉到枯井里一样，怎么能不使人惊吓得白了头发呢？"出自《岭表录异》。

鳄鱼

鳄鱼，它的身体是土黄色的，有四只脚，长尾巴，形状像鼍一样。可是动作矫捷。口里密密地长着锯一样的牙齿，常常害人。南中一带有很多鹿，最怕鳄鱼。鹿走到山崖之上，一群鳄鱼在崖下嗥叫，鹿一定会因为惊吓害怕而掉到山崖下，大多被鳄鱼捉住吃了，这也是物种间的互相克制。从前的太尉相国李德裕，被贬官到潮州，路过鳄鱼滩，船损坏了，平生积蓄的宝贝珍玩、古书图画，一下子都沉没丢失了。于是叫来大船上的奴仆下水捞取，看见鳄鱼极多，不敢靠近。这里是鳄鱼的洞穴。出自《岭表录异》。

吴余鲙鱼

吴王孙权曾经在长江上出行，吃鲙鱼还有剩余，便把剩下的扔到江中，变化成鱼。现在有一种鱼还叫吴余鲙，长几寸，粗细像筷子一样，还类似鲙鱼的形状。出自《博物志》。

石头鱼

石头鱼,状如鳝鱼,随其大小,脑中有二石子,如乔麦。莹白如玉。有好奇者,多市鱼之小者,贮于竹器,任其坏烂,即淘之,取其鱼脑石子,以植酒筹,颇脱俗。出《岭表录异》。

黄腊鱼

黄腊鱼,即江湖之横鱼。头嘴长,鳞皆金色,脔为炙,虽美而毒。或煎煿干,夜即有光如笼烛。北人有寓南海者,市此鱼食之,弃其头于粪筐。中夜后,忽有光明,近视之,益恐惧,以烛照之,但鱼头耳,去烛复明。以为不祥,各启食奁,窥其余脔,亦如萤光。达明,遍询土人,乃此鱼之常也,忧疑顿释。同上。

乌贼鱼

乌贼,旧说名河伯从事。小者遇大鱼,辄放墨方数尺以混身,江东人或取其墨书契,以脱人财物。书迹如淡墨,逾年字消,唯空纸耳。海人言,昔秦王东游,弃算袋于海,化为此鱼,形如算袋,两带极长。一说,乌贼有矴,遇风则前一须下矴。出《酉阳杂俎》。

横公鱼

北方荒中有石湖,方千里,岸深五丈余,恒冰,唯夏至左右五六十日解耳。有横公鱼,长七八尺,形如鲤而赤,昼在水中,夜化为人。刺之不入,煮之不死,以乌梅二枚煮之

石头鱼

石头鱼,样子像鳟鱼,不论是大鱼还是小鱼,脑中都有两个石子,像荞麦粒一样,晶莹洁白像玉石。有好奇的人,买了很多小石头鱼,装在竹器里,任凭它腐败,然后用水淘,取出鱼脑中的石子,用来做行酒令用的筹码,非常与众不同。出自《岭表录异》。

黄腊鱼

黄腊鱼,就是江湖中的横鱼。头和嘴很长,鳞都是金色的。把鱼肉烤着吃,味道虽美却有毒。有人把它煎炒成鱼干,夜里就放出像灯笼里的蜡烛一样的光。有个寓居南海的北方人,买了这种鱼吃,把鱼头扔到粪筐里。半夜以后,忽然有了亮光,走近一看,更是害怕,点蜡烛一照,只是个鱼头罢了,拿开蜡烛又放出光亮。他认为是不吉祥的事,就把所有的食具都打开看,看那吃剩的鱼肉块,也闪着萤烛一样的光,到了第二天,到处询问当地人,都说这是鱼的正常状态。忧虑和担心顿时消除了。同上。

乌贼鱼

乌贼,以前的说法叫"河伯从事"。小乌贼遇到大鱼,就放出墨汁染黑方圆好几尺,用来藏身。江东人有的取出它的墨用来写契约,以诈骗别人的钱物。写出的字迹像淡墨,过一年字就消失了,只剩下一张空白纸。海人说,从前秦始皇东游,把一个算袋扔到海里,变成了乌贼鱼。这种鱼外形像算袋一样,两根带子很长。另一种说法是,乌贼身上有个石碇,遇到大风时就弯曲它的前一根须子下碇固定自己。出自《酉阳杂俎》。

横公鱼

北方荒野中有个石湖,方圆千里,湖岸有五丈多深,湖面长年结冰,只有夏至前后五六十天才解冻。湖里有种横公鱼,长七八尺,样子像鲤鱼,但颜色赤红,白天生活在水里,夜里变成人。用尖物刺它刺不进去,用开水煮它煮不死,用两枚乌梅果煮它

则死,食之可止邪病。出《神异录》。

骨　雷

扶南国出鳄鱼,大者二三丈,四足,似守宫状,常生吞人。扶南王令人捕此鱼,置于堑中,以罪人投之。若合死,鳄鱼乃食之;无罪者,嗅而不食。鳄鱼别号忽雷,熊能制之。握其嘴至岸,裂擘食之。一名骨雷,秋化为虎,三爪,出南海思雷二州,临海英潘村多有之。出《洽闻记》。

彭　蜞

蟹属名彭蜞,以螯取土作丸,从潮来至潮去,或三百丸,因名三百丸大彭蜞。出《感应经》。

鲮　鱼

鲮鱼吐舌,蚁附之,因吞之。又开鳞甲,使蚁入其中,乃奋迅,则舐取之。出《异物志》。

鲵　鱼

全义岭之西南,有盘龙山,山有乳洞,斜贯一溪,号为灵水溪。溪内有鱼,皆修尾四足,丹其腹,游泳自若,渔人不敢捕之。《尔雅》云:"鲵似鲇,四足,声如小儿。"今高州溪内亦有此鱼,谓之鲋鱼。出《岭表录异》。

就能煮死它,吃了它可以治邪病。出自《神异录》。

骨 雷

扶南国出产鳄鱼,大的有二三丈长,四只脚,好像壁虎的样子,常常吞吃人。扶南国王派人捕捉这种鱼,放在壕沟里,再把犯罪的人扔进壕沟。如果该死,鳄鱼就吃了他;没有罪的人,嗅一嗅也不吃。鳄鱼另外有个称呼叫忽雷,熊能制住它。熊握住鳄鱼的嘴拖到岸上,撕裂开来吃它。鳄鱼的另一个名叫骨雷,秋天变化成老虎,三只爪,出产在南海的思州和雷州,靠海的英潘村有很多。出自《洽闻记》。

彭蚎

蟹类中有名叫彭蚎的,用螯取土作成土丸,从涨潮到退潮,大约能制成三百个土丸,便给它起名叫"三百丸大彭蚎"。出自《感应经》。

鲮鱼

鲮鱼吐出舌头,蚂蚁爬到舌头上,鲮鱼便吞吃了蚂蚁。鲮鱼还张开鳞甲,让蚂蚁爬进去,就迅速地合上鳞甲,然后就用舌头舐吃完了。出自《异物志》。

鲵鱼

全义岭的西南方,有座盘龙山,山上有个钟乳石山洞,洞里斜着贯穿着一条溪流,称为灵水溪。溪内有鱼,全都长尾巴四只脚,腹部红色,自由自在地游泳,渔人不敢捕捉它。《尔雅》里说:"鲵鱼像鲇鱼一样,四只脚,叫声像小孩一样。"现在高州的溪水里也有这种鱼,称它为鲋鱼。出自《岭表录异》。

比目鱼

比目鱼,南人谓之鞋底鱼,江淮谓之拖沙鱼。《尔雅》云:"东方有比目鱼焉,不比不行,其名谓之鲽。"状如牛脾,细鳞紫色,一面一目,两片相合乃行。出《岭表录异》。

鹿子鱼

鹿子鱼,赪色,其尾鬣皆有鹿斑,赤黄色。《罗州图经》云:"州南海中有洲,每春夏,此鱼跳出洲,化而为鹿。"曾有人拾得一鱼,头已化鹿,尾犹是鱼。南人云:"鱼化为鹿,肉腥,不堪食。"出《岭表录异》。

子归母

杨孚《交州异物志》云:"鲛之为鱼,其子既育,惊必归母,还其腹。小则如之,大则不复。"《潘州记》云:"鳝鱼长二丈,大数围。初生子,子小,随母觅食,暮惊则还入母腹。"《吴录》云:"鳝鱼子,朝出索食,暮入母腹。"《南越志》云:"暮从脐入,旦从口出也。"出《感应经》。

鲩鯱鱼

鲩鯱鱼,文斑如虎。俗云,煮之不熟,食者必死。相传以为常矣。饶州有吴生者,家甚丰足,妻家亦富。夫妇和睦,曾无隙间。一旦,吴生醉归,投身床上,妻为整衣解履,扶异其足。醉者运动,误中妻之心胸,其妻蹶然而死,醉者不知也。

比目鱼

比目鱼，南方人叫它"鞋底鱼"，江淮一带的人叫它"拖沙鱼"。《尔雅》上说："东方有一种比目鱼，不并在一起不能行走，它的名字叫鲽鱼。"样子像牛的脾脏，细鳞紫色，只有一面有一只眼睛，两片相合才能行走。出自《岭表录异》。

鹿子鱼

鹿子鱼，是赤红色的，它的尾巴和鳍部都有梅花鹿一样的斑纹，斑点是赤黄色的。《罗州图经》上说："罗州南海里有一个海岛，每到春夏时，这种鱼跳到岛上，变化成鹿。"曾经有人拾到一条这种鱼，头已经变成鹿，尾巴还是鱼尾巴。南方人说："鱼变成鹿，肉有腥气，不能吃。"出自《岭表录异》。

子归母

杨孚《交州异物志》上说："鲛这种鱼，它的幼鱼长成以后，受到惊吓一定会回到母亲身边，回到母亲的腹中去。小时如此，大时就不这样了。"《潘州记》上说："鳝鱼长二丈，大数围。刚刚生下幼仔，幼仔很小，跟着母亲找食吃，晚上突然受惊就回到母亲的肚子里。"《吴录》说："鳝鱼的幼鱼，早晨出去找食吃，晚上回到母亲的肚子里。"《南越志》上说："（鳝的幼仔）晚上从（母亲的）肚脐进去，早晨从（母亲的）口中出来。"出自《感应经》。

鲦鲡鱼

鲦鲡鱼，身上的纹理和斑点像老虎皮一样。俗话说，如果这种鱼煮不熟，吃了的人一定会死。传来传去就成了定论。江南饶州有个吴生，家里很富裕，妻子家也很富足。夫妻之间很和睦，从来没有隔阂。有一天早晨，吴生喝醉酒回到家里，躺倒在床上，妻子替他整理衣服脱下鞋子，抬起他的脚。吴生喝醉了手脚乱动了一下，无意中踢中了妻子的心胸部位，他的妻子跌倒地上就死了，吴生喝醉了一点也不知道。

遽为妻族所凌执,云殴击致毙。狱讼经年,州郡不能理,以事上闻。吴生亲族,惧救命到而必有明刑,为举族之辱,因饷狱生鳜鲙。如此数四,竟不能害,益加充悦,俄而会赦获免。还家之后,胤嗣繁盛,年洎八十,竟以寿终。且烹之不熟,尚能杀人,生陷数四,不能为害,此其命与? 出《录异记》。

鲫 鱼

东南海中有祖州,鲫鱼出焉。长八尺,食之宜暑而避风。此鱼状,即与江湖小鲫鱼相类耳。浔阳有青林湖,鲫鱼大者二尺余,小者满尺,食之肥美,亦可止寒热也。

鲤 鱼

鲤鱼,济南郡东北有鲤坑,传云,魏景明中,有人穿井得鱼,大如镜。其夜,河水溢入此坑,坑中居人,皆为鲤鱼焉。

黄釭鱼

黄釭音烘。鱼,色黄无鳞,头尖,身似大楲叶,口在颔下,眼后有耳,窍通于脑,尾长一尺,末三刺,甚毒。并出《酉阳杂俎》。

蟕 蠵

蟕蠵者,俗谓之兹夷,乃山龟之巨者。人立其背,可负而行。产潮循山中,乡人采之,取壳以货。要全其壳,须以木楔出肉。龟吼如牛,声响山谷。广州有巧匠,取其甲黄

他很快被妻族的人捆绑起来,说妻子是被吴生殴打而死的,关到狱中打了一年的官司,州里和郡里不能处理,把事情报到朝廷。吴生的亲族,害怕皇上的命令下来一定有明确的刑罚,成为全族人的耻辱,因而给关在监狱里的吴生吃生鲮鲤鱼。像这样一共吃了四次,竟然不能害死他,吴生显得更加精力充沛,不久遇到大赦被免罪。回家以后,子孙很昌盛,活到八十岁,最后在家中安然死去。都说如果鲮鲤鱼煮不熟,吃了能死人,吴生吃了四次,没受伤害,这就是他的命运吧? 出自《录异记》。

鲗鱼

东南海中有个祖州,鲗鱼就出产在那里。长八尺,吃了它能解暑避风寒。这种鱼的样子,就同江湖中的小鲗鱼相类似。浔阳有个青林湖,鲗鱼大的有二尺多长,小的有一尺长,这种鱼吃起来味道肥美,也能治寒热病。

鳢鱼

鳢鱼,济南郡的东北有个鳢鱼坑,传说,魏景明年间,有人挖井挖到一条鱼,大小像镜子。那天夜里,河水上涨流入这个坑,坑中的居民,都变成了鳢鱼。

黄魟鱼

黄魟音烘。鱼,黄色无鳞,头是尖的,身子像大的槲树叶子,嘴在下巴颏的下面,眼睛后面有耳朵,耳眼通到脑子里,尾巴长一尺,尾巴尖有三根尖刺,有剧毒。并出自《酉阳杂俎》。

蟕蠵

蟕蠵,俗称兹夷,是山龟之中形状巨大的。人站在它的背上,能被它驮着行走。出产在潮循山中,乡里人捉到它,取它的壳去卖。想要它完整的壳,必须用木楔插入弄出里面的肉。龟的吼声像牛叫一样,能响遍山谷。广州有个巧匠,取龟甲上黄色

明无日脚者，<small>甲上有散黑晕为日脚矣。</small>煮而拍之，陷黑玳瑁花，以为梳篦杯器之属，状甚明媚。<small>出《岭表录异》。</small>

海　燕

齐监官县石浦有海鱼，乘潮来去，长三十余丈，黑色无鳞，其声如牛，土人呼为海燕。<small>出《广古今五行记》。</small>

鲛　鱼

鲛鱼出合浦，长三丈，背上有甲，珠文坚强，可以饰刀口，又可以镳物。<small>出《交州记》。</small>

明亮没有日脚斑纹的，<small>龟甲上有散黑晕为日脚</small>。用水煮然后拍打，嵌上黑色的玳瑁花，用来制作梳子、篦子、酒杯一类的器具，样子很鲜亮悦目。<small>出自《岭表录异》</small>。

海　燕

　　齐地监官县的石浦有海鱼，趁着涨潮落潮时来去，长三十多丈，黑色无鳞。它的声音像牛叫，当地人叫它海燕。<small>出自《广古今五行记》</small>。

鲛　鱼

　　鲛鱼出产在合浦，长三丈，背上有甲，花纹坚硬，可以用来装饰刀口，还可以磨东西。<small>出自《交州记》</small>。

卷第四百六十五
水族二

峰州鱼

峰州有一道水，从吐蕃中来，夏冷如冰雪。有鱼长一二寸，来去有时，盖水上如粥。人取烹之而食，千万家取不可尽。不知所从来。出《朝野佥载》。

海 虾

刘恂者曾登海舶，入舵楼，忽见窗板悬二巨虾壳。头、尾、钳、足具全，各七八尺。首占其一分，嘴尖利如锋刃，嘴上有须如红箸，各长二三尺。双脚有钳，钳粗如人大指，长二尺余，上有芒刺如蔷薇枝，赤而铦硬，手不可触。脑壳

峰州鱼

峰州有一道水,是从吐蕃中流过来的,夏天水冷得像冰雪一样。水中有一种鱼长一二寸,来去有时,浮在水面上像粥一样。人们捕捞起来煮着吃,千万家也捕捞不完。不知是从哪里来的。出自《朝野金载》。

海 虾

刘恂曾登上一艘海船,进入舵楼里,忽然看见窗板上悬挂着两个巨大的虾壳。头、尾、钳子和脚都是完整的,各长七八尺。头占长度的十分之一,嘴尖利像刀刃,嘴上的须子像红色的筷子,各长二三尺。一对对脚上都有钳子,钳子粗如人的大拇指,长两尺多,上有芒刺像蔷薇枝,色红而锋利坚硬,手不能碰。脑壳

烘透，弯环尺余，何止于杯盂也。《北户录》云："滕循为广州刺史，有客语循曰：'虾须有一丈长者，堪为拄杖。'循不之信。客去东海，取须四尺以示循，方伏其异。"出《岭表录异》。

瓦屋子

瓦屋子，盖蚌蛤之类也，南中旧呼为蚶<small>音憨</small>。子。顷因卢钧尚书作镇，遂改为瓦屋子，以其壳上有棱如瓦垄，故以此名焉。壳中有肉，紫色而满腹，广人犹重之，多烧以荐酒，俗呼为天脔炙。食多即壅气，背膊烦疼，未测其性也。出《岭表录异》。

印 鱼

印鱼，长一尺三寸，额上四方如印，有字。诸大鱼应死者，先以印印之。出《酉阳杂俎》。

石斑鱼

僧行儒言，建州有石斑鱼，好与蛇交。南中多隔蜂窠，窠大如壶，常群螫人。土人取石斑鱼就蜂侧炙之，标于竿上，向日，令鱼影落其窠上。须臾，有鸟大如燕数百，互击其窠，窠碎落如叶，蜂亦全尽。出《酉阳杂俎》。

井 鱼

唐段成式云，井鱼脑有穴，每喷水，辄于脑穴蹙出，如飞泉，散落海中，舟人竞以空器贮之。海水咸苦，经鱼脑穴

部分用火烘透,弯成环形,有一尺多长,比杯盘都大。《北户录》
说:"滕循任广州刺史的时候,有个客人对滕循说:'有的虾须长
一丈多,能当拐杖使用。'滕循不相信。那个客人去东海,取回一
根四尺长的虾须给滕循看,这才相信了客人说的奇事。"出自《岭表
录异》。

瓦屋子

瓦屋子,属于蚌蛤一类,南中一带过去称呼它叫蚶^{音憨}子。
后来因为卢钧尚书镇守这里,就改叫瓦屋子,因为它的壳上有棱
像瓦垄,所以用这个给它起名。壳里有肉,肉是紫色的,肉很丰
满,广东人很喜欢它,大多用火烤着做下酒菜吃,当地人把它叫
作天脔炙。吃多了就呼吸不畅,后背和胳膊疼痛,还不了解为什
么这样。出自《岭表录异》。

印 鱼

印鱼,长一尺三寸,额头上呈四方形,像印章一样,上面有
字。各种大鱼应当死去的,就先用印印在大鱼的身上。出自《酉阳
杂俎》。

石斑鱼

行儒和尚说,建州有一种石斑鱼,喜欢与蛇交配。南中一带
有很多隔蜂巢,巢大如壶,这种蜂常常成群地出来螫人。土人拿
来石斑鱼靠近蜂巢用火烧,挂在木杆上,对着太阳,让鱼的影子
落在巢上。不一会儿,有几百只大如燕子的鸟,轮流攻击蜂巢,
巢被弄碎像树叶一样落到地上,蜂也全死光了。出自《酉阳杂俎》。

井 鱼

唐人段成式说,井鱼的头上有个洞,每当吸水时,水就会从
头上的洞快速地喷出来,像飞泉,散落在海里,船上的人都争着
用空的器具接住水并贮存起来。海水又咸又苦,经过鱼脑的洞

出,反淡如泉水焉。成式见梵僧善提胜说。<small>出《酉阳杂俎》。</small>

异　鱼

异鱼,东海人常获鱼,长五六尺,腹胃成胡鹿、刀槊之状,或号秦皇鱼。<small>出《酉阳杂俎》。</small>

螃蚫

傍海大鱼,脊上有石十二时,一名篱头溺,一名螃蚫。其溺甚毒。<small>出《酉阳杂俎》。</small>

鳝　鱼

郫县侯生者,于沤麻池侧得鳝鱼,大可尺围,烹而食之,发白复黑,齿落复生,自此轻健。<small>出《录异记》。</small>

玳瑁

玳瑁形状似龟,唯腹背甲有烘点。《本草》云:"玳瑁解毒,其大者悉婆萨石,兼云辟邪。"广南卢亭,<small>海岛彝人也。</small>获活玳瑁龟一枚以献连帅嗣薛王。王令生取背甲小者二片,带于左臂上以辟毒。龟被生揭其甲,甚极苦楚。后养于使宅后北池,伺其揭处渐生,复遣卢亭送于海畔。或云,玳瑁若生,带之有验,是饮馔中有蛊毒,玳瑁甲即自摇动;若死,无此验。<small>出《岭表录异》。</small>

海　术

南海有水族,前左脚长,前右脚短。口在胁旁背上。

喷出来,反而淡得像泉水一样。这是段成式听梵僧善提胜说的。出自《酉阳杂俎》。

异 鱼

异鱼是东海人常常捕到的鱼,长五六尺,腹胃呈盛箭器和刀槊状,有人叫它秦皇鱼。出自《酉阳杂俎》。

螃蛴

海边有种大鱼,脊背有骨头对应十二时辰。一名篱头溺,一名螃蛴。这种鱼的尿有很大的毒性。出自《酉阳杂俎》。

鳝 鱼

郫县的侯生,在沤麻池的附近捉到一条鳝鱼,直径大约有一尺,煮着吃了,白发变黑,掉了的牙齿又生出来,从此就身轻体健。出自《录异记》。

玳 瑁

玳瑁的形状像龟,只是腹部和背部的甲壳上有烘烤的斑点。《本草》上说:"玳瑁能解毒,其中的大玳瑁全都是婆萨石,同时还能避邪。"广南的卢亭,海岛上的彝人。活捉了一只玳瑁龟,献给当地长官的后人薛王。薛王命令取下活玳瑁的两小片背甲,戴在左臂上用来避毒。龟被活着揭下它的甲壳,痛苦达到了极点。然后把它放到使君住宅后北面的池子里养着,等到它被揭去甲壳的地方渐渐长好,再派卢亭把它送到海边去。有人说,玳瑁如果是活的,带着它的甲壳就有灵验,饮食中如果有毒,玳瑁的甲壳就会自己摇晃起来;若是死的,就没有这种灵验了。出自《岭表录异》。

海 术

南海有种水族,前左脚长,前右脚短。口在肋旁的背上。

常以左脚捉物,置于右脚,右脚中有齿啮之,方内于口。大三尺余,其声"术术",南人呼为海术。出《酉阳杂俎》。

海 镜

海镜,广人呼为膏叶,盘两片,合以成形。壳圆,中甚莹滑。日照如云母光。内有少肉如蚌胎。腹中有红蟹子,其小如黄豆,而螯具足。海镜饥,则蟹出拾食,蟹饱归腹,海镜亦饱。或迫之以火,则蟹子走出,离肠腹立毙。或生剖之,有蟹子活在腹中,逡巡亦毙。出《岭表录异》。

水 母

水母,广州谓之水母,闽谓之鲀。㾐驾反。其形乃浑然凝结一物,有淡紫色者,有白色者,大如覆帽,小者如碗。肠下有物如悬絮,俗谓之足,而无口眼。常有数十虾寄腹下,咂食其涎。浮泛水上,捕者或遇之,即欻然而没,乃是虾有所见耳。《越绝书》云,海镜蟹为腹,水母虾为目。南中好食之,云性暖,治河鱼之疾,然甚腥,须以草木灰点生油再三洗之,莹净如水精紫玉。肉厚可二寸,薄处亦寸余。先煮椒桂或豆蔻,生姜缕切而炸之。或以五辣肉醋,或以虾醋,如鲙食之。最宜虾醋,亦物类相摄耳。水母本阴海凝结之物,食而暖补,其理未详。出《岭表录异》。

它常常用左脚捉东西,放在右脚上,右脚中有牙齿咬住那东西,这才放到口里。长三尺多,发出"术术"的声音,南方人叫它海术。<small>出自《酉阳杂俎》。</small>

海　镜

海镜,广东人叫作膏叶,形状像两个盘子合起来。壳是圆的,中间很是光滑晶莹。在太阳光的照射下能发出云母一样的光彩。壳内有少许的肉像蚌肉一样。肚子里有红色的蟹子,小得像黄豆一样,可是螯等器官都长得很完全。海镜饿了,小蟹子就出来找食吃,小蟹子吃饱了回到海镜的肚子里,海镜也饱了。有的人把海镜放在火边上烤,那么小蟹就走出来,一离开海镜的肚子立刻就死了。有的人剖开活着的海镜,有小蟹子存活在它的腹中,不一会儿也死了。<small>出自《岭表录异》。</small>

水　母

水母,广州人叫它水母,福建人叫它𫚓。<small>痴驾反切。</small>它的身形是浑然凝结成一个整体的,有淡紫色的,有白色的,大的像倒扣过来的帽子,小的像碗一样。肠子下面有像悬挂着的棉絮一样的东西,当地人说它是脚,而它不长嘴不长眼。常常有几十只虾寄居在水母的肚子下面,吸食水母的涎水。水母一般漂浮在水面上,捕鱼人若遇到它,水母就很快地沉下去,那是因为虾看见了东西。《越绝书》记载,海镜以蟹为腹,水母以虾为眼。南中一带的人喜欢吃它,说水母是暖性物,能治疗吃河鱼得的病,可是太腥,必须用草木灰和生油多次洗,就干净得像水晶和紫玉一样。肉厚大约有二寸,薄的地方也有一寸多。先煮好椒桂或豆蔻,生姜切成丝用油炸。或者用五辣肉醋,或者用虾醋,与水母丝一起拌着吃。最适宜的是虾醋,这也是符合物类互相辅佐互相摄取的道理的。水母本来是阴海里凝结而成的生物,吃了它可以暖身滋补,其中的道理还不清楚。<small>出自《岭表录异》。</small>

蟹

蟹，八月腹内有芒，芒真稻芒也，长寸许，向东输与海神，未输芒，不可食。出《酉阳杂俎》。

百足蟹

善苑国出百足蟹，长九尺，四螯。煎为胶，谓之螯胶，胜凤喙胶也。出《酉阳杂俎》。

蟛蟹

平原郡贡蟛蟹，采于河间界，每年生贡。斫冰火照，悬老犬肉，蟹觉犬肉即浮，因取之。一枚直百钱，以毡密束于驿马上，驰之至京。出《酉阳杂俎》。

鲭鱼

鲭鱼，章安县出焉。鲭子朝出索食，暮还入母腹，中容四子。颊赤如金，甚健，网不能制，俗呼为河伯健儿。出《酉阳杂俎》。

鹦鹉螺

鹦鹉螺，旋尖处屈而味，如鹦鹉嘴，故以此名。壳上青绿斑。大者可受二升。壳内光莹如云母，装为酒杯，奇而可玩。出《岭表录异》。

红螺

红螺，大小亦类鹦鹉螺，壳薄而红，亦堪为酒器。刳小螺为足，缀以胶漆，尤可佳尚也。出《岭表录异》。

蟹

蟹,八月时肚子里有芒刺,芒是真的稻芒,长一寸多,朝着东方献给海神,不献出芒刺,不能吃。出自《酉阳杂俎》。

百足蟹

善苑国出产百足蟹,长九尺,有四只螯。熬成胶,叫作螯胶,胜过凤喙胶。出自《酉阳杂俎》。

蟛蟹

平原郡进贡的蟛蟹,是在河间一带捕捉的,每年都进贡活的。劈开冰用火照明,悬挂着老狗肉,蟛蟹觉察到狗肉就浮上来,于是就捉到了。一只价值一百钱,用毡子密封起来捆在驿马上,奔驰着送到京城。出自《酉阳杂俎》。

鲭鱼

鲭鱼,章安县出产。幼鲭鱼早晨出来找食吃,晚上回到母亲的肚子里,肚子里能装下四只幼鱼。鲭鱼的两颊红如金,很健壮,渔网制不住它,当地人叫它河伯健儿。出自《酉阳杂俎》。

鹦鹉螺

鹦鹉螺,螺旋尾部的尖端弯曲而突出,像鹦鹉的嘴一样,就是根据这个给它命名的。壳上有青色和绿色的斑点。大的能装下二升的东西。壳内光滑晶莹像云母一样,装饰成酒杯,新奇可玩赏。出自《岭表录异》。

红螺

红螺,大小也类似鹦鹉螺。壳很薄,是红色的,也适合做酒器。把小螺挖空做脚,用胶粘牢,涂上漆,特别珍奇受人喜爱。出自《岭表录异》。

鸯龟

初宁县里多鸯龟,壳薄狭而燥。头似鹅,不与常龟同,而能啮犬也。出《南越志》。

鲵鱼

鲵鱼如鲇,四足长尾,能上树。天旱,辄含水上山,以草叶覆身,张口,鸟来饮水,辄吸食之。声如小儿。峡中人食之,先缚于树鞭之,身上白汁出,如构汁,去此方可食,不尔有毒。出《酉阳杂俎》。

鲎

鲎雌常负雄而行,渔者必得其双。南人列肆卖之,雄者少肉。旧说,过海辄相积于背,高尺余,如帆,乘风游行。今鲎壳上有物,高七八寸,如石珊瑚,俗呼鲎帆。至今闽岭重鲎酱。十二足,壳可为冠,次于白角。南人取其尾为小如意。出《酉阳杂俎》。

飞鱼

飞鱼,朗山朗水有之。鱼长一尺,能飞,即凌云空,息即归潭底。出《酉阳杂俎》。

虎蟹

虎蟹,壳上有虎斑,可装为酒器。与红蟹皆产琼崖海边。虽非珍奇,亦不易采得也。出《岭表录异》。

鸯龟

初宁县里有很多鸯龟,壳又薄又窄而且干燥。头像鹅头,和平常的龟不一样,却能咬狗。出自《南越志》。

鲵鱼

鲵鱼像鲇鱼,四只脚,长尾巴,能上树。天旱的时候,就含着水上山,用草叶盖在身上,张着口,鸟来喝水,就吸住吃了。叫声像小孩子。山里人吃鲵鱼时,先把鲵鱼捆到树上用鞭子抽打,等身上冒出白汁,像构树汁一样,去掉汁才能吃,不然就有毒。出自《酉阳杂俎》。

鲎

鲎鱼中的雌鱼常常背着雄鱼行走,打鱼的人一定能成对地捉到。南方人把鲎鱼摆在市场上卖,雄鱼肉很少。旧时传说,鲎鱼渡海时就一个压在另一个的背上,高一尺多,像船帆,能乘风游行。现在鲎鱼的壳上有个东西,高七八寸,像石珊瑚一样,当地人叫它鲎帆。至今福建一带还很看重鲎鱼酱。鲎鱼有十二只脚,壳可以做冠,次于白角。南方人用它的尾巴做小如意。出自《酉阳杂俎》。

飞鱼

飞鱼,朗山的朗水有这种鱼。鱼长一尺,能飞翔,直到凌云高空,休息时就回到潭水的底部。出自《酉阳杂俎》。

虎蟹

虎蟹,壳上有虎皮一样的斑点,可以装饰做酒器。与红蟹一样,都出产于琼崖的海边。虽然不是奇异珍贵的东西,也不是轻易能捉到的。出自《岭表录异》。

蚝

蚝即牡蛎也,其初生海岛边,如拳石,四面渐长,有高一二丈者,巉岩如山。每一房内,蚝肉一片,随其所生,前后大小不等。每潮来,诸蚝皆开房,伺虫蚁入,即合之。海夷卢亭者以斧楔取壳,烧以烈火,蚝即启房,挑取其肉,贮以小竹筐,赴虚市,以易醋米。蚝肉大者鲲为炙,小者炒食,肉中有滋味。食之即甚,壅肠胃。出《岭表录异》。

赤鯶公

鲤脊中鳞一道,每鳞上有黑点,大小皆三十六鳞。唐朝律,取得鲤鱼,即宜放,仍不得吃。说赤鯶公卖者,决六十。出《酉阳杂俎》。

雷穴鱼

兴州有一处名雷穴,水常半穴,每雷声,水塞穴流,鱼随流而出。百姓每候雷声,绕树布网,获鱼无限。非雷声,渔子聚鼓击于穴口,鱼亦辄出,所获半于雷时。韦行规为兴州刺史时,与亲故书,说其事。出《酉阳杂俎》。

虹尾

东海有鱼,虹尾似鸱。鼓浪即降雨,遂设像于屋脊。出《谭宾录》。

牛鱼

海上取牛鱼皮悬之,海潮至,即毛竖。出《谭宾录》。

蠔

蠔就是牡蛎,初时生在海岛边,像拳头大的石头,从四面渐渐地生长,有高一二丈的,像高大险峻的山。每一个腔体内,有一片蠔肉,随壳而长,前后大小不相等。每当涨潮时,所有的蠔全都张开壳,等虫蚁进去,壳就合上。有个海边夷人卢亭用斧子楔取整个的蠔,用烈火烧它,蠔张开壳,挑出里面的肉,装在小竹筐里,到集市上去卖,用来换醋米。蠔肉大的腌好烤着吃,小的炒着吃,肉很有滋味。吃多了蠔肉就会堵塞肠胃。出自《岭表录异》。

赤鲩公

鲤鱼的脊背上有一道鳞,每片鳞上有个黑点,大的小的全都是三十六片。根据唐朝的律法,捉到鲤鱼,就应该放掉,不能吃。并说卖赤鲩公的人,杖打六十板。出自《酉阳杂俎》。

雷穴鱼

兴州有一个地方叫雷穴,里面常有半穴水,每当打雷时,水就满穴并往外流,鱼也随水流出来。百姓们每当打雷时,就绕着树布置好渔网,能网到无数鱼。如果没有雷声,渔民们就在雷穴的洞口安上好几面鼓一起敲打,鱼也能流出来,捕到的鱼只有打雷时的一半。韦行规做兴州刺史时,给亲朋故友写信,说了这件事。出自《酉阳杂俎》。

虬　尾

东海有一种鱼,长着虬龙尾巴,样子像鸥鸟。它一拍打波浪,就要下雨,于是人们在屋脊上放着它的像。出自《谭宾录》。

牛　鱼

在海上取一张牛鱼的皮悬挂着,要是海潮来了的话,它的毛就会竖起来。出自《谭宾录》。

蝤蛑

蝤蛑,大者长尺余,两螯至强。八月能与虎斗,虎不如。随大潮退壳,一退一长。出《酉阳杂俎》。

奔𱔲

奔𱔲,一名溺,非鱼非蛟,大如舡,长二三丈。若鲇。有两乳在腹下,雄雌阴阳类人。取其子着岸上,声如婴儿啼。项上有孔,通头,气出吓吓作声,必大风,行者以为候。相传懒妇所化。杀一头,得膏三四斛,取之烧灯,照读书纺绩辄暗,照欢乐之处则明。出《酉阳杂俎》。

系臂

系臂如龟,入海捕之,必先祭。又陈所取之数,则自出,因取之。若不信,则风浪覆舡。出《酉阳杂俎》。

鸡嘴鱼

李德裕幼时,常于明州见一水族,有两足,嘴似鸡,身如鱼。出《酉阳杂俎》。

剑鱼

海鱼千岁为剑鱼,一名琵琶鱼,形似琵琶而喜鸣,因以为名。虎鱼老则为蛟;江中小鱼,化为蝗而食五谷者,百岁为鼠。出《酉阳杂俎》。

蝤 蝶

蝤蝶,大的长一尺多,两个螯强劲有力。长到八个月就能与老虎拼斗,老虎敌不过它。随着大潮退壳,退一次壳长大一次。出自《酉阳杂俎》。

奔䲡

奔䲡,还有一个名字叫瀾,不是鱼也不是蛟,大如船,长二三丈。样子像鮎鱼。在肚子的下面有两个乳房,雌雄的生殖器都类似人。捉住它的幼鱼放到岸上,叫声像婴儿啼哭。脖子上有个孔洞,通到头上,出气发出吓吓声音的时候,一定刮大风,行路的人用它来判断天气。相传是懒女人变化而成。杀一只奔䲡,能得到三四斛油膏,用油膏点灯,照着看书或织布的时候就昏暗,照着欢乐的地方就明亮。出自《酉阳杂俎》。

系 臂

系臂像龟一样,入海去捕捉它,必须先祭祀。还要说出捕取的数目,它就会自己出来,因而就能捕到。如果不遵守信用多捕,那么风浪就会把船倾覆了。出自《酉阳杂俎》。

鸡嘴鱼

李德裕幼时,曾经在明州见过一种水生物,长着两只脚,嘴像鸡,身子像鱼。出自《酉阳杂俎》。

剑 鱼

海鱼活一千年就变成了剑鱼,还有一个名字叫琵琶鱼,样子像琵琶而喜欢鸣叫,因此有了这个名字。虎鱼老了就变成了蛟;江里有种小鱼,能变成蝗虫吃五谷,一百年后就变成老鼠。出自《酉阳杂俎》。

懒妇鱼

淮南有懒妇鱼,俗云,昔杨氏家妇,为姑所怒,溺水死为鱼。其脂膏可燃灯烛,以之照鼓琴瑟博奕,则烂然有光,若照纺绩,则不復明。 出《述异记》。

黄雀化蛤

淮水中,黄雀至秋化为蛤,至春复为黄雀,雀五百年化为蜃蛤。 出《述异记》。

天牛鱼

天牛鱼,方员三丈,眼大如斗,口在胁下,露齿无唇,两肉角如臂,两翼长六尺,尾五尺。 出《南越记》。

懒妇鱼

淮南有一种懒妇鱼,当地人传说,从前杨家有个媳妇,婆婆讨厌她,溺水而死变成了鱼。鱼的脂膏能用来燃烧当灯烛使用,如果用它照着打鼓、弹琴、弹瑟、下棋等,就灯火灿烂;如果用它照着纺纱、织布等,就昏暗不明了。出自《述异记》。

黄雀化蛤

淮水里,黄雀到秋天变成蛤,到了春天又变成黄雀,黄雀五百年就变成蜃蛤。出自《述异记》。

天牛鱼

天牛鱼,方圆三丈,眼大如斗,嘴在两肋的下面,牙齿外露没有嘴唇,两个肉角像手臂一样,两个翅膀长六尺,尾巴长五尺。出自《南越记》。

卷第四百六十六

水族三

夏　鲧

尧命夏鲧治水，九载无绩。鲧自沉于羽渊，化为玄鱼。时植髫振鳞横游波上，见者谓为河精，羽渊与河海通源也。上古之人于羽山之下修立鲧庙，四时以致祭祀。常见此黑鱼与蛟龙瀺灂而出，观者惊而畏之。至舜，命禹疏川奠岳，行遍日月之下，唯不践羽山之地。济巨海则鼋龟为梁，逾峻山则神龙为负，皆圣德之感也。鲧之化，其事互说，神变犹一，而色状不同。玄鱼黄熊，四音相乱，传写流误，并略记焉。出《王子年拾遗记》。

东海人

昔人有游东海者，既而风恶舡破，补治不能制，随风浪，莫知所之。一日一夜，得一孤洲，共侣欢然。下石植

夏鲧

尧派夏鲧治水,治了九年没有成效。鲧就自沉于羽渊里,变成一条黑鱼。经常竖起鱼鳍晃动鳞甲在水面上横游,看见的人称它为河精,羽渊与河、海的源头都相通。上古的百姓在羽山下修建了鲧庙,一年四季都来祭祀鲧。常常看见这条黑鱼和蛟龙一起在水中出没,观看的人惊奇而且畏惧它们。舜时,派大禹疏导江河、祭祀大山,大禹走遍了天下,唯独不到羽山一带。渡大海时,鳖和龟就是渡海的桥梁,攀登崇山峻岭时,神龙背着他过去,都是圣德的感召。鲧的变化,传说不一,出神入化是一致的,变化的具体情形也不相同。玄鱼黄熊,这四个字的字音容易混淆,传写中出错,在这里略加记录。出自《王子年拾遗记》。

东海人

从前有个游历东海的人,出海不久就遇上大风刮坏了船,修补也无济于事,随着风浪,不知会漂到哪里。漂了一天一夜,漂到了一个孤岛上,一起坐船的伙伴都很高兴。他们停船拴系好

缆，登洲煮食，食未熟而洲没。在船者砍断其缆，舡复漂荡。向者孤洲，乃大鱼也。吸波吐浪，去疾如风。在洲上死者十余人。出《西京杂记》。

昆明池

昆明池，刻石为鲸鱼，每至雷雨，鱼常鸣吼，鬐尾皆动。汉世祭之以祈雨，往往有验。出《西京杂记》。

徐景山

魏明帝游洛水，水中有白獭数头，美净可怜，见人辄去。帝欲取之，终不可得。侍中徐景山奏云："臣闻獭嗜鲻鱼，乃不避死，可以此诳之。"乃画板作两鲻鱼，悬置岸上，于是群獭竞逐，一时执得。帝甚嘉之，谓曰："闻卿能画，何以妙也？"答曰："臣未尝执笔，然人之所作，自可庶几耳！"帝曰："是善用所长也。"出《续齐谐记》。

潘惠延

平原高苑城东有鱼津。传云，魏末，平原潘府君字惠延，自白马登舟之部，手中筭囊，遂坠于水，囊中本有钟乳一两。在郡三年，济水泛溢，得一鱼，长三丈，广五尺，刳其腹中，得顷时坠水之囊，金针尚在，钟乳消尽。其鱼得脂数十斛，时人异之。出《酉阳杂俎》。

缆绳,登上孤岛煮吃的,吃的还未煮熟孤岛就沉没了。在船上的人砍断缆绳,船又漂荡起来。刚才的小孤岛,原来是一条大鱼。它吞吐着波浪,游去时像风一样快。在这孤岛上死了有十多个人。出自《西京杂记》。

昆明池

昆明池有一条石刻的鲸鱼,每当要打雷下雨时,鲸鱼常常吼叫,鳍和尾都动起来。汉代的时候祭石鲸鱼来祈求下雨,往往有灵验。出自《西京杂记》。

徐景山

魏明帝游洛水时,洛水中有几头白獭,干净美丽又可爱,看见人就离开。明帝想捉到白獭,始终捉不到。侍中徐景山对明帝说:"我听说水獭喜欢吃鳝鱼,会不顾自己的死活,可以用鳝鱼欺骗它。"于是在木板上画了两条鳝鱼,悬挂在岸上,群獭竞相追逐,一下子就捉住了。明帝十分欣赏他,对他说:"听说你善于画画,怎么画得这么好呢?"徐景山回答说:"我并未动笔,可是别人画的,就跟真的差不多了。"明帝说:"你很善于用人之长呀。"出自《续齐谐记》。

潘惠延

平原郡高苑城的东面有个地方叫鱼津。传说,魏末的时候,平原郡的潘府君字惠延,从白马津乘船去赴任,手里拿的装着计算工具的口袋掉到水里去了,口袋里还有一两石钟乳。在平原郡的第三年,济水泛滥漫过江堤,得到一条鱼,三丈长,五尺宽,剖开鱼的肚子,得到了那时掉到水里的口袋,金针还在,石钟乳却消化光了。用那条鱼一共熬了几十斛油脂,当时的人认为这事很奇异。出自《酉阳杂俎》。

葛 玄

葛玄见遗大鱼者,玄云:"暂烦此鱼到河伯处。"乃以丹书纸内鱼口,掷水中。有顷,鱼还跃上岸,吐墨书,青墨色,如木叶而飞。又玄与吴主坐楼上,见作请雨土人,玄曰:"雨易得耳。"即书符著社中,一时之间,大雨流淹。帝曰:"水中有鱼乎?"玄复书符掷水中,须臾,有大鱼数百头,使人取食之。出《神仙传》。

介 象

介象与吴主共论鲻鱼之美,乃于殿庭作坎,汲水满之,并求钓。象起饵之,须臾,得鲻鱼。帝惊喜,乃使厨人切食之。出《神仙传》。

龙 门

龙门山在河东界,禹凿山,断如门,阔一里余。黄河自中流下,两岸不通车马。每暮春之际,有黄鲤鱼逆流而上,得者便化为龙。又林登云,龙门之下,每岁季春有黄鲤鱼,自海及诸川争来赴之。一岁中,登龙门者,不过七十二。初登龙门,即有云雨随之,天火自后烧其尾,乃化为龙矣。其龙门水浚箭涌,下流七里,深三里。出《三秦记》。

池中鱼

《风俗通》曰:"城门失火,祸及池鱼。"旧说:"池仲鱼人姓字也,居宋城门,城门失火,延及其家,仲鱼烧死。"又云,宋城门失火,人汲取池中水,以沃灌之,池中空竭,鱼悉露

葛 玄

葛玄遇见一个人送给他一条大鱼,葛玄说:"暂且请这条鱼到河伯那里去吧。"就用红笔在纸上写了字放到鱼的嘴里,把鱼扔到水里。不一会儿,鱼回来又跳到岸上,吐出一张墨书,青黑色,像树叶而能飞动。又有一次葛玄与吴国的国君坐在楼上,看见土人在作法求雨,葛玄说:"雨很容易得到呀。"立即写了一张符放在祭坛里,一时之间,下了场大雨。吴国国君说:"水中有鱼吗?"葛玄又写一张符扔到水中,不一会儿,就出现了几百条大鱼,让人们捉来烹食。出自《神仙传》。

介 象

介象与吴国国君一起谈论鲻鱼的美味,就在殿前的院里挖了个坑,打来水把坑灌满,并找来钓鱼用具。介象起身垂钓,一会儿,钓到一条鲻鱼。吴国国君又惊又喜,就让厨子切好了拿来吃。出自《神仙传》。

龙 门

龙门山在河东境内。大禹凿山,山断如门,有一里多宽。黄河从中间流下去,两岸不通车马。每到晚春时,就有黄色鲤鱼逆流而上,过了龙门的就变成龙。又据林登说,龙门之下,每年的晚春有黄色鲤鱼,从大海及各条大河争着来到龙门。一年之中,登上龙门的鲤鱼,不超过七十二条。刚一登上龙门,就有云雨跟随着它,天降大火从后面烧它的尾巴,就变化成龙了。龙门水流湍急如飞箭,往下流七里,水深三里。出自《三秦记》。

池中鱼

《风俗通》里说:"城门失火,祸及池鱼。"旧时传说:"池仲鱼是人的姓名,居住在宋国的城门附近,城门被火烧了,火一直烧到他家,仲鱼也被烧死了。"又说,宋国的城门被火烧了,人们提取池中的水来浇灭大火,池中水被取空了,里面的鱼全都暴露失水

死。喻恶之滋,并伤良谨也。出《风俗通》。

通川河

通川界内多獭,各有主养之,并在河侧岸间。獭若入穴,插雉尾于獭孔前,獭即不敢出去。却尾即出,取得鱼,必须上岸,人便夺之。取得多,然后自吃。吃饱,即鸣板以驱之,还插雉尾,更不敢出。出《朝野金载》。

行海人

昔有人行海得洲,木甚茂,乃维舟登岸。爨于水傍,半炊而林没于水,遽断其缆,乃得去。详视之,大蟹也。出《异物志》。

阴 火

海中所生鱼蜄,置阴处有光。初见之,以为怪异。土人常推其义,盖咸水所生,海中水遇阴晦,波如然火满海,以物击之,迸散如星火,有月即不复见。木玄虚《海赋》云:"阴火退然。"岂谓此乎?出《岭南异物志》。

裴 伷

唐裴伷,开元七年,都督广州。仲秋,夜漏未艾,忽然天晓,星月皆没,而禽鸟飞鸣矣。举郡惊异之,未能谕。然已昼矣。裴公于是衣冠而出,军州将吏,则已集门矣。遽召参佐泊宾客至,则皆异之。但谓众惑,固非中夜而晓。

死了。这句话是比喻坏事蔓延,连带伤害了好人。出自《风俗通》。

通川河

通川河里有很多水獭,都各有主人饲养他们,都居住在河边。水獭如果进了洞穴,在洞口前插上雄鸡的尾毛,水獭就不敢出洞了。拿开雄鸡尾毛就会跑出来,捉了鱼,必须上岸去,主人就夺下来。捉得多了才能自己吃。吃饱了,主人就敲木板驱赶着水獭进洞,又插上雄鸡尾毛,就不敢出来了。出自《朝野佥载》。

行海人

从前有个人坐船在海上航行,遇上一个海岛,树木长得很茂盛,于是拴好船登上岸。他在靠水边的地方点火做饭,刚做到一半儿,树林就沉没到水里,赶快砍断了缆绳,才得离开。仔细地看,海岛原来是只大螃蟹。出自《异物志》。

阴 火

海中生长的鱼类和蛤类,放在阴暗处会发光。乍一见到,还以为是神怪现象。海边的人常常推究其中的道理,认为大概是因为在咸水中生长的缘故。海水遇上阴晦天气,满海的水波像着火一样,用东西击打海水,海水飞溅散开像火星,有月亮的时候就看不到这样的情景。木玄虚的《海赋》说:"阴火的光亮是柔和的。"难道说的就是这种火吗? 出自《岭南异物志》。

裴 伷

唐代的裴伷,在唐玄宗开元七年时,总管广州。仲秋某天,正在夜间时,天忽然亮了,星星和月亮都看不见,飞鸟也又飞又叫。全郡的人对此都很惊奇,不明白是怎么回事。可是天已经大亮了。裴公于是穿上衣服戴上帽子出来了,军州将吏们也已经集中在门前了。裴公立即找来部下和宾客们,他们也感到这件事很奇异。大家都迷惑不解,以为不是半夜而是天亮了。

即询挈壶氏,乃曰:"常夜三更尚未也。"裴公罔测其倪,因留宾客于厅事,共须日之升。良久,天色昏暗,夜景如初,官吏则执烛而归矣。诘旦,裴公大集军府,询访其说,而无能辨者。裴因命使四访,阖界皆然。即令北访湘岭,湘岭之北,则无斯事。数月之后,有商舶自远南至,因谓郡人云:"我八月十一日夜,舟行,忽遇巨鳌出海,举首北向,而双目若日,照耀千里,毫末皆见,久之复没,夜色依然。"征其时,则裴公集宾寮之夕也。出《集异记》。

王旻之

唐王旻之在牢山,使人告琅琊太守许诚言曰:"贵部临沂县其沙村,有逆鳞鱼,要之调药物,逆鳞鱼,《仙经》云,谓之肉芝,故是欲以调药也。愿与太守会于此。"诚言许之,则令其沙村设储峙,以待太和先生。先生既见诚言,诚言命渔者捕所求。其沙村西有水焉,南北数百步,东西十丈,色黑至深,岸有神祠。乡老言于诚言曰:"十年前,村中少年于水钓得一物,状甚大。引之不出,于是下钓数十道,方引其首出。状如猛兽,闭目,其大如车轮。村人谓其死也,以绳束缚,绕之树,十人同引之。猛兽忽张目大震,声若霹雳。近之震死者十余人。因怖丧去精魂为患者二十人。猛兽还归于水。乃建祠庙祈祷之,水旱必有应。若逆鳞鱼,未之有也。"诚言乃止。出《纪闻》。

于是去询问挈壶氏，他却说："平时的夜间三更天还不到。"裴公不明白此事的根由，于是把宾客留在厅堂，共同等待太阳升起来。过了很久，天色变得昏暗，夜里的景色又像原来一样了，官吏们就拿着蜡烛回家去了。第二天早晨，裴公把将帅们全召集起来，询问他们的看法，却没有能说清楚的人。裴公于是派人四处访问，全广州的人都一样。就派人往北去湘岭一带查访，湘岭的北部，就没有那种事。几个月之后，有商船从遥远的南方来到这里，船上人对广州郡的人说："八月十一日的夜里，船正在行走，忽然遇上一只大鳖露出海面，抬起头向着北方，一对眼睛像太阳似的，一直照出千里之外去，一根毫毛都能看得清楚，很久之后才又沉没到海里去，夜间景色又与原先一样了。"对照一下时间，就是裴公召集宾客官吏的那天晚上。出自《集异记》。

王旻之

唐代的王旻之在牢山，派人告诉琅琊太守许诚言说："您所管辖的临沂县其沙村，有一种逆鳞鱼，我需要用它调制药物，逆鳞鱼，《仙经》说，称为肉芝，因此想用它调药。希望与太守在这个村见面。"许诚言答应了他，就命令其沙村做好准备，来等候王太和先生。王太和先生来了之后，许诚言就命令渔夫去捕捉逆鳞鱼。其沙村的西面有一个水池，南北长几百步，东西长十丈，水色黑，特别深，岸边有座神庙。村里的老人对许诚言说："十年前，村里的一个少年从水里钓到一个东西，好像很大。拖也拖不出来，于是下了几十道钓钩，才拖着头露出水面。样子像猛兽，闭着眼睛，大如车轮。村里人说它死了，就用绳子捆好，绕到树上，十多个人一起拉它。猛兽忽然睁开眼睛，用力抖动，声音像霹雳一样。靠它近的人被震死了十多个。因为害怕而吓掉灵魂成为病人的有二十个。猛兽又回到了水里。于是建造了祠庙向它祈祷，无论水灾还是旱灾都有灵验。如果要找逆鳞鱼，那可没有。"许诚言于是放弃了。出自《纪闻》。

韩　愈

唐吏部侍郎韩文公愈,自刑部侍郎贬潮阳守。先是郡西有大湫,湫有鳄鱼,约百余尺。每一怒则湫水腾荡,林岭如震。民之马牛有滨其水者,辄吸而噬之,不瞬而尽为所害者,莫可胜计,民患之有年矣。及愈刺郡,既至之三日,问民不便事,俱曰:"郡西湫中之鳄鱼也。"愈曰:"吾闻至诚感神,昔鲁恭宰中牟,雉驯而蝗避;黄霸治九江,虎皆遁去。是知政之所感,故能化禽兽矣。"即命庭掾,以牢醴陈于湫之旁,且祝曰:"汝水族也,无为生人患。"既而沃以酒。是夕,郡西有风雷,声动山野,迨夜分霁焉。明日,里民视其湫,水已竭。公命使穷其迹,至湫西六十里,易地为湫。巨鳄亦随而徙焉。自是郡民获免其患。故工部郎中皇甫湜撰愈神道碑叙曰:"刑部为潮阳守,云洞獠海彝,陶然皆化;鳄鱼稻蟹,不暴民物。"盖谓此矣。出《宣室志》。

郧乡民

唐元和末,均州郧乡县有百姓,年七十,养獭十余头,捕鱼为业。隔日一放,将放时,先闭于深沟斗门内,令饥,然后放之。无网罟之劳,而获利甚厚。令人抵掌呼之,群獭皆至。缘衿藉膝,驯若守狗。户部郎中李福,亲见之。出《酉阳杂俎》。

韩　愈

唐代的吏部侍郎韩文公愈，从刑部侍郎贬为潮阳刺史。他来之前，郡的西面有个大水潭，潭里有鳄鱼，长约一百尺。每发一次怒，就弄得潭水翻腾动荡，山岭树木也随之震颤。百姓养的马和牛，有的走近潭水，就被鳄鱼吸去吃掉了，转眼之间被鳄鱼吃掉的牛马，多得数不过来，老百姓苦于这祸患已经很多年了。等到韩愈上任三天之后，访问老百姓有什么不方便的事，全都说："郡西面水潭里的鳄鱼是灾害。"韩愈说："我听说至诚能感动神仙，从前鲁恭主管中牟的时候，雉鸡驯服而且螟虫也躲避起来；黄霸治九江的时候，老虎都悄悄地离开了九江。这是因为，执政者有良好的政绩，禽兽也能被感化。"就派属下把祭祀用的物品陈列在潭水边上，并且祷告说："你是水族一类，不要成为老百姓的祸害。"接着把酒浇到地上。这天晚上，郡的西面有风雷的声音，声音震动了山野，到了半夜才晴天。第二天，乡里的百姓看那水潭，水已经枯竭了。韩公派人去考察其踪迹，到了潭的西面六十里外，换了个地方又造出一个水潭。大鳄也跟随着换了地方。从此潮阳郡的百姓就免去了鳄鱼的祸害。所以工部郎中皇甫湜为韩愈撰写神道碑说："刑部侍郎韩愈做了潮阳刺史，洞居的獠民、海边的彝人，都受到熏陶教化；鳄鱼和稻蟹，也不残害百姓了。"大概说的就是这件事吧。出自《宣室志》。

郧乡民

唐宪宗元和末年，均州的郧乡县有个百姓，七十岁了，养了十多头水獭，靠它们捕鱼维持生活。隔一天放出去一次，快要放出去时，先把水獭关在深沟的闸门里，让它们挨饿，然后才放它们出来。不受撒网收网的劳累，却获利颇丰。让人拍巴掌招呼它们，所有的水獭就会全都到来。攀着他的衣襟，枕着他的膝盖，驯顺得像守门的狗。户部郎中李福，亲眼看见过。出自《酉阳杂俎》。

赤岭溪

歙州赤岭下有大溪,俗传昔有人造横溪鱼梁,鱼不得下,半夜飞从此岭过,其人遂于岭上张网以捕之。鱼有越网而过者,有飞不过而变为石者。今每雨,其石即赤,故谓之赤岭,而浮梁县得名因此。按《吴都赋》云:"文鳐夜飞而触纶。"盖此类也。出《歙州图经》。

赤岭溪

歙州的赤岭下有条大溪水,当地人传说从前有人横着溪水架设了一道拦截鱼的横梁,鱼不能顺流而下,半夜时飞着从这个山岭过去,那个人就在岭上架网来捕捉鱼。有的鱼越过网飞过山岭,有的鱼飞不过去变成了石头。现在每当下雨时,那些石头就变成红色,因而叫它赤岭,而且浮梁县也因此而得名。按《吴都赋》上说:"文鳐鱼夜间飞到空中落到网里。"大概指的就是这件事。出自《歙州图经》。

卷第四百六十七

水族四 水怪

鲧

尧使鲧治洪水,不胜其任,遂诛之。鲧于羽山,化为黄能,入于羽泉。今会稽人祭禹庙,不用能。水居曰能,陆居曰熊也。出《述异记》。

桓冲

晋桓冲为江州刺史,遣人周行庐山,冀睹灵异。既陟崇巘,有一湖,匝生桑树。湖中有败舸、赤鳞鱼,使者渴极,欲往饮水,赤鳞鱼张鬐向之,使者不敢饮。出《法苑珠林》。

李汤

唐贞元丁丑岁,陇西李公佐泛潇湘、苍梧,偶遇征南从

鲧

尧派鲧治理洪水,鲧没有完成任务,就杀了鲧。鲧的尸体在羽山变成黄能,进入羽泉里去了。如今会稽人到禹庙祭祀,不用能肉做祭品。居住在水里的熊叫能,居住在陆地上的叫熊。出自《述异记》。

桓 冲

晋代桓冲做江州刺史时,派人围着庐山巡视,希望能发现珍奇神异之物。这些人登上一座险峻的山峰以后,看见一个湖泊,湖泊的周围长满了桑树。湖里还有一条破船和红鳞鱼,他们非常渴,想去湖边喝点水,红鳞鱼竖起背鳍对着他们,他们没敢去。出自《法苑珠林》。

李 汤

唐贞元丁丑年,陇西人李公佐游览潇湘、苍梧,偶遇征南从

事弘农杨衡泊舟古岸,淹留佛寺。江空月浮,征异话奇。杨告公佐云:"永泰中,李汤任楚州刺史时,有渔人,夜钓于龟山之下。其钓因物所制,不复出。渔者健水,疾沉于下五十丈。见大铁锁,盘绕山足,寻不知极。遂告汤,汤命渔人及能水者数十,获其锁,力莫能制。加以牛五十余头,锁乃振动,稍稍就岸。时无风涛,惊浪翻涌,观者大骇。锁之末,见一兽,状有如猿,白首长鬐,雪牙金爪,闯然上岸,高五丈许。蹲踞之状若猿猴,但两目不能开,兀若昏昧。目鼻水流如泉,涎沫腥秽,人不可近。久乃引颈伸欠,双目忽开,光彩若电。顾视人焉,欲发狂怒。观者奔走。兽亦徐徐引锁,拽牛入水去,竟不复出。时楚多知名士,与汤相顾愕栗,不知其由。尔时,乃渔者知锁所,其兽竟不复见。"公佐至元和八年冬,自常州饯送给事中孟简至朱方,廉使薛公苹馆待礼备。时扶风马植、范阳卢简能、河东裴蘧皆同馆之,环炉会语终夕焉。公佐复说前事,如杨所言。

至九年春,公佐访古东吴,从太守元公锡泛洞庭,登包山,宿道者周焦君庐。入灵洞,探仙书,石穴间得《古岳渎经》第八卷。文字古奇,编次蠹毁,不能解。公佐与焦君共详读之:"禹理水,三至桐柏山,惊风走雷,石号木鸣,五伯拥川,天老肃兵,不能兴。禹怒,召集百灵,搜命夔、龙。

事弘农人杨衡在古渡口停船，逗留在佛寺。江面宽广空旷，月影浮动，他们聊起了奇闻异事。杨衡告诉李公佐说："永泰年间，李汤担任楚州刺史时，有个渔夫，夜间在龟山下钓鱼。他的钩被什么东西挂住了，拽不出水面。渔夫善于游泳，迅速潜到水下五十丈深的地方。看见一条大铁链，盘绕在山根下，寻找不到铁链的端点。于是报告给李汤。李汤派渔夫及几十个善于游泳的人，去打捞那根铁链，这些人提不动。又加上五十多头牛，铁链才有点晃动，靠近了岸边一点儿。当时并没有大风和波浪，却突然翻滚起高大的波浪，观看的人们非常害怕。只见铁链的末尾有一个动物，样子像猿猴，雪白的头发，长长的鳍，白牙，金黄爪子，连冲带撞地上了岸，身高约五丈。它蹲坐的样子也和猿猴一样，只是两只眼睛睁不开，似乎没有知觉地呆坐在那里一动也不动。眼睛和鼻子里泉眼一样向外流水，涎水腥臭难闻，人们不敢靠近。过了很久它才伸伸脖子挺直身子，两眼忽然睁开，目光像闪电一样，四处张望围观的人，像要兴威发怒。人们吓得四散奔逃。那怪兽慢慢地拖着锁链，拽着牛回到水里，再也不出来了。当时楚地有才智的名人与李汤又惊又怕地互相看着，不知道这个怪物的来历。当时只有渔夫知道锁链的位置，那个怪兽再也没有出现。"李公佐在元和八年冬，在常州为去朱方的给事中孟简饯行，廉访使薛公苹在客店里准备了酒宴互相拜见。扶风人马植、范阳人卢简能、河东人裴蘧，都在同一个客店里，大家围着火炉交谈了整宿。李公佐又说起前面那件事，同杨衡说的一样。

到了九年的春天，李公佐游览古时的东吴一带，跟着太守元公锡游览洞庭湖，登上包山，住在一个道士周焦君修炼的地方。他们进入山洞，探寻仙书，在一个石穴内找到一本《古岳渎经》第八卷。书上的文字古老而奇特，有的地方还被蠹虫了，不容易理解。李公佐和周焦君一起详细地阅读研究这本书，书上记载着："大禹治水时，三次到桐柏山。桐柏山刮起大风，响起惊雷，石头呼号，树也鸣叫，五伯壅塞河流，天老把众人弄得疲惫不堪，治水事业不能成功。大禹很生气，召集百种神灵，找来夔和龙。

桐柏千君长稽首请命。禹因囚鸿蒙氏、章商氏、兜卢氏、犁娄氏。乃获淮、涡水神，名无支祁，善应对言语，辨江淮之浅深，原隰之远近。形若猿猴，缩鼻高额，青躯白首，金目雪牙，颈伸百尺，力逾九象，搏击腾踔疾奔，轻利倏忽，闻视不可久。禹授之章律，不能制；授之鸟木由，不能制；授之庚辰，能制。鸱、脾桓、木魅、水灵，山妖石怪，奔号聚绕，以千数。庚辰以战逐去。颈镇大索，鼻穿金铃，徙淮阴之龟山之足下，俾淮水永安流注海也。庚辰之后，皆图此形者，免淮涛风雨之难。"即李汤之见，与杨衡之说，与《岳渎经》符矣。出《戎幕闲谈》。

齐 澣

唐开元中，河南采访使、汴州刺史齐澣以徐城险急，奏开十八里河，达于清水。其河随州县分掘。亳州真源县丞崔延祎纠其县徒，开数千步，中得龙堂。初开谓是虚穴，然状如新筑，净洁周广。北壁下有五色蛰龙，长一丈余。鲤鱼五六枚，各长尺。有灵龟两头，长一尺二寸，眸长九分。祎以白开河御史邬元昌，状上齐澣。澣命移龙入淮，放龟入汴。祎移龙及鱼二百余里，至淮岸，有鱼数百万首，跳跃赴龙，水为之沸。龙入淮喷水，云雾杳冥，遂不复见。初将移之也，御史员锡拔其一须。元昌遣人送龟至宋，遇水泊，

桐柏山神千君长跪拜请命。于是大禹囚禁了鸿蒙氏、章商氏、兜卢氏、犁娄氏。又捉住了淮河、涡水水神,名字叫无支祁。无支祁善于对答言辞,能分辨长江、淮水的深浅和平原沼泽地带的远近。样子像猿猴,小鼻子,高额头,青色的身躯,白色的头发,金色眼睛,雪白的牙齿,脖子伸出来有一百尺长,力气超过九只大象,攻击、搏斗、腾跃、奔跑迅速敏捷,身体轻灵飘忽,只是不能长久地听声音、看东西。大禹把他交给章律,降服不了他;把他交给乌木由,也制服不了;交给庚辰,才制服了他。上千个鸱鸟、脾桓、树精、水神和山妖、石怪,奔跑号叫聚集环绕着无支祁。庚辰用武力把它们打跑了。他给无支祁的脖子上锁上大铁链,鼻子上穿上金铃,送到淮阴的龟山脚下,是想让淮河水永远平安地流到海里。从庚辰以后,到处都画着无支祁的图形,就是想免除淮河上风雨波涛的灾难。"李汤所看见的,和杨衡所说的,与《岳渎经》上的记载是相符合的。出自《戎幕闲谈》。

齐 澣

唐代开元年间,河南采访使、汴州刺史齐澣因为徐城情况危急,向朝廷上奏,建议开掘一条十八里长的人工河,让水直接流进清水河去。这条河由沿线各州各县分段挖掘。亳州真源县的县丞崔延祎组织起本县的民工,负责挖掘几千步的一段,挖出了一座龙堂。刚掘开的时候,以为是个空洞穴,可是那建筑似乎是刚刚修建成的,面积很大十分清洁。北面的墙壁下有一条五彩的蛰伏的龙,长一丈多。有鲤鱼五六条,各一尺长。还有两只通灵的乌龟,长一尺二寸,眼睛长九分。崔延祎把这件事报告了开河御史邬元昌,又写成公文上报给齐澣。齐澣命令人把龙转移到淮河里去,把乌龟放到汴河中去。崔延祎带人把龙和鲤鱼移到二百多里以外的淮河岸边,淮河里有几百万条鱼向着彩龙跳跃着,河水因此而沸腾起来。彩龙进入淮河喷出水气,使四周云雾幽暗,龙也就看不见了。刚开始准备转移龙的时候,御史员锡拔去一根龙须。邬元昌派人把乌龟送到宋地,遇到一个小水塘,

暂放龟水中,水阔数尺,深不过五寸,遂失大龟所在。涸水求之,亦不获,空致小龟焉。出《广异记》。

子英春

子英春者,舒乡人,善入水。捕得赤鲤,爱其色,持归,养之池中。数以米谷食之,一年,长丈余,遂生角有翅。子英怖,拜谢之。鱼言:"我来迎汝,上我背,与汝俱升。"岁来归见妻子,鱼复迎之。故吴中门户作神鱼子英祠也。出《神鬼传》。

洛水竖子

有人洛水中见竖子洗马,顷之,见一物如白练带,极光晶,缴竖子之项三两匝,即落水死。凡是水中及湾泊之间,皆有之。人澡浴洗马死者,皆谓鼋所引,非也。此名白特,宜慎防之,蛟之类也。出《朝野佥载》。

魁 鬼

鳡鱼状如鳢,其文赤斑,长者尺余,豫章界有之。多居污泥池中,或至数百,能为魁子故反。鬼幻惑妖怪,亦能魅人。其污池侧近,所有田地,人不敢犯。或告而奠之,厚其租直,田即倍丰。但匿己姓名佃之。三年而后舍去,必免其害。其或为人患者,能掩人面目,反人手足,祈谢之而后免。亦能夜间行于陆地,所经之处,有泥踪迹;所到之处,

把龟暂时放到水里，水宽几尺，深度不超过五寸，可是却失去了大龟的踪迹。淘干了水塘里的水寻找龟，也没找到，仅仅捉到了几只小乌龟。出自《广异记》。

子英春

子英春是舒乡人，擅长潜水。他捉到一条红鲤鱼，喜欢鱼的颜色，就带回家去，放在池子里喂养。他经常用米谷喂鱼，一年后，鱼长到一丈多长，并且长出了犄角和翅膀。子英春很害怕，向鲤鱼行礼并道歉。鱼说："我是来迎接你的，到我背上来，我和你一起升天。"一年后，他回来看望妻子和孩子，神鱼又来迎接他。所以吴中的人们建造了神鱼子英庙。出自《神鬼传》。

洛水竖子

有人在洛水边看见一个童子在洗刷马，突然从水中窜出一个像白绸带似的东西，非常光亮晶莹，缠绕在童子的脖子上三两圈，童子跌倒在水里死了。凡是有河水和湖泊的地方都有这种怪物。有洗澡和洗马而死的，人们都认为是被鼋拖进水的，其实不是这样。这种怪物名叫白特，应当小心地提防它，它是蛟一类的动物。出自《朝野佥载》。

魁　鬼

鳡鱼的样子像鳢鱼，身上长着红色的斑纹，大的有一尺多长，豫章一带有这种鱼。鳡鱼大多生活在污泥池里，有时一群鱼多达几百条，能变为魁子故反切。鬼幻惑妖怪，也能迷乱害人。它们生活的污水池附近的所有田地，人们不敢冒犯进入。有的人祷告祭祀，增加地租，那田里的庄稼就会产量倍增。只是需要隐瞒自己的姓名租种。三年以后舍弃土地离开，一定能免遭鳡鱼的祸害。鳡鱼有时候祸害人，能扭转人的面目，能使人的手足反转，只有向鳡鱼祈祷并道歉之后，才能解除。鳡鱼也能在夜间行走于陆地上，它经过的地方，有湿泥的印迹；它到达的地方，

闻嗾嗾之声。北部二十五部大将军,有破泉魁符书于砖石上,投其池中,或书板刺,钉于池畔,而必因风雨雷霆,以往他所。善此术者,方可行之。出《录异记》。

罗州赤鳖

岭南罗州、辩州界内,水中多赤鳖,其大如匙,而赫赤色。无问禽兽水牛,入水即被曳深潭,吸血死。或云,蛟龙使曳之,不知所以然也。出《朝野佥载》。

韩珣

唐杭州富阳县韩珣庄凿井,才深五六尺,土中得鱼数千头,土有微润。出《广古今五行记》。

封令祯

唐封令祯任常州刺史,于江南溯流将木,至洛造庙。匠人截木,于中得一鲫鱼长数寸,如刻安之。出《广古今五行记》。

凝真观

唐怀州凝真观东廊柱,已五十余年。道士往往闻柱中有虾蟆声,不知的处。后因柱朽坏,易之,厨人砍以为薪,柱中得一虾蟆,其柱先无孔也。出《广古今五行记》。

能听到啄啄之声。北部二十五部大将军,有镇压泉池魁鬼的符咒,刻在砖块或石头上,扔到池水里。或者将咒语刻在木板上,钉在池水边上,从而招来风雨雷霆,驱赶魁鬼逃到别的地方。只有善于这种法术的人,才可以使用。出自《录异记》。

罗州赤鳖

岭南的罗州、辩州界内,水中有很多红色的鳖,其大小如汤匙,鲜红色。不管是禽兽还是水牛,入水后就被它拽进深潭,吸干血后死去。有的人说,这是蛟龙指派红鳖拽的,不知是什么原因。出自《朝野佥载》。

韩 珣

唐代杭州富阳县有个叫韩珣的人,他们村庄里挖井,才挖了五六尺深,竟在土中得到了几千条鱼,土稍微有点潮湿。出自《广古今五行记》。

封令祯

唐代的封令祯担任常州刺史时,在江南的水道上逆流运送木料到洛阳建造庙宇。木匠截断木料时,在木料中得到一条长几寸的鲫鱼,就像是雕刻好了木槽安放进去的。出自《广古今五行记》。

凝真观

唐代怀州凝真观东廊的柱子,已经五十多年了。观中的道士经常听到柱子里面有虾蟆的叫声,但是不知道发声的确切位置。后来因为柱子朽烂了,更换了新柱子,厨子劈旧柱当柴烧,在旧柱中得到一只虾蟆,可是那根旧柱子先前并没有孔洞。出自《广古今五行记》。

蜀江民

唐蜀民,有于江之上获巨鳖者,大于常,长尺余,其裙朱色。煮之经宿,游戏自若,又加火一日,水涸而鳖不死。举家惊惧,以为龙也,投于江中,浮泛而去,不复见矣。出《录异记》。

张胡子

唐吴郡渔人张胡子尝于太湖中,钓得一巨鱼,腹上有丹书字曰:"九登龙门山,三饮太湖水。毕竟不成龙,命负张胡子。"出《灵怪集》。

柏 君

唐金州洵阳县水南乡百姓柏君怀,于汉江勒漠潭,采得鱼,长数尺,身上有字云:"三度过海,两度上汉。行至勒漠,命属柏君。"出《录异记》。

叶朗之

唐建中元年,南康县人叶朗之使奴当归守田。田下流有鸟陂,陂中忽有物唤,其声似鹅而大。奴因入水探视,得一大物,身滑宛转,内头陂下。奴乃操刀下水,截得其后围六尺余,长二丈许,牵置岸上,剥皮剖之。比舍数十人咸共食炙,肉脆肥美,众味莫逮。背上有白筋大如胫,似鲟鱼鼻,食之特美。余以为脯。此物初死之夕,朗之梦一人,长大黑色,曰:"我章川使者,向醉孤游,误堕陂中,为君奴所害。既废王命,身罹戮辱,又析肌刳脏,焚焌充膳。冤结之痛,

蜀江民

唐代蜀地有一个老百姓,在江上捉到一只大鳖,大于普通的鳖,长一尺多,鳖盖的边沿是红色的。煮了整整一宿,它还是自由自在地在水里玩耍,又加火煮了一天,水烧干了而鳖却没有死。全家人惊慌害怕,以为是龙,扔到江里,鳖漂浮在水面上渐渐远去,再也看不见了。出自《录异记》。

张胡子

唐代吴郡渔夫张胡子曾在太湖中,钓到一条大鱼,鱼肚子上有用丹砂书写的字:"九登龙门山,三饮太湖水。毕竟不成龙,命里欠张胡子的。"出自《灵怪集》。

柏　君

唐代金州洵阳县水南乡的老百姓柏君怀,在汉江的勒漠潭里,捕到一条几尺长的鱼,鱼身上有字说:"三次过大海,两次上汉江。走到勒漠潭,性命交柏君。"出自《录异记》。

叶朗之

唐代德宗建中元年,南康县人叶朗之派仆人当归守护水田。水田下游有个叫乌陂的池塘,忽然有东西在里面叫唤,声音像鹅叫却比鹅的叫声大。仆人下水去寻找,看到一个大怪物,身上光滑浑圆,把头扎在池塘中。仆人就取了刀下水,砍下那个东西的后半部分六尺多粗、二丈多长的一段,拖到岸上,剥去皮剖开肉。同邻舍的几十个人一起烤着吃,肉又脆又肥又鲜美,别的滋味无法与之相比。背上有条白筋,大小像人的小腿,又像鲟鱼鼻,吃起来味道特别鲜美。他们还将剩下的肉做了肉脯。这个东西刚死的那天晚上,叶朗之梦见一个又高又大、浑身漆黑的人对他说:"我是章川使者,喝醉了独自出来游玩,不小心陷到池塘里,被您家的仆人杀害了。既耽误了章川王的使命,自身又遭受杀戮的痛苦,被分割肌肉,取下五脏,烤熟当饭吃了。这冤仇和痛苦,

古今莫二。与君素无隙恨，若能杀奴，谢责偿过，罪止凶身。不尔法科，恐贵门罹祸。"朗之惊觉，不忍杀奴。奴明年，为竹尖刺入腹而死。其年夏末，朗之举家得病，死者八人。出《广古今五行记》。

柳宗元

唐柳州刺史河东柳宗元，常自省郎出为永州司马，途至荆门，舍驿亭中。是夕，梦一妇人衣黄衣，再拜而泣曰："某家楚水者也，今不幸，死在朝夕，非君不能活之。傥获其生，不独戴恩而已，兼能假君禄益，君为将为相，且无难矣。幸明君子一图焉。"公谢而许之。既寤，嘿自异之。及再寐，又梦妇人，且祈且谢，久而方去。明晨，有吏来，称荆帅命，将宴宗元。宗元既命驾，以天色尚早，因假寐焉，既而又梦妇人，顣然其容，忧惶不暇，顾谓宗元曰："某之命，今若缕之悬甚风，危危将断且飘矣。而君不能念其事之急耶？幸疾为计。不尔，亦与败缕皆断矣，愿君子许之。"言已，又祈拜，既告去。心亦未悟焉，即俯而念曰："吾一夕三梦妇人告我，辞甚恳，岂吾之吏有不平于人者耶？抑将宴者以鱼为我膳耶？得而活之，亦吾事也。"即命驾诣郡宴。既而以梦话荆帅，且召吏讯之。吏曰："前一日，渔人网获一巨黄鳞鱼，将为膳，今已断其首。"宗元惊曰："果其夕之

古往今来没有可比的。我与您平时没有隔阂和仇恨，如果您能杀了那个仆人来道歉赔罪，惩罚将只加在犯罪者的身上。不然，按法律追究下来，恐怕您的全家都要遭受灾祸。"叶朗之受惊醒来，不忍心杀仆人。第二年，那个仆人被竹子的尖刺刺进肚子里死去。那年的夏末，叶朗之全家人都得了病，死了八个人。出自《广古今五行记》。

柳宗元

唐代柳州刺史河东人柳宗元，从侍郎被降职出京担任永州司马，途中到达荆门，住在驿站。这天晚上，他梦见一个穿黄衣服的妇女向他拜了两拜哭着说："我家住在楚水，现在遭遇不幸，死亡临近，就在旦夕之间，除了您谁也救不了我。如果能够活下去，我不仅对您感恩戴德，而且能够使您加官晋爵，您想做将军还是做丞相也不是什么难事。希望您能尽力帮我一次。"柳宗元向妇人道谢并应允了她。醒来之后，他沉默不语，觉得事情很奇怪。等到再睡着时，又梦见了那个妇人，一再向他表示祈求和感谢，很久才离去。第二天早晨，有个官吏前来，传达荆州守帅的邀约，准备宴请柳宗元。柳宗元吩咐准备车马之后，因为时间还早，因而又小睡了一会儿，结果又梦见那个妇女，皱着眉头，忧心忡忡地对柳宗元说："我的性命，现在就像用丝线悬挂在大风里，将要断开随风飘走。可是您感觉不到这件事是多么紧急吗？希望您能赶快想个办法。不然的话，我的性命就和丝线一起断了，请您答应我。"说完，又拜谢而去。柳宗元的心里还没有明白这是怎么回事，低头想道："我一个晚上三次梦见这个妇女来请求我，话语诚恳，难道是我手下的官吏对待别人有什么不公平的行为？还是即将参加的宴会上有鱼给我吃呢？找到并救活她，也是我应做的事。"于是就命令驾车到郡里去赴宴。他把梦里的情景告诉了荆州守帅，又叫来小吏讯问这件事。小吏说："前一天，有个渔夫用网捕捉了一条大黄鳞鱼，准备用来做菜，现在已经砍下了它的头。"柳宗元吃惊地说："果然符合那天晚上的

梦。"遂命挈而投江中，然而其鱼已死矣。是夕，又梦妇人来，亡其首，宗元益异之。出《宣室志》。

王 瑶

唐会昌中，有王瑶者任恒州都押衙。尝为栾邑宰。瑶将赴任所，夜梦一人，身怀甲胄，形貌堂堂。自云冯夷之宗，将之海岸，忽罹网罟，为漳川渔父之所得，将置之刀几，充膳于宰君，命在诘朝，故来相告，傥垂救宥，必厚报之。瑶既觉，言于左右曰："此必县吏相迎，捕鱼为馔。"急遣人至县，庖人果欲割鲜，理鲙具。以瑶命告之，遂投于水中。鱼即鼓鬣扬鬐，轩轩而去。是夜，瑶又梦前人泣以相感云："免其五鼎之烹，获返三江之浪，有以知长官之仁，比宗元之惠远矣！"因长跪而去。出《耳目记》。

柳 沂

唐河东柳沂者侨居洛阳，因乘春钓伊水，得巨鱼，挈而归，致于盆水中。先是沂有婴儿，始六七岁。是夕，沂梦鱼以喙啮婴儿臆，沂悸然而寤。果闻婴儿啼曰："向梦一大鱼啮其臆，痛不可忍，故啼焉。"与沂梦同。沂异之。乃视婴儿之臆，果有疮而血。沂益惧。明旦，以鱼投伊水中，且命僧转经画像，仅旬余，婴儿疮愈。沂自后不复钓也。出《宣室志》。

梦。"就让人把鱼扔到江里去,可是鱼已经死了。这天晚上,又梦见那个妇女来了,妇女已经没有了头,柳宗元更加对这件事感到奇怪。出自《宣室志》。

王 瑶

唐代会昌年间,有个叫王瑶的人担任恒州都押衙。他曾经做过栾邑的县宰。在准备赴任的时候,夜里梦见一个人,身上穿着铠甲,相貌堂堂。这人说自己是水神的同宗,他刚到海岸边,突然被漳川的渔夫用网捉住了,即将被放到案板上,做菜给王瑶吃,性命将在明天早晨结束,所以前来相告,如果能蒙受救护,一定优厚地报答王瑶。王瑶醒了以后,对身边的人说:"这一定是县里的官吏为了迎接我,捕鱼做菜。"急忙派人到县里去,厨子果然准备切割一条新鲜鱼,正在整理刀案。派去的人就把王瑶的命令传达给厨子,于是又把鱼放回水里去了。鱼就摆动嘴边的小鳍,晃动着脊鳍,悠然自得地游走了。这天夜里,王瑶又梦见那个人哭着感谢他说:"您使我免除了在锅里烧煮的命运,重新返回到三江的波浪之中,通过这件事使我知道了长官的仁爱之心,柳宗元和您比差得太远啦!"然后长跪感谢后离开了。出自《耳目记》。

柳 沂

唐代河东人柳沂寄居在洛阳,春天到伊水钓鱼,钓到一条大鱼,带回家后放在水盆里。柳沂有个孩子,才六七岁。这天晚上,柳沂梦见鱼用嘴咬婴儿的胸,柳沂惊醒了,果然听到孩子哭着说:"刚才梦见一条大鱼咬我的胸,疼得受不了,所以哭了。"与柳沂所做的梦一样。柳沂觉得这件事很奇怪。他查看婴儿的胸部,果然有个伤口流着血。柳沂更加害怕。第二天早上,他把那条大鱼放到伊水中,并且让和尚转经画像,过了十多天,孩子的伤好了。柳沂从此以后再也不钓鱼了。出自《宣室志》。

崔 柷

晋太常卿崔柷游学时,往至姑家,夜与诸表昆季宿于学院。来晨,姑家方会客。夜梦十九人皆衣青绿,罗拜,具告求生,词旨哀切。崔曰:"某方闲居,非有公府之事也,何以相告?"咸曰:"公但许诺,某辈获全矣!"崔曰:"苟有阶缘,固不惜奉救也。"咸喜跃再拜而退。既寤,盥栉束带,至堂省姑。见缶中有水而泛鳖焉。数之,大小凡十九。计其衣色,亦略同也。遂告于姑,具述所梦,再拜请之。姑亦不阻,即命仆夫置于器中,躬诣水次放之。出《玉堂闲话》。

染 人

广陵有染人居九曲池南,梦一白衣少年求寄居焉。答曰:"吾家隘陋,不足以容君也。"乃入厨中。尔夕,举家梦之。翌日,厨中得一白鳖,广尺余,两目如金。其人送诣紫极宫道士李栖一所,置之水中,则色如金而目如丹,出水则白如故。栖一不能测,复送池中,遂不复见。出《稽神录》。

海上人

近有海上人于鱼扈中得一物,是人一手,而掌中有面,七窍皆具,能动而不能语。传玩久之,或曰:"此神物也,不当杀之。"其人乃放置水上,此物浮水而去,可数十步,忽大笑数声,跃没于水。出《稽神录》。

崔桅

晋代太常卿崔桅出游求学的时候,到姑姑家去,夜里和各位表兄弟住在学校里。第二天早晨,姑姑家正在会客。崔桅夜里梦见有十九个人全都穿着青绿色的衣服,站在他的四周向他行礼,全都是祈求他救命的,言词悲哀恳切。崔桅说:"我是个闲居的人,没有官职,为什么来求我?"那些人都说:"只要您答应,我们这些人就能活下来了。"崔桅说:"如果有什么机缘帮得上忙,我是一定会救助的。"这些人全都高兴得跳起来,再三拜谢后才走。崔桅醒了以后,盥洗打扮完毕,到堂屋去看望姑姑。他看见一只瓦罐中有一些鳖在水里游动。数一数,大大小小一共十九只。比较一下鳖和梦中人衣服颜色,也大致相同。崔桅于是对姑姑述说了自己的梦,请求放了这些鳖。姑姑没有阻拦,他就叫仆人把鳖放到器皿中,亲自到水边放了它们。出自《玉堂闲话》。

染　人

广陵有个染匠居住在九曲池的南面,梦见一个白衣少年要求寄住在他的家里。他回答说:"我的家窄小简陋,无法容纳您。"那个白衣人就自己走进厨房里去了。那天晚上,全家人都梦见了白衣人。第二天,在家里的厨房里得到一只白色的鳖,一尺方圆,两只眼睛像金子一样。那个染匠就把鳖送到紫极宫道士李栖一的住处,放到水里,这时鳖的身体忽然变成金色而眼睛变成红色了,把鳖提出水来又变成白色。李栖一不明白其中的原因,就把鳖又送到水池中去,随后鳖就不见了。出自《稽神录》。

海上人

近来有个海上捕鱼的人从鱼栅中得到一个东西,是一只人的手掌。手掌中有面孔,七窍全都具备,能活动却不能说话。大家传着玩赏了很久,有人说:"这是个神物,不要杀了他。"捕鱼人就把它放到海面上,这个东西浮水离开了,漂了大约几十步远,忽然大笑了几声,跳跃起来又沉没到水里去了。出自《稽神录》。

法聚寺僧

法聚寺内有僧,先在房,至夜,忽谓门人曰:"外有数万人,头戴帽,向贫道乞救命。"急开门出看,见十余人担螺子,因赎放生。 出《蜀记》。

李延福

伪蜀丰资院使李延福昼寝公厅,梦裹乌帽三十人伏于阶下,但云乞命。惊觉,仆使报,门外有村人献鳖三十头。因悟所梦,遂放之。 出《儆戒录》。

法聚寺僧

法聚寺有个和尚，一整天都待在屋里，到了夜晚，忽然对看门人说："外面有几万人，头上戴着帽子，向我乞求救命。"急忙打开门出去看，见有十多个人挑着田螺，于是全都买下来去放生了。出自《蜀记》。

李延福

伪蜀丰资院使李延福白天在官署里睡觉，梦见三十个头戴黑帽子的人趴在台阶下，向他乞求救命。他受惊而醒来，仆人进来报告说，门外有个村人献来三十只鳖。他领悟了自己所做的梦，放了这些鳖。出自《儆戒录》。

卷第四百六十八

水族五 水族为人

子　路

孔子厄于陈，弦歌于馆中。夜有一人，长九尺余，皂衣高冠，咤声动左右。子路引出，与战于庭，仆之于地，乃是大鳀鱼也，长九尺余。孔子叹曰："此物也，何为来哉？吾闻物老则群精依之，因衰而至。此其来也，岂以吾遇厄绝粮，从者病乎？夫六畜之物，及龟蛇鱼鳖草木之属，神皆能为妖怪，故谓之五酉。五行之方，皆有其物。酉者老也，故物老则为怪矣。杀之则已，夫何患焉？"出《搜神记》。

长水县

秦时，长水县有童谣曰："城门当有血，则陷没为湖。"有老姬闻之，忧惧，旦旦往窥焉。门卫欲缚之，姬言其故。

子　路

　　孔子在陈国受困,在旅店里弹琴唱歌。夜里有一个人,身高九尺多,穿黑色衣服,戴着高高的帽子,呼喊声惊动了附近的人。子路把那人引到外面,与他在庭院里搏斗,把那人打倒在地上,竟然是一条大鳀鱼,长九尺多。孔子叹息说:"这个东西,为什么到这里来呢? 我听说,生物老了,各种精灵就会依附在它身上,趁衰而入。它这次来,难道是因为我遇到麻烦,没有饭吃,跟着我的人也得病的原因吗? 六畜一类东西,以及龟蛇鱼鳖草木之类,它们的精气都能兴妖作怪,所以叫他们五酉。东西南北中,都有这些东西。酉,就是老的意思,所以物太古老就变成精怪了。杀了它们就没有事了,有什么可怕的呢?"出自《搜神记》。

长水县

　　秦朝的时候,长水县有童谣说:"城门要是有血,城就会陷没变成湖泊。"有个老妇人听见了童谣,非常害怕,天天去城门查看。守城门的人想把老妇人抓起来,老妇人说了来城门的原因。

妪去后,门卫杀犬,以血涂门。妪又往,见血走去,不敢顾。忽有大水,长欲没县。主簿何幹入白令,令见幹曰:"何忽作鱼?"幹曰:"明府亦作鱼矣!"遂沦陷为谷。出《神鬼传》。

姑苏男子

后汉时,姑苏有男子,衣白衣,冠帻,容貌甚伟,身长七尺,眉目疏朗。从者六七人。遍历人家,奸通妇女,昼夜不畏于人。人欲掩捕,即有风雨,虽守郡有兵,亦不敢制。苟犯之者,无不被害。月余,术人赵杲在赵,闻吴患,泛舟遽来。杲适下舟步至姑苏北堤上,遥望此妖,见路人左右奔避无所,杲曰:"此吴人所患者也。"时会稽守送台使,遇,亦避之于馆。杲因谒焉。守素知杲有术,甚喜。杲谓郡守曰:"君不欲见乎?"因请水烧香,长啸数声,天风欻至,闻空中数十人响应。杲掷手中符,符去如风。顷刻,见此妖如有人持至者,甚惶惧。杲谓曰:"何敢幻惑不畏?"乃按剑曰:"诛之。"便有旋风拥出。杲谓守曰:"可视之矣。"使未出门,已报去此百步,有大白蛟,长三丈,断首于路傍。余六七者,皆身首异处,亦鼍鼋之类也。左右观者万余人,咸称自此无患矣。出《三吴记》。

老妇人离开后,守城门的人杀了一条狗,把狗血涂到城门上。老妇人又去查看,看见血就逃离了县城,不敢回头。这时忽然出现了大水,就要淹没县城了,主簿何幹进去报告给县令,县令看见了何幹说:"你为什么忽然变成了鱼?"何幹说:"您也变成鱼了。"于是县城沦陷成为深沟湖泊。出自《神鬼传》。

姑苏男子

后汉时,姑苏有个男子,身穿白衣服,头带包头巾,容貌英俊,身高七尺,眉目舒展。跟从的人有六七个。他们走遍了每一户人家,或奸污或私通妇女,不论白天还是黑夜,一点也不害怕人。有人想要去捕捉他们,就会遭到刮风下雨的阻碍,即使城镇有驻守的军队,也不敢去对付他们。冒犯他们的人,没有不被害死的。一个多月后,有个叫赵果的术士在赵地,听说了吴地的灾祸,赶快坐船赶到姑苏。赵果刚刚下船走到始苏城北的堤坝上,远远地看到了这妖怪,只见路上的行人向左右奔逃,找不到躲避的场所,赵果说:"这就是给姑苏人带来灾祸的妖怪呀!"当时,会稽的郡守为台使送行,遇见了妖怪,也到旅馆里躲避。赵果因而去拜见郡守。郡守早就听说赵果会法术,见了他很高兴。赵果对郡守说:"您不想看一看吗?"于是要来净水,烧上香,长啸几声,天上突然刮来风,听见空中有几十个人在响应。赵果扔出手中的符咒,符像风一样地飞走了。不一会儿,就看见这个妖怪像是被人押送似的来到面前,样子非常惊慌恐惧。赵果说:"你胆敢变幻形象迷惑世人而不怕惩罚!"又握着剑说:"杀了他!"于是就有旋风把他卷了出去。赵果对郡守说:"可以去看一看了。"派出的人还没走出门去,已经有人进来报告说离这里一百步的地方,有条大白蛟,长有三丈,在路旁被砍下了头。还有六七个怪物也都身首异处,都是鼋鼍之类。有一万多人围在四周观看,都说从此没有灾祸了。出自《三吴记》。

永康人

吴孙权时,永康有人入山遇一大龟,即逐之。龟便言曰:"游不良时,为君所得。"人甚怪之,载出,欲上吴王。夜泊越里,缆舡于大桑树。宵中,树呼龟曰:"劳乎元绪,奚事尔耶?"龟曰:"我被拘絷,方见烹臑。虽尽南山之樵,不能溃我。"树曰:"诸葛元逊博识,必致相苦。令求如我之徒,计从安出?"龟曰:"子明无多辞,祸将及尔。"树寂而止。既至,权命煮之,焚柴百车,语犹如故。诸葛恪曰:"然以老桑方熟。"献之人仍说龟树共言,权登使伐取,煮龟立烂。今烹龟犹多用桑薪,野人故呼龟为元绪也。出《异苑》。

王　素

吴少帝五凤元年四月,会稽余姚县百姓王素,有室女,年十四,美貌。邻里少年求娶者颇众,父母惜而不嫁。尝一日,有少年,姿貌玉洁,年二十余,自称江郎,愿婚此女。父母爱其容质,遂许之。问其家族,云:"居会稽。"后数日,领三四妇人,或老或少者,及二少年,俱至家。因持资财以为聘,遂成婚媾。已而经年,其女有孕,至十二月,生下一物如绢囊,大如升,在地不动。母甚怪异,以刀割之,悉白鱼子。素因问江郎:"所生皆鱼子,不知何故?"素亦未悟。江郎曰:"我所不幸,故产此异物。"其母心独疑江郎非人,

永康人

吴国孙权执政的时候，有个永康人进山遇到一只大龟，就去追赶。龟便说道："出游没遇到好时候，竟被您捉住。"永康人觉得很奇怪，把龟带出山去，准备献给吴王孙权。夜里停泊在越里，把船拴在一棵大桑树上。半夜时，大桑树招呼龟说："元绪，你很辛苦吧，什么事把你弄成这个样子？"龟说："我被捉住了，将要把我煮了做肉汤吃。即使砍光了南山上所有树木当柴烧，也不能煮死我。"树说："诸葛元逊见识广博，必定会使你受苦。如果他命令寻找我们这一种类的树当柴烧，你又能有什么办法呢？"龟说："子明你不要多说话，不然灾祸就将加到你的身上。"树就静静地不再说话了。到了京城之后，孙权下令煮龟，烧了几百车的木柴，龟还能像以前一样说话。诸葛恪说："应该用老桑树烧火才能煮熟。"献龟的人也说了桑树和龟的对话。孙权立刻派人去砍伐桑树，用来煮龟立刻就煮熟了。现在人们煮龟仍大多使用桑木柴，老百姓也因此把龟叫作元绪。出自《异苑》。

王　素

吴国少帝五凤元年四月，会稽余姚县的百姓王素，有个十四岁的未出嫁的姑娘，容貌美丽。邻居乡里的少年来求婚的人很多，父母因爱惜姑娘都没有同意。有一天，来了一个少年，姿态容貌像美玉一样，年龄二十多岁，自称是江郎，愿意和王素的女儿结婚。姑娘的父母喜爱江郎的容貌，就答应将女儿许配给他。询问江郎的家族，江郎说："住在会稽。"过了几天，江郎领了三四个妇女，有的年老有的年轻，还有两个少年，来到王素家。他们拿来钱财作为聘礼，于是两个人结了婚。过了一年，王素的女儿有了身孕，到了十二月份，生下一个东西像绢布做的口袋，有一升那么大，在地下一动不动。母亲觉得很奇怪，用刀割开它，全是白鱼的鱼子。王素因而问江郎："所生的全是鱼子，不知是什么缘故？"王素至此还没有醒悟。江郎说："这是我的不幸，所以才生下这种奇特的东西。"姑娘的母亲心里怀疑江郎不是人，

因以告素。素密令家人，候江郎解衣就寝，收其所著衣视之，皆有鳞甲之状。素见之大骇，命以巨石镇之。及晓，闻江郎求衣服不得，异常诟骂。寻闻有物偃蹄，声震于外。家人急开户视之，见床下有白鱼，长六七尺，未死，在地拨刺。素砍断之，投江中。女后别嫁。出《三吴记》。

费长房

汝南有妖，常作太守服，诣府门椎鼓，郡患之。及费长房来，知是魅，乃呵之。即解衣冠叩头，乞自改，变为老鳖，大如车轮。长房令复就太守服，作一札，敕葛陂君。叩头流涕，持札去。视之，以札立陂边，以颈绕之而死。出《列异传》。

张福

鄱阳人张福，舡行还，野水边忽见一女子，甚有容色，自乘小舟。福曰："汝何姓？作此轻行，无笠雨驶，可入见就避雨。"因共相调，遂入就福寝。以所乘小舟，系福舡边。三更许，雨晴明月，福视妇人，乃一大鼍，欲执之，遽走入水。向小舟，乃是一槎段，长丈余。出《搜神记》。

丁初

吴郡无锡有上湖大陂，陂吏丁初，天每大雨，辄循堤防。春盛雨，初出行塘，日暮间，顾后有小妇人，上下青衣，

并把自己的怀疑告诉了王素。王素暗中派家中仆人,等江郎脱衣服睡觉时,将他的衣服取来看,衣服上全都有鳞甲的痕迹。王素看了很害怕,命人用大石头压住衣服。等到天亮就听见江郎因为找不到衣服,异乎寻常地在大声咒骂。不久又听见有东西跌落,震动的声音传到外面。家人急忙打开门看,只见床下有条白鱼,六七尺长,还没死,在地上乱跳。王素用刀砍断了白鱼,扔到江里。女儿后来又另外嫁了人。出自《三吴记》。

费长房

汝南出现了一个妖精,常常穿着太守的服装,到府门前打鼓,州郡的人们都很忧虑。等到费长房来做郡守,知道是妖魅在作怪,就呵斥妖怪。妖怪脱下衣帽叩头,请求让自己改正错误,接着变成了一只老鳖,大如车轮。费长房让它再穿上太守的服装,写了一封信,让它带给葛陂君。老鳖一边叩头,一边哭泣,拿着信走了。再看它时,它把信立在葛陂湖的边上,用脖子绕着信死了。出自《列异传》。

张 福

鄱阳人张福,乘船回家,在野外的水边上忽然看见一个女子,容貌非常好看,独自驾着一条小船。张福说:“你姓什么?为什么轻装疾行,不戴斗笠冒雨行驶,可以到我船上来避雨。”因而相互调笑,那女子就登上张福的船与他同寝。把她乘坐的小船拴在张福的船边上。三更天的时候,雨散天晴明月高照,张福看那个妇女,竟是一只大鼍。张福想抓它,它急忙走进水去。先前的小船,只是一段木筏,长一丈多。出自《搜神记》。

丁 初

吴郡无锡有个连着太湖的大池塘,管理池塘的小吏丁初,每当大雨时,就出来巡视堤防。春天雨多,丁初出来巡视水塘,天快黑的时候,回头看见身后有个小妇人,上下身都穿黑色衣裙,

戴青伞。追后呼：“初掾待我!”初时怅然,意欲留伺之,复疑本不见此,今忽有妇人冒阴雨行,恐必鬼物。初便疾行,顾见妇人,追之亦速。初因急走,去之转远。顾视妇人,乃自投陂中,汜然作声,衣盖飞散。视是大苍獭,衣伞皆荷叶也。此獭化为人形,数媚年少者也。出《搜神记》。

谢　非

　　道士丹阳谢非往石城冶买釜还,日暮,不及家。山中有庙,舍于溪水上,入中宿,大声语曰：“吾是天帝使者,停此宿。”犹畏人劫夺其金,意苦搔搔不安。夜二更中,有来至庙门者,呼曰：“何铜。”铜应诺。“庙中有人气是谁?”铜云：“有人言是天帝使者,少顷便还。”须臾,又有来者,呼铜,问之如前,铜答如故,复叹息而去。非惊扰不得眠,遂起。呼铜问之：“先来者是谁?”铜答言：“是水边穴中白鼍。”“汝是何等物?”“是庙北岩嵌中龟也。”非皆阴识之。天明便告居人,言：“此庙中无神,但是龟鼍之辈,徒费酒肉祀之。急具锸来,共往伐之。”诸人亦颇疑之,于是并会伐掘,皆杀之,遂坏庙绝祀。自后安静。出《搜神记》。

顾保宗

　　顾保宗字世嗣,江夏人也,每钓鱼江中。尝夏夜于草堂临月未卧,忽有一人须发皓然,自称为翁,有如渔父。直

拿着一把黑伞。她在后面边追边喊:"丁初大人等等我!"丁初有些心情不好,想停下脚步等候她,随即意识到从来不曾见过她,现在忽然出现冒着阴雨走路,恐怕一定是鬼怪。丁初便飞快地往前走,回头看那个小妇人,追赶得更快了。丁初因而加速快走,距离小妇人越来越远。回头再看那个小妇人,竟自己跳进水里,发出哗哗的声音,衣服全都飞散开了。一看是只很大的苍色水獭,衣服和伞全是荷叶。这个水獭变成人的模样,曾多次迷惑年轻人。<small>出自《搜神记》。</small>

谢 非

道士丹阳人谢非到石城冶去买了一口锅往回走,天黑了,还没到家。山上有座庙,建在溪水边。他进庙里去住宿,大声地说道:"我是天帝的使者,到这里住宿。"又害怕别人来抢劫他的钱,心里头始终烦躁不安。到了夜里二更天的时候,有人来到庙前,喊道:"何铜。"何铜回答了对方。那人又问:"庙里有生人气,是谁?"何铜说:"有个人说自己是天帝的使者,不久就离开。"不一会儿,又有人来,呼唤何铜,又问了同样的问题,何铜也像先前一样回答,那人也叹着气走开了。谢非受到惊扰没能睡觉,就起来了。他招呼何铜问道:"先来的是谁?"何铜回答说:"是水边洞里的白鼍。""你是什么东西?"回答说:"是庙北山岩上的乌龟。"谢非全都暗暗地记了下来。天亮后,就告诉附近的居民说:"这个庙里没有神灵,只是龟和鼍之类,不要白白地浪费酒肉来祭祀它们了。赶快去拿来锹铲,一起去讨伐妖孽。"人们也早就有所怀疑了,因此合力挖出了龟和鼍,并将其都杀死,然后毁坏了庙宇,断绝了祭祀。从此后就安静无事了。<small>出自《搜神记》。</small>

顾保宗

顾保宗的字叫世嗣,是江夏人,常常到江边钓鱼。在一个夏天的夜晚,顾保宗独自一人在草屋中对月未眠,忽然看到有一个人,头发胡子全都白了,自称为老翁,样子像个渔夫。他径直

至堂下，乃揖保宗，便箕踞而坐，唯哭而已。保宗曰："翁何至？"不语，良久谓保宗曰："陆行甚困，言不得速。"保宗曰："翁适何至？今何往？"答曰："来自江州，复归江夏。"言讫又哭。保宗曰："翁非异人乎？"答曰："我实非人，以君闲退，故来相话。"保宗曰："野人渔钓，用释劳生，何闲退之有？"答曰："世方兵乱，闲退何词？"保宗曰："今世清平，乱当何有？"答曰："君不见桓玄之志也？"保宗因问："若是有兵，可言岁月否？"翁曰："今不是隆安五年耶？"保宗曰："是。"又屈指复哭，谓宗曰："后年易号。复一岁，桓玄盗国，盗国未几，为卯金所败。"保宗曰："卯金为谁？"答曰："君当后识耳。"言罢，复谓保宗曰："不及二十稔，当见大命变革。"保宗曰："翁远至，何所食？"答曰："请君常食。"保宗因命食饲之。翁食讫，谓保宗曰："今夕奉使，须向前江，来日平旦，幸愿观之。"又曰："百里之中，独我偏异，故验灾祥，我等是也。"宗曰："未审此言，何以验之？"答曰："兵甲之兆也。"言讫乃出。保宗送之于户外，乃诀去。及晓，宗遂临江观之，闻水风渐急，鱼皆出浪，极目不知其数。观者相传，首尾百余里。其中有大白鱼，长百余丈，骧首四望，移时乃没。是岁隆安五年六月十六日也。保宗大异之。后二岁，改隆安七年为元兴，元兴二年十一月壬午，桓玄果篡位。三年二月，建武将军刘裕起义兵灭桓玄，复晋安帝位。后十七年，刘裕受晋禅。一如鱼之所言。出《九江记》。

来到堂下,向顾保宗作了一个揖,然后就伸腿坐下,只是一个劲地哭。顾保宗说:"老翁是从哪里来的?"老翁不说话,过了很久才对顾保宗说:"在陆地上行走非常劳累,说话说不快。"顾保宗说:"老翁刚才从哪里来?现在要到哪里去?"回答说:"从江州来,再回江夏。"说完了又哭起来。顾保宗说:"老翁莫非不是人类吗?"回答说:"我确实不是人类,因为您在家里闲待着,所以来与您说话。"顾保宗说:"山野之人渔钓,来缓解辛苦劳累,为什么说是在家里闲待着呢?"回答说:"世上就要发生变乱,在家闲待着有什么不好?"顾保宗说:"现在世上安定太平,哪里有变乱?"回答说:"您不知道桓玄的野心吗?"顾保宗接着问:"如果真有兵变,能说出发生的年月吗?"老翁说:"如今不是隆安五年吗?"顾保宗说:"是。"老翁又弯着指头一边计算一边哭,对顾保宗说:"后年就会改变年号。再过一年,桓玄篡位,篡位不久,被卯金打败。"顾保宗说:"卯金是谁?"回答说:"您以后会知道的。"说完,又对顾保宗说:"不出二十年的时间,就能看见改朝换代。"顾保宗说:"老翁从远处来,吃点什么吗?"回答说:"请拿些您的家常便饭。"顾保宗于是让人给老翁取东西吃。老翁吃完饭,对顾保宗说:"我今天奉了使命,要到前江去,明天天一亮,请您到江边去看一看。"又说:"一百里之内,只有我很特殊,所以要验证灾难和吉祥,看看我们就行了。"顾保宗说:"不理解您说的话,怎么验证呢?"回答说:"是战争的预兆。"说完就出门去了。顾保宗把老翁送到大门外,老翁离开。等到天亮,顾保宗就到江边去观看,只见水和风渐渐地大起来,鱼全都跳出波浪,放眼望去,不知道究竟有多少。观看的人互相传说,鱼群从头到尾,有一百多里长。其中有条大白鱼,长一百多丈,抬起头来四面张望,过了一段时间,才沉入水中。这一天是隆安五年六月十六日。顾保宗大感惊异。后来过了两年,改隆安七年为元兴元年,元兴二年十一月壬午日,桓玄果然篡了位。元兴三年二月,建武将军刘裕起义兵消灭了桓玄,恢复了晋安帝的皇位。又过了十七年,刘裕接受了晋朝皇帝的禅让。一切都如大白鱼说的那样。出自《九江记》。

武昌民

宋高帝永初中，张春为武昌太守。时有人嫁女，未及升车，女忽然失怪，出外殴击人，仍云己不乐嫁。巫云："是邪魅。"将女至江际，遂击鼓，以术咒疗。翌日，有一青蛇来到坐所，即以大钉钉头。至日中，复见大龟从江来，伏于巫前，巫以朱书龟背作符，遣入江。至暮，有大白鼋从江出，乍沉乍浮，龟随后催逼。鼋自分死，冒来，先入幔与女辞诀，恸哭云："失其同好。"于是渐差。或问魅者归于一物，今安得有三。巫云："蛇是传通，龟是媒人，鼋是其对。"所获三物，悉杀之。出《广古今五行记》。

寡妇严

建康大夏营寡妇严，宋元嘉初，有人称华督与严结好。街卒夜见一丈夫行造护军府，府在建阳门内。街卒呵问，答云："我华督还府。"径沿西墙欲入，街卒以其犯夜，邀击之，乃变为鼋。察其所出入处，甚莹滑，通府中池。池先有鼋窟，岁久因能为魅，杀之遂绝。出《异苑》。

尹 儿

安城民尹儿，宋元嘉中，父暂出，令守舍。忽见一人，年可二十，骑马张斗伞，从者四人，衣并黄色，从东方来，于门呼尹儿，求暂寄息。因入舍中庭下，坐胡床，一人捉伞覆

武昌民

宋高帝永初年间,张春任武昌太守。当时有人嫁女,没等上车,那女子忽然失去常态,跑到门外去打人,还说自己不愿意嫁人。巫师说:"这是妖邪作怪迷惑人。"然后扶那女子到江边,让人打鼓,巫师用法术和咒语给女子治病。第二天,有一条青蛇来到巫师坐着的地方,巫师就用大钉子钉住蛇头。到了中午,又看见一只大龟从江里爬上来,伏在巫师的面前。巫师用朱砂在龟背上画符,让龟回到江里。到了晚上,有只大白鼍从江里冒出来,一会儿沉下水里,一会儿又浮上水面,龟跟在后面催逼着白鼍。鼍自己料定一定会死,冒死而来,先进到幔帐里与那女子说话诀别,痛哭着说:"我失去了好伙伴。"过后那女子的病渐渐好了。有的人问,迷惑人的本来是一个东西,现在怎么会有三个,巫师说:"蛇是通消息的,乌龟是媒人,鼍就是女子的相好的。"捉住的三样东西,全都杀了。出自《广古今五行记》。

寡妇严

建康的大夏营有个严寡妇,刘宋元嘉初年,有人说华督与严寡妇相好。巡逻的士兵晚上看见一个男子走到护军府,护军府在建阳门里。巡逻的士兵呵斥询问,回答说:"我是华督,要回府里去。"说着就沿着西墙准备进入府里,巡逻的士兵因为他违背了夜里禁止通行的命令,就叫来人捉拿,那男子就变成了鼍。观察它出入的地方,非常莹洁光滑,一直通到府中的水池。水池里先前就有鼍洞,年代久了它就能够成为妖孽害人,杀了它以后就没有这事了。出自《异苑》。

尹 儿

安城的百姓尹儿,宋元嘉年间,父亲短时外出,让尹儿守家。忽然看见一个人,年龄约二十岁,骑着马打着一把伞,四个人跟从着,衣服全是黄色,从东方走过来,在门口招呼尹儿,要求暂且到他家休息。接着就进屋去,坐在胡床上,一个人拿着伞遮住

之。尹儿看其衣悉无缝，五色斓斑，似鳞甲而非毛也。有顷，雨将至，此人上马去，顾语尹儿曰："明当更来。"乃西行，蹑虚而升。须臾，云气四合，白昼为之晦暝。明日，大水暴至，川谷沸涌，丘壑森漫。将淹尹舍，忽见大鱼，长三丈余，盘屈当水冲，尹族乃免漂荡之患。出《广古今五行记》。

广陵王女

沙门竺僧瑶得神咒，尤能治邪。广陵王家女病邪，瑶治之。入门，瞑目骂云："老魅不念守道而干犯人！"女乃大哭云："人杀我夫！"魅在其侧曰："吾命尽于今！"因歔欷，又曰："此神不可与事。"乃成老鼍，走出庭中，瑶令仆杀之也。出《志怪》。

杨丑奴

河南杨丑奴常诣章安湖拔蒲，将暝，见一女子，衣裳不甚鲜洁，而容貌美。乘船载莼，前就丑奴。家湖侧，逼暮不得返，便停舟寄住。借食器以食，盘中有干鱼生菜。食毕，因戏笑，丑奴歌嘲之，女答曰："家在西湖侧，日暮阳光颓。托荫遇良主，不觉宽中怀。"俄灭火共寝，觉有臊气，又手指甚短，乃疑是魅。此物知人意，遽出户，变为獭，径走入水。出《甄异志》。

他。尹儿看他们的衣服全都没有缝线,五彩斑斓,像鳞甲而不是皮毛。不一会儿,快要下雨了,那个人骑上马走了,回头对尹儿说:"明天我会再来。"然后向西走去,踩着虚空升上天去。不一会儿,乌云从四面合拢过来,白天变得昏暗起来。第二天,大水暴涨,河流山谷全都奔涌着洪水,山丘沟壑被大水漫平。眼看快要淹没尹儿家的房子了,忽然看见一条鱼,长三丈多,盘曲着挡在水头上,尹儿一家才免除了水淹的灾祸。出自《广古今五行记》。

广陵王女

有个叫瑶的天竺和尚学会了神妙的咒术,尤其善于却除邪病。广陵王家的女儿得了邪病,瑶去为她医治。一进门就闭着眼睛骂道:"你这个老妖精不遵守修道的规矩却来伤害人!"那个女孩大哭着说:"有人要杀我的丈夫。"那个妖魅站在她的旁边说:"我的性命今天就到头了。"接着哭泣着说:"不能和这个神灵打交道。"说完就变成老鼋,走出屋子来到庭院,瑶让仆人去将它杀了。出自《志怪》。

杨丑奴

河南人杨丑奴曾到章安湖边拔蒲草,天快黑了,他看见一个女子,衣服不太鲜艳整洁,可是容貌很美。这女子坐着船,船上载着莼菜,上前靠近杨丑奴。她说自己的家在湖的另一侧,天黑了一时回不了家,想停船借住一宿。她借杨丑奴的食器吃饭,盘子里有干鱼和生菜。吃完饭,两个人说笑起来,杨丑奴唱歌嘲讽她,女子回答说:"家住西湖边,日暮天色晚。寄宿遇好人,心中很宽慰。"不一会儿两人吹灭了灯火一块睡觉,杨丑奴觉得有一股子臊气,又因为她的手指很短,便怀疑女子是妖魅。这个东西察觉了人的心思,急忙走出门去,变成水獭,一直走到水里去了。出自《甄异志》。

谢　宗

　　会稽王国吏谢宗赴假，经吴皋桥，同船人至市，宗独在船。有一女子，姿性婉娩，来诣船，因相为戏。女即留宿欢宴，乃求寄载，宗许之。自尔船人夕夕闻言笑。后逾年，往来弥数。同房密伺，不见有人，知是邪魅，遂共掩被。良久，得一物，大如枕。须臾，又获二物，并小如拳，视之，乃是三龟。宗悲思，数日方悟。向说如是云："此女子一岁生二男，大者名道愍，小者名道兴。"宗又云："此女子及二儿，初被索之时大怖，形并缩小，谓宗曰：'可取我枕投之。'"时族叔道明为郎中令，笼三龟示之。出《志怪》。

谢　宗

　　会稽王国的官员谢宗回家度假,路上经过吴皋桥,同船的人到市上去了,只有谢宗一人待在船上。有个女子,性情柔顺,来到船上,于是两个人互相调戏。那女子就留下来住宿并一起欢宴。随后那女子又要求乘船同行,谢宗答应了她。从此船上的人天天晚上听到他们两个人的说笑声。一年后,两人来往的次数更加频繁。家里人暗中察看,没看见有人,知道遇上了妖邪,便一起按住了谢宗的被窝。很久之后,抓到一个东西,大小像枕头。不一会,又得到两个东西,大小都像拳头,一看,竟是三只乌龟。谢宗悲痛忧思,几天后才明白过来。之前有这种说法:"这个女子一年生了两个儿子,大儿子名字叫道愍,小儿子名字叫道兴。"谢宗又说:"这个女人以及两个儿子,刚被捆住时很害怕,身形一块缩小了,对谢宗说:'可以用我的枕头砸来人。'"这时同宗的叔叔做郎中令的道明用笼子装着三只龟给谢宗看。出自《志怪》。

卷第四百六十九

水族六 水族为人

张　方

　　广陵下市庙，宋元嘉十八年，张方女道香送其夫婿北行。日暮，宿祠门下。夜有一物，假作其婿来云："离情难遣，不能便去。"道香俄昏惑失常。时有王纂者能治邪，疑道香被魅，请治之。始下针，有一獭从女被内走入前港，道香疾便愈。出《异苑》。

锺　道

　　宋永兴县吏锺道得重病初差，情欲倍常。先乐白鹤墟中女子，至是犹存想焉。忽见此女子振衣而来，即与燕好。是后数至，道曰："吾甚欲鸡舌香。"女曰："何难？"乃掬香满手，以授道。道邀女同含咀之，女曰："我气素芳，不假此。"

张　方

　　广陵有个下市庙,南朝刘宋元嘉十八年,张方的女儿道香送丈夫去北方。回来的途中天黑了,她就睡在庙门前。夜间有一个东西装扮成她的丈夫来说:"离别的愁绪难以排解,我不想马上离开。"道香一会儿就被迷惑得失去常态。当时有个叫王纂的人能却除邪病,他怀疑道香被妖孽迷惑了,请求给她治病。刚下针,就有一只水獭从道香的被子里跑出来,一直跑到前面的水港里去了,道香的病就好了。出自《异苑》。

锺　道

　　刘宋时永兴县吏锺道得了重病刚好,情欲比平时倍增。他先前喜欢白鹤墟的一个女子,到这时还很想念她。有一天他忽然看见那个女子衣裙飘飘地来了,就和她温存起来。此后这女子多次来同锺道相会。锺道说:"我很想要点鸡舌香。"女子说:"这有什么难的?"于是两手捧满鸡舌香,送给他。锺道邀请女子同他一起含嚼,女子说:"我口气一向芳香,不用借助这个东西。"

女子出户，狗忽见，随咋杀之，乃是老獭。口香即獭粪，顿觉臭秽。出《幽明录》。

晋安民

晋安郡民断溪取鱼，忽有一人著白帢，黄练单衣，来诣之，即同饮馔。馔毕，语之曰："明日取鱼，当有大鱼甚异，最在前，慎勿杀。"明日，果有大鱼，长七八丈，径来冲网。其人即赖杀之。破腹，见所食饭悉有。其人家死亡略尽。出《广古今五行记》。

刘万年

宋后废帝元徽三年，京口戍将刘万年夜巡于北固山西，见二男子，容止端丽，洁白如玉，遥呼万年谓曰："君与今帝姓族近远？"万年曰："望异姓同。"一人曰："汝虽族异，恐祸来及。"万年曰："吾有何过？"答曰："去位，祸即不及。"万年见二人所言，益异之。万年谓二人："深谢预闻，何用见酬？"万年欲请归镇，二人曰："吾非世人，不食世物。"万年与语之次，化为鱼，飞入江去。万年翌日托疾，遂罢其位，后果如鱼所言。出《江表异同录》。

微生亮

明月峡中有二溪东西流。宋顺帝昇平二年，溪人微生亮钓得一白鱼长三尺，投置舡中，以草覆之。及归取烹，见

女子走出门外,一只狗忽然发现了她,扑上去咬死了她,原来是一只老水獭。口香就是獭粪,锺道立刻觉得腥臭。<small>出自《幽明录》。</small>

晋安民

晋安郡有个平民截住溪水捉鱼,忽然有一个戴着白色便帽,穿黄色熟绢单衣的人走来会见他,两个人便一起喝酒吃饭。吃完饭,那个人对捉鱼人说:"明天捉鱼,会有一条大鱼很奇特,游在最前面,你千万不要杀了它。"第二天,果然有一条大鱼,长七八丈,径直游过来撞到网上。捉鱼人违约杀了大鱼。他割开鱼的肚子,看见鱼胃里全是昨天吃的饭菜。事情过后,这个捉鱼人家里的人几乎全都死了。<small>出自《广古今五行记》。</small>

刘万年

刘宋后废帝元徽第三年,守卫京口一带的将军刘万年夜里到北固山的西面巡查,看见两个男人,面貌举止端庄秀气,皮肤像玉石一样洁白,远远地招呼刘万年并对他说:"您和当今的皇上血缘关系是近是远?"刘万年说:"郡望不同而姓氏相同。"一个人说:"你虽然郡望与皇上不同,恐怕仍会遭受灾祸。"刘万年说:"我有什么过错?"回答说:"你辞去官职,就不会遭受灾祸了。"刘万年听了两个人说的话,更加觉得奇怪,便对他们说:"深切感谢你们能提前告知,用什么来酬报你们呢?"刘万年想请两个人同他一起回京口去,两个人说:"我们不是人类,不吃世上的食物。"在刘万年和两个人说话的过程中,他们变成了鱼,飞进了江里。刘万年第二天借口有病,于是被罢免了职务,后来事情果然像鱼说的一样。<small>出自《江表异同录》。</small>

微生亮

明月峡中有两条东西流向的溪水。刘宋顺帝昇平二年,住在溪边的一个叫微生亮的人钓到一条三尺长的大白鱼,扔到船舱里,用草覆盖上。等回到家里去拿鱼准备煮着吃的时候,只见

一美女在草下，洁白端丽，年可十六七。自言："高唐之女，偶化鱼游，为君所得。"亮问曰："既为人，能为妻否？"女曰："冥契使然，何为不得。"其后三年为亮妻，忽曰："数已足矣，请归高唐。"亮曰："何时复来？"答曰："情不可忘者，有思复至。"其后一岁三四往来，不知所终。出《三峡记》。

芦 塘

耒阳县东北有芦塘八九顷，其深不可测。中有大鱼，当至五日，一奋跃出水，大可三围，其状异常。每出水，则小鱼奔逬，随水上岸，不可胜计。又云，此塘有鲛鱼，五日一化，或为美妇人，或为美男子，至于变乱尤多。郡人相戒，故不敢有害心。后为雷电所击，此塘遂干。出《录异记》。

彭城男子

彭城有男子娶妇不悦之，在外宿月余日。妇曰："何故不复入？"男曰："汝夜辄出，我故不入。"妇曰："我初不出。"婿惊。妇云："君自有异志，当为他所惑耳。后有至者，君便抱留之，索火照视之，为何物。"后所愿还至，故作其妇，前却未入，有一人从后推令前。既上床，婿捉之曰："夜夜出何为？"妇曰："君与东舍女往来，而惊欲托鬼魅，以前约相掩耳。"婿放之，与共卧，夜半心悟。乃计曰："魅迷人，非是我妇也。"乃向前揽捉，大呼求火，稍稍缩小。发而视之，

草下有一个美女,皮肤洁白,端庄美丽,大约十六七岁。她自己说:"我是高唐之女,偶尔变成鱼出来游玩,被您捉住了。"微生亮问她:"既然是人,能做我的妻子吗?"女子说:"冥冥中使然,怎么不行呢?"从此这个女子就做了微生亮的妻子。三年后,她忽然说:"命定的期限到了,请让我回高唐吧。"微生亮说:"什么时候再来?"回答说:"如果感情还在,思念的时候就会来。"从那以后她每年回来三四次,后来不知道怎么样了。出自《三峡记》。

芦 塘

耒阳县东北有个八九顷的芦苇塘,深不可测。塘里有条大鱼,每月初五的这天,它都用力跳出水面,大约有三围那么粗,样子很特殊。它每次跃出水面的时候,那些小鱼也奔窜着随着波浪跳到岸上,多得数不过来。还有人说,这个苇塘里有鲛鱼,每隔五天就变化一次,有时变成美妇人,有时变成美男子,至于变化成其他形象的就更多了。当地人们都心存戒备,那鱼对人也不敢加害。后来被雷电击死,这个苇塘也干涸了。出自《录异记》。

彭城男子

彭城有个男子娶了妻子却不喜欢她,在外面睡了一个多月。妻子说:"什么原因使你不回家来住?"男子说:"你到了晚上就总出去,我所以才不回家。"妻子说:"我从来不出去。"丈夫很吃惊。妻子说:"你本来就想着别的女人,一定是被别人迷惑住了。以后有女人到你这里来,你就抱着留住她,找来火照照看她是什么东西。"后来彭城男子所思念的人来了,故意装作是他的妻子,开始时没有马上进屋,有个人从后面推着她,让她上前。上了床后,男子捉住她说:"你为什么天天晚上出去?"那女子说:"您和东面邻居家的女儿来往,却装着吃惊假托有鬼魅,用以前有约定来遮掩自己的行为。"男子放了她,和她一起睡下,到了半夜醒悟过来了。他心想:"这是鬼魅在迷人,不是我的妻子。"于是上前抱住她,大声叫人取火照亮,那女子渐渐地缩小了。掀开被子一看,

得一鲤鱼长二尺。出《列异传》。

朱法公

山阴朱法公者,尝出行,憩于台城东橘树下。忽有女子,年可十六七,形甚端丽。薄晚,遣婢与法公相闻。方夕,欲诣宿。至人定后,乃来,自称姓檀,住在城侧。因共眠寝,至晓而云:"明日复来。"如此数夜。每晓去,婢辄来迎。复有男子,可六七岁,端丽可爱,女云是其弟。后晓去,女衣裙开,见龟尾及龟脚,法公方悟是魅,欲执之。向夕复来,即然火照觅,寻失所在。出《续异记》。

王 奂

齐王奂自建业将之渚宫,至江州,泊舟于岸。夜深,风生月莹。忽闻前洲上有十余人喧噪,皆女子之音。奂异之,谓诸人曰:"江渚中岂有是人也。"乃独棹小舟,取葭芦之阴,循洲北岸,而于蒙苇中见十余女子,或衣绿,或衣青碧,半坐半立。坐者一女子泣而言曰:"我始与姊妹同居阴宅,长在江汉,不意诸娘,虚为上峡小儿所娶,乃至分离。"立者一女子叹曰:"潮水有回,而我此去,应无返日。"言未竟,北风微起。立者曰:"潮至矣,可以还家。"奂急从芦苇中出捕,悉化为龟,入水而去。出《九江记》。

是一条二尺长的鲤鱼。出自《列异传》。

朱法公

　　山阴县的朱法公一次出行,在台城东面的橘树下休息。忽然有一个女子,大约十六七岁,样子端庄美丽。傍晚的时候,这女子派婢女与朱法公搭话。天黑以后,想去朱法公那里住宿。到了半夜,女子才来,她自称姓檀,住在城边。于是两人睡在一起,到天亮离开时说:"明天再来。"这样一连来了好几个晚上。每天早晨离开的时候,婢女就来迎接她。还有个男孩子,约六七岁,长得很好看,女子说是她的弟弟。后来有一天早晨她离开的时候,裙子散开了,朱法公看见里面有龟尾和龟脚,才醒悟她是妖魅,打算捉住她。到了晚上女子又来时,朱法公就点火照着寻找,不久就失去了踪迹。出自《续异记》。

王　奂

　　齐国的王奂从建业去渚宫,走到江州,船停泊在岸边。夜深了,江风拂面,月色皎洁。他忽然听见前面江洲上有十多人在喧闹,全是女人的声音。王奂觉得很奇怪,对船上人说:"江洲上难道会有人吗?"于是一个人划着小船,顺着葭芦旁的阴暗处,沿着江洲北岸往前划,在一处芦苇丛生的地方看见了十多个女子,有的穿着绿色衣服,有的穿着青绿色的衣服,其中一半人坐着一半人站着。坐着的一个女子哭着说:"我原先和姐妹们一起住在阴宅,生长在江汉,想不到诸娘枉被上峡的那个小儿所娶,使我们姐妹分离。"站着的一个女子叹着气说:"潮水退了还有涨潮的时候,可是我这次离开,就不会再回来了。"话没说完,北风轻轻地吹来。站着的女子说:"潮水来了,可以回家了。"王奂急忙从芦苇丛中跳出来去捕捉,那些女子都变成乌龟,走进水里离开了。
出自《九江记》。

蔡 兴

晋陵民蔡兴忽得狂疾,歌吟不恒,常空中与数人言笑。或云:"当再取谁女!"复一人云:"家已多。"后夜,忽闻十余人将物入里人刘余之家。余之拔刀出后户,见一人黑色,大骂曰:"我湖长,来诣汝,而欲杀我!"即唤群伴:"何不助余耶?"余之即奋刀乱砍,得一大鼍及狸。出《幽明录》。

李 增

永阳人李增行经大溪,见二蛟浮于水上,发矢射之,一蛟中焉。增归,因复出市,有女子,素服衔泪,捉所射箭。增怪而问焉,女答之:"何用问焉?为暴若是!"便以相还,授矢而灭。增恶而骤走,未达家,暴死于路。出《异苑》。

萧 腾

襄阳金城南门外道东,有参佐廨,旧传甚凶,住者不死必病。梁昭明太子临州,给府寮吕休蒨。休蒨常在厅事北头眠,鬼牵休蒨,休蒨坠地。久之悟。俄而休蒨有罪赐死。后今萧腾初上,至羊口岸,忽有一丈夫著白纱高室帽,乌布裤,披袍造腾。疑其服异,拒之。行数里复至,求寄载,腾转疑焉。如此数回。而腾有妓妾数人,举止所为,稍异常日,歌笑悲啼,无复恒节。及腾至襄阳,此人亦经日一来,

蔡 兴

晋陵百姓蔡兴忽然得了疯病,不停地又唱又说,常常向着空中与几个人说笑。空中有个声音说:"应当再娶某某人的女儿。"又一个说:"家里的妻子已经太多了。"后半夜,忽然有十多个人拿着东西进入同乡之人刘余之的家里。刘余之拔出刀从后门出来,看见了一个全身黑色的人,那个人大声骂道:"我是湖里的首领,来会见你,你却要杀我!"随后招呼伙伴说:"为什么不来帮助我呢?"刘余之用尽力气挥刀乱砍,砍死了一只大鼍和一只狸。出自《幽明录》。

李 增

永阳人李增走路经过一条大河,看见两只蛟浮在水面上,他发箭射蛟,一只蛟被射中。李增回家后,到集市上去,有个穿着丧服的女子眼里含着泪,手里拿着李增射蛟时用的箭。李增奇怪地询问那个女子,女子回答说:"你犯的暴行,还用问别人吗?"把这支箭还给李增就不见了。李增厌恶这件事,急忙往家跑,还没到家,就暴死在路上了。出自《异苑》。

萧 腾

襄阳郡金城县南门外的道路东面,有一所参佐的官署,历来传说那里很凶险,住在里面的人不死也一定得病。梁昭明太子莅临这里的时候,把这处地方送给了郡府里的官员吕休蒨。有一次吕休蒨在厅堂的北面睡觉,有鬼来拉扯吕休蒨,吕休蒨掉到地上,很长时间才苏醒过来。不久吕休蒨有罪被处死。后来,萧腾来上任,走到羊口岸,忽然有一个男子头戴白纱高帽,穿着黑布裤子,披着袍子来见萧腾。萧腾见他服饰特殊,心中疑惑,拒绝同他见面。走了几里地,那个男子又来求见,并要求搭船,萧腾对他更加怀疑。像这样男子来了好几次。这时萧腾的几个妾出现异常,一举一动和平时不一样,忽而唱歌大笑忽而悲伤地啼哭,失去了常态。等到萧腾到了襄阳,那人也是一天来一次,

后累辰不去。好披袍缚裤,跨狗而行。或变易俄顷,咏诗歌谣,言笑自若,自称是周瑜。恒止腾舍。腾备为禳遣之术。有时暂去,寻复来。腾又领门生二十人,拔刀砍之。或跳上室梁,走入林中,来往迅速,竟不可得。乃入姜屏风里,作歌曰:"逢欢羊口岸,结爱桃林津。胡桃掷去肉,讶汝不识人。"顷之,有道士赵昙义为腾设坛,置醮行禁。自道士入门,诸姜并悲叫,若将远别。俄而一龟径尺余,自到坛而死。诸姜亦差。腾姜声貌悉不多。谘议参军韦言辩善戏谑,因宴而启云:"常闻世间人道'黠如鬼',今见鬼定是痴鬼,若黠,不应魅萧腾妓。以此而度,足验鬼痴。"出《南雍州记》。

柳 镇

河东柳镇字子元,少乐闲静,不慕荣贵。梁天监中,自司州游上元,便爱其风景,于钟山之西建业里,买地结茅,开泉种植,隐操如耕父者。其左右居民,皆呼为柳父。所居临江水,尝曳策临眺,忽见前洲上有三四小儿,皆长一尺许,往来游戏,遥闻相呼求食声。镇异之。须臾,风涛汹涌,有大鱼惊跃,误坠洲上。群小儿争前食之。又闻小儿传呼云:"虽食不尽,留与柳父。"镇益惊骇,乃乘小舟,径捕之。未及岸,诸小儿悉化为獭,入水而去。镇取巨鱼以分乡里。未几,北还洛阳,于所居书斋柱,题诗一首云:"江山

后来竟一连几天也不离开。他喜欢披着袍子,缚着裤子,骑着狗走路。有时他一会儿改变一套装束,还吟诗唱歌,说笑自然,自称是周瑜。长久地住在萧腾家里。萧腾多次请人施行法术驱赶他。他有时暂时离开,不久又回来。萧腾领着自己的二十个学生用刀砍他。他有时跳上房梁,有时进入树林,来往非常迅速,竟然砍不着他。他还进入萧腾妻妾屋里的屏风后,唱歌道:"相逢寻欢在羊口岸,结爱在桃林渡口。吃胡桃抛掉桃肉,奇怪你为什么不认识我!"不久,有个叫赵昙义的道士来为萧腾设祭坛驱妖,安排祭祀仪式作法。道士一进门,萧腾的妻妾一起悲哀地叫喊起来,像是即将离别的样子。不一会儿,一只直径有一尺多长的乌龟自己走到坛前死去了。各位妻妾的病也好了。萧腾妻妾的容貌和歌声都不值得称道。有个咨议参军叫韦言辩的很善于说笑话,他在一次宴会上说:"常常听世上的人说'某某处事像鬼一样狡猾',现在看来这个鬼一定是个傻鬼,如果狡猾,就不该去迷惑萧腾的妻妾。以此来推论,足以说明它是个傻鬼。"出自《南雍州记》。

柳 镇

　　河东人柳镇字子元,打小就喜欢清闲安静,不羡慕荣华富贵。梁天监年间他从司州到上元去游玩,爱上了那里的风景,就在钟山西面的建业里,买地盖了房子,引水种地,隐居耕种像个农夫。附近的居民,全都叫他柳父。他的住处靠近江边,有一次他挂着拐杖眺望,忽然看见前面的江洲上有三四个小孩儿,都高一尺左右,来往游戏,远远地听见他们互相呼叫着寻找吃的。柳镇觉得很奇怪。不一会儿,风起浪涌,有一条大鱼受惊跳了起来,误落江洲上。这群小孩儿争着跑去吃大鱼。还听到小孩子们喊着说:"我们吃不完,剩下的留给柳父吧。"柳镇更加惊骇,就坐上小船,前去捕捉他们。还没到岸上,这群小孩儿全变成水獭,进到水里跑了。柳镇带回那条大鱼把它分给乡亲们吃。不久,他回到洛阳,在他居住的书斋的柱子上,题了一首诗说:"江山

不久计，要适暂时心。况念洛阳士，今来归旧林。"是岁天监七年也。出《穷怪录》。

隋文帝

隋文帝开皇中，掖庭宫每有人来挑宫人。司宫以闻。帝曰："门卫甚严，人从何而入？当妖精耳。"因戒宫人曰："若来，但砍之。"其后夜来登床，宫人抽刀砍之，若中枯骨。其物走落，宫人逐之，因入池而没。明日，帝令涸池，得一龟尺余，其上有刀痕，杀之遂绝。出《广古今五行记》。

大兴村

隋开皇末，大兴城西南村民设佛会。一老翁皓首白裙襦，求食而去。众莫识，追而观之。行二里许，遂不见。但有一陂，水中有白鱼长丈余，小而从者无数。人争射之，或弓折弦断。后竟中之。割其腹，得秔米饭。后数日，漕梁暴溢，射者家皆溺死。出《广古今五行记》。

万顷陂

唐齐州有万顷陂，鱼鳖水族，无所不有。咸亨中，忽一僧持钵乞食。村人长者施以蔬供，食讫而去。于时渔人网得一鱼，长六七尺，缉鳞镂甲，锦质宝章，特异常鱼。欲赍赴州饷遗，至村而死，遂共剖而分之。于腹中得长者所施

不久计，要适暂时心。况念洛阳士，今来归旧林。"这一年是天监
七年。出自《穷怪录》。

隋文帝

　　隋文帝开皇年间，经常有人入掖庭宫挑逗宫女。司宫把这
件事报告给文帝。文帝说："门卫把守得很严，人是从什么地方
进来的？一定是个妖精。"接着又告诫宫女说："如果那人再来，
就用刀砍他。"后来那个人晚上来到宫女的床上，宫女就抽出刀
来砍他，像砍中枯骨一样。那个东西逃跑，宫女在后面追赶，他
就跳进池水中沉下去了。第二天，文帝命令淘干水池，得到一只
一尺长的乌龟，背有刀痕，杀了它，就再也没有怪事发生了。出自
《广古今五行记》。

大兴村

　　隋朝开皇末年，大兴村西南面的村民设佛会活动。一个满
头白发穿一身白色衣裤的老头，要了一点饭吃就走了。大家都
不认识他，就在后面跟随着看他住在哪里。走了二里多路，老头
就不见了。附近只有一个池塘，水里有一条大白鱼有一丈多长，
无数条小鱼跟着它。人们争着射大白鱼，有的人弓折了，有的人
弦断了。后来有人射中了大白鱼。剖开鱼的肚子，里面有粳米
饭。又过了几天，河水暴涨，射死大白鱼的那个人的全家都淹死
了。出自《广古今五行记》。

万顷陂

　　唐代的齐州有个方圆万顷的池塘，鱼鳖水族，无所不有。咸
亨年间，忽然有一个和尚拿着钵要饭吃。村里的长者施以饭菜，
他吃完就走了。当时有个打鱼的人，网住了一条六七尺长的大
鱼，鳞甲就像镂刻着花纹，像彩帛宝玉那样好看，与平常的鱼不
一样。他准备送给州衙长官，可走到村子里的时候鱼死了，于
是大家一起动手把鱼割开分了。在鱼肚子里找到了长者施舍

蔬食,俨然并在。村人遂于陂中设斋过度。自是陂中无水族,至今犹然绝。出《朝野佥载》。

长须国

唐大足初,有士人随新罗使,风吹至一处,人皆长须,语与唐言通,号长须国。人物甚盛,栋宇衣冠,稍异中国,地曰扶桑洲。其署官品,有正长、戢波、日没、岛逻等号。士人历谒数处,其国皆敬之。忽一日,有车马数十,言大王召客。行两日,方至一大城,甲士门焉。使者导士人入,伏谒。殿宇高敞,仪卫如王者。见士人拜伏,小起,乃拜士人为司风长,兼驸马。其主甚美,有须数十根。士人威势烜赫,富有珠玉,然每归,见其妻则不悦。其王多月满夜则大会。后遇会,士人见嫔姬悉有须,因赋诗曰:"花无叶不妍,女有须亦丑。丈人试遣总无,未必不如总有。"王大笑曰:"驸马竟未能忘情于小女颐颔间乎?"经十余年,士人有一儿二女。忽一日,其君臣忧蹙,士人怪问之,王泣曰:"吾国有难,祸在旦夕,非驸马不能救。"士人惊曰:"苟难可弭,性命不敢辞也。"王乃令具舟,令两使随士人,谓曰:"烦驸马一谒海龙王,但言东海第三汊第七岛长须国,有难求救。我国绝微,须再三言之。"因涕泣执手而别。

给和尚的饭菜。村里人就在池塘边举行祭祀仪式超度鱼的亡灵。从这以后池塘里再也没有水生物了，到现在也还是没有。
出自《朝野佥载》。

长须国

唐代大足初年，有个读书人随着新罗国的使者乘船出访，被大风吹到一个地方。这里的人全长着长胡子，语言和唐朝的语言相通，叫长须国。这里人口众多，人们居住的房屋和穿戴的衣帽，与中国稍有不同，地名叫扶桑洲。他们的官吏品位，有正长、戢波、日没、岛逻等称号。读书人游览了许多地方，拜见了不少人物，那个国家的人都敬重他。有一天，忽然来了几十辆车马，说是大王召见客人。走了两天，才来到一座巨大的城镇，披着铠甲的士兵守卫着宫殿的门。使者领着读书人进去，伏在地上拜见大王。只见宫殿又高又宽敞，仪仗很有王者的气派。大王看见读书人伏地拜见，稍稍抬起身子回礼。于是任命读书人担任司风长的官职，同时招为驸马。那个公主生得很美，长了几十根胡子。读书人从此位高权重，名声显赫，富有珍珠宝玉。可是每当回到家里，看见妻子心里就不高兴。那个大王大多在月圆的晚上召开大会。后来在一次大会上，读书人看见大王的嫔妃全都长着胡须，于是作了一首诗说："花无叶不妍，女有须亦丑。丈人试遣总无，未必不如总有。"大王大笑说："驸马难道就不能不计较我女儿下巴上的几根胡须吗？"过了十多年，读书人有了一个儿子两个女儿。忽然有一天，长须国的君臣们皱着眉头显出非常忧愁的样子，读书人奇怪地询问有什么事，大王哭着说："我们国家将有灾难，就在旦夕之间降临，只有驸马能解救我们。"读书人吃惊地说："如果能够消除灾难，就是要我的命我也不推辞。"大王就派人准备好船只，并派两个使者跟着读书人，他说："麻烦驸马去拜见海龙王，你就说是东海第三汊第七岛的长须国有难求救。我们是个非常小的国家，你必须反复说清楚。"接着流着眼泪同他拉了拉手分别了。

　　士人登舟,瞬息至岸。岸沙悉七宝,人皆衣冠长大。士人乃前,求谒龙王。龙宫状如佛寺所图天宫,光明迭激,目不能视。龙王降阶迎,士人齐级升殿。访其来意,士人具说。龙王即命速勘。良久,一人自外白:"境内并无此国。"士人复哀祈,具言长须国在东海第三汊第七岛。龙王复叱使者细寻勘,速报。经食顷,使者返曰:"此岛虾合供大王此月食料,前日已追到。"龙王笑曰:"客固为虾所魅耳。吾虽为王,所食皆禀天符,不得妄食。今为客减食。"乃令引客视之。见铁镬数十如屋,满中是虾,有五六头,色赤,大如臂,见客跳跃,似求救状。引者曰:"此虾王也。"士人不觉悲泣。龙王命放虾王一镬,令二使送客归中国。一夕至登州,顾二使,乃巨龙也。出《酉阳杂俎》。

读书人上了船，不一会儿就到了岸边。岸上的沙子全是宝物，人的衣帽全都又长又大。读书人就走上前去，请求拜见龙王。龙宫的样子就像佛庙里壁画上所画的天宫，光辉耀眼，使人不敢直视。龙王走下台阶迎接他，读书人和龙王一起顺台阶走上宫殿。龙王询问他的来意，读书人就说了。龙王就派人迅速去调查。过了很久，一个人在外面说："境内没有这个国家。"读书人又悲哀地乞求，详细说明长须国在东海第三汊第七岛上。龙王又叱责使者要细心地查找，并迅速回报。过了一顿饭的工夫，使者回来说："这个岛的虾应当是大王这个月的食物，前天已经捉来了。"龙王笑着说："客人原来是被虾迷惑了。我虽然是龙王，但吃的全都必须遵照上天的安排，不能随便乱吃。现在要为客人少吃点东西了。"就派人领着客人去观看。读书人看见几十个像屋子大小的铁锅，里面全都装满了虾，有五六只红色的大虾，大如手臂，看见了客人就跳跃起来，像是求救的样子。领着的人说："这是虾王。"读书人不觉悲伤地哭起来。龙王就派人放了虾王所在的这一锅口里的虾，又派两个使者送客人回中国。一晚上就到了登州，读书人回头看两个使者，是两条巨大的龙。

出自《酉阳杂俎》。

卷第四百七十

水族七 水族为人

李　鹛　　谢　二　　荆州渔人　刘　成　　薛二娘
赵平原　　高　昱　　僧法志

李　鹛

唐燉煌李鹛，开元中，为邵州刺史。挈家之任，泛洞庭，时晴景，登岸。因鼻衄血沙上，为江鼍所舐，俄然复生一鹛，其形体衣服言语，与其身无异。鹛之本身，为鼍法所制，縶于水中。其妻子家人，迎奉鼍妖就任，州人亦不能觉悟。为郡几数年。因天下大旱，西江可涉。道士叶静能自罗浮山赴玄宗急诏，过洞庭，忽沙中见一人面缚，问曰："君何为者？"鹛以状对。静能书一符帖巨石上，石即飞起空中。鼍妖方拥案晨衙，为巨石所击，乃复本形。时张说为岳州刺史，具奏，并以舟楫送鹛赴郡，家人妻子乃信。今舟行者，相戒不沥血于波中，以此故也。出《独异记》。

李 鹢

　　唐朝开元年间,燉煌人李鹢被任命为邵州刺史。他带着家眷去上任,乘船经过洞庭湖,因天气晴朗,景色优美,他们便上岸游玩。李鹢的鼻子出血滴在沙滩上,被一条江鼍舐着吃了,不久就变成了另一个李鹢,形体衣服和言语与李鹢一模一样。而李鹢本身却被江鼍的法术制住,捆着放在水里。李鹢的妻子和家人,就迎接鼍妖去上任,邵州人也不能识破这鼍妖。管理了州郡好几年。因为天下大旱,西江都能够蹚水过去。道士叶静能从罗浮山去京城接受唐玄宗的紧急召见,渡过洞庭湖时,忽然看见沙滩上一个人被反绑着,就问道:"您是干什么的?"李鹢把情况对他说了。叶静能就画了一张符贴在大石头上,大石头立刻飞到了空中。这时的鼍妖正在衙门伏案办公,被巨石击中,恢复了原形。当时张说担任岳州刺史,把这件事详细地报告朝廷,并用船把李鹢送到邵州去,他的妻子家人这才相信了。现在坐船行路的人,互相告诉不要把血滴在水中,就是因为这件事的缘故。

出自《独异记》。

谢 二

唐开元时，东京士人以迁历不给，南游江淮，求丐知己，困而无获，徘徊扬州久之。同亭有谢二者，矜其失意，恒欲恤之，谓士人曰："无尔悲为，若欲北归，当有三百千相奉。"及别，以书付之曰："我宅在魏王池东，至池，叩大柳树。家人若出，宜付其书，便取钱也。"士人如言，径叩大树，久之，小婢出，问其故，云："谢二令送书。"忽见朱门白壁，婢往却出，引入。见姥充壮，当堂坐，谓士人曰："儿子书劳君送，令付钱三百千，今不违其意。"及人出，已见三百千在岸，悉是官家排斗钱，而色小坏。士人疑其精怪，不知何处得之，疑用恐非物理，因以告官，具言始末。河南尹奏其事，皆云："魏王池中有一鼋窟，恐是耳。"有救，使击射之，得昆仑数十人，悉持刀枪，沉入其窟，得鼋大小数十头。末得一鼋，大如连床。官皆杀之。得钱帛数千事。其后五年，士人选得江南一尉，之任，至扬州市中东店前，忽见谢二，怒曰："于君不薄，何乃相负，以至于斯。老母家人，皆遭非命，君之故也。"言讫辞去。士人大惧，十余日不之官，徒侣所促，乃发。行百余里，遇风，一家尽没。时人以为谢二所损也。出《广异记》。

谢 二

唐代开元年间,东京有个读书人因仕途不顺,便往南到江淮一带去游历,找自己的朋友寻求资助,却没有收获,在扬州一带徘徊停留了很久。同他住在一个旅店的谢二,可怜他不得志,总想要帮助他,对他说:"不要这么悲伤了,如果你想回北方的话,我有三十万钱送给你。"等到分手时,谢二把一封信交给他说:"我家住在魏王池的东面,到了池边,你就敲大柳树。我家里的人如果出来,你就把信交给他,就可以得到钱了。"读书人照他说的去做,叩那棵大树,过了很长时间,有个小婢女出来,问他有什么事,他说:"谢二让我送封信来。"忽然看见红门白墙,婢女进去一会儿后又出来,领着他进去。看见一老太太身体健壮,坐在正堂上,对读书人说:"我儿子的信烦劳您送来,信里让给您三十万钱,我们不会违背他的意思。"等他走出门来,看见岸边已经有三十万钱放在那里,全是官家的排斗钱,而颜色稍有磨损。读书人怀疑遇到了精怪,不知他们是从何处弄到的钱,担心使用这些钱会招惹麻烦,便把这事报告官府,并把前因后果全都说了。河南府尹把这事上报给朝廷,大家都说:"魏王池里有个鼋洞,恐怕就是那个精怪。"朝廷命令派人去杀死鼋怪。于是官府找来几十个昆仑奴,全都拿着刀枪,潜入那个洞窟里去,捉到大小几十只鼋。最后捉到的一只大鼋,有几张床连起来那么大。官府将这些鼋全都杀死了。还从洞窟里找出很多钱。又过了五年,读书人被挑选担任江南某地的一个县尉,赴任途中走到扬州市中东客店门前,忽然看见了谢二。谢二愤怒地说:"我对你不薄,为什么辜负我,而且到了这种程度。我的老母亲和家人全都惨死,就是因为你的缘故。"说完就走了。读书人非常害怕,十多天没有敢动身,同行的人催促他,他才出发。走了一百多里,遇上大风,全家人都死了。当时人们都认为是谢二干的。出自《广异记》。

荆州渔人

唐天宝中,荆州渔人得钓青鱼,长一丈,鳞上有五色圆花,异常端丽。渔人不识,以其与常鱼异,不持诣市,自烹食,无味,颇怪焉。后五日,忽有车骑数十人至渔者所。渔者惊惧出拜,闻车中怒云:"我之王子,往朝东海,何故杀之?我令将军访王子,汝又杀之,当令汝身崩溃分裂,受苦痛如王子及将军也!"言讫,呵渔人。渔人倒,因大惶汗。久之方悟。家人扶还,便得癞病。十余日,形体口鼻手足溃烂,身肉分散,数月方死也。出《广异记》。

刘　成

宣城郡当涂民,有刘成者、李晖者,俱不识农事。尝用巨舫载鱼蟹,鬻于吴越间。唐天宝十三年春三月,皆自新安江载往丹阳郡。行至下查浦,去宣城四十里,会天暮,泊舟,二人俱登陆。时李晖往浦岸村舍中,独刘成在江上。四顾云岛,阒无人迹。忽闻舫中有连呼阿弥陀佛者,声甚厉。成惊而视之,见一大鱼自舫中振须摇首,人声而呼阿弥陀佛焉。成且惧且悚,毛发尽劲,即匿身芦中以伺之。俄而舫中万鱼,俱跳跃呼佛,声动地。成大恐,遽登舫,尽投群鱼于江中。有顷而李晖至,成具以告晖,晖怒曰:"竖子安得为妖妄乎?"唾而骂言且久。成无以自白,即用衣资酬其直。既而余百钱,易荻草十余束,致于岸。明日,迁于舫中,忽觉重不可举,解而视之,得缗十五千,签题云:

荆州渔人

唐朝天宝年间,荆州有个渔夫钓到一条青鱼,长一丈,鳞上有五色圆形花纹,异常美丽。渔夫不认识这是什么鱼,因为它和平常的鱼不一样,也就没有拿到集市上去卖,自己做着吃了,却没有什么滋味,感到很奇怪。过后第五天,忽然有几十人乘坐车马来到渔夫家。渔夫又惊又怕出门拜见,就听见车子里的人愤怒地说:"我的王子,到东海去朝拜,你为什么杀了他?我派将军出来访寻王子,你又杀了将军,应当让你身体崩溃分裂,遭受像王子和将军一样的痛苦。"说完,呵斥渔夫。渔夫吓得倒在地上,出了很多汗。过了好久才苏醒过来。家里人把他扶回家之后,他就得了癫病。只有十多天的时间,身上、口鼻和手脚都溃烂了,身上的肉都掉下来,过了好几个月才死。出自《广异记》。

刘 成

宣城郡当涂县的老百姓刘成和李晖两个人,都不会耕种。他们经常用一条大船载着鱼和蟹,到吴越之间去卖。唐代天宝十三年春天三月,两个人从新安江载鱼去丹阳郡。走到下查浦,离宣城还有四十里天就黑了,两个人停下船,都上了岸。这时李晖去了浦岸的村舍中,只有刘成在江上。江上浓云重叠,静悄悄的没有任何人的踪迹。刘成忽然听见船里有人连声呼喊阿弥陀佛,声音凄厉。刘成吃惊地看去,只见一条大鱼在船舱里振动着胡须摇晃着头,在那里用人的声音呼喊阿弥陀佛。刘成非常害怕,毛发竖起,就藏身在芦苇丛中继续观察。不一会儿船里的千万条鱼,全都跳跃着呼喊佛号,叫声振动大地。刘成惊恐万分,急忙登上船,把所有的鱼全都扔到江里去。不久李晖回来了,刘成把事情都告诉了李晖,李晖生气地说:"你小子怎么装神弄鬼骗人呢?"唾骂了很长时间。刘成没有办法辩解,就用自己的衣服和资金赔偿了鱼钱。还剩一百来文钱,他就买了十多捆荻草,放在岸上。第二天,把草搬到船里准备出发,忽然觉得草木重得拿不动,解开一看,得到一万五千钱,还有一张纸上写着:

"归汝鱼直。"成益奇之。是日,于瓜洲会群僧食,并以缗施焉。时有万庄者,自泾阳令退居瓜洲,备得其事,传于纪述。出《宣室志》。

薛二娘

唐楚州白田,有巫曰薛二娘者,自言事金天大王,能驱除邪厉,邑人崇之。村民有沈某者,其女患魅发狂,或毁坏形体,蹈火赴水,而腹渐大,若人之妊者。父母患之,迎薛巫以辨之。既至,设坛于室,卧患者于坛内,旁置大火坑,烧铁釜赫然。巫遂盛服奏乐,鼓舞请神。须臾神下,观者再拜。巫奠酒祝曰:"速召魅来。"言毕,巫入火坑中坐,颜色自若。良久,振衣而起,以所烧釜覆头鼓舞,曲终去之,遂据胡床。叱患人令自缚,患者反手如缚。敕令自陈,初泣而不言,巫大怒,操刀斩之,割然刀过而体如故。患者乃曰:"伏矣!"自陈云:"淮中老獭,因女浣纱悦之。不意遭逢圣师,乞自此屏迹。但痛腹中子未育,若生而不杀,以还某,是望外也。"言毕呜咽,人皆悯之。遂秉笔作别诗曰:"潮来逐潮上,潮落在空滩。有来终有去,情易复情难。肠断腹中子,明月秋江寒。"其患者素不识书,至是落笔,词翰俱丽。须臾,患者昏睡,翌日乃释然。方说,初浣纱时,有美少年相诱,因而来往,亦不自知也。后旬月,产獭子三头,

"还你的鱼钱。"刘成更加觉得奇怪。这一天,他们在瓜洲遇到一群和尚在吃饭,刘成把这些钱都送给了和尚。当时有个叫万庄的人,从泾阳县令的职务上退休住在瓜洲,非常清楚这件事,就记录流传了下来。出自《宣室志》。

薛二娘

唐代楚州白田县有个女巫叫薛二娘,她自称奉事金天大王,能够驱除邪魔恶鬼,城里人都很崇拜她。有个姓沈的村民,女儿得了魅病发狂,有时损伤自己的身体,有时能够踩在火上或进入水里去,并且肚子一天一天大起来,像人怀孕一样。父母很害怕,请薛二娘来治疗。薛二娘来了之后,在屋里安排好祭坛,让患者躺在坛内,旁边挖了个大火坑,上面烧着一口铁锅。女巫穿着华丽的衣服打鼓跳舞,奏乐请神。不一会儿神来了,观看的人连连拜谢。女巫洒洒祈祷说:"快点把妖孽叫来!"说完,女巫走到火坑中坐下,神色自若。过了好一会儿,才整理衣服站起来,把烧热的铁锅戴在头上边打鼓边跳舞,唱完了才离开火坑,然后坐在胡床上。女巫叱令患病的人自己把自己捆起来,患病的人果然背过手去像被捆住一样。又命令她自己陈述,刚开始,病人只是哭,不说话,女巫很生气,拿起刀来砍她,刀割然而过,可是身体没受什么损伤。患病的人这才说:"我服了。"又陈述说:"我是淮河中的一只老水獭,因为看见这女子浣纱而喜欢上她。没想到遇上了圣明的巫师,请允许我从此隐藏踪迹。只是心疼挂念她肚子里的孩子还未生下来,如果能够生下来之后不杀死它们,把它们还给我,这是我的非分之想。"说完就呜呜地哭了起来,人们都怜悯它。又拿起笔来作了一首离别诗:"潮来逐潮上,潮落在空滩。有来终有去,情易复情难。断肠腹中子,明月秋江寒。"那患病的女子平时并不识字,到这时下笔书写,词句华丽。不一会儿,患病的人就昏睡过去了,第二天才苏醒过来。这时她才说,之前浣纱的时候,有个美少年来引诱,于是就开始来往,自己也不知道是在干什么。十个月后,女子生下三只小水獭,

欲杀之。或曰:"彼魅也而信,我人也而妄,不如释之。"其
人送于湖中,有巨獭迎跃,负而没之。出《通幽记》。

赵平原

　　唐元和初,天水赵平原,汉南有别墅。尝与书生彭城
刘简辞、武威段齐真诣无名湖,捕鱼为鲙。须臾,获鱼数十
头,内有一白鱼长三尺余,鳞甲如素锦,耀人目精,鬐鬣五
色,鲜明可爱。刘与段曰:"此鱼状貌异常,不可杀之。"平
原曰:"子辈迂阔不能食,吾能食之矣!"言未毕,忽见湖中
有群小儿,俱著半臂白裤,驰走水上,叫啸来往,略无畏惮。
二客益惧,复以白鱼为请。平原不许之,叱庖人曰:"速斫
鲙来。"逡巡,鲙至。平原及二客食方半,风雷暴作,霆震一
声,湖面小儿,脚下生白烟,大风随起。二客觉气候有变,
顾望三里内,有一兰若,遂投而去。平原微哂,方复下箸,
于时飞沙折木,雨火相杂而下,霆电掣拽,天崩地拆。二客
惶骇,相顾失色,谓平原已为齑粉矣。俄顷雨霁,二客奔诣
鲙所,见平原坐于地,冥然已无知矣。二客扶翼,呼问之,
良久张目曰:"大差事,大差事!辛勤食鲙尽,被一青衫人,
向吾喉中拔出,掷于湖中。吾腹今甚空乏矣!"其操刀之
仆,遂亡失所在,经数月方归。平原诘其由,云:"初见青衫
人于电火中嗔骂,遂被领去,令负衣襆。行仅十余日,至一

想要杀死它们。有人说："那个妖魅尚且守信用，我们是人难道还不讲信用吗？不如放了它们。"于是那个人就把三只小水獭送到湖里去，有只大水獭跳跃着迎上来，背着小水獭沉没到水里去了。出自《通幽记》。

赵平原

唐代元和初年，天水人赵平原在汉南有座别墅。有一次他和书生彭城人刘简辞、武威人段齐真到无名湖去捕鱼切成鱼鲙吃。不一会儿就抓到了几十条鱼，其中有一条白鱼长三尺多，鳞甲像白色的锦缎，光彩夺目，鳍分五色，鲜明可爱。刘简辞和段齐真说："这条鱼的样子很不寻常，不要杀死它。"赵平原说："你们太迂腐了，你们不吃我吃。"话未说完，忽然看见湖里有一群小孩儿，全都穿着半袖衫和白色的裤子，在水面上奔跑，来来往往地叫喊着，一点儿也没有害怕的样子。两个客人更加害怕，又替白鱼说情。赵平原不答应他们，呵叱厨师说："快些切成鲙送来。"不一会儿，鱼鲙送了上来。赵平原和两个客人刚吃一半儿，突然狂风骤起雷声大作，雷响第一次，湖面上奔跑的小孩儿脚下生出白烟，大风也随着刮起来。两个客人看到气候发生变化，回头望见三里之内，有座寺庙，就跑去避雨。赵平原微笑着有点儿瞧不起他们，正要再动筷子吃鱼的时候，砂石飞起，树木折断，大雨和雷电交加而来，好像要天塌地陷一样。两个客人惊慌害怕，相顾失色，以为赵平原已经变成粉末了。不一会儿雨过天晴，两个客人跑到吃鱼的地方，看见赵平原坐在地上，已经昏迷过去没有知觉了。两个人扶他起来，呼叫着问他。过了很久，他才睁开眼睛说："办了一件大错事！办了一件大错事！辛辛苦苦地把鱼鲙吃光了，却被一个黑衣人从我的喉咙里取出来，扔到湖里去了。我的肚子现在仍然是空空的。"他那个拿刀做菜的仆人，也不知哪里去了，过了好几个月才回来。赵平原问他原因，仆人说："开始时看见一个黑衣人在电火中抱怨并辱骂我，接着被领走，命令我背负衣服包。带着我走了十多天，来到一个

处，人物稠广，市肆骈杂。青衣人云：'此是益州。'又行五六日，复至一繁会处。青衫人云：'此是潭州。'其夕，领入旷野中，言曰：'汝随我行已久，得无困苦耶？今与汝别。'因怀中取干脯一挺与某，云：'饥即食之，可达家也。'又曰：'为我申意赵平原，无夭害生命。暴殄天物，神道所恶。再犯之，必无赦矣。'"平原自此终身不钓鱼。出《博物志》。

高　昱

元和中，有高昱处士以钓鱼为业。尝舣舟于昭潭，夜仅三更不寐。忽见潭上有三大芙蕖，红芳颇异。有三美女各踞其上，俱衣白，光洁如雪，容华艳媚，莹若神仙。共语曰："今夕阔水波澄，高天月皎，怡情赏景，堪话幽玄。"其一曰："旁有小舟，莫听我语否？"又一曰："纵有，非濯缨之士，不足惮也。"相谓曰："昭潭无底橘洲浮，信不虚耳。"又曰："各请言其所好何道。"其次曰："吾性习释。"其次曰："吾习道。"其次曰："吾习儒。"各谈本教道义，理极精微。一曰："吾昨宵得不祥之梦。"二子曰："何梦也？"曰："吾梦子孙仓皇，窟宅流徙，遭人斥逐，举族奔波，是不祥也。"二子曰："游魂偶然，不足信也。"三子曰："各筭来晨，得何物食。"久之曰："从其所好，僧道儒耳。吁！吾适来所论，便成先兆，

地方，人物众多，集市纷纭杂乱。黑衣人说：'这里是益州。'又走了五六天，又到了一个繁华的城镇。黑衣人说：'这里是潭州。'那天晚上，他领我来到了一片旷野，说道：'你跟着我已经走了很长时间，难道不觉得劳累吗？现在就与你分别。'接着从怀中取出一块干脯给我，并说：'你饿了就吃它，就可以回到家乡。'又说：'替我向赵平原传句话，叫他不要任意残害生命。残害生物，这是神灵所不允许的。再犯这样的过错，一定不会被赦免了。'"赵平原从此一辈子不再钓鱼了。出自《博物志》。

高　昱

　　唐宪宗元和年间，有一个隐士叫高昱，以钓鱼为生。有一天，高昱把船停靠在昭潭的岸边，到了夜里三更天还没睡着。忽然他看见潭上有三朵红色的大荷花，芳香奇特。有三个美女分别坐在三朵荷花上，都穿着白色衣裙，冰清玉洁像白雪一样，容貌艳丽迷人，神采晶莹，好似天仙。她们交谈说："今天晚上水面广阔，风清浪静，天高月明，使人心情愉快，欣赏着这美景，正适合谈论幽深玄妙的道理。"其中一个女子说："旁边有条小船，该不会能听到我们的谈话吧？"另一个女子说："即使有人，也不会是隐居的高人，不必害怕。"互相又说："昭潭没有底，橘子洲是漂浮的，相信这句话不是假的。"又说："请各人说说自己喜欢什么学说。"其次一女子说："我本性适合学习佛学。"另一个女子说："我学习道教。"最后一女子说："我学习儒家学说。"她们随后各自谈起了本教的教义，道理说得精深微妙。一个女子说："我昨晚做了一个不吉祥的梦。"另两个女子问："做了什么梦？"回答说："我梦见子孙们仓皇失措，我们住的洞窟府宅流离转移，受到别人的斥责和驱逐，全族人都被迫奔波迁移。这是不吉祥的预兆。"另外两个女子说："灵魂出游，偶然看见的情景，不值得相信。"三个女子一齐说："各自推算一下，明天早晨，能吃到什么食物。"过了好大一会儿，一个女子说："遵从各人的爱好，一个和尚，一个道士，一个儒生罢了。唉！我刚才所说的梦，就成了预兆，

然未必不为祸也。"言讫,逡巡而没。昱听其语,历历记之。

及旦,果有一僧来渡,至中流而溺。昱大骇曰:"昨宵之言不谬耳!"旋踵,一道士舣舟将济,昱遽止之,道士曰:"君妖也,僧偶然耳。吾赴知者所召,虽死无悔,不可失信。"叱舟人而渡,及中流又溺焉。续有一儒生,挈书囊径渡。昱恳曰:"如前去僧道已没矣!"儒正色而言:"死生命也,今日吾族祥斋,不可亏其吊礼。"将鼓棹,昱挽书生衣袂曰:"臂可断,不可渡。"书生方叫呼于岸侧,忽有物如练,自潭中飞出,绕书生而入。昱与渡人遽前捉其衣襟,漦涎流滑,手不可制。昱长吁曰:"命也!顷刻而没三子。"

而俄有二客乘叶舟而至。一叟一少,昱遂谒叟,问其姓字。叟曰:"余祁阳山唐勾鳌,今适长沙,访张法明威仪。"昱久闻其高道,有神术,礼谒甚谨。俄闻岸侧有数人哭声,乃三溺死者亲属也。叟诘之,昱具述其事,叟怒曰:"焉敢如此害人!"遂开箧,取丹笔篆字,命同舟弟子曰:"为吾持此符入潭,勒其水怪,火急他适!"弟子遂捧符而入,如履平地。循山脚行数百丈,观大穴明莹,如人间之屋室。见三白猪寐于石榻,有小猪数十,方戏于旁。及持符至,三猪忽惊起,化白衣美女,小者亦俱为童女,捧符而泣曰:"不祥之梦果中矣!"曰:"为某启先师,住此多时,宁无爱恋。

未必不是灾祸。"说完，不一会就消失了。高昱听了她们所说的话，全都清清楚楚地记住了。

　　等到天亮，果然有一个和尚来渡水，船到中流就沉没淹死了。高昱非常害怕，说："昨天晚上她们说的不是假话。"紧接着，一个道士来到停船处准备渡水，高昱急忙制止他，道士说："您是个妖精，和尚之事是偶然的事。我去赶赴有识之士的召见，即使死了也不后悔，不能失信于人。"于是呵叱驾船人赶快开船，结果道士乘船到中流又沉没淹死了。后来又有一个儒生，带着一个装书的口袋也来渡水。高昱恳切地说："先前来的和尚和道士已经淹死了。"儒生严肃地说："人的生死是命中注定的，今天我们族人举办祥斋，不能不去参加吊丧的仪式。"正要划桨，高昱拉住儒生的衣角说："宁可拉断你的胳膊，也不能让你渡水。"儒生正要向岸上叫喊，忽然有个像绳子似的东西，从昭潭中飞出来，缠住儒书拖到水里去了。高昱和那些准备渡水的人急忙上前扯住他的衣襟，上面的黏涎滑溜溜的，没有扯住。高昱长叹一声说："这是命中注定的。顷刻间淹没了三个人。"

　　又过了一会儿，有两个客人乘坐着小船来到。一个老人，一个少年。高昱就上前拜见老人，问他的姓名。老人说："我是祁阳山的唐勾鳖，现在准备去长沙，拜见张法明的尊颜。"高昱很早就听说这老人道行高深，有神奇的法术，对他很尊重。不一会儿听到岸边有几个人在哭，是三个溺水者的亲属。老人询问，高昱就把前面的事情详细说了，老人生气地说："怎么敢这样害人！"于是打开箱子，拿出红笔写了一道篆字符，命令同船而来的弟子说："替我拿着这道符到潭里去，勒令那些水中怪物，赶快迁到别处去。"弟子就捧着符进入水潭，就像走在平地上一样。顺着山脚走了几百丈，看见一个大洞穴，里面很明亮，像人间的住房一样。三只白猪在石床上睡觉，有几十个小猪正在旁边玩耍。弟子带着符帖来到，三只白猪忽然受惊起身，变成白衣美女，小猪也全变成女童，捧着符帖哭着说："不吉祥的梦果然应验了。"又说："请替我们禀告先师，我们在这里住了很久了，怎么会不留恋。

容三日徙归东海，各以明珠为献。"弟子曰："吾无所用。"不受而返，具以白叟。叟大怒曰："汝更为我语此畜生，明晨速离此，不然，当使六丁就穴斩之。"弟子又去，三美女号恸曰："敬依处分。"弟子归。明晨，有黑气自潭面而出。须臾，烈风迅雷，激浪如山。有三大鱼长数丈，小鱼无数周绕，沿流而去。叟曰："吾此行甚有所利，不因子，何以去昭潭之害？"遂与昱乘舟东西耳。出《传奇》。

僧法志

台山僧法志游至淮阴，见一渔者坚礼而命焉。法志随至草庵中，渔者设食甚谨，法志颇怪，因问曰："弟子以渔为业，自是造罪之人，何见僧如此敬礼？"答曰："我昔于会稽山遇云远上人为众讲法，暂曾随喜，得悟圣教。迩来见僧，即欢喜无量。"僧异之，劝令改业，渔者曰："我虽闻善道，而滞于罟网，亦犹和尚为僧，未能以戒律为事。其罪一也，又何疑焉？"僧惭而退，回顾，见渔者化为大鼋，入淮，亦失草庵所在。出《潇湘录》。

请容许我们三天之内搬回东海,各以明珠作为谢礼。"弟子说:
"这个我没有用处。"没有接受就返回岸上,回禀老人。老人大
怒,说:"你再去替我告诉这几个畜生,明天早晨赶快离开这里,
不然的话,我就派六丁到洞里去杀了她们。"弟子又入潭去,三
个美女大声哭着说:"我们接受处分。"弟子就回来了。第二天早
晨,有黑气从昭潭的水面上冒出。不一会儿,刮起了大风,响起
了雷声,激起的波浪像山一样。出现三条几丈长的大鱼,还有无
数条小鱼围绕在大鱼的周围,顺着流水离开了。老人对高昱说:
"我这次出行很有好处,如果不是你,我怎么能除去昭潭的祸害
呢?"就和高昱乘船游历东西各地。出自《传奇》。

僧法志

　　台山的和尚法志出游走到淮阴,遇到一个渔夫礼貌地坚持
邀请他去做客。法志跟着他来到一个草屋之中,渔夫恭谨地给
他安排饭菜,法志觉得很奇怪,便问渔夫说:"你以打鱼作为职
业,本来是杀生的人,为什么看见和尚这么恭敬呢?"渔夫回答
说:"我从前在会稽山上遇见过云远上人为众人讲佛法,曾经跟
着听过一段时间,领悟到佛家教义的神圣高深。从那以后,看见
和尚就高兴得不得了。"法志觉得更加奇怪,劝渔夫改换职业,渔
夫说:"我虽然听到了好的道理,却困滞于这个职业,也就好比和
尚是僧人,都不能严格地遵守戒律。罪过是一样的,又有什么可
怀疑的呢?"和尚惭愧地走了,回头看时,发现渔夫变成一只大
鼋,走进淮水,那个草屋也没有了。出自《潇湘录》。

卷第四百七十一
水族八

水族为人
邓元佐　　姚　氏　　宋　氏　　史氏女　　渔　人
人化水族
黄氏母　　宋士宗母　　宣骞母　　江州人　　独　角
薛　伟

水族为人

邓元佐

　　邓元佐者，颖川人也，游学于吴。好寻山水，凡有胜境，无不历览。因谒长城宰，延挹话旧，畅饮而别。将抵姑苏，误入一径，甚崄阻纡曲，凡十数里，莫逢人舍，但见蓬蒿而已。时日色已暝，元佐引领前望，忽见灯火，意有人家，乃寻而投之。既至，见一蜗舍，惟一女子，可年二十许。元佐乃投之曰：“余今晚至长城访别，乘醉而归，误入此道。今已侵夜，更向前道，虑为恶兽所损，幸娘子见容一宵，岂敢忘德？”女曰：“大人不在，当奈何？况又家贫，无好茵席祗侍。君子不弃，即闻命矣。”元佐因舍焉。女乃严一

水族为人

邓元佐

　　邓元佐是颍川人,到吴地游学。他喜好寻访山水,凡是特别美的风景,无不前去游历观赏。他有一次去拜见长城宰,长城宰拉着他话旧,两人一起痛快地喝了一顿酒,就分手了。快要到达姑苏时,邓元佐不小心走错了路,路很是险峻崎岖,共有十几里长,也没碰上人家,只看见丛生的蒿草。那时天色已经晚了,邓元佐伸长脖子朝前看,忽然看见了灯光,心想一定是户人家,就寻路走向灯光。到了以后,看见一个狭窄的房子,里面只有一个女子,年龄大约二十岁。邓元佐就向女子说:"我今天晚上到长城去访问朋友后分手了,乘着醉意往回走,误入此路。现在夜已经渐渐深了,再往前走,怕被恶兽伤害,请娘子容许我住一宿,我不敢忘记你的恩情。"女子说:"大人不在家,怎么办呢?何况我家很穷,也没有好的被褥给你使用。您要是不嫌弃,就请进来休息吧。"邓元佐因而就住了下来。那女子于是就为他整理好了一个

土塌,上布软草。坐定,女子设食。元佐馁而食之,极美。女子乃就元佐而寝。元佐至明,忽觉其身卧在田中,傍有一螺,大如升子。元佐思夜来所餐之物,意甚不安,乃呕吐,视之,尽青泥也。元佐叹咤良久,不损其螺。元佐自此栖心于道门,永绝游历耳。出《集异记》。

姚　氏

东州静海军姚氏率其徒捕海鱼,以充岁贡。时已将晚,而得鱼殊少,方忧之,忽网中获一人,黑色,举身长毛,拱手而立,问之不应。海师曰:"此所谓海人,见必有灾,请杀之,以塞其咎。"姚曰:"此神物也,杀之不祥。"乃释而祝之曰:"尔能为我致群鱼,以免阙职之罪,信为神矣。"毛人却行水上,数十步而没。明日,鱼乃大获,倍于常岁矣。出《稽神录》。

宋　氏

江西军吏宋氏尝市木至星子,见水滨人物喧集,乃渔人得一大鼋。鼋见宋屡顾,宋即以钱一千赎之,放于江中。后数年,泊船龙沙,忽有一仆夫至,云元长史奉召。宋恍然,不知何长史也。既往,欻至一府,官出迎。与坐曰:"君尚相识耶!"宋思之,实未尝识。又曰:"君亦记星子江中放鼋耶?"曰:"然,身即鼋也。顷尝有罪,帝命谪为水族,见囚于渔人。微君之惠,已骨朽矣。今已得为九江长,相召者,

土床，上面铺了一层软草。坐下来以后，女子又安排吃的。邓元佐饿了就吃了，味道非常美。那女子就和邓元佐同榻而眠。到了天亮，邓元佐忽然觉得自己躺在田野里，旁边有一个大田螺，有升斗大小。邓元佐想起晚上吃的东西，心里觉得很不安，于是开始呕吐，看那吐出的东西，全是青色的泥。邓元佐叹气诧异了很久，也没去损害那只田螺。他从此专心学习道术，再也不出去游历了。出自《集异记》。

姚　氏

东州静海军的姚氏率领他的手下捕捉海鱼，用来充当每年向朝廷上交的贡物。这一天，时间已经晚了，可是捕到的鱼却很少，正在为此发愁的时候，忽然网到了一个人，黑色，全身长毛，拱着手站着，问他也不答应。海师说："这就是人们说的海人，看见他一定有灾难，请杀了他，来避免灾难。"姚氏说："这是神物，杀了他不吉祥。"于是放了他并向他祈祷说："你能替我赶来鱼群，以此免去我失职的罪过，我相信你就是神。"毛人倒退着在水面上行走，走了几十步就沉没了。第二天，就捕获了很多鱼，比往年多一倍。出自《稽神录》。

宋　氏

江西军中官吏宋氏曾经到星子县去买木料，看见水边上聚了很多人，很是喧闹，原来是一个渔夫捉到一只大鼋。鼋看见宋氏便多次回头望他，宋氏就用一千钱买下它，放到了江里。过了几年，宋氏坐的船停在龙沙，忽然有一个仆人来，说是元长史请宋氏去。宋氏迷惑不解，不知道是什么长史。他就跟着一起去了，很快就到了一个府第，有个官吏出来迎接。落座后，说："您还认识我吗？"宋氏想了想，实在不曾相识。那官吏又说："您还记得星子江中放生的鼋吗？"官吏又说："我就是那鼋。那时因为有罪，上帝把我贬成水中生物，被渔夫捉住。不是您的恩惠，我的尸骨已经腐烂了。我现在已经当上了九江长，叫您来，

有以奉报。君儿某者命当溺死,名籍在是。后数日,鸣山神将朝庐山使者,行必以疾风雨,君儿当以此时死。今有一人名姓正同,亦当溺死,但先期岁月间耳。吾取以代之,君儿宜速登岸避匿,不然不免。"宋陈谢而出,不觉已在舟次矣。数日,果有风涛之害,死甚众,宋氏之子竟免。出《稽神录》。

史氏女

溧水五坛村人史氏女,因莳田倦,偃息树下。见一物,鳞角爪距可畏,来据其上。已而有娠,生一鲤鱼,养于盆中,数日益长,乃置投金濑中。顷之,村人刘草,误断其尾,鱼即奋跃而去,风雨随之,入太湖而止。家亦渐富,其后女卒,每寒食,其鱼辄从群鱼一至墓前。至今,每闰年一至尔。又渔人李黑獭恒张网于江,忽获一婴儿,可长三尺。网为乱涎所萦,浃旬不解。有道士见之曰:"可取铁汁灌之。"如其言,遂解。视婴儿,口鼻眉发如画,而无目,口犹有酒气。众惧,复投于江。出《稽神录》。

渔 人

近有渔人泊舟马当山下,月明风恬,见一大鼋出水,直上山顶,引首四望。顷之,江水中涌出一彩舟,有十余人会饮酒,妓乐陈设甚盛。献酬久之,上流有巨舰来下,橹声

是要报答您。您的某个儿子命中应当淹死,他的名字记在我这里的名册上。几天以后,鸣山神准备去朝拜庐山使者,行走时一定会有疾风暴雨,您的儿子应当在这个时候淹死。现在有一个人名姓与您儿子正好一样,也应当淹死,只不过比您的儿子早死一些日子罢了。我想拿他来代替。您的儿子应当快些上岸躲藏好,不然就免不了一死。"宋氏说了感谢的话就出去了,不知不觉地已回到船上。过了几天,果然发生了风涛之灾,死了很多人,宋氏之子竟然没有淹死。出自《稽神录》。

史氏女

溧水县五坛村人史氏的女儿,因为栽种庄稼累了,在树下休息。她看见一个动物,其鳞角爪距很可怕,扑过来压在她的身上。不久,这女子有了身孕,后来生下一条鲤鱼,养在盆里,几天时间长大了不少,就把它送到金濑河里去了。不久,有个村民割草,不小心砍断了它的尾巴,鲤鱼就奋力地跃出金濑河,而且有风和雨伴随着它。直到它跳入太湖,那风雨才停止。女子的家里渐渐地富起来,后来她死了,每到寒食节,那条鲤鱼就带领着一群鱼到女子的墓前来一次。现在,它每到闰年时来一次。又有个渔夫李黑獭经常在江上安设捕网,一天,忽然网住了一个婴儿,大约有三尺长。网被婴儿吐出的涎水粘连着,十多天也解不开。有个道士看见了说:"可以用铁水来浇。"照道士的话做,果然解开了。看那婴儿,口、鼻子、眉毛、头发都像画上画的一样,可就是没有眼睛,它口里还有酒气。大家很害怕,把它又扔到江里去了。出自《稽神录》。

渔 人

最近有个渔夫在马当山下停船,月明风静,看见一只大鼋从水里出来,一直爬上山顶,抬头四望。不久,江水中涌出一只彩船,船里有十多个人聚会喝酒,有妓乐助兴,非常热闹。他们互相劝着酒喝了很长时间,这时从上游来了一艘大型战船,摇橹之声

振于坐中,彩舟乃没。前之鼋亦下,未及水,忽死于岸侧。意者水神使此鼋为候望,而不知巨舰之来,故殛之。出《稽神录》。

人化水族

黄氏母

后汉灵帝时,江夏黄氏之母浴而化为鼋,入于深渊。其后时时出见。初浴簪一银钗,及见,犹在其首。出《神鬼传》。

宋士宗母

魏清河宋士宗母,以黄初中,夏天于浴室里浴,遣家中子女阖户。家人于壁穿中,窥见沐盆水中有一大鼋。遂开户,大小悉入,了不与人相承。尝先著银钗,犹在头上。相与守之啼泣,无可奈何。出外,去甚驶,逐之不可及,便入水。后数日忽还,巡行舍宅如平生,了无所言而去。时人谓士宗应行丧,士宗以母形虽变,而生理尚存,竟不治丧。与江夏黄母相似。出《续搜神记》。

宣骞母

吴孙皓宝鼎元年,丹阳宣骞之母,年八十,因浴化为鼋。骞兄弟闭户卫之,掘堂内作大坎,实水,其鼋即入坎游戏。经累日,忽延颈外望,伺户小开,便辄自跃,赴于远潭,遂不复见。出《广古今五行记》。

惊动了彩船,彩船于是沉下水去。先前出水的鼋也爬下山来,还没有等进水里,忽然死在了岸边。渔夫推想:可能是水神派这只鼋到山顶侦察,它竟然没有看见大战船的到来,所以才杀了它。

出自《稽神录》。

人化水族

黄氏母

东汉灵帝的时候,江夏人黄氏的母亲洗澡时变成一只鼋,爬到深渊中去了。那以后还常常浮出水来。她当初洗澡时戴的一只银钗,等她的化身在水面出现时,还戴在头上。出自《神鬼传》。

宋士宗母

魏国清河人宋士宗的母亲,黄初年间的一个夏天在浴室里洗澡,让家里的儿女们关上门。家里人从墙壁的孔洞中,暗中窥见浴盆的水里有一只鼋。于是他们就打开门,大人小孩全进到浴室里,她已全然没有人的样子了。老太太先前戴着的银钗,仍在其头上。一家人没办法,只好守着大鼋哭泣。那大鼋爬出门外,跑得很快,谁也追赶不上,眼睁睁看着它跳进河水里。过了好几天,它忽然又回来了,在住宅四周巡行,像平时一样,一句话没说就走了。当时有人对宋士宗说应当为母亲举办丧事,宋士宗认为母亲虽然变了外形,可是还活在世上,就没有举行丧礼。这件事与江夏黄母那事很相似。出自《续搜神记》。

宣骞母

吴国末帝孙皓宝鼎元年,丹阳人宣骞的母亲,年龄八十岁,因洗澡变成鼋。宣骞兄弟们关上门保护鼋,在堂屋里挖了个大坑,灌满水,那只鼋就进到坑里游戏。过了好几天,那鼋忽然伸长脖子向外面看,见门欠开一道缝,就自己跳出坑,向远处的水潭爬去,并再也没出现。出自《广古今五行记》。

江州人

晋末，江州人年百余岁，顶上生角。后因入舍前江中，变为鲤鱼，角尚存首。自后时时暂还，容状如平生，与子孙饮，数日辄去。晋末以来，绝不复见。出《广古今五行记》。

独角

独角者，巴郡人也，年可数百岁，俗失其名。顶上生一角，故谓之独角。或忽去积载，或累旬不语，及有所说，则旨趣精微，咸莫能测焉。所居独以德化，亦颇有训导。一旦与家辞，因入舍前江中，变为鲤鱼，角尚在首。后时时暂还，容状如平生，与子孙饮宴，数日辄去。出《述异记》。

薛伟

薛伟者，唐乾元元年，任蜀州青城县主簿，与丞邹滂、尉雷济、裴寮同时。其秋，伟病七日，忽奄然若往者，连呼不应，而心头微暖。家人不忍即敛，环而伺之。经二十日，忽长吁起坐，谓家人曰："吾不知人间几日矣！"曰："二十日矣。"曰："即与我觇群官，方食鲙否？言吾已苏矣，甚有奇事，请诸公罢箸来听也。"仆人走视群官，实欲食鲙，遂以告，皆停餐而来。伟曰："诸公敕司户仆张弼求鱼乎？"曰："然。"又问弼曰："鱼人赵干藏巨鲤，以小者应命，汝于苇间得藏者，携之而来。方入县也，司户吏坐门东，纠曹吏坐门

江州人

晋代末年,江州有个人一百多岁了,头顶上长了角。后来他走进住宅前面的江中,变成了鲤鱼,角还长在头上。此后他经常回来暂住,样子与从前一样,和子孙们把酒畅饮,几天以后就走。晋代末年以来,他再也没有出现过。出自《广古今五行记》。

独 角

独角是巴郡地方的人,年龄大约有几百岁,世上的人已经忘记了他的名字。因为他头顶上生了一只角,所以大家才叫他独角。他有时忽然离家好几年,有时几十天不说话,可等到他说出话来,旨义都相当精妙,没有人能够理解。他居住的乡里都被道德所感化,有时也进行训导。他在一天早晨和家里人告辞,接着就走进门前的江中,变成了一条鲤鱼,独角还在头上。以后他还经常回来暂住,样子与生平一样,和子孙们一起喝酒吃饭,几天之后才离去。出自《述异记》。

薛 伟

薛伟,在唐代乾元元年,担任蜀州青城县的主簿,与县丞邹滂和县尉雷济、裴寮同时在县里任职。这一年的秋天,薛伟病了七天,忽然气息微弱仿佛要死了,连连呼叫他也不答应,只是心头还温暖。家人不忍心马上下葬,围着他等他醒来。过了二十天,薛伟忽然长叹一口气坐了起来,对家人说:"我不知道人间已经过了多少日子。"家人回答说:"二十天了。"他又说:"立即替我去看看各位官员,有没有正在吃鱼鲙? 告诉他们我已经醒过来了,有件奇怪的事,请他们放下筷子来听我说。"仆人跑去找那些官员,见他们正要吃鱼鲙,就告诉他们薛伟苏醒过来的事,他们全都停下吃喝来到薛伟身边。薛伟说:"你们命令司户仆张弼去找鱼了吗?"回答说:"是的。"他又问张弼说:"渔夫赵幹藏起大鲤鱼,用小鱼来应付差事,你在苇草丛中找到了藏起来的大鱼,就带着它回来了。你正要进入县里的时候,司户吏坐在门东,纠曹吏坐在门

西，方弈棋。入及阶，邹、雷方博，裴啖桃实。弼言幹之藏巨鱼也，裴五令鞭之。既付食工王士良者，喜而杀之，皆然乎？"递相问，诚然。众曰："子何以知之？"曰："向杀之鲤，我也。"众骇曰："愿闻其说。"

曰："吾初疾困，为热所逼，殆不可堪。忽闷忘其疾，恶热求凉，策杖而去，不知其梦也。既出郭，其心欣欣然，若笼禽槛兽之得逸，莫我如也。渐入山，山行益闷，遂下游于江畔。见江潭深净，秋色可爱，轻涟不动，镜涵远虚。忽有思浴意，遂脱衣于岸，跳身便入。自幼狎水，成人以来，绝不复戏，遇此纵适，实契宿心。且曰：'人浮不如鱼快也，安得摄鱼而健游乎？'旁有一鱼曰：'顾足下不愿耳。正授亦易，何况求摄？当为足下图之。'决然而去。未顷，有鱼头人长数尺，骑鲵来导，从数十鱼，宣河伯诏曰：'城居水游，浮沉异道，苟非其好，则昧通波。薛主簿意尚浮深，迹思闲旷，乐浩汗之域，放怀清江，厌嶵嶭之情，投簪幻世。暂从鳞化，非遽成身。可权充东潭赤鲤。呜呼！恃长波而倾舟，得罪于晦；昧纤钩而贪饵，见伤于明。无或失身，以羞其党，尔其勉之。'听而自顾，即已鱼服矣。于是放身而游，意往斯到，波上潭底，莫不从容，三江五湖，腾跃将遍。

西，正在下棋。你进门走上台阶，看见邹滂和雷济二人正在玩博戏，裴寮在吃桃子。你说了赵幹藏起大鱼的事，裴五命人鞭打他。你把鱼交给厨工王士良之后，高兴地杀了它吧？"挨个人问，果然如此。大家说："你怎么知道的？"薛伟说："刚杀的鲤鱼，就是我。"大家吃惊地说："这是怎么回事？请你详细地说说。"

薛伟说："我刚得病时，浑身发热，折磨得我实在有点受不了。我忽然烦闷得忘了自己的病，怕热求凉，挂着拐杖离开了家，却不知这是个梦。走出城郭以后，心里很舒坦，就像笼子里的飞禽和槛栏里的野兽得到自由一样，谁都没我快活。我渐渐地走进山里，在山路上行走更加烦闷，就下山在江边游玩。看见江潭又深又净，秋天的景色很可爱，水面上一点波纹也没有，江面像镜子一样把远近景物和天空都倒映出来。我忽然有了洗澡的想法，就把衣服脱在岸边，跳进水里去了。我从小就喜欢游泳，长成大人以来，再也没有游过水，遇到这个自由舒适的环境，实在是正合我意。我于是说：'人游得不如鱼快，怎么才能骑着鱼尽情地游玩呢？'我的身边有一条鱼说：'只怕你不愿意。其实让你变成鱼都很容易，何况想骑着鱼呢？我应当为你去办这件事。'说完，它就快速离开了。不久，有个长好几尺的鱼头人，骑着鲵游来，几十条鱼前呼后拥，宣读河伯的诏书说：'住在城里的人到水里来游玩，一浮一沉道理是不同的，如果不是他自己的爱好，就一定不明白游水的道理。薛主簿想到深水里游玩，心里也想过过清闲旷达的日子，向往漫无边际的水的王国，想尽情地在清江里遨游，厌恶山野生活，想把身外之物扔在虚幻的人世。暂时变成长鳞鱼类，不是完全变鱼。那么，你可以暂且化作东潭里的红鲤鱼。呜呼！这条红鲤鱼恃仗着千里碧波而撞翻舟船，得罪于阴司；又因贪吃，为纤钩上的鱼饵迷惑，在阳间被人杀伤。你可不要因一时的失误，使同类蒙受羞辱，你要勉力去做。'我一边听一边看着自己就这样渐渐变成了鱼。于是我放任身体到处游玩，心里想到哪里就到哪里，水波之上和深潭之底，没有什么地方不能从容游玩，三江五湖，任我飞腾跳跃，几乎都游遍了。

然配留东潭,每暮必复。

"俄而饥甚,求食不得,循舟而行,忽见赵幹垂钩,其饵芳香,心亦知戒,不觉近口。曰:'我,人也,暂时为鱼,不能求食,乃吞其钩乎。'舍之而去。有顷,饥益甚,思曰:'我是官人,戏而鱼服。纵吞其钩,赵幹岂杀我?固当送我归县耳。'遂吞之。赵幹收纶以出。幹手之将及也,伟连呼之,幹不听,而以绳贯我腮,乃系于苇间。既而张弼来曰:'裴少府买鱼,须大者。'幹曰:'未得大鱼,有小者十余斤。'弼曰:'奉命取大鱼,安用小者?'乃自于苇间寻得伟而提之。又谓弼曰:'我是汝县主簿,化形为鱼游江,何得不拜我?'弼不听,提之而行,骂亦不已,弼终不顾。入县门,见县吏坐者弈棋,皆大声呼之,略无应者,唯笑曰:'可畏鱼,直三四斤余。'既而入阶,邹、雷方博,裴啖桃实,皆喜鱼大,促命付厨。弼言幹之藏巨鱼,以小者应命,裴怒,鞭之。我叫诸公曰:'我是公同官,而今见杀,竟不相舍,促杀之,仁乎哉?'大叫而泣,三君不顾,而付鲙手王士良者。方砺刃,喜而投我于几上。我又叫曰:'王士良,汝是我之常使鲙手也,因何杀我?何不执我白于官人?'士良若不闻者,按吾颈于砧上而斩之。彼头适落,此亦醒悟,遂奉召尔。"诸公莫不大惊,心生爱忍。然赵幹之获,张弼之提,县司之弈吏,三君之临阶,王士良之将杀,皆见其口动,实无闻焉。于是三君并投鲙,终身不食。伟自此平愈,后累迁华阳丞,乃卒。出《续玄怪录》。

可是河伯让我住在东潭，每到晚上一定要回到东潭去。

"不久，我觉得很饿，找不到吃的，顺着船游走，忽然看见赵干在钓鱼，鱼饵很芳香，我心里也知道要戒备，身子却不由自主地靠近了鱼饵。心想：'我是人，暂时变成鱼，不能因为求食而吞那个钓钩。'我舍下鱼饵走了。不一会儿，饿得更厉害了，心想：'我是个当官的，因游戏而变成鱼。纵使吞了钓钩，赵干也不会杀我，一定会送我回县里去的。'于是就吞下了鱼饵。赵干收起鱼线，我就露出水面。他的手即将抓住我的时候，我连声叫他，他不听，却用绳穿过我的腮，把我拴在苇草之中。不久张弼来说：'裴少府要买鱼，要大的。'张干说：'还未钓到大鱼，有十多斤小鱼。'张弼说：'我奉命买大鱼，怎么能买小鱼呢？'他就自己在苇草丛中找到了我变成的那条红鲤鱼。我又对张弼说：'我是你们县的主簿，变成鱼在江里游玩，为什么不对我行礼？'张弼也不听，提着我就走，还不停地骂赵干，始终不曾看我。进入县城大门时，看见县吏坐着下棋，我向他们大声喊叫，没有一个答应的，只是笑着说："可怕的大鱼，有三四斤多。"他不一会儿就走上台阶，邹滂和雷济正在玩博戏，裴察在吃桃子，都很喜欢我这条大鱼，催促让交给厨师。张弼说了赵干藏起大鱼，用小鱼应付的事，裴察生气了，用鞭子打赵干。我对各位说：'我是你们的同僚，可是今天被杀，竟然不放了我，反而催促杀死我，这是仁爱之心吗？'我哭泣着大叫，三位也不看我，却把我交给厨师王士良。王士良正在磨刀，看见我，高兴地把我放在案板上。我又叫喊说：'王士良，你是我常常使用的厨师，为什么要杀我？为什么不拿着我去向官人说明白？'王士良像是没有听见，在案板上，按住我的头颈用刀斩开。那边鱼头才掉下来，这边我也醒了，于是叫来大家。"各位客人没有不大吃一惊的，心里生出慈爱不忍之心。可是赵干钓鱼，张弼提鱼，县吏们下棋，三位官员在台阶上观鱼，以及王士良准备杀鱼，全都只是看见鱼嘴在动，实在是没听见声音。因此三位同僚都扔掉了鱼鲙，并且终身不再吃鱼。薛伟从此病也好了，后来多次升职，一直做到华阳县丞才死。出自《续玄怪录》。

卷第四百七十二

水族九龟

陶唐氏

陶唐之世,越裳国献千岁神龟,方三尺余,背上有文,皆科斗书,记开辟以来,帝命录之龟历。伏滔述帝功德铭曰:"朱书龟历之文。"出《述异记》。

禹

禹尽力渠沟,导川夷岳,黄龙曳尾于前,玄龟负青泥于后。玄龟,河精之使者也。龟额下有印文,皆古言,作九州山水之字。禹所穿凿之处,皆以青泥封记其所,使玄龟印其上。今人聚土为界,此之遗像也。出《王子年拾遗记》。

葛洪

葛洪云:"千岁灵龟,五色具焉。其雄,额上两骨起,似

陶唐氏

在帝尧时代，有个越裳国献上一只千年神龟，三尺多见方，背上有字，全都是科斗文，记载了天地开辟以来，帝王命令记下来的历法。伏滔记述帝王功德的铭文说："那龟甲上的历法是用红笔写的。"出自《述异记》。

禹

大禹尽全力挖沟排水，疏通河道，铲平山峰，黄龙拖着尾巴走在前面，玄龟背着青泥走在后面。玄龟，是河神的使者。玄龟的颌下印有文字，全是远古文字，记载着九州的山山水水。凡是大禹开凿过的地方，都用青泥在那里堆个标记，让玄龟把印文印在上面。现在的人堆土作为边界的记号，就是由此遗传下来的。出自《王子年拾遗记》。

葛　洪

葛洪说："千年灵龟，一身有五色。其雄性，额上两骨突起，像

角。以羊血浴之,乃剔取其甲,火炙,捣服。方寸七日三,尽一具,寿千岁。"出《抱朴子》。

张广定

陈仲弓《异闻记》曰,张广定遭乱避地,有一女四岁,不能步,又不忍弃之,乃县笼于古冢中,冀他日得收其骨。及三年,归取之,见其尚活。问之,女答曰:"食尽即馁,见其傍有一物,引颈呼吸,效之,故能活。"广定入冢视之,乃一龟也。陈寔之言,固不安矣。出《独异志》。

赣县吏

晋义熙中,范寅为南康郡。时赣县吏说,先入山采薪,得二龟,皆如二尺盘大。薪未足,遇有两树骈生,吏以龟侧置树间,复行采伐。去龟处稍远,天雨,懒复取。后经十二年,复入山,见先龟,一者甲已枯,一者尚生,极长。树木夹处,可厚四寸许,两头厚尺余,如马鞍状。出《幽明录》。

郗世了

郗世了在会稽造墓,其地多石。后破大石,得一龟,长尺二寸许,在石中。石了无孔也,得非龟石俱生乎?既破出之,龟行动如常龟无异。石受龟,如人刻安之。出《灵鬼志》。

角一样。用羊血洗浴龟，再剔除肉取用它的甲壳，用火烧，研成粉末服用。七寸大小的一块一日吃三块，吃完一个龟的甲壳，就能活一千岁。"出自《抱朴子》。

张广定

陈仲弓《异闻记》里说：张广定遇到祸乱找地方躲避，有一个四岁的女儿，不能走路，又不忍心抛弃她，就把她装进笼子悬挂在一个古墓里，希望以后能收拾她的尸骨。等到第三年，他回来找女儿，看见她还活着。问她原因，女儿回答说："东西吃光了就觉得饿，我看见旁边有一个动物，伸着脖子呼吸，就学它的样子，所以才活了下来。"张广定进到墓里去查看，原来是一只乌龟。陈仲弓说的是真事，一点也不假。出自《独异志》。

赣县吏

晋代义熙年间，范寅担任南康郡的郡守。当时的赣县有个官吏说他以前进山砍柴，捉到两只乌龟，都有二尺见方的圆盘那么大。柴没有砍够，遇到两棵并排生长的同根树，他就把乌龟侧着放在两树之间，又去砍柴。他越走离放乌龟的地方越远，天又下了雨，就懒得回去取。后来又过了十二年，他再次进山，看见先前捉的那两只乌龟，一只龟的甲壳已经干枯了，另一只还活着，长得很大。树木夹着的地方，有四寸多厚，两头厚一尺多，形状像马鞍。出自《幽明录》。

郗世了

郗世了在会稽修建坟墓，那个地方石头多。后来破开一块大石头，得到一只乌龟，长一尺二寸左右，在石头的中间。石头一点孔隙也没有，难道它是和石头一起生长的吗？破开石头之后，那乌龟的行动跟平常的乌龟一样。这石头容纳此龟，就像人刻好了石头再把它放进去似的。出自《灵鬼志》。

孟彦晖

武成三年庚午六月五日癸亥,广汉太守孟彦晖奏,西湖有金龟径寸,游于荷叶之上,画图以上闻。出《录异记》。

营 陵

道州营陵中鼍,甲长八尺,下自然有文字。前后四足,各踏一龟。踏龟有时行,或逾山越水,俗莫敢犯。出《录异记》。

兴业寺

九曲灵龟池,在襄阳县东北三里遍学寺东。古城旧有兴业寺,今并入遍学寺。唐景龙元年有陈留阮氏,寓居襄阳,舍财,于此寺东院创造堂宇。时岁旱池涸,即掘广深之,急暴雨池溢,乃是一大龟,高数尺,如半张床大,岸侧而行。众即惊呼,龟遂跃入池中。寺僧灵岫云,院有折碑,云兴业寺碑。碑文梁散骑常侍庾元威撰。其文可传者云,此寺有灵龟一头,长三尺五寸,冬潜春现,多历年所;随众上堂,应时而食。刺史安陆王照频遇此龟。其坏碑因即扶竖,今在遍学寺东院。阮氏所修寺堂,庭中浮屠前,池见在,深五尺,方二十步。出《襄沔记》。

唐太宗

唐武德末,太宗欲平内难。苑池内有白龟,游于荷叶之上。太宗取之,化为白石,莹洁如玉。登极之后,降制曰:"皇天眷祐,锡以宝龟。"出《录异记》。

孟彦晖

武成三年庚午六月五日癸亥,广汉太守孟彦晖向朝廷报告,西湖有直径一寸的金龟,在荷叶上游玩,并画成图画上奏。出自《录异记》。

营　陵

道州营陵中有一只鼍,甲壳长八尺,腹部有自然生成的文字。它前后四只脚,各踩着一只乌龟。被踩着的乌龟有时会离开,有时翻山渡水,世人没有谁敢惹它。出自《录异记》。

兴业寺

九曲灵龟池,在襄阳县东北三里处遍学寺的东面。古城在从前有个兴业寺,现在合并到遍学寺。唐代景龙元年有个陈留人阮氏,寄居在襄阳,拿出钱来做善事,在这个庙的东院建造堂宇。当时天旱,水池干涸,就乘势把它挖深挖广,突然下了一场大暴雨,池水也满出来了,只见一只大乌龟,高好几尺,有半张床那么大,在池边行走。大家就吃惊地呼喊,乌龟就跃入了池中。庙里有个叫灵岫的和尚说:院子里有块折断的石碑,说是兴业寺碑。碑文是梁国的散骑常侍庾元威撰写的。那个碑留传下来的文字说,这个庙里有一只灵龟,三尺五寸长,冬天潜藏,春天出现,经历的年头多了。会随着众人到堂上来,按时吃东西。刺史安陆人王照多次遇见这只龟。那块损坏了的碑被扶好竖立着,现在仍保存在遍学寺的东院。阮氏修建的庙堂,院子里佛塔前面的那个水池还在,深五尺,二十步见方。出自《襄沔记》。

唐太宗

唐代武德末年,唐太宗想要平息内乱。御花园的水池里有一只白龟,在荷叶上游玩。唐太宗捉到它,就变成了白石,晶莹如玉。登上皇位之后,太宗传下命令说:"是上天保佑我,才赐给我宝龟。"出自《录异记》。

刘彦回

唐刘彦回父为湖州刺史,有下寮于银坑得一龟,长一尺,持献刺史。群官毕贺云:"得此龟食,寿一千岁。"使君谢己非其人,故自骑马,送龟即至坑所。其后十余年,刺史亡。彦回为房州司士,将家属之官。属山水泛溢,平地尽没,一家惶惧,不知所适。俄有大龟来引其路,彦回与家人谋曰:"龟乃灵物,今来相导,状若神。"三十余口随龟而行,悉是浅处,历十余里,乃至平地,得免水难。举家惊喜,亦不知其由。至此夕,彦回梦龟云:"己昔在银坑,蒙先使君之惠,故此报恩。"出《广异记》。

吴兴渔者

唐开元中,吴兴渔者,于苕溪上每见大龟,四足各踏一龟而行。渔者知是灵龟,持石投之,中而获焉。久之,以献州从事裴。裴召龟人,龟人云:"此王者龟,不可以卜小事。所卜之物必死。"裴素狂妄,时庭中有鹊,其雏尚毣,乃验志之,令卜者钻龟焉。数日,大风损鹊巢,鹊雏皆死。寻又命卜其婢所怀娠是儿女,兆云:"当生儿。"儿生,寻亦死。裴后竟进此龟也。出《广异记》。

唐明皇帝

唐明皇帝尝有方士献一小龟,径寸而金色可爱,云:"此龟神明而不食,可置之枕笥之中,辟巨蛇之毒。"上常贮

刘彦回

唐代刘彦回的父亲任湖州刺史,有个下属在银坑里得到一只龟,长一尺,拿去献给刺史。所有的官吏都祝贺说:"得到这只乌龟并把它吃了,能活一千岁。"刺史以自己不是那样的人辞绝了众人,当即又亲自骑马,把乌龟送回银坑。十多年以后,刺史去世了。刘彦回做了房州司士,带着家属赴任。正赶上山洪泛滥,平地全都被淹没了,他们一家人惶恐不安,不知该怎么办。不久,有只大乌龟来为他们引路,刘彦回和家人商量说:"龟本来是有灵性的动物,现在来为我们引路,样子像是个神灵。"三十多口人跟随着乌龟行走,全是水浅的地方,走了十多里,就到了平地,免除了水灾。全家人又惊又喜,也不知道究竟是什么原因。到了这天晚上,刘彦回梦见乌龟对他说:"我从前在银坑,蒙受过你父亲的恩惠,所以这次来报恩。"出自《广异记》。

吴兴渔者

唐代开元年间,吴兴这地方有个渔夫,在苕溪上常常看见一只大龟,四只脚各踩着一只乌龟在水上行走。渔夫知道这是个灵龟,拿石头打它,打中并捉住了。后来,他把龟献给州里一个姓裴的从事官。裴从事官找来识龟的人,识龟的人说:"这是龟中之王,不能用来占卜小事。否则,被占卜的东西一定会死。"姓裴的平时就很狂妄,当时,庭院中有窝喜鹊,幼雏正在换毛,他就用它们来验证,让占卜的人钻龟壳占卜。几天后,大风弄坏了鹊巢,鹊雏全死了。接着他又让给自己的婢女占卜,问怀孕的是儿子还是女儿,预兆说:"应当生儿子。"儿子生了下来,接着又死了。姓裴的后来把这只乌龟献给了朝廷。出自《广异记》。

唐明皇帝

有一个方士曾经献给唐明皇一只小龟,直径一寸,浑身金色,非常可爱,方士说:"这只龟有神明,不吃东西,可以把它放在枕头或竹筐里,能够躲避大蛇的毒气。"皇帝常常把这只龟放在

巾箱中。有小黄门恩渥方深，而坐亲累，将窜南徼，不欲屈法免之，密授此龟曰："南荒多巨蟒，常以龟置于侧，可以无苦。"阉者拜受之。及象郡之属邑，里市馆舍，悄然无一人，投宿于旅馆。是夜，月明如昼，而有风雨之声，其势渐近。因出此龟，置于阶上。良久，神龟伸颈吐气，其火如绳，直上高三四尺，徐徐散去。已而龟游息如常，向之风雨声，亦已绝矣。及明，驿吏稍稍而至，罗拜庭下曰："昨知天使将至，合备迎奉，适缘行旅误杀一蛇。众知报冤蛇必此夕为害，侧近居人，皆出三五十里外，避其毒气。某等不敢远出，止在近山岩穴之中，伏而待旦。今则天使无恙，乃神明所祐，非人力也。"久之，行人渐至，云当道有巨蛇十数，皆已糜烂。自此无复报冤之物，人莫测其由。逾年，黄门召归长安，复以金龟进上，泣而谢曰："不独臣之性命，赖此生全，南方之人，永祛毒类。所全人命，不知纪极。实圣德所及，神龟之力也。"出《录异记》。

宁晋民

唐建中四年，赵州宁晋县沙河北，有大棠梨，百姓常祈祷。忽有群蛇数千，自东南来，渡北岸，集棠梨树下为二积，留南岸者为一积。俄见三龟径寸，才绕行，积蛇尽死。乃各登积，视蛇腹悉有疮，若矢所中。刺史康日知图甘棠梨三龟来献。出《酉阳杂俎》。

衣巾箱里。有个正受到皇帝宠信的小太监，因为亲戚的牵连而被判罪，将要被发配到南疆去，皇帝不想枉法使他免去惩罚，暗中把这只乌龟送给他，说："南疆巨蟒多，你经常把龟放在身边，就可以免灾。"小太监叩头接了过去。等到了象郡的属邑，见街上集市和馆舍，均静无一人，就到旅馆里住了下来。这天晚上，月光皎洁，像白天一样，突然却传来风雨之声，声音越来越近。于是他拿出这只龟，放在台阶上。过了很久，神龟伸着脖子吐着气，其气变成火舌，像带子一样，直上空中三四尺，然后再慢慢地散开。不久，龟的呼吸恢复正常，刚才的风雨声也没有了。等到天亮，驿站的官吏们渐渐都来了，在庭院里围了一圈行礼说："昨天知道天使您要来，应当准备好迎接的，可正好赶上一个旅游者错杀了一条蛇，大家都知道报仇的蛇一定在今晚来干坏事，附近的居民都跑出去三五十里，好躲避毒气。我们不敢走远，只是躲藏在附近的山上岩穴中，等待天亮。现在您没受伤害，真是神明的保佑，不是凡人所能做到的。"过了很久，走出去躲灾的人也渐渐地回来了，都说在路上有十几条大蛇，全都腐烂了。从此再也没有蛇报仇的事情发生，人们却不知道其中的原因。过了一年，小太监被皇帝召回长安，他又把金龟献给皇帝，哭着感谢说："不单是我自己靠着金龟才活着回来，就连南方的百姓，也永远祛除了毒虫之害！保全下来的性命，不知有多少。这是皇上的恩德，也是神龟的力量。"出自《录异记》。

宁晋民

唐代建中四年，赵州宁晋县沙河的北面，有棵大棠梨树，百姓们常常在树下祈祷。一次，忽然有一群蛇共好几千条，从东南方爬来，渡过沙河来到北岸，集中到棠梨树下形成两堆，留在南岸的形成一堆。不一会儿只见三只直径一寸的乌龟，仅仅绕着蛇堆爬一圈，蛇就全死了，于是人们爬上蛇堆，看见蛇腹全都有疮，像是箭伤。刺史康日知画下甘棠梨和三只乌龟的形象进献朝廷。出自《酉阳杂俎》。

史　论

唐史论作将军时,忽觉妻所居房中有光,异之。因与妻索房中,且无所见。一日,妻早妆开奁,奁中忽有金色龟,如钱,吐五色气,弥满一室。后常养之。原缺出处,明抄本、陈校本作出《酉阳杂俎》。

徐　仲

福州,唐贞元末,有村人卖一笼龟,其数十三。贩药人徐仲以五镮获之,村人云:"此圣龟,不可杀。"徐置庭中,一龟藉龟而行,八龟为导,悉大六寸。徐遂放于乾元寺后林中,一夕而失。出《酉阳杂俎》。

高崇文

唐赞皇公李德裕曰:"蜀传张仪筑成都城,屡有颓坏。时有龟周行旋走,至是一龟行路筑之,既而城果就。予未至郡日,尝闻龟壳犹在城内,昨询访耆旧,有军资库官宇文遇者,言比常在库中。元和初,节度使高崇文知之,命工人截为腰带胯具。"自张仪至崇文千余载,龟壳尚在,而武臣毁之,深可惜也。出《戎幕闲谈》。

汴河贾客

唐有贾客维舟汴河上,获一巨龟,于灶火中煨之。是夕,忘出之,明日取视,壳已燋矣。拂拭去灰,置于食床上,欲食。良久,伸颈足动,徐行床上,其生如常。众共异之,

史 论

唐代史论当将军的时候,忽然发现妻子住的房中有光,感到很奇怪。他因而与妻子在房中搜索,结果什么也没找到。有一天,妻子早晨起来打开查盒梳妆,查盒中竟然有一只金色的乌龟,像一枚铜钱那么大,能吐出五色的气体,映满全屋。后来,他们就把它养了起来。原缺出处,明抄本、陈校本作出自《酉阳杂俎》。

徐 仲

唐代贞元末年,福州有个乡下人卖一笼子龟,共有十三只。卖药人徐仲用五镪钱买了下来,村里的人说:"这是圣龟,不能杀他们。"徐仲把龟放在院子里,其中一只龟靠踩另外四只龟来行走,余下八只龟在前面做向导,全都六寸长。徐仲就把龟放在乾元寺后的树林中,一个晚上就都消失了。出自《酉阳杂俎》。

高崇文

唐代的赞皇公李德裕说:"蜀地传说张仪修建成都城的时候,总是倒塌毁坏。当时有只乌龟围着城旋转着行走,于是在龟走过的地方修建城墙,不久果然把城建成功了。我没到成都郡的时候,曾经听说龟壳还在城内,昨天访问那些老人,有个军资库官叫宇文遇的说,往常就保存在库里。元和初年,节度使高崇文知道了这件事,命令工匠截开做成腰带和胯具了。"从张仪到高崇文经过了一千多年,龟壳还在,却被一个武将给毁了,实在可惜。出自《戎幕闲谈》。

汴河贾客

唐代有个商人把船停在汴河的河岸上,抓获了一只大乌龟,放到灶火中烧它。这天晚上,商人忘了把它拿出来,第二天拿出来一看,龟壳已经被烧焦了。他拂拭去灰尘,把乌龟放在饭桌上,想吃它。过了好一会儿,那乌龟竟然伸出了脖子,脚也动起来,在桌上慢慢地爬行,原来还活着。大家都觉得这件事很奇怪,

投于水中,游泳而去。出《录异记》。

南 人

南人采龟溺,以其性妒而与蛇交。或雌蛇至,有相趁斗噬,力小致毙者。采时,取雄龟置瓷碗及小盘中,于龟后,以镜照之,既见镜中龟,即淫发而失溺。又以纸炷火上爇热,点其尻,亦致失溺,然不及镜照也。得于道士陈钊。又海上人云,龙生三卵,一为吉吊也。其吉吊上岸与鹿交,或于水边遗精,流槎遇之,粘裹木枝,如蒲桃焉。色微青黄,复似灰色,号紫稍花。益阳道,别有方说。出《北梦琐言》。

阎居敬

新安人阎居敬,所居为山水所浸,恐屋坏,移榻于户外而寝。梦一乌人曰:“君避水在此,我亦避水至此,于君何害?而迫迮我如是,不快甚矣。”居敬寤,不测其故。尔夕三梦,居敬曰:“岂吾不当止此耶?”因命移床,乃床脚斜压一龟于户限外,放之乃去。出《稽神录》。

池州民

池州民杨氏以卖鲊为业。尝烹鲤鱼十头,令儿守之。将熟,忽闻釜中乞命者数四。儿惊惧,走告其亲。共往视之,釜中无复一鱼,求之不得。期年,所畜犬恒窥户限下而吠,数日,其家人曰:“去年鲤鱼,得非在此耶?”即撤户

把龟又放到水里,它便游着离开了。出自《录异记》。

南　人

　　南方人采集龟尿,因为龟的性情好嫉妒并且与蛇交媾。有时雌蛇来了,就打斗撕咬起来,力气小的蛇会被咬死。采龟尿的时候,把雄龟拿过来放在瓷碗和小盘中,在龟的后面用镜子照,它看见镜子里的龟影之后,就会淫性发作因而流出尿来。又有人把纸卷放到火上点着,烧它的尻部,也能导致流尿,可是数量比不上用镜子照来的多。这个办法是从道士陈钊那里学来的。另外,有海边渔夫说:龙生下三只卵,一只卵就孵化出吉吊。这个吉吊上岸来与鹿交配,有时在水边遗留下精液,漂浮的船筏碰上了,就会粘连上树枝,像蒲桃一样。颜色稍微有点青黄,又像灰色,人们叫它紫稍花。这个东西有益于壮阳,听说还可做别的药方。出自《北梦琐言》。

阎居敬

　　新安人阎居敬,住房被山水浸淹,担心屋子倒塌,就把床移到门外睡觉。他梦见一个黑人说:"您是为了避水而在这里睡觉,我也是因为避水到了这里,对您有什么伤害? 却如此地逼迫我,令人太不愉快了。"阎居敬醒来,不明白其中的缘故。这天晚上一共做了三次同样的梦,他说:"难道我不应当睡在这里吗?"于是让人把床移开,原来是一只乌龟被床脚斜着压在门槛的外面,就把它放走了。出自《稽神录》。

池州民

　　池州的百姓杨氏以卖腌鱼为职业。曾经煮了十条鲤鱼,让儿子看着。快熟的时候,忽然听见锅里几次喊叫救命。儿子又惊又怕,跑去告诉父亲。一起去看,锅中连一条鱼也没有了,找也没找到。第二年,家里养的狗总是冲着门槛的下面叫,叫了几天,他的家人说:"去年丢的鲤鱼,莫不是在这里面?"便拆下门来

视之，得龟十头，送之水中。家亦无恙。出《稽神录》。

李　宗

李宗为楚州刺史，郡中有尼方行于市，忽据地而坐，不可推挽，不食不语者累日。所由司以告宗。命武士扶起，掘其地，得大龟长数尺，送之水中，其尼乃愈。出《稽神录》。

看,结果得到了十只龟,就把它们送到水里去了。家里也没发生
什么事。出自《稽神录》。

李　宗

李宗做楚州刺史时,郡中有个尼姑正在街市上行走,忽然在
地上坐下,推不动,拽不动,不吃饭不说话,一连坐了好几天。管
事的部门把这事报告给李宗。李宗让武士扶起尼姑,挖掘那个
地方,结果挖出一只好几尺长的大乌龟,送到了水里,那个尼姑
才好。出自《稽神录》。

卷第四百七十三
昆虫一

蜮射

《玄中记》:"蜮以气射人,去人三十步,即射中其影。中人,死十六七。"《纪年》云:"晋献公二年春,周惠王居于郑,郑人入王府取玉马,玉化为蜮,以射人也。"出《感应经》。

化蝉

齐王后怨王怒死,尸化为蝉,遂登庭树,嘒唳而鸣。后王悔恨,闻蝉鸣,即悲叹。出崔豹《古今注》。

揖怒蛙

越王勾践既为吴辱,常尽礼接士,思以平吴。一日出游,见蛙怒,勾践揖之。左右曰:"王揖怒蛙何也?"答曰:

蜮　射

《玄中记》记载:"蜮能以气息射人,距离人三十步远,就能射中人的影子。凡被射中的人,十有六七会死去。"《纪年》记载:"晋献公二年春,周惠王住在郑国,郑国的一个人进王府去取玉马,玉马变为蜮,用气射人。"出自《感应经》。

化　蝉

齐王后因怨恨君王而气死,尸体变为蝉,落在庭树上,嘒嘒地鸣叫。后来齐王懊悔,听到蝉鸣就悲叹。出自崔豹《古今注》。

揖怒蛙

越王勾践被吴国侮辱后,常以最高的礼节接待士人,一心想靠这些人消灭吴国。有一天出去游玩,见一只蛙在发怒,勾践便向它作揖。左右问:"大王为何向一只发怒的蛙作揖?"勾践回答:

“蛙如是怒，何敢不揖？”于是勇士闻之，皆归越，而平吴。出《越绝书》。

怪 哉

汉武帝幸甘泉，驰道中有虫，赤色，头、牙齿、耳、鼻尽具，观者莫识。帝乃使东方朔视之。还对曰：“此虫名怪哉。昔时拘系无辜，众庶愁怨，咸仰首叹曰：‘怪哉怪哉！’盖感动上天，愤所生也，故名怪哉。此地必秦之狱处。”即按地图，信如其言。上又曰：“何以去虫？”朔曰：“凡忧者，得酒而解，以酒灌之当消。”于是使人取虫置酒中，须臾糜散。出《小说》。

小 虫

汉光武建武六年，山阳有小虫皆类人形，甚众。明日，皆悬于树枝死。出《广古今五行记》。

蒋 虫

蒋子文者，广阳人也。嗜酒好色，挑达无度。每自言：“我死当为神也。”汉末，为秣陵尉，逐贼至山下，被贼击伤额，因解印绶缚之，有顷而卒。及吴先主之初，其故吏见子文于路间，乘白马，执白羽扇，侍从如平生。见者惊走，子文追之，谓曰：“我当为此地神，福尔下民。可宣告百姓，为我立祠，不尔，将有大咎。”是岁夏，大疾疫，百姓辄恐动，颇

"这只蛙对我如此发怒,我哪里敢不给它作揖。"勇士们听说了这件事后,都纷纷投奔到越国,从而帮助越国消灭了吴国。出自《越绝书》。

怪 哉

汉武帝到甘泉去,在路上遇见一条虫子,红色,脑袋、牙齿、耳朵、鼻子全都有,看到的人没有能认识的。于是汉武帝派东方朔去察看。东方朔回来后禀告说:"此虫名叫怪哉。从前秦国经常捉拿拘捕无辜百姓,广大百姓忧愁怨恨,都仰首叹息道:'怪哉怪哉!'大概是感动了上天,由这怨愤之气凝聚而生成的,所以起名叫怪哉。此地一定是秦朝当年的监狱旧址。"于是立即查看地图,果然如他所说。汉武帝又问:"怎么可以去掉此虫?"东方朔道:"大凡忧愁,喝了酒就能化解,用酒浸泡应该可以消灭。"于是汉武帝派人将虫子捉来放在酒中,不一会儿就化解分散了。出自《小说》。

小 虫

汉光武帝建武六年,山阳有小虫,都长得像人,很多。第二天,全部悬吊在树枝上死去了。出自《广古今五行记》。

蒋 虫

蒋子文是广阳人。喜好酒色,放纵无度。常常自言道:"我死后将成为神仙。"汉朝末年,任秣陵县尉。有一次他追击强盗到山下时,被强盗击伤了前额,于是他解下来拴印的丝带把伤口缠绑上,不久便死去了。然而到三国时的吴先主初期,与他当年一起共事的老官吏竟在路上又遇见了他。他骑着白马,手拿白色羽毛扇,随从们也如当年在世时一样。遇见他的人惊慌而逃,蒋子文便紧追上去,对那人说:"我是这里的神仙,要造福于这里的百姓。你可告诉百姓们,为我修建祠庙,不然的话,将会有大灾降临。"这年的夏天,果然发了大瘟疫。百姓当时都很恐惧,很

窃祀之者。未几，乃下巫祝曰："吾将大启福孙氏，官宜为我立祠。不尔，将使虫入人耳为灾也。"俄而果有虫虿，入人耳即死，医所不治，百姓愈恐。孙主尚未之信。既而又下巫祝曰："若不祀我，将以大火为灾。"是岁，火灾大发百数，火渐延及公宫，孙主患之。时议者以神有所归，乃不为厉，宜告飨之。于是使使者封子文为中都侯，其子绪为长水校尉，皆加印绶，为立祠宇以表其灵。今建康东北蒋山是也。自是疾厉皆息，百姓遂大事之。《幽明录》亦载焉。出《搜神记》。

园客

园客者，济阴人也。姿貌好而良，邑人多愿以女妻之，终不娶。常种五色香草，积数十年，服其实。一旦有五色蛾止其旁，客收而荐之。至蚕时，有女夜半至，自称客妻，道蚕之状。客与俱蚕，得百二十头茧，皆如瓮。缲一头，六十日乃尽。讫则俱去，莫知所如。济阴人设祠祀焉。出《列仙传》。

乌衣人

吴富阳县有董昭之者，曾乘船过钱塘江。江中见一蚁著一短芦，遑遽畏死，因以绳系芦著舡。船至岸，蚁得出。其夜，梦一乌衣人谢云："仆是蚁中之王也。感君见济之恩，君后有急难，当相告语。"历十余年，时所在劫盗，昭之

多人都偷偷地祭祀他。不久，他附身于巫师身上说："我将为吴主孙氏带来很大的福气，而官府应该为我修筑神庙。不这样，我将会让虫子钻入人的耳朵，而造成灾难。"不久，果然就有蛀虫钻进人耳朵致人死亡的事发生，医生也治不好，百姓更加害怕。吴主孙氏并不相信。不久之后又附身于巫师身上说："如果再不祭祀我，将会发生大火灾。"这一年，火灾发生了一百多次，火势渐渐蔓延到吴主的宫殿，吴主十分忧虑。当时议事的臣僚们认为神必须有所归宿，才不会成为祸患，应该祷告供奉他。于是派使者加封蒋子文为中都侯，封他的儿子蒋绪为长水校尉，全都加佩印绶，并为他立庙宇以显扬他的神灵。现在建康东北蒋山上的庙就是当年为他修造的。从此各种疾病祸患再也没有了，于是百姓便一直隆重地祭祀他。此事《幽明录》也有记载。出自《搜神记》。

园 客

园客是济阴人。相貌好而又善良，城中很多人想把女儿许配给他，园客始终也没娶妻。他经常种一种五色香草，种了几十年，吃那草的果实。有一天一只五色蛾落在他身旁，园客把蛾收藏在家并放在草席上。到了要变蚕蛹时，有一个女子忽然在半夜时来到他家，自称是他的妻子，并向他讲述了如何变成蚕的样子。于是园客与她一起变成了蚕，得了一百二十只蚕茧，都像瓮那么大。从一头抽丝，要抽六十天才能抽完。抽完丝后就一起走了，谁也不知到哪里去了。济阴人立祠庙为他们祭祀。出自《列仙传》。

乌衣人

吴地富阳县有个董昭之，曾乘船过钱塘江。他看见江中有一只蚂蚁附着在一根短芦苇上，惶恐怕死，于是用绳子系着芦苇把它带到船上来。船到了对岸，蚂蚁得救。那天夜里，他梦见一个黑衣人向他道谢："我是蚁王。感谢您的救命之恩，您以后有急难，请告诉我。"过了十几年，当时他住的地方有盗贼，董昭之

被横录为劫主,系余姚。昭之忽思蚁王之梦,结念之际,同被禁者问之,昭之具以实告。其人曰:"但取三两蚁著掌中语之。"昭之如其言,夜果梦乌衣云:"可急投余杭山中。天下既乱,赦令不久也。"既寤,蚁啮械已尽,因得出狱。过江,投余杭山。旋遇赦,遂得无他。出《齐谐记》。

朱诞给使

淮南内史朱诞字永长,吴孙皓世,为建安太守。诞给使妻有鬼病,其夫疑之为奸。后出行,密穿壁窥之,正见妻在机中织,遥瞻桑树上,向之言笑。给使仰视,树上有年少人,可十四五,衣青衿袖,青幞头。给使以为信人也,张弩射之,化为鸣蝉,其大如箕,翔然飞去。妻亦应声惊曰:"噫!人射汝!"给使怪其故。后久之,给使见二小儿在陌上共语曰:"何以不复见汝?"其一即树上小儿也,答曰:"前不谨,为人所射,病疮积时。"彼儿曰:"今何如?"曰:"赖朱府君梁上膏以傅之,得愈。"给使白诞曰:"人盗君膏药,颇知之否?"诞曰:"吾膏久致梁上,人安得盗之?"给使曰:"不然,府君视之。"诞殊不信,为试视之,封题如故。诞曰:"小人故妄作,膏自如故。"给使曰:"试开之。"则膏去半焉,所搭刮见有趾迹。诞自惊,乃详问之,给使具道其本末。出《搜神记》。

被蛮横地指责为强盗头子,被关押在余姚县。董昭之忽然想起蚁王托梦之事,正当他想着此事时,有一个一起被关押的人便问他在想什么,董昭之如实相告。那个人说:"你只要捉两三只蚂蚁放在手上对它们一说就可以。"董昭之照他说的做了,夜里果然梦见黑衣人对他说:"你可立即投奔余杭山中。天下已经大乱,赦令不久就会下来。"等他醒了时,蚂蚁已经咬断了他的刑械,因而他能够逃出监狱。他过了江,逃进余杭山。不久遇到大赦,这才安然无恙。出自《齐谐记》。

朱诞给使

淮南王内史朱诞,字永长,到东吴孙皓执政时期,任建安太守。朱诞手下给使的妻子本来有鬼病,而丈夫却怀疑她有奸情。后来给使假说要出门,其实他秘密地在墙壁上凿了个洞偷偷地观察她。他看见妻子正在机上织布,远远地望着桑树,并向着那里说笑。给事向上一看,只见桑树上有个少年,约十四五岁,穿着青色衣裳,戴着青色头巾。给使以为是来传递消息的人,便张弓射他。那少年立即变成了一只鸣叫的蝉,大如簸箕,飘然飞去。妻子也同时惊叫道:"噫,有人射你!"给使很奇怪其中的缘故。后来过了很长时间,给使看见有两个小孩在田埂上说话。有一个问:"怎么再没见到你?"其中的一个就是树上的那个小孩,他回答说:"前些日子因不小心,被人用箭射中了,养伤养了好长时间。"那个小孩又问:"现在怎么样了?"他回答说:"多亏用了朱府君家房梁上的膏药敷伤口,才治好了。"给使告诉朱诞说:"有人偷了您的膏药,您知道吗?"朱诞说:"我的膏药一直放在房梁上,别人怎么能偷到它?"给使说:"不然,请府君看看吧。"朱诞根本不相信,便上去察看,结果密封如故。朱诞道:"这是小人故作妄言,膏药明明完好如故。"给事道:"打开看看吧。"打开一看,膏药已丢了一半,在被刮取的地方还能见着脚趾的痕迹。朱诞自然很惊奇,于是详细地询问,给事详细叙述了事情的始末。出自《搜神记》。

葛辉夫

晋乌伤葛辉夫,义熙中,在妇家宿,三更,有两人把火至阶前。疑是凶人,往打之,欲下杖,悉变成蝴蝶,缤纷飞散。有冲辉夫腋下,便倒地,少时死。出《搜神记》。

蝘蜓

《博物志》:"蝘蜓以器养之,食以朱砂,体尽赤。称满七斤,治捣万杵,以点女子肢体,终不灭。"淮南万毕术云:"取守宫,新合阴阳,以牝牡各藏之瓮中。阴干百日,以点女臂,则生文章,与男子合,辄灭去也。"出《感应经》。

肉芝

肉芝者,谓万岁蟾蜍。头上有角,颔下有丹书八字再重。以五月五日中时取之,阴干百日,以其足画地,即为流水。带其左手于身,辟五兵。若敌人射己者,弓弩矢皆反还自向也。出《抱朴子》。

千岁蝙蝠

千岁蝙蝠,色如白雪,集则倒悬,脑重故也。此物得而阴干,末服之,令人寿四万岁。出《抱朴子》。

蝇触帐

晋明帝常欲肆胜,秘而不泄,乃屏曲室,去左右,下帷草诏。有大苍蝇触帐而入,萃于笔端,须臾亡出。帝异焉。

葛辉夫

晋朝乌伤人葛辉夫,义熙年间,有一次住在妻家,三更时分,有两个人手持火把来到台阶前。葛辉夫怀疑是坏人,就去打这两个人,刚想要下棒子,只见他俩都变成了蝴蝶,乱纷纷地飞走了。有一只撞到葛辉夫的腋下,他便倒在地上,不一会儿就死去了。出自《搜神记》。

蝘 蜓

《博物志》记载:"蝘蜓,用器皿饲养它,给它朱砂吃,全身通红。够七斤重时,用杵捣上万次,用来点抹在女子的肢体上,一直不会消失。"淮南人万毕术说:"取守宫,刚刚交配之后,把公母分别收藏在瓮中。阴干一百天,用来点在女子的手臂上,就会生出纹理。如果与男子合房,纹理就会消失。"出自《感应经》。

肉 芝

肉芝,就是人们所说的万岁蟾蜍。头上长角,脖子下有似红笔写出的双重八字。在五月五日中午将它捉住,阴干一百天,用它的足画地,立刻就能流出水来。把它的左手带在身上,能躲避五种兵器。如果敌人用弓箭射你,那箭头便会反过去射他自己。出自《抱朴子》。

千岁蝙蝠

千岁蝙蝠,颜色如白雪。落脚停留时则倒悬身子,这是因为头太重的缘故。如能捉到此物而把它阴干,研成粉末喝下去就能叫人长寿四万年。出自《抱朴子》。

蝇触帐

晋明帝有一次想宽赦有罪的人,却又秘而不宣。他躲进密室,屏退左右,放下帷帐而草拟诏书。突然有只大苍蝇冲开帷帐闯进来,落在笔尖上,不一会儿又飞出去了。明帝十分惊异。

令人看蝇所集处，辄传有赦，喧然已遍矣。出《异苑》。

苍梧虫

《博物志》云："苍梧人卒，便有飞虫，大如麦，有甲，或一石余，或三五斗，而来食之，如风雨之至，斯须而尽。人以为患，不可除。唯畏梓木，自后因以梓木为棺，更不复来。"出《博物志》。

蚱蜢

徐邈，晋孝武帝时，为中书侍郎。在省直，左右人恒觉邈独在帐内，以与人共语。有旧门生，一夕伺之，无所见。天时微有光，始开窗户，瞥观一物，从屏风里飞出，直入前铁镬中。仍逐视之，无余物，唯见镬中聚菖蒲根下，有大青蚱蜢。虽疑此为魅，而古来未闻，但摘除其两翼。至夜，遂入邈梦云："为君门生所困，往来道绝，相去虽近，有若山河。"邈得梦，甚凄惨。门生知其意，乃微发其端。邈初时疑不即道，语之曰："我始来直者，便见一青衣女子从前度，犹作两髻，姿色甚美。聊试挑谑，即来就己，且爱之，仍溺情。亦不知其从何而至此。"兼告梦。门生因具以状白，亦不复追杀蚱蜢。出《续异记》。

派人去观察这只大苍蝇会落在什么地方，而这时却传出朝廷要大赦罪人的消息，吵吵嚷嚷的，到处都传遍了。出自《异苑》。

苍梧虫

《博物志》记载："苍梧人死后，便有飞虫聚来，大如麦粒，长着甲壳。有时飞来一石多，有时飞来三五斗，来吃人的尸体。每次都像风雨一般说来就来，不一会儿便将尸体吃光。人们以之为患，然而无法除掉。只是这些虫子很怕梓木，后来因此用梓木做棺材，虫子就再也不来了。"出自《博物志》。

蚱 蜢

徐邈在晋孝武帝时为中书侍郎。他在官署值班时，下属们常常发现，他是单独在帐内，可又时常与人说话。有一个他过去的学生，在一天晚上便去偷偷地观察他，可什么也没看到。当天色微有光亮时，便打开窗户，他忽然看到一物，从屏风后面飞出来，一直飞进前面的大铁锅中。于是他便追着去看，没见别的东西，只见大锅里堆放的菖蒲根子下，有一只很大的青蚱蜢。他虽怀疑是此物作怪，可是自古以来从未听说过，于是只摘掉了它的两个翅膀。到了夜晚，那蚱蜢便给徐邈托梦说："我被您的门生困住了，往来之路已经断绝，我们相距虽然很近，然而有如山河相隔。"徐邈做了此梦，十分悲凄。门生知道他的心思，便稍微地透露了一些。徐邈起初怀疑门生是不是知晓此事而没有立即告诉他，后来对他说："我刚来值班时，就看见一个青衣女子从前面走过，头上还挽着两个发髻，姿色很美。我试着对她试探挑逗，她立即就来投怀送抱了，我很喜爱她，一直沉溺在情爱之中。也不知道她是从何处来到这里的。"并把托梦的事也告诉了他。于是门生把自己看到的事全都告诉了徐邈，也不再追杀蚱蜢了。出自《续异记》。

施子然

晋义熙中，零陵施子然虽出自单门，而神情辨悟。家大作田，至获时，作蜗牛庐于田侧守视，恒宿在中。其夜，独自未眠之顷，见一丈夫来，长短是中形人，著黄练单衣袷，直造席。捧手与子然语，子然问其姓名，即答云："仆姓卢名钩，家在粽溪边，临水。"复经半旬中，其作人掘田塍西沟边蚁垤，忽见大坎，满中蝼蛄，将近斗许。而有数头极壮，一个弥大。子然自是始悟曰："近日客卢钩，反音则蝼蛄也；家在粽溪，即西坎也。"悉灌以沸汤，于是遂绝。出《续异记》。

庞企

晋庐陵太守庞企自云，其祖坐系狱，忽见蝼蛄行其左右，因谓曰："尔有神，能活我死否？"因投食与之，蝼蛄食饭尽而去。有顷复来，形体稍大，意异之，复投食与之。数日间，其大如豚，及将刑之夜，蝼蛄夜掘壁为大穴，破械，得从之出亡。后遇赦免，故企世祀蝼蛄焉。出《搜神记》。

蟾蜍

晋孝武太元八年，义兴人周客有一女年十八九，端丽洁白，尤辨惠。性嗜脍，啖之恒苦不足。有许纂者，小好学，聘之为妻。到婿家，食脍如故，家为之贫。于是门内博议，恐此妇非人，命归家。乘车至桥南，见罟家取鱼作鲊著

施子然

晋朝义熙年间,零陵人施子然虽出身于孤寒门第,而神清气俊,聪颖过人。他家里种了很多农田,到秋收时,便在地边盖了个小屋以便看庄稼,施子然经常住在小屋里。有一天夜里,他独自一人还没睡觉时,看见一个男子走来,中等身材,身穿黄色丝质单衣,直奔座席而来。他握住施子然的手说话,问他姓名,他便答道:"我姓卢名钧,家在棕溪边,临水。"又过了半旬,有个庄稼人在田埂的西沟掘蚂蚁窝口的小土堆,忽然掘出一个大洞穴,里边满满的全是蝼蛄,将近一斗。而有好几只极雄壮,其中一个特别大。施子然这才悟出了那个男子的话,便说:"近来那个客人卢钧,反切其音则叫蝼蛄;他说家在棕溪,其实就是西沟。"于是就用滚开的水灌进洞,从此蝼蛄绝迹了。<small>出自《续异记》。</small>

庞　企

晋朝的庐陵太守庞企自己曾说,他的先祖因受牵连被关押在狱中,忽然看见一只蝼蛄在他身旁爬行,于是他对蝼蛄说:"你有神灵,能救我活命吗?"便投食给蝼蛄吃,蝼蛄把饭食吃光就走了。过了一会儿蝼蛄又来了,形体就长大了些。他心里很奇怪,就再投食给它吃。几天时间,那蝼蛄长得个头如猪大。到了将要行刑的前一天夜晚,蝼蛄把墙壁掘出一个大洞,打破他的枷械,这样得以随着它从狱中逃出来。后来遇上大赦免了罪,因此庞企家世代都祭祀蝼蛄。<small>出自《搜神记》。</small>

蟾　蜍

晋朝孝武帝太元八年,义兴人周客有个女儿十八九岁,生得端庄美丽而又皮肤洁白,特别明察事理而又贤惠。她生来喜欢吃肉片鱼片,怎么也吃不够。有个许篡,从小好学,娶她做了妻子。到了丈夫家,大吃鱼片、肉片的习惯依然如故,把家都吃穷了。于是家族内的人都议论说,恐怕这个女子不是人,便打发她回娘家。当她乘车走到桥南时,看见渔家正在把鱼制成腌鱼放在

案上,可有十许斛。便于车中下一千钱,以与鱼主,令捣
菹。乃下车,熟食五斗,生食五斗。当啖五斛许,便极闷
卧。须臾,据地大吐水,忽有一蟾蜍,从吐而出。遂绝不复
啖,病亦愈。时天下大兵。出《广古今五行记》。

蝇赦

前秦苻坚欲放赦,与王猛、苻融,密议甘露堂,悉屏左
右。坚亲为赦文。有一大苍蝇集于笔端,听而复出。俄而
长安街巷,人相告曰:"官今大赦。"有司以闻,坚惊曰:"禁
中无耳属之理,事何从泄也?"敕穷之。咸曰:"有小人衣
青,大呼于市曰:'官今大赦。'须臾不见。"叹曰:"其向苍蝇
也。"出《广古今五行记》。

发妖

晋安帝义熙年,琅邪费县王家恒失物,谓是人偷,每以
扃钥为意,而零落不已。见宅后篱一孔穿,可容人臂,滑
泽,试作绳罥,施于穴口。夜中闻有摆扑声,往掩得大发,
长三尺许,而变为蟮。从此无虑。出《广古今五行记》。

桓谦

桓谦,字敬祖。太元中,忽有人皆长寸余,悉被铠持
槊,乘具装马,从窨中出。精光耀日,游走宅上,数百为群。
部阵指麾,更相撞刺。马既轻快,人亦便能。缘几登灶,寻

案子上,大约有十几斛。她便从车中取出一千钱,交给鱼主,叫他把鱼捣碎。接着她下了车,熟吃了五斗,生吃了五斗。当吃了约五斛时,便觉得十分烦闷就躺下了。不一会儿,她伏地大口吐水,忽然有一只蟾蜍,随着一起被吐出来。从此她不再吃肉,病也好了。当时天下正大战。出自《广古今五行记》。

蝇 赦

前秦苻坚想颁布赦令,便与王猛、苻融密议于甘露堂,屏退了左右。苻坚亲自执笔起草赦文。有一只大苍蝇落于笔尖,听到他们的议论后又飞出去。顷刻间长安城的大街小巷上,人们奔走相告说:"官府今天要大赦了。"有关部门把此事奏禀,苻坚奇怪道:"宫中不可能有被窃听的道理呀,事情是怎么泄露出去的呢?"苻坚下令追查此事。人们都说:"有穿青衣服的小孩,在街市上大喊道:'官府今天要大赦了。'很快便不见了。"苻坚感叹道:"他就是先前那只大苍蝇。"出自《广古今五行记》。

发 妖

晋安帝义熙年间,琅玡郡贲县有个姓王的家里经常丢东西,他以为是人来偷的,因此每次出入都对门闩锁钥十分留意,然而仍然不断丢失东西。后来他发现房后的篱笆墙上穿了一个洞,有人的胳膊那么粗,并且已经磨得光滑发亮。他试着用绳子做了个网套,下在洞口。夜间便听到那里有摇动扑腾声,捕捉到一根大头发,长约三尺,一会儿又变成了蚯蚓。从此就不再丢东西了。出自《广古今五行记》。

桓 谦

桓谦,字敬祖。晋孝武帝太元年间,忽然有些人,都长得有一寸多高,全都身披铠甲手持长矛,骑着装饰的战马,从洞穴中出来。他们金光闪耀,行走于住宅之中,以数百个为一群。指挥布阵,互相冲杀。马很轻快,人也轻捷。顺着小桌登上灶台,寻找

饮食之所。或有切肉,辄来丛聚,力所能胜者,以槊刺取。径入穴中,寂不复出。出还入穴。蒋山道士朱应子令作沸汤,浇所入处。因掘之,有斛许大蚁死在穴中。谦后诛灭。出《异苑》。

青 蜓

司马彪《庄子注》,言童子埋青蜓之头,不食而舞曰,此将为珠,人笑之。《博物志》云:"埋青蜓头于西向户下,则化成青色之珠。"出《感应经》。

朱 诞

宋初,淮南郡有物取人头髻。太守朱诞曰:"吾知之矣。"多买黐以涂壁。夕有一蝙蝠大如鸡,集其上,不得去,杀之乃绝。观之,钩帘下已有数百人头髻。出《幽明录》。

白 蚓

刘德愿兄子,太宰从事中郎道存,景和元年,忽有白蚓数十登其斋前砌上,通身白色,人所未尝见也。蚓并张口吐舌,大赤色。其年八月,与德愿并诛。出《述异记》。

王 双

孟州王双,宋文帝元嘉初,忽不欲见明。常取水沃地,以菰蒋覆上,眠息饮食,悉入其中。云,恒有女,著青裙白襦,来就其寝。每听闻荐下,历历有声。发之,见一青色白

存放吃喝的地方。遇上切好的肉，便一起聚集过来。对于那些能搬动的，便用长矛去刺取。径直运进洞穴中后，就静悄悄地不再出来。即使出来也很快回到洞穴中。蒋山道士朱应子叫人用烧开的滚水，向入口浇灌。又把洞穴掘开，有大约一斛那么多的大蚂蚁死在里面。桓谦后被杀死。出自《异苑》。

青 蜓

在司马彪的《庄子注》中，说有个儿童埋下青蜓头后，不吃而手舞足蹈地说，这个青蜓头将会变成珍珠，人们都讥笑他。《博物志》中说："把青蜓头埋在向西的门下，就能变成青色的珍珠。"出自《感应经》。

朱 诞

南朝刘宋初期，淮南郡有个东西专门取人的头髻。太守朱诞说："我知道它是什么了。"他买了很多木胶涂在墙壁上。夜间有一只蝙蝠像鸡那么大，落在墙上，便不能离去。把它杀死之后，就再也没有这种事发生了。观察那只蝙蝠，钩帘下已有数百个人的头髻。出自《幽明录》。

白 蚓

刘德愿哥哥的儿子，太宰从事中郎刘道存，在刘宋景和元年，忽然看见有几十条白蚯蚓爬到书斋前的台阶上，通身白色，人们从未见过。蚯蚓张口吐舌，大红色。这年八月，刘道存和刘德愿一起被杀。出自《述异记》。

王 双

孟州人王双，宋文帝元嘉初年，忽然不愿见光亮。他经常打水浇地，再用菰蒋盖在上面，睡眠饮食，都在里边进行。他说，常有一个女子，穿着青色裙子系白色发巾，来与他同床共枕。每次都听到在草垫下边，历历有声。扒开一看，发现一条青色白

颈蚯蚓，长二尺许。云，此女常以一夜香见遗，气甚精芬。夜乃螺壳，香则菖蒲根。于时咸以双暂同阜蠡矣。出《异苑》。

颈的蚯蚓，长约二尺。他又说，这女子曾送给他一匣香，那气味十分芳香。那匣子其实是个螺壳，而香则是菖蒲根。当时人都以为王双突然变得同阜螽一样了。出自《异苑》。

卷第四百七十四
昆虫二

胡　充

　　宋豫章胡充,元嘉五年秋夕,有大蜈蚣长二尺,落充妇与妹前,令婢挟掷。婢裁出户,忽睹一姥,衣服臭败,两目无精。到六年三月,阖门时患,死亡相继。出《异苑》。

卢　汾

　　《妖异记》曰:夏阳卢汾字士济,幼而好学,昼夜不倦。后魏庄帝永安二年七月二十日,将赴洛,友人宴于斋中。夜阑月出之后,忽闻厅前槐树空中,有语笑之音,并丝竹之韵。数友人咸闻,讶之。俄见女子衣青黑衣,出槐中,谓汾曰:"此地非郎君所诣,奈何相造也?"汾曰:"吾适宴罢,友人闻此音乐之韵,故来请见。"女子笑曰:"郎君真姓卢耳。"乃入穴中。俄有微风动林,汾叹讶之,有如昏昧。及举目,

胡 充

南朝宋代豫章人胡充,元嘉五年秋天的一个晚上,有只二尺长的大蜈蚣,落在他妻子和妹妹前边,胡充便让女仆挟起来扔出去。女仆刚出门,忽然看见一个老太太,衣服又臭又破,两眼没有眼珠。到元嘉六年三月,他的全家人都患上流行病,相继死去。

出自《异苑》。

卢 汾

《妖异记》中说:夏阳人卢汾,字士济,自幼好学,昼夜不知疲倦。后魏庄帝永安二年七月二十日,因他要去洛阳,友人便在书斋中宴请他。夜深月出之后,忽然听到厅前老槐树的空洞中,有谈笑的声音,并有乐器吹奏的曲子。几个朋友都听到了,对此感到惊讶。不一会儿看见一个身穿青黑色衣裳的女子,从槐树洞中走出来,对卢汾说:"此地不是郎君该来的,为何要到这来呢?"卢汾道:"我刚参加完宴会,朋友们听到这音乐声,因此来观看。"女子笑道:"郎君真是姓卢呀!"说完便进入洞中。不一会儿便有微风吹动树林,卢汾很惊讶,觉得好像有些昏沉眩晕。待举目一望,

见宫宇豁开，门户迥然。有一女子衣青衣，出户谓汾曰："娘子命郎君及诸郎相见。"汾以三友俱入，见数十人各年二十余，立于大屋之中，其额号曰"审雨堂"。汾与三友历阶而上，与紫衣妇人相见。谓汾曰："适会同宫诸女，歌宴之次，闻诸郎降重，不敢拒，因此请见。"紫衣者乃命汾等就宴。后有衣白者、青黄者，皆年二十余，自堂东西阁出，约七八人，悉妖艳绝世。相揖之后，欢宴未深，极有美情。忽闻大风至，审雨堂梁倾折，一时奔散，汾与三友俱走，乃醒。既见庭中古槐，风折大枝，连根而堕。因把火照所折之处，一大蚁穴，三四蝼蛄，一二蚯蚓，俱死于穴中。汾谓三友曰："异哉，物皆有灵，况吾徒适与同宴，不知何缘而入。"于是及晓，因伐此树，更无他异。出《穷神秘苑》。

来君绰

隋炀帝征辽，十二军尽没。总管来护坐法受戮，炀帝尽欲诛其诸子。君绰忧惧，连日与秀才罗巡、罗逊、李万进，结为奔友，共亡命至海州。夜黑迷路，路傍有灯火，因与共顿之。扣门数下，有一苍头迎拜。君绰因问："此是谁家？"答曰："科斗郎君姓威，即当府秀才也。"遂启门，门又自闭。敲中门曰："蜗儿，今有四五个客。"蜗儿耶，又一苍头也。遂开门，秉烛引客，就馆客位，床榻茵褥甚备。俄有一小童持烛自中出门，曰："六郎子出来。"君绰等降阶

只见一座宫殿在眼前豁然出现，门窗明亮深远。有一个穿青衣的女子，出门来对卢汾道："娘子要与郎君和各位公子相见。"于是卢汾和三位朋友都进了宫殿，只见里面有几十人，年龄都在二十多岁，站立在大厅，大厅的匾额上写着"审雨堂"。卢汾与三友人登阶而上，去与紫衣妇人相见。那紫衣妇人对卢汾道："刚才正同宫中的各位女子聚会，正在歌舞饮宴之时，听说各位公子到来，不敢拒之门外，因此请来一见。"紫衣妇人便让请卢汾等就座入宴。后来又有着白衣的、着青黄色衣服的女子，也都二十多岁，从大厅的东西阁出来，约七八个人，全是妖艳绝色的女子。互相作揖行礼之后，一起欢宴虽无多时，但彼此极富美意佳情。忽然听到有大风刮来，审雨堂的房梁折断，霎时间众女子四散奔走，卢汾与三友人也赶紧离去，于是就醒了。然后只见院中的古槐，一根大树枝被大风刮断，连根掉落下来。于是拿灯火去照古树折断的地方，只见那里有一个很大的蚂蚁洞，三四只蝼蛄，一两条蚯蚓，都已死在洞中。卢汾对三位朋友道："奇怪呀！真是万物都有神灵。我们刚才还与她们一起欢宴的，不知是从哪里进去的？"于是到了早晨便开始砍伐此树，但是再也没有发生什么奇怪的事。出自《穷神秘苑》。

来君绰

隋炀帝征伐辽国，十二支军队全被消灭。总管来护因此获罪被处死，隋炀帝还要杀光来护所有的儿子。来君绰为此担忧害怕，连日与秀才罗巡、罗逖、李万进结为逃伴，一起向海州逃去。有一天夜里迷路，发现路旁有灯火，便都停下来。敲了几下门，有个仆人出来迎接。来君绰便问道："这是谁家？"那仆人回答说："科斗郎君姓威，是本府的秀才。"于是开门，他们进去后门又自动关闭。那仆人又敲中门叫道："蜗儿，现在来了四五个客人。"蜗儿，是另一个仆人。于是蜗儿开门，拿着火烛给客人领路，送他们到客房住下，床上的被褥都很齐全。不一会儿有一个小童手持火烛从中门出来，说："六郎子出来了。"来君绰等下台阶

见主人。主人辞彩朗然，文辩纷错，自通姓名曰威污蔓。叙寒温讫，揖客由阼阶。坐曰："污蔓忝以本州乡赋，得与足下同声。青霄良会，殊是忻愿。"即命酒洽坐，渐至酣畅，谈谑交至，众所不能对。

君绰颇不能平，欲以理挫之，无计。因举觞曰："君绰请起一令，以坐中姓名双声者，犯罚如律。"君绰曰："威污蔓。"实讥其姓。众皆抚手大笑，以为得言。及至污蔓，改令曰："以坐中人姓为歌声，自二字至三字。"令曰："罗李，罗来李。"众皆惭其辩捷。罗巡又问："君风雅之士，足得自比云龙，何玉名之自贬耶？"污蔓曰："仆久从宾兴，多为主司见屈，以仆后于群士，何异尺蔓于污池乎？"巡又问："公华宗，氏族何为不载？"污蔓曰："我本田氏，出于齐威王，亦犹桓丁之类，何足下之不学耶？"

既而蜗儿举方丈盘至，珍羞水陆，充溢其间。君绰及仆，无不饱饫。夜阁彻烛，连榻而寝。迟明叙别，恨怅俱不自胜。君绰等行数里，犹念污蔓。复来，见昨所会之处，了无人居。唯污池边有大蟆，长数尺，又有蜗螺丁子，皆大常有数倍。方知污蔓及二竖，皆此物也。遂共恶昨宵所食，各吐出青泥及污水数升。出《玄怪录》。

去会见这里的主人。主人谈吐爽朗，机敏善辩，自报姓名叫咸污蠖。相互寒暄后，便站在东阶揖请客人登堂。坐下后说："污蠖很惭愧参加了本州的乡试，因而得到和足下相同的秀才名声。深夜相会，正是我非常欣喜盼望的。"于是就摆酒围坐共饮，渐渐地喝到酣畅淋漓的状态，高谈阔论与玩笑戏谑交相而至，其他人谁也不能答对。

来君绰很不服气，想在道理上挫败他，可又没什么好办法。于是举杯道："君绰请求起一酒令，令中的字必须是坐中人的姓名，而且有两个字的声母必须相同，违令者要受罚。"他出令道："咸污蠖。"这其实是在讥讽咸污蠖的姓。众人都拍手大笑，以为他说得很妙。等轮到咸污蠖时，他改令道："令必须以坐中人的姓为歌曲和声，并且由两个字增加到三个字。"他出令道："罗李，罗来李。"大家都因为他的敏捷善辩而感羞愧。罗巡问道："君乃风雅之士，完全可以自比云龙，为什么尊名要如此自贬呢？"咸污蠖道："我很早就参加乡试，然而多次被主考官压制，把我排列在众人之后，这与尺蠖被压在污池中有什么两样呢？"罗巡又问："你既是显贵家族的后人，可是书上为什么没记载你的氏族呢？"咸污蠖道："我本来姓田，是齐威王的后代，也就像齐桓公的后人姓桓一样，足下为何这般不学无术啊？"

接着蜗儿端着一个一丈见方的盘子上来，山珍海味，摆得满满的。来君绰和仆人等，无不吃得饱胀。夜间阁中撤去烛火，连床而睡。第二天很晚才起来道别，大家都遗憾惆怅不已。来君绰等人已经走出去几里路了，还在思念咸污蠖。于是又返回来看他，只见昨日所宿之处，根本无人居住。只是在污水池边有一条大蚯蚓，有几尺长，还有些幼毛虫和幼田螺，都比平常的大几倍。此时才知道原来咸污蠖和两个仆人，全是这些东西。于是大家都恶心起昨夜吃的东西，每个都吐出好几升污泥浊水。出自《玄怪录》。

传病

隋炀帝大业末年，洛阳人家中有传尸病，兄弟数人，相继亡殁。后有一人死，气犹未绝，家人并哭。其弟忽见物自死人口中出，跃入其口。自此即病，岁余遂卒。临终，谓其妻曰："吾疾乃所见物为之害。吾气绝之后，便可开我脑喉，视有何物，欲知其根本。"言终而死。弟子依命开视，脑中得一物，形如鱼，而并有两头，遍体悉有肉鳞。弟子致钵中，跳跃不止。试以诸味致中，虽不见食，悉须臾皆成水，诸毒药因皆随销化。时夏中蓝熟，寺众如水次作靛青。一人往，因以小靛致钵中，此物即遽奔驰。须臾间，便化为水。传靛以疗噎。出《广古今五行记》。

滕庭俊

文明元年，毗陵滕庭俊患热病积年。每发，身如火烧，数日方定。名医不能治。后之洛调选，行至荥水西十四五里，天向暮，未达前所，遂投一道傍庄家。主人暂出，未至。庭俊心无聊赖，因叹息曰："为客多苦辛，日暮无主人。"即有老父，鬓发疏秃，衣服亦弊，自堂西出，拜曰："老父虽无所解，而性好文章。适不知郎君来，止与和且耶连句次。闻郎君吟'为客多苦辛，日暮无主人'，虽曹丕之'客子常畏人'不能过也。老父与和且耶，同作浑家门客，虽贫亦有斗酒，接郎君清话耳。"庭俊甚异之，问曰："老父住止何所？"老父怒曰："仆忝浑家扫门之客，姓麻名来和，行一，君何不呼

传　病

隋炀帝大业末年,洛阳有户人家患上传尸病,兄弟几个,相继死去。后来又有一人要死,还没断气,家人一起痛哭起来。他的弟弟忽然看见有一个东西从死人的口中跳出来,跳进自己的口中。从此他就病了,过了一年多就死了。临终时,他对妻子说:"我的病就是见到的那个东西害的。我断气之后,就可以割开我脑和喉,看看有什么东西,要弄清楚那东西究竟是什么。"说罢便死了。他的弟子依据他生前的嘱托开脑验看,结果从脑中得到一物,形状如鱼,但并排长了两个头,全身长满肉鳞。弟子把它放在钵中,它就不停跳跃。试探着把各种各样食物投给它,虽不见它吃,可一会儿全都化成了水,各种毒药也都能化解。当时已是盛夏,蓝草成熟了,寺中的僧人们到水边去制作靛青。一个弟子也去了,他把一小块靛青放进钵中,此物便立即在钵中急速奔跑起来。过了一会儿,那东西就化成水了。相传靛青可以治疗噎病。出自《广古今五行记》。

滕庭俊

唐睿宗文明元年,毗陵人滕庭俊患热病已有多年了。每次发病,身如火烧,几天之后才能安定下来。名医也都治不好这个病。后来去洛阳听候选调,走到荥水西面十四五里地时,天色渐晚,可是还没走到前面的投宿地,于是就投到路旁的一个庄户人家。那家主人暂时出去了,还没回来。滕庭俊心中没有寄托,便叹息道:"为客多苦辛,日暮无主人。"随即有一老翁,鬓发已稀疏,衣服也很破旧,从堂屋的西侧走出来,拜见道:"老夫虽然对你的诗句不理解,但我生性喜欢文章。刚才不知你来,只是与和且耶在那里连句。听到你吟咏'为客多苦辛,日暮无主人',即使是曹丕的'客子常畏人'也比不过啊!老夫与和且耶,同为浑家的门客,虽然很穷,但也有斗酒,愿接你去清谈一番。"滕庭俊觉得很奇怪,便问道:"老人家住在何处"?老翁生气地道:"很惭愧,我乃浑家的扫门之客,姓麻名来和,排行第一,你何不称呼我

为麻大?"庭俊即谢不敏,与之偕行。绕堂西隅,遇见二门,门启,华堂复阁甚奇秀。馆中有樽酒盘核,麻大揖让庭俊同坐。

良久,中门又有一客出,麻大曰:"和至矣。"即降阶揖让坐。且耶谓麻大曰:"适与君欲连句,君诗题成未?"麻大乃书题目曰:"《同在浑家平原门馆连句》一首,予已为四句矣。"麻大诗曰:"自与浑家邻,馨香遂满身。无心好清静,人用去灰尘。仆作四句成矣。"且耶曰:"仆是七言,韵又不同,如何?"麻大曰:"但自为一章,亦不恶。"且耶良久吟曰:"冬朝每去依烟火,春至还归养子孙。曾向苻王笔端坐,尔来求食浑家门。"庭俊犹不悟,见门馆华盛,因有淹留歇为之计,诗曰:"田文称好客,凡养几多人。如欠冯谖在,今希厕下宾。"且耶、麻大,相顾笑曰:"何得相讥? 向使君在浑家门,一日当厌饫矣。"于是餐膳肴馔,引满数十巡。主人至,觅庭俊不见,使人叫唤之,庭俊应曰:"唯!"。而馆宇并麻和二人,一时不见,乃坐厕屋下,傍有大苍蝇秃扫帚而已。庭俊先有热疾,自此已后顿愈,更不复发矣。出《玄怪录》。

张思恭

唐天后中,尚食奉御张思恭进牛窟利上蚰蜒,大如箸。天后以玉合贮之,召思恭示曰:"昨窟利上有此,极是毒物。近有鸡食乌百足虫忽死,开腹,中有蚰蜒一抄。诸虫并尽,此物不化。朕昨日以来,意恶不能食。"思恭顿首请死,赦免之,与宰夫并流岭南。出《朝野金载》。

为麻大？"滕庭俊立即向老者道歉，说自己愚钝，于是便随老翁同去。绕过堂屋西角，看见两个门，门开，只见里面是华丽的堂屋、回环的廊阁，十分奇异秀丽。舍中备有杯盘酒菜，麻大让请滕庭俊一起坐下。

过了很久，从中门又出来一个人，麻大说："和且耶来了。"便走下台阶揖让请和且邪入座。和且耶对麻大说："刚才想要和你连句，你的诗作成了吗？"麻大便一边写题目一边说："《同在浑家平原门馆连句》一首，我已成四句了。"麻大吟咏道："'自与浑家邻，馨香递满身。无心好清静，人用去灰尘。'我作的四句已完成了。"和且耶道："我是七言，韵也不同，你看行不行？"麻大道："自成一章，也不坏嘛。"和且耶过了很久才吟咏道："冬朝每去依烟火，春至还归养子孙。曾向符王笔端坐，尔来求食浑家门。"滕庭俊还没听明白他们的诗，见馆舍华美宽敞，便有留下歇息之意，于是吟诗道："田文称好客，凡养几多人。如欠冯谖在，今希厕下宾。"和且耶、麻大相顾而笑道："干什么讥笑我们？假如你在浑家，每天都会让你吃饱喝足的。"于是上满各种美食佳肴，痛饮几十杯。主人回来后，找不见滕庭俊，派人去呼叫他，他答应一声："唯！"然而馆舍和麻、和二人，一下都不见了，自己却坐在厕所里，旁边只有一只大苍蝇和一把秃扫帚罢了。滕庭俊原先患的热病，从此之后痊愈，再也没有复发。出自《玄怪录》。

张思恭

唐朝武则天执政时期，尚食奉御张思恭向皇帝进献一条牛窟利上的蚰蜒，像筷子那么大。武则天用玉盒把它装起来，把张思恭叫来说："昨天窟利上的东西，是一种剧毒之物。近来有只鸡吃了黑色的百足虫而突然死去，开腹一看，里面有一抄蚰蜒。别的虫子全都消化尽了，此物却没被消化。我从昨天以来，心里恶心得不能吃饭。"张思恭一听便立即叩头请死，皇帝下令免死，将他与宰夫一起流放岭南。出自《朝野佥载》。

蝗

唐开元四年,河南北螽为灾,飞则翳日,大如指,食苗草树叶,连根并尽。敕差使与州县相知驱逐,采得一石者,与一石粟,一斗,粟亦如之。掘坑埋却,埋一石则十石生,卵大如黍米,厚半寸,盖地。浮休子曰:"昔文武圣皇帝时,绕京城蝗大起,帝令取而观之,对仗选一大者,祝之曰:'朕政刑乖僻,仁信未孚,当食我心,无害苗稼。'遂吞之。须臾,有乌如鹳,百万为群,拾蝗一日而尽。此乃精感所致。天若偶然,则如勿生,天若为厉,埋之滋甚。当明德慎罚,以答天谴,奈何不见福修以禳灾,而欲遑杀以消祸?此宰相姚文崇失燮理之道矣。"出《朝野佥载》。

冷 蛇

申王有肉疾,腹垂至骭,每出,则以白练束之。至暑月,鼾息不可过。玄宗诏南方取冷蛇二条赐之。蛇长数尺,色白,不螫人,执之,冷如握冰。申王腹有数约,夏月置于约中,不复觉烦暑。出《酉阳杂俎》。

李 揆

唐李揆,乾天中,为礼部侍郎。尝一日,昼坐于堂之前轩,忽闻堂中有声极震,若墙圮。揆惊入视之,见一虾蟆,俯于地,高数尺,魅然殊状。揆且惊且异,莫穷其来,

蝗

唐朝开元四年,黄河南北都有蝛斯虫造成的灾害,飞起来能遮住太阳,大小像手指头,吃起苗草树叶,连根都吃光了。皇上下令派使者通知各地州县互相告知全力驱赶,抓到一石蝛斯虫给一石粟米;抓到一斗的,粟米也是这样给。挖坑埋掉,可是埋一石就又生出十石,卵的大小像黍米粒,卵块厚半寸,盖在地上。浮休子说:"从前文武圣皇帝的时候,蝗虫围绕着京城飞快地发展扩散开来,皇上派人拿来看,对比着选了其中一只大蝗虫,对着它祷告说:'我的政治和刑罚不正常,仁爱诚信之心没有普及,应当吃我的心,不要伤害庄稼。'就把那只蝗虫吞了下去。不一会儿,便有像鹳鸟那么大的乌鸦飞来,一百万只一群,用一天的时间就把蝗虫吃光了。这是皇上的精诚感动了上天而得到的结果。上天如果是偶然发生的事,那就不如不让它产生;上天如果让事情造成大的伤害,你把它埋了就会滋生得更快。应当发扬德政教化而谨慎地施行刑罚,来回应上天的警诫,为什么看不见以勤修福德来解除灾害,却想要靠杀罚来消除祸害呢? 这是宰相姚文崇违背了正常的调理方法造成的。"出自《朝野佥载》。

冷 蛇

申王得了肥胖症,肚子下垂到小腿,每次出行,就用白帛捆着肚子。到了三伏天,喘气都困难。玄宗皇帝下令让南方捉了两条冷蛇赏赐给申王。蛇长好几尺,全身白色,不咬人,拿着它,冷得就像握着冰。申王的肚子上有几道束的痕迹,夏天把蛇缠放在束痕中,就不再觉得热得受不了。出自《酉阳杂俎》。

李 揆

唐朝人李揆,乾元年间,任礼部侍郎。曾有一天,他白天坐在堂屋前面的平台上,忽然听见堂屋里传来极大的震动声,像墙塌了似的。李揆吃惊地进去一看,只见一只蛤蟆,趴在地上,高好几尺,样子奇特怪诞。李揆又惊怕又奇怪,不知它是哪来的,

即命家童,以巨缶盖焉。有解曰:"夫虾蟆月中之虫,亦天使也。今天使来公堂,岂非上帝以密命付公乎?"其明启而视之,已亡见矣。后数日,果拜中书侍郎平章事。出《宣室志》。

主簿虫

润州金坛县,大历中,有北人为主簿。以竹筒赍蝎十余枚,置于厅事之树,后遂孳育至百余枚,为土气所蒸,而不能螫人。南民不识,呼为主簿虫。原缺出处,明抄本、陈校本作出《传载》。

朱牙之

东阳太守朱牙之,元兴中,忽有一老公,从其妾董床下出,著黄裳衲帽。所出之坎,滑泽有泉,遂与董交好。若有吉凶,遂以告。牙之儿病疟,公曰:"此应得虎卵服之。"持戟向山东,得虎阴,尚余暖气,使儿炙啖,疟即断。公常使董梳头,发如野猪。牙后诸祭酒上章,于是绝迹。作沸汤,试浇此坎,掘得数斛大蚁。不日,村人捉大刀野行,逢一丈夫,见刀,操黄金一饼,求以易刀。授刀,奄失其人所在,重察向金,乃是牛粪。计此即牙家鬼。出《异苑》。

树 蚓

上都浑瑊宅,戟门外一小槐树,树有穴大如钱。每夏月霁后,有蚓大如巨臂,长二尺余,白颈红斑,领蚓数百条,

于是就让家僮用大缸盖上它。有个人解释说："蛤蟆是月亮里的动物，也就是天上使者。现在天使来到你的堂屋里，莫非是上帝有秘密的使命交给你吗？"第二天天亮打开缸看，已经不见了。过后几天，李揆果然被提升为中书侍郎平章事。出自《宣室志》。

主簿虫

润州的金坛县，在唐大历年间，有个北方人当主簿。他用竹筒装了十多只蝎子，放在厅堂前面的树上，后来就繁殖到一百多只，被土气熏得不能螫人了。南方人不认识蝎子，把它叫做主簿虫。原缺出处，明抄本、陈校本作出自《传载》。

朱牙之

东阳太守朱牙之，晋元兴年间，忽然有一个老公公，从朱牙之的姓董的小妾床下出来，穿着黄色衣服，戴着结带的帽子。他出来的地洞里，光滑湿润有泉水，很快便和姓董的小妾交欢要好。如果有了吉或凶的事情，就告诉姓董的小妾。朱牙之的儿子得了疟疾病，老公公说："这个病应当弄来虎的睾丸吃下去。"就拿着戟到山的东面，得到了虎的生殖器，还有点暖气，让孩子烤着吃了，疟疾病就去根了。老公公常常让姓董的小妾给他梳头，头发像野猪的毛。朱牙之在各位尊者的后面请道士上表求神，从此才绝了踪迹。烧了滚开的水，试着浇这个地洞，掘出来好几斛大蚂蚁。没过几天，村里人拿着大刀在野外行走，碰上一个男子，看见刀，就拿出一块黄金，要求用来换刀。村人把刀卖给了他，忽然那人就不见了，重新察看刚才的黄金，竟是牛粪。人们猜测这个人就是朱牙之家里的那个鬼。出自《异苑》。

树　蚓

上都浑瑊的家里，在大门外有一棵小槐树，树上有个洞像铜钱那么大。每当夏天下过雨天晴后，就有大蚯蚓，大得像一条巨大的手臂，长二尺多，脖子是白色的，有红色斑点，领着几百条蚯蚓，

如索,缘树枝干。及晓,悉入穴。或时众惊,往往成曲。学士张乘言,浑瑊时,堂前忽有树,从地踊出,蚯蚓遍挂其上。已有出处,忘其书名目。出《酉阳杂俎》。

木师古

游子木师古,贞元初,行于金陵界村落。日暮,投古精舍宿。见主人僧,主人僧乃送一陋室内安止。其本客厅,乃封闭不开。师古怒,遂诘责主人僧,僧曰:"诚非吝惜于此,而卑吾人于彼,俱以承前客宿于此者,未尝不大渐于斯。自某到,已三十余载,殆伤三十人矣。闭止已周岁,再不敢令人止宿。"师古不允,其词愈生猜责,僧不得已,令启户洒扫,乃实年深朽室矣。师古存心信,而口貌犹怒。及入寝,亦不免有备预之志,遂取箧中便手刀子一口,于床头席下,用壮其胆耳。寝至二更,忽觉增寒,惊觉,乃漂沸风冷,如有扇焉。良久,其扇复来。师古乃潜抽刀子于幄中,以刀子一挥,如中物,乃闻堕于床左,亦更无他。师古复刀子于故处,乃安寝。至四更已来,前扇又至。师古亦依前法,挥刀中物,又如堕于地。握刀更候,了无余事。须臾天曙,寺僧及侧近人,同来扣户,师古乃朗言问之为谁,僧徒皆惊师古之犹存。询其来由,师古具述其状,徐徐拂衣而起。诸人遂于床右见蝙蝠二枚,皆中刀狼籍而死。

像绳子一样,缠在树枝和树干上。等到了天亮,就全都爬进洞里去。有时人多受惊,往往就弯曲成一团。学士张乘说,浑城活着的时候,堂前忽然有树从地下踊出来,树上挂满了蚯蚓。这件事有出处,只是忘了那书的书名。出自《酉阳杂俎》。

木师古

有个离家远游的人叫木师古,唐贞元初年时,有一天行走在金陵一带的村落里。天晚了,投到一座古庙中住宿。会见了主人僧,主人僧就送他到一间简陋的屋子里安歇休息。那里原是有客厅的,却密闭着不打开。木师古生气了,就责备主人僧,主人僧说:"实在不是吝惜这间屋子,却让你在这里受委屈,实在是因为从前有住在这里的人,没有一个人不是在那里病危去世的。从我到这里,已经三十多年,大约伤了三十个人了。客厅被关闭也已一年多了,再也不敢让人住在那里。"木师古不答应,他的话越说越加猜疑责备,主人僧没办法,派人打开门洒水清扫干净,确实是间长时间没有住人的废弃屋子。木师古心里已经相信了,可是口里和面色上还是生气的样子。等到要睡觉时,也免不了有了预先的准备,就取出箱子里的一口挺趁手的刀,放在床头的席子下面,用来壮壮自己的胆子罢了。睡到二更天,忽然觉得冷起来,受惊醒了,发现是流动的风使人觉得冷,像是有人扇扇子。过了很久,那扇子又扇了过来。木师古就暗暗地抽出刀子放在帷帐里,用力一挥刀子,像是砍中了什么东西,接着听到又东西掉在床的左边,也就再没有别的动静了。木师古又把刀子放在老地方,又安静地睡了。到四更后,先前的扇子又扇起来。木师古又按照先前的做法,挥起刀子砍中了东西,又像是掉在地上。他握着刀子再等了一会,一点别的事也没有。不一会儿就天亮了,寺里的和尚和附近的人,一起来敲门,木师古于是大声问是谁,师徒们都很惊奇木师古还活着。他们就询问他经过和原由,木师古把经过情形全都说了,慢慢地掸掸衣服站起来。人们于是在床的右边发现二只蝙蝠,全都被刀砍得乱七八糟而死。

每翅长一尺八寸，珠眼圆大如瓜，银色。按《神异秘经法》云："百岁蝙蝠，于人口上，服人精气，以求长生。至三百岁，能化形为人，飞游诸天。"据斯未及三百岁耳，神力犹劣，是为师古所制。师古因之亦知有服练术，遂入赤城山，不知所终。宿在古舍下者，亦足防矣。出《博异志》。

蝙蝠的每个翅膀长一尺八寸,眼珠又圆又大像个瓜,银白色。查考《神异秘经法》上说:"百年的蝙蝠,从人的口里,吸食人的精气,用来求得长生。活到三百岁时,能变化成人形,飞行游遍天界。"根据这一点,这两只蝙蝠应该还不到三百岁,神力还属劣等,所以才被木师古杀死。木师古也因此知道了有服食练气的方法,就进了赤城山,不知最后去了哪里。因此,住在古庙客舍里的人,应该知道如何防范了。出自《博异志》。

卷第四百七十五
昆虫三

淳于棼

淳于棼

东平淳于棼，吴楚游侠之士。嗜酒使气，不守细行，累巨产，养豪客。曾以武艺补淮南军裨将，因使酒忤帅，斥逐落魄，纵诞饮酒为事。家住广陵郡东十里，所居宅南有大古槐一株，枝干修密，清阴数亩，淳于生日与群豪大饮其下。唐贞元七年九月，因沉醉致疾，时二友人于坐扶生归家，卧于堂东庑之下。二友谓生曰："子其寝矣，余将秣马濯足，俟子小愈而去。"

生解巾就枕，昏然忽忽，仿佛若梦。见二紫衣使者，跪拜生曰："槐安国王遣小臣致命奉邀。"生不觉下榻整衣，随二使至门。见青油小车，驾以四牡，左右从者七八，扶生上车，出大户，指古槐穴而去。使者即驱入穴中，生意颇甚异之，不敢致问。忽见山川风候，草木道路，与人世甚殊。前行数十里，有郛郭城堞，车舆人物，不绝于路。生左右

淳于棼

东平人淳于棼,是吴楚一带的游侠之士。他爱喝酒,意气用事,做事不拘小节,家里积累了巨大的产业,养了一些侠客勇士。曾经靠武艺被任命为淮南节度使的副将,因为撒酒疯触犯了主帅,被撒销官职后漂泊流浪,行为放纵不受拘束,每天只是喝酒。他的家住在广陵郡东十里,居住的房子南边有一株大古槐树,枝干长而浓密,树荫能覆盖好几亩地,淳于棼天天和一群豪侠勇士在树荫下痛快地喝酒。唐朝贞元七年九月,淳于棼因酒喝得大醉而得了病,当时有两个朋友从酒桌上把他送回家去,躺在堂屋东面的走廊里。两个朋友对他说:"你就睡一会儿吧,我们两个人喂喂马洗洗脚,等你的病稍好之后再走。"

淳于棼解下头巾枕上枕头,昏昏沉沉,恍恍惚惚,仿佛像做梦一样。只见两个穿紫衣的使者,对着他行跪拜之礼说:"槐安国王派我们向你表示邀请。"他不知不觉地下床,整理衣服,随二位使者到了门口。看见一辆青油小车,套着四匹公马,左右随从七八人,扶着淳于棼上车,出了大门,朝着古槐树洞里走去。使者随即赶着车进入洞中,淳于棼心里很奇怪,也不敢发问。忽然看见山川风物、草木道路,和人世很不同。再往前走几十里,有外城城墙,车马和行人,在路上连续不断。淳于棼身边

传车者传呼甚严,行者亦争辟于左右。又入大城,朱门重楼,楼上有金书,题曰"大槐安国"。执门者趋拜奔走,旋有一骑传呼曰:"王以驸马远降,令且息东华馆。"因前导而去。

俄见一门洞开,生降车而入。彩槛雕楹,华木珍果,列植于庭下;几案茵褥,帘帏飨膳,陈设于庭上。生心甚自悦。复有呼曰:"右相且至。"生降阶祗奉。有一人紫衣象简前趋,宾主之仪敬尽焉。右相曰:"寡君不以弊国远僻,奉迎君子,托以姻亲。"生曰:"某以贱劣之躯,岂敢是望。"右相因请生同诣其所。行可百步,入朱门,矛戟斧钺,布列左右,军吏数百,辟易道侧。生有平生酒徒周弁者,亦趋其中,生私心悦之,不敢前问。右相引生升广殿,御卫严肃,若至尊之所。见一人长大端严,居正位,衣素练服,簪朱华冠。生战栗,不敢仰视。左右侍者令生拜,王曰:"前奉贤尊命,不弃小国,许令次女瑶芳奉事君子。"生但俯伏而已,不敢致词。王曰:"且就宾宇,续造仪式。"有旨,右相亦与生偕还馆舍。生思念之,意以为父在边将,因没虏中,不知存亡,将谓父北蕃交通而致兹事?心甚迷惑,不知其由。

是夕,羔雁币帛,威容仪度,妓乐丝竹,飨膳灯烛,车骑礼物之用,无不咸备。有群女,或称华阳姑,或称青溪姑,或称上仙子,或称下仙子,若是者数辈,皆侍从数千,冠翠凤冠,

陪同坐车的人，呼唤声很严厉，行人也急忙向道路两侧躲避。又走入一个大城，只见红门层楼，楼上有金色大字，叫"大槐安国"。城门官跑上前来拜见，接着有一人骑马呼喊着说："国王因为驸马从远方来，让他暂到东华馆休息。"于是在前面领路前往。

很快看见一个门大开，淳于棼下车走了进去。里面是彩绘雕花的栏杆和柱子，美观的树木，珍贵的果树，一行行地栽种在庭院中；桌椅、垫子，门帘和酒席，陈列在厅上。淳于棼心里很高兴。接着又有人喊道："右丞相快要到了。"淳于棼走下台阶恭敬地迎接。有一个人穿着紫色的朝服，拿着象牙手板快步走上前来，宾主之间的礼仪非常完备。右丞相说："我们的国君，不因为我国遥远偏僻，把你迎来，结为婚姻亲家。"淳于棼说："我自己只有个卑贱的身躯，怎么敢想这样的事呢？"右丞相于是请淳于棼一同去皇上那里。走了大约一百多步，进入一个大红门，左右手持矛、戟、斧、钺的武士，排列两侧，几百个军官，回避在路边上。淳于棼有个平生一起喝酒的朋友叫周弁的，也在人群中，淳于棼心里很高兴，却不敢上前问话。右丞相领着淳于棼登上一所宽敞的宫殿，御卫非常严肃庄重，像是帝王的住处。只见有一个人又高又大端庄严肃，坐在正中的位置上，穿着白色的锦服，戴红花冠。淳于棼紧张得直发抖，不敢抬起头来看。左右的侍者让淳于棼叩头，国王说："先前遵照令尊的命令，不嫌弃我们是个小国，答应让我的二女儿瑶芳嫁给你。"淳于棼只是趴在地上，不敢回话。国王说："你暂且到宾馆去，过后再举行仪式。"皇上有旨，让右丞相也和淳于棼一起回到馆舍。淳于棼思考着这件事，心里以为父亲在边界做将军，因为被敌人捉去，不知道是死是活，莫非是父亲与北蕃暗中来往才招致现在招为驸马这件事？心里很迷惑，不知道其中的原因。

这天晚上，结婚用的羔雁币帛等礼物，各种仪容礼节，歌舞乐器，酒席灯烛，车马礼物等用具，没有不齐备的。有一群女子，有的叫华阳姑，有的叫青溪姑，有的叫上仙子，有的叫下仙子，像这样的有好几批人，都是带着几千名侍从，头上戴着翠凤冠，

衣金霞帔，彩碧金钿，目不可视。遨游戏乐，往来其门，争以淳于郎为戏弄。风态妖丽，言词巧艳，生莫能对。

复有一女谓生曰："昨上巳日，吾从灵芝夫人过禅智寺，于天竺院观右延舞《婆罗门》，吾与诸女坐北牖石榻上。时君少年，亦解骑来看，君独强来亲洽，言调笑谑。吾与穷英妹结绛巾，挂于竹枝上，君独不忆念之乎？又七月十六日，吾于孝感寺侍上真子，听契玄法师讲《观音经》。吾于讲下舍金凤钗两只，上真子舍水犀合子一枚，时君亦讲筵中，于师处请钗合视之，赏叹再三，嗟异良久。顾余辈曰：'人之与物，皆非世间所有。'或问吾民，或访吾里，吾亦不答，情意恋恋，瞩盼不舍，君岂不思念之乎？"生曰："中心藏之，何日忘之。"群女曰："不意今日与君为眷属。"

复有三人，冠带甚伟，前拜生曰："奉命为驸马相者。"中一人，与生且故，生指曰："子非冯翊田子华乎？"田曰："然。"生前，执手叙旧久之。生谓曰："子何以居此？"子华曰："吾放游，获受知于右相武成侯段公，因以栖托。"生复问曰："周弁在此，知之乎？"子华曰："周生贵人也，职为司隶，权势甚盛，吾数蒙庇护。"言笑甚欢，俄传声曰："驸马可进矣。"三子取剑佩冕服更衣之。子华曰："不意今日获睹盛礼，无以相忘也。"有仙姬数十，奏诸异乐，婉转清亮，曲调凄悲，非人间之所闻听。有执烛引导者亦数十，左右见金翠步障，彩碧玲珑，不断数里。生端坐车中，心意恍惚，

身上穿着金色的霞帔，嵌金镶玉的首饰，光彩夺目。她们在他住的地方随意游玩说笑，争着以淳于棼为戏弄的对象。她们风度姿态妖艳美丽，说起话来巧妙而有文采，淳于棼对答不上。

又有一个女子对淳于棼说："之前的上巳日，我跟着灵芝夫人拜访禅智寺，在天竺院观看右延跳《婆罗门》舞，我和一群女子坐在北窗的石凳上。当时你还是个少年，也下马来观看，你独自强来亲近我，说些调笑的笑话。我和穷英妹编了个绛色的头巾，挂在竹枝上，你难道想不起来了吗？还有在七月十六日，我在孝感寺侍奉上真子，听契玄法师讲解《观音经》。我在讲台下施舍了两只金凤钗，上真子施舍了一个水犀角做的盒子，当时你也在听讲席上，在法师那里借来钗和盒看了看，再三地赞叹，感慨了很久。回头对我们说：'这人和所施之物，都不是人世间能有的！'又是问我是哪里人，又是问我住在什么地方，我也没有回答，互相情意恋恋地你看我，我看你，不舍得分手，你难道不思念了吗？"淳于棼说："我已把这些深深地藏在心里，什么时候能忘记了。"那群女子说："想不到今天与你成了亲属。"

又有三个人，穿戴得很大气，走上前拜见淳于棼说："我们是奉命来做驸马傧相的。"其中一人与淳于棼是老朋友，淳于棼指着他说："你不是冯翊的田子华吗？"田子华说："是的。"淳于棼走上前，握着他的手叙旧谈了很久。淳于棼对田子华说："你为什么住在这里？"田子华说："我随意游玩，受到右丞相武成侯段公的赏识，所以就在这里安身了。"淳于棼又问他说："周弁在这里，你知道吗？"田子华说："周生是个尊贵的人，担任司隶的职务，权势很大，我多次蒙他庇护。"两人说说笑笑谈得很高兴，不久传来声音说："驸马可以进来了。"三个男傧相取来佩剑衣帽帮他换上了。田子华说："想不到今天能亲眼看到这么盛大的婚礼，不要忘记我哦。"这时有几十个仙女，演奏各种奇异的音乐，乐声曲折清亮，曲调却很凄凉悲伤，不是人间所能够听到的。又有几十个拿着灯烛领路的人，左右两边是金丝翠羽的屏障，色彩青碧，做工精巧，一连有好几里地长。淳于棼端坐在车里，心神恍惚，

甚不自安，田子华数言笑以解之。向者群女姑娣，各乘凤翼辇，亦往来其间。至一门，号修仪宫，群仙姑姊，亦纷然在侧，令生降车辇拜，揖让升降，一如人间。彻障去扇，见一女子，云号金枝公主，年可十四五，俨若神仙。交欢之礼，颇亦明显。

生自尔情义日洽，荣曜日盛，出入车服，游宴宾御，次于王者。王命生与群寮备武卫，大猎于国西灵龟山。山阜峻秀，川泽广远，林树丰茂，飞禽走兽，无不蓄之。师徒大获，竟夕而还。生因他日启王曰："臣顷结好之日，大王云奉臣父之命。臣父顷佐边将，用兵失利，陷没胡中，尔来绝书信十七八岁矣。王既知所在，臣请一往拜觐。"王遽谓曰："亲家翁职守北土，信问不绝，卿但具书状知闻，未用便去。"遂命妻致馈贺之礼，一以遣之，数夕还答。生验书本意，皆父平生之迹，书中忆念教诲，情意委屈，皆如昔年。复问生亲戚存亡，闾里兴废。复言路道乖远，风烟阻绝，词意悲苦，言语哀伤，又不令生来觐，云岁在丁丑，当与女相见。生捧书悲咽，情不自堪。

他日，妻谓生曰："子岂不思为政乎？"生曰："我放荡，不习政事。"妻曰："卿但为之，余当奉赞。"妻遂白于王。累日，谓生曰："吾南柯政事不理，太守黜废，欲藉卿才，可

很不安宁，田子华多次和他说笑来安慰他。刚才的那群女子们，各自乘坐着凤翼辇，也在路上来来往往。到了一个宫门，号称修仪宫，一群神仙姑姊，也纷纷地来到门边，让淳于棼走下车辇拜见，又作揖，又道谢，一忽儿上去，一会儿下来，礼节和人间的一样。撤去障子和遮面的羽扇，就看见一个女子，说叫金枝公主，年龄大约十四五岁，庄重得像神仙一样。二人交欢时的礼节，也是很庄严的样子。

淳于棼从此与妻子感情一天比一天融洽，荣誉光彩一天比一天兴盛，进出的车马衣服，游玩宴会跟随的宾客和侍从，仅次于国王。国王让淳于棼和朝廷官员准备好武器和兵士，在大槐安国西面的灵龟山上大规模地打猎。那里山连着山险峻而秀美，江河湖泊宽广辽阔，林中树木茂盛浓密，飞禽走兽，样样都有。他们捕获了很多猎物，一直到晚上才回去。于是淳于棼有一天向国王启奏说：“我不久前结婚的时候，大王曾说是遵照我父亲的意思办的。我的父亲原先是驻守边疆的将军，因为打仗失利，陷落在胡人之中，从那以来断绝书信已经十七八年了。大王既然知道我父亲住的地方，请让我去拜见他。”国王立刻对他说：“亲家翁的职责是守卫北方的国土，通过书信互相问候，从未断绝，你只要写封信告诉一下你的情况，就可以了，不用亲自去。”于是让妻子准备赠送的礼品，派专人送去，几天后就回了信。淳于棼检查了书信的字迹和意思，全是父亲生平的经历，信中陈述了思念的感情和对他的教诲，感情和心意表达得很详尽，全都像从前一样。又问淳于棼亲戚们的生死，家乡的兴废。又说道路相隔遥远，风烟阻隔，话说得很痛苦，语气也哀伤，又不让淳于棼来看望他，说是在丁丑这一年，才能与你相见。淳于棼捧着信，悲哀地哭起来，无法控制自己的感情。

一天，妻子对淳于棼说：“你难道不想做官吗？”淳于棼说：“我放荡惯了，又不熟悉政务。”妻子说：“你只管做你的官，我来帮助你。”妻子就告诉了国王。几天后，国王对淳于棼说：“我的南柯郡政事治理得不好，太守被我罢免了，想借助你的才能，你能

曲屈之,便与小女同行。"生敦授教命。王遂敕有司备太守行李。因出金玉锦绣,箱奁仆妾车马列于广衢,以饯公主之行。生少游侠,曾不敢有望,至是甚悦,因上表曰:"臣将门余子,素无艺术。猥当大任,必败朝章;自悲负乘,坐致覆𫗧。今欲广求贤哲,以赞不逮。伏见司隶颍川周弁忠亮刚直,守法不回,有毗佐之器。处士冯翊田子华清慎通变,达政化之源。二人与臣有十年之旧,备知才用,可托政事。周请署南柯司宪,田请署司农,庶使臣政绩有闻,宪章不紊也。"王并依表以遣之。

其夕,王与夫人饯于国南。王谓生曰:"南柯,国之大郡,土地丰壤,人物豪盛,非惠政不能以治之,况有周田二赞,卿其勉之,以副国念。"夫人戒公主曰:"淳于郎性刚好酒,加之少年,为妇之道,贵乎柔顺,尔善事之,吾无忧矣。南柯虽封境不遥,晨昏有间,今日暌别,宁不沾巾?"生与妻拜首南去,登车拥骑,言笑甚欢。累夕达郡,郡有官吏僧道耆老,音乐车轝,武卫銮铃,争来迎奉。人物阗咽,钟鼓喧哗不绝。十数里,见雉堞台观,佳气郁郁。入大城门,门亦有大榜,题以金字,曰"南柯郡城"。是朱轩棨户,森然深邃。

屈就这个职务,便和我小女儿一起去吧。"淳于棼恭敬地接受了国王的命令。国王就下令让主管官员给他准备好太守的行李用品。于是拿出黄金、美玉、绸缎,还有箱奁、仆妾、车马等陈列在宽广的街道上,来为公主钱行。淳于棼从小就交友漫游,讲究义气,并不敢有什么期望,到这时非常高兴,因而向皇上上表说:"我是将军家的没出息的后代,向来没有才艺和策略。勉强地担当重任,一定会扰乱朝廷的法制;自己也担心才能不称职,可能会导致失败。现在我想广泛地寻求有才能的人,用来帮助我做力所不及的事前。我看司隶颍川人周弁忠诚可信,刚正不阿,严守法度,毫不枉屈,具有辅佐政事的能力。处士冯翊郡人田子华廉洁谨慎,通晓事变,十分了解政治教化的本源。他们两个人和我有十年的老交情,完全了解他们的才干和长处,可以把政事托付给他们。周弁请任命为南柯郡的司宪,田子华请任命为司农,也许可以使我做出名闻四方的政绩,使国家的法度章程有条不紊。"国王全都依照他上表说的办。

那天晚上,国王和王后在京城的南门外为他们钱行。国王对淳于棼说:"南柯是我们国家的大郡,土地肥沃,人口众多,不实行爱民政治就不能治理好这个郡,何况还有周弁和田文华二人的辅佐帮助,你要勉力为之,以符合国家的期望。"王后告诫公主说:"淳于郎性情刚烈,又喜欢喝酒,加上又正当少年,做妻子的规则,贵在温柔顺从,你能好好地侍奉他,我也就不必担心了。南柯郡虽然离京城不算远,但早晚也不能天天见面,今天在此告别,怎能不泪水沾湿巾帕?"淳于棼和妻子拜谢之后就向南走去,他们登上车驾,骑士们簇拥着,说说笑笑十分欢畅。走了几天就到了南柯郡,郡里的官吏们、和尚道士和地方上德高望重的老人,奏乐的车队,武装的卫士和车子,争着前来迎接。只见人马喧闹,熙熙攘攘,撞钟打鼓到处一片喧哗的声音。又走了十多里,就看见城墙和楼台宫殿,一看就充满着吉祥的气象。进入大城门,门上也有一块大匾额,上面题写的金色大字:"南柯郡城"。只见红色的大门,门外面挂着表示威严的剑戟,威武森严。

生下车，省风俗，疗病苦，政事委以周田，郡中大理。自守郡二十载，风化广被，百姓歌谣，建功德碑，立生祠宇。王甚重之，赐食邑锡爵，位居台辅。周田皆以政治著闻，递迁大位。生有五男二女，男以门荫授官，女亦娉于王族，荣耀显赫，一时之盛，代莫比之。

是岁，有檀萝国者，来伐是郡。王命生练将训师以征之，乃表周弁将兵三万，以拒贼之众于瑶台城。弁刚勇轻进，师徒败绩，弁单骑裸身潜遁，夜归城，贼亦收辎重铠甲而还。生因囚弁以请罪，王并舍之。是月，司宪周弁疽发背卒。生妻公主遘疾，旬日又薨。生因请罢郡，护丧赴国。王许之，便以司农田子华行南柯太守事。生哀恸发引，威仪在途，男女叫号，人吏奠馔，攀辕遮道者，不可胜数，遂达于国。王与夫人素衣哭于郊，候灵輂之至。谥公主曰"顺仪公主"，备仪仗羽葆鼓吹，葬于国东十里盘龙冈。

是月，故司宪子荣信亦护丧赴国。生久镇外藩，结好中国，贵门豪族，靡不是洽。自罢郡还国，出入无恒，交游宾从，威福日盛，王意疑惮之。时有国人上表云："玄象谪见，国有大恐，都邑迁徙，宗庙崩坏。衅起他族，事在萧墙。"

淳于棼一到任，就视察风俗民情，救济人民的疾苦，政事交给周弁和田子华处理，郡中治理得井井有条。自从他到南柯郡以来二十多年，政治教化推行得十分普遍，百姓们用歌谣唱他，为他树立了歌颂功德的石碑，在他生前就为他建了祠堂。国王很看重他，赏赐给他封地和爵位，地位相当于三公宰相。周弁和田子华也都因为政事处理得井井有条而闻名，接连被提升到更高的职位上。淳于棼有五个儿子二个女儿，儿子因父母的地位而做官，女儿也嫁给了王族，他家的门第荣耀显赫，一时达到了极繁盛的地步，当代没有谁能比得上。

这一年，有个檀萝国，来侵犯南柯郡。国王让淳于棼训练将官和军队去征伐檀萝国，于是上表推荐让周弁率兵三万，在瑶台城一带阻击敌人。周弁刚烈勇敢轻率地冒进，导致部队大败，周弁一人一骑光着身子逃走，到晚上才回到城里，敌人也收拾起军用物资回去了。淳于棼于是将周弁囚禁向皇上请求处罚，国王全都赦免了他们。这个月，司宪周弁背上疽病发作死了。淳于棼的妻子金枝公主也得了病，十多天也死了。淳于棼接着请求免去自己的太守职务，护送公主的灵柩回都城去。国王答应了他，就让司农田子华代理南柯太守的职务。淳于棼悲哀痛苦地护送灵柩启程，威严的仪仗队走在路上，一路上哭号的男女，陈设食品祭奠的百姓官吏，扯住车辕拦住道路极力挽留的人，数也数不清，就这样回到了都城。国王和王后穿着白衣服在郊外痛哭，等候着灵柩的到来。赐给公主的谥号是"顺仪公主"，然后准备好华盖和乐队，把公主埋葬在国都东面十里的盘龙冈。

这一月，已故司宪周弁的儿子周荣信也护送灵柩回到国都。淳于棼长期镇守藩国，与满朝文武都相处得很好，权贵人家和豪门大族，没有一个跟他相处不融洽的。自从罢去州郡职务回到首都，出外或在家没有一定的时间，整天交朋结友、大宴宾客，威望日益隆盛，国王心里已经有些疑忌和惧怕他了。这时国内有人上表说："天象表现出谴责的征兆，国家将有大灾祸，首都要搬迁，宗庙要崩坏。这灾祸将由外姓人引起，祸患将由内部发生。"

时议以生侈僭之应也，遂夺生侍卫，禁生游从，处之私第。生自恃守郡多年，曾无败政，流言怨悖，郁郁不乐。王亦知之，因命生曰："姻亲二十余年，不幸小女夭枉，不得与君子偕老，良用痛伤，夫人因留孙自鞠育之。"又谓生曰："卿离家多时，可暂归本里，一见亲族，诸孙留此，无以为念。后三年，当令迎生。"生曰："此乃家矣，何更归焉？"王笑曰："卿本人间，家非在此。"生忽若惛睡，曹然久之，方乃发悟前事，遂流涕请还。王顾左右以送生，生再拜而去。

复见前二紫衣使者从焉，至大户外，见所乘车甚劣，左右亲使御仆，遂无一人，心甚叹异。生上车行可数里，复出大城，宛是昔年东来之途，山川源野，依然如旧。所送二使者，甚无威势，生逾怏怏。生问使者曰："广陵郡何时可到？"二使讴歌自若，久之乃答曰："少顷即至。"

俄出一穴，见本里闾巷，不改往日。潜然自悲，不觉流涕。二使者引生下车，入其门，升自阶，已身卧于堂东庑之下。生甚惊畏，不敢前近。二使因大呼生之姓名数声，生遂发寤如初，见家之僮仆，拥篲于庭，二客濯足于榻，斜日未隐于西垣，余樽尚湛于东牖。梦中倏忽，若度一世矣。生感念嗟叹，遂呼二客而语之，惊骇，因与生出外，寻槐下

当时的议论认为各种天象的出现是淳于棼奢侈得超越本分的反应，于是就撤销了淳于棼的卫士，禁止淳于棼交游，软禁在家里。淳于棼依仗着自己多年来镇守南柯郡，没有一点不良的政事，说出一些抱怨悖逆的话，闷闷不乐。国王也了解他的心思，因而诏命淳于棼说："我们结成亲属二十多年，不幸小女儿短命而死，不能与你白头偕老，实在令人悲痛哀伤，所以王后留下外孙子亲自养育他们。"又对淳于棼说："你离家已经很久了，可以暂时回家乡去，看望一下亲戚，几个外孙留在这里，你也不要挂念他们。三年以后，我会让人去迎接你回来。"淳于棼说："这里就是我的家，怎么还要回家呢？"国王笑着说："你本来在人世间，家不在这里。"淳于棼忽然觉得像是在昏睡，迷迷糊糊过了很长时间之后，才突然想起从前的事，于是流着泪请求回到人间。国王示意左右的人送淳于棼走，淳于棼拜了两拜之后就走了。

此时又看见之前那两个紫衣使者跟着他，走到大门之外，看见乘坐的车子很破旧，左右支使的人和车夫仆人，一个也没有，心里很感叹奇怪。淳于棼上车走了大约几里地，又走出一个大城门，很像是从前从东边来的路，山川原野，仍然像从前一样。送他的两个使者，一点威严的气势也没有，淳于棼的心里更加不痛快。淳于棼问使者说："广陵郡什么时候能到？"两个使者自顾唱着小曲，很久之后才回答说："不一会就到了。"

不一会儿走出一个洞穴，看见自己家乡里巷，与从前没有什么两样。淳于棼暗中悲伤起来，不觉流下泪来。两个使者领着淳于棼下车，进入他家的大门，登上自己家的台阶，看见自己的身体躺在堂屋东面的走廊里。淳于棼很吃惊害怕，不敢近前去。两个使者于是大声叫了几声淳于棼的姓名，淳于棼才突然醒来像原先一样，看见家里的僮仆，正拿着扫帚在庭前扫地，两个客人坐在床榻上洗脚，斜射的阳光还未从西墙上消失，东窗下没有喝完的酒还在那放着。梦中一会儿的时间，像活了一辈子。淳于棼感慨思考叹息不已，就叫来两个客人把梦中的事告诉了他们，他们也又惊又怕，便与淳于棼一起出去，寻找槐树下的

穴。生指曰："此即梦中所惊入处。"二客将谓狐狸木媚之所为祟，遂命仆夫荷斤斧，断拥肿，折查枿，寻穴究源。旁可袤丈，有大穴，根洞然明朗，可容一榻，上有积土壤，以为城郭台殿之状，有蚁数斛，隐聚其中。中有小台，其色若丹，二大蚁处之，素翼朱首，长可三寸，左右大蚁数十辅之，诸蚁不敢近。此其王矣，即槐安国都也。又穷一穴，直上南枝可四丈，宛转方中，亦有土城小楼，群蚁亦处其中，即生所领南柯郡也。又一穴，西去二丈，磅礴空朽，嵌窞异状，中有一腐龟壳，大如斗，积雨浸润，小草丛生，繁茂翳荟，掩映振壳，即生所猎灵龟山也。又穷一穴，东去丈余，古根盘屈，若龙虺之状，中有小土壤，高尺余，即生所葬妻盘龙冈之墓也。追想前事，感叹于怀，披阅穷迹，皆符所梦。不欲二客坏之，遽令掩塞如旧。是夕，风雨暴发。旦视其穴，遂失群蚁，莫知所去。故先言国有大恐，都邑迁徙，此其验矣。复念檀萝征伐之事，又请二客访迹于外。宅东一里，有古涸涧，侧有大檀树一株，藤萝拥织，上不见日，旁有小穴，亦有群蚁隐聚其间，檀萝之国，岂非此耶！

　　嗟乎！蚁之灵异，犹不可穷，况山藏木伏之大者所变化乎？时生酒徒周弁、田子华，并居六合县，不与生过从旬日矣。生遽遣家僮疾往候之，周生暴疾已逝，田子华亦寝疾

洞穴。淳于棼指着说:"这个就是我在梦中惊恐进去的地方。"两个客人以为是狐狸精和树妖作的怪,就让仆人拿来斧头,砍断弯曲的枝干,砍去斩断后又重生的树枝,寻找洞穴的源头。周围大约一丈方圆,有个大洞穴,根部通透明朗,能容下一张床,上面有堆积的土,做成城郭台殿的样子,好几斛蚂蚁,隐藏聚集在里面。中间有个小台,像是红色的,两个大蚂蚁住在那里,翅膀是白色的,头是红色的,长大约三寸,周围有几十只大蚂蚁保护着他,其它蚂蚁不敢靠近。这就是他们的国王,这里也就是槐安国的国都。又挖掘了一个洞穴,直上南面的槐树枝大约四丈,曲折宛转,中间呈方形,也有用土堆成的城墙和小楼,一群蚂蚁也住在里面,这里就是淳于棼镇守的南柯郡。又有一个洞穴,在西边差不多二丈远,洞穴宽广空旷,土洞的形状很奇特,中间有一个腐烂了的乌龟壳,像斗那么大,在积雨的浸润下,长满了一丛丛小草,小草长得很茂盛,遮蔽着古旧的乌龟壳,这里就是淳于棼打猎的灵龟山。又挖出一个洞穴,在东边一丈多远,古老的树根盘旋弯曲着,像龙蛇一样,中间一个小土堆,高一尺多,这就是淳于棼埋葬妻子的盘龙冈上的坟墓。淳于棼回想起梦中的事情,心里十分感叹,亲自观看追寻迹象,和梦中全都符合。他不想让两个客人毁坏它们,立即让仆人们掩埋填塞像原来一样。这天晚上,风雨突然大作。早晨起来去看那洞穴,所有蚂蚁都失去了踪迹,不知去了哪里。所以先前说国家将要有大灾难,都城要迁移,到这就验证了。淳于棼又想起檀萝国侵略的事,就请两个客人到外面去寻访踪迹。发现住宅东面一里,有条古老的干涸了的山涧,山涧边上有一株大檀树,藤和萝纠缠交织,向上看不见太阳,旁边有个小洞穴,也有一群蚂蚁隐藏聚居在里面,檀萝国,难道不就是这里吗?

唉,蚂蚁的神奇,尚且不能考究明白,更何况藏伏在山林之中那些大动物的变化呢? 当时,淳于棼的酒友周弁和田子华,都住在六合县,不和淳于棼来往已经十天了。淳于棼急忙派家僮快去问候他们,发现周生得了暴病已经去世了,田子华也得病躺

于床。生感南柯之浮虚,悟人世之倏忽,遂栖心道门,绝弃酒色。后三年,岁在丁丑,亦终于家,时年四十七,将符宿契之限矣。

公佐贞元十八年秋八月,自吴之洛,暂泊淮浦,偶觊淳于生梦,询访遗迹。翻覆再三,事皆摭实,辄编录成传,以资好事。虽稽神语怪,事涉非经,而窃位著生,冀将为戒,后之君子,幸以南柯为偶然,无以名位骄于天壤间云。

前华州参军李肇赞曰:"贵极禄位,权倾国都。达人视此,蚁聚何殊。"出《异闻录》。

在床上。淳于棼感慨南柯之事的缥缈空虚,领悟到人生的短暂,于是就一心修道,从此不喝酒也不接近女人。三年以后,是丁丑年,他也在家里死去,当时年龄是四十七岁,符合从前约定的期限。

李公佐在贞元十八年秋天八月份时,从吴郡到洛阳,临时停泊在淮河岸边,偶然看见了淳于棼,就询问访求他遗留下来的事迹。再三反复地推敲,事情全都符合事实,就编写抄录成传记,以供给好事人阅读。虽然涉及神灵鬼怪,不符合经典的教诲,可是那些窃取官位而维持生活的人,希望这个故事能成为他的借鉴,后来的正人君子们,希望你们把南柯之事当作是偶然的事,不要拿名利地位在人世间炫耀骄傲了。

原华州参军李肇作赞说:"官做到最高的等级,权力压倒了京城里所有的人。达观的人看待这样的事,跟聚集在一起的蚂蚁有什么区别。"出自《异闻录》。

卷第四百七十六
昆虫四

赤腰蚁

段成式，元和中，假居在长兴里。庭有一穴蚁，形状窃赤蚁之大者，而色正黑，腰节微赤，首锐足高，走最轻迅。每生致蠖及小虫入穴，辄坏垤窒穴，盖防其逸也。自后徙居数处，更不复见。

苏　湛

唐元和中，苏湛游蓬鹊山，裹粮钻火，境无遗趾。忽谓妻曰："我行山中，睹倒岩有光如镜，必灵境也。明日将投之，今与卿诀。"妻子号泣，止之不得。及明遂行，妻子领奴婢潜随之。入山数十里，遥望岩有白光，圆明径丈。苏遂逼之，才及其光，长叫一声。妻儿遽前救之，身如茧矣。有黑蜘蛛，大如钻铒，走集岩上。奴以利刀决其网，方断，苏

赤腰蚁

段成式,唐元和年间借住在长兴里。院子里有一窝蚂蚁,形状像浅红色的大蚂蚁,而体色纯黑,腰部微红,脑袋尖,腿弯曲处很高,跑起来轻快迅速。这种蚂蚁每当把活的尺蠖和小虫弄入洞中,就毁坏蚁冢堵塞洞口,目的是防止尺蠖和小虫逃走。段成式以后又迁居过好几个地方,但再也没见到过这种蚂蚁。

苏　湛

唐朝元和年间,苏湛游览蓬鹊山,携带着粮食,钻木取火做饭,但在游览过的地方没发现什么仙人遗迹。回来后苏湛忽然对妻说:"我在山里行走时,看到倒悬的山崖发出光彩像镜子一般,那一定是仙境。我明天将投奔那里,今天跟你告别。"妻子和孩子大哭,但怎么劝阻也没用。到了第二天天亮,苏湛便走了,妻子和孩子带着男女仆人暗暗地尾随其后。进到山里几十里,远眺山崖果有白光,又圆又明亮直径有一丈。苏湛便渐渐走近,刚一接触白光,就大叫一声。妻子和儿子立刻跑过去救他,一看苏湛身体已像蚕茧一般了。这时看到有黑蜘蛛,像熨斗那么大,飞快地聚集到山崖上。男仆用锋利的刀割那蛛网,刚割断,苏湛

已脑陷而死。妻乃积柴烧其岩,臭满一山。并出《酉阳杂俎》。

石 宪

有石宪者,其籍编太原,以商为业,常货于代北。长庆二年夏中,雁门关行道中。时暑方盛,因偃大木下。忽梦一僧,蜂目披褐衲,其状奇异,来宪前,谓宪曰:"我庐于五台山之南,有穷林积水,出尘俗甚远,实群僧清暑之地。檀越幸偕我而游乎?即不能,吾见檀越病热且死,得无悔其心耶?"宪以时暑方盛,僧且以祸福语相动,因谓僧曰:"愿与师偕去。"于是其僧引宪西去,且数里,果有穷林积水。见群僧在水中,宪怪而问之。僧曰:"此玄阴池,故我徒浴于中,且以荡炎燠。"于是引宪环池行。宪独怪群僧在水中,又其状貌无一异者。已而天暮,有一僧曰:"檀越可听吾徒之梵音也。"于是宪立池上,群僧即水中合声而噪。仅食顷,有一僧挈手曰:"檀越与吾偕浴于玄阴池,慎无畏。"宪即随僧入池中,忽觉一身尽冷噤而战,由是惊悟。见己卧于大木下,衣尽湿,而寒栗且甚。时已日暮,即抵村舍中。至明日,病稍愈,因行于道,闻道中有蛙鸣,甚类群僧之梵音,于是径往寻之。行数里,穷林积水,有蛙甚多。其水果谓玄阴池者,其僧乃群蛙。而宪曰:"此蛙能易形以感于人,岂非怪尤者乎?"于是尽杀之。出《宣室志》。

已脑壳塌陷而死。妻子就堆起木柴焚烧那山崖，臭味布满了全山。以上两篇都出自《酉阳杂俎》。

石 宪

有个叫石宪的人，他的户籍编入太原，以经商为业，常到代州北边一带做买卖。唐穆宗长庆二年夏天，石宪在雁门关一带赶路。当时天气正热，他便仰卧在大树下休息。忽然梦见一个和尚，眼睛像蜂眼，披着粗布袈纱，长相很奇特，来到石宪面前，对石宪说："我住在五台山南面，那儿有幽深的树林和水池子，远离人境，是和尚们避暑的地方。施主希望和我一起去游览游览吗？如果不能，我看施主已经热得快要死了，那样岂不要后悔吗？"石宪因当时天很热，而且和尚又用祸福之类的话打动他，于是对和尚说："愿意跟师父一起去。"于是和尚领着石宪向西走去，走了将近数里，果然看见有幽深的树林和一个水池子。看见一群和尚在水里面，石宪感到奇怪，就问他们做什么。和尚说："这是玄阴池，所以我的伙伴们在里面洗澡，借以消除炎热。"于是带领着石宪绕着水池走。石宪暗自对和尚在水里感到奇怪，又看到他们的样子相貌没有一个不同的。不久天黑了，有一个和尚说："施主可以听听我们念经的声音。"于是石宪站在水池边上，和尚们就在水中齐声叫喊。只过了一顿饭工夫，有一个和尚拉着石宪的手说："施主跟我一起在玄阴池里洗洗澡吧，千万别害怕。"石宪就随着和尚进入池中，忽然觉得浑身都凉，不禁冷得发抖，因此惊醒。看见自己躺在大树下面，衣服全湿了，冷得浑身发抖得很厉害。当时天已经黑了，立刻跑到了村中的房子里。到了第二天，病稍微好了些，于是又开始赶路，忽听路上传出蛙鸣声，很像和尚们念经的声音，于是径直去寻找。走了几里，看见幽深的树林和水池子，有很多青蛙。那水池果然叫玄阴池，那些和尚原来都是青蛙。石宪说："这些青蛙能变形来影响人，岂不是怪物吗？"于是把那些青蛙全都杀死了。出自《宣室志》。

王　叟

宝历初，长沙有民王叟者，家贫，力田为业。一日耕于野，为蚯蚓螫其臂，痛楚甚，遂驰以归。其痛益不可忍，夜呻而晓，昼吟而夕，如是者九旬余。有医者云："此毒之甚者也，病之始，庶药有及。状且深矣，则吾不得而知也。"后数日，病益甚。忽闻臂有声，幽然而微，若蚯蚓者。又数日，其声益大，如合千万音，其痛亦随而多焉。是夕乃卒。出《宣室志》。

步　蚓

段成式三从房伯父，唐太和三年，任庐州某官。庭前忽有蚓出，大如食指，长大二三丈，白项，当项下有两足，正如雀脚，步于垣下，经数日方死。出《酉阳杂俎》。

守　宫

太和末，松滋县南有士人，寄居亲故庄中肄业。初到之夕，二更后，方张灯临案，忽有小人半寸，葛巾，策杖入门，谓士人曰："乍到无主人，当寂寞。"其声大如苍蝇。士人素有胆气，初若不见。乃登床责曰："遽不存主客礼乎？"复升案窥书，诟誶不已，因覆砚于书上，士人不耐，以笔击之堕地，叫数声，出门而灭。有顷，有妇人四五，或老或少，皆长一寸，大呼曰："贞官以君独学，故令郎君言展，且论精奥。何痴顽狂率，辄致损害，今可见贞官。"其来索续如蚁，

王　叟

宝历初年,长沙有个姓王的老人,家里很穷,种地为生。有一天,在野外耕地时,被蚯蚓咬了胳膊,疼痛得很厉害,便急忙跑回家。到家后疼痛越发忍受不了,从夜晚呻吟到天亮,又从白天呻吟到天黑,像这样过了九十多天。有个医生说:"这是毒中最厉害的,病刚开始时,药差不多还可以治。现在病情已加重,那我就不知道怎么治了。"此后又过了几天,病得更厉害了。忽然听到胳臂上隐隐约约有很小的声音,像蚯蚓发出的叫声。又过了几天,那声音变大了,像千万个声音合到一起,疼痛也随着增加。当天晚上就死了。出自《宣室志》。

步　蚓

段成式有个远房伯父在唐文宗太和三年担任庐州的什么官。院子前面忽然爬出一条蚯蚓,像食指那样粗,有两三丈长,白脖子,脖子下有两只脚,正像麻雀的脚,在墙下走动,经过好几天才死去。出自《酉阳杂俎》。

守　宫

唐文宗太和末年,松滋县南有个读书人,寄住在亲戚庄园里读书。刚到的那天晚上,二更天后,那读书人正点着灯面对桌子,忽然看见一个半寸长的小人,头戴葛布头巾,挂着拐杖走进门来,对读书人说:"刚来这里没有主人陪着,恐怕很寂寞吧。"那声音像苍蝇似的。这个读书人向来有胆量,起先装作没看见似的。那小人就爬上椅子责备道:"你就不讲主客之礼了吗?"又爬上桌子看书,还不停地骂,进而又把砚台扣到了书上,读书人忍受不了,用笔把他打到了地上,小人叫唤了几声,出了门就消失了。过了不久,来了四五个妇女,有老有少,都只一寸高,大声喊道:"贞官因为你独学无友,所以叫公子用话开导你,并且给你讲一些精深的道理。你为何如此愚钝轻狂,还伤害他?现在你得去见见贞官。"他们来的人前后相连络绎不绝就像蚂蚁一般,

状如驺卒，扑缘士人。士人恍然若梦，因啮四支，疾苦甚。复曰："汝不去，将损汝眼。"四五头遂上其面。士人惊惧，随出门。至堂东，遥望见一门，绝小，如节使牙门。士人乃叫："何物怪魅，敢凌人如此！"复被众啮之。恍惚间，已入小门内。见一人，峨冠当殿，阶下侍卫千数，悉长寸余。叱士人曰："吾怜汝独处，俾小儿往，何苦致害，罪当腰斩。"乃见数十人悉持刃攘臂逼之，士人大惧，谢曰："某愚骏，肉眼不识贞官，乞赐余生。"久之曰："且解知悔。"叱令曳出。不觉已在小门外。及归书堂，已五更矣，残灯犹在。及明，寻其踪迹。东壁古阶下，有小穴如栗，守宫出入焉。士人即雇数夫发之，深数丈，有守宫十余石。大者色赤，长尺许，盖其王也。壤土如楼状。士人聚苏焚之，后亦无他。出《酉阳杂俎》。

冉　端

忠州垫江县吏冉端，唐开成初，父死。有严师者善山冈，为卜地，云："合有王气群聚之物。"掘深丈余，遇蚁城，方数丈，外重雉堞皆具，子城谯橹，工若雕刻。城内分径街，小垤相次，每垤有蚁数千，憧憧不绝，径甚净滑。楼中有二蚁，一紫色，长寸余，足作金色；一有羽，细腰稍小，白翅，翅有经脉，疑是雌者。众蚁约有数斛。城隅小坏，上以

而样子都像车夫,他们扑向读书人,并爬上了他的身体。读书人恍恍惚惚像做梦似的,那些小人便咬读书人的四肢,咬得很疼。小人又说道:"你不去,我们将弄瞎你的眼睛。"四五个小人便爬上了读书人的脸。读书人惊慌害怕,便随着他们出了门。到了堂屋的东面,远远地看见一处小门,极小,如节度使的衙门。读书人于是大叫:"什么妖怪鬼魅,竟敢这样欺负人!"又被小人们咬了一阵。恍惚之间,已进入小门内。只见一个人,戴着高高的帽子正在殿上,台阶下有几千侍卫,全都一寸多高。殿上那人叱责读书人说:"我可怜你一人独处,让我的孩子前去,为何伤害他?罪该腰斩。"于是看见数十人全拿着刀挽起袖子走近来,读书人非常害怕,赔罪说:"我愚笨,肉眼不识贵官,请饶我一命。"过了半天那殿上的大官才说道:"还知道后悔。"喝令把他拉出去。不知不觉已来到小门外。等到回到书房,已经五更天了,残灯犹明。等到天亮了,寻找那踪迹。只见东墙古台阶下,有一个像栗子那么大的小洞口,壁虎即由此出入。读书人就雇了几个人挖掘它,挖到几丈深,就见有壁虎十多石。其中有一个大壁虎,体色是红的,长约一尺左右,大约就是他们的王。再看那松软的土,好像一座楼的样子。读书人堆起柴草烧了它,以后再也没出现异常情况。出自《酉阳杂俎》。

冉 端

　　忠州垫江县的有个县吏冉端,唐文宗开成初年,他的父亲去世了。有个姓严的先生善于看风水,为冉端的父亲选了块墓地,说:"此地该有王气,下面还有群聚的东西。"挖到一丈多深后,遇到了蚂蚁城,纵横数丈,外城墙及城上女墙都有,内城还有门楼,工巧得像雕刻似的。城内分出路和街,小蚁冢互相排列得很有次序,每个小蚁冢有数千蚂蚁,来来往往不断,街道很干净光滑。楼里面有两只蚂蚁,一只紫色,一寸多长,爪子是金色的;另一只有翅膀,腰细,稍小些,翅膀是白色的,翅上有经络,可能是雌蚁。所有的蚂蚁约有好几斛。城角稍有损坏,因为上面用

坚土为盖,故中楼不损。既掘露,蚁大扰,若求救状。县吏
遽白县令李玄之,既睹,劝吏改卜。严师代其卜验,为其地
吉。县吏请迁蚁于岩侧,状其所为,仍布石粟,覆之以板。
经旬,严师忽得病若狂,或自批触,秽詈大呼,数日不已。
玄之素厚严师,因为祝蚁,疗以雄黄丸方愈。出《酉阳杂俎》。

蚰 齿

段成式侄女乳母阿史,本荆州人。尝言,小时见邻居
有侄孔谦,篱下有蚰,口露双齿,肚下足如蚿,长尺五,行疾
于常蚰。谦恶,遽杀之。其年,谦丧母及兄叔,因不得活。
出《酉阳杂俎》。

韦 君

有御史韦君尝从事江夏,后以奉使至京。既还,道次
商於,馆亭中。忽见亭柱有白蜘蛛曳而下,状甚微。韦君
曰:"是人之患也。吾闻虽小,螫人,良药无及。"因以指杀
焉。俄又有一白者下,如前所杀之。且观其上有网为窟,
韦乃命左右挈帚,尽扫去。且曰:"为人患者,吾已除矣。"
明日将去,因以手抚其柱,忽觉指痛,不可忍之,乃是有一
白蜘蛛螫其上。韦君惊,即拂去。俄遂肿延,不数日而尽
一臂。由是肩舁至江夏,医药无及,竟以左臂溃为血,血
尽而终。先是韦君先夫人在江夏,梦一白衣人谓曰:"我

坚固的土作盖儿,所以中间的楼没有损坏。蚁城被掘开后,蚂蚁们大乱,显出求救的样子。县吏马上报告了县令李玄之,县令看到这情形,劝县吏另选坟地。严先生代县吏占卜察看,认为还是那地方好。县吏请求把蚂蚁迁到山岩边上,把蚂蚁城仍建成原貌,仍撒上沙子,上面再用板盖上。经过十天,严某忽然得了病,像疯了一样,有时自打嘴巴或以头撞物,用脏话骂人,大喊大叫,几天不停。李玄之一向与严先生交情深厚,于是为他向蚂蚁祝祷,并以雄黄丸治疗,严先生才病愈。<small>出自《酉阳杂俎》。</small>

蚓 齿

段成式侄女的奶妈阿史,原是荆州人。她曾经说,小时看见邻居家有个侄子叫孔谦,他家篱笆下有只蚯蚓,口里露出两颗牙齿,肚子下的腿像马陆的腿,长一尺五寸,爬行起来比平常的蚯蚓迅速。孔谦讨厌它,便杀了它。那年孔谦死了母亲和哥哥叔父,都是因为这才活不成。<small>出自《酉阳杂俎》。</small>

韦 君

有位御史韦君曾在江夏任职做事,后来因奉使命去京城。往回走时,途经商於,投宿在亭驿中。忽然看见亭中柱子上有只白蜘蛛拉着丝垂了下来,形状很细小。韦君说:"这是人们的祸患。我听说这东西虽小,一旦螫了人,好药也治不了。"于是用手指捻死了白蜘蛛。过了一会儿又有一只白蜘蛛落下来,韦君用刚才的方法又杀死了它。同时看那柱子上头有蛛网形成的巢穴,韦君便命令左右的人拿来扫帚,把蛛网全扫去。并且说道:"能成为人们祸患的东西,我已经都给除掉了。"第二天将要离开时,他用手去摸那柱子,忽然觉得指头疼痛,不能忍受,原来是有一只白蜘蛛螫了他。韦君吃了一惊,立即甩掉了蜘蛛。不一会儿手指就肿起来,没几天整个手臂全肿了。因此把他抬着到了江夏,治疗用药都没有用,最后左臂溃烂出血,血流尽而死。在此之前,韦君的母亲在江夏时,梦见一位穿白衣的人对她说:"我

弟兄三人，其二人为汝子所杀。吾告上帝，帝用悯其冤，且遂吾请。"言毕，夫人惊寤，甚异之，恶不能言。后旬余而韦君至，具得其状，方寤所梦，觉为梦日，果其馆亭时也。夫人泣曰："其能久乎？"数日而韦君终矣。出《宣室志》。

陆 颙

吴郡陆颙，家于长城，其世以明经仕。颙自幼嗜面，为食愈多而质愈瘦。及长，从本郡贡于礼部。既下第，遂为生太学中。后数月，有胡人数辈，挈酒食诣其门。既坐，顾谓颙曰："吾南越人，长蛮貃中。闻唐天子庠，罗天下英俊，且欲以文物化动四夷，故我航海梯山来中华，将观太学文物之光。唯吾子峨焉其冠，襜焉其裾，庄然其容，肃然其仪，真唐朝儒生也，故我愿与子交欢。"颙谢曰："颙幸得籍于太学，然无他才能，何足下见爱之深也！"于是相与酬宴，极欢而去。颙信士也，以为群胡不我欺。旬余，群胡又至，持金缯为颙寿。颙至疑其有他，即固拒之。胡人曰："吾子居长安中，惶惶然有饥寒色，故持金缯，为子仆马一日之费，所以交吾子欢耳，岂有他哉？幸勿疑我也。"颙不得已，受金缯。及胡人去，太学中诸生闻之，偕来谓颙曰："彼胡率爱利不顾其身，争盐米之微，尚致相贼杀者，宁肯弃金缯为朋友寿乎？且太学中诸生甚多，何为独厚君耶？君匿身郊野间，以避再来也。"

们弟兄三人，其中有两个被你的儿子杀了。我上告了上帝，上帝因怜悯他俩的冤枉，并且答应了我的请求。"说完之后，韦君的母亲惊醒，觉得这事很怪，恶心得不能说话。过了十几天韦君到家了，听韦君说了白蜘蛛的事，方才明白了那次所做的梦，也明白了做梦那天，正是韦君投宿亭驿之时。韦母哭道："我的儿子怕活不久了！"过了几天，韦君就死了。出自《宣室志》。

陆 颙

吴郡的陆颙，家住长城，他家世代都是靠考明经科出去做官。陆颙从小喜欢吃面食，但吃得越多身体越瘦。长大后，以本郡贡生的身份被送到礼部参加会试。考试落第之后，便做了太学中的学生。过了几个月，有几个胡人，带着酒和食物到了他的住处。坐下后，看着陆颙说："我是南越人，生长在少数民族地区。听说唐朝天子的学校，网罗天下优秀人才，并且打算用先进的文化感化改变四方的少数民族，所以我渡海翻山来到中国，想观赏太学中文化人物的丰采。只有您戴着高高的帽子，衣襟飘动，容貌庄重，仪表严整，真不愧是唐朝的儒生，所以我愿意跟您友好交往。"陆颙辞谢说："我陆颙侥幸进入太学，可是并无别的才能，您怎么竟如此喜爱我呢？"于是一起痛快地吃喝，极尽欢乐才离去。陆颙是个诚实的人，认为胡人们不会欺骗自己。过了十几天，那几个胡人又来了，并拿来了黄金和丝绸赠给陆颙。陆颙很疑心胡人们有别的用意，就坚决不接受礼物。胡人说："您虽然住在长安，但生活很窘迫，面有饥寒之色，所以我拿来些黄金和丝绸，作为您的仆从车马一天的费用，这样做是为了跟您交好，哪有别的用意呢？希望您不要怀疑我们。"陆颙没办法，只好接受了黄金和丝绸。等胡人走了以后，太学中的一些学生知道了这件事，都来对陆颙说："那些胡人都贪财不惜命的，为争夺盐米这样的小东西，还会相互残杀，难道竟舍得用黄金和丝绸来送给朋友吗？再说太学中学生很多，为什么单单厚待你呢？您可暂到郊外藏身，以免他们再来。"

颙遂侨居于渭水上,杜门不出。仅月余,群胡又诣其门。颙大惊,胡人喜曰:"比君在太学中,我未得尽言。今君退居郊野,果吾心也。"既坐,胡人挈颙手而言曰:"我之来,非偶然也,盖有求于君耳,幸望许之。且我所祈,于君固无害,于我则大惠也。"颙曰:"谨受教。"胡人曰:"吾子好食面乎?"曰:"然。"又曰:"食面者,非君也,乃君肚中一虫耳。今我欲以一粒药进君,君饵之,当吐出虫。则我以厚价从君易之,其可乎?"颙曰:"若诚有之,又安有不可耶?"已而胡人出一粒药,其色光紫,命饵之。有顷,遂吐出一虫,长二寸许,色青,状如蛙。胡人曰:"此名消面虫,实天下之奇宝也。"颙曰:"何以识之?"胡人曰:"吾每旦见宝气亘天,在太学中,故我特访而取之。然自一月余,清旦望之,见其气移于渭水上,果君迁居焉。又此虫禀天地中和之气而结,故好食面。盖以麦自秋始种,至来年夏季,方始成实,受天地四时之全气,故嗜其味焉。君宜以面食之,可见矣。"颙即以面斗余致其前,虫乃食之立尽。颙又问曰:"此虫安使用也?"胡人曰:"夫天下之奇宝,俱禀中和之气,此虫乃中和之粹也。执其本而取其末,其远乎哉!"既而以筒盛其虫,又金函扃之,命颙致于寝室。谓颙曰:"明日当再来。"及明旦,胡人以十两重辇,金玉缯帛约数万,献于颙,共持金函而去。

颙自此大富,致园屋,为治生具,日食粱肉,衣鲜衣,游于长安中,号豪士。仅岁余,群胡又来,谓颙曰:"吾子能

陆颙便寄住在渭水上，闭门不出。只过了一个月，那些胡人又来到他住的地方。陆颙很吃惊，胡人高兴地说："当时您在太学中，我不能把话都说出来。现在您住郊外，正合乎我的心意。"坐下后，胡人拉着陆颙的手说道："我来不是偶然的，原是有求于您的，希望您能答应我。而且我所要求的，对您原本无害，对我则有很大的好处。"陆颙说："愿意听您的指教。"胡人说："您是不是喜欢吃面？"回答说："是的。"胡人又说："爱吃面的不是您，而是您肚子中的虫子。我想把一丸药给您，您吃下它，就会吐出虫子。我就用优厚的价格从您那里把虫子买下来，可以吗？"陆颙说："如果果真有这个虫子，又怎么不可以呢？"不一会儿，胡人拿出一丸药，它的颜色光彩都是紫色的，胡人叫陆颙吃下它。过一会儿，便吐出一条虫，长二寸左右，是青色的，样子像青蛙。胡人说："这虫叫消面虫，实际上是天下的奇宝。"陆颙说："凭什么识别它？"胡人说："我每天早晨看到宝气连着天空，位于太学中，所以我特意拜访您以便拿到它。然而从一个多月前，清晨远望时，看到那团气移到了渭水上，果然是您迁居到这里来了。这种虫子是禀受天地的中和之气而凝结成的，所以喜欢吃面。因为麦子从秋天开始种，到来年夏季，才结出果实，接受了天地四季的全部精气，所以虫子才特别喜欢它的滋味。您如果用面喂它，就可以证实。"陆颙就把一斗多面放到虫子面前，虫子立刻就吃光了。陆颙又问道："这个虫子用它干什么呢？"胡人说："天下的奇特宝贝，都禀受了中和之气，这个虫子是中和之气的精华。拿着根本而去索取次要的，难道次要的还会得不到吗？"之后就用竹筒盛了那只虫子，又把筒锁在一个金属的匣子里，让陆颙放到卧室中。对陆颙说："明天我们会再来。"到了第二天早晨，胡人拉来十辆载重大车，运来金玉丝绸大约数万，送给了陆颙，然后一起拿着金属匣子走了。

陆颙从此非常富裕，购置了房子花园，并置办了生活用品，每天都吃好米好肉，穿着华美的衣服，在长安市中游览，号称豪士。仅仅过了一年多，那些胡人们又来了，对陆颙说："先生您能

与我偕游海中乎？我欲探海中之奇宝，以耀天下。而吾子岂非好奇之士耶？"颢既以甚富，又素用闲逸自遂，即与群胡俱至海上。胡人结宇而居，于是置油膏于银鼎中，构火其下，投虫于鼎中炼之，七日不绝燎。忽有一童，分发衣青襦，自海水中出，捧月盘，盘中有径寸珠甚多，来献胡人。胡人大声叱之，其童色惧，捧盘而去。童去食顷，又有一玉女，貌极冶，衣雾绡之衣，佩玉珥珠，翩翩自海中而出，捧紫玉盘，中有珠数十，来献胡人。胡人骂之，玉女捧盘而去。俄有一仙人戴瑶碧冠，帔霞衣，捧绛帕籍，籍中有一珠，径三寸许，奇光泛空，照数十步。仙人以珠献胡人，胡人笑而授之。喜谓颢曰："至宝来矣。"即命绝燎，自鼎中收虫，置金函中。其虫虽炼之且久，而跳跃如初。胡人吞其珠，谓颢曰："子随我入海中，慎无惧。"颢即执胡人佩带，从而入焉。其海水皆豁开数十步，鳞介之族，俱辟易回去。游龙宫，入蛟室，珍珠怪宝，惟意所择，才一夕而获甚多。胡人谓颢曰："此可以致亿万之货矣。"已而又以珍贝数品遗于颢，货于南越，获金千镒，由是益富。其后竟不仕，老于闽越中也。出《宣室志》。

和我们一同到海中游览吗？我想探寻海中奇特的宝贝，以便向天下炫耀。而先生您难道不是好奇的读书人吗？"因为陆颙已经很富，又一向愿意闲散安逸，就与胡人们一块到了海上。胡人们搭起了房子住在里面，还在银鼎中放上了油膏，在鼎下点起了火，把虫子扔到鼎中炼，七天没断火。忽然有一个小孩，头发分开，穿着青色的短袄，从海水中出来，捧着圆形的盘子，盘中有很多直径一寸的珍珠，来献给胡人。胡人大声叱责他，那个小孩显得很害怕，捧着盘子回去了。小男孩回去才一顿饭工夫，又有一位玉女，容貌极美，穿着如薄雾的轻纱，佩戴玉石，耳朵上装饰着珍珠，轻盈自如地从海水中走出，捧着一个紫玉盘，里面有数十颗珍珠，来献给胡人。胡人也骂她，美女捧着盘子离去。不一会儿有一位仙人头戴瑶碧冠，身上披着云霞般的衣服，捧着个大红绸面的垫布，垫布中有一枚珠子，直径三寸左右，奇异的光彩映满空中，光亮照到几十步远。仙人把珠子献给胡人，胡人才笑着收下了。胡人高兴地对陆颙说："最好的宝贝终于来了。"立即叫人停火，从鼎中收起了虫子，放在金匣子中。那虫子虽然被炼了很久，可还是蹦跳如初。胡人吞下了那颗大珠，对陆颙说："你随着我到海里去，千万别害怕。"陆颙就抓住胡人身上的带子，跟着进入海水中。那海水都分开了数十步，鱼鳖之类都惊退离去。他们游览龙宫，进入蛟人住的地方，珍珠和奇异的宝贝，随意选择，才一晚上就收获很多。胡人对陆颙说："这些可以换得亿万的财宝了。"过了一会儿又把好几种珍贵的宝贝送给了陆颙，带到南越贩卖，获得黄金一千镒，从此更富了。陆颙以后始终没做官，最后老死在闽越之地。出自《宣室志》。

卷第四百七十七
昆虫五

张　景

　　平阳人张景者，以善射为本郡裨将。景有女，始十六七，甚敏惠。其父母爱之，居以侧室。一夕，女独处其中，寝未熟，忽见轧其户者。俄见一人来，被素衣，貌充而肥，自欹身于女之榻。惧为盗，默不敢顾。白衣人又前迫以笑，女益惧，且虑为怪焉。因叱曰："君岂非盗乎？不然，是他类也。"白衣者笑曰："东选吾心，谓吾为盗，且亦误矣。谓吾为他类，不其甚乎！且吾本齐人曹氏子也，谓我美风仪，子独不知乎？子虽拒我，然犹寓子之舍耳。"言已，遂偃

张　景

平阳人张景凭着擅长射箭的本领做了本郡的副将。张景有个女儿，才十六七岁，非常聪明。她的父母很疼爱她，让她住在旁边的屋子里。一天晚上，张女单独在屋里睡觉，还没睡熟，忽然听见一个人敲她的门。不一会儿就看见一个人进来，那人穿着白衣服，样貌很肥胖，把身体斜倚在张女床边。张女怕是强盗，默默地不敢回头看。白衣人又上前微笑，张女更加害怕，而且疑心他是怪物。于是斥责说："您不是强盗？若不是的话，就不是人类。"白衣人笑道："主人揣测我的心，说我是强盗，已经是错了。说我是人类之外的东西，不是太过分了吗？我本是齐国曹姓人家的儿子，大家都说我风度仪表很美，你竟然不知道吗？你虽然拒绝我，然而我还是要住在你的房子里。"说完了，便仰卧

于榻,且寝焉。女恶之,不敢窃视,迨将晓方去。明夕又来,女惧益甚。又明日,具事白于父。父曰:"必是怪也。"即命一金锥,贯缕于其末,且利铓,以授女。教曰:"魅至,以此表焉。"是夕又来,女强以言诒之,魅果善语。夜将半,女密以锥傅其项,其魅跃然大呼,曳缕而去。明日,女告父,命僮逐其迹,出舍数十步,至古木下,得一穴而绳贯其中。乃穷之,深不数尺,果有一蛴螬,约尺余,蹲其中焉,锥表其项,盖所谓"齐人曹氏子"也。景即杀之,自此遂绝。出《宣室志》。

蛇医

王彦威镇汴之二年,夏旱。时袁王傅李玘过汴,因宴。王以旱为虑,李醉曰:"欲雨甚易耳,可求蛇医四头,十石瓮二,每瓮实以水,浮二蛇医,覆以木盖,密泥之,分置于闹处。瓮前设席烧香,选小儿十岁已下十余,令执小青竹,昼夜更击其瓮,不得少辍。"王如其言试之,一日两度雨,大注数百里。旧说,龙与蛇师为亲家。出《酉阳杂俎》。

山蜘蛛

相传裴旻山行,有山蜘蛛,垂丝如匹布,将及旻。旻引弓射却之,大如车轮,因断其丝数尺,收之。部下有金疮者,剪方寸贴之,血立止。出《酉阳杂俎》。

在床上睡了。张女很厌恶他，不敢偷看，将近天亮他才走了。第二天晚上白衣人又来了，张女更加害怕。又过了一天，张女把情况告诉了父亲。父亲说："一定是怪物。"就拿来一个金锥，在锥的一头穿上线，并把锥尖磨得很尖锐，然后交给了女儿。教给她说："怪物来了，用这个在他身上做标记。"当天晚上怪物又来了，张女勉强用话应付他，怪物果然很健谈。快到半夜时，张女偷偷地把金锥插入怪物脖子中，那怪物大叫着跳起来，拖着线逃走了。第二天，张女告诉了父亲，父亲叫小男仆追寻他的足迹，出了房子数十步，到了古树的下面，看到一个洞，那根线就延伸到里面去了。于是沿着线往下挖，挖了不到数尺，果然有一只蟏蛸，约有一尺多长，蹲在那里，金锥就在它的脖子上，这就是那怪物所说的"齐国曹姓人家的儿子"了。张景当即杀死了它，从此以后便没有事了。出自《宣室志》。

蛇　医

王彦威镇守汴州的第二年夏天，天大旱。当时袁王的师傅李珏路过开封，于是设宴款待。王彦威谈起对天旱的忧虑，李珏乘醉说道："想要下雨很容易，可去找四只蛇医，再找两个能装十石水的大瓮，每个瓮都装满水，让两只蛇医浮在水上，瓮上盖上盖儿，用泥封严，分别放到热闹的地方。瓮前摆上酒席并烧香，选十几个十岁以下的小孩，叫他们手拿小青竹，白天晚上轮换着抽打那两只瓮，一会儿也不许停。"王彦威按照他的话进行实验，果然一天下了两场雨，面积达数百里。人们传说，龙跟蛇的师傅是亲家。出自《酉阳杂俎》。

山蜘蛛

相传裴旻在山里走，看见山蜘蛛垂下的蛛网像一匹布一样大，快要触到斐旻了。斐旻拉开弓射退了山蜘蛛，见它像车轮那么大，于是弄断了几尺蛛网，收藏起来。部下有被兵器打伤的伤口，剪下一寸见方的蛛网贴上，流血立刻就能停止。出自《酉阳杂俎》。

虫　变

河南少尹韦绚,少时尝于夔州江岸见一异虫。初疑一棘刺,从者惊曰:"此虫有灵,不可犯之,或致风雨。"韦试令踏地惊之,虫飞,伏地如灭,细视地上,若石脉焉,良久渐起如旧。每刺上有一爪,忽入草,疾走如箭,竟不知何物。出《酉阳杂俎》。

蝎　化

蝎负虫巨者,多化为蝎。蝎子多负于背,段成式尝见一蝎负十余子,子色犹白,才如稻粒。又尝见张希复言,陈州古仓有蝎,形如钱,螫人必死,江南旧无。出《酉阳杂俎》。

虱建草

旧说,虱虫症,饮赤龙所浴水则愈。虱恶水银,人有病虱者,虽香衣沐浴不能已,惟水银可去之。道士崔白言,荆州秀才张告,尝扪得两头虱。又有草生山足湿处,叶如百合,对叶独茎,茎微赤,高一二尺,名虱建草,能去虮虱。出《酉阳杂俎》。

法　通

荆州有帠师号法通,本安西人,少于东天出家。言蝗虫腹下有梵字,或自天下来者,及忉利天梵天来。西域验其字,作本天坛法禳之。今蝗虫首有"王字",固自可晓。

虫　变

河南少尹韦绚年轻时曾在夔州江边见过一只奇异的虫子。刚看到时疑心是一根酸枣树的刺，随从吃惊地说："这种虫子有灵性，不能触犯它，它能呼风唤雨。"韦绚想试试，就叫人踩地吓唬它，虫子飞了，落地时好像消失了，仔细看地上，那虫子就像石头的纹理，好半天才渐渐隆起像原先那样。这种虫每根刺上有一只爪子，忽然钻进草中，跑得像箭一样快，竟不知道是什么东西。出自《酉阳杂俎》。

蝎　化

蝎子背上背的大虫子，多数变成蝎子。蝎子的幼虫大多由大蝎背着，段成式曾看过一只大蝎背着十多只幼蝎，那些幼蝎是白色的，只有稻粒大小。又曾听张希复说，陈州的古老粮仓中有蝎子，形状像铜钱，螫了人，人必死，江南原来没有这种蝎子。出自《酉阳杂俎》。

虱建草

过去有种传说，虱虫症需要喝赤龙洗过澡的水才可以痊愈。虱子讨厌水银，人有因虱子咬而苦恼的，即使穿着有香味的衣服并且洗澡也不能好，只有水银才能消灭它。有个道士崔白说，荆州秀才张告曾摸到两个头的虱子。又有一种草生长在山脚下湿润的地方，叶子像百合，叶子是对生的，只有一根茎，茎是微红色，高有一二尺，名叫虱建草，它可以消灭虮虱。出自《酉阳杂俎》。

法　通

荆州有位大师号法通，原来是安西人，年轻时在东天出家。法通说蝗虫肚子下面有梵文，这些蝗虫或许是从天上来的，或者是从忉利天梵天来的。西域有人验看了那些字，作本天坛法来祈福消灾。现在的蝗虫头上有"王"字，自然就可以明白了。

或言鱼子变,近之矣。旧言虫食谷者,部吏所致,侵渔百姓,则虫食谷。虫身黑头赤,武官也;头黑身赤,儒吏也。出《酉阳杂俎》。

登封士人

唐尝有士人客游十余年,归庄,庄在登封县。夜久,士人睡未著。忽有星火发于墙堵下,初为萤,稍稍芒起,大如弹丸,飞烛四隅,渐低,轮转来往。去士人面才尺余,细视光中,有一女子,贯钗,红衫碧裙,摇首摆臂,具体可爱。士人因张手掩获,烛之,乃鼠粪也,大如鸡栖子。破视,有虫首赤身青,杀之。出《酉阳杂俎》。

虱 征

相传人将死,虱离身。或云,取病者虱于床前,可以卜病。将差,虱行向病者,背则死。出《酉阳杂俎》。

壁 镜

一日,江枫亭会,众说单方。段成式记治壁镜,用白矾。重访许君,用桑柴灰汁,三度沸,取汁,白矾为膏,涂疮口即差,兼治蛇毒。自商、邓、襄州,多壁镜,毒人必死。身匾五足者是。坐客或云,巳年不宜杀蛇。出《酉阳杂俎》。

有人说蝗虫是鱼子变的,这种说法接近正确。过去说蝗虫吃谷物是衙门中的官吏造成的,官吏侵害剥削百姓,蝗虫就吃谷物。如果蝗虫身子黑色,头是红色,是武官;如果蝗虫头是黑色,身子红色,则是文官。出自《酉阳杂俎》。

登封士人

唐代曾有位读书人在外游历十多年,后来回到了家中的庄园,庄园在登封县。有一天夜已经很深了,读书人还没睡着。忽然他看见有个小火星从墙根下升起,开始还像是萤火虫,渐渐地放出了光芒,大小像弹丸,后来飞起来照亮了屋子的四角,渐渐地又落下来,旋转着来来往往。这团光距离读书人的脸只有一尺多,仔细看那团光的中间,有一位女子,头发上插着钗,红衣绿裙,摇头摆臂,形体完整,十分可爱。读书人于是张开手突然抓住了她,用灯照着一看,原来是一粒老鼠屎,大小像皂荚树的果实。剖开一看,里面有一只红头黑身的虫子,读书人便杀死了它。出自《酉阳杂俎》。

虱 征

相传人将要死的时候,虱子就会离开那人的身体。有人说,把病人身上的虱子放在床前,可以预测病情。病要好,虱子就爬向病人;反之,病人就会死。出自《酉阳杂俎》。

壁 镜

有一天,几个人在江枫亭聚会,众人谈论单方。段成式记下了治壁钱虫咬伤的单方是用白矾。段成式又重新访问了许先生,才知道要用桑木灰滤汁,汁要烧开三回,用这种汁跟白矾做成膏,把膏抹到疮口上就能治好,这种膏还能治蛇毒。商、邓、襄州一带壁钱虫很多,人中其毒必死。身体扁扁的,五条腿的就是。座中有的客人说,若逢巳年时不应该杀蛇。出自《酉阳杂俎》。

大　蝎

安邑县北门,县人云,有一蝎如琵琶大,每出来,不毒人,人犹是恐。其灵积年矣。出《传载》。

红蝙蝠

刘君云,南中红蕉花时,有红蝙蝠集花中,南人呼为红蝙蝠。出《酉阳杂俎》。

青　蚨

青蚨似蝉而状稍大,其味辛,可食。每生子,必依草叶,大如蚕子。人将子归,其母亦飞来,不以近远,其母必知处。然后各致小钱于巾,埋东行阴墙下,三日开之,即以母血涂之如前。每市物,先用子,即子归母;用母者,即母归子。如此轮还,不知休息。若买金银珍宝,即钱不还。青蚨者,一名鱼伯。出《穷神秘苑》。

滕王图

一日,紫极宫会。秀才刘鲁封云:"尝见滕王《蜂蝶图》。有名江夏斑、大海眼、小海眼、村里来、菜花子。"出《酉阳杂俎》。

异　蜂

异蜂,有蜂状如蜡蜂,稍大,飞劲疾。好圆裁树叶,卷入木窍及壁罅中作窠。段成式尝发壁寻之,每叶卷中,实以不洁。或云,将化为蜜。出《酉阳杂俎》。

大　蝎

在安邑县北门，县里人说，有一只蝎子像琵琶那么大，但每次出来，并不毒害人，不过人们对它还是很恐惧。因为它作为精灵已经活了好多年了。出自《传载》。

红蝙蝠

刘君说，南方美人蕉开花时，有一种红蝙蝠会停落在花中，南方人称之为红蝙蝠。出自《酉阳杂俎》。

青　蚨

青蚨像蝉而样子比蝉稍大，它的味道辛辣，可以吃。青蚨每次产卵，一定将卵附在草叶上，卵大如蚕卵。人把青蚨的幼虫拿回来，它的母亲也会飞来，不管远近，它的母亲都能找到幼蚨所在的地方。人们掌握了青蚨的这种特性后，就把小钱包在手巾中，埋在东边道旁阳光照不到的墙下，三天后挖出，就用青蚨母亲的血涂在钱上。每当买东西时，先用涂了青蚨子血的钱，子钱会自己返回母钱处；若用涂了母血的钱，母钱也会自动返回子钱处。如此轮流返回，不知停止。如果买了金银珍宝，那钱就不回来了。青蚨，另一名称叫鱼伯。出自《穷神秘苑》。

滕王图

有一天，大家在紫极宫聚会。秀才刘鲁封说："曾经见过滕王的《蜂蝶图》。其中有名叫江夏斑、大海眼、小海眼、村里来和菜花子的。"出自《酉阳杂俎》。

异　蜂

有一种奇特的蜂，样子像蜜蜂，但比蜜蜂稍大，飞起来快而有力。喜欢把树叶裁成圆形，卷起来放入树洞或墙壁缝中做窝。段成式曾经弄开墙壁寻找它，看见每个卷起来的叶子里，都充满不干净的东西。有人说，这些东西将会变成蜜。出自《酉阳杂俎》。

寄 居

寄居之虫,如螺而有脚,形似蜘蛛。本无壳,入空螺壳中,载以行,触之缩足,如螺闭户也。火炙之,乃出走,始知其寄居也。出《酉阳杂俎》。

异 虫

温会在江州,与宾客看打鱼。渔子一人忽上岸狂走,温问之,但反手指背,不能语。渔者色黑,细视之,有物如黄叶,大尺余,眼遍其上,啮不可取。温令烧之,方落。每对一眼底,有觜如钉。渔子出血数升而死。莫有识者。出《酉阳杂俎》。

蝇

长安秋多蝇。段成式尝日读百家五卷,颇为所扰,触睫隐字,驱不能已。偶拂杀一焉,细视之,翼甚似蜩,冠甚似蜂。性察于腐,嗜于酒肉。按理首翼,其类有苍者声雄壮,负金者声清,听其声在翼也。青者能败物,巨者首如火。或曰,大麻蝇,芋根所化。出《酉阳杂俎》。

壁 鱼

壁鱼,补阙张周封言,尝见壁上白瓜子化为白鱼。因知《列子》言朽瓜为鱼之义。出《酉阳杂俎》。

寄 居

寄居这种虫，像田螺却有脚，形状像蜘蛛。它本来没有壳，而是把身体钻入空的螺壳中，带着壳爬行，如果碰着它，它就会把脚缩进壳里，像螺闭上门那样。用火烤它，它就爬出壳逃跑，这就可知它是寄居的。出自《酉阳杂俎》。

异 虫

温会在江州的时候，与宾客一起去看打鱼。看见一位渔民忽然从水里上岸狂跑起来，温会问他，渔人只是反手指着自己的后背，说不出话来。这个渔民皮肤黑，仔细看他背上，有个东西像黄树叶，有一尺多，上面有很多眼，咬住皮肤弄不下来。温会叫人用火烤才掉了下来。它每一对眼的下面都有一个像钉子似的嘴。渔民身上出了好几升血后就死了。没有人认识这种东西。出自《酉阳杂俎》。

蝇

长安秋季苍蝇很多。段成式曾经每天读五卷诸子百家的书，很受苍蝇的干扰，有的苍蝇直碰睫毛，有的落在书上把字都挡住了，赶也赶不完。偶尔打死了一只，仔细观看，翅膀很像蝉的薄翅，头很像蜂的头。特性是善于发现腐烂的东西，特别喜欢的是酒和肉。经常按住脑袋和翅膀不断梳理，它们这类东西中带青黑色的声音雄壮，背上黄色的声音清脆，听它的声音是从翅膀中发出的。青色的苍蝇能使东西腐败，大的蝇头像火一样红。有人说，大麻蝇是芋根变成的。出自《酉阳杂俎》。

壁 鱼

关于壁鱼，补阙张周封说，他曾看见墙上的白瓜子变成了壁鱼。于是才懂得了《列子》所说的腐烂的瓜变成了鱼的含义。出自《酉阳杂俎》。

天牛虫

天牛虫,黑甲虫也。长安夏中,此虫或出于篱壁间,必雨。段成式七度验之,皆应。出《酉阳杂俎》。

白蜂窠

白蜂窠。段成式修行里私第,果园数亩。壬戌年,有蜂如麻子。蜂胶土为巢于庭前檐,大如鸡卵,色正白可爱。家弟恶而坏之。其冬,果叠钟手足。《南史》言宋明帝恶言白门。《金楼子》言子婚日,疾风雪下,帷幕变白,以为不祥。抑知俗忌白久矣。出《酉阳杂俎》。

毒蜂

毒蜂。岭南有毒菌,夜明,经雨而腐,化为巨蜂。黑色,喙若锯,长三分余。夜入人耳鼻中,断人心系。出《酉阳杂俎》。

竹蜂

蜀中有竹蜜蜂,好于野竹上结窠。窠大如鸡卵,有蒂,长尺许。窠与蜜并绀色可爱,甘倍于常蜜。出《酉阳杂俎》。

水蛆

水蛆。南中水溪涧中多此虫,长寸余,色黑。夏深,变为虻,螫人甚毒。出《酉阳杂俎》。

水虫

象浦,其川渚有水虫,攒木食船,数十日船坏。

天牛虫

天牛虫是黑色甲虫。长安仲夏时节,这种虫子有时出现在篱笆墙壁中,这就一定会下雨。段成式验证了七回,每次都应验。出自《酉阳杂俎》。

白蜂窠

白蜂窠。段成式修造了乡里私宅,拥有几亩果园。壬戌那一年,发现一种如麻子儿大小的蜂。这种蜂在院子前面的屋檐下把土粘起来作成窝,有鸡蛋那样大,颜色纯白可爱。段成式的弟弟厌恶它,就把窝弄坏了。那年冬天,果然屡次肿手肿脚。《南史》上说宋明帝讨厌说建康城的白门。《金楼子》说他儿子结婚那天,风急雪大,帘幕都成了白色,认为这样不吉利。由此可知世俗忌讳白色已经很久了。出自《酉阳杂俎》。

毒　蜂

毒蜂。岭南有种毒蘑菇,夜晚发光,经雨淋后就烂了,变成大蜂子。这种蜂黑色,嘴像锯一般,有三分多长。夜晚进入人的耳朵鼻子里,能咬断人心的韧带。出自《酉阳杂俎》。

竹　蜂

蜀中有一种竹蜜蜂,喜欢在野竹上做窝。窝像鸡蛋那么大,窝上有蒂与竹相连,这根蒂有一尺多长。窝与蜜都是青红色,很可爱,比一般的蜜要更甜。出自《酉阳杂俎》。

水　蛆

水蛆。南方山间水沟里有很多这种虫子,长有一寸多,颜色是黑的。夏天体色加深,变成虻,螫人毒性很大。出自《酉阳杂俎》。

水　虫

象浦的河流和沙洲中有水虫,会钻木吃船,几十天船就坏了。

虫甚细微。<small>出《酉阳杂俎》。</small>

抱 抢

水虫形似蛞蝓,大腹下有刺,如棘针,螫人有毒。<small>原缺出处。明抄本、陈校本作出《酉阳杂俎》。</small>

避 役

南中有虫名避役,应一日十二辰。其虫状如蛇医,脚长,色青赤,肉鬣。暑月时见于篱壁间,俗见者多称意事。其首倏忽更变,为十二辰状。段成式再从兄寻常睹之。<small>出《酉阳杂俎》。</small>

蟪 蛞

蟪蛞形如蝉,其子如虫,著草叶。得其子则母飞来就之。煎食,辛而美。<small>出《酉阳杂俎》。</small>

灶 马

灶马状如促织,稍大,脚长,好穴于灶侧。俗言灶有马,足食之兆。<small>出《酉阳杂俎》。</small>

谢 豹

虢州有虫名谢豹,常在深土中,司马裴沈子尝掘穴获之。小类虾蟆,而圆如毬。见人,以前两脚交覆首,如羞状。能穴地如鼢鼠,顷刻深数尺。或出地,听谢豹鸟声,则脑裂而死,俗因名之。<small>出《酉阳杂俎》。</small>

这种虫的身体很细小。出自《酉阳杂俎》。

抱抢

水虫形状像蜣螂，大肚子下面有刺，就像酸枣树的刺，螫了人以后人会中毒。原缺出处。明抄本、陈校本作出自《酉阳杂俎》。

避役

南方有一种虫叫避役，跟一天中的十二个时辰相应。那虫形状像蛇医，爪子长，身体黑红色，脖子上的綮是肉质的。夏季炎热的时候常在篱笆墙角见到，世俗传说见到它的人往往遇到称心的事。它的脑袋变化很快，十二时辰的形状各不相同。段成式的再从兄曾看见过它。出自《酉阳杂俎》。

蝭蟧

蝭蟧的形状像蝉，它幼子像虫，附在草叶上生活。拿走它的幼虫，它就自动飞来跟它的幼虫在一起。煎着吃，味道又辣又香。出自《酉阳杂俎》。

灶马

灶马样子像蟋蟀，比蟋蟀稍大点，脚长，喜欢在灶旁挖洞栖息。俗话说，灶旁有灶马是粮食足够吃的征兆。出自《酉阳杂俎》。

谢豹

虢州有种虫名叫谢豹，常住在深土层中，司马裴沈的儿子曾挖洞抓到过。它小得像蛤蟆，而且像球一样圆。见了人，就用两只前爪交叉着盖着脑袋，像害羞的样子。它能像鼢鼠那样在地中打洞，不一会儿就能掘好几尺深。有时爬到地面上，如果听到谢豹鸟的叫声，就会脑袋裂开死去，人们因此将它命名为谢豹。出自《酉阳杂俎》。

碎车虫

碎车_{赤即反}。虫状如唧聊,苍色,好栖高树上,其声如人吟啸。终南有之。出《酉阳杂俎》。

度 古

度古似书带,色类蚓,长二尺许,首如铲,背上有黑黄襕,稍触则断。常趁蚓,蚓不复动,乃上蚓掩之,良久蚓化,唯腹泥如涎。有毒,鸡食辄死。俗呼土蛊。出《酉阳杂俎》。

雷 蜞

雷蜞大如蚓,以物触之,及蹙缩,圆转若鞠。良久引首,鞠形渐小,复如蚓焉。或云,啮人毒甚。出《酉阳杂俎》。

腹 育

蝉未脱时名腹育,相传言蛣蜣所化。秀才韦翾庄在杜曲,尝冬中掘树根,见腹育附于朽处,怪之。村人言蝉固朽木所化也。翾因剖一视之,腹中犹实烂木。出《酉阳杂俎》。

蛱 蝶

蛱蝶,尺蠖茧所化也。秀才顾非熊少时,尝见郁栖中坏绿裙幅,旋化为蝶。工部员外郎张周封言,百合花合之,泥其隙,经宿,化为大蝴蝶。出《酉阳杂俎》。

碎车虫

碎车_{赤即反}。虫形状像知了,青黑色,喜欢栖息在高大的树上,它的叫声就像人的叹息声。终南山有这种昆虫。<small>出自《酉阳杂俎》</small>。

度　古

度古虫形状像捆书的带子,体色类似蚯蚓,长二尺左右,头像铲子,背上长着黑黄色的围腰似的东西,稍微一碰就断。经常追赶蚯蚓,一追上蚯蚓就不再动,度古便上到蚯蚓身上盖住它,过了半天蚯蚓就化了,只剩下肚子里的泥像粘涎一样。度古有毒,鸡吃了就死。俗称为土蛊。<small>出自《酉阳杂俎》</small>。

雷蜞

雷蜞像蚯蚓那样大,用东西一碰它,就收缩起来,盘曲得像一个球。过很久才伸出脑袋,球也渐渐变小,然后像一条蚯蚓了。有人说,这东西咬人毒性很厉害。<small>出自《酉阳杂俎》</small>。

腹　育

蝉未蜕皮时叫腹育,传说是蛴螬变成的。秀才韦翾庄园在杜曲,曾经在冬天挖树根,看见腹育附在树根腐烂的地方,觉得很奇怪。村里人说,蝉本来就是烂木头变成的。韦翾于是剖开一只腹育进行观察,腹中果然充满烂木头。<small>出自《酉阳杂俎》</small>。

蛱　蝶

蛱蝶是尺蠖茧变的。秀才顾非熊年轻时,曾看见粪土中的破绿色裙幅不一会儿工夫就变成了蝴蝶。工部员外郎张周封说,百合花用盒子装起来,用泥把缝隙抹严,经过一宿,就变成了大蝴蝶。<small>出自《酉阳杂俎》</small>。

蚁

蚁。秦中多巨黑蚁，好斗，俗呼为马蚁。次有色窃赤者细蚁。中有黑迟钝，力举等身铁。有窃黄者，最有兼弱之智。段成式儿戏时，常以棘刺摽蝇，直其来路，此蚁触之而返。或去穴一尺或数寸，入穴中者，如索而出，疑有声而相召也。其行每六七，有大首者间之，整若队伍。至徙蝇时，大首者或翼或殿，如备异蚁状也。出《酉阳杂俎》。

蚁　楼

程执恭在易、定野中，见蚁楼，高二尺余。出《酉阳杂俎》。

蚁

蚁。秦地有很多大黑蚂蚁,很好斗,俗称为马蚁。其次有浅红色的小蚂蚁。其中有一种很笨的黑蚁,力气能举起跟自身长度相等的铁。还有一种浅黄色的,最有吞食弱者的智慧。段成式儿时玩耍时,常用酸枣树刺叉着苍蝇放在蚂蚁过来的路上,这个蚂蚁碰到苍蝇马上回去报信。有时它离开蚂蚁窝一尺或数寸,原在窝里的蚂蚁,一会儿就像一条绳子似的爬出来,怀疑是有声音相互召唤。它们爬行时每隔六七只就有一只大头蚂蚁隔在中间,整整齐齐像军队的行列。到搬动苍蝇时,大头蚂蚁有的在两侧,有的殿后,好像防备其他蚂蚁的样子。出自《酉阳杂俎》。

蚁　楼

程执恭在易州、定州的荒野里,看见了蚂蚁建造的楼,有二尺多高。出自《酉阳杂俎》。

卷第四百七十八
昆虫六

饭　化

道士许象之言，以盆覆寒食饭于暗室地，入夏，悉化为赤蜘蛛。出《酉阳杂俎》。

蜈蚣气

绥县多蜈蚣，气大者，能以气吸兔，小者吸蜥蜴。相去三四尺，骨肉自消。出《酉阳杂俎》。

蠮　螉

蠮螉，段成式书斋多此虫，盖好窠于书卷也，或在笔管中。祝声可听。有时开卷视之，悉是小蜘蛛，大如蝇虎，旋以泥隔之。方知不独负桑虫也。出《酉阳杂俎》。

饭　化

道士许象之说,用盆把寒食那天做的饭扣在黑屋子里的地上,进入夏天后,饭就会都变成红蜘蛛。<small>出自《酉阳杂俎》。</small>

蜈蚣气

绥县蜈蚣很多,吸气力量大的能吸住兔子,气小的也能吸住蜥蜴。相距三四尺,就能使兔子和蜥蜴的骨肉自行消失。<small>出自《酉阳杂俎》。</small>

蠮蝓

蠮蝓,段成式书房有很多这种细腰蜂,因为它们喜欢在书卷中做窝,有时在笔管中做窝。发出祝祷似的鸣声,还挺好听。段成式有时打开书卷观察它们,看到窝中全是小蜘蛛,大小像蝇虎那样,周围都用泥围着。才知道这种蜂不只是把桑树虫背回来。<small>出自《酉阳杂俎》。</small>

颠当

颠当。段成式书斋前,每雨后多颠当窠,秦人所呼。深如蚓穴。网丝其中,吐盖与地平,大如榆荚。常仰捭其盖,伺蝇蠖过,辄翻盖捕之。才入复闭,与地一色,并无丝隙可寻也。其形似蜘蛛,如墙角负网中者。《尔雅》谓之"王蛛蝎",《鬼谷子》谓之"跌母"。秦中儿童戏曰:"颠当牢守门,蠮蝓寇汝无处奔。"出《酉阳杂俎》。

蜾蠃

蜾蠃,今谓之蠮蝓也,其为物纯雄无雌,不交不产。取桑虫之子祝之,则皆化为己子。蜂亦如此耳。出《酉阳杂俎》。

沙虱

潭、袁、处、吉等州有沙虱,即毒蛇鳞中虱也,细不可见。夏月,蛇为虱所苦,倒挂身于江滩急流处,水刷其虱;或卧沙中,碾虱入沙。行人中之,所咬处如针孔粟粒,四面有五色文,即其毒也。得术士禁之,乃剜其少许,因以生肌膏救治之,即愈。不尔,三两日内死矣。出《录异记》。

水弩

水弩之虫,状如蜣蜋,黑色,八足,钳曳其尾,长三四寸,尾即弩也。常自四月一日上弩,至八月卸之。时弯其尾,自背而上于头前,以钳执之,见人影则射。中影之处,

颠 当

颠当。段成式书房前面,每当雨后常见许多土蜘蛛窝,秦地人称为颠当。像蚯蚓洞那样深。里面结成丝网,露出的盖儿与地一样平,有榆钱那样大小。这种蜘蛛经常向上揭开盖子,等到蝇或尺蠖经过时,就翻过盖来捉住它们。蝇蠖刚被捉进去,盖又马上盖严,跟土地颜色一样,并且没有一丝缝隙可寻。它的形状像蜘蛛,像墙角里趴在蛛网中那种。《尔雅》中称它"王蛛蝎",《鬼谷子》称它"跌母"。秦地的儿童游戏时唱道:"土蜘蛛牢牢地守住大门,细腰蜂来犯你却无处逃奔。"出自《酉阳杂俎》。

蜾 蠃

蜾蠃,如今把它叫细腰蜂,这种东西全是雄性没有雌性,因此不交尾,不生子。它们把桑虫的幼虫弄来祝祷,就都变成了自己的孩子。蜂子也是这样。出自《酉阳杂俎》。

沙 虱

潭、袁、处、吉等州有一种沙虱,就是毒蛇鳞片中的虱子,这种虱子小得几乎看不见。夏季,毒蛇被这种虱子咬得难受,就把身体倒挂在江中浅滩水流很急的地方,让水冲去身上的虱子;或者卧在沙子里,把虱子碾压到沙中。走路的人碰上这种虱子,被咬的地方就像针眼粟粒,四周皮肤上有各种颜色的花纹,就是中了沙虱的毒了。如果找到会巫术的人用法术控制,再剜去少量中毒的皮肉,然后用生肌膏治疗,就可以治愈。不这样的话,三两天内就会死。出自《录异记》。

水 弩

水弩这种虫,样子像蜣螂,身体黑色,有八只脚,像钳子一样摇着尾巴,长约三四寸,尾巴就是弩。水弩尾上的弩经常从四月一日开始出现,至八月才收起来。水弩不时卷起它的尾巴,从背上伸到头前,用钳子夹着它,见到人影就射。人影被射中处,

人身随有辽肿，大小与沙虱之毒同矣。速须禁气制之，剜去毒肉，固保其命。不尔，一两日死矣。复多蛊毒，行者尤宜慎之。凡入蛊家，慎告主人曰："汝家有蛊毒，不得容易害我。"如此则毒不行矣。出《录异记》。

徐玄之

有徐玄之者，自浙东迁于吴，于立义里居。其宅素有凶藉，玄之利以花木珍异，乃营之。月余，夜读书，见武士数百骑升自床之西南隅，于花毡上置缯缴，纵兵大猎。飞禽走兽，不可胜计。猎讫，有旌旗豹纛，并导骑数百，又自外入，至西北隅。有戴剑操斧，手执弓槌，凡数百。挈幄幕帘榻，盘楪鼎镬者，又数百。负器盛陆海之珍味者，又数百。道路往返，奔走探值者，又数百。玄之熟视转分明。至中军，有错彩信旗，拥赤帻紫衣者，侍从数千，至案之右。有大铁冠，执铁简，宣言曰："殿下将欲观渔于紫石潭，其先锋后军并甲士执戈戟者，勿从。"于是赤帻者下马，与左右数百，升玄之石砚之上。北设红拂卢帐，俄尔盘榻幄幕，歌筵舞席毕备。宾旅数十，绯紫红绿，执笙竽箫管者，又数十辈。更歌迭舞，俳优之类，不可尽记。

酒数巡，上客有酒容者。赤帻顾左右曰："索渔具。"复有旧网笼罩之类凡数百，齐入砚中。未顷，获小鱼数百千头。

人体相应的地方随后就高高地肿起来,毒性跟沙虱的毒相同。中毒后必须马上用法术控制毒气蔓延,再剁去中了毒的肉,才能保住命。不这样,过一两天就会死去。又多有蛊毒虫,走路的人尤其应该小心它。凡是进到有蛊虫的人家,千万告诉主人说:"你家有蛊这种毒虫,不要轻易害我。"这样蛊毒虫就不会毒害你了。出自《录异记》。

徐玄之

　　有个叫徐玄之的人,从浙东迁到吴地,住在立义里。那座宅子向来就有不吉利的说法,徐玄之喜欢这宅子里有珍奇的花木,于是开始修整它。一个多月后,徐玄之夜晚读书时,看见武士数百人骑着马从床的西南角爬上来,在花毡上用绢丝作弓弦,然后让士兵们大规模打猎。只见飞禽走兽,不可胜数。打完猎,又看见各种旗子和画有豹子的大旗,连同好几百开路的骑兵,又从外面进来了,到了屋子的西北角。佩剑的,拿斧子的,还有手持弓箭或者大槌的,总共有好几百。带着帐篷、帘子、床和盘、碟、鼎、锅的,又有好几百。背着装有山珍海味器具的,又有几百人。在道上来来往往,传达命令侦察值班的又有数百人。徐玄之仔细看了半天,人物更加分明。到了中军帐,有颜色错杂的信号旗,簇拥着一位头戴红巾、身穿紫衣的人,侍从有好几千,来到桌子的右面。一个头戴大铁帽,手拿铁简文书的人,向众人宣布道:"殿下将到紫石潭观看打鱼,先锋军、后军还有拿着戈戟的甲士都不要跟随。"于是戴红巾的人下了马,和左右的数百人登上徐玄之的石砚上面。北面设置了红拂卢帐,不一会儿盘榻帐篷、歌舞筵席都准备齐全了。宾客有数十人,穿着绯紫红绿各色衣服,拿着笙竽箫笛的,又有数十人。轮流唱歌跳舞的演员之类的人,实在记不胜记。

　　酒过数巡,贵宾中有的脸上已显醉意。戴红头巾的人看着左右的人说:"拿打鱼的工具来!"就有旧的渔网、渔笼、渔罩之类共几百件一起放入砚池之中。不久,就捞到了几百上千头小鱼。

赤帻谓上客曰:"予深得任公之术,请以乐宾。"乃持钓于砚中之南滩。乐徒奏《春波引》,曲未终,获鲂、鲤、鲈、鳜百余。遽命操胘促膳,凡数十味,皆馨香不可言。金石丝竹,铿鞫齐奏。酒至赤帻者,持杯顾玄之而谓众宾曰:"吾不习周公礼,不习孔氏书,而贵居王位。今此儒,发鬓焦秃,肌色可掬,虽孜孜矻矻,而又奚为?肯折节为吾下卿,亦得陪今日之宴。"玄之乃以书卷蒙之,执烛以观,一无所见。

玄之舍卷而寝。方寐间,见被坚执锐者数千骑,自西牖下分行布伍,号令而至。玄之惊呼仆夫,数骑已至床前,乃宣言曰:"蚍蜉王子猎于羊林之茸,钓于紫石之潭。玄之牖奴,遽有迫胁,士卒溃乱,宫车振惊。既无高共临危之心,须有晋文还国之伐。付大将军蚩虹追过。"宣讫,以白练系玄之颈,甲士数十,罗曳而去。其行迅疾,倏忽如入一城门,观者架肩叠足,逗五六里。又行数里,见子城,有赤衣冠者唱言:"蚍蜉王大怒曰:'披儒服,读儒书,不修前言往行,而肆勇敢凌上。付三事已下议。'"乃释缚,引入议堂。见紫衣冠者十人,玄之遍拜,皆瞑目踞受。听陈劾之词,尤炳焕于人间。

戴红头巾的人对贵宾说:"我精通古代善于捕鱼的任公子的本领,让我钓些鱼为贵宾助兴吧。"于是便拿着鱼竿在砚台的南端水中钓鱼。乐伎演奏《春波引》助钓,曲子还没演奏完,就钓了鲂、鲤、鲈、鳜等鱼一百多条。戴红头巾的人立刻命人操刀细细切鱼,赶快做饭,做出的菜共几十种,都馨香扑鼻,美不可言。这时金石丝竹各种乐器一齐演奏,交混回响,美妙和谐。轮到戴红头巾的人喝酒了,他举着酒杯瞅着徐玄之对众宾客说:"我没学习周公的礼,也没读孔子的书,可是却贵居王位。现在这位儒生,头发两鬓干枯脱落,饥饿的脸色很明显,虽然勤奋苦学,可是又能做什么呢? 如果肯降低身份做我的下卿,也就可以在今天的宴会上作陪。"徐玄之便用书本把他们盖上,拿起烛来观看,却什么也看不见。

徐玄之于是放下书本就寝。刚入睡,就看见有穿着铠甲拿着武器的数千骑兵,从西面的窗户下面分成行列,摆开队形,喊着口号过来了。徐玄之惊慌地招呼仆人时,有几名骑兵已来到床前,向徐玄之宣布说:"蚍蜉王子到羊林的嫩草地里打猎,到紫石潭那里钓鱼。徐玄之这个愚钝的奴才,突然进行威逼胁迫,以至士兵混乱溃散,使贵人大受惊吓。你既没有古代战国时高共面临危难时仍不失君臣之礼的风度,我就要用春秋时晋文公回国之后讨伐乱臣的行动! 现在大王命令你交给大将军蚕虹追究你的罪过!"宣布之后,用白绢拴着徐玄之的脖子,甲士数十人押着,前呼后拥地拉走了。他们走得很快,不一会儿就觉得进入一道城门,围观的人肩挨着肩,脚踩着脚,跟随了五六里。又走了几里,看见了内城,有位穿红衣服戴红帽子的人大声宣布道:"蚍蜉王说:'你穿着儒者的衣服,读儒家的书,不好好学习前人的言行,反而逞匹夫之勇,欺凌尊长。决定把你交给三公的官员议处。'"于是给徐玄之松了绑,带到议事厅堂。徐玄之看见穿紫衣戴紫帽的有十人,就一一拜见,那十个人都瞪着眼睛傲慢地坐在那里受礼。他听到那些官员弹劾他的文辞,比人间的这类文辞更加富有文采。

是时王子以惊恐入心，厥疾弥甚。三事已下议，请置肉刑。议状未下，太史令马知玄进状论曰："伏以王子日不遵典法，游观失度，视险如砥，自贻震惊。徐玄之性气不回，博识非浅，况修天爵，难以妖诬。今大王不能度己，返恣胸臆，信彼多士，欲害哲人。窃见云物频兴，沴怪屡作，市言讹谶，众情惊疑。昔者秦射巨鱼而衰，殷格猛兽而灭。今大王欲害非类，是蹑殷秦，但恐季世之端，自此而起。"王览疏大怒，斩太史马知玄于国门，以令妖言者。

是时大雨暴至，草泽臣蠫飞上疏曰："臣闻纵盘游，恣渔猎者，位必亡；罪贤臣，戮忠说者，国必丧。伏以王子猎患于绝境，钓祸于幽泉，信任幻徒，荧惑儒士。丧履之戚，所谓自贻。今大王不究游务之非，返听诡随之议。况知玄是一国之元老，实大朝之世臣，是宜采其谋猷，匡此颠仆。全身或止于三谏，犯上未伤于一言。肝胆方期于毕呈，身首俄惊于异处。臣窃见兵书云，无云而雨者天泣。今直臣就戮，而天为泣焉。伏恐比干不恨死于当时，知玄恨死于今日。大王又不贷玄之峻法，欲正名于肉刑，是抉吾眼

这时蚍蜉王子因为惊恐深入内心，病情更趋严重。三公以下官员做出决议，要求对徐玄之使用肉刑。决议文书还没下达，太史令马知玄上奏章说："臣认为因为王子天天不遵守法度，游玩过度，把危险的地方看得平如磨刀石，以致给自己招致很大的惊吓。徐玄之的性格气质并非奸邪，又见识广博，并非浅薄之辈，况且又注意培养仁义忠信的品德，难以诬蔑他是妖邪。现在大王不能正确估价自己，反而任凭自己心意，信任那众多的官员，要害有远见有才能的人。我私下看到天象云气之色频繁变化，反常怪异的现象屡屡出现，街上流传着错误的预言，群众的情绪惊慌疑虑。从前秦始皇射死大鱼因而国家衰败，殷纣王打死猛兽而国家灭亡。现在大王想杀害跟我们不是同类的人，这是重蹈殷朝和秦朝的覆辙，只怕本朝的衰败，就从这里开始了。"蚍蜉王看了奏章大怒，下令在国门那里斩了太史马知玄，并以此号令妖言惑众的人。

这时，突然下起了暴雨，草野之民蟹飞上奏章说："我听说凡是放纵地娱乐游玩，尽情地打鱼打猎的，他的王位就一定会失去；加罪贤臣，杀戮忠诚正直的人，他的国家一定要灭亡。臣以为王子到绝境去猎取祸患，到幽暗的泉水里钓取灾难，信任妖言惑众的人，怀疑信奉儒家学说的人。春秋时期齐襄公因田猎而丢失鞋子的悲哀，就像人们说的是自己招来的。现在大王不追究沉迷于游猎的过失，反而听信诡诈谄媚者的主张。况且马知玄是一国的元老，又是我们国家的世家大臣，实在是应该采纳他的计策谋略，扭转目前这种颠倒的是非。如果要保全自身，或许进谏了三次就该停止；即使冒着犯上的风险，也坚持要向皇上进言。他正准备向皇上完全展示自己的忠肝义胆，可是马上就得到了身首异处的下场。我私下里看到兵书上说，没有云彩而下雨是天在哭泣。现在正直的大臣被杀戮，天已经为他哭泣了。我恐怕古时候被剜心的忠臣比干死的时候并不遗憾，马知玄却对死在今天感到遗憾。大王又不肯宽恕徐玄之，要对他使用严峻的刑法，而想要用肉刑使名分正当，这是春秋末年伍子胥被挖掉眼睛

而观越兵，又在今日。昔者虞以宫之奇言为谬，卒并于晋公；吴以伍子胥见为非，果灭于句践。非敢自周秦悉数，累黩聪明，窃敢以尘埃之卑，少益嵩岳。"王览疏，即拜蠜飞为谏议大夫，追赠太史马知玄为安国大将军，以其子蚔为太史令，赙布帛五百段，米各三百石。其徐玄之，待后进旨。

于是蚔诣移市门进官表曰："伏奉恩制云：'马知玄有殷王子比干之忠贞，有魏侍中辛毗之谏净，而我讴以用己，昧于知人，爇栋梁于将为大厦之晨，碎舟楫于方济巨川之日。由我不德，致尔非幸。是宜褒赠其亡，赏延于后者。'宸翰忽临，载惊载惧，叩头气竭，号断血零。伏以臣先父臣知玄，学究天人，艺穷历数，因玄鉴得居圣朝。当大王采刍荛之晨，是臣父展嘉谟之日。逆耳之言难听，惊心之说易诛。今蒙圣泽旁临，照此非罪。鸿恩沾洒，犹惊已散之精魂；好爵弥缝，难续不全之腰领。今臣岂可因亡父之诛戮，要国家之宠荣？报平王而不能，效伯禹而安忍。况今天图将变，历数堪忧，伏乞斥臣遐方，免逢丧乱。"王览疏不悦，乃返寝于候雨殿。

既寤，宴百执事于陵云台曰："适有嘉梦，能晓之，使我心洗然而亮者，赐爵一级。"群臣有司，皆顿首敬听。曰：

看着越军进入吴国的事在今天重演。从前虞国认为宫之奇的话错误，结果虞国最终被晋国吞并；吴国认为伍子胥的看法不对，吴国果然被句践灭掉。不是我敢从周朝秦朝往下一一列举，连续亵渎圣上聪明的耳目，而是我想以自己尘埃般微贱的身躯，为巍峨嵩山尽一点力量。"虻蜉王看了奏章，就任命蟗飞为谏议大夫，又追封太史令马知玄为安国大将军，以他的儿子蚗为太史令，并赠给蚗办丧事的布帛五百匹，赠给蟗飞和蚗各三百石米。并说，那个徐玄之等以后听取了意见再处理。

于是蚗到了移市门进献官表说："臣恭敬地捧着看皇帝的诏书，上面说：'马知玄有殷代王子比干那样的忠贞，有魏国侍中辛毗那样的直言敢谏的品质，而我屡次因为坚持己见，而对贤人不了解，因而在将要建造大厦的早晨却把栋梁烧掉了，在将要渡过大河的时候却把船只打碎了。由于我不施恩德，以致你无罪被杀。这是应该对其死者进行表彰和追封的，奖赏应该延续到他的后人身上。'这时忽然接到皇帝的诏书，臣又惊又怕，连连叩头，呼吸都停止了，号哭中断，鲜血滴落。我去世的父亲知玄，深明天道与人事之间的关系，精通历法术数的技艺，凭着高超的见解得以官居高位。在大王向草野之人征求意见之时，正是我父亲贡献良策之时。逆耳的话难以听进去，说震惊人心的话容易被杀。现在承蒙圣恩浩荡，为我父亲平反昭雪。这样深广的恩泽降下，会使已经散去的精魂吃惊；尽管显赫的爵位虽能弥补过错，却也难接合残缺的腰身和颈部。现在我怎么可以因为先父被杀戮，而领受国家的宠爱与荣耀？我不能像伍子胥那样报复楚平王，又怎么忍心像大禹那样父亲被杀还为国效力。何况现在天象预示着国家将有大变，历数也显出令人忧虑的预兆，臣请求把臣驱逐到远方，以免遭受死丧祸乱。"虻蜉王看了奏章不高兴，就回到候雨殿去睡觉。

睡醒后，虻蜉王就在凌云台宴请百官，说："刚才我做了个好梦，谁能把它解释清楚，让我的心里亮堂堂的，就赏给他一级爵位。"群臣和各主管官员都叩头，然后洗耳恭听。虻蜉王说：

"吾梦上帝云:'助尔金,开尔国,展尔疆土,自南自北,赤玉
泊石,以答尔德。'卿等以为如何?"群臣皆拜舞称贺曰:"答
邻国之庆也。"蟊飞曰:"大不祥,何庆之有?"王曰:"何谓其
然?"蟊飞曰:"大王逼胁生人,滞留幽穴,锡兹咎梦,由天怒
焉。夫'助金'者,锄也;'开国'者,辟也;'展疆土'者,分裂
也;'赤玉泊石',与火俱焚也。得非玄之锄吾土,攻吾国,
纵火南北,以答系领之辱乎?"王于是赦玄之之罪,戮方术
之徒,自坏其宫,以禳厥梦。乃以安车送玄之归,才及榻,
玄之寤。既明,乃召家僮,于西牖掘地五尺余,得蚁穴如三
石缶。因纵火以焚之,靡有孑遗,自此宅不复凶矣。出《纂
异记》。

短　狐

《搜神记》及《鸿范五行传》曰:蜮射生于南方,谓之短
狐者也。南越夷狄,男女同川而浴,淫以女为主,故曰多
蜮。蜮者,淫女惑乱之气所生。出《感应经》。

蜘蛛怨

顷有寺僧所住房前,有蜘蛛为网,其形绝大。此僧见
蜘蛛,即以物戏打之,蜘蛛见僧来,即避隐。如此数年。一
日,忽盛热,僧独于房,因昼寝。蜘蛛乃下在床,啮断僧喉
成疮,少顷而卒。蜂虿有毒,非虚言哉!出《原化记》。

"我梦见上帝说：'助尔金，开尔国，展尔疆土，自南自北，赤玉泪石，以答尔德。'你们认为这个梦怎么样？"群臣都跪拜舞蹈，称赞祝贺说："这是预兆我们将有吞并邻国的喜庆之事啊！"蜚飞说："很不吉利！哪有什么喜庆？"王问："你为什么说不吉利？"蜚飞说："大王威逼胁迫世间的生人，把他拘留在幽暗的洞穴里，给你托这个梦，实在是因为上天震怒。'助金'就是'锄'字，'开国'就是'辟'，'展疆土'就是分裂，'赤玉泪石'，就是玉石俱焚。难道不是徐玄之要用锄锄我们的国土，攻打我们的国家，在南北两面放火，来报复绳拴脖子的耻辱吗？"蚍蜉王于是赦免了徐玄之的罪，杀了会方术的那些人，自己毁掉了宫殿，以便消除那个梦中所预示的灾难。接着又用舒适的车子送回了徐玄之，刚一挨着床，徐玄之就醒过来了。天亮以后，徐玄之就召集家里的年轻仆人，在西窗下挖地五尺多深，找到一个蚂蚁洞，有装三石粮的大缸那样大。于是放火烧了这个蚂蚁洞，一只蚂蚁也没留下，从此这座宅子再没出现不吉祥的事。出自《纂异记》。

短　狐

《搜神记》及《鸿范五行传》说：蜮射生在南方，人们把它称作短狐。南越的少数民族，男女在同一条河里洗澡，淫荡之事主要是女子做的，所以说有很多蜮。蜮是淫荡的女子魅惑迷乱之气产生的。出自《感应经》。

蜘蛛怨

不久前有个庙里和尚住的房子前面，有蜘蛛织的网，蜘蛛的个头极大。这个和尚看见蜘蛛，就用东西戏弄击打它，所以蜘蛛看见和尚来，就隐蔽躲藏起来。就这样过了好几年。有一天，忽然天气非常热，和尚白天单独一人在房中睡觉。蜘蛛于是落到床上，咬断了和尚的喉咙形成伤口，不一会儿和尚就死了。看来蜂和蜘蛛有毒可不是假话呀！出自《原化记》。

蜥蜴

曹叔雅《异物志》曰：鱼跳跳，则蜥蜴从草中下。稍相依近，便共浮水上而相合。事竟，鱼还水底，蜥蜴还草中。出《三教珠英》。

殷琅

陈郡殷家养子名琅，与一婢结好经年。婢死后，犹往来不绝，心绪昏错。其母深察焉。后夕见大蜘蛛，形如斗样，缘床就琅，便燕尔怡悦。母取而杀之，琅性理遂复。出《异苑》。

豫章民婢

豫章有一家，婢在灶下。忽有人长数寸，来灶间，婢误以履践杀一人。遂有数百人，着缞麻，持棺迎丧，凶仪皆备，出东门，入园中覆船下。就视，皆是鼠妇。作汤浇杀，遂绝。出《搜神记》。

南海毒虫

南海有毒虫者，若大蜥蜴，眸子尤精朗。土人呼为十二时虫，一日一夜，随十二时变其色，乍赤乍黄。亦呼为篱头虫，传云，伤人立死，既潜噬人，急走于藩篱之上，望其死者亲族之哭。新州西南诸郡，绝不产蛇及蚊蝇。余窜南方十年，竟不睹蛇，盛夏露卧，无嚼肤之苦。此人谓南方少蛇，以为夷獠所食。别有水蛇，形状稍短，不居陆地，非喷毒啮人者。出《投荒杂录》。

蜥蜴

曹叔雅的《异物志》中说:鱼不断跳跃时,蜥蜴就会从草里下水。它们渐渐地互相依傍靠近,就一块浮在水面上交配。交配完了,鱼回到水底,蜥蜴回到草中。

殷琅

陈郡有一户姓殷的人家,有个养子名叫琅,跟一个丫环相好多年。后来丫环死了,但他们仍然不断来往,这使得殷琅的心绪糊涂错乱。殷琅的母亲就周密地进行观察。后来有一天晚上,见一只大蜘蛛,形状像斗,沿着床靠近了琅,于是就听见他们云雨交欢的声音。殷琅的母亲抓住蜘蛛杀了,殷琅的性情理智才恢复了正常。出自《异苑》。

豫章民婢

豫章有一户人家,家里的婢女在灶下呆着。忽见有些几寸长的人来到灶间,婢女没小心,踩死了一个小人。于是就有几百小人穿着麻制的丧服,抬着棺材来治丧,丧事仪式很齐全,他们出了东门,进入园中扣着的船底下。人走近一看,原来都是鼠妇虫。于是烧热水浇死了它们,这种虫子再也没有出现。

南海毒虫

南海一带有种毒虫像大蜥蜴,眼珠子尤其明亮。当地人把它叫十二时虫,因为它会随着日夜的十二个时辰改变它的颜色,忽红忽黄。也称作篱头虫,古书上说它咬伤了人,人马上就会死;暗中咬了人后,它急忙跑到篱笆上,看着被咬死的人的亲族哭泣。新州西南各郡,绝没有蛇和蚊子、苍蝇。我被流放到南方十年,竟然没看到蛇,盛夏裸露躺着,没有皮肉被咬之苦。这里的人们说,南方少蛇,是因为被当地少数民族吃了。另外有种水蛇,形状稍短,不住在陆地上,也不喷毒咬人。出自《投荒杂录》。

诺 龙

南海郡有蜂,生橄榄树上,虽有手足,颇类木叶,抱枝自附,与木叶无别。南人取者,先伐仆树,候叶凋落,然后取之。有水虫名诺龙,状如蜥蜴,微有龙状。俗云,此虫欲食,即出水据石上。凡水族游泳过者,至所据之石,即跳跃自置其前,因取食之。有得者必双,雄者既死,雌者即至,雌者死亦然。俗传以雌雄俱置竹中,以节间之,少顷,竹节自通。里人货其僵者,幻人以蜂,俱用为妇人惑男子术。出《投荒杂录》。

诺 龙

南海郡有一种蜂,生活在橄榄树上,虽有手脚,但很像树叶,抱着树枝附在上面,跟树叶没有区别。南方人要捉它时,先砍倒树,等树叶凋落后再捉它。有一种水虫名叫诺龙,样子像蜥蜴,有点像龙的样子。世俗传说,这种虫子想捕食,就爬出水伏在石头上。凡是水中动物游泳经过,到了诺龙占据的石头时,就跳着来到诺龙跟前,诺龙便抓过来吃了它。有人抓到诺龙的一定是两只,雄性的死了以后,雌性的就来了,雌性的死了也是如此。世俗传说,把雌雄诺龙都放在竹筒中,中间用竹节隔开,不一会儿,竹节就打通了。乡下人卖的是那晒干的诺龙,有的用蜂冒充诺龙骗人,都是妇女用来迷惑男子的手段。出自《投荒杂录》。

卷第四百七十九
昆虫七

蚁 子

南方尤多蚁子，凡柱楣户牖悉游蚁，循途奔走，居有所营，里栋相接，莫穷其往来。出《投荒杂录》。

蛙 蛤

南方又有水族，状如蛙，其形尤恶，土人呼为蛤。为脍食之，味美如鹧鸪。及治男子劳虚。出《投荒杂录》。

金龟子

金龟子，甲虫也，春夏间生于草木上，大如小指甲，飞时即不类。泊草蔓上，细视之，真金色龟儿也。行必成双。南人采之阴干，装以金翠，为首饰之物。亦类黔中所产青虫子也。出《岭表录异》。

蚁 子

南方白蚁特别多，凡是柱子门楣门窗等木制的东西上都有白蚁在爬来爬去，它们沿着一定的路线爬行，居住的地方有所营筑，房屋相互连接，没人能搞清楚往来的情况。出自《投荒杂录》。

蛙 蛤

南方又有一种水中动物，形状像青蛙，它的外形尤其难看，当地人把它称为"蛤"。做成羹吃，味道鲜美，像鹧鸪汤。还能治男子的痨虚。出自《投荒杂录》。

金龟子

金龟子是一种甲虫，春夏间从草或树上生出来，有小指甲那样大，飞的时候就不像小龟了。停在草蔓上时，去仔细观察它，真像金色的小龟。它爬行时一定成双成对。南方人把它采集回来阴干后，用金翠装饰起来，当作首饰。它也很像黔中所出产的青虫子。出自《岭表录异》。

海山

又珠崖人，每晴明，见海中远山罗列，皆如翠屏，而东西不定，悉蜈蚣也。虾须长四五十尺，此物不足怪也。出《岭南异物志》。

蜈蚣

蜈蚣，《南越志》云，大者其皮可以鞭鼓；取其肉，曝为脯，美于牛肉。又云，大者能啖牛。里人或遇之，则鸣鼓然火炬，以驱逐之。出《岭表录异》。

蚊翼

南方蚊翼下有小蠛虫焉，目明者见之。每生九卵，复未尝曾有暇，徒乱反。复成九子，蠛而俱去，蚊遂不知。亦食人及百兽，食者知。言虫小食人不去也。此虫既细且小，因曰细蠛，音蔑。陈章对齐桓公小虫是也。此虫常春生，而以季夏冬藏于鹿耳中，名婴妮。婴妮亦细小也。出《神异经》。

壁虱

壁虱者，土虫之类，化生壁间。暑月啮人，其疮虽愈，每年及期必发。数年之后，其毒方尽。其状与牛虱无异。北都厩中之马，忽相次瘦劣致毙，所损日甚。主将虽督审匀药勤至，终莫能究。而毙者状类相似，亦莫知其疾之由。掌厩获罪者，已数人矣，皆倾家破产，市马以陪纳，然后伏刑。

海 山

听说海南岛人，每当天气晴朗明净时，就看见海里的远山一座挨着一座，都像绿色的屏风，而且忽东忽西飘忽不定，这些都是蜈蚣。像虾的触须有四五十尺长，这种东西也不值得奇怪。
出自《岭南异物志》。

蜈 蚣

《南越志》上说，大的蜈蚣，它的皮可以用来蒙鼓，把它的肉晒成肉干，比牛肉味道还好。又说，大的蜈蚣能吃牛。村里人有时遇到这种情况就敲鼓点起火炬，来赶走它。*出自《岭表录异》。*

蚊 翼

南方的蚊子翅下有一种小飞虫，眼力好的人能看见。这种虫每次产九个卵，又不曾有孵不出幼虫的，因此就变成了九只幼虫，一起飞走了，蚊子却始终不知道。这种小飞虫也咬人和各种野兽，被咬的人是有感觉的。据说这种虫虽小但叮上人就不走。因为这种虫又细又小，所以叫细蠛，*音蔑。*陈章回答齐桓公说的那种小虫就是这种。此虫常在春季出生，从夏末到冬季藏在鹿的耳朵中，这时名叫婴蜺。婴蜺也是非常细小的。*出自《神异经》。*

壁 虱

壁虱是属于土虫一类的动物，是在墙壁中变化生长出来的。在夏天时常咬人，咬出的伤口即便暂时好了，但每年到了曾经被咬的那个时间一定会复发。几年以后，它的余毒才会完全消失。它的形状跟牛虱没有什么不同。北方的京城中马圈里养的马，忽然都相继瘦弱无力以至死去，马一天比一天减少，情况日益严重。主将虽然极为勤勉地来检查询问吃草和吃药的情况，但始终没能搞清原因。而马死的状况都很相似，也没有人知道它们的病怎么得的。负责管理马圈的因为马死而获罪的已有好几个人了，都倾家荡产来买马交上赔偿，然后还要承受刑罚。

有一裨将干敏多识，凡所主掌，皆能立功。众所推举，俾其掌厩马。此人勤心养膳，旦夕躬亲。旬月之后，马之殒毙如旧。疑其有他，乃明烛以守之。二鼓之后，马皆立不食，黑者变白，白者变黑。秉炬以视，诸马之上，有物附之，不可胜数，乃壁虱所嘬也。五鼓之后，壁虱皆去，一道如绳，连亘不绝。翌日，而以其事白于帅臣，寻其去踪，于楼中得巨穴焉，以汤灌之。坏楼门穴，得壁虱死者数十斛。穴中大者一枚，长数尺，形如琵琶，金色，焚而杀之。筑塞其处，其害乃绝。出《录异记》。

白　虫

有人忽面上生疮，暑月即甚，略无完皮，异常楚痛，涂尝饵药，不能致效。忽一日，既卧，余烛未灭，同寝者见有物如弦如线，以著其面，因执烛视之，白虫如虱，自瓷枕穴中出，以嘬其面。既明，遂道其事，剖枕以视之，白虫无数，因尽杀之，面疮乃愈。出《录异记》。

蚕　女

蚕女者，当高辛帝时，蜀地未立君长，无所统摄。其人聚族而居，递相侵噬。蚕女旧迹，今在广汉，不知其姓氏。其父为邻邦掠去，已逾年，唯所乘之马犹在。女念父隔绝，或废饮食，其母慰抚之，因告誓于众曰："有得父还者，以此女

有一位副将办事聪敏，见识很广，凡是他负责的事情，都能办出成效。于是大家推荐他，让他管理马圈中的马。这个人用心喂养，早晨晚上亲自照看。经过一个月，马的死亡情况还是照旧。副将疑心有别的原因，就点亮蜡烛守护着马。二更天后，马都站在那儿不吃草了，只见黑马变成了白马，白马变成了黑马。拿着蜡烛去仔细一看，那些马的身上都有什么东西附着，数都数不过来，原来是壁虱叮在上面。五更天后，壁虱都走了，走在路上就像一条绳子，连续不断。第二天，副将把此事报告了做主帅的大臣，于是顺着它们回去的踪迹，在楼里面找到了一个巨大的洞穴，把热水灌了进去。挖开楼门附近的洞穴，看到烫死的壁虱有数十斛。洞中有一只大壁虱，长达数尺，形状像琵琶，金黄色，于是烧死了它。又用土填塞了那个洞穴，从此那种灾害就再也没有出现。出自《录异记》。

白　虫

有人忽然脸上长疮，夏天就更厉害，脸上几乎没有完整的皮肤，非常疼痛，抹药吃药都不见效。忽然有一天，他躺上床以后，残烛尚未灭，同床睡觉的人见有个东西像琴弦又像线附着在他的脸上，于是那人拿着蜡烛去仔细看，只见有些白虫像虱子，从瓷枕孔内爬出，来咬他的脸。天亮以后，那人便告诉了他这个情况，剖开瓷枕一看，里面有无数白虫，于是把它们全都杀了，脸上的疮也就好了。出自《录异记》。

蚕　女

蚕女是上古高辛帝时代的人，当时蜀地还没设立官长，没有人统治领导。那里的人按家族聚居在一起，家族间交替地互相侵吞。蚕女的遗迹在现在的广汉，不知道她姓什么。她的父亲被邻国抢走，已经一年了，只有她父亲常骑的马还在家中。蚕女想到父亲远在异乡，常常饭都吃不下，她的母亲为了安慰她，就向众人立誓说："有谁能把她的父亲找回来的，我就把这个女儿

嫁之。"部下之人，唯闻其誓，无能致父归者。马闻其言，惊跃振迅，绝其拘绊而去。数日，父乃乘马归。自此马嘶鸣，不肯饮龁。父问其故，母以誓众之言白之。父曰："誓于人，不誓于马。安有配人而偶非类乎？能脱我于难，功亦大矣。所誓之言，不可行也。"马愈跑，父怒，射杀之，曝其皮于庭。女行过其侧，马皮蹶然而起，卷女飞去。旬日，皮复栖于桑树之上。女化为蚕，食桑叶，吐丝成茧，以衣被于人间。父母悔恨，念之不已。忽见蚕女，乘流云，驾此马，侍卫数十人，自天而下，谓父母曰："太上以我孝能致身，心不忘义，授以九宫仙殡之任，长生于天矣，无复忆念也。"乃冲虚而去。今家在什邡、绵竹、德阳三县界。每岁祈蚕者，四方云集，皆获灵应。宫观诸化，塑女子之像，披马皮，谓之马头娘，以祈蚕桑焉。《稽圣赋》曰"安有女，感彼死马，化为蚕虫，衣被天下"是也。出《原化传拾遗》。

砂俘效

陈藏器《本草》云，砂俘，又云倒行拘子，蜀人号曰俘郁。旋干土为孔，常睡不动。取致枕中，令夫妻相悦。愚有亲表，曾得此物，未尝试验。愚始游成都，止于逆旅，与卖草药李山人相熟。见蜀城少年，往往欣然而访李生，仍以善价酬。因诘之，曰："媚药。"征其所用，乃砂俘，与陈氏所说，

嫁给他。"部下的人，只能听听那个誓言，没有能把她父亲找回来的。那匹马听到蚕女母亲的话，却惊喜跳跃躁动不停，挣断缰绳跑了。过了几天，蚕女的父亲骑着马回来了。从此，这匹马就不断地嘶叫，不肯吃草喝水。蚕女的父亲问这事的原因，蚕女的母亲就把向众人立誓的话告诉了他。蚕女的父亲说："那是向人立誓，不是向马立誓。哪有嫁女儿却嫁给非人类的呢？这匹马能使我脱离灾难，功劳也算是很大了。不过你立的誓言是不能实行的。"马听后用蹄刨地刨得更厉害了，蚕女的父亲很生气，用箭射死了马，并把马皮放在院子里晒着。蚕女经过马皮旁边时，马皮立即飞了起来，卷起蚕女飞走了。过了十天，马皮又停在桑树上面了。但蚕女已变成了蚕，吃桑叶，吐丝做茧，让人们用来做衣被。蚕女的父母非常悔恨，不断思念女儿。有一天，忽然看见蚕女驾着流动的云彩，乘着那匹马，带着几十名侍从从天而降，对父母说："太上因为我孝顺能达到献身的地步，并且心中念念不忘大义，所以把九宫仙嫔的职位授给了我，从此将永远在天上生活，请不要再想念我了。"说完升空而去。蚕女的家在今什邡、绵竹、德阳三县交界处。每年祈祷蚕茧丰收的人，从四面八方像云彩般聚集到这里来，都获得灵验的效果。道观佛寺中都塑了一个女子的神像，身披马皮，称她为马头娘，向她祈祷蚕桑的事。《稽圣赋》说"有个女子，感动了那死马，化为蚕虫，而为天下人带来衣裳"，说的就是蚕女。出自《原化传拾遗》。

砂㟧效

陈藏器的《本草》上说，砂㟧，又叫倒行拘子，蜀人把它称为㟧郁。这种虫在干土上旋转钻出眼来，常睡在里面不活动。把它抓来放到枕头中，可以使夫妻互相爱悦。我有一位表亲，曾弄到过这东西，但未试验过。我当初游览成都，住在旅馆，跟卖草药的李山人相识。我见蜀城中的少年，常常很高兴地去拜访这个姓李的年轻人，花高价买他的药。我因此问他，他回答说是"媚药"，再问他所用的材料，原来就是砂㟧，跟陈藏器所说的相同，

信不虚语。李生亦秘其所传之法，人不可得也。武陵山川媚草，无赖者以银换之，有因其术而男女发狂，罹祸非细也。出《北梦琐言》。

舍 毒

舍毒者，蚊蚋之属，江岭间有之，郴连界尤甚。为客中者，慎勿以手搔之，但布盐于上，以物封裹，半日间，毒则解矣。若以手搔，痒不可止，皮穿肉穴，其毒弥甚。湘衡北间有之，其毒稍可。峡江至蜀，有蟆子，色黑，亦能咬人，毒亦不甚。视其生处，即麸盐树叶背上，春间生之，叶卷成窠，大如桃李。名为五倍子，治一切疮毒。收者晒而杀之，即不化去。不然者，必窍穴而出，飞为蟆子矣。黔南界有微尘，色白甚小，视之不见。能昼夜害人，虽帐深密，亦不可断。以粗茶烧之，烟如焚香状，即可断之。又如席铺油帔隔之，稍可灭。出《录异记》。

老 蛛

泰岳之麓有岱岳观，楼殿咸古制，年代寝远。一夕大风，有声轰然，响震山谷。及旦视，即经楼之陊也。楼屋徘徊之中，杂骨盈车。有老蛛在焉，形如矮腹五升之茶鼎，展手足则周数尺之地矣。先是侧近寺观，或民家，亡失幼儿，不计其数，盖悉罹其啖食也。多有网于其上，或遭其黏然縻绊，

陈藏器确实没说假话。姓李的年轻人对他制药的方法保密,别人是得不到的。武陵山川出产的媚草,无赖们都花银子抢着买,有些男女由于服用了媚药而发疯,遭到的祸害可是不小啊! 出自《北梦琐言》。

舍 毒

舍毒是蚊蚋之类的昆虫,长江与五岭之间就有,郴州连州的边界那里更多。在外做客的人,被虫咬后,千万不要用手去挠,只在咬处撒上盐,用东西包扎好,半天时间毒就化解了。如果用手挠了,就瘙痒不止,皮肉上出现伤口,中毒就更厉害。湘江衡山北边一带也有这种虫,毒性稍差些。从瞿塘峡到蜀地,有一种叫蟆子的虫,黑色,也能咬人,毒性也不太厉害。看它生存的地方,原来就附在盐麸子树叶的背面,春天出生,把叶卷成窝,窝大如桃李。这种虫名为五倍子,可以治一切疮毒。采收五倍子的人要把它晒干杀死,这样里面的虫子才不会孵化飞走。不这样处理,这种虫子一定会破孔飞出,变成了蟆子。黔地南部边境有一种叫微尘的小虫,白色,身体很小,一般看不清它。这种虫能白天晚上都害人,即使蚊帐严密无缝,也挡不住它。把粗茶叶烧起来像烧香时冒出的烟,就可以赶走它。还有一种办法,如果席上铺上油布阻隔,也稍微可以消除其害。出自《录异记》。

老 蛛

泰山脚下有一座岱岳观,楼房殿堂都是古代建造的,年代已很久远了。有一天晚上刮大风,只听到轰的一声,响声震动了山谷。等到早晨去看时,原来是经楼倒塌了。人们在经楼的废址上来回查看时,找到的各种枯骨能装满一车。其中还有一只老蜘蛛,形体像腹部能装五升的煎茶的矮鼎那么大,伸开前后爪子就可以覆盖方圆几尺的地面。在此之前附近的寺观或老百姓家,常常丢失孩子,数都数不过来,原来全都是被这只老蜘蛛吃了。楼屋上有很多蛛网,有的孩子就是被粘糊糊的蛛丝束缚住,

而不能自解而脱走,则必遭其害矣。于是观主命薪以焚之,臭闻十余里。出《玉堂闲话》。

李 禅

李禅,楚州刺史承嗣少子也,居广陵宣平里大第。昼日寝庭前,忽有白蝙蝠,绕庭而飞。家僮辈竞以帚扑,皆不能中。久之,飞去院门,扑之亦不中。又飞出门,至外门之外,遂不见。其年,禅妻卒,辆车出入之路,即白蝙蝠飞翔之所也。出《稽神录》。

蝗 化

唐天祐末岁,蝗虫生地穴中。生讫,即众蝗衔其足翅而拽出。帝谓蝗曰:"予何罪,食予苗。"遂化为蜻蜓,洛中皆验之。是岁,群雀化燕。

水 蛙

徐之东界,接沂川,有沟名盘车,相传是奚仲试车之所。徐有奚仲墓,山上亦有试车处,石上辄深数尺。沟有水,水有蛙,可大如五石瓮,目如碗。昔尝有人于其项上得药,服之度世。出《玉堂闲话》。

蚓 疮

天祐中,浙西重造慈和寺,治地既毕,每为蚯蚓穿穴,执事者患之。有一僧教以石灰覆之,由是得定,而杀蚯蚓无数。顷之,其僧病苦,举身皆痒,恒须得长指爪者搔之,以至成疮。

不能自己解脱逃走,就被蜘蛛害死了。于是观主命令用木柴烧死那老蜘蛛,烧出的臭气十多里外都能闻到。出自《玉堂闲话》。

李 禅

李禅是楚州刺史承嗣的小儿子,住在广陵宣平里的大宅子里。有一天白天,他在院子前面的床上睡觉,忽然有只白色的蝙蝠,围着院子飞。家僮们争先恐后地用扫帚扑打它,但都没打到。过了好久,白蝙蝠飞出了院门,还是没打到它。又飞出大门,到了大门的外面,便看不见了。那一年,李禅的妻子死了,丧车出入的路,正是白蝙蝠飞行经过的地方。出自《稽神录》。

蝗 化

唐代天祐末年,蝗虫出生在地洞中。蝗虫们长成以后,大蝗虫就立即咬住它们的爪子和翅膀从洞里扯出来。皇帝对蝗虫说:"我犯了什么罪,你们要吃我的庄稼苗?"蝗虫于是都变成了蜻蜓,洛阳一带都见证了这种情况。那一年,各种雀都变成了燕子。

水 蛙

徐州的东部边界,跟沂川相接,有条沟名叫盘车,相传是夏代第一个造车的奚仲试车的地方。徐州有奚仲墓,山上也有试车的地方,石头上有几尺深的车辙痕迹。沟里有水,水里有青蛙,可长到像装五石粮的瓮那么大,眼睛像碗那样大。从前曾有人在它的脖子上得到一种药,吃了药就超脱尘世了。出自《玉堂闲话》。

蚓 疮

唐代天祐年间,浙西一带重修慈和寺,地面整治完毕后,常常被蚯蚓打上些洞,承担这项任务的人为此很发愁。有一位和尚教他们用石灰把地面盖上,由此地面稳固不受破坏了,但却杀死了无数的蚯蚓。不久,那个和尚就被病痛所折磨,全身都发痒,总是需要请指甲长的人来帮他搔痒,以至形成了疮。

疮中辄得死蚯蚓一条，殆数百千条。肉尽至骨而卒。出《稽神录》。

蜂余

庐陵有人应举，行遇夜，诣一村舍求宿。有老翁出见客曰："吾舍窄人多，容一榻可矣。"因止其家。屋室百余间，但窄小甚。久之告饥，翁曰："居家贫，所食唯野菜耳。"即以设，客食之，甚甘美，与常菜殊。及就寝，唯闻讧讧之声。既曙而寤，身卧田中，旁有大蜂窠。客尝患风，因尔遂愈，盖食蜂之余尔。出《稽神录》。

熊迺

信州有版山，川谷深远，采版之所，因以名之。州人熊迺，尝与其徒入山伐木。其弟从而追之，日暮，不及其兄。忽见甲士清道自东来，传呼甚厉。迺弟惧恐，伏于草间。俄而旗帜戈甲，络绎而至。道傍亦有行人，其犯清道者，辄为所戮。至军中，拥一人若大将者，西驰而去。度其远，乃敢起行。迨晓，方见其兄，具道所见。众皆曰："非巡逻之所，而西去溪滩险绝，往无所诣，安得有此人？"即共寻之，可十余里，隔溪滩，犹见旌旗纷若，布围畋猎之状。其徒有勇者，遥呼叱之，忽无所见。就视之，人皆树叶，马皆大蚁。

每个疮里都有一条死蚯蚓，总共差不多有成百上千条。最后和尚的肉被蚯蚓吃尽，露出了骨头，就死了。出自《稽神录》。

蜂馀

庐陵有个书生赶考，路上天晚了，就到一个村庄里的人家借宿。有位老翁出来会见客人，说："我家房子狭小而人口挺多，容纳一张床还可以。"于是书生就住在了这家。屋里的房间有一百多个，只是窄小得很。过了好久，书生说饿了，老翁说："家里穷，吃的东西只有野菜。"就把野菜摆了出来，书生吃了，觉得味道甜美，与一般的菜不一样。等到上床睡觉时，只听到哄哄的声音。天亮后客人醒了，却看见自己睡在田地里，旁边有一个大蜂窝。这位客人曾患有风湿病，因为这次经历便全好了，大概是因为吃了蜜蜂剩余的东西了。出自《稽神录》。

熊迺

信州有座版山，溪流山谷幽深，是采木制版的地方，于是以此给它命名。这州里有个熊迺，曾和他的朋友们进山伐木。他的弟弟在后面跟着追赶，到黄昏时候，还没追上他哥。忽然看见有穿铠甲的人清道，从东边来，传呼之声很严厉。熊迺的弟弟很害怕，就趴在草中。不一会儿就看见许多打着旗、扛着戈、穿着铠甲的人陆续来了。道路旁边也有走路的人，有人触犯了清道的，就被杀死。军队之中只见一大队士兵簇拥着一位像大将的人，骑着马向西急驰而去。熊迺的弟弟估计那些人走远了，才敢起来继续赶路。走到天亮，才追上他的哥哥，就把自己看到的全都告诉了哥哥。大家都说："这儿不是巡逻的地方，向西去有溪流险滩，非常危险，而且没有可投奔的去处，怎么会有这样一些人呢？"就立即一同去寻找那帮人，大约走了十多里，隔着溪流险滩，就看见许多旗帜乱纷纷的，围成一圈好像打猎的样子。熊迺的朋友中有个勇敢的人，就远远地呼喊呵叱那些人，忽然便什么都看不见了。熊迺等人走近细看，人都是树叶，马都是大蚂蚁。

取而碎之，皆有血云。出《稽神录》。

螽斯

蝗之为孽也，盖沴气所生。斯臭腥，或曰，鱼卵所化。每岁生育，或三或四，每一生，其卵盈百。自卵及翼，凡一月而飞。故《诗》称螽斯子孙众多。螽斯即蝗属也。羽翼未成，跳跃而行，其名蝻。晋天福之末，天下大蝗，连岁不解。行则蔽地，起则蔽天。禾稼草木，赤地无遗。其蝻之盛也，流引无数，甚至浮河越岭，逾池渡堑，如履平地。入人家舍，莫能制御，穿户入牖，井溷填咽，腥秽床帐，损啮书衣，积日连宵，不胜其苦。郓城县有一农家，豢豕十余头，时于陂泽间，值蝻大至，群豢豕跃而啖食之，斯须复饫，不能运动。其蝻又饥，唼啮群豕，有若堆积，豕竟困顿，不能御之，皆为蝻所杀。癸卯年，其蝗皆抱草木而枯死，所为天生杀也。出《玉堂闲话》。

蝻化

己酉年，将军许敬迁奉命于东洲按夏苗。上言，称于陂野间，见有蝻生十数里，才欲打捕，其虫化为白蛱蝶，飞去。出《玉堂闲话》。

把它们拿过来弄碎，却都有血。出自《稽神录》。

螽 斯

　　蝗虫作为一种妖孽，本是由灾害不祥之气产生的。因为它的气味很腥，便有人说是鱼子变成的。蝗虫每年产卵三次或四次，每一次能产卵一百多粒。从卵到长出翅膀，总共一个月就能飞了。所以《诗经》里说螽斯的子孙众多。螽斯就属蝗虫一类。蝗虫翅膀没长成时，跳跃着行动，这时它的名字叫蝻。后晋天福末年，天下发生大蝗灾，连续几年也没有缓解。那些蝗虫在地面走时就遮蔽了地面，飞起来时就遮蔽了天空。庄稼草木全被吃光，大地光秃秃的什么也没剩。在蝻灾最严重的时候，蝗流不断延伸扩展，数量数不胜数，甚至能浮水过河，翻过山岭，越过水池和壕沟，就像在平地走一样。蝗虫进入人家，谁也阻挡不了，它们穿门入窗，水井和厕所都被填塞，床、帐都被弄得又腥又脏，书的封皮也被损害咬破，白天黑夜天天如此，这种骚扰真叫人难以忍受。山东郓城县有一户农民，家中养了十多头猪，当时正在山坡、沼泽一带放养，正赶上蝻虫大批涌来，这十多头猪于是跳跃着吃起蝻虫来，不一会就吃饱了，不能走动了。那些蝻又饥又饿，开始咬吃那些猪，蝻虫成堆地聚在猪身上，猪竟然被困，无力反抗，结果十几头猪都被蝻虫咬死了。到了癸卯年，那些蝗虫却都抱着草木干死了，这就是通常所说的上天掌握着生杀之权啊！出自《玉堂闲话》。

蝻 化

　　己酉那年，将军许敬迁奉命到东洲视察夏天庄稼的长势。不久呈上报告说，在野外山坡上，看到有十几里的地方都有蝻生活着，刚想去扑打，那些蝻虫就都化为白蛱蝶飞走了。出自《玉堂闲话》。

卷第四百八十
蛮夷一

四方蛮夷

东方之人鼻大，窍通于目，筋力属焉；南方之人口大，窍通于耳；西方之人面大，窍通于鼻；北方之人，窍通于阴，短；中央之人，窍通于口。出《酉阳杂俎》。

无启民

无启民居穴食土。其人死，埋之，其心不朽，百年化为人。录民膝不朽，埋之百二十年化为人。细民肝不朽，八年化为人。出《酉阳杂俎》。

帝女子泽

帝女子泽性妒，有从婢散逐四山，无所依托。东偶狐狸，

四方蛮夷

东方的人鼻子大,体窍都跟眼睛相通,体力都归附到这里;南方的人嘴大,体窍都跟耳朵相通;西方的人脸大,体窍都跟鼻子相通;北方的人体窍都跟阴部相通,身体矮;中部地区的人,体窍都跟口部相通。出自《酉阳杂俎》。

无启民

无启人住在洞穴中,吃土。他们的人死了,埋葬后,死者心脏不烂,经过一百年又变成人。录人膝盖不烂,埋葬后过一百二十年又能变成人。细人肝脏不烂,埋后八年又变成人。出自《酉阳杂俎》。

帝女子泽

上帝的女儿子泽生性嫉妒,把陪嫁的婢女都赶走,让她们分散居住在四面山里,她们没有依靠。东山的便给狐狸做了配偶,

生子曰殃；南交猴，有子曰溪；北通玃猨，所育为伧。出《酉阳杂俎》。

毛 人

八荒之中，有毛人焉。长七八尺，皆如人形，身及头上皆有毛，如猕猴。毛长尺余，短犎趄。上音生，下音管。见人则睍古陌反。目，开口吐舌，上唇覆面，下唇覆胸。憙许记反。食人。舌鼻牵引共戏，不与即去。名曰髯公，俗曰髯丽，一名髯狎。小儿髯可畏也。

轩辕国

轩辕之国，在穷山之际，其不寿者八百岁。诸天之野，和鸾鸟舞。民食凤卵，饮甘露。出《博物志》。

白民国

白民之国，有乘黄，状若狐，背上有角。乘之，寿三千年。出《博物志》。

欧 丝

欧丝之野，女子乃跪，据树欧丝。出《博物志》。

轼沐国

越东有轼沐之国，音善爱反。其长子生，则解而食之，谓之宜弟。父死，则负其母而弃之，言鬼妻，不可与共居。楚之南，炎人之国，其亲戚死，刳其肉而弃之，然后埋其骨，乃成孝子也。秦之西有义渠之国，其亲戚死，聚柴而焚之，

生的孩子叫殃；南山的跟猴子交合，生的孩子叫溪；北山的跟玃猳私通，生的孩子是伧。出自《酉阳杂俎》。

毛　人

八方荒远的地方，有一种毛人。毛人高七八尺，形体都像人，身子和头上都有毛，像猕猴。毛长一尺多，短而蓬松。见到人就闭上眼睛，张开嘴伸出舌头，上嘴唇能盖住脸，下嘴唇能盖住胸。喜欢吃人。它们之间常用舌鼻相拉一起游戏，如一方不伸舌头，另一方就马上走了。这种毛人名叫髯公，俗称髯丽，也叫髯狎。幼年的髯公是可怕的。

轩辕国

轩辕国在穷山的边上，他们国中不长寿的人也能活八百岁。诸天的原野上，和鸾鸟一同起舞。百姓吃凤蛋，喝甘美的雨露。出自《博物志》。

白民国

白民国有一种动物叫乘黄，样子像狐狸，背上有角。骑过它，寿命可长达三千岁。出自《博物志》。

欧　丝

欧丝国的原野上，女子竟然跪着，靠着树吐丝。出自《博物志》。

輆沐国

越国东部有个輆沐国，该国人的长子生下来，就剁开吃了他，说这样会有利于弟弟。如果父亲死了，儿子就把母亲背出去扔掉，说是鬼的妻子是不能跟他们一起住的。楚国的南边有个炎人国，他们的亲属死了，就把他们身上的肉刮下来扔掉，然后只把骨头埋了，这样就可以成为孝子了。秦国的西边有个义渠国，那个国家人们的亲属死了，就把木柴堆积起来焚烧他们的尸体，

薰其烟上,谓之登烟霞,然后成为孝。此上以为政,下以为俗,而未足为非也。见《墨子》。出《博物志》。

泥杂国

成王即位三年,有泥杂之国来朝。其人称自发其国,常从云里而行,闻雷震之击在下。或入潜穴,又闻波澜之声在上。或泛巨水,视日月,以知方面所向。计寒暑,以知年月。考以中国正朔,则序历相符。王接以外宾之礼也。出《拾遗录》。

然 丘

成王六年,然丘之国,献比翅鸟,雌雄各一,以玉为樊。其国使者,皆拳头多鼻,衣云霞之布——如今霞布也。经历百余国,方至京师。越铁岘,泛沸海,有蛇州蜂岑。铁岘峭厉,车轮各金刚为辋,比至京师,皆讹说几尽。沸海皆涌起,如煎鱼也,鱼鳖皮骨,坚强如石,可以为铠。泛沸海之时,以铜薄舟底,龙蛇蛟不得近也。经蛇州度,则豹皮为屋,于屋内推车。经蜂岑,燃胡苏之木末,以此木烟能杀百虫。经途五十余年,乃至洛邑。成王封太山,禅社首。使发其国之时,人并童稚,乃至京师,鬓发皆白。及还至然丘,容貌还复壮。比翼鸟多力,状似鹊,衔南海之丹泥,巢昆岑之玄木,而至其中。遇圣则来翔集,以表周公辅圣之神力也。出《王子年拾遗记》。

让燃烧的烟往上走,他们把这叫作登烟霞,这样做后才会被认为孝。这种做法上层政府提倡,下面的人也当作风俗,并不能说是不对的。这些事见于《墨子》一书中。_{出自《博物志》。}

泥杂国

周成王即位三年后,有泥杂国的人来朝见。那人说,他从泥杂国家出发后,常在云彩里走,脚下常常传来打雷的声音。有的时候,他又进入深潜的洞穴中,能听到波浪的声音在头上。有时在大水中飘浮前行,通过看太阳和月亮的运行,来弄清方向。根据季节的冷热变化,来确定年月。用中原的历法去验证它,就发现顺序年代正相符合。于是周成王以外宾的礼节接待了他。出自《拾遗录》。

然　丘

周成王六年,然丘国进献比翼鸟,雌雄各一只,笼子是用玉石做成的。那个国家的使者都头发卷曲,鼻子很大,穿着云霞那样的布——就像今天的霞布。经过了一百多个国家,才到了京城。途中翻过了铁岘山,渡过了沸海,还经过了蛇州和蜂山。铁岘山陡峭危险,车轮的外圈是用金刚石做的,可是等到了京城,都变形磨损得快没有了。沸海上波浪翻滚,像煎鱼那样,鱼鳖的皮和骨头坚硬得像石头,可用它做铠甲。渡沸海时,用铜片包住船底,使龙蛇蛟不能靠近。经蛇州时,就用豹皮做成屋子,人在屋子里推着车。经过蜂山时,就点燃胡苏树的树枝,因为这种树烧出的烟能杀灭各种虫子。在路上走了五十多年,才到了洛阳。这一年周成王在泰山祭天,在社首山祭地。这使者从他的国家出发的时候,他们还都是孩子,可是到了京城的时候都已鬓发全白。等到使者回到然丘,容貌恢复,又强壮如初。他们进贡的比翼鸟力气大,形状像鹊,衔来南海的红泥,在昆山的玄木上做窝,住在那里面。比翼鸟遇到圣人就飞翔落下,以此显示周公辅佐圣王的非凡力量。出自《王子年拾遗记》。

卢扶国

　　卢扶国,燕昭王时来朝。渡玉河万里,方至其国。国无恶禽兽,水不扬波,风不折枝。人皆寿三百岁,结草为衣,是谓之卉服。至死不老,咸和孝让。寿登百岁已上,拜敬如至亲之礼。葬于野外,以香木灵草,翳掩于尸。闾里吊送,号泣之声,动于林谷,溪原为之止流,春木为之改色。居丧,水浆不入口,至死者骨为埃尘,然后乃食。昔大禹随山导川,乃表其地为无老纯孝之国。出《王子年拾遗记》。

浮折国

　　元封元年,浮折岁贡兰金之泥。此金汤渊,盛夏之时,水常沸涌,有若汤火,飞鸟不能过。国人行者,常见水边有人,冶此金为器。混若泥,如紫磨之色,百铸,其色变白,有光如银,名曰银烛。常以为泥,封诸函匣及诸宫门,鬼魅不敢干。当汉世,上将出征,及使绝国,多以泥为印封。卫青、张骞、苏武、傅介子之使,皆受金泥之玺封也。帝崩后乃绝。出《王子年拾遗记》。

频　斯

　　魏帝为陈留王之岁,有频斯国人来朝,以五色玉为衣,如今之铠。不食中国滋味,自有金壶,中有神浆,凝如脂,尝一滴则寿千年。其国有大风木为林,高六七十里,善

卢扶国

燕昭王时,卢扶国派使者来朝见。从中国要渡过万里玉河才能到达卢扶国。卢扶国内没有凶恶的禽兽,水面上不起波浪,风也吹不断树枝。人们寿命都达到三百岁,他们用草编织衣服,这种衣服称为卉服。人到死了的时候也没有变老,全都和气孝顺谦让。寿命达到百岁以上的,人们对他们都像对待最近的亲属那样拜见敬礼。人死后埋葬在野外,用香木灵草覆盖在尸体上。乡里人都去吊唁送葬,号哭的声音,震动了树林山谷,溪水因此而停止了流动,春天的树也因为悲悼改变了颜色。在居丧期间,既不喝酒也不喝水,直到死者的骨头变成泥土,才吃饭。从前大禹沿着山疏导河流时,就标记那个地方是无老纯孝之国。出自《王子年拾遗记》。

浮折国

汉武帝元封元年,浮折国每年进贡兰金泥。产这种金的热水坑,在盛夏的时候,里面的水经常沸腾翻涌,就像热水与烈火,飞鸟也飞不过去。国内的人经过此处时,经常看见水边上有人,把这种金属冶炼铸造成器物。兰金泥开始像泥那样污浊,颜色如上等黄金紫磨金,反复多次铸造,它的颜色就变白了,而且发出银光,这时就称为银烛。常用它作成泥,密封各种盒子、匣子和各宫门,这样,鬼怪就不敢冒犯。在汉朝时候,上将出征,以及出使极远的国家,多用兰金泥作官印的封印。卫青、张骞、苏武、傅介子出使时,都接受了用兰金之泥封好的盖有皇帝印的证书。汉武帝死后,进贡兰金之泥的事就中止了。出自《王子年拾遗记》。

频　斯

魏帝曹奂做陈留王那年,有频斯国的人来朝见,他们用各种颜色的玉石做衣服,像今天的铠甲。他们不吃中原的食物,自己带有金壶,壶里有种神浆,像凝固的油脂,尝一滴就能延长一千年的寿命。他们国中有大风木形成的树林,树高六七十里,擅长

算者以里计之，雷电常出树之半。其枝交阴上蔽，不见日月之光。其下平净扫洒，雨雾不能入焉。树东有大石室，可容万人坐。壁上刻有三皇之像，天皇十二头，地皇十一头，人皇九头，皆龙身。亦有膏烛之处。缉石为床，床上有膝痕二三寸。床前有竹简长二寸，如大篆之文，皆言开辟已来事，人莫能识。言是伏羲画卦之时有此书，或言苍颉造书之处。旁有丹石井，非人工所凿，下及漏泉，水常沸涌。诸仙欲饮之时，以长绠引汲。频斯国民皆多力卷发，不食五谷，月中无影，食桂浆。其人发，引之则长，置则自缩如螺。续此人发以为绳，以及丹井，方冬得升合之水。水中有白蛙，两翅，常去来井上，征者食之。至周王子晋临井而窥，有青雀吐杓，以授子晋，取而饮之，乃有云起雪飞。子晋以衣袖拂雪，则云霁雪止。白蛙化为白雁，入云摇摇遂灭。此则频斯人所记，盖其人年不可测也。使图其山川地势瑰异之属，以示张华，华云："此神异之国，难可验信。"使车马珍服，送之出关。出《拾遗录》。

吴明国

贞元八年，吴明国贡常燃鼎、鸾蜂蜜。云，其国去东海数万里，经揖娄、沃沮等国。其土宜五谷，多珍玉，礼乐仁义，无剽劫，人寿二百岁。俗尚神仙术，一岁之内，乘云驾鹤者，

计算的人用里计算它,雷电常出现在树木的半腰。它的枝叶交错形成树阴在上面遮着,以致看不见日月之光。那树下平坦干净,常清扫洒水,雨雾不能进入树下。树东有一座大石头房子,里面可以坐下一万人。墙上刻有三皇的像,天皇十二个头,地皇十一个头,人皇九个头,都是龙身。也有放置灯和蜡烛的地方。把石头连到一起作为床,床上有二三寸深的膝盖印。床前有长二寸长的竹简,上面的文字像大篆,说的都是开天辟地以来的事,那字谁都不认识。据说是伏羲画卦时就有这种文字,也有的人说这里是苍颉造字的地方。旁边有口丹石井,不是人工开凿的,下面连通着出水的泉眼,泉水经常沸腾上涌。仙人们想喝水的时候,就用长绳提水。频斯国的百姓都力气大,卷头发,不吃五谷,在月光下没有影子,喜欢喝桂花浆。那里人的头发拉它就伸长,放开手就自动缩回去像田螺一般。把这种人的头发接续起来做成绳,可以用来提取丹石井中的水,冬季时能取到一升或一盒井水。水中有白色青蛙,这种蛙有两个翅膀,常不断地爬到井上再下去,走路的人往往喂它。等到周王子晋来到井边往下看,有只青雀吐出一只勺,给子晋,子晋接过来喝了勺里的水,于是便有云彩出现,雪花飞舞。子晋用衣袖向雪挥动,于是云收雪止。白青蛙变为白雁,飞入云中不断摇摆,最后看不见了。这些内容都是频斯人记载的,大概那个国家的人年龄是没法推测的。又让他们画他们那里的山川地势和珍贵奇异之类的东西给张华看,张华说:"这是神灵奇异的国家,难以验证相信。"后来就让人用车马和珍贵的衣服,把他们送出了关。出自《拾遗录》。

吴明国

唐德宗贞元八年,吴明国进贡常燃鼎和鸾蜂蜜。使者说,他们的国家距离东海有好几万里,途经掸娄、沃沮等国家。那里的土地适合种植五谷,有很多珍宝玉石,讲究礼仪,喜欢音乐,为人仁义,没有偷盗抢劫的事情,人们的寿命能够达到二百岁。他们那里有崇尚神仙术的习俗,一年当中,乘云驾鹤而成为神仙的人,

往往有之。常望黄气如车盖,知中国土德王,遂愿贡奉。常燃鼎,量容三斗,光洁似玉,其色紫。每修饮馔,不炽火而俄顷自熟,香洁异于常等。久而食之,令人返老为少,百疾不生也。鸾蜂蜜,云其蜂之声,有如鸾凤,而身被五彩。大者可重十余斤,为窠于深岩峻岭间,大者占地二三亩。国人采其蜜,不逾三二合,如过度,即有风雷之异。若螫人生疮,以石上菖蒲根傅之,即愈。其色碧,贮之于白玉碗,表里莹彻,如碧琉璃。久食令人长寿,颜如童子,发白者应时而黑。逮及沉疴眇跛,无不疗焉。出《杜阳杂编》。

女蛮国

大中初,女蛮国贡双龙犀,有二龙,鳞鬣爪角悉备。明霞锦,云炼水香麻以为也,光辉映曜,芬馥著人,五色相间,而美于中华锦。其国人危髻金冠,缨络被体,故谓之菩萨蛮。当时倡优,遂制《菩萨蛮》曲,文士亦往往声其词。更女王国贡龙油绫、鱼油锦,文彩多异,入水不濡,云有龙油鱼油也。优者更作《女王国》曲,音调宛畅,传于乐部矣。出《杜阳杂编》。

都　播

都播国,铁勒之别种也,分为三部,自相统摄。其俗结草为庐,无牛羊,不知耕稼。多百合,取以为粮。衣貂鹿之皮,

经常会有,他们曾经看到远处有黄气像车盖,知道中国有圣主凭土德称王天下,于是愿意来进贡朝拜。常燃鼎,容量是三斗,光洁像玉石,是紫色的。每次用它加工饮食,不用烧火,一会儿食物自己就熟了,又香又干净,跟通常做出来的不同。常吃这样的饭菜,会使人返老还童,百病不生。鸾蜂蜜,是说那种蜜蜂的叫声有些像鸾鸟凤凰,而且身体上有多种颜色。鸾蜂大的可重达十多斤,在幽深的山崖和高峻的山岭间做窝,窝大的占地约二三亩。国中人采它的蜜,不能超过三二合,如超过,就会出现刮风打雷的不正常情况。如果这种蜂螫了人形成疮口,只要用石头上长的菖蒲根敷上,就好了。那蜜的颜色是绿的,把它盛在白玉碗里,表层和里面都晶莹透明,像绿色的琉璃。长期服用能使人长寿,面如孩童,头发变白的吃了那蜜立即就能变黑。即使很重的病乃至眼瞎腿瘸,都能治好。出自《杜阳杂编》。

女蛮国

唐宣宗大中初年,女蛮国进贡双龙犀杯,那上面有两条龙,龙鳞、龙鬣鬃、龙爪、龙角全都有。还有明霞锦,据说这种锦是用水香麻精制而成的,这种锦光彩辉映,浓香能附在人身上,各种颜色交错相配,比中国的锦还要美。那个国家的人梳着高高的发髻,戴着金冠,身上披着缨络,所以称他为菩萨蛮。当时的歌舞艺人于是便创作了《菩萨蛮》曲调,文人也常常用《菩萨蛮》曲来唱他们的词。还有女王国进贡龙油绫和鱼油锦,花纹色彩有很多奇异的特点,放到水里不沾水,说是因为上面有龙油鱼油的缘故。艺人们便又创作了《女王国》曲,音调婉转流畅,后来传到国家乐队中去了。出自《杜阳杂编》。

都　播

都播国是铁勒族的分支,共分三部,各自管辖。他们的习俗是搭建草庐,不养牛羊,也不懂得耕种。他们国内有很多百合,人们就拿百合当粮食。他们穿的是貂皮和鹿皮做的衣服,

贫者亦缉鸟羽为服。国无刑罚，偷盗者倍征其赃。出《神异录》。

骨 利

骨利国居回纥北方，瀚海之北。胜兵四千。地出名马。昼长夜短，天色正曛，煮一羊胛才熟，东方已曙，盖近日入之所也。出《神异录》。

突 厥

突厥事祆神，无祠庙，刻毡为形，盛于毛袋。行动之处，以脂苏涂，或系之竿上，四时祀之。坚昆部落，非狼种，其先所生之窟，在曲漫山北，自谓上代有神，与牸牛交于此窟。其人发黄目绿，赤髭髯。其髭髯俱黑者，汉将李陵及兵众之后也。西屠，俗染齿令黑。出《酉阳杂俎》。

又

突厥之先曰射摩。舍利海有神，在阿史得蜜西。射摩有神异，海神女每日暮，以白鹿迎射摩入海，至明送出，经数十年。后部落将大猎，至夜中，海神女谓射摩曰："明日猎时，尔上代所生之窟，当有金角白鹿出。尔若射中此鹿，毕形与吾来往；或射不中，即缘绝矣。"至明入围，果所生窟中，有白鹿金角起。射摩遣其左右固其围，将跳出围，遂杀之。射摩怒，遂手斩阿咏首领，仍誓之曰："自此之后，须以人祭天，常取阿咏。"即取部落子孙斩之以祭也。至今突厥以人

穷人也编结鸟羽做衣服。他们国家没有刑罚,犯偷盗罪的就加倍没收他的赃物。出自《神异录》。

骨　利

骨利国位于回纥的北方,在瀚海的北面。国中有四千优秀的士兵。那地方还出产名马。白天长夜间短,在太阳快落山时,煮一块羊肩,刚熟,东方已经天色发白,大概这里是靠近太阳落下的地方吧。出自《神异录》。

突　厥

突厥奉祀祆神,没有祭祀的庙,把毡子刻成祆神形象,装在毛袋里。每到迁徙之处,就用奶脂酥油涂抹神像,或者将其系在竿上,春夏秋冬都进行祭祀。坚昆部落,不是狼种,他们先人诞生的洞窟,在曲漫山北面,他们自己说古代有神跟母牛在这个洞窟中交配。他们头发是黄的,眼睛是绿的,胡子是红色的。胡子全是黑色的,则是汉朝将领李陵和他的士兵的后代。西屠人的风俗是把牙齿染成黑色。出自《酉阳杂俎》。

又

突厥的祖先叫射摩。舍利海里有海神,在阿史得蜜以西。射摩有神灵奇特的能力,海神女儿每天黄昏的时候,用白鹿迎接射摩进入海中,到天明再送他出来,这样过了几十年。后来部落将要大规模打猎,到了半夜,海神女儿对射摩说:"明天打猎的时候,你们祖先出生的洞窟中,会有一只金角白鹿跑出来。你如果射中这只鹿,就仍能终生跟我来往;如果射不中,咱俩的缘分就结束了。"到天亮进入围猎场时,果然在祖先出生的洞中,有金角白鹿跑出来。射摩就派他的手下人加强包围,在鹿将要跳出围圈时,手下的人将它射死了。射摩大怒,便亲手斩了阿哞部的首领,并立誓说:"自此以后,凡用人祭天,都要由阿哞部出人!"就弄来一个阿哞部的子孙斩了祭天。直到现在突厥人仍然用人

祭纛,部落用之。射摩既斩阿咏,至暮还。海神女执射摩曰:"尔手斩人,血气腥秽,因缘绝矣!"出《酉阳杂俎》。

吐 蕃

唐贞元中,王师大破吐蕃于青海。临阵,杀吐蕃大兵马使乞藏遮。遮及诸者,或云是尚结赞男女。吐蕃乃收尸归营,有百余人,行哭随尸,威仪绝异。使一人立尸旁代语,使一人问:"疮痛乎?"代语者曰:"痛。"即膏药涂之。又问曰:"食乎?"代者曰:"食。"即为具食。又问曰:"衣乎?"代者曰:"衣。"即命裘衣之。又问:"归乎?"代者曰:"归。"即具舆马,载尸而去。译语者传也。若此异礼,必其国之贵臣也。出《咸通录》。

西北荒

西北荒中,有玉馈之酒,酒泉注焉。广一丈,深三丈,酒美如肉,清澄如镜。上有玉樽玉笾,取一樽,复生焉,与天同休,无干时。石边有脯焉,味如獐脯。饮此酒,人不生死。此井间人,与天同生,虽男女不夫妇,故言不生死。出《神异记》。

鹤 民

西北海戌亥之地有鹤民国,人长三寸,日行千里,而步疾如飞,每为海鹤所吞。其人亦有君子小人。如君子,性能机巧,每为鹤患。常刻木为己状,或数百,聚于荒野

祭战旗,部落沿用了这个规定。射摩斩了阿咶后,到晚上就回去了。海神的女儿抓住射摩说:"你亲手杀人,血气又腥又脏,咱俩的缘分从此断绝了!"出自《酉阳杂俎》。

吐 蕃

唐代贞元年间,唐军在青海把吐蕃的军队打得大败。在战场上,杀死了吐蕃的大兵马使乞藏遮。乞藏遮和其它死者,有人说是尚结赞的子女。于是吐蕃人把他们尸首收好回到营房,有一百多人跟着尸首边走边哭,他们的丧祀仪式极奇特。让一人站在尸体旁代死者说话,让另一人问:"伤处痛吗?"代答的人就说:"痛。"马上就把膏药涂在死者伤处。又问:"要吃饭吗?"代答的人说:"吃。"又马上进上食物。又问:"要穿衣服吗?"说:"穿。"马上命人给穿上皮衣服。又问:"要回去吗?"代答者又说:"回去。"便马上准备好车马,把尸体装上车拉走。这些情况都是翻译转述过来的。像这种奇特的礼仪,必须是吐蕃国中高贵的大臣才能享受。出自《咸通录》。

西北荒

西北边远的地方,有一种玉馈酒,是从酒泉流入的。酒池宽有一丈,深有三丈,酒味纯美如肉,清澈透明像镜子。酒池上有玉石酒杯和玉石的盘,盛出一杯酒,池里马上又生出一杯,酒池与上天寿命相同,没有干涸的时候。石头旁边还有肉干,味道如同獐肉干。喝了这种酒,人就不生不死。这池子周围的人,也与天同寿,虽有男有女,但不结为夫妇,所以说不生不死。出自《神异记》。

鹤 民

西北海戌亥方向有个鹤民国,国中人身高三寸,日行千里,步履迅急如飞,常被海鹤吞食。他们当中也有君子小人。如果是君子,天性聪慧机变灵巧,常常成为海鹤的祸患。他们常把木头刻成自己的样子,有时多达数百,把它们放置在荒郊野外

水际,以为小人,吞之而有患。凡百千度,后见真者过去,亦不能食。人多在山涧溪岸之旁,穿穴为国,或三十步五十步为一国,如此不啻千万。春夏则食路草实,秋冬食草根。值暑则裸形,遇寒则编细草为衣。亦解服气。出《穷神秘苑》。

又

一说,四海之外有鹄国焉,男女皆长七寸,为人自然有礼,好经谕跪拜。其人皆寿三百岁,行千里,百物不敢犯之。虽畏海鹤,陈章与齐桓公言,鹄遇吞之,亦寿三百岁。此人鹄中不死,而鹄亦一举千里。陈章与齐桓公所言小人也。出《神异录》。

契丹

卢文进,幽州人也,至南,封范阳王。尝云,陷契丹中,屡又绝塞射猎,以给军食。正昼方猎,忽天色晦黑,众星粲然,众皆惧,捕得蕃人问之。至所谓"苫却日"也,此地以为常,寻当复矣。顷之乃明,日犹午也。又云,常于无定河见人胸骨一条,大如柱,长可七尺云。出《稽神录》。

沃沮

毌丘俭遣王倾追高丽王官,尽沃沮东东界。问其耆老,海东有人不?耆老言,国人尝乘船捕鱼,遭风,见吹数十日,东得一岛。上有人,言语不相晓。其俗尝以七月取童女沉海。又言有一国,亦在海中,纯女无男。

的水边上,海鹤以为是小人,就吞了下去,结果就遭了殃。海鹤就这样上当千百次,后来见到了真鹤民,也不能吞食了。鹤民大多数生活在山涧溪岸的旁边,凿洞建筑城池,有的三十步五十步就是一座城,像这样的城不止千万。春天夏天就吃路上的草籽,秋天冬天就吃草根。碰上天热就裸露身体,遇上天冷时就用小草编衣服穿。他们也懂得修炼气功。出自《穷神秘苑》。

又

还有一种说法,四海的外面有个鹄国,男女都只有七寸高,为人天生很有礼貌,喜欢经书,懂得跪拜之礼。那里的人都能活三百岁,能走千里路,各种东西都不敢侵犯他们。他们虽然害怕海鹤,但陈章对齐桓公说,如果鹤把他们吞到肚里去,也能活三百年。被吞下肚的人不死,而鹤也能一飞千里。就是陈章跟齐桓公所说的那种小人。出自《神异录》。

契　丹

卢文进是幽州人,到了南方,被封为范阳王。他说,他曾落入契丹人手里,契丹人派他多次在极远的边塞打猎,以便供给军粮。有一次大白天正打猎,忽然天色昏黑,群星明亮,大家都非常害怕,抓到一个蕃人询问。原来是到了所谓的"篁却日",这地方的人已习以为常,稍过一会儿就会恢复正常了。过了不一会果然明亮起来了,太阳还在正午。卢文进又说,曾在无定河那地方看见一条人的胸骨,像柱子那样粗,大约有七尺长。出自《稽神录》。

沃　沮

毌丘俭派王倾追高丽王官,一直追到沃沮东部最东边的边境。问那里的一位老人,海东面有人没有?老人说,国中人曾坐船去捕鱼,遇到了大风,被吹了几十天,在东面碰到了一个海岛。海岛上有人,但说话听不懂。那地方有个习俗,要在七月弄来童女沉入海里。又说还有一个国家,也在海中,只有女的,没有男的。

又说，得一布衣，从海中浮出，其身如中人衣，其两袖长二丈。又得一破船，随浪出，在海岸边。有一人，项中复有面，生得之，与语不相通，不食而死。其地皆在沃沮东大海中。出《博物志》。

僬 侥

李章武有人腊三寸余，头髀肋成就，眉目分明，言是僬侥国人。出《酉阳杂俎》。

又说，有人曾看到一件布衣服，从海水中浮上来，那衣服象中国人的衣服，但它的两只袖子却有二丈长。又看到一条破船，随着海浪涌出，停在海岸边。上有一个人，脖子上还有一张脸，被活捉了，与他交谈，但语言不通，因为不吃东西就饿死了。那些地方都在沃沮东面的大海当中。出自《博物志》。

僬侥

李章武有一个用活人腊制的人干儿，三寸多长，脑袋、大腿、胸脯都完好无损，眉毛眼睛也很分明，说那就是古代传说中矮人国僬侥国的人。出自《酉阳杂俎》。

卷第四百八十一
蛮夷二

新　罗　　东女国　　廪　君　　大食国　　私阿修国
俱振提国　　牂　牁　　龟　兹　　乾陀国

新　罗

新罗国，东南与日本邻，东与长人国接。长人身三丈，锯牙钩爪，不火食，逐禽兽而食之，时亦食人。裸其躯，黑毛覆之。其境限以连山数千里，中有山峡，固以铁门，谓之铁关。常使弓弩数千守之，由是不过。出《纪闻》。

又新罗国有第一贵族金哥，其远祖名旁㐌，有弟一人，甚有家财。其兄旁㐌，因分居，乞衣食。国人有与其隙地一亩，乃求蚕谷种于弟，弟蒸而与之，旁㐌不知也。至蚕时，止一生焉，日长寸余，居旬大如牛，食数树叶不足。其弟知之，伺间，杀其蚕。经日，四方百里内蚕，悉飞集其家。国人谓之巨蚕，意其蚕之王也。四邻共缲之，不供。谷唯一茎植焉，其穗长尺余，旁㐌常守之。忽为鸟所折，衔去，

新　罗

新罗国东南面跟日本国相邻，东面跟长人国相接。长人身高三丈，牙齿像锯，爪子像钩子，不用火烤东西吃，抓到禽兽就生吃了，有时候也吃人。他们的身体裸露着，上面长有一层黑毛。他们的国土周围有相连数千里的山脉围绕着，边境上有山口，用铁门挡住，称为铁关。常派数千弓弩手守着，因此是过不去的。出自《纪闻》。

新罗国有个第一贵族金哥，他的远祖名叫旁俹，旁俹有位弟弟，家财很多。哥哥旁俹因为分居，生活困难，只好乞衣乞食。有位乡里人送给旁俹一亩空地，旁俹向弟弟要蚕种和谷种，弟弟就把蚕种、谷种煮熟了送给他，旁俹并不知道。到孵蚕种时，只孵出了一只，这只蚕每天长一寸多，过了十天长得像牛一样大，好几棵桑树的叶都不够它吃。他的弟弟知道这事后，就找了一个机会，杀死了这条大蚕。一天后，四面八方百里以内的蚕，都飞来落到了旁俹的家。国内的人都说被杀死的蚕是巨蚕，推测它可能是那些蚕的王。旁俹周围的邻居共同帮着缫丝也忙不过来。旁俹的谷子只长出了一棵，但结的穗有一尺多长，旁俹经常在旁边看着它。忽然这棵谷子被一只鸟折断，并把穗子衔走了，

旁㐲逐之,上山五六里,鸟入一石罅。日没径黑,旁㐲因止石侧。至夜半月明,见群小儿,赤衣共戏。一小儿曰:"汝要何物?"一曰:"要酒。"小儿出一金锥子,击石,酒及樽悉具。一曰:"要食。"又击之,饼饵羹炙,罗于石上。良久,饮食而去,以金锥插于石罅。旁㐲大喜,取其锥而还。所欲随击而办,因是富侔国力,常以珠玑赡其弟。弟云:"我或如兄得金锥也。"旁㐲知其愚,谕之不及,乃如其言。弟蚕之,止得一金如常者。谷种之,复一茎植焉,将熟,亦为鸟所衔。其弟大悦,随之入山,至鸟入处,遇群鬼。怒曰:"是窃余锥者。"乃执之,谓曰:"尔欲为我筑糠三版乎?尔欲鼻长一丈乎?"其弟请筑糠三版,三日,饥困不成,求哀于鬼。鬼乃拔其鼻,鼻如象而归。国人怪而聚观之,惭恚而卒。其后子孙戏锥求狼粪,因雷震,锥失所在。出《酉阳杂俎》。

又登州贾者马行余转海,拟取昆山路适桐庐,时遇西风,而吹到新罗国。新罗国君闻行余中国而至,接以宾礼,乃曰:"吾虽夷狄之邦,岁有习儒者,举于天阙。登第荣归,吾必禄之甚厚。乃知孔子之道,被于华夏乎?"因与行余论及经籍,行余避位曰:"庸陋贾竖,长养虽在中华,但闻土地所宜,

旁笿于是跟着追赶,追上山五六里地,这时乌飞进了一个石缝中。这时太阳落山,路上很黑,旁笿只好在那块石头旁边停下休息。到了半夜,月亮很明亮,旁笿见一群小孩,穿着红色衣服在一起做游戏。一个小孩说:"你要什么东西?"一个小孩回答说:"要酒。"那个小孩就拿出一把金锥子,敲打石头,于是酒和酒具都摆了出来。还有一个说:"要食物。"又敲打石头,饼、糕、汤、烤肉又摆在了石头上。过了好一会儿,那些小孩才吃喝完走了,把金锥插在石头缝里。旁笿非常高兴,拿了那把金锥就回家了。旁笿想要什么东西,只要敲打金锥就立刻会得到,凭着这把金锥,旁笿的富裕可跟国家相比,还经常把珍珠送给他弟弟。弟弟说:"我也许能像哥哥一样得到一把金锥。"旁笿了解他的无知,但告诉他也不听,只好让他按他的话办了。于是,旁笿的弟弟孵蚕,也只得到一只很平常的蚕。也种了谷子,又只长出一棵,将要成熟时,也被乌把谷穗衔走。旁笿的弟弟非常高兴,随着乌进了山,到了乌飞进石缝的地方,遇到了一群鬼。那群鬼生气地说:"这是偷金锥的人。"便抓住了他,对他说:"你是想为我们用糠筑三版墙呢,还是想让鼻子长成一丈长呢?"旁笿弟请求用糠筑三版墙,过了三天,饥饿困苦没筑成,向鬼请求怜悯。鬼便拉长他的鼻子,旁笿的弟弟拖着一只跟象一样长的鼻子回了家。国内人觉得奇怪,都聚拢来看他,他又惭愧又生气,最后死掉了。从那以后旁笿的子孙们开玩笑,用金锥要狼粪,于是雷声震响,金锥不知道哪里去了。出自《酉阳杂俎》。

登州的商人马行余在海上航行,打算取道昆山到桐庐去,但当时却遇到了西风,因而被吹到了新罗国。新罗国的国君听说马行余是从中国来的,便以宾客之礼接待了他,并说:"我们虽然是夷狄国家,但每年都会有学习儒学的人,被推荐到中国朝廷参加考试。其中考中功名光荣回国的,我一定会赐给他们非常丰厚的俸禄。你知道孔子的学说,覆盖了整个中国了么?"于是跟马行余谈论到经书典籍,马行余离开坐席回答说:"我是个平庸浅薄的商人,虽然生长在中国,但是只听说过土地适合种什么,

太平广记 8630

不读《诗》《书》之义。熟《诗》《书》，明礼义者，其唯士大夫乎！非小人之事也。"乃辞之。新罗君讶曰："吾以中国之人，尽闻典教，不谓尚有无知之俗欤！"行余还至乡井，自惭以贪吝衣食，愚昧不知学道，为夷狄所嗤，况哲英乎？出《云溪友议》。

又天宝初，使赞善大夫魏曜使新罗，策立幼主。曜年老，深惮之。有客曾到新罗，因访其行路。客曰："永徽中，新罗、日本皆通好，遣使兼报之。使人既达新罗，将赴日本国，海中遇风，波涛大起，数十日不止。随波漂流，不知所届，忽风止波静，至海岸边。日方欲暮，时同志数船，乃维舟登岸，约百有余人。岸高二三十丈，望见屋宇，争往趋之。有长人出，长二丈，身具衣服，言语不通。见唐人至，大喜，于是遮拥令入宅中，以石填门，而皆出去。俄有种类百余，相随而到，乃简阅唐人肤体肥充者，得五十余人，尽烹之，相与食啖。兼出醇酒，同为宴乐，夜深皆醉。诸人因得至诸院，后院有妇人三十人，皆前后风漂，为所掳者。自言：'男子尽被食之，唯留妇人，使造衣服。汝等今乘其醉，何为不去？吾请道焉。'众悦。妇人出其练缣数百匹负之，然后取刀，尽断醉者首。乃行至海岸，岸高，昏黑不可下，皆以帛系身，自缒而下。诸人更相缒下，至水滨，皆得入船。及天曙船发，闻山头叫声，顾来处，已有千余矣，络绎下山，

不懂《诗》《书》中的道理。熟悉《诗》《书》，明白礼义的，大概只有那些士大夫吧！这不是我们这些粗人要懂的事。"于是向国君告辞。新罗国君惊讶地说："我以为中国的人全都受到过经书的教育，没料到还有无知的俗人呢。"马行余回到家乡，对自己以前因为贪图衣服食物，愚昧不懂得学儒家之道而被夷狄嗤笑感到惭愧，更何况聪敏而有才能的人呢？出自《云溪友议》。

天宝初年，唐朝派赞善大夫魏曜出使新罗国，策立他们年幼的太子当国王。魏曜年纪大了，很害怕这件事。有位客人曾经到过新罗，于是魏曜就向他访查路程情况。客人说："永徽年间，唐朝和新罗、日本国都有友好往来，派使者时两国都去回访。使者到达新罗以后，又将去日本国，结果在海中遇到了大风，波浪滔天，数十日不止。船只好在海上漂，也不知到了什么地方，忽然风停波静，船到了海岸边。太阳刚好要落山，当时一同航行的几艘船上的人，都拴好了船，往海岸上攀登，总共大约有一百多人。海岸高二三十丈，远远地看到了屋子，大家便争先恐后地跑过去。有些很高的人出来了，高有二丈，身上穿着衣服，说话听不懂。看见唐朝人上来，他们非常高兴，便前呼后拥地让进屋里，然后用石头堵上了门，就都出去了。不一会儿就有他们同类的一百多人，前后相随走来，然后挑选唐朝人中皮肤好身体肥胖的，共选出五十多人，把他们全煮了，然后聚在一起吃。又拿出好酒，一同宴饮取乐，到了深夜，这些巨人都喝醉了。于是人们才能够到各个院子里看看，后院里有三十位妇女，都是先后被风刮到此地而被掳掠来的。她们自己说：'男的全被吃了，只留下妇女，让我们做衣服。你们现在趁着他们喝醉了，为什么还不离开？请让我们给你们带路。'大家一听都很高兴。妇女们拿出她们的几百匹熟绢丝扛着，然后拿来刀，把喝醉的那些巨人的脑袋都砍了下来。然后大家走到海岸上，海岸很高，天黑没法下，便用帛拴着身体自己吊下去。大家陆续吊下去到了水边，都上了船。等到天亮时船就出发了，忽听山头上有叫喊声，回头看逃出的地方，已有一千多巨人追来了，络绎不绝地从山上下来，

须臾至岸。既不及船,虓吼振腾。使者及妇人并得还。"出《纪闻》。

又近有海客往新罗,次至一岛上,满地悉是黑漆匙箸。其处多大木,客仰窥匙箸,乃木之花与须也,因拾百余双还。用之,肥不能使,偶取搅茶,随搅随消焉。出《酉阳杂俎》。

又六军使西门思恭,常衔命使于新罗。风水不便,累月漂泛于沧溟,罔知边际。忽南抵一岸,亦有田畴物景,遂登陆四望。俄有一大人,身长五六丈,衣裾差异,声如震雷,下顾西门,有如惊叹。于时以五指撮而提行百余里,入一岩洞间,见其长幼群聚,递相呼集,竞来看玩。言语莫能辨,皆有欢喜之容,如获异物。遂掘一坑而置之,亦来看守之。信宿之后,遂攀缘跃出其坑,径寻旧路而窜。才跳入船,大人已逐而及之矣,便以巨手攀其船舷,于是挥剑,断下三指,指粗于今槌帛棒。大人失指而退,遂解缆。舟中水尽粮竭,经月无食,以身上衣服,啗而啖之。后得达北岸,遂进其三指,漆而藏于内库。洎拜主军,宁以金玉遗人,平生不以饮馔食客,为省其绝粮之难也。出《玉堂闲话》。

东女国

东女国,西羌别种,俗以女为王。与茂州邻,有八十余城,

不一会儿就到了海岸。看到没有赶上船，都气得像虎那样咆哮叫喊，上蹿下跳。使者和那些妇女最后都回到了家。"出自《纪闻》。

最近有个航海的人到新罗去，途中来到一座海岛上，只见满地全是涂有黑漆的汤匙和筷子。那地方有很多大树，航海的人仰头一看，发现原来那些汤匙筷子都是树上的花和花蕊，于是捡了一百多双带回去。回家一用，因为太粗，不好用，偶然用它搅茶水，一边搅一边这种筷子就消溶了。出自《酉阳杂俎》。

六军使西门思恭，曾经奉命出使新罗。由于风向水流不利，所以连续几个月都漂浮在大海上，不知海岸在哪里。忽有一天到了南边的一处海岸，看上去也有田地景物，便登上陆地四下眺望。不一会儿，有一个很高大的人，身高有五六丈，衣襟很奇特，声音像打雷，俯视西门思恭，有点像惊讶赞叹似的。当时就用五个手指撮着西门思恭走了一百多里，进入一个岩洞里面，只见他们年老的年幼的都聚在一处，相继把他们的人都招呼过来，争先恐后地来观看欣赏西门思恭。他们的话一点也听不懂，但都显出很高兴的样子，好像得到一种奇异的东西。于是挖了一个坑，把西门思恭放在里面，还有人看守着。过了两个晚上，西门思恭就攀缘而上，跳出了坑，直接沿着原路逃了回去。西门思恭才跳上船，那巨人已追到船边，还用大手抓住了船舷，西门思恭挥剑砍断了巨人的三个手指头，手指头比现在捶帛的棒子还粗。巨人掉了三个手指头，只好退回去，于是西门思恭解开缆绳开船。船上水和粮食一点也没有了，一个月没粮吃，就将身上穿的衣服嚼着吃。最后到达了北岸，便献上了那三个手指头，用漆漆了收藏在皇宫的仓库里。等西门思恭被提升做了主军后，他宁可把金玉送给人，平生也一直不用饮食招待客人，因为他深深明白没有粮食吃的艰难。出自《玉堂闲话》。

东女国

东女国是西羌族的一支，她们那里的风俗是女人当国王。东女国与我们国家的茂州是相邻交界的，国内有八十多座城，

以所居名康延州。中有弱水，南流，用牛皮为船以渡。户口兵万人，散山谷，号曰宾就。有女官，号曰高霸，平议国事。在外官僚，并男夫为之。五日一听政。王侍左右女数百人。王死，国中多敛物，至数万。更于王族中，求令女二人而立之，大者为大王，小者为小王。大王死，则小王位之，或姑死妇继。无墓。所居皆重屋，王至九重，国人至六层。其王服青毛裙，平领衫，其袖委地。以文锦为小髻，饰以金耳垂珰，足履素靴。重妇人而轻丈夫，文字同于天竺。以十一月为正，每十月，令巫者赍酒肴，诣山中，散糟麦于空，大咒呼鸟。俄有鸟如雉，飞入巫者之怀，因剖腹视之，有谷，来岁必登；若有霜雪，必有大灾。其俗名为鸟卜。人死则纳骨肉金瓶中，和金屑而埋之。出《神异记》。

廪君

李时，字玄休，廪君之后。昔武落钟离山崩，有石穴，一赤如丹，一黑如漆。有人出于丹穴者，名务相，姓巴氏；有出于黑穴者，凡四姓：嫭氏、樊氏、柏氏、郑氏。五姓出而争焉，于是务相以矛刺穴，能著者为廪君。四姓莫著，而务相之剑悬。又以土为船，雕画之，而浮水中。曰："若其船浮者为廪君。"务相船又独浮，于是遂称廪君。乘其土船，

把女王所住的地方命名为康延州。国内有条弱水河，是向南流的，那里的人用牛皮做船来渡河。百姓和士兵共一万人，散居在山谷间，号称宾就。她们设有女官，号称高霸，是商量讨论国家大事的。外地的官员，则是由男子担任。国王五天上朝一次，听取臣下的意见，处理国家大事。国王身边有女侍从数百人。国王死了，国内百姓大多要贡献财物，合起来可达数万。还要在王族中找出两位美好的女子立为国王，年岁大的当大国王，年岁小的做小国王。大国王死了，小国王就继位，或者婆婆死了，儿媳妇继承。死后没有坟墓。人们住的都是楼，国王的楼高达九层，百姓的则是六层。她们的国王穿青色毛裙，平领的衣衫，衣袖都长长地拖在地上。她们用有花纹的锦扎成小发髻，耳垂上装饰着耳坠儿，脚上穿着白靴。国中重视妇人而轻视男人，文字跟印度一样。她们以十一月为正月，每到十月，便让巫师送酒肴到山里去，还把碾碎的麦子散向空中，大声祷告呼唤鸟。不一会儿，就有一只像野鸡的山鸟飞到巫师的怀里，于是剖开这只鸟的肚子查看，如果看到肚子里有谷粒，那么来年一定能够丰收；如果里面是霜雪，就一定有大的灾难。她们俗称这种做法为鸟卜。这个国家的人死后，就把骨头和肉装入金瓶中，和上金屑然后埋入土中。出自《神异记》。

廪　君

李时，字玄休，是廪君的后代。从前武落的钟离山崩塌，出现了石坑，一个石坑红如朱砂，另一个石坑黑如生漆。有一个人从红色坑中出来，名叫务相，姓巴；有人从黑色坑中出来，共四个姓：嬃氏、樊氏、柏氏、郑氏。五姓出现后开始争斗，于是务相用矛扎坑壁，说能把矛扎在坑壁上的，就做廪君。结果姓嬃、樊、柏、郑的人谁也没扎住，而务相扎在坑壁上的矛上还能挂住剑。大家又用土做船，在船身上雕刻绘画，然后让船浮在水上。约定说："如果谁的船能浮在水上，就可以做廪君。"结果又只有务相的船能浮在水上，于是就称务相为廪君。务相乘坐着他的土船，

将其徒卒，当夷水而下，至于盐阳。水神女子止廪君曰："此鱼盐所有，地又广大，与君俱生，可无行。"廪君曰："我当为君，求廪地，不能止也。"盐神夜从廪君宿，旦辄去为飞虫，诸神皆从，其飞蔽日。廪君欲杀之，不可别，又不知天地东西。如此者十日，廪君即以青缕遗盐神曰："婴此即宜之，与汝俱生；不宜，将去汝。"盐神受而婴之。廪君至砀石上，望膺有青缕者，跪而射之。中盐神，盐神死，群神与俱飞者皆去，天乃开朗。廪君复乘土船，下及夷城。石岸曲，泉水亦曲，望之如穴状。廪君叹曰："我新从穴中出，今又入此，奈何？"岸即为崩，广三丈余，而阶阶相承。廪君登之，岸上有平石，长五尺，方一丈。廪君休其上，投策计算，皆著石焉。因立城其旁，有而居之。其后种类遂繁。秦并天下，以为黔中郡，薄赋敛之，岁出钱四十万。巴人以赋为賨，因谓之賨人焉。出《录异记》。

大食国

大食西南二千里有国，山谷间，树枝上生花如人首，但不语。人借问，笑而已，频笑辄落。出《酉阳杂俎》。

私阿修国

私阿修国金辽山寺中，有石鼍，众僧饮食将尽，向石鼍作礼，于是饮食悉具。出《酉阳杂俎》。

带着他的部众，顺夷水而下，到达了盐阳。水神的女儿阻止廪君说："此地鱼盐都有，土地广大，我愿跟您一块生活，不要再走了吧。"廪君说："我将成为国君，所以我要寻找能生产粮食的土地，不能停止。"盐神夜晚跟廪君一起睡觉，早晨就离去变成了飞虫，各种神都跟着盐神，它们飞舞起来遮蔽了太阳。廪君想杀死盐神，但没法分辨，又不知天地和方向。像这种情形持续了十天，廪君就把青线送给盐神，说："缠上这个，如果适合你，就与你一块生活；不适合的话，我就要离开你。"盐神接过去缠在了身上。廪君到了一块带花纹的石头上，望着飞虫胸上有青线的，跪在石上射它。一下子就射中了盐神，盐神死了，那些跟着它一起飞的都走开了，天也开朗了。廪君又坐上船，下行到夷城。那地方石岸曲折，泉水也弯弯曲曲，远远看去像个大坑似的。廪君感叹说："我刚从坑中出来，现在又进了坑，怎么办呢？"结果河岸马上就崩塌了，宽有三丈多，而且一个台阶接着一个台阶。廪君登上去，岸上有块平坦的石头，长五尺，宽有一丈。廪君在上面休息，扔算筹测算，结果都落在石头上。于是就在石头旁边建立城池，占有了那个地方并居住下来。从那以后廪君的种族便繁衍起来。秦统一天下后，就把这个地方定为黔中郡，对这里收税不多，每年贡钱四十万。巴人把赋税称为賨，于是便把巴人称为賨人了。出自《录异记》。

大食国

大食国西南方二千里外有个国家，山谷里的树上长出的花像人头，只是不说话。人问它时，它只能笑笑罢了，如果频繁地笑，这花就落了。出自《酉阳杂俎》。

私阿修国

私阿修国金辽山的寺庙里，有个石罂，和尚们的饮食将要吃完时，只要向石罂行礼，饮食饭菜就又会有了。出自《酉阳杂俎》。

俱振提国

俱振提国尚鬼神，城北隔真珠江二十里，有神。春秋之时，国王所须什物金银器，神厨中自然而出，祠毕亦灭。天后使人验之，不妄。出《酉阳杂俎》。

牂牁

獠在牂牁，其妇人七月生子，死则竖棺埋之。木耳夷，旧牢西，以鹿角为器。其死则屈而烧，而埋其骨。木耳夷人，黑如漆。小寒则焙沙自处，但出其面。出《酉阳杂俎》。

龟兹

古龟兹国主阿主儿者，有神异力，能降伏毒蛇龙。时有人买市人金银宝货，至夜中，钱并化为炭。境内数百家，皆失金宝。王有男先出家，成阿罗汉果。王问之，罗汉曰："此龙所为，居北山，其头若虎，今在某处眠耳。"王乃易衣持剑，默至龙所。见龙卧，将斩之，思曰："吾斩寐龙，谁知吾有神力。"遂叱龙，龙惊起，化为狮子，王即乘其上。龙怒，作雷声，腾空，至城北二十里。王谓龙曰："尔不降，当断尔头。"龙惧王神力，人语曰："勿杀我，我当与王为乘。欲有所向，随心即至。"王许之，后遂乘龙而行。出《酉阳杂俎》。

葱岭以东，人好淫僻，故龟兹于阗置女市，以收钱。出《十三州志》。

俱振提国

俱振提国崇信鬼神,城北隔真珠江二十里处有神。春秋祭祀季节,国王所需要的东西和金银器具,神厨中会自动出现,祭祀完了,这些东西又会自动消失。武则天派人验证这事,果然不虚假。出自《酉阳杂俎》。

牂 牁

獠人生活在牂牁,他们的妇女怀孕七个月就生孩子,人死后,棺材是竖着埋在土中的。木耳族,居住在旧牢西面,他们用鹿角制作器具。他们死了人,就把尸体弯曲起来焚烧,烧后只把骨头埋葬。木耳这个少数民族的人,肤色黑得像漆。天气稍冷些,就用微火把沙烧热,然后把身子埋在沙里面,只把脸露出来。出自《酉阳杂俎》。

龟 兹

古代龟兹国主阿主儿有神奇的力量,能降伏毒蛇和龙。当时有人买了金银宝器等货物,到了半夜,钱都变成了炭。国内的数百家都丢失了金银财宝。国王有个儿子先前就出家了,已修成了阿罗汉。国王问他这件事,罗汉说:"这是龙干的事,这条龙住在北山,它的头像老虎,现正在某处睡觉呢。"国王于是换了衣服拿着宝剑,悄悄地到了龙所在的地方。国王看见龙趴在那里,就想杀了它,但又想:"我杀了睡着的龙,谁知道我有神奇的力量?"便呵斥龙,龙吃惊地醒过来,变成了一头狮子,国王就骑到它的背上。龙非常愤怒,发出了雷鸣一般的声音,并飞上天空,飞到城北二十里。国王对龙说:"你不投降,我会砍断你的头。"龙害怕国王神奇的力量,像人那样说:"不要杀我,我会给你当坐骑。你想到什么地方,心里一想就能到。"国王答应了他,以后便乘龙而行。出自《酉阳杂俎》。

葱岭以东的地方,人们喜欢乱搞两性关系,所以龟兹于阗国都设有妓馆,以此赚钱。出自《十三州志》。

　　龟兹，元日斗羊马驼，为戏七日，观胜负，以占一年羊马减耗繁息也。婆逻遮，并服狗头猴面，男女无昼夜歌舞。八月十五日，行像及透索为戏。焉耆，元日二月八日婆摩遮，三日野祀，四月十五日游林。五月五日弥勒下生，七月七日祀生祖，九月九日麻撒。十月十日王为厌法，王领家出宫，首领代王焉，一日一夜，处分王事。十月十四日，每日作乐，至岁穷。拔汗那，十二月及元日，王及首领，分为两朋，各出一人，著甲。众人执瓦石棒棍，东西互击，甲人先死即止，以占当年丰俭。出《酉阳杂俎》。

乾陀国

　　乾陀国，昔有王神勇多谋，号伽当。讨袭诸国，所向悉降。至五天竺国，得上细缕二条，自留一，一与妃。妃因衣其缕谒王。缕当妃乳上，有郁金香手印迹，王见惊恐，谓妃曰：“尔忽衣此手迹衣服，何也？”妃言向王所赐之缕。王怒，问藏臣，藏臣曰：“缕本有是，非臣之咎。”王追商者问之。商言天竺国娑陀婆恨王，有宿愿：每年所赋细缕，并重叠积之，手染郁金，拓于缕上，千万重手印即透。丈夫衣之，手印当背；妇人衣之，手印当乳。王令左右披之，皆如商者。王因叩剑曰：“吾若不以此剑裁娑陀恨王手足，无以寝食。”乃遣使就南天竺，索娑陀婆恨王手足。使至其国，

龟兹国每年都在正月初一那天举行斗羊、斗马、斗驼的活动，共进行七天，看谁胜谁负，以此预测一年中羊马损耗或繁衍增殖的情况。过婆逻遮节时，人们都戴上狗头猴脸面具，男女不分昼夜地唱歌跳舞。八月十五日把捧着佛像游行和跳绳作为娱乐活动。焉耆国在正月初一、二月八日过婆摩遮节，三日到野外祭祀，四月十五日到树林中游玩。五月五日是弥勒生日节，七月七祭祀祖先，九月九日是麻撒节。十月十日国王举行压制妖魔的法事，国王带领家人走出王宫，由部落首领代替国王，一天一夜，处理国王的事务。十月十四日起，每天作乐，直到年终。十二月及正月初一，拔汗那国国王和部落首领分成两帮，各方出一人，穿上铠甲。众人拿着瓦石棒棍，东西夹击他们，哪方穿铠甲的人先被打死，活动就停止，以此来预测当年是丰收还是歉收。出自《酉阳杂俎》。

乾陀国

乾陀国以前有个国王神勇多谋，名叫伽当。他讨伐袭击各国，所到之处全都投降。到五天竺国时，得到上等的细缣衣两条，自己留下一条，另一条给了妃子。妃子于是穿上那条缣衣去拜见伽当王。伽当王见妃子穿的缣衣正当乳房的地方有郁金香色的手印，非常惊恐，问妃子说："你忽然穿这带手印的衣服是怎么回事呢？"妃子说是前些日子大王赏赐的缣衣。伽当王大怒，问负责看管仓库的大臣，负责看管仓库的大臣说："缣上原本就有这手印，不是我的过错。"国王又抓来商人询问。商人说天竺国的国王叫婆陀婆恨王，他一向有个愿望：要把每年百姓上交的细缣，都重叠着放成一堆，然后给手染上郁金香染料，印到细缣上，即使有千万层缣，手印也能立刻印透。男的穿上它，手印在背上；女的穿上它，手印就在乳房部位。伽当王就命令近侍穿上它，果然像商人说的那样。伽当王于是敲着宝剑说："我如果不用这把剑砍下婆陀婆恨王的手脚，就无法睡觉吃饭！"于是派遣使者到南天竺，索要婆陀婆恨王的手脚。使者到了那个国家，

娑陀婆恨王与群臣绐报曰:"我国虽有王名娑陀婆恨,元无王也,但以金为王,设于殿上。凡统领教习,皆臣下耳。"王遂起象马兵,南讨其国。国隐其王于地窟中,铸金人,来迎伽王。伽王知其伪,且自恃神力,因断金人手足。娑陀婆恨王于窟中,手足悉皆自落。出《酉阳杂俎》。

　　乾陀国者,尸毗王仓库,为火所烧,其中粳米燋者,于今尚存。服一粒,永不患疟。出《酉阳杂俎》。

婆陀婆恨王与群臣用谎话回复说:"我国虽然有个国王叫婆陀婆恨,但其实我们根本就没有王,只不过用金子做成王的像,摆在殿上。所有统领教练演习的事情,都是大臣说了算。"伽当王于是带领象马兵,向南讨伐天竺国。天竺国把国王隐藏在地窖中,而铸了一个金人,来迎接伽当王。伽当王知道他们弄虚作假,并且仗着自己的神力,就砍断了那金人的手脚。婆陀婆恨王当时正在地窖中,手脚居然全都自己掉了下来。出自《酉阳杂俎》。

乾陀国,是尸毗王的仓库,被火所烧,那里面烧焦的粳米,到现在还有。如果吃上一粒,永远不患疟疾。出自《酉阳杂俎》。

卷第四百八十二
蛮夷三

苗 民

西荒中有人焉，面目手足皆人形，而腋下有翼，不能飞，名曰苗民。《书》曰：窜三苗于三危四裔。为人饕餮，淫佚无理，舜窜之于此。出《神异经》。

奇 肱

奇肱国，其民善为机巧，以杀百禽。能为飞车，从风远行。汤时，西风久下，奇肱人车至于豫州界中。汤破其车，不以示民。后十年，东风复至，乃使乘车遣归。其国去玉门西万里。出《博物志》。

苗　民

西方边远的地方有一种人,面目手脚都是人的样子,但腋下长有翅膀,不过不能飞,名称叫苗民。《尚书》上说:把三苗族流放到三危山和四方极远的地方。苗民为人贪吃,纵欲放荡,不守伦理,所以舜才把他们流放到那里。出自《神异经》。

奇　肱

奇肱国的百姓擅长制作巧妙的机械,来杀死各种禽鸟。还能制造飞车,随风飞到很远的地方。商汤的时候,总是刮西风,所以奇肱的飞车飞到了豫州一带。商汤打落了他们的飞车,也不把飞车给百姓看。以后过了十年,东风又刮起来了,于是让他们乘着飞车回国了。他们的国家距离玉门西边有一万里。出自《博物志》。

西北荒小人

西北荒中有小人，长一寸。其君朱衣玄冠，乘辂车，马引，为威仪居处。人遇其乘车，抵而食之，其味辛。终年不为物所咋，并识万物名字。又杀腹中三虫，三虫死，便可食仙药也。出《博物志》。

于 阗

后魏宋云使西域，行至于阗国。国王头著金冠，似鸡帻，头垂二尺生绢，广五寸，以为饰。威仪有鼓角金钲，弓箭一具，戟二枚，槊五张。左右带刀，不过百人。其俗妇人裤衫束带，乘马驰走，与丈夫无异。死者以火焚烧，收骨葬之，上起浮图。居丧者剪发，长四寸，即就平常。唯王死不烧，置之棺中，远葬于野。出《洛阳伽蓝记》。

乌 苌

乌苌国，四熟之稻，苗高没骆驼，米大如小儿指。出《洽闻记》。

又乌苌国民，有死罪，不立杀刑。唯徙空山，任其饮啄。事涉疑似，以药服之，清浊则验，随事轻重，则当时即决。出《洛阳伽蓝记》。

汉槃陀国

汉槃陀国正在山顶。自葱岭已西，水皆西流。世人云，是天地之中。其土人民，决水以种。闻中国待雨而种，笑曰："天何由可期也？"出《洛阳伽蓝记》。

西北荒小人

西北边远的地方有种小人,身高只有一寸。他们的国君身穿红衣,头戴黑帽,乘坐着马拉的大车,住处十分庄严讲究。人类如果遇到乘车的小人国皇帝,把他抓住吃掉,味道很辣。吃完后整年都不会被东西咬,并能识别各种东西的名字。吃了还能杀死人肚子里的寄生虫,寄生虫死了,就可以服用仙药了。出自《博物志》。

于　阗

后魏时宋云出使西域,到了于阗国。那里的国王头戴金冠,像鸡冠,冠上垂着二尺长的生绢,宽五寸,以此作为装饰。仪仗有皮鼓、号角、铜锣,一副弓箭,两把戟,五把槊。带刀的侍从,不超过一百人。他们的妇女也穿长裤和衣衫,腰间扎着腰带,骑着马奔驰,与男子没有什么不同。死了的人先用火焚烧,然后把骨头收起来埋葬,上面修一座塔。守丧的人要剪去头发,等头发长出四寸,就结束服丧恢复正常。只有国王死了不烧,而是装到棺材中,远远地埋在野外。出自《洛阳伽蓝记》。

乌　苌

乌苌国的稻米一年成熟四次,稻苗很高,能没过骆驼,米粒大如小孩的指头。出自《洽闻记》。

乌苌国的百姓犯了死罪,也没有杀死的刑罚。只是把犯人送到空山中,任凭他喝水吃东西。事情如果属于可疑的,就让可疑的人服一种药,清白还是不清白就验证出来了,根据情节的轻重,当场立刻作出判决。出自《洛阳伽蓝记》。

汉槃陀国

汉槃陀国恰好在山顶上。从葱岭以西,水都向西流。世上的人说,这里是天地的中间。那里的人,都引水种地。他们听说中国要等下了雨再种地,笑着说:"有什么理由要去指望天啊?"出自《洛阳伽蓝记》。

苏都识匿国

苏都识匿国有野叉城，城旧有野叉，其窟见在。人近窟住者五百余家，窟口作舍，设关钥，一年再祭。人有逼窟口，烟气出，先触者死，因以尸掷窟中。其窟不知深浅。出《酉阳杂俎》。

马留

马伏波有余兵十余家，不返，居寿洽县，自相婚姻，有二百户。以其流寓，号马留，饮食与华同。山川移铜柱入海，以此民为识耳。出《酉阳杂俎》。

武宁蛮

峡中俗，夷风不改。武宁蛮好著芒心接离，名曰亭绥。以稻记年月葬时。以笄向天，谓之刺北斗。相传磐瓠初死，置于树上，以笄刺之，其后化为象。出《酉阳杂俎》。

悬渡国

乌耗西有悬渡国，山溪不通，引绳而渡，朽索相引二千里。土人佃于石间，垒石为室，接手而饮，所谓猿饮也。出《酉阳杂俎》。

飞头獠

邺鄯之东，龙城之西南，地广千里，皆为盐田。行人所经，牛马皆布毡卧焉。岭南溪洞中，往往有飞头者，故有飞头

苏都识匿国

苏都识匿国有座野叉城，这城中过去有野人，野人住过的洞现在还在。人们靠近洞窟住的有五百多家，洞窟口盖上房屋，里面设置门闩，一年到洞窟前祭祀两次。人如果靠近了洞窟的口，烟气冒出来，先接触的就会死去，于是就把尸体扔到洞窟中。那个洞窟不知有多深。出自《酉阳杂俎》。

马　留

后汉光武时的伏波将军马援的部队，有十几家余部没有返回内地，留住在寿洽县，他们内部互相联姻，繁衍到二百家。因他们寄居他乡，所以号称马留，他们的饮食跟中国人相同。山河改道，马援当年立的铜柱已没入海中，只有这里的马留人才能找到它的位置。出自《酉阳杂俎》。

武宁蛮

三峡一带的习俗仍没有改掉夷人的风气。武宁的蛮子好戴着中间起尖的帽子，把它叫作亭绥。用稻子的生长、收割时间来记载年月和死人埋葬的时间。他们把束发的簪子指向天空，把这称作刺北斗。相传磐瓠刚死时，放在树上，用束发簪子刺它，那以后就变成了象征。出自《酉阳杂俎》。

悬渡国

乌耗西面有个悬渡国，山溪隔断了道路，便靠溜索渡河，用坏的绳子连起来有二千里。当地人在石头之间种地，用石头垒成房子，喝水用手捧着喝，这就是人们所说的猿饮吧。出自《酉阳杂俎》。

飞头獠

邺鄯的东面，龙城的西南方，有广阔千里的土地，都是盐碱地。走路的人经过这个地方，休息的时候连牛马都得铺上毡卧在上面。五岭以南的溪洞中，常常有头能飞的人，所以有飞头

獠子之号。头飞一日前，颈有痕，匝项如红缕，妻子遂看守之。其人及夜，状如病，头忽离身而去。乃于岸泥，寻蟹蚓之类食之，将晓飞还，如梦觉，其腹实矣。梵僧菩萨胜又言，阇婆国中有飞头者，其人无目瞳子，聚落时，有一人据于民志怪。南方落民，其头能飞，其俗所祠，名曰虫落，因号落民。昔朱桓有一婢，其头夜飞。《王子年拾遗》言，汉武时，因墀国有南方有解形之民，能先使头飞南海，左手飞东海，右手飞西海；至暮，头还肩上，两手遇疾风，飘于海外。出《酉阳杂俎》。

又南方有落头民，其头能飞，以耳为翼，将晓，还复著体。吴时往往得此人也。出《博物志》。

蹄羌

蹄羌之国，其人自膝已下，有毛，如马蹄。常自鞭其胫，日行百里。出《博物志》。

扶楼

周成王七年，南垂有扶楼之国，其人能机巧变化，易形改服。大则兴云起雾，小则入于纤毫之里。缀金玉毛羽为衣裳，能吐云喷火，鼓腹则如雷霆之声。或化为巨象、狮子、龙蛇、犬马之状，或变虎，或口中吐人于掌中。备百兽之乐，旋转屈曲于指间。见人形，或长数分，或复数寸。神怪欻忽，炫于时。乐府皆传此伎，代代不绝，故俗谓婆侯伎，则"扶楼"之音讹替也。出《王子年拾遗记》。

獠子的称号。在头飞走的前一天,脖子上就有痕迹,绕脖子一圈像一根红线,妻和孩子便看守着。这人到了晚上,样子像有病似的,头忽然离开身子就飞走了。头落在河岸边的泥中,找些螃蟹蚯蚓之类的东西吃,将要天亮时才飞回来,像做梦忽然醒了似的,然而却觉得肚子里已经很饱了。佛教僧人菩萨胜又说,阇婆国中也有头能飞的人,那种人眼眶里没瞳孔,在头突然落下时,有一个人根据这人的情况记下了这怪异的事情。南方的落民,他们的头能飞,他们世俗祭祀的神名字叫虫落,于是称他们为落民。从前朱桓有一个婢女,她的头在夜晚能飞。《王子年拾遗记》中说,汉武帝时因墀国的南方有能分解身体的人,能先让头飞到南海,左手飞到东海,右手飞到西海;到了晚上,头回到肩上,两只手遇到了猛烈的风,飘飞到了海外。出自《酉阳杂俎》。

又南方有落头民,他们的头能飞,用耳朵作翅膀,天快亮时又回到他的身体上。孙吴时常常得到这种人。出自《博物志》。

蹄 羌

蹄羌国的人,膝盖以下都长着毛,就像马蹄。他们经常自己鞭打自己的小腿,每天能走百余里。出自《博物志》。

扶 楼

周成王七年时,南部边境有个扶楼国,那个国家的人能机巧变化,改变自己的形体和服装。变大则能使云雾出现,变小则能进入细小的东西里边。穿着装饰着金玉毛羽的衣服,能从口中吐出云喷出火,敲打肚子传出的声音就像打雷。有的能变成巨象、狮子、龙、蛇、狗、马的样子,有的能变成虎,有的口中能吐出人,立在手掌上。他们还能做各种野兽的娱乐,在手指间能旋转弯曲做出各种动作。他们显现人形时,有的才几分高,有的也只有几寸高。神奇怪诞,在当时很炫人耳目。国家的乐府中也传承这种技艺,而且代代相传不断,所以人们俗称他们为婆侯技,原来是"扶楼"这个音被传错了。出自《王子年拾遗记》。

交趾

交趾之地，颇为膏腴，从民居之，始知播植。厥土惟黑壤，厥气惟雄，故今称其田为雄田，其民为雄民。有君长，亦曰雄王；有辅佐焉，亦曰雄侯。分其地以为雄将。出《南越志》。

南越

南越民不耻寇盗。其时尉陀治番禺，乃兴兵攻之。有神人适下，辅佐之，家为造弩一张，一放，杀越军万人，三放，三万人。陀知其故，却垒息卒，还戎武宁县下，乃遣其子始为质，请通好焉。出《南越志》。

尺郭

南有人焉，周行天下。其长七丈，腹围如其长，朱衣缟带，以赤蛇绕其项。不饮不食，朝吞恶鬼三千，暮吞三百。此人以鬼为食，以雾为浆。名曰尺郭，一名食邪，一名黄父。出《神异经》。

顿逊

顿逊国，梁武朝，时贡方物。其国在海岛上，地方千里，属扶南北三千里。其俗，人死后鸟葬。将死，亲宾歌舞送于郭外，有鸟如鹅而色红，飞来万万，家人避之，鸟啄肉尽，乃去。即烧骨而沉海中也。出《穷神秘苑》。

交　趾

交趾那里的土地很肥沃，自从有人住在那里后，才懂得播种耕田。那里的土壤都是黑色的，那里的气都是雄气，所以现在把那里的田地叫作雄田，那里的百姓叫雄民。那里有君王，也称雄王，辅佐王的大臣也叫雄侯。国王把那里的土地分成几块，封给那些有功的雄将们。出自《南越志》。

南　越

南越人向来不以偷盗抢劫为耻。当时尉陀的治所在番禺，于是就派兵攻打。有天神正好降临，帮助他们，神为他们每家造了一张弓弩，弓弩放一次就杀了一万南越军，放三次就杀了三万南越军。尉陀知道是什么原因，就赶快停战，把军队撤回到武宁县，并把他的儿子尉始送去作人质，要求和他们友好往来。出自《南越志》。

尺　郭

南方有一种人，走遍了天下。他们身高七丈，肚子周长也有七丈，穿着红色衣服，系白色的带子，把赤蛇围在自己脖子上。不喝水，也不吃饭，早晨能吞下三千恶鬼，傍晚能吞下三百。这种人把鬼作为食物，把雾作为饮料。名字叫尺郭，另一个名称叫食邪，还有一个名称叫黄父。出自《神异经》。

顿　逊

顿逊国在梁武帝时，经常进贡一些地方特产。那个国家在海岛上，土地纵横千里，跟扶南国北界接壤处有三千里。那个国家的风俗是人死后进行鸟葬。人将要死时，亲戚来宾唱着歌跳着舞把人送到城外，有一种形状像鹅而毛色为红的鸟，飞过来千千万万，家里人就都躲避起来，鸟把死人的肉啄吃完后，就飞走了。人们马上把死人骨头烧了，然后把骨灰沉入海里。出自《穷神秘苑》。

堕婆登国

堕婆登国在林邑东，南接诃陵，西接述黎。种稻，每月一熟。有文字，书于贝多叶。死者口实以金缸，贯于四支，然后加以婆律膏及檀沉龙脑，积薪燔之。出《神异经》。

哀牢夷

哀牢夷，其先有妇人名沙壶，居牢山。捕鱼水中，若有所感，妊孕十月而生十子，今西南夷其裔也。出《独异志》。

诃陵国

诃陵在真腊国之南，南海洲中，东婆利，西堕婆，北大海。竖木为城，造大屋重阁，以棕皮覆之。以象牙为床，以柳花为酒，饮之亦醉，以手撮食。有毒，与常人居止宿处，即令身上生疮。与之交会，即死。若旋液，沾著草木即枯。俗以椰树为酒，味甘，饮之亦醉。出《神异录》。

真腊国

真腊国在骥州南五百里。其俗，有客设槟榔、龙脑香、蛤屑等，以为赏宴。其酒比之淫秽，私房与妻共饮，对尊者避之。又行房，不欲令人见，此俗与中国同。国人不着衣服，见衣服者，共笑之。俗无盐铁，以竹弩射虫鸟。出《朝野佥载》。

堕婆登国

堕婆登国在林邑国东面，南边和诃陵国接壤，西边毗邻述黎国。堕婆登国种稻子，每月成熟一次。有文字，写在菩提树叶上。死了的人口里塞入金缸，并使它跟四肢相连，这样之后再把婆律膏和檀沉龙脑等香料涂到尸体上，然后堆起木柴把尸体烧掉。出自《神异经》。

哀牢夷

哀牢夷的祖先是一位名叫沙壶的妇女，她住在牢山。有一次她在水中捕鱼时，忽然好像有什么感觉，于是怀孕十个月后生下了十个孩子，现在的西南夷就是她的后代。出自《独异志》。

诃陵国

诃陵国在真腊国的南面，在南海的海岛中，东靠婆利，西邻堕婆，北面是大海。城墙是用竖起的木头构成的，建造的大屋和多层阁楼，用棕树皮覆盖屋顶。他们用象牙做床，用柳花做酒，喝了它也能醉，习惯用手抓食物吃。诃陵人有毒，如果他们跟常人在一起住宿，就会使常人身上生疮。常人若与他们发生性关系，马上就会死。他们的尿液如果沾在草木上，草木就干枯。他们用椰汁制酒，酒味甜，但喝了它也能醉。出自《神异录》。

真腊国

真腊国在骥州南面五百里。那里的风俗是，来了客人之后，主人设槟榔、龙脑香、蛤屑之类的东西，作为招待的酒宴。他们认为喝酒就好比淫秽之事，只能在自己的房间里与妻子一起饮酒，对高贵的人就要避开喝酒这事。行男女之事时，是不愿意让别人看见的，这一点和中国是相同的。真腊国的人不穿衣服，看见有穿衣服的人，大家都笑话他。那里没有盐和铁器，用竹子造的弓箭猎杀飞禽走兽。出自《朝野佥载》。

留仇国

炀帝令朱宽征留仇国，还，获男女口千余人并杂物产，与中国多不同。缉木皮为布，甚细白，幅阔三尺二三寸。亦有细斑布，幅阔一尺许。又得金荆榴数十斤，木色如真金，密致，而文彩盘蹙有如美锦，甚香极精，可以为枕及案面，虽沉檀不能及。彼土无铁，朱宽还至南海郡，留仇中男夫壮者，多加以铁钳镶，恐其道逃叛。还至江都，将见，为解脱之，皆手把钳，叩头惜脱，甚于中土贵金。人形短小，似昆仑。出《朝野金载》。

木　客

郭仲产《湘州记》云，平乐县西七十里，有荣山，上多有木客。形似小儿，歌哭衣裳，不异于人，而伏状隐现不测。宿至精巧，时市易作器，与人无别，就人换物亦不计其值。今昭州平乐县。出《洽闻记》。

缴濮国

永昌郡西南一千五百里有缴濮国。其人有尾，欲坐，辄先穿地作穴，以安其尾。若邂逅误折其尾，即死也。出《广州记》。

木饮州

木饮州，朱崖一州。其地无泉，民不作井，皆仰树汁为用。出《酉阳杂俎》。

留仇国

隋炀帝命令朱宽征讨留仇国,回来时,俘获男女一千多口,还有各种各样的物产,大多与中国的不一样。其中有用树皮搓线织成的布,很精细很洁白,幅宽三尺二三寸。也有细斑布,幅宽一尺左右。又带回金荆榴几十斤,木质的颜色像真金,纹路细密,而花纹色彩盘绕皱缩就像美丽的锦绣,很香又很精致,可用来做枕头和桌面,即使是沉檀木也比不上它。他们的国家不出产铁,朱宽回到南海郡,对留仇俘虏中健壮的男人,大多用铁钳锁着,怕他们途中叛乱或逃跑。回到扬州时,将要拜见皇上,便给他们解下铁钳,那些人却手把铁钳,叩头舍不得解下,胜过中国人对金子的看重。留仇人形体矮小,像昆仑奴。出自《朝野金载》。

木 客

郭仲产的《湘州记》上说,平乐县西面七十里处,有座荣山,山上有不少木客。他们形体像小孩,唱歌哭泣、衣服裤子跟常人没有什么不同,而他们的行踪不定,难以发现。他们住处极为精巧,有时在市场上买卖器物,与人没有差别,他们跟人交换物品时也不计较物品的价钱。郭仲产书中说的平乐县,就是现在的昭州平乐县。出自《洽闻记》。

缴濮国

永昌郡西南一千五百里的地方,有个缴濮国。那里的人们都长着尾巴,想坐下时,就得先在地上挖个坑,来放置他们的尾巴。万一不慎弄折了尾巴,那人马上就会死去。出自《广州记》。

木饮州

木饮州是朱崖的一个州。那里没有泉水,百姓也不打井,都依靠树的汁液作水用。出自《酉阳杂俎》。

阿萨部

阿萨部，多猎虫鹿，剖其肉，重叠之，以石压沥汁。税波斯、拂林等国米及草子酿于肉汁之中，经数日，即变成酒，饮之可醉。出《酉阳杂俎》。

孝忆国

孝忆国，界周三千余里。在平川中，以木为栅，周十余里。栅内百姓二千余家，周围木栅五百余所。气候常暖，冬不凋落。宜羊马，无驼牛。俗性质直，好客侣。躯貌长大，塞鼻，黄发绿睛，赤髭被发，面如血色。战具唯稍一色。宜五谷，出金铁。衣麻布。举俗事妖，不识佛法，有妖祠三百余所。马步兵一万。不尚商贩，自称孝忆人。丈夫妇人俱佩带。每一日造食，一月食之，常吃宿食。仍通国无井及河涧，所有种植，待雨而生。以纩铺地，承雨水用之。穿井即苦，海水又咸。土俗伺海潮落之后，平地收鱼以为食。出《酉阳杂俎》。

婆弥烂国

婆弥烂国去京师二万五千五百五十里。此国西有山，巉岩峻崄，上多猿。猿形绝长大，常暴田种，每年有二三十万。国中起春已后，屯集甲兵，与猿战。虽岁杀数万，不能尽其巢穴。出《酉阳杂俎》。

阿萨部

阿萨部族的人,总是猎获很多野物和鹿,然后把它们的肉剔出来,叠放在一块,上面压上石头,榨出汁液。再把从波斯、拂林等国买来的米及草籽都放入汁液中发酵,经过几天,肉汁就变成了酒,喝了它也能醉。出自《酉阳杂俎》。

孝忆国

孝忆国国界周长三千多里。处在平原中,用树木建造栅栏,周长十多里。栅栏内居住百姓二千多家,遍及全国的木栅栏有五百多处。孝忆国气候常年温暖,冬天草木也不凋落。当地适合养羊养马,没有骆驼和牛。孝忆人性格质朴直率,很好客。他们身材高大,高鼻梁,黄头发,绿眼珠,胡髭是红色的,头发披散着,脸色像血。他们的武器只有槊这一种。那里适合种植五谷,还出产金和铁。那里的人穿麻布衣服。全国都有供奉妖物的风俗,不懂得佛法,共有供奉妖物的祠堂三百多处。骑兵和步兵共有一万人。不重视商业,自称为孝忆人。男人和妇女都用腰带。一天做的饭,够吃一个月,经常吃剩饭。全国既没有井也没有河溪,所有种植的东西,都依赖下雨生长。用丝绵絮铺地,用以接收雨水,以便使用。打井出的水都是苦的,海水又是咸的。当地的习俗是等海潮退后,在海滩上捡鱼类来作为食物。出自《酉阳杂俎》。

婆弥烂国

婆弥烂国距离京师二万五千五百五十里。这个国家西部有山,高峻陡峭险恶,山上有很多猿猴。那些猿猴的形体又高又大,常常把田地里的种子挖出来,每年下山毁田的猿猴有二三十万。立春以后,他们国中就集合军队,与猿猴作战。虽然每年杀掉数万猿猴,仍不能完全捣毁他们的巢穴。出自《酉阳杂俎》。

拨拔力国

拨拔力国在西南海中，略不识五谷，食肉而已。常针牛畜脉取血，和乳生饮。无衣，唯腰下用羊皮掩之。其妇人洁白端正，国人自掠卖与外国商人，其价数倍。土地唯有象牙及阿末香。波斯商人欲入此国，团集数千人，赍缣布，没老幼共刺血立誓，乃市其物。自古不属外国。战用象牙排、野牛角稍、衣甲弓矢之器，步兵二十万。大食频讨袭之。出《酉阳杂俎》。

昆 吾

昆吾陆盐，周十余里，无水，自生末盐。月满则如积雪，味甘；月亏则如薄霜，味苦；月尽，盐亦尽。又其国累堲为丘，象浮图，有三层。尸干居上，尸湿居下。以近葬为至孝，集大毡屋，中悬衣服彩缯，哭化之。出《酉阳杂俎》。

绣面獠子

越人习水，必镂身以避蛟龙之患。今南中有绣面獠子，盖雕题之遗俗也。出《酉阳杂俎》。

五溪蛮

五溪蛮，父母死，于村外阁其尸，三年而葬。打鼓路歌，亲属饮宴舞戏，一月余日。尽产为棺，余临江高山

拨拨力国

拨拨力国在西南方的大海中,国人对五谷毫无所知,只知道吃肉而已。他们常针刺牛等牲畜的血脉管采血,和在奶中生喝。也没有衣服,只用羊皮把腰部以下盖住。那个国家的妇女皮肤白皙五官端正,国内的人就把她们抢来卖给外国商人,那价钱比国内高出好几倍。当地上只出产象牙和阿末香。波斯国的商人打算进入这个国家,聚集了数千人,带着缣布,拨拨力人让波斯人不分老少都刺血立誓,才买了波斯人的东西。这个国家自古没附属过外国。他们作战用象牙盾牌、野牛角槊、铠甲弓箭之类的武器,步兵有二十万。大食国多次讨伐袭击过这个国家。出自《酉阳杂俎》。

昆　吾

昆吾国的土地上全是陆盐,周围十多里都没有水,会自然地出现粉末状的盐。月圆时就像积雪,盐的味道是甜的;月缺时就像一层薄薄的霜,味道是苦的;没有月亮时,盐也就没有了。那个国家多次挖沟取土堆成小丘,像佛塔,分三层。干尸体放在上层,湿尸体放在下层。把死者埋在近处被看作是最孝敬的,人们聚集在一个大毡屋中,中间悬着死者的衣服和彩缯,人们哭着就把尸体烧了。出自《酉阳杂俎》。

绣面獠子

越地的人熟悉水性,他们一定在身体上雕镂花纹图案,以避免蛟龙的危害。现在江南一带有在脸上刺上花纹的獠人,大概就是雕绘额头的旧风俗的遗留吧。出自《酉阳杂俎》。

五溪蛮

五溪的蛮人,当父母死后,就把他们的尸体放置在村外,三年后再埋葬。葬时,打着鼓,在路上唱着歌,亲属们宴会跳舞玩乐,这样一个多月。然后花光财产做棺材,在临近江水的高山

半肋凿龛以葬之。山上悬索下柩，弥高者以为至孝，即终身不复祠祭。初遭丧，三年不食盐。出《朝野佥载》。

堕雨儿

魏时，河间王子充家，雨中有小儿八九枚，堕于庭，长五六寸许。自云，家在海东南，因有风雨，所飘至此。与之言，甚有所知，皆如史传所述。出《述异记》。

半山腰上凿出一个小阁子似的山洞安葬死者。安葬方式是从山上用绳索把棺材吊放下去,棺材安放得越高,人们就认为是最孝顺的,就可终生不用再进行祭祀。凡首次遇到丧事的,家人三年不吃盐。出自《朝野佥载》。

堕雨儿

魏时,在河间的王子充家,下雨的时候,有八九个小孩随着雨落到院子里,高只有五六寸左右。小孩们自己说,家在海的东南方,因遇到大风雨,被刮到这里。跟他们谈话,觉得他们颇有知识,所说的事情都像史书上所叙述的那样。出自《述异记》。

卷第四百八十三
蛮夷四

狗　国

陵州刺史周遇不茹荤血，尝语刘恂云，顷年自青杜之海归闽，遭恶风，飘五日夜，不知行几千里也，凡历六国。第一狗国，同船有新罗，云是狗国。逡巡，果见如人裸形，抱狗而出，见船惊走。又经毛人国，形小，皆被发蔽面，身有毛如狨。又到野叉国，船抵暗石而损，遂般人物上岸，伺潮落，阁船而修之。初不知在此国，有数人同入深林采野蔬，忽为野叉所逐，一人被擒，余人惊走。回顾，见数辈野叉，同食所得之人，同舟者惊怖无计。顷刻，有百余野叉，皆赤发裸形，呀口怒目而至。有执木枪者，有雌而挟子者。篙工贾客五十余人，遂齐将弓弩枪剑以敌之，果射倒二野叉，即异拽明啸而遁。既去，遂伐木下寨，以防再来。

狗　国

　　陵州刺史周遇不吃荤血，曾对刘恂说，他前几年从青杜入海回福建，遭遇大风，在海上漂了五天五夜，不知走了几千里，共经过六个国家。第一个国家是狗国，同船的有新罗人，说那是狗国。不一会儿，果然看见一个形状像人而身体赤裸的，抱着狗出来了，看到船就惊慌地逃跑了。又经过毛人国，那里的人，身材很小，头发披散着，遮住了脸，身体有毛像长尾巴猴。又到过野叉国，当时船触了暗礁，因而受损，便连人带物都搬到岸上，等候落潮船搁浅时好修理。开始不知道是在野叉国，有几个人就一块进入茂密的树林中采野菜，忽然被野叉追赶，其中一人被抓住了，其余的人都惊慌地逃走了。回头看时，看到几个野叉，正在一同吃那被抓住的人，同船的人很惊恐，但又束手无策。不一会儿，有一百多野叉，都是红头发，光着身子，张着口，瞪着愤怒的眼睛来了。有拿木枪的，有雌性带着孩子的。于是驾船的人、做买卖的人共五十多人，一齐拿着弓弩枪剑来抵御他们，果然射倒了两个野叉，他们马上拽着被射倒的野叉，呼啸着逃走了。野叉走了以后，船上的人便伐树修栅栏，防备它们再来。

野叉畏弩,亦不复至。驻两日,修船方毕,随风而逝。又经大人国,其人悉长大而野,见船上鼓噪,即惊走不出。又经流虬国,其国人幺麼,一概皆服麻布而有礼,竞将食物,求易钉铁。新罗客亦半译其语,遣客速过,言此国遇华人飘泛至者,虑有灾祸。既而又行,经小人国,其人裸形,小如五六岁儿。船人食尽,遂相率寻其巢穴。俄顷,果见捕得三四十枚以归,烹而充食。后行两日,遇一洲岛而取水忽有群山羊,见人但耸视,都不惊避,既肥且伟。初疑岛上有人牧养,而又绝无人踪,捕之,仅获百口,皆食之。出《岭表录异》。

南　蛮

南道之酋豪多选鹅之细毛,夹以布帛,絮而为被,复纵横纳之,其温柔不下于挟纩也。俗云,鹅毛柔暖而性冷,偏宜覆婴儿,辟惊痫也。出《岭表录异》。

缚妇民

缚妇民喜他室女者,率少年持白梃,往趋墟路值之,俟过,即共擒缚归。一二月,与其妻首罪。俗谓之缚妇也。出《南海异事》。

野又害怕弓弩,也不敢再来了。在那里停了两天,船刚修理好,就顺着风又漂走了。后来又到过大人国,那个国家的人全都高大野蛮,但看见船上的人向他们大声叫嚷,便立即惊慌地逃走不出来。又到过流虬国,那里的人很小,全都穿着麻布衣服而又很有礼貌,争先恐后地拿着食物来要求换钉子和铁器。新罗客人也只能把流虬人的话翻译过来一半,他让旅客们赶快走,说这个国家的人如果遇到漂流过来的华人,就忧虑会有灾祸出现。然而又开始走,途经小人国,那个国家的人都光着身子,小得像五六岁的小孩。船上的人食物吃光了,便互相带领着一块去寻找小人的窝。不一会儿,果然捉到三四十个回来了,于是煮了充饥。此后又走了两天,碰到了水中的一个岛,便上去弄些淡水,忽然看见有一群山羊,见了人只是高高地耸起脖子看着,并不惊慌躲避,而且又肥又大。起初他们疑心是岛上有人放养的,但岛上没有一点人的踪迹,于是就抓它们,只抓到一百只,把它们都吃掉了。出自《岭表录异》。

南　蛮

南方各道的酋长大多都会选择鹅的细羽毛,将它们夹在布帛之间,把它当作绵絮做成被子,再用线粗粗地横竖缝几道,这种被子的温暖柔软程度不亚于套了丝絮的被子。人们都说,鹅毛柔软暖和而属凉性,特别适合给小孩盖,可以避免小孩受惊吓而得癫痫病。出自《岭表录异》。

缚妇民

缚妇民中的男子如果喜欢上别人家的女孩,就领着少年拿着棍子,去往赶集的路上等着,等女孩经过时,就一块抓住她绑回家去。等过了一两个月,就与他抢来的妻子一起去自首服罪。所以人们把这个民族称为缚妇民。出自《南海异事》。

南海人

南海男子女人皆缬发。每沐，以灰投流水中，就水以沐，以虫忝膏其发。至五六月，稻禾熟，民尽髡虫忝于市。既髡，复取虫忝膏涂，来岁五六月，又可虫忝。出《南海异事》。

南海解牛，多女人，谓之屠婆屠娘。皆缚牛于大木，执刀以数罪：某时牵若耕，不得前；某时乘若渡水，不时行，今何免死耶？以策举颈，挥刀斩之。出《南海异事》。

南海贫民妻方孕，则诣富室，指腹以卖之，俗谓指腹卖。或己子未胜衣，邻之子稍可卖，往贷取以虫忝，折杖以识其短长，俟己子长与杖等，即偿贷者。虫忝男女如粪壤，父子两不戚戚。出《南海异事》。

日 南

《天宝实录》云，日南厩山，连接不知几千里，裸人所居，白民之后也。刺其胸前作花，有物如粉而紫色，画其两目下，去前二齿，以为美饰。出《酉阳杂俎》。

拘弥国

顺宗即位年，拘弥之国贡却火雀，一雌一雄，履水珠，常坚冰，变昼草。其却火雀，纯黑，大小类燕，其声清亮，不并寻常禽鸟，置于烈火中，而火自散。上嘉其异，遂盛于火精笼，悬于寝殿，夜则宫人并蜡炬烧之，终不能损其毛羽。履水珠，色黑类铁，大如鸡卵，其上鳞皴，其中有窍。云将入江海，可长行洪波之上下。上始不谓之实，遂命善游者，以

南海人

南海的男人女人头发都又黑又密。每次洗头时，把灰扔到流水里，来到河边洗，洗完用猪油润发。到五六月时，稻子成熟时，人们都剃下头发在集市上卖。剃光头发后，再取猪油涂在头上，到了来年五六月时，就又可以卖了。出自《南海异事》。

南海杀牛的，大部分是女人，这种女人称为屠婆屠娘。她们都是先把牛捆在大树上，拿着刀数落牛的罪状：某时牵你去耕地，你不往前走；某时骑你过水时，不按时走，现在怎么能免死呢？然后用鞭棒挑起牛的脖子，刀一挥就把牛杀了。出自《南海异事》。

南海贫民的妻子刚怀孕时，就到富人家去，指着肚子来卖孩子，俗称为指腹卖。有的自己的孩子还太小，而邻居家的孩子稍大能卖，便去借来卖，折根棍子来量下孩子的高矮，等到自己的孩子长得跟当初折的棍子长度相等时，就把他偿还给所借的人家。卖男卖女就如粪土一样，父子双方谁也不伤心。出自《南海异事》。

日　南

《天宝实录》上说，日南郡的厥山，连绵不断，不知有几千里长，是裸人居住的地方，裸人是白民的后代。他们在自己胸前刺上花，再用一种像粉而颜色发紫的颜料在两只眼睛下面涂画，还把两个门牙敲掉，以此作为美丽的修饰。出自《酉阳杂俎》。

拘弥国

唐顺宗即位那年，拘弥国进贡了一种却火雀，一雌一雄，还有履水珠、常坚冰、变昼草。却火雀是纯黑色，大小像燕子，叫声清脆响亮，不和平常的禽鸟在一起，把它放在烈火当中，火就自己散开。皇上赞赏它的奇异，于是把它装在火精笼中，挂在寝殿里，夜晚宫人用几支蜡烛并排烧它，但始终不能损伤它的羽毛。履水珠是黑色的，像铁，有鸡蛋那么大，表面有鱼鳞似的皱痕，珠内有孔。说是带着它到江海上，能长距离地在巨浪的上面或下面行走。皇上起先不认为这事是真的，便命善于游泳的人，用

五色丝贯之,系之于左臂。毒龙畏之,遣入龙池,其人则步骤于波上,若在平地,亦潜于水中,良久复出,而遍体略无沾湿。上奇之,因以御馔赐使人。至长庆中,嫔御试弄于海池上,遂化为异龙,入于池内。俄而云烟暴起,不复追讨矣。常坚冰,云其国有大凝山,其中有冰,千年不释。及赍至京师,洁冷如故,虽盛暑赫日,终不消。嚼之,即与中国冰冻无异。变昼草,类芭蕉,可长数尺,而一茎千叶,树之则百步内昏黑如夜。始藏于百宝匣,其上缄以胡画。及上见而怒曰:"背明向暗,此草何足贵也。"命并匣焚之于使前。使初不为乐,及退,谓鸿胪曰:"本国以变昼为异,今皇帝以向暗为非,可谓明德矣。"出《杜阳编》。

南　诏

　　南诏以十二月十六日,谓之星回节日,游于避风台,命清平官赋诗。骠信诗曰:"避风善阐台,极目见藤越。邻国之名也。悲哉古与今,依然烟与月。自我居震旦,谓天子为震旦。翊卫类夔契。伊昔经皇运,艰难仰忠烈。不觉岁云暮,感极星回节。元昶谓朕曰元,谓卿曰昶。同一心,子孙堪贻厥。"清平官赵叔达曰:谓词臣为清平官。"法驾避星回,波罗毗勇猜。波罗,虎也;毗勇,野马也。骠信昔年幸此,鲁射野马并虎。河阔冰难合,地暖梅先开。下令俚柔洽,俚柔,百姓也。献赆弄栋国名。来。愿将不才质,千载侍游台。"出《玉溪编事》。

五色的丝线穿入珠孔中，然后把它系在左臂上。毒龙害怕这宝珠，就进入龙池，于是那人就或快或慢地在水波上行走，好像在平地上一样，有时也潜入水中，好久才出来，然而全身没有一个地方被弄湿。皇上对此感到奇怪，于是把皇帝吃的饭菜赏赐给那位使者。到了长庆年间，有个宫女拿着珠子在海池上玩，那珠便化成一条奇异的龙，进入池中。不一会儿云烟猛烈升腾，珠子也就无处寻找了。关于常坚冰，使者说他们国里有座大凝山，那里面有冰，千年不化。等他们把冰带到京师的时候，那块冰仍然像原来那样洁白冰冷，即使是在日光炎炎的盛夏，也始终不融化。把它放在嘴里嚼嚼，觉得跟中国的冰没有什么两样。变昼草，有点像芭蕉，可以长到几尺高，只有一根茎，却有上千片叶子，把它立起来则周围百步以内黑得像夜晚。变昼草原来是藏在百宝匣里的，匣上是用胡人的画封着的。等到皇帝见到后生气地说："背离光明趋向黑暗，这棵草有什么值得看重的！"便命令在使者面前连草带匣一起烧掉。使者起初也觉得不高兴，等到从朝廷退下以后，对接待外使的鸿胪卿说："我国把改变白昼看作奇异的事情，现在你们的皇上把趋向黑暗看作错误，这足以说是具备美德的明君了。"出自《杜阳编》。

南 诏

南诏国把十二月十六日称为星回节，这一天国王到避风台游玩，命令清平官作诗。国王骠信的诗写道："避风善阐台，极目见藤越。藤越是邻国的名字。悲哉古与今，依然烟与月。自我居震旦，称天子之位为震旦。翊卫类夔契。伊昔经皇运，艰难仰忠烈。不觉岁云暮，感极星回节。元昶把皇帝称为元，把大臣称为昶。同一心，子孙堪贻厥。"清平官赵叔达的诗：称负责撰写文词的大臣为清平官。"法驾避星回，波罗毗勇猜。波罗，就是老虎；毗勇就是野马。骠信当年来到这个地方，射中了野马和老虎。河阔冰难合，地暖梅先开。下令俚柔洽，俚柔，就是老百姓。献赆弄栋弄栋是国家名。来。愿将不才质，千载侍游台。"出自《玉溪编事》。

獠妇

南方有獠妇,生子便起,其夫卧床褥,饮食皆如乳妇,稍不卫护,其孕妇疾皆生焉。其妻亦无所苦,炊爨樵苏自若。又云,越俗,其妻或诞子,经三日,便澡身于溪河。返,具糜以饷婿。婿拥衾抱雏,坐于寝榻,称为产翁。其颠倒有如此。出《南楚新闻》。

南中僧

南人率不信释氏,虽有一二佛寺,吏课其为僧,以督责释之土田及施财。间有一二僧,喜拥妇食肉,但居其家,不能少解佛事。土人以女配僧,呼之为师郎。或有疾,以纸为圆钱,置佛像旁。或请僧设食,翌日,宰羊豕以啖之,目曰除斋。出《投荒杂录》。

又南中小郡,多无缁流。每宣德音,须假作僧道陪位。唐昭宗即位,柳韬为容广宣告使。赦文到,下属州崖州自来无僧,皆临事差摄。宣时,有一假僧不伏排位,太守王弘夫怪而问之,僧曰:"役次未当,差遣编并,去岁已曾摄文宣王,今年又差作和尚。"见者莫不绝倒。出《岭表录异》。

番禺

广州番禺县常有部民谍诉云,前夜亡失蔬圃,今认得在于某处,请县宰判状往取之。有北客骇其说,因诘之。民云,海之浅水中有藻荇之属,被风吹,沙与藻荇相杂。

獠妇

南方獠人的妇女,她们刚生下孩子就下地干活,而她们的丈夫却躺在床上,饮食完全和产妇一样,稍不注意保护,产妇易得的那些病这个丈夫都能得上。产妇也没有什么痛苦的感觉,烧火、做饭、打柴、割草都像原来一样。又听说,越人的风俗,女人生了孩子以后,只过三天便到河水中洗澡。回到家后,做粥给丈夫吃。丈夫就盖着被子抱着孩子坐在床上,称为产翁。他们那里的夫妻颠倒竟达到了这种地步。出自《南楚新闻》。

南中僧

南方人都不相信佛教,即使有一两座佛寺,官吏考核寺中和尚的管理情况,以便督察寺庙名下的田地及施舍来的财产。偶尔有一两个和尚,也是喜欢拥抱媳妇又吃肉,住在家中,而对于各种佛事一点也不了解。当地人把女儿嫁给和尚,称为师郎。有人得了病,就用纸剪成圆钱,放在佛像旁边。有的请和尚在佛像前陈设食物,第二天,就杀羊杀猪来让和尚吃,称为除斋。出自《投荒杂录》。

岭南的小郡,大多没有僧徒。每当宣布皇帝恩诏时,就得找人假扮作和尚、道士陪位。唐昭宗登基做皇帝时,柳韬被任命为容广宣告使。赦免的公文下来,而下属州崖州从来就没有和尚,都是临时找人代替。宣读赦文时,有一个假和尚不同意给他安排的位置,太守王弘夫感到奇怪,就问那个假和尚,假和尚回答说:"排列的次序不妥当,差官瞎安排,去年让我扮演文宣王孔子,今年又派我作和尚!"看的人无不笑得前仰后合。出自《岭表录异》。

番禺

广州番禺县曾有百姓的诉状说,之前晚上丢失了一个菜园子,现在认出在某个地方,请县令作出判决,好去要回来。有个北方客人对这个说法感到很惊讶,便问那人。那人说,海的浅水中有海藻荇菜之类的植物,被风吹过后,沙子就跟藻荇混在一起。

其根既浮,其沙或厚三五尺处,可以耕垦,或灌或圃故也。夜则被盗者盗之百余里外,若桴筏之乘流也。以是植蔬者,海上往往有之。出《玉堂闲话》。

有在番禺逢端午,闻街中喧然,卖相思药声,讶笑观之,乃老媪荷揭山中异草,鬻于富妇人,为媚男药,用此日采取为神。又云,采鹊巢中,获两小石,号鹊枕,此日得之者佳。妇人遇之,有抽金簪解耳珰而偿其直者。出《投荒录》。

岭南女工

岭南无问贫富之家,教女不以针缕绩纺为功,但躬庖厨,勤刀机而已。善醢醯菹鲊者,得为大好女矣。斯岂遐裔之天性欤!故俚民争婚聘者,相与语曰:"我女裁袍补袄,即灼然不会;若修治水蛇黄鳝,即一条必胜一条矣。"出《投荒录》。

芋 羹

百越人好食虾蟆,凡有筵会,斯为上味。先于釜中置水,次下小芋烹之,候汤沸如鱼眼,即下其蛙,乃一一捧芋而熟,如此呼为抱芋羹。又或先于汤内安笋箬,后投蛙,及进于筵上,皆执笋箬,瞪目张口。而座客有戏之曰:"卖灯心者。"又云,疥皮者最佳,掷于沸汤,即跃出,其皮自脱矣,皮既脱,乃可以修馔。时有一叟闻兹语,大以为不可,云:"切不得除此锦袄子,其味绝珍。"闻之者莫不大笑。出《南楚新闻》。

藻荇的根浮起来之后，那沙子有的地方三五尺厚，这地方就可开垦种植，有的地可以灌溉，有的可以作菜园子。可是夜间却被小偷把它偷到一百多里外，就像竹木制的小船顺水漂流一样。用这个种菜的，海上处处都有。出自《玉堂闲话》。

有人在番禺正赶上了端午节，听到街上一片吵嚷声，有卖相思药的叫卖声，觉得惊讶，便笑着旁观，原来是一个老太婆背着举着山里的异草，卖给有钱的妇女，作为媚惑男人的药，说用这天采的才有神效。又说，在喜鹊窝内采得两块小石，名叫鹊枕，这天得到的才是好的。妇女们遇到后，有的拔下金簪摘下耳坠折价购买它。出自《投荒录》。

岭南女工

岭南人家无论贫富，教女儿时都不把会针线能纺织看作本领，只教女儿亲自下厨房，勤练用刀的技巧罢了。擅长使用醋、盐、会腌菜和能腌鱼、糟鱼的，就被认为是非常好的女子。这难道是边远地方人的天性吗？百姓争相婚嫁的，聚在一块说："我的女儿裁袍补袄全都不会；让她整治水蛇黄鳝，那是一条比一条做得好。"出自《投荒录》。

芋　羹

百越人好吃蛤蟆，凡举行宴会，它就是上等的菜。先在锅内放水，然后把小芋下到水中煮，等到锅内的水沸腾，冒着像鱼眼似的水泡时，就把蛤蟆下到里面，蛤蟆便各自捧着小芋而被煮熟了，这样做出的羹便叫抱芋羹。又有的先在开水内放入笋筹，然后再放入蛤蟆，等到端到筵席上，发现个个蛤蟆都握着笋筹，瞪着眼睛张着嘴。座中有客人开玩笑说："像卖灯芯草的。"又说，长着疥皮的蛤蟆最好，把它扔到沸水中，它立即蹦了出去，而它的皮也自动被烫掉了，皮掉了后，就可做食物了。当时有位老者听了这话，认为很不应该，说："绝不能去掉癞蛤蟆那件锦袄，它的味道极好。"听到这话，人们无不大笑。出自《南楚新闻》。

蜜唧

岭南僚民好为蜜唧,即鼠胎未瞬,通身赤蠕者,饲之以蜜,钉之筵上,啜啜而行。以箸挟取,咬之,唧唧作声,故曰蜜唧。出《朝野佥载》。

南 州

王蜀有刘隐者,善于篇章,尝说:少年赍益部监军使书,索于黔巫之南,谓之南州。州多山险,路细不通乘骑,贵贱皆策杖而行,其囊橐悉皆差夫背负。夫役不到处,便遣县令主薄自荷而行。将至南州,州牧差人致书迓之。至则有一二人背笼而前,将隐入笼内,掉手而行。凡登山入谷,皆绝高绝深者,日至百所,皆用指爪攀缘,寸寸而进。在于笼中,必与负荷者相背而坐,此即彼中车马也。洎至近州,州牧亦坐笼而迓于郊。其郡在桑林之间,茅屋数间而已。牧守皆华人,甚有心义。翌日,牧曰:"须略谒诸大将乎?"遂差人引之衙院,衙各相去十余里,亦在林木之下。一茅斋,大校三五人,逢迎极至。于是烹一犊儿,乃先取犊儿结肠中细粪,置在盘筵,以箸和调在醢中,方餐犊肉。彼人谓细粪为圣齑,若无此一味者,即不成局筵矣。诸味将半,然后下麻虫裹蒸。裹蒸乃取麻蕨蔓上虫,如今之刺猴者是也,以荷叶裹而蒸之。隐勉强餐之,明日所遗甚多。出《玉堂闲话》。

蜜唧

岭南的僚民喜欢制作蜜唧，就是把还没睁开眼，全身通红，刚会蠕动的幼鼠，喂以蜂蜜，把它摆在筵席上，它们在盘子里轻轻地爬着。吃时用筷子夹起来，一咬，就发出唧唧的声音，所以叫作蜜唧。出自《朝野佥载》。

南州

五代时，王建的前蜀国中有个叫刘隐的人，很擅长写文章，他曾经说：少年时带着益州部监军的书信，到黔中与巫山南边考查，那一带称为南州。此州的山中有很多险要的地方，路很狭窄，骑马无法通过，人无论贵贱都得拄着手杖走，他们的行李全得派脚夫背着。脚夫不去的地方，就让县令主簿自己扛着走。将要到达南州时，州牧派人前来送信迎接刘隐。到达后有两个人背着笼子来到面前，请刘隐坐进笼内，那人背着刘隐摆动着双手往前走着。他们经过了很多极高极深的山谷，每天都经过上百处这样的地方，都是用手指攀着上边，一寸一寸向前走。坐在笼子里面的人，必须跟背笼的人背对背地坐着，这就是那地方的车马。等到了州附近的时候，州牧也坐在笼子里到郊外迎接。郡府在桑树林里，只不过是几间茅草房罢了。州郡的长官都是华夏人，很有道义之心。第二天，州牧说："需要去简单地会见一下各位大将吗？"便派人带领着刘隐等人到衙门院里，各衙门相距十多里，也在树林当中。一座茅草房，有三五个校尉官员，接待很周到。在那儿煮了一只牛犊儿，先取牛犊肠中的细粪，放在席上的盘子中，再用筷子调和在醋里面，然后才吃犊肉。那地方的人说细粪是非凡的调味品，如果没有这一调味品，就不能叫作筵席了。各种菜上到一半时，然后又端来了麻虫裹蒸。裹蒸就是抓来麻蕨蔓上的虫，那虫就像现在的刺猬，用荷叶裹着蒸熟的。刘隐勉强吃了一点，第二天拉了很多。出自《玉堂闲话》。

卷第四百八十四
杂传记一

李娃传

李娃传

　　汧国夫人李娃，长安之倡女也。节行瑰奇，有足称者，故监察御史白行简为传述。

　　天宝中，有常州刺史荥阳公者，略其名氏不书，时望甚崇，家徒甚殷。知命之年，有一子，始弱冠矣，隽朗有词藻，迥然不群，深为时辈推伏。其父爱而器之，曰："此吾家千里驹也。"应乡赋秀才举，将行，乃盛其服玩车马之饰，计其京师薪储之费，谓之曰："吾观尔之才，当一战而霸。今备二载之用，且丰尔之给，将为其志也。"生亦自负，视上第如指掌。

　　自毗陵发，月余抵长安，居于布政里。尝游东市还，自平康东门入，将访友于西南。至鸣珂曲，见一宅，门庭不甚广，而室宇严邃，阖一扉，有娃方凭一双鬟青衣立，妖姿要妙，绝代未有。生忽见之，不觉停骖久之，徘徊不能去。

李娃传

　　汧国夫人李娃是长安的歌舞艺人。她节操品行珍贵奇特，有值得称赞的地方，所以监察御史白行简为她作了传记。

　　唐代天宝年间，有位常州刺史荥阳公，这儿略去他的姓名不写出来，当时的名望很高，家中的奴仆很多。荥阳公五十岁时才有一个儿子，儿子刚长到二十岁时，俊秀聪明，文章也写得很好，跟一般人大不一样，当时的人都很称道佩服。他的父亲很喜欢器重他，说："这是我们家的千里驹啊！"这位公子作为州县选拔的优秀人才到京师应试，将要出发时，家中为他准备了丰厚的衣服玩物车马等行李物品，还算好了他在京城的日常生活费用，父亲对他说："我看你的才能，会一举考中。现在给你准备了两年的费用，并且给你的费用很充裕，是为了使你实现志向。"这位公子也很自信，把考取功名看成手到擒来之事。

　　公子从毗陵出发，一个多月就到了长安，住在布政里。他有次游览东市回来，从平康坊东门进入，打算到西南方去拜访朋友。走到鸣珂曲时，看见一座住宅，门和院子不太大，而房屋严整幽深，只关着一扇门，有一位少女，正扶着一个梳着两个环形发髻的侍女站在那里，姿态容貌非常漂亮，在当时简直从没有过。公子看见少女后，不自觉地停马久驻，徘徊着不忍心离开。

乃诈坠鞭于地，候其从者，救取之。累眄于娃，娃回眸凝
睇，情甚相慕，竟不敢措辞而去。生自尔意若有失，乃密征
其友游长安之熟者以讯之，友曰："此狭邪女李氏宅也。"
曰："娃可求乎?"对曰："李氏颇赡，前与通之者，多贵戚豪
族，所得甚广，非累百万，不能动其志也。"生曰："苟患其不
谐，虽百万，何惜!"

他日，乃洁其衣服，盛宾从而往。扣其门，俄有侍儿启
扃。生曰："此谁之第耶?"侍儿不答，驰走大呼曰："前时遗
策郎也。"娃大悦曰："尔姑止之，吾当整妆易服而出。"生闻
之，私喜。乃引至萧墙间，见一姥垂白上偻，即娃母也。生
跪拜前致词曰："闻兹地有隙院，愿税以居，信乎?"姥曰：
"惧其浅陋湫隘，不足以辱长者所处，安敢言直耶?"延生于
迟宾之馆，馆宇甚丽。与生偶坐，因曰："某有女娇小，技艺
薄劣，欣见宾客，愿将见之。"乃命娃出，明眸皓腕，举步艳
冶。生遂惊起，莫敢仰视。与之拜毕，叙寒燠，触类妍媚，
目所未睹。复坐，烹茶斟酒，器用甚洁。

久之，日暮，鼓声四动。姥访其居远近，生绐之曰："在
延平门外数里。"冀其远而见留也。姥曰："鼓已发矣，当速
归，无犯禁。"生曰："幸接欢笑，不知日之云夕。道里辽阔，

于是假装马鞭子掉到了地上,等待跟随的人来了,好叫他拾起来。公子多次斜着眼看那位少女,那少女也回过头来凝视着公子,情意似乎也很爱慕,最后公子也没敢说什么话就离去了。从此以后公子就像是丢了魂似的,于是便偷偷找来熟悉长安的朋友打听,朋友说:"那是妓女李氏的住宅。"公子又问:"这个少女,我可以追求她吗?"回答说:"这个姓李的比较富裕,之前跟她交往的,大多是贵戚和富豪,她得到的钱财很多,如果没有上百万的钱财,是不能使她动心的。"公子说:"我只担心事情不能成功,即使要花上百万,又有什么舍不得?"

后来的一天,公子便穿上干净的衣服,带着一大群侍从去李氏宅拜访。派人前去敲门,不一会儿,有一个侍女出来开门。公子说:"这是谁家的府第呀?"侍女不回答,一边往回跑一边喊:"是前些日子马鞭子掉到地上的那位公子来了!"李娃非常高兴地说:"你暂且留住他,我得打扮一下,换换衣服再出去。"公子听到这话,暗暗高兴。侍女于是把公子带到影壁墙前,看见一位白头发驼背的老妇,这就是李娃的母亲。书生走上前跪下拜见说:"听说这儿有空闲的房子,我希望租来居住,不知是不是真的?"老妇说:"只怕房子简陋低洼窄小,不足以委屈贵客居住,哪里敢提租赁的事?"便把公子引入客厅,客厅的房屋很华丽。老妇与书生一同坐下,说道:"我有个娇小的女儿,技艺水平低劣,看到客来很高兴,希望让她出来见一见你。"说罢就让李娃出来了,只见李娃眼睛明亮,手腕白皙,步态娇美。公子立刻吃惊地站了起来,不敢抬眼看。拜见之后,说了些嘘寒问暖的话,李娃的一举一动,公子都觉得妩媚动人,是自己从来没见过的。公子又重新坐下,李娃就煮茶斟酒款待,所用的器具都很干净。

过了很久,天渐渐黑了,更鼓声四起。老妇询问书生住处的远近,公子骗她说:"我住在延平门外好几里的地方。"公子是故意说路远,希望能被李娃留宿。老妇人说:"更鼓已敲过了,公子该赶快回去了,不要触犯了宵禁法令。"公子说:"今天有幸相见,谈笑甚欢,竟不知道天已经很晚了。但我回去的路程太远了,

城内又无亲戚，将若之何？"娃曰："不见责僻陋，方将居之，宿何害焉？"生数目姥，姥曰："唯唯。"生乃召其家僮，持双缣，请以备一宵之馔。娃笑而止之曰："宾主之仪，且不然也。今夕之费，愿以贫窭之家，随其粗粝以进之。其余以俟他辰。"固辞，终不许。

俄徙坐西堂，帷幕帘榻，焕然夺目；妆奁衾枕，亦皆侈丽。乃张烛进馔，品味甚盛。彻馔，姥起。生娃谈话方切，诙谐调笑，无所不至。生曰："前偶过卿门，遇卿适在屏间。厥后心常勤念，虽寝与食，未尝或舍。"娃答曰："我心亦如之。"生曰："今之来，非直求居而已，愿偿平生之志。但未知命也若何。"言未终，姥至，询其故，具以告。姥笑曰："男女之际，大欲存焉。情苟相得，虽父母之命，不能制也。女子固陋，曷足以荐君子之枕席！"生遂下阶，拜而谢之曰："愿以己为厮养。"姥遂目之为郎，饮酣而散。及旦，尽徙其囊橐，因家于李之第。自是生屏迹戢身，不复与亲知相闻，日会倡优侪类，狎戏游宴。囊中尽空，乃鬻骏乘及其家童。岁余，资财仆马荡然。迩来姥意渐怠，娃情弥笃。

他日，娃谓生曰："与郎相知一年，尚无孕嗣。常闻竹林神者，报应如响，将致荐酹求之，可乎？"生不知其计，

城内又没有亲戚,该怎么办呢?"李娃说:"如不嫌弃屋子狭小简陋,正想让你在这里住,住一宿又有什么关系呢?"书生几次用眼睛看老妇人,老妇人说:"好吧好吧。"书生就召来他年青的仆人,拿着两匹绢,请求以此来充当一顿晚饭的费用。李娃笑着阻止说:"按照宾主之间的礼仪,是不能这样的。今晚费用由我出,希望按照贫穷之家的情况,供给你一顿粗糙的饭菜。其余的等以后再说吧。"李娃坚决推辞,最后也没把公子的绢收下。

不一会儿,请公子到西屋坐下,只见帷幕帘子床帐,都十分光鲜耀眼,梳妆台、枕头、被子,也都十分豪华漂亮。于是点上蜡烛端来了饭菜,菜肴的品种和味道都是上等的。吃完饭后,老妇人站起来走开了。公子与李娃的谈话才亲切起来,幽默风趣,互相调笑,没有什么不敢说的。公子说:"前段时间,偶然经过您的门口,看到您正在门前影壁中间。从那以后我心中常常想念,即使睡觉和吃饭的时候,也不曾有片刻忘记。"李娃回答说:"我的心也是这样。"公子说:"这次我来,并非只求住几天,而是想实现我平生的愿望。只不知我的命运如何。"话还没说完,老妇人来了,问公子说那话的意思,公子就把自己的心事全告诉了老妇人。老妇人笑着说:"男女之间,愿意相亲相爱的心愿是自然而然的。感情如果合得来,即使是父母的命令,也阻止不了。我这女儿愚笨丑陋,怎么配给公子做媳妇呢?"公子于是走下台阶,跪拜着感谢她说:"希望能让我做您家的仆役。"老妇人于是就把公子看作女婿,酒喝得很尽兴后才散席。等到第二天早晨,公子把自己的行李物品全搬了过来,住进了李娃的宅子。从此公子敛迹藏身,不再跟亲属朋友来往,每天跟唱歌的演戏的聚在一起,亲近戏耍,游览饮宴。不久就把口袋里钱全部花光了,于是只好卖了车马和自己的年青仆人。只过了一年多,钱财仆人和马匹全都没有了。于是老妇的态度渐渐就有些怠慢,而李娃的情意却更加深厚。

一天,李娃对公子说:"与你相交一年,还没身孕。常听说竹林神有求必应,我想送上酒食祭神求子,行吗?"公子不知是圈套,

大喜。乃质衣于肆,以备牢醴,与娃同谒祠宇而祷祝焉,信宿而返。策驴而后,至里北门,娃谓生曰:"此东转小曲中,某之姨宅也,将憩而觐之,可乎?"生如其言。前行不逾百步,果见一车门。窥其际,甚弘敞。其青衣自车后止之曰:"至矣。"生下,适有一人出访曰:"谁?"曰:"李娃也。"乃入告。俄有一妪至,年可四十余,与生相迎曰:"吾甥来否?"娃下车,妪逆访之曰:"何久疏绝?"相视而笑。娃引生拜之,既见,遂偕入西戟门偏院。中有山亭,竹树葱蒨,池榭幽绝。生谓娃曰:"此姨之私第耶?"笑而不答,以他语对。俄献茶果,甚珍奇。

食顷,有一人控大宛,汗流驰至曰:"姥遇暴疾颇甚,殆不识人,宜速归。"娃谓姨曰:"方寸乱矣,某骑而前去,当令返乘,便与郎偕来。"生拟随之,其姨与侍儿偶语,以手挥之,令生止于户外,曰:"姥且殁矣,当与某议丧事,以济其急,奈何遽相随而去?"乃止,共计其凶仪斋祭之用。日晚,乘不至。姨言曰:"无复命,何也?郎骤往觇之,某当继至。"生遂往,至旧宅,门扃钥甚密,以泥缄之。生大骇,诘其邻人。邻人曰:"李本税此而居,约已周矣。第主自收,姥徙居而且再宿矣。"征徙何处,曰:"不详其所。"生将驰赴宣阳,以诘其姨,日已晚矣,计程不能达。乃弛其装服,

因而非常高兴。于是他拿衣服到当铺当了，用于准备牛猪羊三牲和甜酒等祭品，然后跟李娃一起到供奉神的祠庙里祈祷，住了两宿才往回走。公子骑着驴走在后边，到了里弄的北门，李娃对公子说："从这儿向东拐，有个小胡同，是我姨家的住宅，打算到那里稍稍休息一会儿，去拜见我姨娘，可以吗？"公子同意了。往前走了不到一百步，果然看见一个车马出入的门。向里面张望了一下，很宽敞。李娃的丫环从车后让公子停下说："到了。"公子下了驴，恰好有一人出来问道："谁？"回答说："李娃。"于是进去禀报。不一会儿一个女人出来了，年龄约四十多岁，跟公子相迎，说："我外甥女来了吗？"李娃下车，那女人迎着问："怎么这么长时间不来了呢？"互相看着笑。李娃领着公子拜见那女人，见过后，就一块进入西门内的偏院里。院中有山有亭，竹子树木长得很茂盛，池塘水榭都很幽静。公子对李娃说："这是你姨母的私人住宅吗？"李娃只笑不回答，用别的语搪塞过去。不一会儿，献上茶与果品，茶和果品很珍贵奇特。

过了一顿饭的工夫，有一个人骑着一匹大宛马，汗流满面地跑来说："老太太突患重病很厉害，几乎连人都不认识了，请姑娘赶快回去。"李娃对她姨说："我的心都乱了，我跟他骑马先回去，然后让他再骑马回来，您就跟他一块来吧。"公子打算跟李娃一起走，李娃的姨与侍女两人一起窃窃私语，挥手示意，让公子停在门外，说："老太太就要死了，你应该和我商议一下丧事，好处理这个紧急情况，为什么要立刻跟着去呢？"公子便留下了，与姨一起计算举行丧礼祭奠的费用。天已黄昏，骑马的仆人并没来。那位姨说："一直没有回来，怎么回事？你赶快去看看她！我会随后赶到。"公子于是就前往李娃家，等赶到时，却发现门锁得很严实，还用泥印封上了。公子心里很震惊，询问那里的邻居。邻居说："李娃本来是租住在这里，租约已经到期。房主收回了房子，老妇迁居了，已走了两宿了。"询问搬到了何处，说："不清楚她的新住处。"公子想赶快跑到宣阳坊去问问李娃的姨是怎么回事，但天已经晚了，计算了一下路程到不了，就脱下衣服，

质馔而食,赁榻而寝。生恚怒方甚,自昏达旦,目不交睫。质明,乃策蹇而去。既至,连扣其扉,食顷无人应。生大呼数四,有宦者徐出。生遽访之:"姨氏在乎?"曰:"无之。"生曰:"昨暮在此,何故匿之?"访其谁氏之第,曰:"此崔尚书宅。昨者有一人税此院,云迟中表之远至者,未暮去矣。"

生惶惑发狂,罔知所措,因返访布政旧邸。邸主哀而进膳。生怨懑,绝食三日,遘疾甚笃,旬余愈甚。邸主惧其不起,徙之于凶肆之中。绵缀移时,合肆之人,共伤叹而互饲之。后稍愈,杖而能起。由是凶肆日假之,令执绋帷,获其直以自给。累月,渐复壮,每听其哀歌,自叹不及逝者,辄呜咽流涕,不能自止。归则效之。生聪敏者也,无何,曲尽其妙,虽长安无有伦比。

初,二肆之佣凶器者,互争胜负。其东肆车舆皆奇丽,殆不敌,唯哀挽劣焉。其东肆长知生妙绝,乃醵钱二万索顾焉。其党耆旧,共较其所能者,阴教生新声,而相赞和。累旬,人莫知之。其二肆长相谓曰:"我欲各阅所佣之器于天门街,以较优劣。不胜者,罚直五万,以备酒馔之用,可乎?"二肆许诺,乃邀立符契,署以保证,然后阅之。士女大和会,

作为抵押换了点饭吃，又租了张床睡觉。公子非常气愤，从晚上到早晨，一宿没合眼。等到天刚亮，就骑着跛脚的驴赶往宣阳坊。到达之后，连连敲门，敲了一顿饭工夫也没有人应。公子高声大喊了半天，有一个官员慢慢走出来。公子急忙上前问他："李娃的姨住在这里吗？"回答说："没有这个人。"公子说："昨天黄昏时还在这里，为什么要隐瞒呢？"又问这房子是谁家的住宅，回答说："这是崔尚书的住宅。昨天有一个人租了这所房子，说用来等待远来的中表亲戚，但还没到黄昏就走了。"

公子惊慌困惑得快要疯了，不知道怎么办才好，于是又返回布政里原来住的客店。店主因为同情他而给他饭吃。公子由于怨恨愤懑，三天未进饭食，因而得了很重的病，十多天以后病情更严重了。店主害怕他一病不起，就把他搬到了殡仪铺中。然而公子的病情沉重，很长时间都不见好转，全铺的人都为他伤心叹息，轮流着喂他。后来稍微好了些，拄着拐杖能起来了。从此殡仪铺每天都雇用他，让他牵引灵帐，得点报酬以便养活自己。经过了几个月，公子渐渐健壮起来，每当听到殡仪铺里那哀悼亡人的歌曲，就自己叹息，觉得还不如那些死去的人，于是便低声哭泣流泪，自己也控制不住自己。每次送灵回来后，就模仿那哀歌。公子本是聪明伶俐的人，所以不长时间，就掌握了唱哀歌的全部技巧，即使整个长安也没有人比得过他。

当初，出租丧葬用品的两家殡仪铺，互相争强斗胜。东铺的送灵车马都十分新奇华丽，几乎无人能跟他们相比，只有出殡时歌手的挽歌唱得很差劲。东铺的店主知道公子挽歌唱得极好，就凑了两万钱要雇他。公子同伙中唱挽歌的老手，一起比较自己擅长的曲目，偷偷地教给他新曲，而且为他伴唱和声。练了十几天，没有人知道这事。两个殡仪铺的店主都向对方说："我想我们各把自己出租的器物陈列在天门街，以便比一下谁优谁劣。不能取胜的，罚钱五万，以备用作酒饭的费用，可以吗？"两个店主都同意了，于是请人来立下契约，写上了保人，然后就把器物都陈列出来检阅。城里的男男女女都聚集过来看热闹，

聚至数万。于是里胥告于贼曹，贼曹闻于京尹。四方之
士，尽赴趋焉，巷无居人。自旦阅之，及亭午，历举辇辇威
仪之具，西肆皆不胜，师有惭色。乃置层榻于南隅，有长髯
者，拥铎而进，翊卫数人，于是奋髯扬眉，扼腕顿颡而登，乃
歌《白马》之词。恃其夙胜，顾眄左右，旁若无人。齐声赞
扬之，自以为独步一时，不可得而屈也。有顷，东肆长于北
隅上设连榻，有乌巾少年，左右五六人，秉翣而至，即生也。
整衣服，俯仰甚徐，申喉发调，容若不胜。乃歌《薤露》之
章，举声清越，响振林木。曲度未终，闻者歔欷掩泣。西肆
长为众所诮，益惭耻，密置所输之直于前，乃潜遁焉。四座
愕眙，莫之测也。

先是，天子方下诏，俾外方之牧，岁一至阙下，谓之入
计。时也，适遇生之父在京师，与同列者易服章，窃往观
焉。有老竖，即生乳母婿也，见生之举措辞气，将认之而未
敢，乃泫然流涕。生父惊而诘之，因告曰："歌者之貌，酷似
郎之亡子。"父曰："吾子以多财为盗所害，奚至是耶？"言
讫，亦泣。及归，竖间驰往，访于同党曰："向歌者谁，若斯
之妙欤？"皆曰："某氏之子。"征其名，且易之矣。竖凛然
大惊，徐往，迫而察之。生见竖，色动回翔，将匿于众中。

来了好几万人。于是管街道的里胥报告了管治安的贼曹,贼曹报告了京都的执政官京兆尹。到了那天,四面八方的人全都赶来了,小巷里都没人了。两个铺子从早晨开始检阅,一直到正午,依次摆出了灵车、丧事仪仗等丧葬用品,西铺都不能取胜,他们的店主脸上很不光彩。接着西铺在南边角落安放了一个高榻,有位留着长胡子的人拿着铎上场,有好几个人簇拥着他,他甩起胡须,扬起眉毛,一手握着另一只手的手腕,跪地磕头,然后登上高榻,唱了一支名叫《白马》的挽歌。他依仗平素的名望,边唱边左顾右盼,旁若无人。唱完后,看客齐声赞扬,他自认为唱得独步一时,谁也不能胜过他。过了一会儿,只见东铺店主也在北边角落安放了几个相连的高榻,一位戴黑头巾的少年在五六个人簇拥下,手拿着一把扇子上了场,他就是那位公子。只见他整理了一下衣服,俯仰之间动作很缓慢,然后开嗓发声,看表情像是由于悲痛而唱不成声似的。公子唱的挽歌名叫《薤露》,越唱越高昂,歌声震动了树木。一曲还没唱完,看客们就都被感动得深深叹息,掩面哭泣。西铺店主被大家嘲笑,更感到羞愧难堪了,悄悄地把所输的钱放在前面,然后就偷偷地逃走了。四周座位上的人都惊诧发愣,谁也没料到会是这个结果。

在此之前,皇帝刚下过诏书,让京城以外各州郡的长官每年来京城一次,称之为入计。当时,恰好遇上公子的父亲在京城,与同僚换上便服,也偷偷地到那里去看。有个老仆人,就是公子奶妈的女婿,看见那唱挽歌的人的举止语气,很像亡故的公子,想去认他又不敢,便禁不住掉下泪来。公子的父亲吃惊地问他,他说:"那个唱歌的人的相貌,非常像您死去的儿子。"公子的父亲说:"我的儿子因为财物多而被强盗杀害,怎么会到这里来呢?"说完,也哭了起来。等到回去之后,老仆人找了个机会跑到殡仪铺,向唱歌的一伙询问说:"前些时候唱歌的那人是谁,他唱得真是太好了!"他们都说:"是某姓人的儿子。"又问他的名,也早已经改了。老仆人非常吃惊,便慢慢走过去,靠近了细看。这时公子看见了老仆人,脸色突变,立即转身,想藏入人群中。

竖遂持其袂曰:"岂非某乎?"相持而泣,遂载以归。至其室,父责曰:"志行若此,污辱吾门,何施面目,复相见也!"乃徒行出,至曲江西杏园东,去其衣服,以马鞭鞭之数百。生不胜其苦而毙,父弃之而去。

其师命相狎昵者阴随之,归告同党,共加伤叹,令二人赍苇席瘗焉。至则心下微温,举之良久,气稍通。因共荷而归,以苇筒灌勺饮,经宿乃活。月余,手足不能自举,其楚挞之处皆溃烂,秽甚。同辈患之,一夕弃于道周。行路咸伤之,往往投其余食,得以充肠。十旬,方杖策而起。被布裘,裘有百结,褴褛如悬鹑。持一破瓯巡于闾里,以乞食为事。自秋徂冬,夜入于粪壤窟室,昼则周游廛肆。

一旦大雪,生为冻馁所驱,冒雪而出,乞食之声甚苦,闻见者莫不凄恻。时雪方甚,人家外户多不发。至安邑东门,循里垣,北转第七八,有一门独启左扉,即娃之第也。生不知之,遂连声疾呼:"饥冻之甚。"音响凄切,所不忍听。娃自阁中闻之,谓侍儿曰:"此必生也,我辨其音矣。"连步而出,见生枯瘠疥疠,殆非人状。娃意感焉,乃谓曰:"岂非某郎也?"生愤懑绝倒,口不能言,颔颐而已。娃前抱其颈,以绣襦拥而归于西厢,失声长恸曰:"令子一朝及此,

老仆人于是扯住他的袖子说："难道你不是公子吗？"拉着手就哭了起来，便用车把公子载着回来了。到了房间里，父亲责备他说："你的志向和行为堕落到了这个地步，玷污了我们的家族，还有什么面目再相见呢！"于是让公子步行走出去，到了曲江西杏园的东面，剥掉了公子的衣服，用马鞭抽打了几百鞭。公子承受不了那种痛苦，昏死过去，他的父亲就丢下他走了。

公子的师傅早就派跟公子关系要好的人暗中跟着他们，事后回去告诉了同伙的人，大家都为之伤心叹息，然后让两个人带着苇席去把他埋了。到了那里，一摸书生的心口还稍有点温热，便把他抱了起来，好久，才渐渐有了呼吸。于是两人一起把他背了回去，用勺子装水通过芦苇管灌给他喝，经过一夜才活过来。一个多月后，公子的手脚仍不能动，那被鞭打过的地方都感染化脓，脏得厉害。同在一起的那些人都很厌恶他，就在一天晚上把他扔到了道边上。过路的人为他都感到悲伤，常常扔给他一点剩余的食物，这才使他得以填饱肚子。过了一百来天，公子才能拄着拐杖站起来。他穿着一件布制棉衣，衣服上满是补丁，破烂不堪，就像秃尾巴的鹌鹑一样。他拿着一个小破盆在居民区巡行，以乞讨要饭为业。从秋天到冬天，夜晚就宿在脏土洞穴里，白天就周游闹市中。

有一天早晨下大雪，公子为冻饿所迫，只得冒雪出去讨饭，那乞讨的声音很凄苦，听到看到的人无不感到伤心。当时雪下得正大，住户的外门大多不开。公子到了安邑里东门，沿着里墙走，向北转过了七八家，有一家只开着左扇门，这就是李娃的住宅。但是公子不知道，就连连大声呼喊："我好冷好饿啊！"叫声凄凉悲哀，令人不忍心听。李娃从阁楼里听到了，对侍女说："这一定是那位公子，我听出他的声音了。"她快步走了出来，只见公子干枯瘦弱，满身疥疮，几乎不像人样。李娃心里很受触动，于是对他说："这不是某郎吗？"公子一听，悲愤交加，昏倒在地，说不出话来，只微微点头而已。李娃走上前抱着他的脖子，用绣花袄裹着他弄回西厢房，不禁大声痛哭，说："使你落到这个地步，

我之罪也。"绝而复苏。姥大骇奔至,曰:"何也?"娃曰:"某郎。"姥遽曰:"当逐之,奈何令至此?"娃敛容却睇曰:"不然,此良家子也,当昔驱高车,持金装,至某之室,不逾期而荡尽。且互设诡计,舍而逐之,殆非人行。令其失志,不得齿于人伦。父子之道,天性也,使其情绝,杀而弃之,又困踬若此。天下之人,尽知为某也。生亲戚满朝,一旦当权者熟察其本末,祸将及矣。况欺天负人,鬼神不祐,无自贻其殃也。某为姥子,迨今有二十岁矣。计其贵,不啻直千金。今姥年六十余,愿计二十年衣食之用以赎身。当与此子别卜所诣,所诣非遥,晨昏得以温清,某愿足矣。"姥度其志不可夺,因许之。

给姥之余,有百金。北隅四五家,税一隙院。乃与生沐浴,易其衣服,为汤粥通其肠,次以酥乳润其脏。旬余,方荐水陆之馔。头巾履袜,皆取珍异者衣之。未数月,肌肤稍腴。卒岁,平愈如初。异时,娃谓生曰:"体已康矣,志已壮矣。渊思寂虑,默想曩昔之艺业,可温习乎?"生思之曰:"十得二三耳。"娃命车出游,生骑而从。至旗亭南偏门鬻坟典之肆,令生拣而市之,计费百金,尽载以归。因令生斥弃百虑以志学,俾夜作昼,孜孜矻矻。娃常偶坐,宵分

是我的罪过啊!"哭得昏死过去然后又苏醒过来。老妇人大惊,急忙跑了过来,说:"怎么回事?"李娃说:"是某郎君。"老妇人马上说:"应当赶走他,为什么叫他来这里?"李娃脸色一沉,回过头来斜看着老妇人说:"不能这样,他本来是清白人家的子弟,当初驾着高大的马车,带着贵重的行装,来到了我们家,不到一年就全部用光了。并且我们又合谋施展诡计,抛弃赶走了他,这不是人应该做的。使他失去志向,不能被人伦纲常容纳。父子之间的感情,本是人性天伦,我却使他们断绝了骨肉情义,他父亲杀死并抛弃了他,以致困顿倒霉到这种地步。天下人都知道,这些是因为我造成的。公子的亲戚在朝廷中做官的很多,一旦掌权的亲戚仔细查明了这事的来龙去脉,灾祸就要临头了。况且欺骗上天辜负人心,鬼神也不会保佑的,还是不要给自己招灾了。我作为您的孩子,到现在已有二十年了。花费的钱财,不止千金。如今您老已六十多了,我愿意计算一下二十年来我在衣食方面所用的钱,把它还给您为自己赎身。我打算与这个人另找住处,所去的地方不远,早晨晚上还可以来尽孝道,这样我就心满意足了。"老妇人估计她的志向是不能改变了,便答应了她。

李娃把钱给老妇人后,还剩有百金。向北经过四五家,在那儿租了一所空房。于是给公子洗了澡,换下脏衣服,做热粥给公子喝,以便使他肠胃通畅,然后又让他吃乳酪,以便滋润他的内脏。经过十多天,才让他吃些美味佳肴。公子穿戴的头巾鞋袜,也都选用珍贵新奇的样式。没几个月,公子的肌肉皮肤渐渐丰满。到年底,就完全痊愈恢复到当初那样了。有一天,李娃对公子说:"身体已经康复了,志向也已远大了。你好好想一想,默默地回忆一下从前的功课学业,还可以捡起来吗?"公子想了一会儿,说:"十分只剩二三分了。"李娃叫人套车出去游逛,公子骑着马跟着。到了旗亭南边的边门那里卖经典著作的书铺里,让公子从中选购了一些,计算用费共需一百金,然后把书全装到车上运了回来。于是叫公子排除各种杂念,专心致志地学习,让他把夜晚当作白天,勤奋刻苦地读书。李娃经常陪坐着,半夜

乃寐。伺其疲倦,即谕之缀诗赋。二岁而业大就,海内文籍,莫不该览。生谓娃曰:"可策名试艺矣。"娃曰:"未也,且令精熟,以俟百战。"更一年,曰:"可行矣。"于是遂一上登甲科,声振礼闱。虽前辈见其文,罔不敛衽敬羡,愿友之而不可得。娃曰:"未也。今秀士苟获擢一科第,则自谓可以取中朝之显职,擅天下之美名。子行秽迹鄙,不侔于他士,当砻淬利器,以求再捷,方可以连衡多士,争霸群英。"生由是益自勤苦,声价弥甚。其年遇大比,诏征四方之隽。生应直言极谏策科,名第一,授成都府参军。三事以降,皆其友也。

将之官,娃谓生曰:"今之复子本躯,某不相负也。愿以残年,归养老姥。君当结媛鼎族,以奉蒸尝。中外婚媾,无自黩也。勉思自爱,某从此去矣。"生泣曰:"子若弃我,当自到以就死。"娃固辞不从,生勤请弥恳。娃曰:"送子涉江,至于剑门,当令我回。"生许诺。月余,至剑门。未及发而除书至,生父由常州诏入,拜成都尹,兼剑南采访使。浃辰,父到。生因投刺,谒于邮亭。父不敢认,见其祖父官讳,方大惊,命登阶,抚背恸哭移时,曰:"吾与尔父子如初。"因诘其由,具陈其本末。大奇之,诘娃安在。曰:

才睡觉。等到他疲倦时，就叫他吟诗作赋。过了两年，公子在学业上有了很大的成就，国内的文章书籍，全看完了。公子对李娃说："现在我可以报名应试了。"李娃说："还不到时候，学问必须又精又熟，才能百战百胜。"又过了一年，李娃说："现在可以去了。"于是公子一上考场，就考中了甲科，在礼部考试中声名大振。即使是前辈看了他的文章，也无不恭敬地表示敬仰美慕，想跟他交朋友可却找不到机会。李娃说："你现在还不行，当今才德突出的人，一旦科举考中以后，就自认为可以取得朝中显耀的职务，占有天下的美名。而你过去的行为有污点，比不上别的读书人，应当继续磨砺锋利的武器，以便取得第二次的胜利，那样你才可以结交更多文人，同群英一起争霸。"公子从此更加勤奋刻苦，声望也越来越高。那一年正碰上三年一次的全国大考，皇帝下诏征召四方的杰出人才。公子参加了直言极谏科考试，考试对策名列第一，被授予成都府参军的职务。三公以下的官，都成了他的朋友。

将去上任时，李娃对公子说："现在你已经恢复了自己原来的身份，我没有对不起你的地方了。我愿用我剩下的岁月，回去奉养老母亲。你应当找一个名门贵族的女子结婚，以便主持冬秋的祭祀。在朝内外寻找联姻对象时，不要玷污了自己的身份。望你自珍自爱，我从此就要离开你了。"公子哭着说："你如果丢下我，我就自刎而死。"李娃坚决推辞，不答应公子的要求，公子再三请求，态度愈加诚恳。李娃说："现在我送你过长江，到了剑门以后，就得让我回来。"公子答应了。过了一个多月，到达了剑门。还没等出发，任命文书就送到了，公子的父亲也由常州奉诏入川，被任命为成都尹，兼任剑南采访使。十二天后，公子的父亲也到达剑门。公子于是送上名帖，到驿站拜见。父亲不敢相认，看到名帖上公子祖父和父亲的官名和名字，才大吃一惊，叫公子走上台阶，抚着他的背痛哭多时，说："我和你的父子关系还像过去一样。"于是询问儿子的经历，公子就详细叙述了自己的前后遭遇。父亲觉得非常奇怪，就问李娃在哪，公子说：

"送某至此,当令复还。"父曰:"不可。"翌日,命驾与生先之成都,留娃于剑门,筑别馆以处之。明日,命媒氏通二姓之好,备六礼以迎之,遂如秦晋之偶。

娃既备礼,岁时伏腊,妇道甚修,治家严整,极为亲所眷尚。后数岁,生父母偕殁,持孝甚至。有灵芝产于倚庐,一穗三秀,本道上闻。又有白燕数十,巢其层甍。天子异之,宠锡加等。终制,累迁清显之任。十年间,至数郡。娃封汧国夫人,有四子,皆为大官,其卑者犹为太原尹。弟兄姻媾皆甲门,内外隆盛,莫之与京。

嗟乎!倡荡之姬,节行如是,虽古先烈女,不能逾也,焉得不为之叹息哉!予伯祖尝牧晋州,转户部,为水陆运使,三任皆与生为代,故谙详其事。

贞元中,予与陇西公佐话妇人操烈之品格,因遂述汧国之事。公佐拊掌竦听,命予为传。乃握管濡翰,疏而存之。时乙亥岁秋八月,太原白行简云。出《异闻录》。

"她送我到此地,应该让她回去了。"父亲说:"绝不可以。"第二天,命令准备车辆,父子一起先到了成都,把李娃留在剑门,单修了一座房子叫李娃住在里面。第二天,让媒人去提亲,按照结婚的全部礼仪去剑门迎娶,从此正式结为夫妻。

李娃举行婚礼后,逢年过节,那些妇女应做的事,都做得非常周到,管理家务也严格有条理,非常受公婆的宠爱夸奖。过了几年以后,公子的父母都去世了,两人极尽孝道。不久,在守孝的草庐里长出了灵芝,一个穗上开出三朵花,于是剑南道的长官把这事上报了皇帝。又有数十只白燕在他们住的楼房的屋脊上做窝。天子对此感到惊奇,格外地给予赏赐嘉奖。服孝期满,公子屡次升任显赫高贵的官职。十年当中,到几个郡做过官。李娃被封为汧国夫人,有四个儿子,都做了大官,官职最低的也做到了太原尹。弟兄们的姻亲都是名门大族,自家和亲属都兴盛发达,没有哪一家能比得上。

唉!一个行为放荡的妓女,节操行为竟能达到这种程度,即使是古代的烈女,也不能超过,怎么能不为她感慨呢?我的伯祖曾任晋州牧,后转户部,做水陆运使,三任都与那位公子做过职务上的交接,所以熟悉这些事。

贞元年间,我与陇西的李公佐谈论妇女的操守品德,于是便叙述了汧国夫人的事。李公佐听完后,不住地拍手赞叹,让我为她作传。我于是拿起笔来蘸上墨汁,详细地写下并保存起来。时间是乙亥岁秋天八月份,太原白行简记。出自《异闻录》。

卷第四百八十五
杂传记二

东城老父传　　柳氏传

东城老父传 陈鸿撰

老父姓贾名昌,长安宣阳里人,开元元年癸丑生,元和庚寅岁,九十八年矣,视听不衰,言甚安徐,心力不耗,语太平事,历历可听。父忠,长九尺,力能倒曳牛,以材官为中宫幕士。景龙四年,持幕竿,随玄宗入大明宫诛韦氏,奉睿宗朝群后,遂为景云功臣,以长刀备亲卫,诏徙家东云龙门。

昌生七岁,趫捷过人,能抟柱乘梁。善应对,解鸟语音。玄宗在藩邸时,乐民间清明节斗鸡戏。及即位,治鸡坊于两宫间。索长安雄鸡,金毫铁距,高冠昂尾千数,养于鸡坊。选六军小儿五百人,使驯扰教饲。上之好之,民风尤甚,诸王世家,外戚家,贵主家,侯家,倾帑破产市鸡,以偿鸡直。都中男女以弄鸡为事,贫者弄假鸡。帝出游,

东城老父传 陈鸿撰

　　老人姓贾名昌，是长安宣阳里人，开元元年即癸丑年生，到元和庚寅年已九十八岁了，他的视力和听力都没衰退，言谈安详且很有条理，脑力也没减退，谈起太平时期的事情清清楚楚，使人很爱听。贾昌的父亲贾忠，身高九尺，力气很大，能拽着牛倒退，以武士的身份担任皇后住的宫殿的侍卫。景龙四年，贾忠拿着武器随唐玄宗进入大明宫，杀掉了韦皇后，拥戴睿宗登上皇位，使大臣们臣服，于是便成为景云年间的功臣，被选入长刀队做了皇帝的贴身侍卫，皇帝下令让他搬家到东云龙门。

　　贾昌长到七岁时，身手灵活超过一般人，能顺着柱子爬上屋梁。他善于回答别人问话，还能听懂鸟的话语。玄宗住在亲王府时，喜欢民间在清明节期间举行的斗鸡游戏。等到做了皇帝以后，他就在两宫之间修建了鸡场。到处收购长安的公鸡，长着金黄色的羽毛，铁一般的爪子，高冠翘尾的大公鸡共有一千多只，都养在鸡场里。又从皇帝的禁军中选出五百位少年，让他们饲养训练这些公鸡。皇帝喜欢这种游戏，民间就更加盛行，各位亲王皇族，皇帝的外婆家和岳父家、公主家、封侯之家，都不惜倾家荡产买鸡，或偿还欠下的买鸡钱。京城中的男男女女，都把玩弄鸡作为事业，贫穷的人家就玩弄假鸡。一次，皇帝出去游逛，

见昌弄木鸡于云龙门道旁，召入为鸡坊小儿，衣食右龙武军。三尺童子入鸡群，如狎群小，壮者弱者，勇者怯者，水谷之时，疾病之候，悉能知之。举二鸡，鸡畏而驯，使令如人。护鸡坊中谒者王承恩言于玄宗，召试殿庭，皆中玄宗意，即日为五百小儿长。加之以忠厚谨密，天子甚爱幸之，金帛之赐，日至其家。

开元十三年，笼鸡三百从封东岳。父忠死太山下，得子礼奉尸归葬雍州，县官为葬器，丧车乘传洛阳道。十四年三月，衣斗鸡服，会玄宗于温泉。当时天下号为神鸡童。时人为之语曰："生儿不用识文字，斗鸡走马胜读书。贾家小儿年十三，富贵荣华代不如。能令金距期胜负，白罗绣衫随软舆。父死长安千里外，差夫持道挽丧车。"

昭成皇后之在相王府，诞圣于八月五日。中兴之后，制为千秋节。赐天下民牛酒乐三日，命之曰酺，以为常也，大合乐于宫中。岁或酺于洛，元会与清明节，率皆在骊山。每至是日，万乐具举，六宫毕从。昌冠雕翠金华冠，锦袖绣襦裤，执铎拂，导群鸡，叙立于广场，顾眄如神，指挥风生。树毛振翼，砺吻磨距，抑怒待胜，进退有期，随鞭指低昂，不失昌度。胜负既决，强者前，弱者后，随昌雁行，归于鸡坊。角觝万夫，跳剑寻橦，蹴毬踏绳，舞于竿颠者，索气沮色，

看见贾昌在云龙门外的路边玩木鸡,于是把他召入皇宫,充当鸡场的驯鸡少年,吃穿待遇超过龙武军兵士。三尺高的孩子,进入鸡群中,就像摆弄一群小孩子,健壮的、瘦弱的、勇敢的、怯懦的、喂水喂食的时间,疾病的迹象,贾昌全都了如指掌。贾昌随便挑出两只鸡,鸡都很畏怯而驯服,可以像指挥人那样指挥它们。监护鸡场的传旨太监王承恩把这情况向玄宗作了汇报,玄宗就把贾昌召来在院中验证,结果非常合乎皇上的心意,当天就任命他担任五百驯鸡少年的首领。加上贾昌为人忠厚谨慎周到,所以天子很钟爱他,金帛之类的赏赐,每天都送到他家。

开元十三年,贾昌用笼子装了三百只鸡,跟着玄宗到泰山去祭天。贾昌的父亲在泰山脚下去世,由于儿子得宠,所以由贾昌护送遗体回到雍州安葬,公家为他备办了殡葬用品,丧车用国家驿站的车辆从洛阳大道上运送。开元十四年三月,贾昌穿上斗鸡的衣服,在温泉与玄宗会见。当时天下人把贾昌称为神鸡童。当时人们为他编出了这样的话:"生儿不用识文字,斗鸡走马胜读书。贾家小儿年十三,富贵荣华代不如。能令金距期胜负,白罗绣衫随软舆。父死长安千里外,差夫持道挽丧车。"

昭成皇后在相王府时,于八月五日生下了唐玄宗。玄宗登基后,把这一天定为千秋节。当天会赏给天下百姓牛肉和酒水,让他们娱乐三天,把这称作大酺,以后成为定规,在宫中举行大规模的娱乐活动。有的年头还到洛阳举行这种庆祝活动,元宵节和清明节大都在骊山度过。每到这些日子,各种娱乐活动同时举行,六宫的后妃嫔媵全都跟随着。贾昌头戴雕翠金花的帽子,穿着锦袖绣花的袄裤,手拿铃铛拂子,引导群鸡,有秩序地站在广场上,贾昌左顾右盼,神采飞扬,指挥活跃而有风度。雄鸡们竖毛振翅,磨嘴蹭爪,抑住怒气夺取胜利,一进一退都符合章法,随着鞭子的指挥时而低头时而仰首,都没有越出贾昌的规定。胜负决出以后,胜者在前,败者在后,跟随贾昌像大雁飞行一样有秩序地回到鸡场。这让那些击败很多人的摔跤手、舞剑的、爬高竿的、踢球的、走绳索的、在竿顶跳舞的,都垂头丧气,

逡巡不敢入,岂教猱扰龙之徒欤?二十三年,玄宗为娶梨园弟子潘大同女,男服佩玉,女服绣襦,皆出御府。昌男至信、至德。天宝中,妻潘氏以歌舞重幸于杨贵妃。夫妇席宠四十年,恩泽不渝,岂不敏于伎,谨于心乎?

上生于乙酉鸡辰,使人朝服斗鸡,兆乱于太平矣,上心不悟。十四载,胡羯陷洛,潼关不守,大驾幸成都。奔卫乘舆,夜出便门,马蹄道窄,伤足不能进,杖入南山。每进鸡之日,则向西南大哭。禄山往年朝于京师,识昌于横门外。及乱二京,以千金购昌长安洛阳市。昌变姓名,依于佛舍,除地击钟,施力于佛。洎太上皇归兴庆宫,肃宗受命于别殿,昌还旧里。居室为兵掠,家无遗物,布衣憔悴,不复得入禁门矣。明日,复出长安南门道,见妻儿于招国里,菜色黯焉,儿荷薪,妻负故絮。昌聚哭,诀于道,遂长逝。息长安佛寺,学大师佛旨。大历元年,依资圣寺大德僧运平住东市海池,立陁罗尼石幢。书能纪姓名,读释氏经,亦能了其深义至道,以善心化市井人。建僧房佛舍,植美草甘木。昼把土拥根,汲水灌竹,夜正观于禅室。建中三年,僧运平人寿尽。服礼毕,奉舍利塔于长安东门外镇国寺东偏,手植松柏百株,构小舍,居于塔下。朝夕焚香洒扫,事师如

不敢再进场表演,贾昌难道是教猿猴、驯天龙那一类的人吗? 开元二十三年,玄宗为贾昌娶了皇帝戏班子里的潘大同的女儿作妻子,新郎带的佩玉,新娘穿的绣袄,都是皇帝库房中的。贾昌后来生下儿子至信、至德。天宝年间,贾昌的妻子凭着能歌善舞深受杨贵妃的宠爱。贾昌夫妇承受宠幸四十年,皇恩一直没改变,难道不是因为他俩擅长技艺而又心思谨慎吗?

皇上生在乙酉年,生肖属鸡,让人穿上朝服斗鸡,祸乱的兆头在太平时期就显露出来了,可是皇上却没有省悟。天宝十四年,安禄山叛军攻下洛阳,潼关也没守住,皇帝的车骑只好到成都去。贾昌赶紧跑去保护皇帝的车驾,夜晚从便门出来,马跌倒在道边土坑里,伤了脚,不能继续前进,便挂着拐杖进入南山。每逢到了在皇帝面前斗鸡的日子,贾昌就面朝西南放声痛哭。安禄山往年到京城朝见皇帝时,在横门外认识了贾昌。等到他攻下东西二京后,就在长安洛阳两市悬赏千金寻找贾昌。贾昌改了姓名,寄住于佛寺,扫地敲钟,把精力用到供佛上。等到太上皇回到兴庆宫,肃宗已在另外的殿中登上皇位时,贾昌回到原来住的里弄。他居住的房子已被兵抢掠,家中东西一点没剩,贾昌穿着粗布衣服,面容憔悴,不能再入皇宫了。第二天,他又出了长安南门,在招国里遇见了妻子和儿子,他们脸色都枯黄暗淡,儿子背着柴禾,妻子穿着旧棉袄。贾昌和他们聚在一起痛哭一场,跟他们在路上诀别,然后就永远离去了。后来贾昌栖息在长安佛寺,学习高僧的佛家学说。大历元年,贾昌随着资圣寺的高僧运平住在东市海池,建造了刻有随罗尼经咒的石柱。他学习写字,已经能记自己的姓名;读佛家经书,也能明了书中的深刻含义和高妙的道理,并以善心感化民间的人。他又建造了僧房佛舍,种上了芳草佳木。白天就用土培根,提水浇竹;晚上就在禅室中打坐。建中三年,运平和尚人寿已尽,去世了。贾昌完成丧礼后,就在长安东门外的镇国寺东边建了一座塔,把运平的遗骨埋在那里边,还在塔周围亲手栽了一百棵松柏树,在塔下建了一个小房子,自己住在里面。早晚烧香洒水扫地,侍奉师父如同

生。顺宗在东宫,舍钱三十万,为昌立大师影堂及斋舍。又立外屋,居游民,取佣给。昌因日食粥一杯,浆水一升,卧草席,絮衣,过是悉归于佛。妻潘氏后亦不知所往。贞元中,长子至信,依并州甲,随大司徒燧入觐,省昌于长寿里。昌如己不生,绝之使去。次子至德归,贩缯洛阳市,来往长安间,岁以金帛奉昌,皆绝之。遂俱去,不复来。

元和中,颍川陈洪祖携友人出春明门,见竹柏森然,香烟闻于道。下马觐昌于塔下,听其言,忘日之暮。宿鸿祖于斋舍,话身之出处,皆有条贯,遂及王制。鸿祖问开元之理乱,昌曰:"老人少时,以斗鸡求媚于上,上倡优畜之,家于外宫,安足以知朝廷之事?然有以为吾子言者。老人见黄门侍郎杜暹,出为碛西节度,摄御史大夫,始假风宪以威远。见哥舒翰之镇凉州也,下石堡,戍青海城,出白龙,逾葱岭,界铁关,总管河左道,七命始摄御史大夫。见张说之领幽州也,每岁入关,辄长辕挽辐车,輂河间蓟州佣调缯布,驾犗连轫,坌入关门,输于王府,江淮绮縠,巴蜀锦绣,后宫玩好而已。河州燉煌道,岁屯田,实边食,余粟转输灵州,漕下黄河,入太原仓,备关中凶年。关中粟麦藏于百姓。天子幸五岳,从官千乘万骑,不食于民。老人岁时伏腊得归休,行都市间,见有卖白衫白叠布;行邻比鄽间,

生前。顺宗做太子时，施舍三十万钱，替贾昌建造奉祀高僧遗像的屋子和读经斋戒的屋子。又建了外屋，给流浪的百姓住，但收取租费。贾昌于是每天喝一杯粥，一升浆水，睡在草席上，穿的是粗丝绵衣，除掉这些，剩余的钱财全都用来供佛。贾昌的妻子潘氏后来也不知道到何处去了。贞元年间，贾昌长子至信在并州当兵，随着大司徒马燧入京朝见皇上，到长寿里探望贾昌。贾昌像没生过这个儿子似的，跟他断绝关系，让他离开。次子至德回来了，在洛阳市场上贩卖绸缎，来往于洛阳长安之间，每年都向贾昌献上金帛，贾昌一次也没有接受。于是两个儿子都走了，再也没有来过。

元和年间，颍川的陈鸿祖带着朋友从春明门出来，看见竹子柏树长得很茂盛，烧香的烟味在道上都能闻到。二人便下马到塔下拜见贾昌，光顾着听贾昌说话，不知不觉天色已晚。贾昌让鸿祖二人留宿在读经斋戒的屋子中，叙述自身的经历，讲得很有条理，于是谈及朝廷过去的一些制度。陈鸿祖询问开元年间治乱情况，贾昌说："老夫少年时期，以斗鸡向皇上邀宠，皇上把我当成歌伎戏子一样养着，家住在外宫，哪能知道朝廷的事情？但也有些事值得跟你说说。老夫看见黄门侍郎杜暹出朝担任碛西节度使兼职御使大夫，开始凭借御史职务来威镇远方。看见哥舒翰镇守凉州时，攻下石堡，守卫青海城，从白龙城出发，越过葱岭，使铁门关成为边界，总管河左道，七次任命才兼任御史大夫。又看见张说统辖幽州的时候，每年入关，总是用长辕大车，运送河间、蓟州百姓交纳的缯布，车队络绎不绝，涌入关门，运进王府的只有江淮的细绞和绉纱，巴蜀的锦绣，还有后宫妃嫔们玩耍的东西而已。河州燉煌道每年都屯垦，充实边防军的粮食，多余的小米转运到灵州，再由黄河水运东下，存入太原的粮库，以备关中荒年时食用。关中的米麦，都储藏在百姓家里。天子到五岳去，随从官员的车马成千上万，但都不用百姓供应吃喝。老夫碰到节日和伏天、腊月可以回家休息的日子，走在城市的市场上，常看见有卖白衣衫、白叠布的；走到街坊邻居当中，

有人禳病，法用皂布一匹，持重价不克致，竟以幞头罗代之。近者老人扶杖出门，阅街衢中，东西南北视之，见白衫者不满百，岂天下之人，皆执兵乎？开元十二年，诏三省侍郎有缺，先求曾任刺史者；郎官缺，先求曾任县令者。及老人见四十，三省郎吏，有理刑才名，大者出刺郡，小者镇县。自老人居大道旁，往往有郡太守休马于此，皆惨然，不乐朝廷沙汰使治郡。开元取士，孝弟理人而已，不闻进士、宏词、拔萃之为其得人也。大略如此。"因泣下。复言曰："上皇北臣穷庐，东臣鸡林，南臣滇池，西臣昆夷，三岁一来会。朝觐之礼容，临照之恩泽，衣之锦絮，饲之酒食，使展事而去，都中无留外国宾。今北胡与京师杂处，娶妻生子，长安中少年有胡心矣。吾子视首饰靴服之制，不与向同，得非物妖乎？"鸿祖默不敢应而去。

柳氏传 许尧佐撰

天宝中，昌黎韩翊有诗名，性颇落托，羁滞贫甚。有李生者，与翊友善，家累千金，负气爱才。其幸姬曰柳氏，艳绝一时，喜谈谑，善讴咏。李生居之别第，与翊为宴歌之地，而馆翊于其侧。翊素知名，其所候问，皆当时之彦。柳氏自门窥之，谓其侍者曰："韩夫子岂长贫贱者乎？"遂属意焉。

看到有人用祈祷治病，方法是用黑布一匹，如果出重价还买不到，就用裹头的黑色丝织品来代替。近来老夫拄着拐杖出门，走到十字路口，向各个方向细看，穿白衫的人不满一百人，难道天下的人都当兵了吗？开元十二年，皇帝下令，中书省、尚书省、门下省的侍郎有缺额时，先选用曾经担任过刺史的人；郎官有缺额时，先选用曾担任过县令的人。到老夫四十岁时，中央三省官员，有点治理刑狱才能的，官职大的便到州郡去做刺史，官职小的做县令。从老夫住在大道旁边以来，时常看到有州郡长官在此歇脚，他们都脸色惨淡，不高兴朝廷的裁减和罢免，让他们去管理州郡里的事。开元年间选用人才，只看孝悌品德和办事才能，没听说用什么进士、宏词、拔萃等科目考试就可以选出人才的。我了解的大概就这些。"于是流下了眼泪。贾昌又说道："太上皇在位时，北面使游牧民族称臣，东面使鸡林国称臣，南面使滇池国称臣，西面使西方少数民族称臣，三年他们来朝见一次。朝见时的礼仪很隆重，接待时的恩惠也很优厚，给他们穿上锦絮，供给他们酒饭，让他们把事情办完了就回国，京都不留外国来宾长住。现在胡人和京都的人混杂在一起居住，娶妻生子，长安的少年都有胡人的思想了。你看看首饰靴鞋服装的样式，已不跟过去相同，这能不算怪现象吗？"鸿祖听了，默然无语，不敢应声就离开了。

柳氏传 许尧佐撰

　　唐代天宝年间，昌黎人韩翃的诗颇有名气，他性格放荡不羁，因怀才不遇穷得厉害。有位李公子跟韩翃交情很好，他家里有千金的积蓄，气盛自负，但很爱才。李公子有个爱妾叫柳氏，美貌冠绝一时，还喜欢说笑，善于唱歌。李公子让她住在另一座宅院，这座宅院是李公子与韩翃宴会唱歌的地方，李公子还安排韩翃住在这座宅院的旁边。韩翃是当时的名人，那些前来拜访问候他的人，都是当时的德才兼备之人。柳氏从门缝里偷看他，对侍女说："韩先生哪是长久贫贱之辈呢？"于是钟情于他。

李生素重翊，无所吝惜，后知其意，乃具膳请翊饮。酒酣，李生曰："柳夫人容色非常，韩秀才文章特异，欲以柳荐枕于韩君，可乎？"翊惊栗避席曰："蒙君之恩，解衣辍食久之，岂宜夺所爱乎？"李坚请之，柳氏知其意诚，乃再拜，引衣接席。李坐翊于客位，引满极欢。李生又以资三十万，佐翊之费。翊仰柳氏之色，柳氏慕翊之才，两情皆获，喜可知也。明年，礼部侍郎杨度擢翊上第。屏居间岁，柳氏谓翊曰："荣名及亲，昔人所尚，岂宜以濯浣之贱，稽采兰之美乎？且用器资物，足以待君之来也。"翊于是省家于清池。岁余，乏食，鬻妆具以自给。

天宝末，盗覆二京，士女奔骇。柳氏以艳独异，且惧不免，乃剪发毁形，寄迹法灵寺。是时侯希逸自平卢节度淄青，素藉翊名，请为书记。洎宣皇帝以神武返正，翊乃遣使间行，求柳氏。以练囊盛麸金，题之曰："章台柳，章台柳，昔日青青今在否？纵使长条似旧垂，亦应攀折他人手。"柳氏捧金呜咽，左右凄悯。答之曰："杨柳枝，芳菲节，所恨年年赠离别。一叶随风忽报秋，纵使君来岂堪折。"无何，有蕃将沙咤利者，初立功，窃知柳氏之色，劫以归第，宠之专房。及希逸除左仆射入觐，翊得从行，至京师，已失柳氏所止，叹想不已。偶于龙首冈，见苍头以驳牛驾辎辇，从

李公子一向看重韩翊，对韩翊没有什么舍不得的，后来知道柳氏的心意，便备好了饭菜请韩翊喝酒。酒喝到高兴时，李公子说："柳氏容貌非凡，韩秀才您的文章也不同凡响，我打算让她侍候您安寝，可以吗？"韩翊惊讶颤栗，当即离开座位说："承蒙您的恩惠，经常送衣服食物给我，我怎么还能夺走你所爱的人呢？"李公子坚持要把柳氏送给韩翊，柳氏知道李公子是诚心诚意的，就拜了两拜，提起衣服坐到了韩翊的旁边。李公子让韩翊坐在客位，端起酒杯一饮而尽，极为高兴。李公子又拿出三十万钱的财物，帮助韩翊解决经费问题。韩翊敬仰柳氏的美貌，柳氏羡慕韩翊的文才，两人的心愿都实现了，那快乐是可想而知的。第二年，礼部侍郎杨度在考试中选拔韩翊为上等。韩翊在家闲住了一年，柳氏对韩翊说："荣誉和名声可以光宗耀祖，是古人所追求的，怎能因为我这个洗洗涮涮的贱人，而耽误尽孝养亲的美德呢？再说用具财物也足够等到您回来。"韩翊于是到清池老家探望父母。过了一年多，柳氏开始缺少吃的，就卖掉化妆用品以自给。

天宝末年，安禄山攻陷了长安与洛阳，男男女女奔走惊恐。柳氏因为长得漂亮，特别显眼，害怕不能免祸，便剪去头发毁坏容貌，寄居在法灵寺。这时侯希逸用平卢节度使的名义统辖淄青，一向仰慕韩翊的声名，就请他去做了掌书记。等到肃宗皇帝凭着神明英武使国家恢复正常后，韩翊才派人暗地行动，寻找柳氏。他用丝绸做个袋子，装着碎金，在袋上写道："章台柳，章台柳，昔日青青今在否？纵使长条似旧垂，亦应攀折他人手。"柳氏捧着金袋子呜呜咽咽地哭，身旁侍奉的人都伤心怜悯。柳氏针对韩翊的题词答复说："杨柳枝，芳菲节，所恨年年赠离别。一叶随风忽报秋，纵使君来岂堪折？"不久，有一个在唐朝为官的叫沙吒利的少数民族将领，刚刚立了功，私下里知道了柳氏姿色非凡，就把她抢到了家里，并把宠爱全部加到了她一人身上。等到侯希逸被授官左仆射入朝见皇帝时，韩翊得以随行，来到京城，但已经找不到柳氏的住处，感叹想念不止。有一天，偶然在龙首冈看见一个仆役用杂色牛驾着一辆带帷幕的车，车后还跟着

两女奴。翊偶随之,自车中问曰:"得非韩员外乎？某乃柳氏也。"使女奴窃言失身沙咤利,阻同车者,请诘旦幸相待于道政里门。及期而往,以轻素结玉合,实以香膏,自车中授之,曰:"当遂永诀,愿置诚念。"乃回车,以手挥之,轻袖摇摇,香车辚辚,目断意迷,失于惊尘。翊大不胜情。

会淄青诸将合乐酒楼,使人请翊,翊强应之,然意色皆丧,音韵凄咽。有虞候许俊者,以材力自负,抚剑言曰:"必有故,愿一效用。"翊不得已,具以告之。俊曰:"请足下数字,当立致之。"乃衣缦胡,佩双鞬,从一骑,径造沙咤利之第。候其出行里余,乃被衽执辔,犯关排闼,急趋而呼曰:"将军中恶,使召夫人。"仆侍辟易,无敢仰视。遂升堂,出翊札示柳氏,挟之跨鞍马。逸尘断鞅,倏忽乃至,引裾而前曰:"幸不辱命。"四座惊叹。柳氏与翊,执手涕泣,相与罢酒。是时沙咤利恩宠殊等,翊、俊俱祸,乃诣希逸。希逸大惊曰:"吾平生所为事,俊乃能尔乎？"遂献状曰:"检校尚书金部员外郎兼御史韩翊久列参佐,累彰勋效。顷从乡赋,有妾柳氏阻绝凶寇,依止名尼。今文明抚运,遐迩率化,将军沙咤利凶恣挠法,凭恃微功,驱有志之妾,干无为之政。

两个女仆。韩翊便与车并行,忽然车中有人问:"莫不是韩员外吗? 我是柳氏啊。"就让女仆偷偷告诉韩翊,自己已被沙吒利占有,碍于同车的人,不便交谈,请求韩翊明天早晨在道政里门等她。韩翊如期前往,柳氏用薄薄的绸子系着玉盒,玉盒中装着香膏,从车中交给韩翊,说:"该永别了,愿你留下它做个纪念。"于是掉转车头,挥着手告别,她的衣袖轻轻地飘动着,随散发着香味的车辚辚而去,韩翊目送香车远车,直到看不见时,心中茫然一片,仿佛迷失在这飞扬的尘土之中。韩翊实在承受不了这种深深的离情。

当时,正赶上淄青的各位将领要在酒楼上聚会取乐,派人请韩翊,韩翊勉强答应了,然而神色颓丧,说话的声音都有些哽咽。有个虞候叫许俊,凭着才能力气非常自信,他摸着剑说道:"这里面一定有原因,我愿意为您出一次力。"韩翊迫不得已,就把情况全告诉了他。许俊说:"请您写几个字,我会立刻把她带来。"许俊于是穿上军服,佩戴上双弓,让一个骑兵跟着,直接来到沙吒利的住宅。许俊等沙吒利走出门并离家一里多路时,就披着衣服,拉着马缰绳冲进大门,又闯进里面的小门,急匆匆地边走边喊道:"将军得了急病,让我来请夫人!"仆人侍女都惊得连连退避,没有敢抬头看的。于是许俊登上堂屋,拿出韩翊的信交给柳氏看,然后挟着柳氏跨上了马鞍。马在飞扬的尘土中奔跑,连马脖子上的带子都跑断了,不一会儿就到了韩翊处,许俊整理衣襟,走上前去,说:"我幸而未辱使命。"四座惊叹不已。柳氏与韩翊手拉手哭泣不止,大家因此停止了饮宴。当时沙吒利受到皇帝特殊的宠幸,许俊、韩翊害怕会有灾祸,就去进见侯希逸。希逸非常吃惊,说:"我平生敢干的事,你许俊也敢干啊!"随即向皇帝上奏说:"检校尚书金部员外郎兼御史韩翊长久以来担任僚属之职,屡次建立功劳。前不久参加乡赋,他的爱妾柳氏被凶寇所隔绝,暂住在尼姑庵中。现在由于国家文明昌盛,又注意安抚百姓,使远近的人都被感化了;但将军沙吒利凶暴恣肆,违犯法纪,仅依微小的功绩,劫掠有节操的妇女,破坏了无为而治的社会秩序。

臣部将兼御史中丞许俊,族本幽蓟,雄心勇决,却夺柳氏,归于韩翊。义切中抱,虽昭感激之诚;事不先闻,固乏训齐之令。"寻有诏:"柳氏宜还韩翊,沙吒利赐钱二百万。"柳氏归翊。翊后累迁至中书舍人。

然即柳氏志防闲而不克者,许俊慕感激而不达者也。向使柳氏以色选,则当熊辞辇之诚可继;许俊以才举,则曹柯渑池之功可建。夫事由迹彰,功待事立。惜郁堙不偶,义勇徒激,皆不入于正。斯岂变之正乎?盖所遇然也。

臣的部将兼御史中丞许俊,家族本在幽州蓟州一带,有胆略且勇敢果决,夺回了柳氏,还给了韩翊。许俊内心里充满了正义,此次虽然出于义愤;但事先不向上级请示,实在是我平时缺乏严明教育所致。"不久,皇帝下了诏书:"柳氏应该还给韩翊,赐给沙吒利二百万钱。"柳氏于是重又回到韩翊身边。韩翊后来屡次升迁,最后升到中书舍人。

然而,柳氏是志在防范外人的非礼,却未能做到的人;许俊是能够激于义愤见义勇为而不够发达的人。如果柳氏凭容貌能够被选入皇宫,她一定会像汉元帝的妃子冯婕妤那样临危不惧为皇帝挡住扑来的熊,也会像汉成帝时的班婕妤那样,为了皇帝的声名而拒绝和皇帝同车出游;如果许俊能以德才兼备而被皇帝重用,他一定会像春秋时的曹沫那样在齐鲁柯地会谈时立功,也会像战国时的蔺相如那样在渑池会上建立特殊的功勋。事业必须靠行动才能展示,功勋靠事业才能建立。可惜他们要么淹没无闻,遇人不淑,要么徒有一腔义愤,都不合于正道。这难道是变态之中比较合乎正道的吗? 大概是因为他们所遭遇的情况使他们这样吧。

卷第四百八十六
杂传记三

长恨传　　无双传

长恨传 陈鸿撰

唐开元中，泰阶平，四海无事。玄宗在位岁久，倦于旰食宵衣，政无大小，始委于丞相。稍深居游宴，以声色自娱。先是，元献皇后武淑妃皆有宠，相次即世，宫中虽良家子千万数，无悦目者，上心忽忽不乐。时每岁十月，驾幸华清宫，内外命妇，焜耀景从，浴日余波，赐以汤沐，春风灵液，淡荡其间。上心油然，怳若有遇，顾左右前后，粉色如土。诏高力士，潜搜外宫，得弘农杨玄琰女于寿邸。既笄矣，鬓发腻理，纤秾中度，举止闲冶，如汉武帝李夫人。别疏汤泉，诏赐澡莹。既出水，体弱力微，若不任罗绮，光彩焕发，转动照人，上甚悦。进见之日，奏《霓裳羽衣》以导之。

长恨传 陈鸿撰

唐玄宗开元年间，天下太平，四海无事。玄宗做皇帝已多年，渐渐厌倦了朝政，不再夜以继日地处理国事，把朝中的大小事务，都交给丞相去处理。他自己渐渐深居内宫游戏宴饮，用音乐和美色使自己快乐。在此之前，元献皇后和武淑妃都受过玄宗的宠幸，她们相继去世后，宫中虽有上等人家女儿成千上万，却没有一个看着顺眼的，皇上整天闷闷不乐。当时每年十月，皇帝都要驾临华清宫，宫内外有封号的命妇都穿着光鲜耀眼的衣服，像影子那样跟随皇帝前往，皇帝洗过澡后，就赏赐命妇们也在御用温泉中洗浴，春风吹拂着华清池水，命妇们自由自在地沐浴在水中。皇上不禁有些心旌摇荡，期望能遇到一个可心的女子，可是他看看前后左右的嫔妃，却觉得一个个面色如土。于是唐玄宗下令让高力士暗地里到宫外搜寻美人，结果在寿王府中找到了弘农郡杨玄琰的女儿。这个少女已经到了成年，鬒发细腻润泽，不胖不瘦，身材适中，一举一动都娴静娇媚，就像汉武帝时的李夫人。于是玄宗另外为她设了一个温泉浴池，让她去洗浴。洗完出水以后，身体好像很柔弱无力，好像连穿轻柔的绸衣都经受不住似的，却更加光彩焕发，明艳照人，皇上非常高兴。在她正式进见皇上那天，乐队奏起《霓裳羽衣曲》为她伴行。

定情之夕，授金钗钿合以固之。又命戴步摇，垂金珰。

明年，册为贵妃，半后服用。由是冶其容，敏其词，婉娈万态，以中上意，上益嬖焉。时省风九州，泥金五岳，骊山雪夜，上阳春朝，与上行同辇，止同室，宴专席，寝专房。虽有三夫人、九嫔、二十七世妇、八十一御妻暨后宫才人、乐府妓女，使天子无顾盼意。自是六宫无复进幸者。非徒殊艳尤态，独能致是；盖才知明慧，善巧便佞，先意希旨，有不可形容者焉。叔父昆弟皆列在清贵，爵为通侯，姊妹封国夫人，富埒主室。车服邸第，与大长公主侔，而恩泽势力，则又过之。出入禁门不问，京师长吏为之侧目。故当时谣咏有云："生女勿悲酸，生男勿欢喜。"又曰："男不封侯女作妃，君看女却为门楣。"其为人心羡慕如此。

天宝末，兄国忠盗丞相位，愚弄国柄。及安禄山引兵向阙，以讨杨氏为辞。潼关不守，翠华南幸。出咸阳道，次马嵬，六军徘徊，持戟不进。从官郎吏伏上马前，请诛错以谢天下。国忠奉牦缨盘水，死于道周。左右之意未快，上问之，当时敢言者，请以贵妃塞天下之怒。上知不免，而不忍见其死，反袂掩面，使牵而去之。仓皇展转，竟就绝于尺组之下。既而玄宗狩成都，肃宗禅灵武。明年，大凶归元，

在定情的那天晚上,皇上送给她金钗钿盒,用来加深彼此间的爱情。后来又命她戴上金制步摇,和金制耳坠儿。

第二年,册封为贵妃,衣服用品的待遇相当于皇后的一半。从此杨贵妃努力把自己的容貌打扮得更艳丽,使自己的语言更机智,做出种种妩媚的姿态,来迎合皇上的心意,皇上就更加宠爱她了。当时皇上巡视各州,到五岳封禅,在骊山上过雪夜,在上阳宫度过春天的早晨,贵妃与皇上走时同车,住宿同房,饮宴专席,睡觉专房。宫中虽有三夫人、九嫔、二十七世妇、八十一御妻和后宫的才人、乐府的无数歌女,但皇上连看她们一眼的兴趣都没有。从此六宫中再也没能被皇帝宠幸侍寝的人了。这不仅仅是由于杨贵妃突出的容貌和妩媚的风姿就能做到的,还因为她有才能有智慧,聪明伶俐,善于讨好献媚,能够预先猜到皇帝心意而去迎合他,这当中真有些无法言传的事情。贵妃的叔父兄弟都做了清高尊贵的职务,封爵为侯爵,姊妹都封为国夫人,富贵跟皇族相等。车马、衣服、住宅与皇帝的姑母相同,而得到的恩泽和权势却超过了他们。贵妃的亲属出入宫禁无人敢问,京城的长官对他们也不敢正眼相看。所以当时民间有歌谣说:"生女勿悲酸,生男勿喜欢。"又说:"男不封侯女作妃,君看女却为门楣。"杨氏家族被人们所美慕已达到这种地步。

天宝末年,贵妃的哥哥杨国忠窃据了丞相之位,蒙蔽皇帝,把持了国家大权。等到安禄山领兵向京城进发,以讨伐杨氏为借口。潼关很快失守,皇帝只好向南逃跑。出了咸阳,途中停在马嵬坡时,皇帝的禁卫军都拿着武器不肯再前进。这时随从的大小官员跪在皇帝车驾前,请求像汉景帝诛杀晁错那样,杀掉杨国忠向天下谢罪。杨国忠捧着牦牛缨和水盘向皇帝请罪,结果被处死于道旁。但左右的侍从仍不满意,皇上问他们,当时敢说话的人就请求杀掉杨贵妃以消除天下人的怨恨。皇上知道这事难以挽回,可又不忍心看见贵妃死,就扯起袖子挡住脸,让人把她拉走。贵妃慌张挣扎,终于被白绫带绞死。不久玄宗逃到成都,肃宗在灵武继承皇位。第二年,叛军首领安禄山被杀死,

大驾还都，尊玄宗为太上皇，就养南宫，自南宫迁于西内。时移事去，乐尽悲来，每至春之日，冬之夜，池莲夏开，宫槐秋落，梨园弟子，玉管发音，闻《霓裳羽衣》一声，则天颜不怡，左右歔欷。三载一意，其念不衰。求之梦魂，杳杳而不能得。

适有道士自蜀来，知上心念杨妃如是，自言有李少君之术。玄宗大喜，命致其神。方士乃竭其术以索之，不至。又能游神驭气，出天界，没地府，以求之，又不见。又旁求四虚上下，东极绝天涯，跨蓬壶，见最高仙山。上多楼阁，西厢下有洞户，东向，窥其门，署曰"玉妃太真院"。方士抽簪扣扉，有双鬟童出应门。方士造次未及言，而双鬟复入。俄有碧衣侍女至，诘其所从来。方士因称唐天子使者，且致其命。碧衣云："玉妃方寝，请少待之。"于时云海沉沉，洞天日晚，琼户重阖，悄然无声。方士屏息敛足，拱手门下。久之而碧衣延入，且曰："玉妃出。"俄见一人，冠金莲，披紫绡，佩红玉，曳凤舄，左右侍者七八人，揖方士，问皇帝安否？次问天宝十四载已还事，言讫悯然。指碧衣女，取金钗钿合，各拆其半，授使者曰："为谢太上皇，谨献是物，寻旧好也。"方士受辞与信，将行，色有不足。玉妃因征其意，

皇帝的车驾又回到了都城，肃宗把玄宗尊为太上皇，让他到南面的兴庆宫殿去养老，不久又让他迁到西内太极宫。时光流逝，往事已去，唐玄宗不禁乐尽悲来，每到春天的白昼，冬天的夜晚，看到池中莲花夏天盛开，宫中的槐树秋天落叶，听到宫中乐伎吹奏玉管，尤其一听到《霓裳羽衣曲》，玄宗心中就郁郁不乐，左右的侍从也叹息不止。三年当中，想念贵妃的感情始终没有减少。想从梦中见到贵妃，也始终渺茫不能实现。

当时正好有个方士从蜀中来到长安，知道太上皇心里如此想念杨贵妃，就说自己有李少君那种招魂法术。唐玄宗一听非常高兴，让他去寻找杨贵妃的魂灵。方士便使出他的全部法术来找她，但没有招来。然后方士又腾云驾雾，上到天界，下入地府去寻找，还是没有找到。于是又到周围东西南北四方和天地之外去寻找，最东面到了极远的天边，跨过蓬莱仙境，见到一座最高的仙山。仙山上面有很多楼阁，西厢房檐下有个洞门，朝东，看那门上写着"玉妃太真院"。方士拔下簪子敲门，有个扎着双鬟的童子出来开门。方士仓促之间还没来得及开口，而那双鬟童子却又进去了。不一会儿有个穿着绿衣服的侍女出来了，问方士从什么地方来。方士说自己是唐朝天子的使者，并且传达了玄宗的使命。穿绿衣的侍女说："玉妃正在睡觉，请你稍微等一会儿。"这时云雾缭绕仙洞，天色渐渐昏暗，美玉做成的门重新关了起来，静悄悄的没有声息。方士屏住呼吸，收住脚步，恭恭敬敬地拱着手站在门口。过了很久，穿绿衣的侍女才引导方士进去，并且说："玉妃出来了。"不一会儿，就看见一个人，戴着金色莲花冠，披着紫色的绡衣，身佩红玉，穿着凤头鞋，身边簇拥着七八个仙女，她向方士作揖行了礼，问皇帝平安与否。然后又问了天宝十四年以后的事情，使者说完后，玉妃脸上显得忧郁悲伤。然后玉妃用手示意穿绿衣的侍女，让她取来金钗钿盒，各拆下一半，交给使者，说："替我向太上皇道谢，我敬献这件东西，是为了找回过去的情意。"方士接受了玉妃的话和信物，将要动身返回时，脸上露出不满足的样子。玉妃于是询问方士还有什么要求，

复前跪致词："乞当时一事，不闻于他人者，验于太上皇。不然，恐钿合金钗，罹新垣平之诈也。"玉妃茫然退立，若有所思，徐而言曰："昔天宝十年，侍辇避暑骊山宫。秋七月，牵牛织女相见之夕，秦人风俗，夜张锦绣，陈饮食，树花燔香于庭，号为乞巧，宫掖间尤尚之。时夜始半，休侍卫于东西厢，独侍上。上凭肩而立，因仰天感牛女事，密相誓心，愿世世为夫妇。言毕，执手各呜咽。此独君王知之耳。"因自悲曰："由此一念，又不得居此，复于下界，且结后缘。或在天，或在人，决再相见，好合如旧。"因言："太上皇亦不久人间，幸唯自安，无自苦也。"使者还奏太上皇，上心嗟悼久之。余具国史。

至宪宗元和元年，盩厔县尉白居易为歌，以言其事，并前秀才陈鸿作传，冠于歌之前，目为《长恨歌传》。居易歌曰：

汉皇重色思倾国，御宇多年求不得。杨家有女初长成，养在深闺人不识。天生丽质难自弃，一朝选在君王侧。回眸一笑百媚生，六宫粉黛无颜色。春寒赐浴华清池，温泉水滑洗凝脂，侍儿扶起娇无力，始是新承恩泽时。云鬓花颜金步摇，芙蓉帐暖度春宵，春宵苦短日高起，从此君王不早朝。承欢侍宴无闲暇，春从春游夜专夜。汉宫佳丽三千人，三千宠爱在一身。金屋妆成娇侍夜，玉楼宴罢醉和春。姊妹弟兄皆列土，可怜光彩生门户。遂令天下父母心，不重生男重生女。骊宫高处入青云，仙乐风飘处处闻。缓歌慢舞凝丝竹，尽日君王看不足。

方士就走上前跪下说:"请说一件你们两人当时的私事,得是别人没有听到过的,以便向太上皇验证。不这样,恐怕钿盒金钗会被看作汉文帝时以道术行骗的新垣平所设的骗局了。"玉妃一时茫然,往后退了几步站定,好像在回忆什么,然后才慢慢说道:"天宝十年的时候,我侍候皇帝到骊山宫中避暑。那天正好是七月初七,是牛郎织女相会的晚上,按照秦人的风俗,要在那天晚上挂起锦绣,陈列饮食,在院子里插上花烧香,把这称作乞巧,皇宫中尤其重视这件事。当时已到半夜,皇上命侍卫在东西厢房中休息,我单独侍奉皇上。皇上扶着我的肩站着,仰望天空感叹牛郎织女的遭遇,于是我俩秘密地互相发出心中的誓言,愿世世代代都做夫妻。说完了,拉着手各自轻声哭泣。这件事只有皇上知道。"玉妃接着又伤感地说:"由于当年这个念头,我不能长住在这里了,还要再回到人间,再结以后的缘分。或者在天上,或者在人间,我俩一定会再相见,合好相处,就像以前那样。"还说:"太上皇在人间的时间也不长了,希望多多珍重,不要自找苦恼。"使者回来向太上皇奏报了见贵妃的经过,太上皇心中叹息伤感了好久。其余的事情都写在国史之中了。

到了唐宪宗元和元年,盩厔县的县尉白居易写了一篇歌,用它来叙述这件事,连同以前秀才陈鸿作的一篇传记,放在歌的前面,看作是《长恨歌传》。白居易的歌写道:

汉皇重色思倾国,御宇多年求不得。杨家有女初长成,养在深闺人不识。天生丽质难自弃,一朝选在君王侧。回眸一笑百媚生,六宫粉黛无颜色。春寒赐浴华清池,温泉水滑洗凝脂,侍儿扶起娇无力,始是新承恩泽时。云鬓花颜金步摇,芙蓉帐暖度春宵,春宵苦短日高起,从此君王不早朝。承欢侍宴无闲暇,春从春游夜专夜。汉宫佳丽三千人,三千宠爱在一身。金屋妆成娇侍夜,玉楼宴罢醉和春。姊妹弟兄皆列土,可怜光彩生门户。遂令天下父母心,不重生男重生女。骊宫高处入青云,仙乐风飘处处闻。缓歌慢舞凝丝竹,尽日君王看不足。

渔阳鼙鼓动地来，惊破《霓裳羽衣曲》。九重城阙烟尘生，千乘万骑西南行。翠华摇摇行复止，西出都门百余里。六军不发无奈何，宛转蛾眉马前死。花钿委地无人收，翠翘金雀玉搔头。君王掩面救不得，回看血泪相和流。

黄埃散漫风萧索，云栈萦回登剑阁。峨眉山下少行人，旌旗无光日色薄。蜀江水碧蜀山青，圣主朝朝暮暮情，行宫见月伤心色，夜雨闻铃肠断声。天旋日转回龙驭，到此踌躇不能去。马嵬坡下泥土中，不见玉颜空死处。君臣相顾尽沾衣，东望都门信马归。归来池苑皆依旧，太液芙蓉未央柳。芙蓉如面柳如眉，对此如何不泪垂？春风桃李花开夜，秋雨梧桐叶落时。西宫南苑多秋草，落叶满阶红不扫。梨园弟子白发新，椒房阿监青娥老。夕殿萤飞思悄然，孤灯挑尽未成眠。迟迟钟漏初长夜，耿耿星河欲曙天。鸳鸯瓦冷霜华重，翡翠衾寒谁与共？悠悠生死别经年，魂魄不曾来入梦。

临邛道士鸿都客，能以精诚致魂魄。为感君王展转思，遂令方士殷勤觅。排空驭气奔如电，升天入地求之遍。上穷碧落下黄泉，两处茫茫皆不见。忽闻海上有仙山，山在虚无缥缈间。楼殿玲珑五云起，其中绰约多仙子。中有一人名太真，雪肤花貌参差是。金阙西厢叩玉扃，转教小玉报双成。闻道汉家天子使，九华帐里梦魂惊。揽衣推枕起徘徊，珠箔银屏迤逦开。云鬓半偏新睡觉，花冠不整下堂来。风吹仙袂飘飘举，犹似《霓裳羽衣舞》。玉容寂寞泪阑干，梨花一枝春带雨。含情凝睇谢君王，一别音容两渺茫。昭阳殿里恩爱绝，蓬莱宫中日月长。回头下望人寰处，不见长安见尘雾。空将旧物表深情，钿合金钗寄将去。钗留一股合一扇，钗劈黄金合分钿。但令心似金钿坚，天上人间会相见。临别殷勤重寄词，词中有誓两心知。七月七日长生殿，夜半无人私语时："在天愿为比翼鸟，在地愿为连理枝。"天长地久有时尽，此恨绵绵无绝期。

渔阳鼙鼓动地来，惊破《霓裳羽衣曲》。九重城阙烟尘生，千乘万骑西南行。翠华摇摇行复止，西出都门百余里。六军不发无奈何，宛转蛾眉马前死。花钿委地无人收，翠翘金雀玉搔头。君王掩面救不得，回看血泪相和流。

黄埃散漫风萧索，云栈萦回登剑阁。峨眉山下少行人，旌旗无光日色薄。蜀江水碧蜀山青，圣主朝朝暮暮情，行宫见月伤心色，夜雨闻铃肠断声。天旋日转回龙驭，到此踌躇不能去。马嵬坡下泥土中，不见玉颜空死处。君臣相顾尽沾衣，东望都门信马归。归来池苑皆依旧，太液芙蓉未央柳。芙蓉如面柳如眉，对此如何不泪垂？春风桃李花开夜，秋雨梧桐叶落时。西宫南苑多秋草，落叶满阶红不扫。梨园弟子白发新，椒房阿监青娥老。夕殿萤飞思悄然，孤灯挑尽未成眠。迟迟钟漏初长夜，耿耿星河欲曙天。鸳鸯瓦冷霜华重，翡翠衾寒谁与共？悠悠生死别经年，魂魄不曾来入梦。

临邛道士鸿都客，能以精诚致魂魄。为感君王辗转思，遂令方士殷勤觅。排空驭气奔如电，升天入地求之遍。上穷碧落下黄泉，两处茫茫皆不见。忽闻海上有仙山，山在虚无缥缈间。楼殿玲珑五云起，其中绰约多仙子。中有一人名太真，雪肤花貌参差是。金阙西厢叩玉扃，转教小玉报双成。闻道汉家天子使，九华帐里梦魂惊。揽衣推枕起徘徊，珠箔银屏迤逦开。云鬓半偏新睡觉，花冠不整下堂来。风吹仙袂飘飘举，犹似《霓裳羽衣舞》。玉容寂寞泪阑干，梨花一枝春带雨。含情凝睇谢君王，一别音容两渺茫。昭阳殿里恩爱绝，蓬莱宫中日月长。回头下望人寰处，不见长安见尘雾。空将旧物表深情，钿合金钗寄将去。钗留一股合一扇，钗劈黄金合分钿。但令心似金钿坚，天上人间会相见。临别殷勤重寄词，词中有誓两心知。七月七日长生殿，夜半无人私语时："在天愿为比翼鸟，在地愿为连理枝。"天长地久有时尽，此恨绵绵无绝期。

无双传 薛调撰

唐王仙客者,建中中朝臣刘震之甥也。初,仙客父亡,与母同归外氏。震有女曰无双,小仙客数岁,皆幼稚,戏弄相狎,震之妻常戏呼仙客为"王郎子"。如是者凡数岁,而震奉孀姊及抚仙客尤至。一旦,王氏姊疾,且重,召震约曰:"我一子,念之可知也,恨不见其婚室。无双端丽聪慧,我深念之,异日无令归他族,我以仙客为托。尔诚许我,瞑目无所恨也。"震曰:"姊宜安静自颐养,无以他事自挠。"其姊竟不痊。仙客护丧,归葬襄邓。服阕,思念身世,孤子如此,宜求婚娶,以广后嗣。无双长成矣,我舅氏岂以位尊官显而废旧约耶? 于是饰装抵京师。

时震为尚书租庸使,门馆赫奕,冠盖填塞。仙客既觐,置于学舍,弟子为伍。舅甥之分,依然如故,但寂然不闻选取之议。又于窗隙间窥见无双,姿质明艳,若神仙中人。仙客发狂,唯恐姻亲之事不谐也。遂鬻囊橐,得钱数百万,舅氏舅母左右给使,达于厮养,皆厚遗之。又因复设酒馔,中门之内,皆得入之矣。诸表同处,悉敬事之。遇舅母生日,市新奇以献,雕镂犀玉,以为首饰,舅母大喜。又旬日,仙客遣老妪,以求亲之事,闻于舅母。舅母曰:"是我所愿也,即当议其事。"又数夕,有青衣告仙客曰:"娘子适以亲情事

无双传 薛调撰

王仙客是唐德宗建中年间朝中大臣刘震的外甥。当初,仙客的父亲死了,便和母亲一起回到了姥姥家。刘震有个女儿叫无双,比仙客小几岁,二人都是孩童,经常在一起亲密地玩耍,刘震的妻子经常开玩笑喊仙客为"王郎君"。就这样过了好几年,刘震侍奉守寡的姐姐,抚养仙客,都做得很周到。有一天,姐姐病了,而且很重,就把刘震叫到面前约定说:"我只有一个儿子,惦念他这是可想而知的事,遗憾的是,看不到他结婚成家了。无双端庄美丽,而且很聪明,我也深深地惦记着她,以后不要让她嫁到别的家族去,我就把仙客托付给你。你如果答应了我,我就是死也没有什么遗憾了。"刘震说:"姐姐应该静下心来,好好调养身体,不要用别的事扰乱自己的心绪。"不久姐姐就不治身亡了。仙客护送灵车,回襄邓安葬。守丧三年后,仙客考虑起自己的身世命运,心想我如此形单影只,应该赶快结婚,以便后代繁盛。无双已经长大了,我舅舅难道会因为地位尊贵官职显赫而废除原来的婚约吗?于是打点行装来到了京城。

那时刘震已做了尚书租庸使,门庭显赫,做官的来来往往,车马堵塞了门口。仙客进见舅舅后,被安置在学馆里,与那些学子生活在一起。舅甥的关系,仍然像当初那样好,但是关于选女婿的事舅舅却一直不提。仙客从窗缝中曾偷偷看见过无双,见她姿态容貌十分艳丽,就像是仙女下凡。仙客爱得发狂,唯恐婚姻之事不能成功。于是便卖掉了带来的行装,总共卖得几百万钱。对在舅父舅母身边的随从心腹,直至于做粗活的奴仆,都赠送了厚礼。又趁机摆了酒席招待他们,于是中门以内,仙客都能随便出入了。在和各中表亲相处时,都用恭敬的态度对待他们。遇到舅母的生日,就买些新奇的东西来作为生日贺礼,买了犀牛角玉石雕刻成的工艺品,送给舅母做首饰,舅母因此非常高兴。又过了十天,仙客派了一位老太太,向舅母提起了求亲的事情。舅母说:"这正是我的愿望,我们很快就会商量这件事的。"又过了几个晚上,有个婢女来告诉仙客:"你舅母刚才把求婚的事

言于阿郎,阿郎云:'向前亦未许之。'模样云云,恐是参差也。"仙客闻之,心气俱丧,达旦不寐,恐舅氏之见弃也,然奉事不敢懈怠。

一日,震趋朝,至日初出,忽然走马入宅,汗流气促,唯言:"镵却大门,镵却大门!"一家惶骇,不测其由。良久乃言:"泾原兵士反,姚令言领兵入含元殿,天子出苑北门,百官奔赴行在。我以妻女为念,略归部署。"疾召仙客:"与我勾当家事,我嫁与尔无双。"仙客闻命,惊喜拜谢。乃装金银罗锦二十驮,谓仙客曰:"汝易衣服,押领此物,出开远门,觅一深隙店安下;我与汝舅母及无双,出启夏门,绕城续至。"仙客依所教。至日落,城外店中待久不至。城门自午后扃锁,南望目断。遂乘骢,秉烛绕城,至启夏门,门亦锁。守门者不一,持白棓,或立或坐。仙客下马徐问曰:"城中有何事如此?"又问:"今日有何人出此?"门者曰:"朱太尉已作天子。午后有一人重戴,领妇人四五辈,欲出此门。街中人皆识,云是租庸使刘尚书,门司不敢放出。近夜追骑至,一时驱向北去矣。"仙客失声恸哭,却归店。三更向尽,城门忽开,见火炬如昼,兵士皆持兵挺刃,传呼斩斫使出城,搜城外朝官。仙客舍辎骑惊走,归襄阳,村居三年。

后知克复,京师重整,海内无事,乃入京,访舅氏消息。至新昌南街,立马彷徨之际,忽有一人马前拜,熟视之,乃旧使苍头塞鸿也。鸿本王家生,其舅常使得力,遂留之。

对你舅舅说了,你舅舅说:'以前我并没答应过呀!'情形如此,恐怕事情有出入了。"仙客听了这个话,心灰意冷,直到天亮还没睡着,唯恐舅舅嫌弃他,侍奉舅父舅母更不敢稍有懈怠。

一天,刘震去上朝,到太阳刚出来时,忽然骑马跑回家中,汗流满面,呼吸急促,只喊说:"快锁上大门! 锁上大门!"一家人都惊慌害怕,猜不出是什么原因。过了很久,刘震才说:"泾源的士兵造反,姚令言带着军队进了含元殿,天子从花园的北门逃出去了,百官都逃向皇帝去的地方。我惦记着妻子儿女,回来稍微安排一下。"又赶快把仙客叫来说:"你替我安排一下家里的事,以后我把无双嫁给你!"仙客听到吩咐,又惊又喜,拜谢舅舅。于是刘震装满金银锦缎二十驮,对仙客说:"你换换衣服,押着这些东西,从开远门出去,找一个深巷里的旅店住下;我与你舅母和无双从启夏门出去,绕城随后赶到。"仙客依照吩咐行动。到太阳落山,仙客在城外店里等了好久,舅舅他们也没到。城门从午后就上了锁,向南极力远望,也没发现舅父一家。于是仙客骑上马,拿着蜡烛,绕城寻找,到了启夏门,城门也锁着。守门的有好多人,他们拿着白木棒,有的站着,有的坐着。仙客下马,慢慢问道:"城里到底出了什么事情? 现在成了这样。"又问:"今天有什么人从这里出城了?"守城门的人说:"朱太尉已做了天子。午后有一个人带了很多东西,还带了四五个妇女,想从此门出去。街上的人都认识,说是租庸使刘尚书,守城的不敢放行。快到晚上时追赶的骑兵到了,就押送驱赶着他们向北走了。"仙客禁不住痛哭起来,只好又回到店中。三更将尽的时候,城门忽然打开,只见火把照耀得如白天一样,士兵都拿着刀枪,呼喊传话说是斩斫使出城了,搜索在城外的朝廷官员。仙客便丢下了辎重车骑,惊慌地逃走,回到了襄阳,在乡下住了三年。

后来仙客得知叛乱平息,京城光复,天下太平,就又进京,打探舅舅家的消息。到了新昌南街,正驻马进退不定时,忽有一人在马前下拜,仔细一看,原来是自己过去的仆人塞鸿。塞鸿本是王家的家生奴,舅舅曾用过他,觉得他很得力,就留在自己家里使唤了。

握手垂涕,仙客谓鸿曰:"阿舅舅母安否?"鸿云:"并在兴化宅。"仙客喜极云:"我便过街去。"鸿曰:"某已得从良,客户有一小宅子,贩缯为业。今日已夜,郎君且就客户一宿,来早同去未晚。"遂引至所居,饮馔甚备。至昏黑,乃闻报曰:"尚书受伪命官,与夫人皆处极刑,无双已入掖庭矣。"仙客哀冤号绝,感动邻里。谓鸿曰:"四海至广,举目无亲戚,未知托身之所。"又问曰:"旧家人谁在?"鸿曰:"唯无双所使婢采蘋者,今在金吾将军王遂中宅。"仙客曰:"无双固无见期,得见采蘋,死亦足矣。"由是乃刺谒,以从侄礼见遂中,具道本末,愿纳厚价,以赎采蘋。遂中深见相知,感其事而许之。仙客税屋,与鸿、蘋居。塞鸿每言:"郎君年渐长,合求官职,悒悒不乐,何以遣时?"仙客感其言,以情恳告遂中。遂中荐见仙客于京兆尹李齐运,齐运以仙客前御为富平县尹,知长乐驿。

累月,忽报有中使押领内家三十人往园陵,以备洒扫,宿长乐驿。毡车子十乘下讫,仙客谓塞鸿曰:"我闻宫嫔选在掖庭,多是衣冠子女,我恐无双在焉。汝为我一窥,可乎?"鸿曰:"宫嫔数千,岂便及无双?"仙客曰:"汝但去,人事亦未可定。"因令塞鸿假为驿吏,烹茗于帘外,仍给钱三千,约曰:"坚守茗具,无暂舍去,忽有所睹,即疾报来。"塞鸿唯唯而去。宫人悉在帘下,不可得见之,但夜语喧哗而已。至夜深,群动皆息,塞鸿涤器构火,不敢辄寐,忽闻帘下语曰:"塞鸿塞鸿,汝争得知我在此耶?郎健否?"言讫

二人相见就拉着手流泪,仙客问塞鸿道:"我舅舅和舅母都平安吗?"塞鸿说:"他们都在兴化里的府宅中。"仙客喜出望外说:"我马上就过街去看望他们。"塞鸿说:"我已经赎身成为平民,租了一间小房子,以贩卖丝织品为业。现在天快黑了,您就暂时到我那里住一宿,明早一块去您舅舅家也不晚。"塞鸿把仙客领到自己住的地方,准备了丰盛的饭菜。到了天黑时,才听到消息说:"刘尚书在叛乱后接受过伪政府的官职,和夫人一起被朝廷处死了,无双已送进宫廷当了奴婢。"仙客为舅父的冤死而哀痛,哭得死去活来,邻居们都被感动了。仙客对塞鸿说:"天下极大,举目无亲,我不知道自己托身的地方在哪里!"又问道:"原先的仆人谁还在此地?"塞鸿说:"只有无双使唤过的婢女采蘋,现在还在金吾将军王遂中的家里。"仙客说:"无双看来是没有再见的机会了,能见见采蘋,死也满足了。"于是递上名帖,以堂侄的礼节拜见王遂中,把事情的经过从头到尾都说了,并表示愿用高价赎回采蘋。王遂中对仙客很是理解,也被他的事迹所感动,答应了他的要求。仙客于是租了房子,和采蘋、塞鸿同住。塞鸿常常对仙客说:"您年龄渐渐大了,应该谋个官职,整天郁郁不乐,怎么过日子?"对他的话,仙客有所感悟,就把自己的心里话诚恳地告诉了王遂中。王遂中于是就将王仙客引荐给京兆尹李齐运,李齐运就派仙客去做富平县尹,兼管长乐驿站。

过了几个月,有一天,忽听报告说宫中的太监押着三十名宫女去清扫皇陵,途中要在长乐驿住宿。等宫中的十辆毡车上的人都下来后,仙客对塞鸿说:"我听说宫女选入内廷的,多是官宦子女,恐怕无双也在里面。你为我偷偷看一看,好吗?"塞鸿说:"宫女好几千,哪里就会轮到无双呢!"仙客说:"你只管去,人间事也没准。"于是叫塞鸿假扮为驿吏,在帘外煮茶,还给了他三千钱,约定说:"牢牢看守着茶具,一刻也不要离开,稍有所见,就赶快来告诉我。"塞鸿连声答应着去。宫女全在帘子里,无法看到她们,晚上只听见嘈杂的说话声罢了。到了深夜,各种活动都停了,塞鸿洗刷器具,添柴续火,不敢去睡,忽然听到帘子里说:"塞鸿塞鸿!你怎么知道我在这里呢?郎君身体健康吗?"说完

呜咽。塞鸿曰:"郎君见知此驿,今日疑娘子在此,令塞鸿问候。"又曰:"我不久语,明日我去后,汝于东北舍阁子中紫褥下,取书送郎君。"言讫便去。忽闻帘下极闹,云:"内家中恶,中使索汤药甚急。"乃无双也。塞鸿疾告仙客,仙客惊曰:"我何得一见?"塞鸿曰:"今方修渭桥,郎君可假作理桥官,车子过桥时,近车子立,无双若认得,必开帘子,当得瞥见耳。"仙客如其言,至第三车子,果开帘子,窥见,真无双也。仙客悲感怨慕,不胜其情。

塞鸿于阁子中褥下得书,送仙客。花笺五幅,皆无双真迹,词理哀切,叙述周尽。仙客览之,茹恨涕下,自此永诀矣。其书后云:"常见敕使说,富平县古押衙,人间有心人,今能求之否?"仙客遂申府,请解驿务,归本官。遂寻访古押衙,则居于村墅。仙客造谒,见古生。生所愿,必力致之,缯彩宝玉之赠,不可胜纪。一年未开口。秩满,闲居于县。古生忽来,谓仙客曰:"洪一武夫,年且老,何所用?郎君于某竭分,察郎君之意,将有求于老夫。老夫乃一片有心人也,感郎君之深恩,愿粉身以答效。"仙客泣拜,以实告古生。古生仰天,以手拍脑数四曰:"此事大不易,然与郎君试求,不可朝夕便望。"仙客拜曰:"但生前得见,岂敢以迟晚为限耶?"

就低声哭起来。塞鸿说:"郎君现在主管这个驿站,今天疑心娘子会在此处,所以叫我来问候。"无双又说:"我不能多说话,明天我离开后,你到东北方阁子中的紫色褥子底下取出书信送给郎君。"说完就离开了。忽然听到帘子里面很吵闹,说:"有宫女得了急病,太监要汤药要得很急。"原来说话的就是无双。塞鸿急忙把情况告诉了仙客,仙客吃惊地说:"我怎样才能见她一面呢?"塞鸿说:"现在正修渭河桥,郎君可以假冒理桥官,车子过桥时,你靠近车子站着,无双如果认出你来,一定会掀开车帘,这样就能见到她了。"仙客按照他的话办了,等到第三辆车经过时,果然掀开了帘子,仙客往里一看,果真是无双。仙客既悲叹又伤感,怨恨渴慕,简直承受不了这种复杂的心情。

塞鸿在阁子中的褥子下面找到了书信,送给了仙客。一共五张花笺,上面都是无双亲手写的字,词句十分悲哀恳切,叙述详尽周到。仙客看后,只能含恨落泪,觉得从此以后再也不会见到无双了。那封信结尾处说:"常听见皇帝的使者说,富平县有位姓古的押衙,是民间一位有侠肝义胆的人,现在你能去求求他吗?"仙客便向府里提出申请,请求解除驿站职务,回去做原本的官职。后来便去寻访古押衙,打听后得知,古先生原来住在乡下简陋的房子里。仙客前去拜访,见到了古先生。以后凡是古先生所想要的,仙客一定努力帮他弄到,赠送给古先生的各种颜色的丝织品和珍宝玉石,不计其数。这样过了一年,仙客也未开口提什么要求。任期期满后,仙客闲住在县里,古先生忽然来了,对仙客说:"我古洪是一介武夫,人也已经老了,还能有什么用呢? 郎君对我竭尽情谊,我观察郎君的用意,应该是有什么事要求我办。我倒是有一片急人之难的心啊! 很感激郎君的大恩,愿意粉身碎骨来报答您!"仙客哭着下拜,把实情告诉了古先生。古先生仰头望着天空,用手再三地拍了拍脑袋,说:"这事太不容易办了,可是还是要替郎君试一试,但不能指望很快成功。"仙客拜谢说:"只要生前能见到无双就行,哪敢限定时间的早晚呢?"

　　半岁无消息。一日扣门，乃古生送书，书云："茅山使者回，且来此。"仙客奔马去，见古生，生乃无一言。又启使者，复云："杀却也，且吃茶。"夜深，谓仙客曰："宅中有女家人识无双否？"仙客以采蘋对，仙客立取而至。古生端相，且笑且喜云："借留三五日，郎君且归。"后累日，忽传说曰："有高品过，处置园陵宫人。"仙客心甚异之，令塞鸿探所杀者，乃无双也。仙客号哭，乃叹曰："本望古生，今死矣，为之奈何？"流涕歔欷，不能自已。是夕更深，闻叩门甚急。及开门，乃古生也，领一篼子入，谓仙客曰："此无双也，今死矣，心头微暖，后日当活。微灌汤药，切须静密。"言讫，仙客抱入阁子中，独守之。至明，遍体有暖气，见仙客，哭一声遂绝，救疗至夜方愈。古生又曰："暂借塞鸿，于舍后掘一坑。"坑稍深，抽刀断塞鸿头于坑中。仙客惊怕。古生曰："郎君莫怕，今日报郎君恩足矣。比闻茅山道士有药术，其药服之者立死，三日却活，某使人专求得一丸。昨令采蘋假作中使，以无双逆党，赐此药令自尽。至陵下，托以亲故，百缣赎其尸。凡道路邮传，皆厚赂矣，必免漏泄。茅山使者及异篼人，在野外处置讫。老夫为郎君，亦自刭。君不得更居此，门外有檐子一十人，马五匹，绢二百匹，五更挈无双便发，变姓名浪迹以避祸。"言讫，举刀，仙客救之，头已落矣，遂并尸盖覆讫。未明发，历四蜀下峡，

此后半年没有消息。一天，有人敲门，是古先生送信来了，信上说："茅山使者回来了，你暂且来我这里一趟。"仙客骑上马就跑去见古先生，古先生却一句话都没有。仙客又问使者，回答说："已经杀了，暂且喝茶吧。"夜深时，古先生对仙客说："你家里有认识无双的女仆吗？"仙客说采蘋认识，就立即把采蘋带来了。古先生仔细看了看，一边笑一边高兴地说："借她留住三五天，郎君暂且回去吧。"过了几天以后，忽然传来消息说："有位大官经过这里，去处置陵园中的宫女。"仙客心中觉得很奇怪，让塞鸿去打听被杀的人是谁，原来竟是无双！仙客号啕大哭，叹息说："本来寄希望于古先生，现在已经死了，我还能怎么办呢？"不断流泪叹息，无法控制自己。当天晚上夜已很深了，忽然听到急促的敲门声。等开门一看，原来是古先生，只见他领着一乘软轿进来，对仙客说："这就是无双，现在死了，不过心窝微温，后天应该会活过来。给她稍微灌些汤药，千万要保持安静机密。"说完话，仙客就把无双抱进阁子里，一个人守着她。到了第二天早晨，无双遍身都有了热气，睁眼看见了仙客，哭了一声，就昏死过去，抢救治疗到晚上才缓过来。古先生又说："暂时借用一下塞鸿，到房后挖个坑。"坑挖得较深的时候，古先生抽出刀来，把塞鸿的头砍落到坑里。仙客又吃惊又害怕。古先生说："郎君不要怕，今天我已经报答了郎君的恩情。前些日子我听说茅山道士有一种药，那种药吃下去，人会立刻死去，三天后却会活过来，我派人专程去要了一丸。昨天让采蘋假扮宦官，说因为无双是叛党，赐给她这种药命她自尽。尸体送到墓地时，我又假托是她的亲朋故旧，用百匹绸缎赎出了她的尸体。凡是路上的馆驿，我都送了厚礼，一定不会泄漏。茅山使者和抬软轿的人，在野外就把他们处置完了。我为了郎君，也要自杀。郎君不能再住在此地，门外有轿夫十人，马五匹，绢二百匹，五更天时，你就带着无双出发，然后就改名换姓，漂泊远方去避祸吧！"说完就举起了刀，仙客急忙去阻挡，但古先生人头已经落地，于是把古先生的头与身子合到一起埋葬了。然后趁天没亮就出发了，历经四川三峡，

寓居于渚宫。悄不闻京兆之耗，乃挈家归襄邓别业，与无双偕老矣，男女成群。

噫！人生之契阔会合多矣，罕有若斯之比，常谓古今所无。无双遭乱世籍没，而仙客之志，死而不夺，卒遇古生之奇法取之，冤死者十余人。艰难走窜后，得归故乡，为夫妇五十年。何其异哉！

最后寄居于江陵的渚宫。后来一直也没听到京城有什么不好的消息，于是就带着家眷回到了襄邓别墅，与无双终于白头偕老，儿女成群。

啊！人生的离散聚合之事多得很，却很少有能与这件事相比的，常说这是古今都没有的事。无双生逢乱世，财产与人都被没收入了官府，而仙客的心志，却至死都不改变，最终遇到古先生，用奇特的方法救回了无双，为此而屈死的人有十多个。艰难逃窜，最后得以回到故乡，作为夫妇一起生活了五十年。多么神奇的一件事啊！

卷第四百八十七
杂传记四

霍小玉传

霍小玉传 蒋防撰

大历中,陇西李生名益,年二十,以进士擢第。其明年,拔萃,俟试于天官。夏六月,至长安,舍于新昌里。生门族清华,少有才思,丽词嘉句,时谓无双,先达丈人,翕然推伏。每自矜风调,思得佳偶,博求名妓,久而未谐。长安有媒鲍十一娘者,故薛驸马家青衣也,折券从良,十余年矣。性便僻,巧言语,豪家戚里,无不经过,追风挟策,推为渠帅。常受生诚托厚赂,意颇德之。

经数月,李方闲居舍之南亭,申末间,忽闻扣门甚急,云是鲍十一娘至。摄衣从之,迎问曰:"鲍卿,今日何故忽然而来?"鲍笑曰:"苏姑子作好梦也未? 有一仙人,谪在下界,不邀财货,但慕风流。如此色目,共十郎相当矣。"生闻之惊跃,

霍小玉传 蒋防撰

唐代宗大历年间，陇西有位叫李益的书生，二十岁时考中了进士。到了第二年，朝廷举行拔萃科考试，李益便等着参加吏部的考试。那年夏天六月份，李生到了长安，住在新昌里。李生门第清高显贵，少年时就有文学才能，文章辞藻华丽，语句精彩，当时的人都说没有第二个能比，有名望的前辈长者无不推崇赞许他。李生对自己的风度才华也非常自信，一直想找一个理想的配偶，各处寻求名妓，但很久也没能如愿。长安有个媒婆叫鲍十一娘，是原先薛驸马家的婢女，后来用钱赎身取得了平民身份，至今已十多年了。鲍氏善于逢迎讨好，很会说话，那些权势之家以及皇帝的外戚家她都去过，她腿勤脚快，到处保媒拉纤，被公认为是这个行业的领袖人物。鲍氏多次受到李生诚恳的拜托和厚礼，心里很感激李生。

过了几个月，一天下午申时未时之间，李生正在家里的南亭中闲坐，忽听到急促的敲门声，说是鲍十一娘来了。李生提起衣襟迎着声音往外来，迎面问道："鲍卿今日怎么突然来到我这里？"鲍氏笑着说："又梦见美女苏小小了吗？我可是找到了一位被贬到了人间的仙女，人家不要钱财，只羡慕风流。这样的才貌，跟你十郎是再相配不过了！"李生听说之后惊喜得跳了起来，

神飞体轻,引鲍手且拜且谢曰:"一生作奴,死亦不惮。"因问其名居,鲍具说曰:"故霍王小女字小玉,王甚爱之。母曰净持,净持即王之宠婢也。王之初薨,诸弟兄以其出自贱庶,不甚收录,因分与资财,遣居于外。易姓为郑氏,人亦不知其王女。资质秾艳,一生未见。高情逸态,事事过人。音乐诗书,无不通解。昨遣某求一好儿郎,格调相称者。某具说十郎,他亦知有李十郎名字,非常欢惬。住在胜业坊古寺曲,甫上车门宅是也。已与他作期约,明日午时,但至曲头觅桂子,即得矣。"

鲍既去,生便备行计,遂令家僮秋鸿,于从兄京兆参军尚公处,假青骊驹、黄金勒。其夕,生浣衣沐浴,修饰容仪,喜跃交并,通夕不寐。迟明,巾帻,引镜自照,惟惧不谐也。徘徊之间,至于亭午,遂命驾疾驱,直抵胜业。至约之所,果见青衣立候,迎问曰:"莫是李十郎否?"即下马,令牵入屋底,急急锁门。见鲍果从内出来,遥笑曰:"何等儿郎造次入此?"生调诮未毕,引入中门。庭间有四樱桃树,西北悬一鹦鹉笼,见生入来,即语曰:"有人入来,急下帘者。"生本性雅淡,心犹疑惧,忽见鸟语,愕然不敢进。逡巡,鲍引净持下阶相迎,延入对坐。年可四十余,绰约多姿,谈笑甚媚。因谓生曰:"素闻十郎才调风流,今又见容仪雅秀,名下固无虚士。某有一女子,虽拙教训,颜色不至丑陋,得配君子,

只觉得身体轻飘飘的，魂儿都要飞走了，拉着鲍氏的手边拜边感谢说："我这辈子就是为她做奴才都行，死了也不怕。"于是询问对方的姓名住处，鲍氏详细地告诉他说："她是原先霍王的小女儿，名字叫小玉，霍王很喜欢她。她母亲叫净持，是霍王宠爱的婢女。霍王死后不久，弟兄们认为她是微贱之人所生，不愿容留她，便分给她钱财，让她到外面去住。她改姓郑，人们也就不知道她是霍王的女儿了。她容貌气质都极为出色，我一生都未见过。她情趣高雅，举止不同凡俗，事事都超过别人。音乐诗书，无不通晓。昨天她托我找一位好男子，要志趣品德相配才行。我向她详细地介绍了十郎你，她也知道有李十郎这个名字，听后非常高兴满意。她住在胜业坊古寺巷，刚进巷口的第一个大门就是她家。我已跟她约好，明日午时，你只要到巷口找侍女桂子，就能找到她家了。"

鲍氏走后，李生马上做了出发的准备，让家僮秋鸿到堂兄京兆参军尚公那里，借来青骊驹和黄金的马笼头。当天晚上，李生洗澡更衣，修饰容貌仪表，欣喜若狂，通宵未睡。天亮时，戴上头巾，拿起镜子照了一番，唯恐事情不能成功。来回徘徊之际，终于盼到了约定的中午，便命令御手赶马快跑，直奔胜业坊。到了约定的地方，果然看见一位婢女站在那里等候，她迎上来问："莫不是李十郎吗？"李生立即下马，叫人把马牵到屋子下面，又匆忙锁上了门。这时看见鲍氏果然从里边走出，远远地笑着说："哪家的莽小伙敢随便进入此地？"李生玩笑还没开完，就被带进中门。院子里有四棵樱桃树，西北角处挂着一个鹦鹉笼，看到李生走进来了，鹦鹉就叫道："有人进来了，赶快放下帘子！"李生本性规矩恬淡，又加上心中还有些疑心害怕，忽然听见鸟说的话，吓得不敢往里走了。不久，鲍氏便领着净持走下台阶迎接，邀请李生到屋内，对面坐下。净持年龄大约四十多岁，颇有风韵，谈笑很招人喜欢。她对李生说："一向听说十郎是位风流才子，现在又看到容貌仪表清雅秀美，果然名不虚传。我有一个女儿，虽然没受过良好的教育，但容貌还不算丑陋，能跟这样的君子相配，

颇为相宜。频见鲍十一娘说意旨,今亦便令永奉箕帚。"生谢曰:"鄙拙庸愚,不意顾盼,倘垂采录,生死为荣。"

遂命酒馔,即令小玉自堂东阁子中而出,生即拜迎。但觉一室之中,若琼林玉树,互相照曜,转盼精彩射人。既而遂坐母侧,母谓曰:"汝尝爱念'开帘风动竹,疑是故人来',即此十郎诗也。尔终日吟想,何如一见?"玉乃低鬟微笑,细语曰:"见面不如闻名,才子岂能无貌?"生遂连起拜曰:"小娘子爱才,鄙夫重色,两好相映,才貌相兼。"母女相顾而笑,遂举酒数巡。生起,请玉唱歌,初不肯,母固强之,发声清亮,曲度精奇。

酒阑及暝,鲍引生就西院憩息。闲庭邃宇,帘幕甚华。鲍令侍儿桂子、浣沙,与生脱靴解带。须臾玉至,言叙温和,辞气宛媚。解罗衣之际,态有余妍。低帏昵枕,极其欢爱,生自以为巫山洛浦不过也。中宵之夜,玉忽流涕观生曰:"妾本倡家,自知非匹,今以色爱,托其仁贤。但虑一旦色衰,恩移情替,使女萝无托,秋扇见捐。极欢之际,不觉悲至。"生闻之,不胜感叹,乃引臂替枕,徐谓玉曰:"平生志愿,今日获从,粉骨碎身,誓不相舍。夫人何发此言?请以素缣,著之盟约。"玉因收泪,命侍儿樱桃,褰幄执烛,授生笔研。玉管弦之暇,雅好诗书,筐箱笔研,皆王家之旧物。遂取绣囊,出越姬乌丝栏素缣三尺以授生。生素多才思,

是很合适的。经常听鲍十一娘说起您的意思,现在就让她永远侍候您吧。"李生谢道:"我这个人浅薄笨拙,平庸愚钝,没想到能被看中,如蒙不弃,无论生死都感到荣幸。"

于是让人摆设酒宴,叫霍小玉从堂屋东面的阁子中出来,李生急忙拜见迎接。只觉得满屋就像琼林玉树,互相映照,看那霍小玉的眼波流动,更是光彩照人。见面之后,小玉便坐到了母亲旁边,母亲对她说:"你曾爱念'开帘风动竹,疑是故人来',就是这位李十郎的诗句。你终日吟诵想念,怎比得上真正见上一面呢?"小玉就低头微笑,轻轻地说:"见面不如闻名,才子怎能没有好相貌呢?"李生就站起来连连拜谢说:"小娘子爱才,鄙陋的我重视容貌,两好相映,真可谓才貌兼备了。"母女二人相视而笑,于是喝了几巡酒。李生站起来,请求小玉唱歌,小玉起先不肯,她母亲硬让她唱,只听她唱歌发声清亮,节奏精妙出奇。

酒喝完时天也黑了,鲍氏就领着李生到西院去歇息。只见庭院幽静,房屋深邃,帘幕非常华丽。鲍氏叫侍女桂子、浣沙给李生脱靴解带。不一会儿小玉来了,言谈温和,语气委婉。脱下罗衣的时候,体态有说不尽的美好。帐子低垂,枕上亲昵,二人极其欢乐相爱,李生自己认为此时他们之间的爱情,即使是楚怀王与巫山神女或曹植与洛神都不能相比。夜半的时候,小玉忽然流着泪,看着李生说:"我的母亲是婢女出身,自己知道配不上你,现在你因为我的美貌爱我,使我托身于仁贤。只是担心一旦我容貌衰老,你恩情转移,情意衰退,就会使藤萝失去托身之树,让我像秋后的扇子般被丢弃。在这极为欢乐的时候,我想到这一点,不禁悲从中来。"李生听了这些话,非常感慨,就伸出胳膊让小玉枕着,慢慢对她说:"我平生的愿望,今日得以实现,即使粉身碎骨,也决不会丢弃你。夫人怎么说出这种话来?请让我在白缣上写下誓言吧!"小玉便收住眼泪,命侍女樱桃揭起帐幔,拿着蜡烛,又把笔砚交给李生。小玉吹奏弹唱之余,很喜欢诗书,书箱、笔砚都是霍王家原来的东西。于是取出绣囊,从中找出来三尺越姬乌丝栏白缣交给了李生。李生一向富于文学才思,

援笔成章,引谕山河,指诚日月,句句恳切,闻之动人。染毕,命藏于宝箧之内。自尔婉娈相得,若翡翠之在云路也。如此二岁,日夜相从。

其后年春,生以书判拔萃登科,授郑县主簿。至四月,将之官,便拜庆于东洛。长安亲戚,多就筵饯。时春物尚余,夏景初丽,酒阑宾散,离恶萦怀。玉谓生曰:"以君才地名声,人多景慕,愿结婚媾,固亦众矣。况堂有严亲,室无冢妇,君之此去,必就佳姻,盟约之言,徒虚语耳。然妾有短愿,欲辄指陈,永委君心,复能听否?"生惊怪曰:"有何罪过,忽发此辞,试说所言,必当敬奉。"玉曰:"妾年始十八,君才二十有二,迨君壮室之秋,犹有八岁。一生欢爱,愿毕此期,然后妙选高门,以谐秦晋,亦未为晚。妾便舍弃人事,剪发披缁,夙昔之愿,于此足矣。"生且愧且感,不觉涕流,因谓玉曰:"皎日之誓,死生以之。与卿偕老,犹恐未惬素志,岂敢辄有二三?固请不疑,但端居相待。至八月,必当却到华州,寻使奉迎,相见非远。"更数日,生遂诀别东去。

到任旬日,求假往东都觐亲。未至家日,太夫人已与商量表妹卢氏,言约已定。太夫人素严毅,生逡巡不敢辞让,遂就礼谢,便有近期。卢亦甲族也,嫁女于他门,聘财必以百万为约,不满此数,义在不行。生家素贫,

拿起笔来就写成了文章，引山河作比喻，指日月表诚心，句句都很恳切，让人听了很受感动。写完之后，让小玉藏在宝匣里边。从此以后，二人相亲相爱地生活在一起，像翡翠鸟在云中比翼飞翔一样。这样过了两年，日夜相随。

第三年春天，李生参加书判拔萃科考试，结果考中，被授予郑县主簿的官职。到四月份，李生将去赴任，便到东都洛阳去给父母请安报喜。长安的亲戚，都来参加了送行的宴会。当时正是春末时节，初夏的景色已经出现，酒喝完了，宾客尽散，离别的心绪充满了胸怀。小玉对李生说："凭您的才能名声，人们都很景仰美慕您，愿意与您结成婚姻关系的人多得很。况且你堂上有母亲，家中又没有正妻，你这一去，一定会遇上好姻缘，盟约上的话，只不过是些空话罢了。不过我还有个小小的愿望，打算就此机会告诉你，希望你永远记在的心里，你愿意听吗？"李生惊讶奇怪地说："我有什么罪过，你突然说出这些话？有什么想法你尽管说吧，我一定恭敬地接受。"小玉说："我年龄才十八，您才二十二，等到你三十岁时，还有八年。我希望把我一生对你的情爱都奉献给你，和你度过这八年的美好时光，然后你再去好好选择一个高贵的门第，结成美满的婚姻，也不算晚。到那时我就抛弃人事，剪去头发，穿上黑色的衣服去出家，平素的心愿，到此也就满足了。"李生又惭愧又感动，不觉流下泪来，便对小玉说："我在青天白日下对你发的誓言，无论生死都会信守着它。跟你白头到老还怕不能满足平素的心愿，怎么敢三心二意呢？请你一定不要有疑心，只须像平日那样在家等着我。到八月份，我一定会回到华州，不久就派人来迎你，相见的日子绝不会太远。"又过了几天，李生就告别小玉向东走了。

到任后十天，李生就请假到东都洛阳省亲。李生还没到家时，他母亲已替他商定了表妹卢氏，婚约已经谈好了。他母亲一向严厉果断，李生犹犹豫豫，又不敢推辞，于是按礼答谢，就定于近期内完婚。卢氏也是高门望族，嫁女给别人家，聘礼约定必须达到百万，不够这个数，婚事就不能办。李生家一向不富裕，

事须求贷,便托假故,远投亲知,涉历江淮,自秋及夏。生自以孤负盟约,大愆回期,寂不知闻,欲断其望。遥托亲故,不遗漏言。

玉自生逾期,数访音信,虚词诡说,日日不同。博求师巫,遍询卜筮。怀忧抱恨,周岁有余,羸卧空闺,遂成沉疾。虽生之书题竟绝,而玉之想望不移。赂遗亲知,使通消息,寻求既切,资用屡空。往往私令侍婢潜卖箧中服玩之物,多托于西市寄附铺侯景先家货卖。曾令侍婢浣沙,将紫玉钗一只,诣景先家货之,路逢内作老玉工,见浣沙所执,前来认之曰:"此钗吾所作也。昔岁霍王小女,将欲上鬟,令我作此,酬我万钱,我尝不忘。汝是何人?从何而得?"浣沙曰:"我小娘子即霍王女也。家事破散,失身于人,夫婿昨向东都,更无消息。悒怏成疾,今欲二年。令我卖此,赂遗于人,使求音信。"玉工凄然下泣曰:"贵人男女,失机落节,一至于此。我残年向尽,见此盛衰,不胜伤感。"遂引至延先公主宅,具言前事。公主亦为之悲叹良久,给钱十二万焉。

时生所定卢氏女在长安,生既毕于聘财,还归郑县。其年腊月,又请假入城就亲,潜卜静居,不令人知。有明经崔允明者,生之中表弟也,性甚长厚。昔岁常与生同欢于郑氏之室,杯盘笑语,曾不相间,每得生信,必诚告于玉。玉常以薪刍衣服资给于崔,崔颇感之。生既至,崔具以诚

办这事得向人借贷，李生便假托有事，到远地投靠亲友，远涉江淮一带，从秋一直到夏。李生认为自己违背了盟约，大大地错过了和小玉约定的归期，就无声无息地不给她通音信，想让她断绝念头。又远远地拜托亲戚朋友，不让他们走漏消息。

小玉从李生超过了约定日期后，就多次探听音信，但听到的都是空话假话，一天一个样。小玉还多次求问巫师，到处问卜算卦。她心中忧虑怨恨，一年多来，身体一天天瘦弱下去，一人躺在空荡荡的闺房中，最后终于得了重病。虽然李生的书信断绝，可小玉的想念盼望却没有改变。于是小玉把财物送给亲友，让他们帮忙打听消息，寻找既很迫切，钱财因此屡屡花光。于是常常私下让侍女偷偷卖掉箱子中的服装和玩赏的东西，大多是托西市寄卖店侯景先家变卖。她曾让侍女浣沙拿着一支紫玉钗到景先家寄卖，在路上碰到了一位皇宫内作坊里的老玉工，他看见浣沙所拿的玉钗，走上前来辨认说："这个钗是我做的。从前霍王的小女儿，将要挽上发髻时，叫我做了这个钗，给了我一万钱的报酬，我不曾忘记。你是什么人？从哪里弄来的？"浣沙说："我家小娘子就是霍王的女儿。由于家破人散，失身于别人，丈夫去年去了东都洛阳，就再没有音信了。娘子因而抑郁成疾，现在快两年了。现在叫我卖了这件东西，换来钱好去求人打听音信。"老玉工伤心地流下了眼泪，说："贵人家儿女，竟落难到这步田地！我这把年纪，余年不多，看到这兴衰景象，实在不胜伤感！"于是把浣沙领到了延先公主的家中，把上述情况都说了。公主也为此事悲伤叹息了好久，然后给了十二万钱。

当时李生所聘下的卢氏女也在长安，李生凑足了彩礼，就回到郑县。那年腊月又请假进城到亲戚家中，然后偷偷地找了一个僻静的住处，不想让人知道。有个考中明经的人叫崔允明，是李生的表弟，为人忠厚。他从前经常与李生一起到郑氏家中娱乐，喝酒玩乐，说说笑笑，一点隔膜也没有，每当知道了李生的消息，一定如实地告诉小玉。小玉也常拿衣服柴米资助崔生，崔生因此很感激。这次李生回来后，崔生又老老实实地把全部情况

告玉,玉恨叹曰:"天下岂有是事乎?"遍请亲朋,多方召致。生自以愆期负约,又知玉疾候沉绵,惭耻忍割,终不肯往。晨出暮归,欲以回避。玉日夜涕泣,都忘寝食,期一相见,竟无因由。冤愤益深,委顿床枕。自是长安中稍有知者,风流之士,共感玉之多情;豪侠之伦,皆怒生之薄行。

时已三月,人多春游,生与同辈五六人诣崇敬寺玩牡丹花,步于西廊,递吟诗句。有京兆韦夏卿者,生之密友,时亦同行,谓生曰:"风光甚丽,草木荣华,伤哉郑卿,衔冤空室。足下终能弃置,寔是忍人。丈夫之心,不宜如此,足下宜为思之。"叹让之际,忽有一豪士,衣轻黄纻衫,挟朱弹,丰神隽美,衣服轻华,唯有一剪头胡雏从后。潜行而听之,俄而前揖生曰:"公非李十郎者乎?某族本山东,姻连外戚,虽乏文藻,心尝乐贤。仰公声华,常思觏止,今日幸会,得睹清扬。某之敝居,去此不远,亦有声乐,足以娱情。妖姬八九人,骏马十数匹,唯公所欲。但愿一过。"生之侪辈,共聆斯语,更相叹美。因与豪士策马同行,疾转数坊,遂至胜业。生以近郑之所止,意不欲过,便托事故,欲回马首。豪士曰:"敝居咫尺,忍相弃乎?"乃挽挟其马,牵引而行,迁延之间,已及郑曲。生神情恍惚,鞭马欲回。豪士遽命奴仆数人,抱持而进,疾走推入车门,便令锁却,

告诉了小玉,小玉怨恨叹息说:"天下怎么会有这样的事呢?"于是求了很多亲戚朋友,用各种办法去请李生。李生自己觉得错过了日期违背了誓言,又得知小玉病得很厉害,很为自己的狠心抛弃而感到惭愧羞耻,因此始终不肯前去。每天一大早出去,到晚上才回家,想尽办法来躲避。小玉日夜哭泣,寝食全废,只希望见上一面,却始终没有办法。由于怨恨气愤加深,因而更病得卧床不起了。从这时起,长安城里渐渐有人知道了这件事,风流之士都被小玉的多情所感动,而豪侠之辈都对李生的薄情行为感到气愤。

当时已是三月,人们多去春游,李生与同伴五六个人也到崇敬寺去玩赏牡丹花,在西廊上漫步,唱和诗句。有位京城的韦夏卿,是李生亲密的朋友,当时也一起散步,对李生说:"风光真很秀丽,草木欣欣向荣,可悲啊霍小玉,独自含冤于空房。您最终这样抛弃了她,实在是个残忍无情的人啊!男儿的心,不应该这样,您应该为这事好好想想。"正在叹息责备的时候,忽然来了一位豪侠的壮士,穿着淡黄的绔麻衫,腋下夹着一只红色弹弓,神采焕发,容颜俊美,穿的衣服轻软华丽,身后只跟着一个剪去头发的胡人小孩。他悄悄地走着,听大家谈话,不久走上前来向李生作了一揖,说:"您不是李十郎吗?我家在山东,和皇上家的外亲有姻亲关系,虽然缺乏文采,却喜欢和文人雅士结交。一直仰慕您的声望文采,渴望能见到您,今日有幸相会,得以亲眼见到您的风采。我的住所,离此不远,也有歌舞音乐,足以使您心情愉快。还有八九个漂亮女子,十几匹骏马,任凭您选择。只希望您能赏光去一趟。"李生的同伴一起听了这话,都说好。于是与壮士骑着马一块走了,很快转过几条街,就到了胜业坊。李生因为觉得靠近小玉住的地方,不想经过,就推托有事,想调转马头。壮士说:"离我的住处很近了,你忍心丢下我吗?"就拉着李生的马,牵着马走,推让之间,已到了小玉住的巷口。李生神情显得十分慌乱,用鞭子抽马想回去。那壮士急忙叫来几个仆人,抱持着李生往前走,迅速把他推进小玉家的大门,马上叫人锁上门,

报云:"李十郎至也。"一家惊喜,声闻于外。

先此一夕,玉梦黄衫丈夫抱生来,至席,使玉脱鞋。惊寤而告母,因自解曰:"鞋者谐也,夫妇再合;脱者解也,既合而解,亦当永诀。由此征之,必遂相见,相见之后,当死矣。"凌晨,请母妆梳。母以其久病,心意惑乱,不甚信之,俛勉之间,强为妆梳。妆梳才毕,而生果至。玉沉绵日久,转侧须人,忽闻生来,欻然自起,更衣而出,恍若有神。遂与生相见,含怒凝视,不复有言。羸质娇姿,如不胜致,时复掩袂,返顾李生。感物伤人,坐皆欷歔。顷之,有酒肴数十盘自外而来,一座惊视,遽问其故,悉是豪士之所致也。因遂陈设,相就而坐。玉乃侧身转面,斜视生良久,遂举杯酒酬地曰:"我为女子,薄命如斯;君是丈夫,负心若此。韶颜稚齿,饮恨而终。慈母在堂,不能供养。绮罗弦管,从此永休。征痛黄泉,皆君所致。李君李君,今当永诀,我死之后,必为厉鬼,使君妻妾,终日不安。"乃引左手握生臂,掷杯于地,长恸号哭数声而绝。母乃举尸置于生怀,令唤之,遂不复苏矣。生为之缟素,旦夕哭泣甚哀。将葬之夕,生忽见玉缞帷之中,容貌妍丽,宛若平生。着石榴裙,紫襦裆,红绿帔子,斜身倚帷,手引绣带,顾谓生曰:"愧君相送,尚有余情,幽冥之中,能不感叹?"言毕,遂不复见。明日,葬于长安御宿原,生至墓所,尽哀而返。

并高声喊道:"李十郎到了!"小玉一家人又惊又喜的声音,在门外都能听到。

前一天晚上,小玉梦见一个黄衫男子抱着李生来了,放到了席上,让小玉脱鞋。小玉惊醒后告诉了母亲,于是自己解释说:"鞋,就是谐的意思,意味着夫妻再相见;脱就是解,意思是相见后就分开,也就该永远分别了。由此推求,定会相见,相见之后,我就会死了。"到了早晨,小玉就请母亲给自己梳妆。母亲认为她久病,心意迷乱,不大相信,勉强为她梳妆打扮。梳妆才完,李生果然来了。小玉久病不愈,平日行动都得人帮着,听到李生来了,猛然自己站起来,换上衣服,走了出来,好像有神在帮助。小玉见到李生后,怒目注视,不再说话。瘦弱的体质,娇柔的身姿,好像不能经风的样子,几次以袖掩面,回看李生。为物感动,为人悲伤,坐中的人都叹息起来。过了一会儿,忽然有几十盘酒饭,从外面拿了进来,满座的人都惊讶地看着,急问怎么回事,原来全是那个壮士派人送来的。于是便摆好酒宴,互相挨着坐下。小玉侧身转过脸斜视了李生好久,先举起一杯酒浇到地上,说:"我作为一个女子,如此薄命;你是男儿,竟这样负心!我这般美貌,年纪轻轻,就含恨而死。慈母在堂,不能供养。华丽的衣服,精美的乐器,从此也永远用不上了。我带着痛苦命赴黄泉,这一切都是你造成的。李君啊李君,今天该永远分别了!我死之后,必为恶鬼,使您的妻妾终日不安。"于是伸出左手握住李生的胳膊,把酒杯丢到了地上,大声痛哭了几声就断了气。小玉的母亲抱起尸体放在李生的怀中,让他呼唤,但是终于没再苏醒过来。李生为她戴孝,早晨晚上都哭得很伤心。将要埋葬的那天晚上,李生忽然在灵帐里看见了小玉,容貌非常美丽,仿佛像生前那样。她穿着石榴裙,紫色长袍,红绿色披肩,斜着身子靠着帏帐,手拽着绣带,回头看着李生对他说:"你来送我,我有点惭愧,看来你对我还有些情意,在阴曹地府我能没有感慨吗?"说完就再也看不见了。第二天,人们把小玉埋葬在长安御宿原,李生来到墓地,尽情地哭了一场才回来。

后月余,就礼于卢氏。伤情感物,郁郁不乐。夏五月,与卢氏偕行,归于郑县。至县旬日,生方与卢氏寝,忽帐外叱叱作声。生惊视之,则见一男子,年可二十余,姿状温美,藏身映幔,连招卢氏。生惶遽走起,绕幔数匝,倏然不见。生自此心怀疑恶,猜忌万端,夫妻之间,无聊生矣。或有亲情,曲相劝喻,生意稍解。后旬日,生复自外归,卢氏方鼓琴于床。忽见自门抛一斑犀钿花合子,方圆一寸余,中有轻绢,作同心结,坠于卢氏怀中。生开而视之,见相思子二,叩头虫一,发杀觜一,驴驹媚少许。生当时愤怒叫吼,声如豺虎,引琴撞击其妻,诘令实告。卢氏亦终不自明。尔后往往暴加捶楚,备诸毒虐,竟讼于公庭而遣之。

卢氏既出,生或侍婢媵妾之属,暂同枕席,便加妒忌,或有因而杀之者。生尝游广陵,得名姬曰营十一娘者,容态润媚,生甚悦之。每相对坐,尝谓营曰:"我尝于某处得某姬,犯某事,我以某法杀之。"日日陈说,欲令惧己,以肃清闺门。出则以浴斛覆营于床,周回封署,归必详视,然后乃开。又畜一短剑,甚利,顾谓侍婢曰:"此信州葛溪铁,唯断作罪过头。"大凡生所见妇人,辄加猜忌,至于三娶,率皆如初焉。

过了一个多月，李生跟卢氏举行了婚礼。但他睹物伤情，常常闷闷不乐。夏天五月份，李生与卢氏一起回到郑县。到县里才十天，李生正与卢氏在睡觉，忽听床帐外面有奇怪的声音。李生吃惊地看那声音发出的地方，只见一个男子，年龄大约二十多岁，姿态温和风雅，藏身在幔子里，连连向卢氏招手。李生慌忙下床，绕着幔子找了几圈，忽然不见了。李生从此心中产生怀疑和厌恶，对卢氏开始了无尽无休地猜忌，夫妻之间产生了越来越深的隔阂。有的亲戚，委婉地进行了劝说解释，李生的疑心才渐渐化解。后来过了十天，李生又从外面回来，卢氏正在床上弹琴。忽然看见从门外抛进一个杂色犀牛角雕成的嵌花盒子，方圆一寸多，当中有薄绢结成的同心结，落入卢氏怀中。李生打开一看，里头有两颗相思子，一个叩头虫，一个发杀觜，少许驴驹媚。李生当即大怒吼叫，声如豺狼老虎，拿起琴就砸他妻子，质问她让她说实话。卢氏也始终不为自己辩白。从那以后，李生常常凶暴地用杖或板子打他妻子，各种凶狠虐待都使遍了，最后告到公堂把卢氏休了。

卢氏被休以后，李生有时偶尔跟侍女小妾同睡，不久又对小妾产生了妒忌，有的竟因此被杀死。李生曾到广陵去游览，得到一位美女叫营十一娘，姿容体态丰润妩媚，李生很喜欢她。每当二人对坐时，李生就对营十一娘说："我曾在某处得到某个女人，她犯了什么事，我用某法杀了她。"他每天都说，想让营十一娘惧怕自己，以便肃清闺门中的不正当的事。李生外出时，就用澡盆把营十一娘扣在床上，周围加封；回来时仔细查看，然后再打开。李生还藏着一把短剑，很锋利，看着侍女们说："这把剑是信州葛溪的铁制成的，单砍有罪者的脑袋。"大凡李生所见过的女人，他都会加以猜忌，以至于娶妻三次，但全都跟当初的情况相同。

卷第四百八十八
杂传记五

莺莺传

莺莺传 元稹撰

唐贞元中,有张生者,性温茂,美风容,内秉坚孤,非礼不可入。或朋从游宴,扰杂其间,他人皆汹汹拳拳,若将不及;张生容顺而已,终不能乱。以是年二十三,未尝近女色。知者诘之,谢而言曰:"登徒子非好色者,是有凶行。余真好色者,而适不我值。何以言之?大凡物之尤者,未尝不留连于心,是知其非忘情者也。"诘者识之。

无几何,张生游于蒲。蒲之东十余里,有僧舍曰普救寺,张生寓焉。适有崔氏孀妇,将归长安,路出于蒲,亦止兹寺。崔氏妇,郑女也;张出于郑,绪其亲,乃异派之从母。是岁,浑瑊薨于蒲,有中人丁文雅,不善于军,军人因丧而扰,大掠蒲人。崔氏之家,财产甚厚,多奴仆,旅寓惶骇,不知所托。先是张与蒲将之党有善,请吏护之,遂不及于难。十余日,廉使杜确将天子命以总戎节,令于军,军

莺莺传 元稹撰

　　唐代贞元年间，有位张生，他性情温良，风度潇洒，容貌漂亮，意志坚强，脾气孤僻，凡是不合于礼的事情，就别想让他去做。有时跟朋友一起出去游览饮宴，在那杂乱纷扰的地方，别人都吵闹起哄，没完没了，好像都怕表现不出自己，而张生只表面上逢场作戏般敷衍着，始终不能扰乱他的行为。因此虽然已经二十三岁了，还没有真正接近过女色。与他相知的人便去问他，他表示歉意后说："登徒子不是真正好色的人，所以留下了不好的品行。我倒是真正好色的人，却总也没让我碰上。为什么这样说呢？大凡出众的美女，我未尝不留心，由此可知我不是没有感情的人。"问他的人这才了解张生。

　　过了不久，张生到蒲州游览。蒲州的东面十多里处，有个庙宇名叫普救寺，张生就寄住在里面。当时正好有个崔家寡妇，将要回长安，路过蒲州，也暂住在这个寺庙中。崔家的寡妇是郑家的女儿，张生的母亲也姓郑，论起亲戚，算是另一支派的姨母。这一年，浑瑊死在蒲州，有宦官丁文雅，不会带兵，军人趁着丧事发动骚乱，大肆抢劫蒲州人。崔家财产很多，又有很多奴仆，旅居此处，惊慌害怕，不知能依靠谁。此前，张生跟蒲州将领的朋友有交情，就托他们求官吏保护崔家，因此崔家没遭到兵灾。十几天后，廉使杜确奉皇帝之命来主持军务，向军队下了命令，军队

由是戢。郑厚张之德甚，因饰馔以命张，中堂宴之。复谓张曰："姨之孤嫠未亡，提携幼稚，不幸属师徒大溃，寔不保其身，弱子幼女，犹君之生，岂可比常恩哉？今俾以仁兄礼奉见，冀所以报恩也。"命其子，曰欢郎，可十余岁，容甚温美。次命女："出拜尔兄，尔兄活尔。"久之辞疾，郑怒曰："张兄保尔之命，不然，尔且掳矣，能复远嫌乎？"久之乃至，常服睟容，不加新饰，垂鬟接黛，双脸销红而已，颜色艳异，光辉动人。张惊为之礼，因坐郑旁。以郑之抑而见也，凝睇怨绝，若不胜其体者。问其年纪，郑曰："今天子甲子岁之七月，终于贞元庚辰，生年十七矣。"张生稍以词导之，不对，终席而罢。张自是惑之，愿致其情，无由得也。

崔之婢曰红娘，生私为之礼者数四，乘间遂道其衷。婢果惊沮，腆然而奔，张生悔之。翼日，婢复至，张生乃羞而谢之，不复云所求矣。婢因谓张曰："郎之言，所不敢言，亦不敢泄。然而崔之姻族，君所详也，何不因其德而求娶焉？"张曰："余始自孩提，性不苟合。或时纨绮间居，曾莫流盼。不为当年，终有所蔽。昨日一席间，几不自持。数日来，行忘止，食忘饱，恐不能逾旦暮。若因媒氏而娶，纳采问名，则三数月间，索我于枯鱼之肆矣。尔其谓我何？"

从此才安定下来。郑氏母非常感激张生的恩德,于是置办酒席,请来张生,在堂屋一起吃饭。她又对张生说:"我是个寡妇,带着孩子,不幸正赶上军队大乱,实在是无法保住生命,我这一对年幼的儿女,就像是你给了他们一条活路,怎么可以跟平常的恩德一样看待呢?现在让他们以对待仁兄的礼节拜见你,希望以此报答你的恩情。"便叫来她的儿子,儿子叫欢郎,大约十多岁,容貌很漂亮。接着叫来她女儿,说:"出来拜见你仁兄,是仁兄救了你。"过了好久未出来,推说有病,郑氏生气地说:"是你张兄保住了你的命,不然的话,你就被抢走了,还讲究什么避嫌呢?"过了好久她才出来,穿着平常的衣服,面貌丰润,没加新鲜的装饰,环形的发髻下垂到眉旁,两腮飞红,面色艳丽,与众不同,光彩焕发,非常动人。张生非常惊讶她的美貌,跟她见礼,之后她坐到了郑氏的身旁。因为是郑氏强迫她出来相见的,因而眼光斜着注视别处,显出很不情愿的样子,身体好像支持不住似的。张生问她年龄,郑氏说:"现在的皇上甲子那年的七月生,到贞元庚辰年,年纪已经十七了。"张生慢慢地用话开导引逗,但郑的女儿根本不回答,宴会结束了只好作罢。张生从此念念不忘,想向她表白自己的感情,却没有机会。

崔氏女的丫环叫红娘,张生私下里多次向她叩头作揖,趁机说出了自己的心事。丫环果然被吓坏了,很害羞地跑开了,张生很后悔。第二天,丫环又来了,张生羞愧地向她道歉,不再说相求的事。丫环于是对张生说:"郎君的话,我不敢转达,但也不敢泄露,然而崔家的内外亲戚,你是了解的,为什么不凭着你对她家的恩情向他们求婚呢?"张生说:"我从孩童时候起,性情就不随便附合。有时和妇女们在一起,也不曾看过谁。当年不肯做的事,如今到底还是在习惯上做不来。前些日子在宴会上,我几乎不能控制自己。这几天来,走路忘了到什么地方去,吃饭也感觉不出饱还是没饱,恐怕过不了早晚,我就会因相思而死了。如果通过媒人去娶亲,又要'纳采',又要'问名',少说也得三四个月,那时恐怕就得到干鱼店找我了。你说我该怎么办呢?"

婢曰:"崔之贞慎自保,虽所尊不可以非语犯之,下人之谋,固难入矣。然而善属文,往往沉吟章句,怨慕者久之。君试为喻情诗以乱之,不然则无由也。"张大喜,立缀春词二首以授之。

是夕,红娘复至,持彩笺以授张曰:"崔所命也。"题其篇曰《明月三五夜》,其词曰:"待月西厢下,近风户半开。拂墙花影动,疑是玉人来。"张亦微喻其旨。是夕,岁二月旬有四日矣。崔之东有杏花一株,攀援可逾。既望之夕,张因梯其树而逾焉。达于西厢,则户半开矣。红娘寝于床,生因惊之,红娘骇曰:"郎何以至?"张因绐之曰:"崔氏之笺召我也,尔为我告之。"无几,红娘复来,连曰:"至矣!至矣!"张生且喜且骇,必谓获济。及崔至,则端服严容,大数张曰:"兄之恩,活我之家,厚矣,是以慈母以弱子幼女见托。奈何因不令之婢,致淫逸之词?始以护人之乱为义,而终掠乱以求之,是以乱易乱,其去几何?试欲寝其词,则保人之奸,不义;明之于母,则背人之惠,不祥;将寄于婢仆,又惧不得发其真诚。是用托短章,愿自陈启,犹惧兄之见难,是用鄙靡之词,以求其必至。非礼之动,能不愧心,特愿以礼自持,无及于乱。"言毕,翻然而逝。张自失者久之,复逾而出,于是绝望。

数夕,张生临轩独寝,忽有人觉之。惊骇而起,则红娘敛衾携枕而至,抚张曰:"至矣!至矣!睡何为哉?"并枕

丫环说:"崔小姐正派谨慎,很注意保护自己,即使她所尊敬的人也不能用不正经的话去触犯她,我这下人的主意,就更难使她接受。然而她很会写文章,常常思考推敲文章写法,因见不到善写文章的人而思慕很久。您试着做些情诗来打动她,否则就没有别的门路了。"张生非常高兴,马上做了两首情诗交给红娘。

当天晚上,红娘又来了,拿着彩色信纸交给张生说:"这是崔小姐让我交给你的。"看那篇诗的题目是《明月三五夜》,那诗写道:"待月西厢下,迎风户半开。拂墙花影动,疑是玉人来。"张生暗中已经明白了诗的含义。当天晚上,是二月十四日。崔小姐住房的东面有一棵杏花树,攀上它可以越过墙。阴历十五的晚上,张生把那棵树当作梯子爬过墙去。到了西厢房,一看,门果然半开着。红娘躺在床上,张生便惊醒她,红娘十分害怕,说:"你怎么来了?"张生对她说:"崔小姐的信中召我来的,你替我通报一下。"不一会儿,红娘又来了,连声说:"来了!来了!"张生又高兴又害怕,以为一定会成功。等到崔小姐到了,只见她穿戴整齐,表情严肃,大声数落张生说:"哥哥的恩德,救了我们全家,这恩够厚重了,因此我的母亲把幼弱的子女托付给你。为什么要让不懂事的丫环,送来淫乱放荡的情诗呢?开始是保护别人免受兵乱,这是合乎道义的,最终却乘危要挟来索取,这是以乱换乱,二者相差多少呢?假如我把你的情诗藏起来,就是包庇别人的奸邪行为,是不义;如果我向母亲说明这件事呢,就辜负了人家的恩惠,不吉祥;想让婢女转告又怕不能表达我真实的心意。因此借用短小的诗章,愿意自己说明,又怕哥哥有顾虑,所以使用了旁敲侧击的语言,以便使你一定来到。这种不合乎礼的举动,难道能不心里有愧吗?只希望你用礼约束自己,不要陷入淫乱的泥潭。"说完,马上就走了。张生愣了很久,只好又翻过墙回去了,于是彻底绝望。

一连几个晚上,张生都靠近窗户睡觉,忽然有人叫醒了他。张生惊恐地坐了起来,原来是红娘抱着被子带着枕头来了,安慰张生说:"来了!来了!你还睡着干什么呢?"把枕头并排起来,

重衾而去。张生拭目危坐久之,犹疑梦寐,然而修谨以俟。俄而红娘捧崔氏而至,至则娇羞融冶,力不能运支体,曩时端庄,不复同矣。是夕旬有八日也,斜月晶莹,幽辉半床。张生飘飘然,且疑神仙之徒,不谓从人间至矣。有顷,寺钟鸣,天将晓,红娘促去。崔氏娇啼宛转,红娘又捧之而去,终夕无一言。张生辨色而兴,自疑曰:"岂其梦邪?"及明,睹妆在臂,香在衣,泪光荧荧然,犹莹于茵席而已。是后又十余日,杳不复知。张生赋《会真诗》三十韵,未毕,而红娘适至,因授之,以贻崔氏。自是复容之,朝隐而出,暮隐而入,同安于曩所谓西厢者,几一月矣。张生常诘郑氏之情,则曰:"我不可奈何矣。"因欲就成之。

无何,张生将之长安,先以情谕之。崔氏宛无难词,然而愁怨之容动人矣。将行之再夕,不可复见,而张生遂西下。数月,复游于蒲,会于崔氏者又累月。崔氏甚工刀札,善属文,求索再三,终不可见。往往张生自以文挑,亦不甚睹览。大略崔之出人者,艺必穷极,而貌若不知;言则敏辩,而寡于酬对。待张之意甚厚,然未尝以词继之。时愁艳幽邃,恒若不识;喜愠之容,亦罕形见。异时独夜操琴,愁弄凄恻,张窃听之,求之,则终不复鼓矣,以是愈惑之。张生俄以文调及期,又当西去。当去之夕,不复自言其情,

把被子搭在一起,然后就走了。张生擦了擦眼睛,直起身坐着等了很久,疑心是在做梦,但还是恭恭敬敬地等待着。不久,红娘就扶着崔莺莺来了,到了之后崔莺莺显得妖美羞涩,和顺美丽,力气好像支持不了身体,跟之前的端庄完全不一样。那天晚上是十八,斜挂在天上的月亮非常皎洁,静静的月光照亮了半床。张生不禁飘飘然,简直疑心是神仙下凡,不认为是从人间来的。过了一段时间,寺里的钟响了,天要亮了,红娘催促快走。崔莺莺娇滴滴地哭泣,声音婉转,红娘又扶着她走了,整个晚上崔莺莺没说一句话。张生在天蒙蒙亮时就起床了,自己怀疑地说:"难道这是做梦吗?"等到天亮了,看到化妆品的痕迹还留在手臂上,香气还留在衣服上,在床褥上的泪痕还微微发亮。这以后十几天,一点崔莺莺的消息也没有。张生就作《会真诗》三十韵,还没作完,红娘恰好来了,于是交给了她,让她送给崔莺莺。从此崔莺莺又同意容留他,早上偷偷地出去,晚上偷偷地进来,一块儿安寝在以前所说的西厢那地方,将近一个月了。张生常问郑氏的态度,崔莺莺就说:"我没有办法告诉她。"张生便想去跟郑氏当面谈谈,促成这件事。

不久,张生将去长安,先把情况告诉崔莺莺。崔莺莺仿佛没有为难的话,然而忧愁埋怨的表情令人动心。将要走的前两个晚上,没再见到崔莺莺,张生于是向西走了。过了几个月,张生又来到蒲州,跟崔莺莺相聚了几个月。崔莺莺字写得很好,还善于写文章,张生再三向她索要,但始终没见到。张生常常自己用文章挑逗引诱她写,崔莺莺也不大看。大体上崔莺莺超出常人的地方在于,技艺达到极高的水平,而表面上却好像不懂;言谈敏捷雄辩,却很少跟人对答。对张生情意深厚,却从未用文词来表达。经常忧愁深重,却常像无知无识的样子;喜怒的表情,很少显现于外表。有一天晚上,崔莺莺独自弹琴,心情忧愁,弹奏的曲子很伤感,张生偷偷地听到了,请求她再弹奏一次,却始终不再弹奏,张生因此更猜不透她的心事。不久张生考试的日子到了,又该到西边去了。临走的晚上,张生不再诉说自己的心情,

愁叹于崔氏之侧。崔已阴知将诀矣,恭貌怡声,徐谓张曰:
"始乱之,终弃之,固其宜矣,愚不敢恨。必也君乱之,君
终之,君之惠也;则殁身之誓,其有终矣,又何必深感于此
行?然而君既不怿,无以奉宁。君常谓我善鼓琴,向时羞
颜,所不能及。今且往矣,既君此诚。"因命拂琴,鼓《霓裳
羽衣序》,不数声,哀音怨乱,不复知其是曲也。左右皆歔
欷,崔亦遽止之,投琴,泣下流连,趋归郑所,遂不复至。明
旦而张行。

　　明年,文战不胜,张遂止于京,因贻书于崔,以广其
意。崔氏缄报之词,粗载于此。曰:"捧览来问,抚爱过
深,儿女之情,悲喜交集。兼惠花胜一合,口脂五寸,致耀
首膏唇之饰。虽荷殊恩,谁复为容?睹物增怀,但积悲叹
耳。伏承使于京中就业,进修之道,固在便安。但恨僻陋
之人,永以遐弃,命也如此,知复何言?自去秋已来,常忽
忽如有所失,于喧哗之下,或勉为语笑,闲宵自处,无不泪
零。乃至梦寐之间,亦多感咽。离忧之思,绸缪缱绻,暂若
寻常;幽会未终,惊魂已断。虽半衾如暖,而思之甚遥。一
昨拜辞,倏逾旧岁。长安行乐之地,触绪牵情,何幸不忘幽
微,眷念无致。鄙薄之志,无以奉酬。至于终始之盟,则

而是在崔莺莺身边忧愁叹息。崔莺莺已暗暗知道将要分别了，因而态度恭敬，语气温和，慢慢地对张生说："刚开始玩弄她，最终又抛弃她，这当然是妥当的，我不敢怨恨。如果你玩弄了我，又最终娶了我，那是你的恩惠；那么那些至死不渝的誓言，就算有了结果，又何必对这次的离去有这么多感触呢？然而你既然不高兴，我也没有什么能安慰你的。你常说我擅长弹琴，我从前害羞，不能为你弹奏。现在你将要走了，让我弹琴，就满足您的心愿。"于是她开始弹琴，弹的是《霓裳羽衣序》这首曲子，还没弹几声，哀伤的音调又怨又乱，不再知道弹的是这首曲子了。身边的人听了都叹息不已，崔莺莺也立即停止了演奏，扔下了琴，泪流满面，快步回到了母亲那里，再没有来过。第二天早上，张生就出发了。

　　第二年，张生没有考中，便留在长安，于是给崔莺莺写了一封信，希望她把事情看开些。崔莺莺的回信，粗略地记载于此。信中说："捧读来信，知道你对我感情很深厚，男女之情的流露，使我悲喜交集。又送我一盒花胜，五寸口脂，送来这些让我头发增彩、嘴唇润泽的化妆品。虽然承受特殊的恩惠，但打扮了又给谁看呢？看到这些东西更增加了想念，使我的悲伤叹息越来越多。知道你要在京城中完成学业，而修身进德的办法，就应该在长安安下心来。只遗憾怪僻浅陋的我，因为路远而被丢弃在这里，是我命该如此，还能说什么呢？从去年秋天以来，常常精神恍惚，好像丢失了什么，在喧闹的场合，有时勉强说笑，而在清闲的夜晚自己独处时，没有一次不偷偷流泪。甚至在睡梦当中，也常感叹呜咽。离别之后的思念，让我梦见我们相处的快乐时光，只觉得时间太短；秘密相会还没有结束，好梦就突然中断。虽然被子的一半还使人感到温暖，但想到你实际上却在很遥远的地方。好像昨天才分别，可是转眼就到了新的一年了。长安是个行乐的地方，到处都有可以牵绊你感情的事物，庆幸你还没有忘记我这个微不足道的人，对我眷恋想念不已。以我浅薄的心志，是没有什么可以报答你的。至于我们始终如一的山盟海誓，则

固不忒。鄙昔中表相因，或同宴处，婢仆见诱，遂致私诚。儿女之心，不能自固，君子有援琴之挑，鄙人无投梭之拒。及荐寝席，义盛意深，愚陋之情，永谓终托。岂期既见君子，而不能定情，致有自献之羞，不复明侍巾帻。没身永恨，含叹何言？倘仁人用心，俯遂幽眇；虽死之日，犹生之年。如或达士略情，舍小从大，以先配为丑行，以要盟为可欺，则当骨化形销，丹诚不泯；因风委露，犹托清尘。存没之诚，言尽于此；临纸呜咽，情不能申。千万珍重！珍重千万！玉环一枚，是儿婴年所弄，寄充君子下体所佩。玉取其坚润不渝，环取其终始不绝。兼乱丝一绚，文竹茶碾子一枚。此数物不足见珍，意者欲君子如玉之真，弊志如环不解，泪痕在竹，愁绪萦丝，因物达情，永以为好耳。心迩身遐，拜会无期，幽愤所钟，千里神合。千万珍重！春风多厉，强饭为嘉。慎言自保，无以鄙为深念。"张生发其书于所知，由是时人多闻之。所善杨巨源好属词，因为赋《崔娘诗》一绝云："清润潘郎玉不如，中庭蕙草雪销初。风流才子多春思，肠断萧娘一纸书。"河南元稹，亦续生《会真诗》三十韵。诗曰：

"微月透帘栊，萤光度碧空。遥天初缥缈，低树渐葱胧。

我从来没有改变。我从前跟你以表亲关系相接触,有时一同宴饮相处,婢女帮你引诱我,于是向我转达了你的真情实意。青春男女的心无法自我控制,你像司马相如挑逗卓文君那样借听琴来挑逗我,我没有像高氏美女投梭击打谢鲲那样拒绝。等到与你同居,你对我情深义重,我愚蠢浅薄的心,认为终身有了依靠。哪里想到见了您以后,却不能成婚,以致我有了自己主动献身于你的羞耻,不再有光明正大做你妻子的机会。这是死后也会遗憾的事情,我只能心中叹息,还能说什么呢?如果你心怀仁义,能够体察我的苦衷,因而委屈地成全婚事,那么即使我死去了,也会像活着的时候那样高兴。又或者你是个胸襟通达之士,不重注感情,为了前程大业而抛弃儿女私情,把婚前结合看作丑行,认为过去的盟誓可以违背,那么即使我的形体消失,我的诚心也不会泯灭,它会随着清风,凝于露水之中,托身于清净之地。我生死的诚心,全表达在这信上面了;面对信纸我泣不成声,感情也觉得抒发不出来。只是希望你千万爱惜自己!千万爱惜自己!附寄玉环一枚,是我婴儿时带过的,寄去权充您佩带的东西。'玉'取它的坚固润泽不改变,'环'取它的始终不断。另外还有头发一缕,文竹茶碾子一枚。这几样东西都不值得被珍惜,我的意思不过是想让您如玉般真诚,也表示我的志向如环那样不能解开,我的泪痕落在那竹子上,愁闷的情绪萦绕于发丝中,借物来表达情意,希望我们永远相好。心灵如此相近,而身体却相距遥远,相见怕是无期了,内心忧郁的积聚,也许会让我的心神与你千里相会。请你千万爱惜保重自己!春风还很凄厉,你要多多吃饭才好。在外要言语谨慎,保重自己,不要老把我放在心上。"张生把她的信给好朋友看了,由此当时有很多人所说了这事。张生的好友杨巨源喜欢写诗,他就为这事作了一首绝句《崔娘诗》:"清润潘郎玉不如,中庭蕙草雪销初。风流才子多春思,肠断萧娘一纸书。"河南的元稹亦接着张生的《会真诗》写了三十韵。诗写道:

"微月透帘栊,萤光度碧空。遥天初缥缈,低树渐葱胧。

龙吹过庭竹，鸾歌拂井桐。罗绡垂薄雾，环佩响轻风。绛节随金母，云心捧玉童。更深人悄悄，晨会雨蒙蒙。珠莹光文履，花明隐绣龙。瑶钗行彩凤，罗帔掩丹虹。言自瑶华浦，将朝碧玉宫。因游洛城北，偶向宋家东。戏调初微拒，柔情已暗通。低鬟蝉影动，回步玉尘蒙。转面流花雪，登床抱绮丛。鸳鸯交颈舞，翡翠合欢笼。眉黛羞偏聚，唇朱暖更融。气清兰蕊馥，肤润玉肌丰。无力慵移腕，多娇爱敛躬。汗流珠点点，发乱绿葱葱。方喜千年会，俄闻五夜穷。留连时有恨，缱绻意难终。慢脸含愁态，芳词誓素衷。赠环明运合，留结表心同。啼粉流宵镜，残灯远暗虫。华光犹苒苒，旭日渐曈曈。乘鹜还归洛，吹箫亦上嵩。衣香犹染麝，枕腻尚残红。幂幂临塘草，飘飘思渚蓬。素琴鸣怨鹤，清汉望归鸿。海阔诚难渡，天高不易冲。行云无处所，萧史在楼中。"

张之友闻之者，莫不耸异之，然而张志亦绝矣。积特与张厚，因征其词。张曰："大凡天之所命尤物也，不妖其身，必妖于人。使崔氏子遇合富贵，乘宠娇，不为云，不为雨，为蛟为螭，吾不知其所变化矣。昔殷之辛，周之幽，据百万之国，其势甚厚。然而一女子败之，溃其众，屠其身，至今为天下僇笑。予之德不足以胜妖孽，是用忍情。"于时坐者皆为深叹。

后岁余，崔已委身于人，张亦有所娶。适经所居，乃因其夫言于崔，求以外兄见。夫语之，而崔终不为出。张怨念之诚，动于颜色。崔知之，潜赋一章词曰："自从消瘦减容光，万转千回懒下床。不为旁人羞不起，为郎憔悴却羞郎。"竟不之见。后数日，张生将行，又赋一章以谢绝云：

龙吹过庭竹,鸾歌拂井桐。罗绡垂薄雾,环珮响轻风。绛节随金母,云心捧玉童。更深人悄悄,晨会雨蒙蒙。珠莹光文履,花明隐绣龙。瑶钗行彩凤,罗帔掩丹虹。言自瑶华浦,将朝碧玉宫。因游洛城北,偶向宋家东。戏调初微拒,柔情已暗通。低鬟蝉影动,回步玉尘蒙。转面流花雪,登床抱绮丛。鸳鸯交颈舞,翡翠合欢笼。眉黛羞偏聚,唇朱暖更融。气清兰蕊馥,肤润玉肌丰。无力慵移腕,多娇爱敛躬。汗流珠点点,发乱绿葱葱。方喜千年会,俄闻五夜穷。留连时有恨,缱绻意难终。慢脸含愁态,芳词誓素衷。赠环明运合,留结表心同。啼粉流宵镜,残灯远暗虫。华光犹苒苒,旭日渐曈曈。乘鹜还归洛,吹箫亦上嵩。衣香犹染麝,枕腻尚残红。幂幂临塘草,飘飘思渚蓬。素琴鸣怨鹤,清汉望归鸿。海阔诚难渡,天高不易冲。行云无处所,萧史在楼中。"

    张生的朋友听说这事的,没有不感到惊异的,然而张生的念头已经断了。元稹与张生交情特别深,便问他关于这事的想法。张生说:"大凡上天所生的尤物,不祸害他自己,一定祸害别人。假使崔莺莺遇到富贵子弟,凭借宠爱,能不做风流韵事,成为潜于深渊的蛟龙,我不能预测她会变成什么。以前殷朝的纣王,周代的周幽王,拥有百万户口的国家,那势力是很强大的。然而一个女子就能毁了他们,让他的民众溃散,使他自身被杀,至今被天下耻笑。我的德行难以克制妖孽,只有克制自己的感情。"当时在座的人都为此深深感叹。

    之后一年多,崔莺莺嫁给了别人,张生也娶了亲。一次张生恰好经过崔莺莺住的地方,就通过崔的丈夫转告崔莺莺,要求以表兄的身份相见。丈夫告诉了崔莺莺,可是崔莺莺始终也没出来。张生怨恨思念的心意,在脸色上表现得很明显。崔莺莺知道后,暗地里写了一首诗:"自从消瘦减容光,万转千回懒下床。不为旁人羞不起,为郎憔悴却羞郎。"最后也没来见张生。后来又过了几天,张生将要走了,崔莺莺又写了一篇断绝关系的诗:

"弃置今何道，当时且自亲。还将旧时意，怜取眼前人。"自是绝不复知矣。

时人多许张为善补过者。予常于朋会之中，往往及此意者，夫使知者不为，为之者不惑。贞元岁九月，执事李公垂，宿于予靖安里第，语及于是。公垂卓然称异，遂为《莺莺歌》以传之。崔氏小名莺莺，公垂以命篇。

"弃置今何道,当时且自亲。还将旧时意,怜取眼前人。"从此以后彻底断绝了音信。

当时的人大多赞许张生是善于弥补过失的人。我常在朋友聚会时,谈到这个意思,是为了让那些明智的人不做这样的事,做这样事的人不被迷惑。贞元年九月,朋友李公佐,留宿在我靖安里的住宅里,我们谈到了这件事。李公佐觉得这件事非常出奇,于是我便作了《莺莺歌》来传播这件事。崔氏小名叫莺莺,公佐就以此为篇名。

卷第四百八十九
杂传记六

周秦行记　　冥音录

周秦行记 牛僧孺撰

余贞元中举进士落第,归宛叶间。至伊阙南道鸣皋山下,将宿大安民舍。会暮,失道不至。更十余里,行一道甚易。夜月始出,忽闻有异气如贵香,因趋进行,不知厌远。见火明,意庄家,更前驱,至一宅,门庭若富家。有黄衣阍人曰:"郎君何至?"余答曰:"僧孺姓牛,应进士落弟,本往大安民舍,误道来此,直乞宿,无他。"中有小髻青衣出,责黄衣曰:"门外谓谁?"黄衣曰:"有客有客。"黄衣入告,少时出曰:"请郎君入。"余问谁大宅,黄衣曰:"但进,无须问。"

入十余门,至大殿,蔽以珠帘,有朱衣黄衣阍人数百,立阶陛间,左右曰:"拜。"帝中语曰:"妾汉文帝母薄太后,此是庙,郎君不当来,何辱至此?"余曰:"臣家宛叶,将归失道,恐死豺虎,敢托命。"语讫,太后命使轴帘避席曰:

周秦行记 牛僧孺撰

我在贞元年间,考进士没考上,准备回到宛叶一带。走到
伊阙南道的鸣皋山下,打算到大安百姓家中住宿。当时天已黑
了,迷了路,没能到达大安。又走了十多里,走上了一条很平坦
的路。夜晚的月亮刚出来,忽然闻到有股异常的气味,像名贵的
香料,我立刻加快脚步向前赶,也不觉得远了。渐渐看到了有
火的光亮,心想可能是村庄人家,更向前急走,不久,到了一座
宅院前,看那门和院子像是富贵人家。有个穿黄衣服的守门人
问:"公子从什么地方来?"我答道:"我叫牛僧孺,考进士没考上,
本来想到大安的百姓家借宿,走错了路来到了这里,只求住一
宿,没有别的要求。"门里有个梳着小发髻的丫鬟出来了,责问黄
衣人:"在门外跟谁说话?"黄衣人说:"有客人,有客人。"黄衣人
进去报告,不一会儿出来说:"请公子进去。"我问是谁家的大房
子? 黄衣人说:"只管进去,用不着问。"

走过十几道门,来到大殿前,殿上有珠帘遮挡着,有穿着红
衣黄衣的守门人好几百,站在台阶上,左右的人说:"下拜!"帘子
里有人说道:"我是汉文帝的母亲薄太后,这是庙,公子不该来,为
何来这呢?"我说:"臣家在宛叶一带,要回去,迷了路,怕死在豺
狼口中,斗胆托寄性命。"说完,太后命人卷起帘子,离开座位位:

"妾故汉室老母,君唐朝名士,不相君臣,幸希简敬,便上殿来见。"太后着练衣,状貌瑰玮,不甚年高。劳余曰:"行役无苦乎?"召坐。

食顷,闻殿内有笑声。太后曰:"今夜风月甚佳,偶有二女伴相寻,况又遇嘉宾,不可不成一会。"呼左右屈二娘子出见秀才。良久,有女子二人从中至,从者数百。前立者一人,狭腰长面,多发不妆,衣青衣,仅可二十余。太后曰:"高祖戚夫人。"余下拜,夫人亦拜。更一人,柔肌稳身,貌舒态逸,光彩射远近,多服花绣,年低太后。后曰:"此元帝王嫱。"余拜如戚夫人,王嫱复拜。各就坐,坐定,太后使紫衣中贵人曰:"迎杨家潘家来。"

久之,空中见五色云下,闻笑语声浸近。太后曰:"杨家至矣。"忽车音马迹相杂,罗绮焕耀,旁视不给,有二女子从云中下。余起立于侧,见前一人,纤腰修眸,仪容甚丽,衣黄衣,冠玉冠,年三十许。太后曰:"此是唐朝太真妃子。"予即伏谒,拜如臣礼。太真曰:"妾得罪先帝,先帝谓肃宗也。皇朝不置妾在后妃数中,设此礼,岂不虚乎?不敢受。"却答拜。更一人,厚肌敏视,小质洁白,齿极卑,被宽博衣。太后曰:"齐潘淑妃。"余拜之如妃子。

既而太后命进馔,少时馔至,芳洁万端,皆不得名,余但欲充腹,不能足食,已更具酒,其器用尽如王者。太后语太真曰:"何久不来相看?"太真谨容对曰:"三郎天宝中,宫人呼玄宗多日三郎。数幸华清宫,扈从不得至。"太后又谓潘妃曰:

"我是原先汉朝的老母,您是唐朝的名士,不是君臣关系,希望不要多礼,就上殿来见面吧!"太后穿着白色的绢衣,姿态容貌美好,年龄不显得老。慰劳我说:"走路不辛苦吗?"招呼我坐下。

　　过了一顿饭的工夫,听到殿内传出笑声。太后说:"今天晚上风光月色都很好,偶然有两个女伴要来找我,况且又碰上嘉宾,不能不搞个聚会。"招呼左右的人委屈二位娘子出来会见秀才。过了好久,有两个女子从殿中走来,随从有好几百人。在前面站着的那个人,窄腰长脸,头发很厚,没有化妆,穿着青色的衣服,约二十多岁。太后说:"这是高祖的戚夫人。"我便下拜,夫人也回拜还礼。另一个人,肌肤柔嫩,身姿稳重,面容舒展,姿态潇洒,光彩照映远近,穿着绣花衣裳,年龄比太后要小些。太后说:"这是汉元帝的王嫱。"我又像对戚夫人那样下拜,王嫱也回拜。各自坐到座位上,坐好后,太后让穿紫衣的宦官说:"去把杨家潘家迎来!"

　　过了好久,看见空中落下了五色云彩,并听到说笑声越来越近。太后说:"杨家来了。"忽然听到车马嘈杂的声音,又看见罗绮鲜明晃眼,眼睛都没工夫住旁边看,只见有两位女子从云中走下来。我站起来,立在旁边,看见前面的一个人细腰长眼,面貌很美丽,穿着黄色衣服,戴着嵌玉的帽子,年龄三十岁左右。太后说:"这是唐代的太真妃子。"我就伏到地上拜见,就像臣子拜见妃子的礼节。太真说:"我得罪了先帝,先帝指唐肃宗。所以朝廷不把我列在后妃行列中,使用这样的礼节,不是太多礼了吗? 不敢接受。"退了几步答拜。还有一个女子,肌肉丰满,眼神灵活,身体小巧,皮肤洁白,年龄极小,穿着宽大的衣服。太后说:"这是南齐时代的潘淑妃。"我又像对待妃子那样拜见她。

　　随后太后命令摆上酒席,不一会儿酒菜就送上来了,又香又干净,种类也多得很,但都叫不上名字来,我只想着填饱肚子,还没等我吃饱,就又拿来了各种酒,那些吃喝的用具全像是帝王用品。太后对太真说:"你为什么这么长时间不来看我啊?"太真表情非常恭敬地回答说:"三郎天宝年间,宫里的人多称玄宗为三郎。几次去华清池,我跟着侍候,所以来不了。"太后又对潘妃说:

"子亦不来,何也?"潘妃匿笑不禁,不成对。太真乃视潘妃而对曰:"潘妃向玉奴_{太真名也}。说,懊恼东昏侯疏狂,终日出猎,故不得时谒耳。"太后问余:"今天子为谁?"余对曰:"今皇帝先帝长子。"太真笑曰:"沈婆儿作天子也,大奇。"太后曰:"何如主?"余对曰:"小臣不足以知君德。"太后曰:"然无嫌,但言之。"余曰:"民间传圣武。"太后首肯三四。

太后命进酒加乐,乐妓皆年少女子。酒环行数周,乐亦随辍。太后请戚夫人鼓琴,夫人约指玉环,光照于座,《西京杂记》云:"高祖与夫人环,照见指骨也。"引琴而鼓,其声甚怨。太后曰:"牛秀才邂逅到此,诸娘子又偶相访,今无以尽平生欢。牛秀才固才士,盍各赋诗言志,不亦善乎?"遂各授与笺笔,逡巡诗成。太后诗曰:"月寝花宫得奉君,至今犹愧管夫人。汉家旧是笙歌处,烟草几经秋复春。"王嫱诗曰:"雪里穹庐不见春,汉衣虽旧泪痕新。如今最恨毛延寿,爱把丹青错画人。"戚夫人诗曰:"自别汉宫休楚舞,不能妆粉恨君王。无金岂得迎商叟,吕氏何曾畏木强。"太真诗曰:"金钗堕地别君王,红泪流珠满御床。云雨马嵬分散后,骊宫不复舞《霓裳》。"潘妃诗曰:"秋月春风几度归,江山犹是业宫非。东昏旧作莲花地,空想曾披金缕衣。"再三邀余作诗,余不得辞,遂应命作诗曰:"香风引到大罗天,月地云阶拜洞仙。共道人间惆怅事,不知今夕是何年。"

别有善笛女子,短发丽服,貌甚美,而且多媚。潘妃偕来,太后以接座居之,时令吹笛,往往亦及酒。太后顾而问曰:"识此否?石家绿珠也。潘妃养作妹,故潘妃与俱来。"

"你也不来,怎么回事?"潘妃掩着嘴笑得说不出话来。太真就看着潘妃回答说:"潘妃对我说,令人懊恼的东昏侯放纵无忌,整天出去打猎,所以不能时常前来谒见。"太后又问我说:"现在的天子是谁?"我回答说:"当今的皇帝是先帝的长子。"太真笑道:"沈婆的儿子做了天子了,太出奇了。"太后说:"他是个什么样的君主?"我回答说:"小臣还不够格了解国君的德行。"太后说:"你不要有疑虑,只管说好了。"我说:"民间传说皇帝圣明神武。"太后点头三四次。

太后又命上酒并演奏音乐,奏乐的艺人都是年轻女子。酒轮了几圈,乐队也随着停止了演奏。太后请戚夫人弹琴,夫人在手指上戴上了玉环,它的光辉照到了四座,《西京杂记》中说:"高祖给戚夫人一个指环,指环发出的亮光可以照得见骨头。"夫人拿过琴弹了起来,那琴声很哀怨。太后说:"牛秀才是偶然的机会来到这里,各位娘子也是偶然来探望我,现在没有什么可以用来尽情表达平生的欢乐。牛秀才当然是有才的读书人,为什么不各自作诗来表达心意呢?这不也是很好的事吗?"于是交给每人一支笔和一些纸,稍过了一会儿诗都做好了。太后的诗说:"月寝花宫得奉君,至今犹愧管夫人。汉家旧是笙歌处,烟草几经秋复春。"王嫱的诗说:"雪里穹庐不见春,汉衣虽旧泪痕新。如今最恨毛延寿,爱把丹青错画人。"戚夫人的诗说:"自别汉宫休楚舞,不能妆粉恨君王。无金岂得迎商叟,吕氏何曾畏木强。"太真的诗说:"金钗堕地别君王,红泪流珠满御床。云雨马嵬分散后,骊宫不复舞《霓裳》。"潘妃的诗说:"秋月春风几度归,江山犹是业宫非。东昏旧作莲花地,空想曾披金缕衣。"太后再三邀请我作诗,我推辞不掉,便根据太后的命令作诗说:"香风引到大罗天,月地云阶拜洞仙。共道人间惆怅事,不知今夕是何年。"

另有位善于吹笛的女子,梳着短发,衣着华丽,容貌很美,而且很妩媚。潘妃带她来的,太后让她靠近自己坐着,不时让她吹笛子,也常叫她喝酒。太后看着她问我说:"认识这个人吗?这是石家的绿珠啊。潘妃养作妹妹,所以潘妃与她一起来。"

太后因曰："绿珠岂能无诗乎？"绿珠乃谢而作诗曰："此日人非昔日人，笛声空怨赵王伦。红残翠碎花楼下，金谷千年更不春。"

诗毕，酒既至，太后曰："牛秀才远来，今夕谁人为伴？"戚夫人先起辞曰："如意成长，固不可，且不可如此。"潘妃辞曰："东昏以玉儿身死国除，玉儿不宜负也。"绿珠辞曰："石卫尉性严急，今有死，不可及乱。"太后曰："太真今朝先帝贵妃，不可言其他。"乃顾谓王嫱曰："昭君始嫁呼韩单于，复为株累弟单于妇，固自用，且苦寒地胡鬼何能为？昭君幸无辞。"昭君不对，低眉羞恨。俄各归休，余为左右送入昭君院。会将旦，侍人告起，昭君垂泣持别。忽闻外有太后命，余遂出见太后。太后曰："此非郎君久留地，宜亟还，便别矣，幸无忘向来欢。"更索酒，酒再行已，戚夫人、潘妃、绿珠皆泣下，竟辞去。太后使朱衣送往大安，抵西道，旋失使人所在。

时始明矣，余就大安里，问其里人，里人云："此十余里，有薄后庙。"余却回，望庙宇，荒毁不可入，非向者所见矣。余衣上香经十余日不歇，竟不知其何如。

冥音录

庐江尉李侃者，陇西人，家于洛之河南。太和初，卒于官。有外妇崔氏，本广陵倡家，生二女。既孤且幼，孀母抚之以道，近于成人，因寓家庐江。侃既死，虽侃之宗亲居显要者，绝不相闻。庐江之人，咸哀其孤藐而能自强。

太后接着说:"绿珠怎么能没有诗呢?"绿珠于是表示了歉意,然后作了一首诗:"此日人非昔日人,笛声空怨赵王伦。红残翠碎花楼下,金谷千年更不春。"

写完诗后,酒又拿来了。太后说:"牛秀才从远处来,今晚上谁能跟他作伴?"戚夫人首先站起来推辞说:"儿子如意已经长大,当然不能相陪,也确实不该这样做。"潘妃也推辞说:"东昏侯因为玉儿我身死国灭,我不该辜负他。"绿珠推辞说:"石卫尉性格严厉急躁,今天就是死,也不可涉及淫乱的事。"太后说:"太真是本朝先帝的贵妃,更不要说别的。"于是回头看着王嫱说:"昭君开始嫁给呼韩单于,后又作了株累弟单于的媳妇,本来是按自己的心意,再说严寒地方的胡鬼又能做什么? 希望昭君不要推辞。"昭君不回答,低下眉头又羞涩又怨恨。不一会儿,各回去休息,我被左右的人送到昭君的房中。正好天快要亮了,侍候的人告诉起床,昭君垂泪握手告别。忽听外面有太后的命令,我便出来见太后。太后说:"这儿不是公子久留之地,应该赶快回去,就此别过了,希望不要忘了之前的欢聚。"又要了酒,喝了两巡就停了,戚夫人、潘妃、绿珠都流下了眼泪,终于告辞而去。太后派朱衣人送我去大安,到达西道时,不久就找不到送行的人了。

当时天才亮,我到了大安里,问那里人,那里人说:"距这十多里,有个薄后庙。"我又返回去,看那庙宇,荒凉破败进不去人,不是昨晚所见到的景象了。可我衣服上的香味十多天也没散,我最后也不知道这到底怎么回事。

冥音录

庐江府尉李侃是陇西人,家在洛水之南。太和初年,死于任上。李侃有个情妇姓崔,本是广陵的歌妓,生了两个女儿。当时两个女儿既失去了父亲,又很幼小,寡母用正确的思想方法抚养她们,到快长成人时,便安家在庐江。李侃死后,即使是官居显要的李侃的本家,她也决不跟他们来往。庐江的人都同情她抚养孤女而能自强。

　　崔氏性酷嗜音，虽贫苦求活，常以弦歌自娱。有女弟蒨奴，风容不下，善鼓筝，为古今绝妙，知名于时。年十七，未嫁而卒，人多伤焉。二女幼传其艺。长女适邑人丁玄夫，性识不甚聪慧。幼时，每教其艺，小有所未至，其母辄加鞭棰，终莫究其妙。每心念其姨曰："我姨之甥也，今乃死生殊途，恩爱久绝。姨之生乃聪明，死何蔑然，而不能以力祐助，使我心开目明，粗及流辈哉？"每至节朔，辄举觞酹地，哀咽流涕，如此者八岁。母亦哀而悯焉。

　　开成五年四月三日，因夜寐，惊起号泣，谓其母曰："向者梦姨执手泣曰：'我自辞人世，在阴司簿属教坊，授曲于博士李元凭。元凭屡荐我于宪宗皇帝，帝召居宫一年。以我更直穆宗皇帝宫中，以筝导诸妃，出入一年。上帝诛郑注，天下大酺。唐氏诸帝宫中互选妓乐，以进神尧、太宗二宫，我复得侍宪宗。每一月之中，五日一直长秋殿，余日得肆游观，但不得出宫禁耳。汝之情恳，我乃知也，但无由得来。近日襄阳公主以我为女，思念颇至，得出入主第。私许我归，成汝之愿，汝早图之。阴中法严，帝或闻之，当获大谴，亦上累于主。'"复与其母相持而泣。

　　翼日，乃洒扫一室，列虚筵，设酒果。仿佛如有所见，因执筝就坐，闭目弹之，随指有得。初授人间之曲，十日不得一曲，此一日获十曲。曲之名品，殆非生人之意。

崔寡妇平生酷爱音乐,虽然贫苦,勉强生活,却常自拉自唱进行娱乐。她有个妹妹蒨奴,风度容貌都不错,擅长弹筝,是古今无双的,在当时就很出名。十七岁时,还没有出嫁就死了,很多人都为她伤感。崔寡妇的两个女儿幼年时就学习过她的技艺。长女嫁给了镇上的丁玄夫,天资不很聪明。长女幼年时,每当母亲教她技艺时,稍有学得不到家的地方,母亲就用鞭子打,但她始终没掌握技艺的巧妙之处。长女常在心中想念她的姨,说:"我是姨的外甥女,现在生死相隔,恩爱久已断绝。姨活着时很聪明,为什么死后如此静默,不能用神力祐助我,让我心明眼亮,能稍微赶上同辈的人呢?"每到节日和每月初一都举起酒杯以酒浇地祭奠,悲伤呜咽,泪流满面,这样的情况持续了八年。她的母亲也很伤心并且很同情她。

唐文宗开成五年四月三日,长女在夜晚睡觉时,突然惊醒大声哭起来,对她的母亲说:"刚才我梦见我姨拉着我的手哭着说:'我自从离开人世,在阴间户籍上属音乐部门,教博士李元凭乐曲。元凭屡次向宪宗皇帝推荐我,于是皇帝召我进宫住了一年。又让我在穆宗皇帝宫中轮流值班,用筝教导各位妃子,进进出出教了一年。天帝杀了郑注,天下大规模聚餐庆贺。唐朝各个皇帝的宫中互选歌舞艺伎,把他们进献到高祖和太宗二宫中,我因此又能够侍候宪宗了。每月当中,五天到长秋殿值班一次,其余日子可以随便游玩参观,只是不能出宫禁罢了。你的恳切的心情,我知道了,只是没办法来此。近日襄阳公主把我收为女儿,非常想念我,我因此可以进出公主的住宅了。公主私下允许我回来,满足你的心愿,你要早下手准备。因为阴间法律很严,皇帝偶或听到了这事,会犯大罪的,也会连累公主。'"说完又抱着她的母亲哭起来。

第二天,他们就打扫了一间屋子,安排了空的座位,摆上了酒和果品。依稀看到了什么,长女就拿着筝坐到座位上,闭着眼睛弹起来,随弹随有体会。当初教她人间的曲子,十天也学不会一支,这天一天就学了十支曲子。曲子的名目,都不是活人的想法。

声调哀怨,幽幽然鸮啼鬼啸,闻之者莫不歔欷。曲有《迎君乐》正商调,二十八叠。《槲林叹》分丝调,四十四叠。《秦王赏金歌》小石调,二十八叠。《广陵散》正商调,二十八叠。《行路难》正商调,二十八叠。《上江虹》正商调,二十八叠。《晋城仙》小石调,二十八叠。《丝竹赏金歌》小石调,二十八叠。《红窗影》。双柱调,四十叠。十曲毕,惨然谓女曰:"此皆宫闱中新翻曲,帝尤所爱重。《槲林叹》《红窗影》等,每宴饮,即飞毬舞盏,为佐酒长夜之欢。穆宗敕修文舍人元稹撰其词数十首,甚美,宴酣,令宫人递歌之。帝亲执玉如意,击节而和之。帝秘其调极切,恐为诸国所得,故不敢泄。岁摄提,地府当有大变,得以流传人世。幽明路异,人鬼道殊,今者人事相接,亦万代一时,非偶然也。会以吾之十曲,献阳地天子,不可使无闻于明代。"

于是县白州,州白府,刺史崔琦亲召试之,则丝桐之音,铨钺可听,其差琴调不类秦声。乃以众乐合之,则宫商调殊不同矣。母令小女再拜,求传十曲,亦备得之,至暮诀去。数日复来曰:"闻扬州连帅欲取汝,恐有谬误,汝可一一弹之。"又留一曲曰《思归乐》。无何,州府果令送至扬州,一无差错。廉使故相李德裕议表其事,女寻卒。

声调哀怨，阴沉得像猫头鹰哭，又像鬼长啸，听到的人没有不呜咽的。曲有《迎君乐》正商调，二十八叠。《榭林叹》分丝调，四十四叠。《秦王赏金歌》小石调，二十八叠。《广陵散》正商调，二十八叠。《行路难》正商调，二十八叠。《上江虹》正商调，二十八叠。《晋城仙》小石调，二十八叠。《丝竹赏金歌》小石调，二十八叠。《红窗影》。双柱调，四十叠。十支曲学完了，姨很凄惨地对长女说："这都是宫中新谱出的曲子，皇帝尤其喜爱重视。《榭林叹》《红窗影》等曲，每当宴会时，就飞球舞盏，把它作为佐酒的乐曲，进行通宵达旦的娱乐。穆宗下令让修文舍人元稹作了数十首歌词，用以配曲，都很美，当宴会喝到高兴时，就叫宫人轮流歌唱。皇帝亲手拿着玉如意，敲着节拍来应和。皇帝对这些曲调保密极严，唯恐被各国学去，所以我不敢泄露。到寅年，地府会有大的变动，这些曲子就会流传于人世间。阴间阳间路不同，人和鬼各有各的一套，现在我跟人间进行了联系，也是万代难逢的事，并不是偶然的。应当把我这十支曲子，献给阳间的天子，不可让它在圣明的时代埋没。"

于是县报告了州，州报告了府，刺史崔琦亲自召来长女试奏，发现琴声清亮好听，那奇异的琴调不像秦地的音乐。于是用各种乐器跟它配合，却发现宫商调很不相同。母令小女儿给姨拜了两拜，请求也教给她这十支曲，小女儿也全部学会了，到了黄昏的时候诀别而去。过了几天又来了，说："听说扬州的连帅要让你去，恐怕有弹错的地方，你可以一一再弹一遍。"又留下一支曲子叫《思归乐》。不久，州府果然叫人送女到扬州，弹奏得毫无差错。廉使即原来的宰相李德裕商量表奏这件事，不久长女就死了。

卷第四百九十
杂传记七

东阳夜怪录

东阳夜怪录

前进士王洙字学源,其先琅琊人,元和十三年春擢第。尝居邹鲁间名山习业。洙自云,前四年时,因随籍入贡,暮次荥阳逆旅。值彭城客秀才成自虚者,以家事不得就举,言旋故里。遇洙,因话辛勤往复之意。自虚字致本,语及人间目睹之异。

是岁,自虚十有一月八日东还。乃元和八年也。翼日,到渭南县,方属阴曀,不知时之早晚。县宰黎谓留饮数巡,自虚恃所乘壮,乃命僮仆辎重,悉令先于赤水店俟宿,聊踟蹰焉。东出县郭门,则阴风刮地,飞雪霃天。行未数里,迨将昏黑。自虚僮仆,既悉令前去,道上又行人已绝,无可问程,至是不知所届矣。

路出东阳驿南,寻赤水谷口道。去驿不三四里,有下坞,林月依微,略辨佛庙。自虚启扉,投身突入,雪势愈甚。

东阳夜怪录

前进士王洙字学源,他的祖先是琅琊人,唐宪宗元和十三年春应举考中。王洙曾经住在邹鲁之间的名山中修习学业。王洙自己说,四年前,他跟着原籍举荐的贡士们一道进京赶考,黄昏时投宿于荥阳的旅馆中。正赶上老家彭城的秀才成自虚,因为家庭的事情不能参加考试,准备回故乡。成自虚碰到王洙后,便谈起了辛辛苦苦往返于路途上的事。自虚字致本,谈到了他在人世间亲眼看到的奇怪的事情。

那一年,成自虚十一月八日回东边去。是元和八年那年。第二天,到达了渭南县,正是阴沉多风的天气,也看不出时间的早晚。县宰黎谓留住自虚喝了几巡酒,自虚仗着坐骑健壮,就让大小仆人们携带着行李全都先到赤水店等候住宿,自己姑且在此处逗留一会儿。自虚向东出了县的外城门,阴冷的风就在地上刮起来,雪花飘舞,天气昏蒙蒙的。走了还不到几里路,天就要黑了。自虚的大小仆人已经都让他们先走了,路上又没有一个行人,想打听路也找不到人,到了这时也不知是到了什么地方。

他走到东阳驿的南面,寻找赤水谷口的道。距离东阳驿不到三四里的地方,有个下坞,树林间月光依稀隐约,大体上可以看出是一座佛寺。自虚推开门,一闪而进,这时雪下得更大了。

自虚窃意佛宇之居，有住僧，将求委焉，则策马入。其后才认北横数间空屋，寂无灯烛。久之倾听，微似有人喘息声，遂系马于西面柱，连问："院主和尚，今夜慈悲相救。"徐闻人应："老病僧智高在此，适僮仆已出使村中教化，无从以致火烛。雪若是，复当深夜，客何为者？自何而来？四绝亲邻，何以取济？今夕脱不恶其病殌，且此相就，则免暴露。兼撤所藉刍藁分用，委质可矣。"自虚他计既穷，闻此内亦颇喜，乃问："高公生缘何乡？何故栖此？又俗姓云何？既接恩容，当还审其出处。"曰："贫道俗姓安，以本身肉鞍之故也。生在碛西。本因舍力，随缘来诣中国。到此未几，房院疏芜，秀才卒降，无以供待，不垂见怪为幸。"自虚如此问答，颇忘前倦。乃谓高公曰："方知探宝化城，如来非妄立喻，今高公是我导师矣。高公本宗，固有如是降伏其心之教。"

俄则沓沓然若数人联步而至者，遂闻云："极好雪，师丈在否？"高公未应间，闻一人云："曹长先行。"或曰："朱八丈合先行。"又闻人曰："路甚宽，曹长不合苦让，偕行可也。"自虚窃谓人多，私心益壮。有顷，即似悉造座隅矣。内谓一人曰："师丈此有宿客乎？"高公对曰："适有客来诣宿耳。"自虚昏昏然，莫审其形质。唯最前一人，俯檐映雪，仿佛若见着皂裘者，背及肋有搭白补处。其人先发问自虚云：

自虚心想,供奉佛的庙宇,一定有住持和尚,于是打算求他们给个托身之处,就打马进入。进去之后才看到北面横着好几间空屋,但静悄悄的,也没有灯火。仔细听了好久,好像微微听到有人的喘气声,于是自虚把马拴在西面柱子上,连续喊了几遍:"住持和尚,请今晚发发慈悲救救我。"慢慢地听到有人回答说:"老病和尚智高在这里,刚好仆人们都出去到村中化缘去了,没法弄来灯火。雪下得这样大,又赶上深夜,客人你是干什么的?从什么地方来?周围没有亲戚邻居,怎能得到帮助呢?今天晚上如果不嫌弃我有病肮脏,暂且就在此住上一宿,以免露宿野外。我再把我铺的秸草分给你一些,在上面躺一躺还是可以的。"自虚已经没有别的办法,听到这话心里挺高兴,便询问:"高公出生于什么地方?为什么住在这里?俗姓什么?既蒙您施恩收留,理当回问一下您的来历。"和尚回答说:"贫道俗姓安,因为他身上有肉鞍的缘故。(指骆驼。)出生在沙漠以西。本靠出力吃饭,随着机缘来到中国。到此时间还不长,房屋零落荒芜,秀才突然光临,没有什么用来供奉招待,望不要见怪才好。"自虚跟老和尚这样问答,有些忘记了刚才的疲倦。于是对高公说:"我现在才知道佛寺就犹如幻化的城市,可以到其中探寻宝物,佛祖的比喻不是胡乱说的,现在高公是我的导师了。高公的本家,同样俗姓安的吉藏大师,原本就有这样让人心悦诚服的教诲。"

不一会儿就听到匆匆忙忙的好像几个人同时走来的声音,于是听见说:"好一场雪啊,师丈在不在?"高公还没答应的时候,又听到一个人说:"曹长先走。"又有人说:"朱八老应该先走。"又听另一人说:"路很宽,曹长不该老让,大家一块走好了。"自虚私下想人这么多,心里也更加胆大了。过了一阵子,就好像都坐到周围的座位上了。其中有人对另一个人说:"师丈这里有住宿的客人吗?"高公回答说:"刚才有个客人来这里投宿。"自虚糊里糊涂的,也看不清说话的人是什么样子。只有最前面的那个人,弯腰在屋檐下坐着,被雪光映着,模模糊糊地看见好像穿着黑色的皮衣,后背和两肋处有白色的补丁。那个人首先向自虚发问说:

"客何故瑀瑀丘圭反。然犯雪，昏夜至此？"自虚则具以实告。其人因请自虚姓名，对曰："进士成自虚。"自虚亦从而语曰："暗中不可悉揖清扬，他日无以为子孙之旧，请各称其官及名氏。"便闻一人云："前河阴转运巡官，试左骁卫胄曹参军卢倚马。"次一人云："桃林客，副轻车将军朱中正。"次一人曰："去文姓敬。"次一人曰："锐金姓奚。"此时则似周坐矣。

初因成公应举，倚马旁及论文。倚马曰："某儿童时，即闻人咏师丈聚雪为山诗，今犹记得。今夜景象，宛在目中，师丈有之乎？"高公曰："其词谓何？试言之。"倚马曰："所记云：'谁家扫雪满庭前，万壑千峰在一拳。吾心不觉侵衣冷，曾向此中居几年。'"自虚茫然如失，口呿眸眙，尤所不测。高公乃曰："雪山是吾家山，往年偶见小儿聚雪，屹有峰峦山状，西望故国怅然，因作是诗。曹长大聪明，如何记得贫道旧时恶句？不因曹长诚念在口，实亦遗忘。"倚马曰："师丈骋逸步于遐荒，脱尘机"机"当为"羁"。于维絷，巍巍道德，可谓首出侪流。如小子之徒，望尘奔走，曷"曷"当为"褐"，用毛色而讥之。敢窥其高远哉？倚马今春以公事到城，受性顽钝，阙下桂玉，煎迫不堪，旦夕羁"羁"当为"饥"。旅，虽勤劳夙夜，料入况微，负荷非轻，常惧刑责。近蒙本院转一虚衔，谓空驱作替驴。意在苦求脱免。昨晚出长乐城下宿，自悲尘中劳役，慨然有山鹿野麋之志。因寄同侣，成两篇恶诗，对诸作者，辄欲口占，去放未敢。"自虚曰：

"客人为什么孤零零地一个人冒着风雪大晚上来到这里?"自虚把实情详细地告诉了他。那人于是询问自虚的姓名,自虚回答说:"进士成自虚。"自虚也接着说道:"黑暗之中不能一一瞻仰各位的风采,将来子孙无法接续旧交情,所以请各报一下自己的官衔和姓名。"于是就听到一个人说:"原河阴转运巡官、试左骁卫胄曹参军卢倚马。"("卢"倚"马",即驴。)然后又一个人说:"桃林客,副轻车将军朱中正。"("朱"字中间即牛,又为"牛八"。)然后又一人说:"我名叫去文,姓敬。"("敬"字去掉"文"字边,即"苟",指狗。)然后又一人说:"我叫锐金,姓奚。"(鸡繁体为"鷄",故姓奚。)这时候好像各座位上的人都报了一轮官职和姓名了。

　　因为开始时成公说过应举,卢倚马便谈论起文章来。倚马说:"我在儿童时代,就听人吟诵师丈堆雪为山的诗,现在还记得。今晚的景象,仿佛还在眼中,师丈有这事吗?"高公说:"那词句写些什么,你说说看。"倚马说:"记得写的是:'谁家扫雪满庭前,万壑千峰在一拳。吾心不觉侵衣冷,曾向此中居几年。'"自虚心中一片茫然,若有所失,张着口,瞪着眼,非常出乎意料。高公于是说:"雪山是我家乡的山,往年偶然看见小孩堆雪,高耸着像山峰的样子,西望故国,心情惆怅,于是作了这首诗。曹长真聪明,怎么记得我过去写的恶劣诗句呢?要不是曹长确实从口中念出,我实在已经忘了。"倚马说:"师丈在荒远的地方驰骋安闲的步伐,从束缚当中摆脱了尘世的罗网,高尚的道德,可以说远超同辈。像我这样的人,跟在您身后追赶,哪"曷"谐音"褐",用骆驼的毛色讥讽他。敢希望达到您那样的高度呢?我今年春天因公事到城里去,禀性愚顽迟钝,皇城下面,柴米像桂木玉石般昂贵,煎熬得受不了,早晚做客他乡,虽然从早到晚辛勤劳动,但收入非常微薄,承担的活却不轻,常常害怕被用刑责罚。近来承蒙本院给我换了一个虚衔,指不必负重作替补的驴。用意在于努力求得解脱。昨晚出去到长乐城下住宿,自己哀叹在人世间的劳役,慨然有到山野中与麋鹿为伍的想法。因此作了两首歪诗,寄给同伴,面对各位作者,想口头念一遍,但念不念不敢定。"自虚说:

“今夕何夕，得闻佳句。”倚马又谦曰：“不揆荒浅，况师丈文宗在此，敢呈丑拙邪？”自虚苦请曰：“愿闻，愿闻。”倚马因朗吟其诗曰：“长安城东洛阳道，车轮不息尘浩浩。争利贪前竞着鞭，相逢尽是尘中老。”其一。“日晚长川不计程，离群独步不能鸣。赖有青青河畔草，春来犹得慰“慰”当作“喂”。羁“羁”当作“饥”。情。”合座咸曰：“大高作。”倚马谦曰：“拙恶，拙恶。”

中正谓高公曰：“比闻朔漠之士，吟讽师丈佳句绝多。今此是颖川，况侧聆卢曹长所念，开洗昏鄙，意爽神清。新制的多，满座渴咏，岂不能见示三两首，以沃群瞩？”高公请俟他日。中正又曰：“眷彼名公悉至，何惜《兔园》？雅论高谈，抑一时之盛事。今去市肆若远，夜艾兴余，杯觞固不可求，炮炙无由而致，宾主礼阙，惭恶空多。吾辈方以观心朵颐，谓龀草之性，与师丈同。而诸公通宵无以充腹，赧然何补？”高公曰：“吾闻嘉话可以忘乎饥渴，秖如八郎，力济生人，动循轨辙，攻城牺士，为己所长。但以十二因缘，皆从觞起；茫茫苦海，烦恼随生。何地而可见菩提？“提”当作“蹄”。何门而得离火宅？亦用事讥之。”中正对曰：“以愚所谓，覆辙相寻，轮回恶道；先后报应，事甚分明。引领修行，义归于此。”高公大笑，乃曰：“释氏尚其清净，道成则为正觉，“觉”当为“角”。觉则佛也。如八郎向来之谈，深得之矣。”倚马大笑。

"今晚上是什么样的好日子啊,有幸听到美妙的词句。"倚马又谦让说:"我学问荒疏,水平低下,实在不自量力,何况师丈这文章宗师在这里,怎么敢献丑呢?"自虚竭力请求说:"我想听听大作,想听听大作啊!"倚马于是高声朗读他的诗道:"长安城东洛阳道,车轮不息尘浩浩。争利贪前竞着鞭,相逢尽是尘中老。"其一。"日晚长川不计程,离群独步不能鸣。赖有青青河畔草,春来犹得慰"慰"谐音"喂"。羁"羁"谐音"饥"。情。"座上的人全都说:"大作,高作。"倚马谦虚地说:"拙劣不堪!拙劣不堪!"

朱中正对高公说:"近闻北方沙漠中的读书人,吟诵师丈佳句的极多。现在这里是颍川,况且侧耳听到卢曹长所念的,启发了我的愚昧,洗刷了我的鄙俗,令我神清气爽。您的新作很多,在座的都渴望您能吟诵一下,高公难道不能向我们展示三两首,以满足大家的期望吗?"高公请求等以后再吟。朱中正又说:"考虑到这些名人全来了,为什么舍不得展示自己的诗文呢?大家一起来一番高雅的谈论,或许也是一时的佳话。现在距离市场店铺这么远,夜晚美好,兴致很高,酒是搞不到了,烤肉也没办法弄来,宾主之礼多有缺憾,空怀满腔惭愧。我们正以观察心性的方式来大吃大嚼,这里是说牛(朱中正)吃草反刍,跟骆驼(师丈)一样。各位也通宵没有吃什么东西,感到羞愧又于事何补呢?"高公说:"我听说美好的谈话可使人忘记饥渴,只说八郎吧,努力帮助世人,行动都遵循规定,攻下城池犒劳士兵,是他最擅长的事。只因为十二因缘都从喝酒开始,茫茫无尽的尘世,烦恼随着它不断产生。什么地方可以见到菩提?"提"谐音"蹄"。从哪个门可以离开火宅? 这也是用典故讥讽牛。(火宅,佛教用以喻指尘世。《法华经》中以大白牛车喻指引导世人脱离尘世的法门。这里以此问牛,语带讥讽。)"朱中正回答说:"在我看来,翻车的事一件接着一件,人们在罪恶的路上周而复始,报应或先或后,但一定出现,那是明确无疑的。引导修行,意义就在于这。"高公大笑,然后说:"佛教崇尚清净,修行成功就能获得'正觉','觉'谐音"角",指牛角。觉悟了就成佛了。像八郎刚才的议论,就深得其中奥妙。"卢倚马大笑。

自虚又曰："适来朱将军再三有请和尚新制，在小生下情，寔愿观宝。和尚岂以自虚远客，非我法中而见鄙之乎？且和尚器识非凡，岸谷深峻，必当格韵才思，贯绝一时；妍妙清新，摆落俗态。岂终秘咳唾之余思，不吟一两篇，以开耳目乎？"高公曰："深荷秀才苦请，事则难于固违，况老僧残疾衰羸，习读久废，章句之道，本非所长，却是朱八无端挑抉吾短。然于病中偶有两篇自述，匠石能听之乎？"曰："愿闻。"其诗曰："拥褐藏名无定踪，流沙千里度衰容。传得南宗心地后，此身应便老双峰。""为有阎浮珍重因，远离西国赴咸秦。自从无力休行道，且作头陀不系身。"

又闻满座称好声，移时不定。去文忽于座内云："昔王子猷访戴安道于山阴，雪夜皎然，及门而返，遂传'何必见戴'之论。当时皆重逸兴，今成君可谓以文会友，下视袁安、蒋诩。吾少年时颇负隽气，性好鹰鹯，曾于此时，畋游驰骋。吾故林在长安之巽维，御宿川之东畤。此处地名苟家觜也。咏雪有献曹州房一篇，不觉诗狂所攻，辄污泥高鉴耳。"因吟诗曰："爱此飘飘六出公，轻琼洽絮舞长空。当时正逐秦丞相，腾蹕川原喜北风。""献诗讫，曹州房颇甚赏仆此诗，因难云：'呼雪为公，得无检束乎？'余遂征古人尚有呼竹为君，后贤以为名论，用以证之。曹州房结舌，莫知所对。然曹州房素非知诗者，乌大尝谓吾曰：'难得臭味同。'斯言不妄。今涉彼远官，参东州军事，义见《古今注》。相去数千。苗十以五五之数，故第十。气候哑叱，凭恃群亲，索人承事。

自虚又说:"刚才朱将军再三请和尚展示新作,按小生的心愿,实在是愿意观赏宝物。和尚难道因为我是远处来客,不是佛门中人而鄙视我吗?再说和尚器量见识不凡,像高岸深谷,那格调风韵才情思致,必是当代无双;作品必是美妙清新,摆脱俗套。难道始终秘藏言谈之余的深刻思想,终究不肯吟诵一两篇,来打开一下我们的耳目吗?"高公说:"深深感激秀才的诚恳请求,事情难以再坚决推辞了。不过老衲残年有病,身体衰弱,早就不读书了,诗文方面的学问,本不擅长,却是朱八无故揭我的短处。然而在病中偶有两首叙述自身情况的诗,文章高手愿意听吗?"众人回答说:"愿意听。"其诗说:"拥褐藏名无定踪,流沙千里度衰容。传得南宗心地后,此身应便老双峰。""为有阎浮珍重因,远离西国赴咸秦。自从无力休行道,且作头陀不系身。"

　　念完后,只听满座的人全都叫好,过了好久还没平静下来。敬去文忽然在座上说:"从前王子猷到山阴去拜访戴安道,当时也是个雪光皎然的夜晚,王子猷到了门口没进去就返回了,于是留下了'何必见戴'的美谈。当时都看重脱俗的雅兴,今天成君可说是以文会友,品格比袁安、蒋诩还高。我少年时代,对自己的才气颇为自负,本性喜欢玩鹰鹇,曾在那个时候,骑马奔驰打猎游乐。我的故乡在长安的东南方,御宿川的东畔,此处地名叫苟家觜。有献曹州房的咏雪诗一篇,不知不觉被诗兴所激,恐怕会玷污你们高明的鉴赏力。"于是吟诗道:"爱此飘飖六出公,轻琼洽絮舞长空。当时正逐秦丞相,腾踯川原喜北风。""献此诗后,曹州房很欣赏我这首诗,但责难我说:'把雪称为公,该不会有失检点约束吧?'我于是征引古人中还有称竹为君的,后代的贤人还认为是名家之论,以此来证明我的诗是言之有据的。曹州房张口结舌,不知道用什么话来应对。然而曹州房平素并不是一个懂得诗的人,乌大曾经对我说:'难得臭味相投。'这话并不是胡说。现在他到那远处做官,参与东州军事,此义见于崔豹《古今注》中。(《古今注》中说猫一名参军。)距此地数千里。苗十因为五五这个数,所以排行为十。(指猫。)态度暧昧,依赖亲戚们,选人奉行职务。

鲁无君子者,斯焉取诸?"锐金曰:"安敢当?不见苗生几日?"曰:"涉旬矣,然则苗子何在?"去文曰:"亦应非远。知吾辈会于此,计合解来。"

居无几,苗生遽至。去文伪为喜意,拊背曰:"适我愿兮。"去文遂引苗生与自虚相揖。自虚先称名氏,苗生曰:"介立姓苗。"宾主相谕之词,颇甚稠沓。锐金居其侧曰:"此时则苦吟之矣,诸公皆由,老奚诗病又发,如何如何?"自虚曰:"向者承奚生眷与之分非浅,何为尚吝瑰宝,大失所望?"锐金退而逡巡曰:"敢不贶广席一噱乎?"辄念三篇近诗云:"舞镜争鸾彩,临场定鹘拳。正思仙仗日,翘首仰楼前。""养斗形如木,迎春质似泥。信如风雨在,何惮迹卑栖。""为脱田文难,常怀纪渻恩。欲知疏野态,霜晓叫荒村。"

锐金吟讫,暗中亦大闻称赏声。高公曰:"诸贤勿以武士见待朱将军,此公甚精名理,又善属文,而乃犹无所言,皮里臧否吾辈,抑将不可。况成君远客,一夕之聚,空门所谓多生有缘,宿鸟同树者也。得不因此留异时之谈端哉?"中正起曰:"师丈此言,乃与中正树荆棘耳。苟众情疑阻,敢不唯命是听。然卢探手作事,自贻伊戚,如何?"高公曰:"请诸贤静听。"中正诗曰:"乱鲁负虚名,游秦感甯生。候惊丞相喘,用识葛卢鸣。黍稷滋农兴,轩车乏道情。近来筋力退,一志在归耕。"

高公叹曰:"朱八文华若此,未离散秩,引驾者又何人哉?屈甚,屈甚。"倚马曰:"扶风二兄,偶有所系,意属自虚所乘。吾家龟兹,苍文毙甚,乐喧厌静,好事挥霍,兴在结束,勇于前驱。谓般轻货首队头驴。此会不至,恨可知也。"

鲁地没有君子的话,这些人是向谁学习的呢?"奚锐金说:"怎么敢当?不见苗生几天了?"说:"快十天了,但苗子在哪呢?"敬去文说:"也不会太远。知道我们在此聚会,估计他会知道来的。"

没过多久,苗生突然来了。敬去文装出高兴的样子,拍着他的背说:"正合乎我的心愿哪!"于是引导着苗生跟自虚互相作揖见面。自虚先说了自己的姓名,苗生说:"我名叫介立,姓苗。"(苗生即猫。)宾主互相问候的话,说了很多。奚锐金坐在他们旁边说:"这时就努力吟诗吧,各位都吟了,老奚的诗病也犯了,怎么办?怎么办?"自虚说:"刚才承蒙奚生器重赞美的情分不浅,为什么还舍不得珍奇的宝贝,令人大失所望呢?"奚锐金退了几步,犹犹豫豫地说:"怎么敢不让大家见笑一番呢?"于是就念了三首近作:"舞镜争鸾彩,临场定鹘拳。正思仙仗日,翘首仰楼前。""养斗形如木,迎春质似泥。信如风雨在,何惮迹卑栖。""为脱田文难,常怀纪涓恩。欲知疏野态,霜晓叫荒村。"

奚锐金吟诵完之后,黑暗中也听到很多称赞欣赏的声音。高公说:"各位贤士不要以武士的身份看待朱将军,此公很精通事理,又擅长写文章,却至今还没说什么话,心里恐怕正在评论我们,这是不可以的。况且成君是远方的客人,一个晚上的聚会,佛门所谓的多世有缘,像同栖宿于一棵树上的鸟啊!能不借此机会留下将来的话头吗?"朱中正站起来说:"师丈这个话,是给我树立荆棘啊。如果众人心里觉得疑惑不快,怎敢不听从命令?然而卢探手做事,是自寻烦恼,怎么办?"高公说:"请各位贤士静听。"朱中正的诗说:"乱鲁负虚名,游秦感宵生。侯惊丞相喘,用识葛卢鸣。黍稷滋农兴,轩车乏道情。近来筋力衰,一志在归耕。"

高公叹息说:"朱八文采已到这种程度,却还没有御去官职,配做引驾大师的还能有谁呢?太屈才了!太屈才了!"卢倚马说:"扶风的二哥,偶然被牵制,指自虚所乘的马,拴到了柱子上。我家的龟兹,青灰色的衣服破得很,喜欢热闹,厌恶清静,喜做挥霍的事,兴趣在于装束打扮起来,勇敢地走在最前面。指搬运轻型货物的运输队首队打头的驴。这次聚会他没有到,那遗憾可想而知啊。"

去文谓介立曰："胃家兄弟，居处匪遥，莫往莫来，安用尚志。《诗》云'朋友攸摄'，而使尚有遐心，必须折简见招，鄙意颇成其美。"介立曰："某本欲访胃大去，方以论文兴酣，不觉迟迟耳。敬君命予，今且请诸公不起，介立略到胃家即回。不然，便拉胃氏昆季同至，可乎？"皆曰："诺。"介立乃去。

无何，去文于众前窃是非介立曰："蠢兹为人，有甚爪距。颇闻洁廉，善主仓库。其如蜡姑之丑，难以掩于物论何？"殊不知介立与胃氏相携而来，及门，瞥闻其说，介立攘袂大怒曰："天生苗介立，斗伯比之直下，得姓于楚远祖梦茹。分二十族，祀典配享，至于《礼经》。谓《郊特牲》八蜡，迎虎迎猫也。奈何一敬去文，盘瓠之余，长细无别，非人伦所齿。只合驯狎稚子，狞守酒旗，谄同妖狐，窃脂媚灶，安敢言人之长短？我若不呈薄艺，敬子谓我咸秩无文，使诸人异日藐我。今对师丈念一篇恶诗，且看如何。诗曰：'为惭食肉主恩深，日晏蟠蜿卧锦衾。且学志人知白黑，那将好爵动吾心。'"

自虚颇甚佳叹。去文曰："卿不详本末，厚加矫诬。我实春秋向戌之后，卿以我为盘瓠裔，如辰阳比房，于吾殊所华阔。"中正深以两家献酬未绝为病，乃曰："吾愿作宜僚以释二忿，可乎？昔我逢丑父，实与向家梦皇，春秋时屡同盟会。今座上有名客，二子何乃互毁祖宗？语中忽有绽露，是取笑于成公齿冷也。且尽吟咏，固请息喧。"

敬去文对苗介立说:"胃家兄弟,住处离此不远,如果彼此不来往,那交志同道合的朋友做什么呢?《诗经》上说'朋友攸摄',而我们让他们还有疏远的想法,必须用请帖去邀请他们来,我心中很想成全这件美事。"苗介立说:"我本想去拜访胃老大,刚才因为谈论文章谈得高兴,不觉迟迟未去。您命我去,现在请各位不要动,我到胃家去一下,马上就回来。要不,我就拉着胃家兄弟同来,行吗?"大家都说:"好。"苗介立就去了。

不久,敬去文在大家面前悄声非议苗介立说:"这人很愚蠢,有什么本事呢?听说他很清廉,善于管理仓库。但是又能对长得像蜡蛄那样丑,难逃被众人议论的事实怎么办呢?"殊不知苗介立与胃氏兄弟已携手而来,到门口时,忽然听到这话,苗介立撸起袖子,愤怒地说:"老天生我苗介立,是楚国斗伯比的直系后裔,得姓于楚国远祖芬皇茹。共分二十族,我的祖先祭祀典礼时也配享,都写到《礼经》中了。说的是《礼记·郊特牲》中有"八蜡"之祭名,其中有祭虎和猫一项。你敬去文算个啥?不过是盘瓠的余种,长幼不分,不合于人伦。只配乖乖地被小孩子戏耍,凶恶地守在酒旗下,像妖精狐狸那样谄媚,想偷油吃就围着灶台转,怎么敢谈论别人的长短!我如果不显示下浅薄的技艺,姓敬的会认为我是墨守成规,毫无文采的人,使各位将来藐视我。如今在师丈面前念一首劣诗,且看怎么样。我的诗是:'为惭食肉主恩深,日晏蟠蜿卧锦衾。且学志人知白黑,那将好爵动吾心。'"

自虚觉得不错,很是赞叹。敬去文说:"你不清楚事情的来龙去脉,严重诬蔑我的身世。我实际上是春秋时代向戍的后代,您把我当成盘瓠的后裔,就像把太阳比作房星,对我来说差得太远了。"朱中正对两家不断互相攻击感到很头疼,就说:"我愿做古代的宜僚来消除你们二人的气愤,好吗?从前我的祖先逢丑父,实际上跟向家和芬皇都有交情,春秋时多次共同参加会盟。现在座中有著名客人,你们二人为何竟然互相毁谤祖宗?如果话中忽然露出了破绽,是会被成公取笑瞧不起的。暂且尽情作诗吟诵,坚决不要再吵吵嚷嚷。"

于是介立即引胃氏昆仲与自虚相见。初襜襜然若白色，二人来前，长曰胃藏瓠，次曰藏立。自虚亦称姓名。藏瓠又巡座云："令兄令弟。"介立乃于广众延誉胃氏昆弟："潜迹草野，行著及于名族；上参列宿，亲密内达肝胆。况秦之八水，实贯天府，故林二十族，多是咸京。闻弟新有题旧业诗，时称甚美，如何得闻乎？"藏瓠对曰："小子谬厕宾筵，作者云集，欲出口吻，先增惭怍。今不得已，尘污诸贤耳目。诗曰：'鸟鼠是家川，周王昔猎贤。一从离子卯，鼠兔皆变为猬也。应见海桑田。'"介立称好："弟他日必负重名，公道若存，斯文不朽。"藏瓠敛躬谢曰："藏瓠幽蛰所宜，幸陪群彦。兄揄扬太过，小子谬当重言，若负芒刺。"座客皆笑。

时自虚方聆诸客嘉什，不暇自念己文，但曰："诸公清才绮靡，皆是目牛游刃。"中正将谓有讥，潜然遁去。高公求之不得，曰："朱八不告而退，何也？"倚马对曰："朱八世与炮氏为仇，恶闻发硎之说而去耳。"自虚谢不敏。此时去文独与自虚论诘，语自虚曰："凡人行藏卷舒，君子尚其达节。摇尾求食，猛虎所以见几。或为知己吠鸣，不可以主人无德，而废斯义也。去文不才，亦有两篇言志奉呈。诗曰：'事君同乐义同忧，那校糟糠满志休。不是守株空待兔，终当逐鹿出林丘。少年尝负饥鹰用，内愿曾无宠鹤心。秋草殿除思去宇，平原毛血兴从禽。'"

于是苗介立就带着胃氏兄弟跟自虚相见。起初，自虚只看见摇摇晃晃的一团白色，等二人来到面前，听哥哥说叫胃藏瓟，（指藏在瓟下的刺猬。）弟弟说叫胃藏立。（指藏在斗笠下的刺猬。）自虚也报了姓名。胃藏瓟又绕座一圈说："各位都是我的好兄弟啊！"苗介立于是在大家面前称扬胃氏兄弟："他们隐居在草野之中，品行名望却比得上名门望族；上列名于星宿之间，兄弟之间关系亲密如同肝胆相照。况且秦地八条河，实通天府，故乡二十族，多在咸阳城。听说贤弟有题旧业的诗，当时都说作得很好，怎么样才能听到大作呢？"胃藏瓟回答说："晚辈斗胆混迹于宾客之中，今天作者云集，想念一下自己的作品，可是先觉得很惭愧。现在不得已，只好玷污各位贤士的耳目了。我的诗是：'鸟鼠是家川，周王昔猎贤。一从离子卯，_{鼠兔都变成刺猬。}应见海桑田。'"苗介立称赞写得好，说："老弟将来一定会获得盛名。公道如果存在的话，这首诗也会流传不朽。"胃藏瓟弯腰感谢说："我藏瓟只适合隐居在幽暗的地方，今天很庆幸能陪侍各位俊才。老兄赞扬得太过分了，我承蒙谬赞，真像芒刺在背。"于是座中的客人都笑了起来。

当时自虚正在聆听各位客人的佳作，没有工夫自己念自己的文章，只是说："各位才华清秀，词句华艳，都可谓是庖丁解牛般目无全牛、游刃有余的高手。"朱中正认为这话含有讥讽他的意思，便暗中溜走了。高公找朱中正没找到，说："朱八不告诉一声就走了，怎么回事？"卢倚马回答说："朱八世代与炮氏有仇，不愿听到刀子锋利之类的话，因而离开了。"自虚道歉说自己思虑不周。这时敬去文单独与自虚辩论，对自虚说："大凡人的出处进退，君子崇尚的合乎节义。摇尾求食，有时即便老虎看清了时势也得那么做。有时为知己吠鸣，不可因为主人无德，而不讲'士为知者死'的道义。我去文不才，也有两篇表明志向的诗奉献于您面前。我的诗是：'事君同乐义同忧，那校糟糠满志休。不是守株空待兔，终当逐鹿出林丘。''少年尝负饥鹰用，内愿曾无宠鹤心。秋草殹除思去宇，平原毛血兴从禽。'"

　　自虚赏激无限，全忘一夕之苦，方欲自夸旧制，忽闻远寺撞钟，则比膊镝然声尽矣。注目略无所睹，但觉风雪透窗，臊秽扑鼻。唯窣飒如有动者，而厉声呼问，绝无由答。自虚心神恍惚，未敢遽前扪撄。退寻所系之马，宛在屋之西隅，鞍鞯被雪，马则龁柱而立。迟疑间，晓色已将辨物矣。乃于屋壁之北，有橐驼一，贴腹跪足，儑耳𪒸口。自虚觉夜来之异，得以遍求之。室外北轩下，俄又见一瘃瘇乌驴，连脊有磨破三处，白毛苴然将满。举视屋之北拱，微若振迅有物，乃见一老鸡蹲焉。前及设像佛宇塌座之北，东西有隙地数十步，牖下皆有彩画处，土人曾以麦稳之长者积于其间，见一大驳猫儿眠于上。咫尺又有盛饷田浆破瓠一，次有牧童所弃破笠一。自虚因蹴之，果获二刺猬，蠕然而动。自虚周求四顾，悄未有人，又不胜一夕之冻乏，乃揽辔振雪，上马而去。绕出村之北，道左经柴栏旧圃，睹一牛踏雪龁草。次此不百余步，合村悉辇粪幸此蕴崇。自虚过其下，群犬喧吠，中有一犬，毛悉齐裸，其状甚异，睥睨自虚。

　　自虚驱马久之，值一叟，辟荆扉，晨兴开径雪，自虚驻马讯焉，对曰："此故友右军彭特进庄也。郎君昨宵何止？行李间有似迷途者。"自虚语及夜来之见，叟倚彗惊讶曰：

自虚对这些作品赞叹不已，完全忘记这一晚上的辛苦，正想夸耀自己原先的作品，忽然听到远处寺院里撞钟的声音，就觉得原先身边的那些人"轰"的一声全没了。定睛一看，什么也没看到，只觉得风雪吹进窗内，臊臭扑鼻。只有些轻微细碎的声音，像有什么东西在活动，可是大声喊问，又完全没有人回答。自虚心神恍恍惚惚，不敢立刻向前摸碰。退出去寻找所拴的马，仿佛在屋子西边角落里，马鞍上盖上了一层雪，马站在那里啃着柱子。正在迟疑不定之际，天已出现了曙色，可以看清东西了。就在墙壁的北面看到一头骆驼，肚子贴着地面，腿跪在那里，微动着耳朵，嘴里在倒嚼。自虚似乎觉察到了昨夜以来发生的异事，就把各处全找了一遍。在室外的北窗下，不久就发现一头劳累疲惫的瘦黑驴，靠近脊背有三处磨破的地方，磨破的地方的白毛都快长满了。抬头看屋子北面的拱门上，微微像什么东西在迅急摇动，一看原来是一只老鸡蹲在那里。往前走到摆设佛像的屋子，坍塌的佛座的北面，东西有空地数十步，窗下都是有彩色绘画的地方，当地人曾把麦秸中的较长的堆集在那里，只见有只大花猫正睡在那上面。不远的地方又有一只往田里送饮料给人喝的破瓢，接着还有一顶牧童扔掉的破斗笠。自虚于是踢了一脚，里面果然有两只刺猬，蠕蠕而动。自虚又住四下里寻看，静悄悄的没有人，又实在受不了这一宿又冻又累，便拉紧马缰绳，抖掉积雪，上马走了。绕路走出村子的北面，道路左边经过劈柴围成的牲口圈和老菜园，看见一条牛趴在雪里吃草。离这不到百余步，是全村用车把粪送到此处堆积的粪堆。自虚经过粪堆下面时，一群狗狂吠不止，其中有一只狗，毛全掉光了，样子很怪，斜着眼睛看着自虚。

　　自虚骑马走了很久，碰到一位老人，开了柴门，早起打扫路上的雪，自虚便停马向他问讯，老人回答说："这里是我的老朋友右军彭特进的庄园。郎君昨晚在哪里住的？看样子有些像是迷了路。"自虚跟他说了夜晚见到的情况，老人挂着扫帚惊讶地说：

"极差,极差!昨晚天气风雪,庄家先有一病橐驼,虑其为所毙,遂覆之佛宇之北,念佛社屋下。有数日前,河阴官脚过,有乏驴一头,不任前去。某哀其残命未舍,以粟斛易留之,亦不羁绊。彼栏中瘠牛,皆庄家所畜。适闻此说,不知何缘如此作怪。"自虚曰:"昨夜已失鞍驮,今馁冻且甚,事有不可率话者,大略如斯,难于悉述。"遂策马奔去。至赤水店,见僮仆,方讶其主之相失,始忙于求访。自虚慨然,如丧魂者数日。

"太奇怪了！太奇怪了！昨晚天气刮风下雪，农家先前有一头病骆驼，担心被风雪冻死，便把它牵到佛寺的北面念佛社屋中。还有，几天前，河阴的公家脚夫经过，有一头疲惫不堪的驴，不能继续往前走了。我可怜它还有口气，就用一斛小米换下了它，也没有拴它。那圈里的瘦牛，都是农家养的。刚才听了你的话，不知什么原因如此作怪。"自虚说："昨夜我跟运送行李的车马失散了，现在又冷又饿，还有些事也不能细说，大致情况就这样，难以详细叙述。"于是打马奔向前方。到了赤水店，见到了大小仆人，仆人们正惊讶主人跟他们失散了，开始忙着寻访。自虚非常感慨，一直好几天都像丢了魂一样。

卷第四百九十一
杂传记八

谢小娥传　　杨娼传　　非烟传

谢小娥传 李公佐撰

小娥姓谢氏，豫章人，估客女也。生八岁丧母，嫁历阳侠士段居贞。居贞负气重义，交游豪俊。小娥父畜巨产，隐名商贾间，常与段婿同舟货，往来江湖。时小娥年十四，始及笄，父与夫俱为盗所杀，尽掠金帛。段之弟兄，谢之生侄，与童仆辈数十悉沉于江。小娥亦伤胸折足，漂流水中，为他船所获，经夕而活。因流转乞食至上元县，依妙果寺尼净悟之室。初，父之死也，小娥梦父谓曰："杀我者，'车中猴，门东草'。"又数日，复梦其夫谓曰："杀我者，'禾中走，一日夫'。"小娥不自解悟，常书此语，广求智者辨之，历年不能得。

至元和八年春，余罢江西从事，扁舟东下，淹泊建业。登瓦官寺阁，有僧齐物者，重贤好学，与余善，因告余曰："有孀妇名小娥者，每来寺中，示我十二字谜语，某

谢小娥传 李公佐撰

小娥姓谢,豫章人,是商人的女儿。她生下来八岁时母亲去世,嫁给了历阳的侠义之士段居贞。居贞刚强好胜,讲究义气,喜欢结交豪杰。小娥的父亲积蓄了巨额的财产,隐姓埋名于商人当中,常跟女婿段居贞同舟贩货,往来于江湖之上。当时小娥年龄才十四,刚到成年,父亲和丈夫就都被强盗杀死,金钱财物被抢光了。段居贞的弟兄,谢家的外甥和侄子,还有仆人们数十口都被沉入江中。小娥的胸部受伤和腿脚骨折,漂浮在水中,被别的小船救了上来,过了一夜才苏醒过来。于是小娥只好流浪乞讨,来到上元县,暂住在妙果寺的尼姑净悟的房子里。当初,父亲刚死时,小娥梦见父亲对自己说:"杀我的人是'车中猴,门东草'。"过了几天,又梦见她的丈夫对自己说:"杀我的人是'禾中走,一日夫'。"小娥自己解释不了这些话的含义,就常把这些话写给别人看,广泛地请求那些有智慧的人来解释它,但经过多年也没有人能解释。

到了元和八年春天,我被罢免了江西从事的官职,乘着小船东下,在建业城停船逗留。我登上了瓦官寺的殿阁,有个齐物和尚,尊重贤人,喜欢学习,和我交情很好,有一天他告诉我说:"有个寡妇名叫谢小娥,每次来寺里,都给我看十二个字的谜语,但我

不能辨。"余遂请齐公书于纸,乃凭槛书空,凝思默虑,坐客未倦,了悟其文。令寺童疾召小娥前至,询访其由。小娥呜咽良久,乃曰:"我父及夫,皆为贼所杀。迩后尝梦父告曰:'杀我者,"车中猴,门东草。"'又梦夫告曰:'杀我者,"禾中走,一日夫"。'岁久无人悟之。"余曰:"若然者,吾审详矣,杀汝父是申兰,杀汝夫是申春。且'车中猴','车(車)'字,去上下各一画,是'申'字,又申属猴,故曰'车中猴'。'草'下有'门','门(門)'中有'东(東)',乃'兰(蘭)'字也。又'禾中走',是穿田过,亦是'申'字也。'一日夫'者,'夫'上更一画,下有'日',是'春'字也。杀汝父是申兰,杀汝夫是申春,足可明矣。"小娥恸哭再拜,书"申兰""申春"四字于衣中,誓将访杀二贼,以复其冤。娥因问余姓氏官族,垂涕而去。

尔后小娥便为男子服,佣保于江湖间。岁余,至浔阳郡,见竹户上有纸榜子,云召佣者。小娥乃应召诣门,问其主,乃申兰也。兰引归,娥心愤貌顺,在兰左右,甚见亲爱。金帛出入之数,无不委娥。已二岁余,竟不知娥之女人也。先是谢氏之金宝锦绣、衣物器具,悉掠在兰家。小娥每执旧物,未尝不暗泣移时。兰与春,宗昆弟也,时春一家住大江北独树浦,与兰往来密洽。兰与春同去经月,多获财帛而归。每留娥与兰妻兰氏同守家室,酒肉衣服,给娥甚丰。或一日,春携文鲤兼酒诣兰。娥私叹曰:"李君精悟玄鉴,皆符梦言,此乃天启其心,志将就矣。"是夕,兰与春会,

解答不了。"我于是请齐物把谜语写到纸上,就靠着栏杆用手在空中比划着写字,集中精神默默思考,在座的宾客还没觉得疲倦,我就明白那字谜的意思了。于是就让寺里的小童快去把小娥叫来,向她询问事情的原由。小娥呜呜咽咽地哭了好久才说:"我父亲和丈夫,都被贼人杀了。不久后我曾梦见父亲告诉我说:'杀我的人是"车中猴,门东草"。'又梦见丈夫告诉我说:'杀我的人是"禾中走,一日夫"。'但多年来也没人明白这些话的意思。"我说:"如果是这样,我就很清楚这话的意思了,杀你父亲的是申兰,杀你丈夫的是申春。且说'车中猴','车(車)'字去掉上下各一横,就是'申'字,申又属猴,所以说'车中猴'。'草'下有'门(門)','门'中有'东(東)',就是'兰(蘭)'字。又'禾中走'是穿'田'过,也是'申'字。'一日夫'呢,'夫'上再加一横,下有'日',就是'春'字。杀你父亲的是申兰,杀你丈夫的是申春,足以明确了。"小娥痛哭着拜了两拜,把"申兰""申春"四个字写在衣服里,发誓要找到杀死这两个贼人,来报自己的冤仇。小娥又问了我的姓氏官职,流着眼泪走了。

　　此后小娥便穿上了男人的服装,在江湖上给人当佣工。一年多后,来到了浔阳郡,看见竹门上有张纸招帖,说要招收佣工。小娥便应招去了那户人家,问那家的主人,竟是申兰。申兰领着小娥回家,小娥心中虽然愤怒,外表却装得很恭顺,在申兰身边,很受亲信喜爱。钱财收入支出的数目,无不委托给小娥掌管。这样过了两年多,申兰竟不知道小娥是个女子。此前,谢家的金宝锦绣、衣物器具,全被抢到了申兰家。小娥每当拿起那些旧物时,都要暗暗哭泣好久。申兰和申春是同宗的兄弟,当时申春家住在长江北面的独树浦,跟申兰来往密切。申兰与申春一起出去一个月,就能弄到很多钱财回来。常常把小娥留下跟申兰的妻子兰氏一同守护家庭,供给小娥的酒肉衣服非常丰厚。有一天,申春带着鲤鱼和酒来到申兰家。小娥私下里自己叹息说:"李君的精确领悟和神妙判断,都符合梦中的话,这是上天启发了他的思想,我的心愿将要实现了。"那天晚上,申兰与申春聚会,

群贼毕至,酣饮。暨诸凶既去,春沉醉,卧于内室,兰亦露寝于庭。小娥潜镳春于内,抽佩刀,先断兰首,呼号邻人并至。春擒于内,兰死于外,获赃收货,数至千万。初,兰、春有党数十,暗记其名,悉擒就戮。时浔阳太守张公,善娥节行,为具其事上旌表,乃得免死。时元和十二年夏岁也。复父夫之仇毕,归本里,见亲属。里中豪族争求聘,娥誓心不嫁,遂剪发披褐,访道于牛头山,师事大士尼蒋律师。娥志坚行苦,霜春雨薪,不倦筋力。十三年四月,始受具戒于泗州开元寺,竟以"小娥"为法号,不忘本也。

其年夏月,余始归长安,途经泗滨,过善义寺,谒大德尼令操。见新戒者数十,净发鲜帔,威仪雍容,列侍师之左右。中有一尼问师曰:"此官岂非洪州李判官二十三郎者乎?"师曰:"然。"曰:"使我获报家仇,得雪冤耻,是判官恩德也。"顾余悲泣。余不之识,询访其由。娥对曰:"某名小娥,顷乞食媚妇也。判官时为辨申兰、申春二贼名字,岂不忆念乎?"余曰:"初不相记,今即悟也。"娥因泣,具写记申兰、申春,复父夫之仇,志愿粗毕,经营终始艰苦之状。小娥又谓余曰:"报判官恩,当有日矣,岂徒然哉!"

嗟乎!余能辨二盗之姓名,小娥又能竟复父夫之仇冤,神道不昧,昭然可知。小娥厚貌深辞,聪敏端特,

群贼全来了，喝酒喝得很尽兴。等到那些凶手都走了以后，申春大醉，躺在里屋，申兰也醉卧在院子里。小娥暗暗地把申春锁在了里屋，抽出佩刀，先砍下了申兰的头，然后呼喊哭叫把邻人都引来。申春在里屋被擒，申兰死在屋外，起获赃物赃款，数量达到千万。当初，申兰、申春有同伙数十人，小娥都暗暗记下了他们的姓名，这时候就把他们全都抓来杀掉了。当时浔阳太守张公，很赞赏小娥的节操行为，就上表详细讲陈述了她的事迹，请求予以表彰，于是小娥才未被处死。当时是元和十二年夏天。小娥报了父亲和丈夫的仇后，就回到了故乡，会见亲属。故乡的豪门争相求婚，但小娥在心中发誓绝不再嫁，于是剪去头发，穿上粗布衣服，到牛头山去求道，后来拜了老尼姑蒋律师为师。小娥志向坚定，修行刻苦，在风霜雨露中舂米打柴，不知疲倦。元和十三年四月，才在泗州的开元寺举行了完整的受戒仪式，最终就以"小娥"为法号，用以表示自己不忘本。

那年夏天，我回长安，途中经过泗水之滨，到善义寺拜访，去谒见大德尼姑令操。去后看到新受戒的数十人，都剃净了头发，戴着新的披肩，举止严肃而有法度，排列侍奉在师傅左右。队列中忽然有一位尼姑问老师："这位官员莫不是洪州李判官二十三郎吗？"老师说："对。"那尼姑又说："使我报了家仇，洗雪了冤仇耻辱，多亏了这位判官的恩德啊！"她看着我悲伤地哭泣。我没认出她，就询问她这样说的原由。小娥回答说："我的名字叫小娥，就是从前讨饭的那个寡妇。判官当时为我分析出了申兰、申春二贼的名字，难道没有回忆起来吗？"我说："刚开始不记得了，现在想起来了。"小娥便哭了起来，然后便详细地写了记下申兰申春名字、报了父亲和丈夫的冤仇、志向基本实现的经历和所受的艰难困苦等种种情况。小娥又对我说："报答判官的恩情，会有机会的，怎能空口说白话呢？"

唉！我能分析出两个强盗的姓名，小娥又能最终报了父亲和丈夫的冤仇，神明之道并不糊涂，从这件事就可以看得很清楚了。小娥容貌忠厚，说出话来却很深刻，聪明正直，端庄出众，

炼指跋足，誓求真如。爰自入道，衣无絮帛，斋无盐酪；非律仪禅理，口无所言。后数日，告我归牛头山。扁舟泛淮，云游南国，不复再遇。

君子曰：誓志不舍，复父夫之仇，节也；佣保杂处，不知女人，贞也。女子之行，唯贞与节，能终始全之而已。如小娥，足以儆天下逆道乱常之心，足以观天下贞夫孝妇之节。余备详前事，发明隐文，暗与冥会，符于人心。知善不录，非《春秋》之义也，故作传以旌美之。

杨娟传 房千里撰

杨娟者，长安里中之殊色也，态度甚都，复以冶容自喜。王公巨人享客，竞邀致席上，虽不饮者，必为之引满尽欢。长安诸儿一造其室，殆至亡生破产而不悔。由是娟之名冠诸籍中，大售于时矣。

岭南帅甲，贵游子也。妻本戚里女，遇帅甚悍。先约，设有异志者，当取死白刃下。帅幼贵，喜淫，内苦其妻，莫之措意。乃阴出重赂，削去娟之籍，而挈之南海，馆之他舍。公余而同，夕隐而归。娟有慧姓，事帅尤谨。平居以女职自守，非其理，不妄发。复厚帅之左右，咸能得其欢心。故帅益嬖之。

不惜烧自己的手指、弄瘸自己的腿来侍奉佛,决心追求真理。自从进入佛门,不穿絮帛的衣服,不吃有盐酪的斋饭,除了佛教戒律和禅学之道,嘴里不说别的。此后过了几天,小娥告诉我她要回牛头山。从此她乘着小船飘浮在淮水上,到南方四处游览,我们没再相遇过。

君子说:立下志向决不放弃,终报父亲丈夫之仇,这是气节;做佣工仆役与男人杂处,而别人不知道她是女人,这是坚贞。女子的行为,唯有坚贞和气节能自始至终保全罢了。像小娥,足可以警戒天下人背叛道德、违反伦常之心,足可以看到正直的男人、孝顺的妇人的节操。我详细地了解上面提到的事,揭明谜语的含义,暗中与鬼神托梦时所说的话相合,也符合人心。了解到善行不记下来,不合《春秋》一书的旨意,所以我写了这篇传来表彰赞美她。

杨娼传 房千里撰

杨娼是长安里巷妓院中特别漂亮的女子,风度很优美,又喜欢通过打扮得很妖艳来让自己高兴。王公大人宴请客人时,竞相邀请她到席上,即使不会喝酒的人,也会为了她而满饮尽兴。长安的那些年轻人一到她家,就是弄到失去性命、倾家荡产的地步也毫不后悔。由此杨娼的名声在长安城在册的妓女中首屈一指,红极一时。

岭南有位带兵的主将某某,是一位贵族子弟。他妻子本是皇帝外戚家的女儿,对他很凶。他们夫妻先前就有约定,假如他对妻子有异心,妻子就用刀杀死他。这位主将年轻时就娇贵好色,但在家中苦于妻子的凶悍,没办法实现自己的心愿。于是暗地里用了很多,销去了杨娼的妓女身份,然后带着她到了南海,把她安排在别的房子里住。公事之余就去跟她同住,晚上就偷偷回去。杨娼性情聪明伶俐,事奉主将格外恭谨。平日里坚守妇女的职责,不合情理的,不乱说乱动。又厚待主将身边的侍从,都能讨得他们的欢心。因而主将更加宠爱她。

　　会间岁，帅得病，且不起，思一见娼，而惮其妻。帅素与监军使厚，密遣导意，使为方略。监军乃绐其妻曰："将军病甚，思得善奉侍煎调者视之，瘳当速矣。某有善婢，久给事贵室，动得人意。请夫人听以婢安将军四体，如何？"妻曰："中贵人信人也，果然，于吾无苦耳，可促召婢来。"监军即命娼冒为婢以见帅，计未行而事泄，帅之妻乃拥健婢数十，列白挺，炽膏镬于廷而伺之矣。须其至，当投之沸鬲。帅闻而大恐，促命止娼之至，且曰："此自我意，几累于渠。今幸吾之未死也，必使脱其虎喙，不然，且无及矣。"乃大遗其奇宝，命家僮傍轻舸，卫娼北归。

　　自是帅之愤益深，不逾旬而物故。娼之行适及洪矣，问至，娼乃尽返帅之赂，设位而哭曰："将军由妾而死，将军且死，妾安用生为？妾岂孤将军者耶？"即撤奠而死之。

　　夫娼以色事人者也，非其利则不合矣。而杨能报帅以死，义也；却帅之赂，廉也。虽为娼，差足多乎！

非烟传 皇甫枚 撰

　　临淮武公业，咸通中，任河南府功曹参军。爱妾曰非烟，姓步氏。容止纤丽，若不胜绮罗。善秦声，好文笔，尤工击瓯，其韵与丝竹合。公业甚嬖之。其比邻天水赵氏

正好隔了一年,主将得了病,就要起不来了,就想见一见杨娟,但又害怕他的老婆。主将一向跟监军使交情很深,就秘密派人去转达自己的心意,让他给想个办法。监军于是骗主将的妻子说:"将军病得很厉害,想找一个擅长伺候煎药调药的人来照顾他,这样病会好得快些。我有一个好婢女,长期在贵族人家做事,行动很善解人意。请夫人同意用这个婢女,以便伺候好将军,怎么样?"主将妻子说:"中贵人是诚实的人,果真这样的话,对我没有什么害处,可以赶快把那个婢女召来。"监军就让杨娟扮作婢女来会见主将,可惜计划还没实施就被泄露出去了,于是主将的妻子就带着几十个健壮的婢女,摆出了一排白木棍,在主将办公处把油锅烧得滚烫,等待着杨娟。她们打算等杨娟来了,就把她扔到沸腾的油锅里。主将听到后非常惊恐,急忙叫人阻止杨娟前来,并且说:"这是我的想法,几乎连累了她!现在幸亏我还没死,一定要使她脱离虎口,不然,就来不及了。"于是派人给杨娟送去很多奇珍异宝,叫家中年轻仆人驾着轻快的刀形小船,护卫着杨娟回北方去。

从此主将的烦闷更加厉害,没过十天就去世了。杨娟北行恰好走到洪州,主将去世的消息传来,杨娟就把主将赠送的财物全部退回,设了灵位,哭着说:"将军因我而死,将军已经死了,我还活着干什么呢?我难道是辜负将军的人吗?"就撤掉祭奠为将军而死。

娼妓是以美色伺候人的,得不到好处就不会跟人在一起。可是杨娟却能以死报答主将,这是义;退回主将的财物,这是廉。虽是娼妓,她也还是值得赞美的。

非烟传 皇甫枚撰

临淮的武公业,咸通年间,担任河南府功曹参军。他有个宠爱的小妾名叫非烟,姓步。容貌举止柔弱艳丽,仿佛承受不住丝绸的衣服。她擅长演奏秦地的音乐,喜欢写文章,尤其善于击瓯,其韵律能跟管弦乐器相合。公业很宠爱她。他邻居是天水赵姓

第也，亦衣缨之族，不能斥言。其子曰象，秀端有文，才弱冠矣，时方居丧礼。忽一日，于南垣隙中，窥见非烟，神气俱丧，废食忘寐。乃厚赂公业之阍，以情告之。阍有难色，复为厚利所动，乃令其妻伺非烟间处，具以象意言焉。非烟闻之，但含笑凝睇而不答。门媪尽以语象，象发狂心荡，不知所持，乃取薛涛笺，题绝句曰："一睹倾城貌，尘心只自猜。不随萧史去，拟学阿兰来。"以所题密缄之，祈门媪达非烟。烟读毕，吁嗟良久，谓媪曰："我亦曾窥见赵郎，大好才貌。此生薄福，不得当之。"盖鄙武生粗悍，非良配耳。乃复酬篇，写于金凤笺曰："绿惨双娥不自持，只缘幽恨在新诗。郎心应似琴心怨，脉脉春情更拟谁？"封付门媪，令遗象。象启缄，吟讽数四，拊掌喜曰："吾事谐矣。"又以剡溪玉叶纸，赋诗以谢曰："珍重佳人赠好音，彩笺芳翰两情深。薄于蝉翼难供恨，密似蝇头未写心。疑是落花迷碧洞，只思轻雨洒幽襟。百回消息千回梦，裁作长谣寄绿琴。"

诗去旬日，门媪不复来，象忧恐事泄，或非烟追悔。春夕，于前庭独坐，赋诗曰："绿暗红藏起暝烟，独将幽恨小庭前。沉沉良夜与谁语，星隔银河月半天。"明日，晨起吟际，而门媪来传非烟语曰："勿讶旬日无信，盖以微有不安。"因授象以连蝉锦香囊，并碧苔笺诗曰："无力严妆倚绣栊，暗题蝉锦思难穷。近来赢得伤春病，柳弱花敧怯晓风。"象结锦囊于怀，细读小简，又恐烟幽思增疾，乃剪乌丝阑为回简

人家，也是官宦大族，不过不便直接把他的名字说出来。他家的儿子名叫象，为人清秀端庄，颇有文才，才二十岁，当时赵象正处于守丧期间。忽然有一天，赵象从南墙的缝隙中偷偷地看见了非烟，从此失魂落魄，吃不下饭睡不着觉。便使用很多财物贿赂公业的看门人，把自己的心事告诉了他。看门人露出为难的脸色，但又被那丰厚的财物所打动，于是就叫他的妻子在非烟闲着没事时，把赵象的心事全部告诉她。非烟听后，只是含笑斜眼凝视却不答话。看门的老太婆把情况全告诉了赵象，赵象高兴得发狂，不禁心摇意荡，不知道怎么办才好，于是取出用于传情的薛涛笺，在上面写了一首绝句："一睹倾城貌，尘心只自猜。不随萧史去，拟学阿兰来。"把写的诗密封好，请看门的老太婆送给非烟。非烟读完后，感慨叹息了好久，然后对老太婆说："我也曾偷偷看到过赵郎，才貌很好。可惜我这辈子福薄，不能配上他。"这话的含意其实是鄙视武公业的粗鲁凶暴，不是理想的配偶。于是非烟又回复了一首诗，写在金凤笺上，说："绿惨双蛾不自持，只缘幽恨在新诗，郎心应似琴心怨，脉脉春情更拟谁？"非烟把诗封好交给了看门的老太婆，叫她送给赵象。赵象打开信封，把诗吟诵了好多遍，拍着手高兴地说："我的事情成功了！"便又用剡溪玉叶纸，作诗答谢说："珍重佳人赠好音，彩笺芳翰两情深。薄于蝉翼难供恨，密似蝇头未写心。疑是落花迷碧洞，只思轻雨洒幽襟。百回消息千回梦，裁作长谣寄绿琴。"

赵象的诗送去了十天，看门的老太婆却再也没来，赵象担心害怕事情泄露出去，或者非烟反悔。春天的一个晚上，赵象在前院里独坐，作诗道："绿暗红藏起暝烟，独将幽恨小庭前。沉沉良夜与谁语？星隔银河月半天。"第二天，早晨起来吟诵时，看门的老太婆来传达非烟的话，说："不要奇怪十天没有消息，是因为飞烟身体稍有不适。"于是交给赵象一个连蝉锦香囊和写在碧苔笺上的诗，诗写道："无力严妆倚绣栊，暗题蝉锦思难穷。近来赢得伤春病，柳弱花欹怯晓风。"赵象把锦囊系到怀中，仔细阅读非烟的回信，又怕非烟因为思念而加重病情，于是剪下一块乌丝阑写回信

曰："春日迟迟，人心悄悄，自因窥觑，长役梦魂。虽羽驾尘襟，难于会合；而丹诚皎日，誓以周旋。况又闻乘春多感，芳履违和，耗冰雪之妍姿，郁蕙兰之佳气。忧抑之极，恨不翻飞。企望宽情，无至憔悴。莫孤短韵，宁爽后期？恍惚寸心，书岂能尽？兼持菲什，仰继华篇。诗曰：'见说伤情为见春，想封蝉锦绿蛾颦。叩头为报烟卿道，第一风流最损人。'"门媪既得回简，径赍诣烟阁中。

武生为府掾属，公务繁夥，或数夜一直，或竟日不归。是时适值生入府曹，烟拆书，得以款曲寻绎，既而长太息曰："丈夫之志，女子之心，情契魂交，视远如近也。"于是阖户垂幌，为书曰："下妾不幸，垂髫而孤。中间为媒妁所欺，遂匹合于琐类。每至清风朗月，移玉柱以增怀；秋帐冬釭，泛金徽而寄恨。岂期公子，忽贻好音。发华缄而思飞，讽丽句而目断。所恨洛川波隔，贾午墙高。联云不及于秦台，荐梦尚遥于楚岫。犹望天从素恳，神假微机，一拜清光，九殒无恨。兼题短什，用寄幽怀。诗曰：'画檐春燕须同宿，洛浦双鸳肯独飞？长恨桃源诸女伴，等闲花里送郎归。'"封讫，召门姬，令达于象。象览书及诗，以烟意稍切，喜不自持，但静室焚香，虔祷以俟息。

说:"春天使人懒洋洋的,而人内心又很忧愁,自从偷偷看见了你,在梦中也总想念。虽然我们像神仙与凡人,难以相会;但我一片赤诚之心可以对日发誓,我一定会永远追随着你。何况又听到你因春伤感,玉体不适,使你冰雪般的身姿受到损伤,蕙兰般的气息抑郁不畅。我因此而忧愁郁闷到极点,恨不得一下子飞到你身边。盼望你能宽心,不至变得憔悴。不要辜负我在短诗里所表达的意思,以后哪里就会没有见面的日子呢?我的心也恍惚不安,信里哪能写得完呢?再送去一首浅薄的诗,来承续您的华美的诗篇。诗是:'见说伤情为见春,想封蝉锦绿蛾颦。叩头为报烟卿道,第一风流最损人。'"看门的老太婆拿到回信后,径直送到了非烟住的内室中。

武公业是府中的属官,公务繁多,有时几天晚上值班一次,有时一整天不回家。当时恰好赶上武公业到府曹去办公,非烟便拆开书信,仔细地研究信中含义,过了一阵,她长长叹息说:"男人的志向,女子的心愿,情意投合,心灵相通,即使在远处也像在近处。"于是关上门,放下帷幕,写信说:"我很不幸,幼年时就失去了父亲。中间被媒人欺骗,于是跟一个小人结合。每到风清月朗的时候,我弹琴反而增加了忧愁;秋天在帐中,冬天在灯前,也只能用琴寄托我的憾恨。哪里想到,公子您忽然送给我美好的信息。打开华美的信封我不由思绪翻飞,吟诵优美的词句也让我望眼欲穿。遗憾的是宓妃住的洛水有波涛阻隔,贾午家的围墙也非常高。虽有高台,却比不上秦时萧史弄玉相会的凤台;想像巫山神女那样梦中荐枕,却离巫山太远。希望上天能顺从我一向的恳切愿望,神仙能给我一点机会,使我能拜见您的尊容一次,即使让我死上多次,也没有怨恨。再写一首短诗,用来寄托我幽深的情怀。诗是这样的:'画檐春燕须同宿,洛浦双鸳肯独飞?长恨桃源诸女伴,等闲花里送郎归。'"封好信后,找来看门的老太婆,让她送给赵象。赵象看了信和诗,因为非烟的情意渐渐亲切,而高兴得控制不住自己,只在安静的房间里烧香,虔诚地祷告以等待好消息。

一日将夕，门妪促步而至，笑且拜曰："赵郎愿见神仙否？"象惊，连问之。传烟语曰："今夜功曹直府，可谓良时。姜家后庭，郎君之前垣也，若不逾惠好，专望来仪。方寸万重，悉俟晤语。"既曛黑，象乃跻梯而登，烟已令重榻于下。既下，见烟靓妆盛服，立于花下。拜讫，俱以喜极不能言。乃相携自后门入堂中，遂背釭解幌，尽缱绻之意焉。及晓钟初动，复送象于垣下。烟执象泣曰："今日相遇，乃前生因缘耳，勿谓妾无玉洁松贞之志，放荡如斯。直以郎之风调，不能自顾，愿深鉴之。"象曰："挹希世之貌，见出人之心，已誓幽庸，永奉欢狎。"言讫，象逾垣而归。

明日，托门媪赠烟诗曰："十洞三清虽路阻，有心还得傍瑶台。瑞香风引思深夜，知是蕊宫仙驭来。"烟览诗微笑，因复赠象诗曰："相思只怕不相识，相见还愁却别君。愿得化为松下鹤，一双飞去入行云。"封付门媪，仍令语象曰："赖妾有小小篇咏，不然，君作几许大才面目。"兹不盈旬，常得一期于后庭，展微密之思，罄宿昔之心，以为鬼神不知，天人相助。或景物寓目，歌咏寄情，来往频繁，不能悉载。如是者周岁。

无何，烟数以细过挞其女奴，奴阴衔之，乘间尽以告公业。公业曰："汝慎言，我当伺察之。"后至直日，乃伪陈状请假。

有一天将要黄昏时,看门的老太婆快步走来,边笑边拜见说:"赵郎君愿意见见神仙吗?"赵象很惊讶,连忙询问。老太婆传达非烟的话说:"今晚功曹到府里值夜班,可以说是一个有利的时机。妾家的后院就是郎君家前墙,如果你对我的情义没改变,我专候你的到来。我心中的千言万语,全等见面时再说。"天黑以后,赵象就踏着梯子登上了墙头,非烟已叫人在墙根处堆叠了坐榻,让赵象踩榻而下。赵象下来后,看见非烟化了妆,穿戴得很漂亮,站在花下。互相拜见后,都因为高兴极了而说不出话来。于是二人携手从后门进入正屋,就背着灯光,放下了帐子,尽情地表达了缠绵的情意。等到早晨的钟声刚响,非烟又送赵象到墙根下。非烟拉着赵象的手哭着说:"今天相遇,是前世的因缘罢了,不要认为我没有像玉石松树般美好坚定的品行,而如此放荡。只不过因为您的风度才情,使我控制不了自己,希望您能深深地理解我。"赵象说:"您生成世上少有的美貌,显露出高于常人的心性,我已经向鬼神发过誓,愿意永远跟您快乐相守。"说完了,赵象翻墙回到自己家。

第二天,赵象托看门的老太婆赠给非烟一首诗:"十洞三清虽路阻,有心还得傍瑶台。瑞香风引思深夜,知是蕊宫仙驭来。"非烟看了诗后微微一笑,于是又赠给赵象一首诗:"相思只怕不相识,相见还愁却别君。愿得化为松下鹤,一双飞去入行云。"把诗封好又交给了看门的老太婆,仍让她告诉赵象说:"幸亏我还能作几篇小诗,不然的话,你还能摆出多少才学?"此后不到十天,常能在后院约会一次,诉说彼此间的微妙的思念之情,尽情地实践从前的心愿,他们认为这事鬼神不会知道,天和人都会帮助他们。有时他们一起观赏景物,作诗文寄托感情,来往频繁,也不能一一记载。像这种情形持续了一年。

没过多久,非烟多次因为小的过失鞭打她的婢女,婢女暗暗怀恨在心,就找了一个机会把他们两人幽会偷情的情况全都告诉了武公业。武公业说:"你要注意保密,我会找机会了解这个情况。"后来到了轮值的日子,武公业就假托有事情,向长官请了假。

迨夕，如常入直，遂潜于里门。街鼓既作，匍伏而归。循墙至后庭，见烟方倚户微吟，象则据垣斜睨。公业不胜其忿，挺前欲擒，象觉跳去。业搏之，得其半襦。乃入室，呼烟诘之。烟色动声战，而不以实告。公业愈怒，缚之大柱，鞭楚血流。但云："生得相亲，死亦何恨！"深夜，公业怠而假寐。烟呼其所爱女仆曰："与我一杯水。"水至，饮尽而绝。公业起，将复笞之，已死矣，乃解缚举置阁中，连呼之，声言烟暴疾致殒。后数日，窆于北邙，而里巷间皆知其强死矣。象因变服易名，远窜江浙间。

洛阳才士有崔李二生，常与武揆游处，崔赋诗末句云："恰似传花人饮散，空床抛下最繁枝。"其夕，梦烟谢曰："妾貌虽不逮桃李，而零落过之。捧君佳什，愧仰无已。"李生诗末句云："艳魄香魂如有在，还应羞见坠楼人。"其夕，梦烟戟手而言曰："士有百行，君得全乎？何至矜片言苦相诋斥？当屈君于地下面证之。"数日，李生卒，时人异焉。

到了黄昏,武公业装着像平常那样去值夜班的样子,但却藏在里门。等到街上更鼓声响了以后,就匐伏着回了家。顺着墙根到了后院,看见非烟正倚着门低声吟咏,而赵象却趴在墙头斜看非烟。武公业非常愤怒,冲上前去想捉住赵象,赵象发觉后跳下墙逃跑。武公业跟赵象搏斗,扯下了他的半截短衣。武公业于是进到屋里,把非烟叫出来盘问。非烟变了脸色,声音颤抖,却没说实情。武公业更加气愤,就把非烟捆到大柱子上,用鞭子打得鲜血直流。非烟只是说:"活着能互相亲近,死了也没什么遗憾。"夜深了,武公业疲倦了,坐在那儿打盹。非烟招呼她最喜欢的婢女说:"给我一杯水。"水拿来后,非烟喝完就断气了。武公业站起来,想再鞭打她,但一看已经死了,便给她松绑,抱着她放到房间里,连声呼唤,声称非烟暴病而死。此后过了几天,将她埋葬在北邙山上,可是里巷中的人都知道她是死于非命的。赵象于是换了衣服改了名字,远远地逃到江浙一带。

洛阳有两位才子崔生和李生,常跟武功曹交游相处,崔生作了一首诗的末句是:"恰似传花人饮散,空床抛下最繁枝。"那天晚上,崔生梦见非烟来感谢说:"我的容貌虽然赶不上桃李,可是凋落的情形却超过它们。捧读您的佳作,惭愧仰慕不已。"李生的诗的末句说:"艳魄香魂如有在,还应羞见坠楼人。"那晚上,李生梦见非烟用手指着他说:"读书人有百种品德,您全具备了吗?何至于一定要傲慢地用一两句话来诋毁我呢?要委屈您到阴间当面解释清楚。"过了几天,李生就死了,当时的人对此觉得很奇怪。

卷第四百九十二
杂传记九

灵应传

灵应传

　　泾州之东二十里，有故薛举城，城之隅有善女湫，广袤数里，蒹葭丛翠，古木萧疏，其水湛然而碧，莫有测其浅深者。水族灵怪，往往见焉。乡人立祠于旁，曰"九娘子神"。岁之水旱被穰，皆得祈请焉。又州之西二百余里，朝那镇之北，有湫神，因地而名，曰"朝那神"。其胗鐅灵应，则居善女之右矣。

　　乾符五年，节度使周宝在镇日，自仲夏之初，数数有云气，状如奇峰者，如美女者，如鼠如虎者，由二湫而兴，至于激迅风，震雷电，发屋拔树，数刻而止。伤人害稼，其数甚多。宝责躬励己，谓为政之未敷，致阴灵之所谴也。至六月五日，府中视事之暇，昏然思寐，因解巾就枕。寝犹未熟，见一武士冠鍪被铠，持钺而立于阶下，曰："有女客在门，欲申参谒，故先听命。"宝曰："尔为谁乎？"曰："某

灵应传

泾州东面二十里的地方,有座从前的薛举城,城角有个善女潭,水面宽阔,有好几里,那里的芦苇茂盛苍翠,古树稀稀落落,潭水清澈碧绿,没有人能测量出潭水的深浅。水中生物的神灵怪物,常常在潭里出现。乡里人在潭水边建立祠庙,庙里供奉的是"九娘子神"。每年举行消除水旱灾祸的仪式时,人们全都到这里向神灵祈祷。在泾州西面二百多里的地方,朝那镇的北面,有个潭水神,因地起名,叫"朝那神"。朝那神的神灵感应的灵性,还在善女潭水神之上。

乾符五年,节度使周宝镇守这里时,从仲夏初期开始,多次出现云气,形状有像奇异山峰的,有像美女的,有像老鼠或老虎的,从两个潭水中升起,后来发展到激起猛烈的风,电闪雷鸣,掀翻房屋,拔起大树,持续几刻的时间才停止。因此而受到伤害的人员庄稼,数量很大。周宝责备并勉励自己,说是由于自己在这地方治理得不妥善,才招致神灵的谴责。到六月五日这天,周宝在府里办完事情休息时,昏昏沉沉地想睡觉,因而解下头巾靠在枕头上。还没睡熟,看见一个武士戴着头盔穿着铠甲,拿着钺斧站在台阶下面,说:"有个女客人在门外,想来参见您,所以先来请示您的命令。"周宝说:"你是什么人呢?"回答说:"我

即君之阁者,效役有年矣。"宝将诘其由,已见二青衣历阶而升,长跪于前曰:"九娘子自郊墅特来告谒,故先使下执事致命于明公。"宝曰:"九娘子非吾通家亲戚,安敢造次相面乎?"言犹未终,而见祥云细雨,异香袭人。俄有一妇人,年可十七八,衣裙素淡,容质窈窕,凭空而下,立庭庑之间,容仪绰约,有绝世之貌。侍者十余辈,皆服饰鲜洁,有如妃主之仪。顾步徊翔,渐及卧所。宝将少避之,以候其意。侍者趋进而言曰:"贵主以君之高义,可申诚信之托,故将冤抑之怀,诉诸明公,明公忍不救其急难乎?"宝遂命升阶相见,宾主之礼,颇甚肃恭。登榻而坐,祥烟四合,紫气充庭,敛态低鬟,若有忧戚之貌。宝命酌醴设馔,厚礼以待之。

俄而敛袂离席,逡巡而言曰:"妾以寓止郊园,绵历多祀,醉酒饱德,蒙惠诚深。虽以孤枕寒床,甘心没齿,茕嫠有托,负荷逾多。但以显晦殊途,行止乖互,今乃迫于情礼,岂暇缄藏?倘鉴幽情,当敢披露。"宝曰:"愿闻其说,所冀识其宗系,苟可展分,安敢以幽显为辞?君子杀身以成仁,徇其毅烈,蹈赴汤火,旁雪不平,乃宝之志也。"

对曰:"妾家世会稽之郯县,卜筑于东海之潭,桑榆坟陇,

就是您的看门人,为您效劳办事有好多年了。"周宝正准备询问他的来历,只见两个侍女已经踏着台阶走上来,挺身跪在周宝面前说:"九娘子从郊外的别墅专程来到这里拜见您,所以先派手下办事的人向明公通报一下。"周宝说:"九娘子并不是我家的亲戚,怎敢随便就见面呢?"话还没说完,就看见祥云细雨,奇异的香味迎面扑来。不久有一个妇女,年龄大约十七八岁,衣服裙子洁白淡雅,身材苗条,从天上下来,站在庭院之中,面貌姿态很轻柔美丽,有人世罕见的美貌。她的侍者有十多个人,衣服装饰都很光鲜整洁,有点像是王妃公主的样子。九娘子不停地徘徊回顾,慢慢地走到周宝睡觉的地方。周宝准备稍微退避一下,来听听她的来意。她的侍者快步走上前说:"我家主人因为您是个有高尚道义的人,可以向您提出真诚的托付,所以才想把受冤屈而压抑的心怀,向您诉说,您能忍心不去解救她的急难吗?"周宝于是让她走上台阶见面。宾主之间互相行礼,很是严肃恭敬。九娘子走到榻上坐下,周围是吉祥的烟气,紫气充塞着庭院,她收敛起笑容低垂着头,像是心中十分忧愁悲伤的样子。周宝让人倒酒上菜,用优厚的礼节来接待她。

不一会,九娘子收敛起衣袖离开宴席,犹犹豫豫地说:"我因为住在郊外的庄园里,已经持续了好多年,享受百姓祭祀的酒食而得以饱足,承受的恩惠实在很深。虽然我心甘情愿孤独地生活到死去,你们的祭祀使我这个孤单的寡妇有了依靠,而我承受的恩德也更多。只因阳间和阴间是根本不同的,行为举止也差别很大,今天是被情礼所逼迫,怎么还敢闭口不言,隐瞒自己的心思?如果您能够理解我难以诉说的心情,我才敢向您披露心事。"周宝说:"我愿意听听你的诉说,希望能知道你的宗族派系,如果能够帮助你,怎么敢以阳间阴间的不同作为托辞呢?君子为了实现仁道,可以舍去自己的生命,为了那份刚毅贞烈而献身,赴汤蹈火,帮助别人洗雪冤情,是我的志愿。"

九娘子回答说:"我们的家族世世代代居住在会稽郡的鄮县,房子选择建在东海一个深潭边上,田园树木,祖宗坟茔,

百有余代。其后遭世不造，瞰室贻灾，五百人皆遭庾氏焚炙之祸，纂绍几绝，不忍戴天，潜遁幽岩，沉冤莫雪。至梁天监中，武帝好奇，召人通龙宫，入枯桑岛，以烧燕奇味，结好于洞庭君宝藏主第七女，以求异宝。寻闻家仇庾毗罗，自郪县白水郎，弃官解印，欲承命请行，阴怀不道。因使得入龙宫，假以求货，覆吾宗嗣。赖杰公敏鉴，知渠挟私请行，欲肆无辜之害，虑其反贻伊戚，辱君之命。言于武帝，武帝遂止，乃令合浦郡落黎县欧越罗子春代行。

"妾之先宗，羞共戴天，虑其后患，乃率其族，韬光灭迹，易姓变名，避仇于新平真宁县安村。披榛凿穴，筑室于兹，先人弊庐，殆成胡越。今三世卜居，先为灵应君，寻受封应圣侯，后以阴灵普济，功德及民，又封普济王，威德临人，为世所重。妾即王之第九女也，笄年配于象郡石龙之少子。良人以世袭猛烈，血气方刚，宪法不拘，严父不禁，残虐视事，礼教蔑闻。未及期年，果贻天谴，覆宗绝嗣，削迹除名。唯妾一身，仅以获免，父母抑遣再行，妾终违命。王侯致聘，接轸交辕。诚愿既坚，遂欲自劓。父母怒其刚烈，遂遣屏居于兹土之别邑，音问不通，于今三纪。虽慈颜未复，温清久违，离群索居，甚为得志。

相传一百多代。后来遭遇世乱,鬼神降灾,全家五百人都遭受了庚氏的焚烧炙烤,宗族传承的血脉几乎都中断了,幸存者忍受不了这不共戴天的仇恨,就偷偷地逃到幽深的山里,这深冤也一直未能洗雪。到了梁代天监年间,梁武帝喜欢珍奇异宝,召人去联通龙宫,进入枯桑岛,用烤燕肉这道奇菜,去讨好洞庭君宝藏主的第七个女儿,想求得奇异的宝物。不久又听说我家的仇人庚毗罗,在郢县的白水郎的位置上,弃官不做,想接受武帝的命令请求前往龙宫,暗中却心怀鬼胎。假如派他去龙宫,就会假借寻求宝物之机,消灭我们的家族。幸亏杰公明察,知道他是挟带着私心来请求出使的,想要放肆地伤害无辜的人,担心他会反而带来麻烦,给国君的使命带来耻辱。于是杰公就向武帝说了自己的担忧,武帝就制止了他,改派合浦郡落黎县欧越地方的罗子春代替他去出使。

"我的祖先,羞于和庚氏一起活在天地之间,担心他以后还会给家族带来灾祸,就率领全族的人,隐藏行踪,改名换姓,到新平真宁县安村去躲避仇人。砍去榛丛,挖掘地基,在那里建筑房屋居住,祖先的居住地和这里就变得像胡地越地一样距离遥远。如今我们在这里已经过了三代了,开始时做灵应君,接着受封为应圣侯,后来因为作为神灵广泛地救济世人,功德惠及百姓,又被封为普济王,靠威望和德行照管百姓,受到世人的尊重。我就是普济王的第九个女儿,成年后嫁给了象郡石龙的小儿子。我的丈夫因为世代遗传的暴躁刚烈的性格,血气方刚,不遵守法规,严父也管不了他,处理事情残忍暴虐,毫不遵守礼教。不到一年的时间,果然受到了上天的惩罚,宗族被灭,后嗣断绝,被除了名。只有我一个人,活了下来,父母打算让我改嫁,我最终没有答应。王侯之家前来说媒的,车子连着车子。但我不想改嫁的想法真诚坚决,于是打算自杀。父母因我的性格刚烈而生气,就打发我居住到这地方的另一座城邑,不通音信,到现在已经三十六年了。虽然不能再看见父母,很久未能在父母跟前嘘寒问暖,但离开人群孤独地生活,却正符合我的心意。

"近年为朝那小龙,以季弟未婚,潜行礼聘,甘言厚币,峻阻复来。灭性毁形,殆将不可。朝那遂通好于家君,欲成其事,遂使其季弟权徙居于王畿之西,将质于我王,以成姻好。家君知妾之不可夺,乃令朝那纵兵相逼。妾亦率其家僮五十余人,付以兵仗,逆战郊原,众寡不敌,三战三北,师徒倦弊,掎角无怙。将欲收拾余烬,背城借一,而虑晋阳水急,台城火炎,一旦攻下,为顽童所辱,纵没于泉下,无面石氏之子。故《诗》云:'泛彼柏舟,在彼中河。髧彼两髦,实维我仪,之死矢靡他。母也天只!不谅人只!'此卫世子媚妇自誓之词。又云:'谁谓鼠无牙,何以穿我墉?谁谓女无家,何以速我讼?虽速我讼,亦不女从。'此邵伯听讼。衰乱之俗微,贞信之教兴,强暴之男,不能侵凌贞女也。今则公之教,可以精通显晦,贻范古今。贞信之教,故不为姬奭之下者。幸以君之余力,少假兵锋,挫彼凶狂,存其鳏寡。成贱妾终天之誓,彰明公赴难之心。辄具志诚,幸无见阻。"

宝心虽许之,讶其辨博,欲拒以他事,以观其词,乃曰:"边徼事繁,烟尘在望,朝廷以西邮陷虏,芜没者三十余州,将议举戈,复其土壤。晓夕恭命,不敢自安,匪夕伊朝,前茅即举。空多愤悱,未暇承命。"对曰:"昔者楚昭王以方城

"近年来有个朝那小龙，因他的小弟弟没有结婚，偷偷地送来聘礼，话说得很甜，礼送得很重，被我严厉拒绝后还是再来。即使牺牲我的性命，毁伤我的身体，我也绝不答应。朝那就和我的父亲结交通好，想成就他的好事，于是让他的小弟弟暂时搬到我父亲领地的西面去住，准备让他留在我父亲的身边做人质，好成就婚姻。父亲知道我的志向不能动摇，就指使朝那用武力逼迫我。我也率领家中五十多个仆人，发给他们武器，在郊外的原野上迎战朝那的军队，因为敌众我寡，打不过他们，三战三败，兵士们疲乏劳累，不能互相依靠，互相帮助。准备集中起剩余的力量，依靠城池与敌人决一死战，但是又考虑到战国时晋阳被水围困，南朝时台城被火攻的危急情况，一旦城池被攻破，被那顽劣的小子侮辱，即使是死后到了阴间去，有什么脸去和丈夫见面呢？《诗经》中说：'荡着小小柏木船，浮在河中间。那人刘海两边垂，实在是我的好侣伴，爱他到死心不变。我的娘啊我的天，怎不体谅我的心愿。'这首诗是卫国世子的寡妻自己发誓时说的话。《诗经》上又说：'谁说老鼠没有牙？怎么打通我家墙？谁人说你没成家？凭啥逼我来诉讼！虽然逼我来诉讼，我也坚决不顺从！'这是讲召伯处理诉讼的诗。颓废混乱的风俗衰败下去，忠贞诚实的教化兴起，那么强暴的男人，就不能侵犯忠贞的女子。现在，您的教化，能够沟通阴阳两界，为古今之人树立模范。您的忠贞诚信的教化，本来就不在召公姬奭之下。希望能用您多余的力量，借给我少量兵力，挫败那个凶恶狂妄的小子，使鳏夫寡妇能够活下去。希望能成全我这一生的誓言，表明您往救危难的心意。我说的完全是真诚的想法，请你不要拒绝我。"

周宝心里虽然同意了，因为惊讶她的辩才博学，所以想用别的事拒绝她，看看她有何说辞，于是说："边界的战事太多，战争的烟尘就在眼前，朝廷因为西部边疆被敌人占领，三十多个州变得一片荒芜，准备起兵收复国土。我早晚都在恭候命令，自己也不敢安居。说不定哪天，前锋就要出发。我空有满腔义愤，实在没有时间接受你的要求。"九娘子回答说："从前楚昭王以方城

为城，汉水为池，尽有荆蛮之地，籍父兄之资，强国外连，三良内助。而吴兵一举，鸟迸云奔，不暇婴城，迫于走兔。宝玉迁徙，宗社凌夷，万乘之灵，不能庇先王之朽骨。至申胥乞师于嬴氏，血泪污于秦庭，七日长号，昼夜靡息。秦伯悯其祸败，竟为出师，复楚退吴，仅存亡国。况芈氏为春秋之强国，申胥乃衰楚之大夫，而以矢尽兵穷，委身折节，肝脑涂地，感动于强秦。矧妾一女子，父母斥其孤贞，狂童凌其寡弱，缀旒之急，安得不少动仁人之心乎？"

宝曰："九娘子灵宗异派，呼吸风云，蠢尔黎元，固在掌握。又焉得示弱于世俗之人，而自困如是者哉？"对曰："妾家族望，海内咸知。只如彭蠡洞庭，皆外祖也；陵水罗水，皆中表也。内外昆季，百有余人，散居吴越之间，各分地土。咸京八水，半是宗亲。若以遣一介之使，飞咫尺之书，告彭蠡洞庭，召陵水罗水，率维扬之轻锐，征八水之鹰扬，然后檄冯夷，说巨灵，鼓子胥之波涛，混阳侯之鬼怪，鞭驱列缺，指挥丰隆，扇疾风，翻暴浪，百道俱进，六师鼓行，一战而成功。则朝那一鳞，立为齑粉；泾城千里，坐变污潴。言下可观，安敢谬矣？顷者泾阳君与洞庭外祖，世为姻戚。后以琴瑟不调，弃掷少妇，遭钱塘之一怒，伤生害稼，

为城墙,以汉水为护城河,完全占有荆蛮之地,凭借父兄留下的基业,对外联合强国,在内有三位贤人辅助。可吴军一起兵,楚军就像飞鸟云朵般四散奔逃,连据城自守的时间都没有,跑得比逃命的兔子还急。宝玉被抢走了,宗庙社稷被破坏,万乘之尊的国王,却不能保护先王的尸骨。等到申包胥向秦国乞求援兵,他的血泪弄脏了秦国的朝堂,一连七天长声哭叫,从早到晚都不停歇。秦伯可怜他的国家遭遇灾祸和失败,终于为他出兵,恢复了楚国,打退了吴国,使灭亡了的国家存活下来。何况芈姓的楚国是春秋时代的强者,申包胥是衰败了的楚国的大夫,却在弓箭用光、兵力穷尽的时候,抛开性命,放弃平日的志气节操,不惜肝脑涂地,用忠诚感动了强大的秦国。我只是一个弱女子,父母责备我孤傲忠贞,狂妄的小子欺凌我势单力薄,如此危急的情况,难道还不能稍稍打动仁爱之人的心吗?"

周宝说:"九娘子是神灵一类人物,呼吸之间就风云变幻,那些愚昧的老百姓,本来在你的掌握之中。你怎么会向世俗之人示弱,让自己受困到这种程度呢?"九娘子回答说:"我们家族的名望,天下人全都知道。就像彭蠡湖和洞庭湖,住的全是我外祖父的宗族;陵水和罗水,全是中表亲属。堂兄弟和表兄弟,有一百多人,散居在吴越一带,各有各的领地。主管咸京八水的,一半是我的宗亲。如果派遣一名使者,快速送去一封信,告诉彭蠡湖和洞庭湖的亲属,召集起陵水和罗水的中表亲戚,率领着扬州一带的轻锐部队,聚集起秦地八水的威武勇士,然后传檄文给天神冯夷,游说巨灵神,鼓动起伍子胥的复仇波涛,夹带着波涛之神阳侯手下的鬼怪,驱赶着闪电,指挥着雷神,扇动起狂风,翻腾起巨浪,一百路人马一起前进,王者之师击鼓前行,一战就能成功。这样的话,朝那这个鳞虫,立刻会变成齑粉,泾州城千里之内,就会立即变成污秽的水塘。这些都是说话之间就立马可以看到的,怎么敢瞎说呢?从前,泾阳君和我洞庭湖的外祖父,世代结为婚姻。后来因为夫妻不和谐,泾阳君家抛弃了我外祖家嫁过去的一位年轻媳妇,钱塘君一怒之下,杀害生灵,毁坏庄稼,

怀山襄陵，泾水穷鳞，寻毙外祖之牙齿。今泾上车轮马迹犹在，史传具存，固非谬也。妾又以夫族得罪于天，未蒙上帝昭雪，所以销声避影，而自困如是。君若不悉诚款，终以多事为词，则向者之言，不敢避上帝之责也。"宝遂许诺，卒爵撤馔，再拜而去。宝及晡方寤，耳闻目览，恍然如在。

翼日，遂遣兵士一千五百人，戍于湫庙之侧。是月七日，鸡初鸣，宝将晨兴，疏牖尚暗。忽于帐前有一人，经行于帷幌之间，有若侍巾栉者。呼之命烛，竟无酬对，遂厉而叱之，乃言曰："幽明有隔，幸不以灯烛见迫也。"宝潜知异，乃屏气息音，徐谓之曰："得非九娘子乎？"对曰："某即九娘子之执事者也。昨日蒙君假以师徒，救其危患，但以幽显事别，不能驱策。苟能存其始约，幸再思之。"俄而纱窗渐白，注目视之，悄无所见。宝良久思之，方达其义。遂呼吏，命按兵籍，选亡没者名，得马军五百人，步卒一千五百人。数内选押衙孟远，充行营都虞候，牒送善女湫神。

是月十一日，抽回戍庙之卒，见于厅事之前，转旋之际，有一甲士仆地，口动目瞬，问无所应，亦不似暴卒者，遂置于廊庑之间，天明方悟。遂使人诘之，对曰："某初见一人，衣青袍，自东而来，相见甚有礼。谓某曰：'贵主蒙相公莫大之恩，拯其焚溺，然亦未尽诚款。假尔明敏，再通幽情，

发大水淹没了高山丘陵，泾水那条可怜的水虫，不久就死于我外祖的齿牙之间。现在泾水边上车轮马蹄的印迹还在，史书记载依然可查，本来就不是瞎说的。我又因为丈夫家庭的罪孽而得罪了上天，还未受到上帝的赦免，所以才销声匿迹，因而才会让自己受困。你如果不是完全出自真心，始终以事情多当作托辞，那么刚才说的话，就不敢逃避上帝的责罚了。"周宝就答应了她，喝完酒撤去宴席，拜了两拜才离开。周宝到了黄昏时才清醒过来，耳朵里听到的，眼睛看见的，恍恍惚惚地像是就在眼前。

第二天，周宝就派了一千五百个士兵，守护在潭庙附近。这个月初七，鸡刚叫，周宝正准备早起，窗户上还挺暗。忽然在帐前有一个人，行走在布幔之间，就像是侍奉梳洗的仆人。周宝叫他点上蜡烛，那人竟然不回答，于是厉声地喝斥那人，那人才说："阴阳之间是有隔阂的，希望你不要用灯光来逼迫我。"周宝暗暗知道事情异常，就屏住气息，慢慢地对那人说："难道你是九娘子吗？"那人回答说："我是九娘子手下的办事人员。昨天承蒙您借给我们士兵，拯救我们于危难之中，但是因为阴阳有别，我们不能指挥他们。如果能够保持我们开始时的约定，请您再想想这件事。"不一会儿纱窗渐渐发白，集中眼神看，静悄悄地什么也看不见。周宝思考了很久，才理解他说的意思。于是叫来官吏，命令他按照兵士的名册，选出死亡者的名字，得到骑兵五百人，步兵一千五百人。在名单之中选出押衙官孟远，担任行营都虞候，写成公文送到九娘子那里。

这个月十一日这天，周宝就把护卫神庙的士兵抽调回来了，在厅堂前接见他们，转瞬之间，有一个穿甲衣的士兵跌倒在地，口能张，眼也能动，问他话却不能回答，也不像是突然死亡的样子，就把他放在走廊之间，天亮时才苏醒过来。于是派人询问他，他回答说："我开始时看见一个人，穿着青袍，从东面走来，跟我相见时，很有礼貌。他对我说：'我家主人蒙受了相公的莫大的恩情，把我们从水深火热之中拯救出来，可是也没有完全尽到诚意。所以要借助你的聪明机敏，再一次沟通隐秘难言的实情，

幸无辞免也。'某急以他词拒之，遂以袂相牵，懵然颠仆。但觉与青衣者继踵偕行，俄至其庙，促呼连步，至于帷薄之前。见贵主谓某云：'昨蒙相公悯念孤危，俾尔戍于弊邑，往返途路，得无劳止。余近蒙相公再借兵师，深惬诚愿。观其士马精强，衣甲铦利，然都虞候孟远，才轻位下，甚无机略。今月九日，有游军三千余，来掠我近郊。遂令孟远领新到将士，邀击于平原之上，设伏不密，反为彼军所败。甚思一权谋之将，俾尔速归，达我情素。'言讫，拜辞而出，昏然似醉，余无所知矣。"宝验其说，与梦相符，意欲质前事，遂差制胜关使郑承符以代孟远。

是月十三日晚，笏于后毬场，沥酒焚香，牒请九娘子神收管。至十六日，制胜关申云："今月十三日夜，三更已来，关使暴卒。"宝惊叹息，使人驰视之，至则果卒，唯心背不冷。暑月停尸，亦不败坏。其家甚异之。

忽一夜，阴风惨冽，吹砂走石，发屋拔树，禾苗尽偃，及晓而止，云雾四布，连夕不解。至暮，有迅雷一声，划如天裂，承符忽呻吟数息，其家剖棺视之，良久复苏。是夕，亲邻咸聚，悲喜相仍。信宿如故，家人诘其由，乃曰："余初见一人，衣紫绶，乘骊驹，从者十余人，至门下马，命吾相见。揖让周旋，手捧一牒授吾云：'贵主得吹尘之梦，知君负命世之才，欲遵南阳故事，思殄邦仇。使下臣持兹礼币，聊展

请你不要推辞。'我急忙用别的理由拒绝他,他便牵着我的衣袖,我就迷迷糊糊地跌倒了。然后只觉得跟着青衣人一块行走,不一会儿走到一座庙里,他催促我小步快走,走到帐幕之前。只见一位尊贵的主人对我说:'昨天蒙相公可怜我孤弱危急,派你们守卫我的领地,来来往往走在路上,怕是劳累了吧?我最近承蒙相公再次借给我军队,心里深感相公的诚意。看到那些士兵和战马精明强干,甲衣和武器都很锋利,可是都虞候孟远,才能不高,地位低下,没有一点机变谋略。本月初九,有三千多个散兵,来侵略我的近郊。我就让孟远率领新到的将士,约定在平原上战斗,由于预设的埋伏不机密,反而被敌人的军队打败。我很想得到一位精通权变谋略的将军,请你赶快回去,传达我的想法。'说完,我下拜告别出来,昏昏沉沉的,像醉了一样,其余的就不知道了。"周宝验证他的说法,竟与自己的梦相符,心里想要验证之前的事,于是派遣制胜关使郑承符来代替孟远。

这月十三日晚,在后球场设官署,洒酒烧香,发公文请九娘子神接收管理。到十六日,制胜关报告说:"本月十三日晚,三更后,关使暴亡。"周宝惊叹,派人骑马去看,到后果然死了,只是心窝和后背不冷。夏天停放尸体,也没腐坏。家人觉得很奇怪。

忽然有一天晚上,刮起了阴冷凄惨的大风,吹砂走石,掀走屋顶,拔倒大树,庄稼苗全都伏在地上,到天明才停止,云雾在四周密布,直到晚上也不散开。到了晚上,有一声迅猛的雷声,就像天裂开了一样,郑承符忽然几次呻吟呼吸,他家里人打开棺材看护他,过了很久才苏醒过来。这天晚上,亲属邻居全聚在一起,又悲又喜。过了两个晚上才恢复得像往常一样,家里人询问他怎么回事,他才说:"我开始时看见一个人,穿着紫色衣服,骑着黑马,有十多个随从,到了门前下马,让我去见他。彼此作揖谦让了一会儿,他手捧着一封公文交给我说:'我家主人做了一个像黄帝那样梦见大风吹走尘土,预示将得良相的梦,知道您有闻名于世的才能,准备遵照刘备到南阳请诸葛亮出山的故事,意在消灭国家的仇敌。她派我带着这些礼物钱财,略微表示一下

敬于君子。而冀再康国步，幸不以三顾为劳也。'余不暇
他辞，唯称不敢。酬酢之际，已见聘币罗于阶下，鞍马、器
甲、锦彩、服玩、橐鞬之属，咸布列于庭。吾辞不获免，遂
再拜受之。即相促登车，所乘马异常骏伟，装饰鲜洁，仆御
整肃。

"倏忽行百余里，有甲马三百骑已来，迎候驱殿，有大
将军之行李，余亦颇以为得志。指顾间，望见一大城，其雉
堞穹崇，沟洫深浚，余惚恍不知所自。俄于郊外，备帐乐，
设享。宴罢入城，观者如堵，传呼小吏，交错其间，所经之
门，不记重数。及至一处，如有公署，左右使余下马易衣，
趋见贵主。贵主使人传命，请以宾主之礼见。余自谓既受
公文、器甲、临戎之具，即是臣也，遂坚辞，具戎服入见。贵
主使人复命，请去橐鞬，宾主之间，降杀可也。余遂舍器仗
而趋入，见贵主坐于厅上，余拜谒，一如君臣之礼。拜讫，连
呼登阶，余乃再拜，升自西阶。见红妆翠眉，蟠龙髻凤而侍
立者，数十余辈；弹弦握管，秾花异服而执役者，又数十辈；
腰金拖紫，曳组攒簪而趋隅者，又非止一人也；轻裘大带，白
玉横腰，而森罗于阶下者，其数甚多。次命女客五六人，各
有侍者十数辈，差肩接迹，累累而进。余亦低视长揖，不敢

对您的敬意。只希望您能让我们的国家再度振兴，不要觉得我们多次来访很烦。'我来不及说别的话，只是连说不敢。正在互相应酬的时候，有人已经把聘礼并排放在台阶之下，鞍鞯马匹、武器铠甲、锦缎彩帛、服饰古玩以及装弓箭的器具之类的东西，全部陈列在庭院之中。我推辞不掉，就拜了两拜接受了聘请。他们催促我上车，他们骑的马非常神骏高大，装饰得光鲜整洁，仆人骑的马也很整齐利索。

　　"瞬息之间就走了一百多里路，这时早已有三百个骑兵骑着披着铠甲的战马在迎候，引我进入一间宫殿之中，里面准备了大将军使用的行李，我也觉得很得志。转眼之间，就远远看见一座大城，城上的齿状矮墙十分高大，护城河极深，我恍恍惚惚地不知道从哪里来。不久，在郊外准备了帐幕和舞乐，安排了酒宴。宴会结束后，我们进入城里，观看我们的人站成了一道道墙，传递消息的小官吏，交错地出现在人群里，经过的门，记不清有多少重。等到了一个地方，像是公署的样子，左右的人让我下马更换衣服，快步走去拜见贵主。贵主派人传出命令，请求以宾主的身份会见我。我说自己既然接受了公文、武器、铠甲及作战用具，身份就是臣子了，于是坚决拒绝用宾主之礼相见，准备身穿军服进去参见。贵主又派人传达命令，让我放下盛放弓箭的器具，还是按照宾主之间的礼仪，但降低一下级别。我就放下兵器，然后快步进去，看见贵主坐在厅上，我上前拜见，像君臣之礼一样。下拜完毕，就听贵主连连招呼我登上台阶，我就又拜了两拜，从西面的台阶往上走。只见几十个妆容美丽，头发上戴着龙凤发饰的女子侍立两旁；又有几十个头上插着艳丽的花朵，穿着奇异服装的乐工，有的正在弹琴，有的正在吹奏管乐；那腰里挂着金印，拖着紫色绶带，用帽带和簪子固定官帽而快步走向屋角的官员，也不止一个；穿着轻软的皮衣，系着宽大的腰带，白玉笏板横插在腰里，整整齐齐排列在台阶下面的人，数量就更多了。接着又让五六个女客，各自带着十几个侍奉的仆人，肩并着肩，脚跟着脚，一伙一伙地进到堂屋。我也低着头作揖，不敢

施拜。坐定，有大校数人，皆令预坐，举酒进乐。酒至贵主，敛袂举觞，将欲兴词，叙向来征聘之意。

　　"俄闻烽燧四起，叫噪喧呼云：'朝那贼步骑数万人，今日平明，攻破堡寨，寻已入界。数道齐进，烟火不绝，请发兵救应。'侍坐者相顾失色，诸女不及叙别，狼狈而散。及诸校降阶拜谢，伫立听命，贵主临轩谓余曰：'吾受相公非常之惠，悯其孤茕，继发师徒，拯其患难。然以车甲不利，权略是思。今不弃弊陋，所以命将军者，正为此危急也。幸不以幽僻为辞，少匡不迨。'遂别赐战马二匹，黄金甲一副，旌旗旄钺，珍宝器用，充庭溢目，不可胜计。彩女二人，给以兵符，锡赉甚丰。

　　"余拜捧而出，传呼诸将，指挥部伍，内外响应。是夜出城，相次探报，皆云，贼势渐雄。余素谙其山川地里，形势孤虚，遂引军夜出。去城百余里，分布要害，明悬赏罚，号令三军，设三伏以待之。迟明，排布已毕。贼汰其前功，颇甚轻进，犹谓孟远之统众也。余自引轻骑，登高视之，见烟尘四合，行阵整肃。余先使轻兵搦战，示弱以诱之，接以短兵，且战且行，金革之声，天裂地坼。余引兵诈北，彼亦尽锐前趋，鼓噪一声，伏兵尽起，千里转战，四面夹攻。彼军

一一拜见。坐下来之后，又有几个大校，也全让他们坐下，开始举杯喝酒，进献歌舞。酒轮到贵主喝的时候，她收起衣袖，举起酒杯，正要讲几句话，说明一下之前征聘我的理由。

"突然听说烽火四起，有人叫喊说：'朝那贼人的步兵和骑兵几万人，今天天刚亮，就攻破了外围的堡寨，现已经攻入边界。几路兵马一齐进军，战火连绵不绝，立即发兵救应。'陪坐的人互相看着，脸上变了颜色，女子们来不及道别，匆匆忙忙地四散逃走了。等到各位将官走下台阶行礼道谢，站在阶下听候命令时，贵主走到栏杆边对我说：'我受到相公不同寻常的恩惠，他可怜我孤独没有依靠，接连派来军队士兵，拯救我的危难。可是由于部队作战失利，便想到需要懂权变谋略的将才。您不嫌弃我这里残破僻陋而到来，我请将军到来的原因，正是为了应对这种危难。希望你不要把地方偏僻作为推脱的借口，帮助改正我们不足的地方。'于是又另外赏赐给我两匹战马，一副黄金甲，战旗兵器，珍宝和各种用具，摆满了庭院，琳琅满目，数不胜数。有两个彩衣女子，把兵符交给我，赏赐给我很多东西。

"我下拜后捧着兵符出击，传令各位将领，指挥部队，从内到外一致响应。这天夜里我们出城，依次有探子来报告，都说，敌人的气势渐渐雄壮起来。我平时就很熟悉那里的山河地理形势，就领着军队连夜出发。在离城一百多里远的地方，把军队分散安排在要害处，明确公布赏罚标准，用来号令三军，安排了三道埋伏来等待敌人。黎明时分，安排布置已经完毕。敌人因为先前的胜利而骄傲，进军很轻率，以为还是孟远在指挥军队呢。我自己率领着装备轻便、行动迅速的骑兵，登上高处观察敌人的动向，只见到处烟尘飞扬，敌军行列阵势整齐而且严谨。我先派行动迅速的部队去挑战，以示弱来引诱敌军，随后让持短兵器的士兵与之交战，一边打一边撤，金革互相撞击的声音，就像是天崩地裂一般。我领着部队装成失败的样子，敌人也派出全部精锐部队向前追赶，突然，敲鼓声、呐喊声一起爆发，埋伏的军队全部都冲了出来，在千里之内辗转战斗，四面夹攻。敌人的军队

败绩，死者如麻。再战再奔，朝那狡童，漏刃而去，从亡之卒，不过十余人。余选健马三十骑追之，果生置于麾下。由是血肉染草木，脂膏润原野，腥秽荡空，戈甲山积。贼帅以轻车驰送于贵主，贵主登平朔楼受之。举国士民，咸来会集，引于楼前，以礼责问，唯称死罪，竟绝他词。遂令押赴都市腰斩。临刑，有一使乘传，来自王所，持急诏，令促赦之。曰：'朝那之罪，吾之罪也，汝可赦之，以轻吾过。'贵主以父母再通音问，喜不自胜，谓诸将曰：'朝那妄动，即父之命也；今使赦之，亦父之命也。昔吾违命，乃贞节也；今若又违，是不祥也。'遂命解转，使单骑送归，未及朝那，已羞而卒于路。

"余以克敌之功，大被宠锡，寻备礼拜平难大将军，食朔方一万三千户。别赐第宅，舆马宝器，衣服婢仆，园林邸第，旌幢铠甲。次及诸将，赏赍有差。明日大宴，预坐者不过五六人。前者六七女皆来侍坐，风姿艳态，愈更动人。竟夕酣饮，甚欢。酒至贵主，捧觞而言曰：'妾之不幸，少处空闺，天赋孤贞，不从严父之命，屏居于此三纪矣。蓬首灰心，未得其死。邻童迫胁，几至颠危。若非相公之殊恩，将军之雄武，则息国不言之妇，又为朝那之囚耳。永言斯惠，终天不忘。'遂以七宝钟酌酒，使人持送郑将军。余因避席，

被打败了，死伤无数。又两次交战，两次败逃，朝那这个狡猾的人，从刀下脱逃了，跟着他逃跑的士兵，只不过十多个人。我挑选出马匹健壮的三十名骑兵去追赶他，终于把他活捉回来带到主帅的大旗之下。由于这场激战，血肉染红了草树，人的脂膏滋润了原野，腥秽的气味飘荡在空中，武器和铠甲堆积如山。我把敌人的主帅用轻便的车子快速地送到贵主面前，贵主登上平朔楼接受俘虏。全国的百姓举行集会，把朝那领到楼前，按礼节责问他，朝那只是口里说我有死罪，最终再也没有别的话。贵主命令把他押到都市执行腰斩。快要行刑的时候，有一个使者坐着一辆驿站专用的马车从国王那里来，带着紧急的诏书，让她赶快放了朝那。诏书说：'朝那的罪过，是我的罪过，你要赦免他，来减轻我的过错。'贵主因为父母又和她沟通了音讯，高兴得不得了，对各位将军说：'朝那狂妄的行动，就是我父亲主使的；现在让我放了他，也是父亲的意思。从前我违背父母之意，是为了保持贞节；现在如果再违背父母，恐怕要有不吉利的事情发生。'于是让人把他押回来，派一个骑兵送朝那回去，还未走到朝那，他就已经羞愧地死在路上了。

　　"我因为打败敌人有功劳，受到很大的恩宠和赏赐，接着又举行仪式任命我为平难大将军，食邑封地是朔方的一万三千户。另外赐给我住处、车马宝器、衣服奴仆、园林官邸、仪仗旗铠甲。其次是各位将军，也各有不同的奖赏。第二天大摆宴席，坐到席位上的不过五六个人。先前宴会上的六七个女子全来陪坐，一个个风情万种，更加迷人。痛饮到晚上，喝得很高兴。轮到贵主喝酒，她捧着酒杯说：'我很不幸，年纪轻轻地就守了寡，天性孤独贞烈，不顺从严父的命令，隐居在这里已经三十六年了。整天蓬头散发，心如死灰，只是没死罢了。朝那小子胁迫我，几乎达到了倾覆的急险地步。如果不是蒙相公的特殊恩情，以及将军的雄杰英武，那么我将像春秋时息国被灭后不再说话的息夫人，成为朝那小贼的囚徒。我将永远记住这份恩德，终生不会忘记。'于是用七宝钟倒好酒，派人拿着送给我。我因而离开座位，

再拜而饮。余自是颇动归心，词理恳切，遂许给假一月。宴罢出。明日，辞谢讫，拥其麾下三十余人返于来路，所经之处，闻鸡犬，颇甚酸辛。俄顷到家，见家人聚泣，灵帐俨然。麾下一人，令余促入棺缝之中，余欲前，而为左右所笞。俄闻震雷一声，醒然而悟。”

承符自此不事家产，唯以后事付妻孥。果经一月，无疾而终。其初欲暴卒时，告其所亲曰：“余本机钤入用，效节戎行。虽奇功蔑闻，而薄效粗立。洎遭衅累，谴谪于兹，平生志气，郁而未申。丈夫终当扇长风，摧巨浪，摧太山以压卵，决东海以沃萤。奋其鹰犬之心，为人雪不平之事。吾朝夕当有所受，与子分襟，固不久矣。”其月十三日，有人自薛举城，晨发十余里，天初平晓，忽见前有车尘竞起，旌旗焕赫，甲马数百人。中拥一人，气概洋洋然，逼而视之，郑承符也。此人惊讶移时，因亡于路左，见瞥如风云，抵善女湫。俄顷，悄无所见。

拜了两拜然后把酒喝下。我从此就动了回家的心思,言词道理说得十分恳切,她就答应给我一个月的假。宴会结束后我们就出来了。第二天,我去感谢辞别之后,就带着手下的三十多个人沿来时的路返回,一路之上,听到鸡和狗的叫声,心里觉得酸溜溜的。不一会儿就到了家,看见家里人在哭泣,灵帐安设得整整齐齐。我的一个手下让我赶快从棺材缝中钻进去,我正要前往,却被左右的人一推。接着听到一声震耳的雷鸣,就醒了过来。"

郑承符从此不再经营家产,只是把自己的后事托付给妻子儿女。果然过了一个月后,他无病而亡。他在快要死的时候,告诉他的亲属说:"我本来是靠机智谋略而被任用,在军队中效力。虽然没有立下奇异的功勋,可是也稍微有了一些微薄的成绩。但因受到一些事端的牵累,被贬谪到这个地方,我平生的志气,被压抑着不能表现出来。大丈夫本来就应当卷起狂风,掀起巨浪,抱起泰山压在鸡蛋上,引东海的水来浇熄萤火的光亮。奋发起雄鹰和猎犬般的雄心,为人间扫除不平。我早晚会接受使命,与你们永别的时刻,要不了多久了。"那个月的十三日,有个人早晨从薛举城出发,走了十多里,天刚刚亮的时候,忽然看见前面有车马掀起纷纷扬扬的灰尘,战旗鲜艳耀目,穿甲衣的骑兵有好几百名。当中有一个人,颇为洋洋得意,走近一看,竟是郑承符。这个人惊讶了很长时间,呆呆地站在路的左边,看见郑承符他们快得就像风云一般,一下就到了善女潭。不一会儿,就静悄悄的,什么也看不见了。

卷第四百九十三
杂录一

夏侯亶

梁夏侯亶为九列，家贫而好置乐。妓无衣装饰，客至，即令隔帘奏曲。时人以帘为夏侯妓衣。出《独异志》。

王肃

后魏尚书令王肃字恭懿，琅邪人。肃，齐雍州刺史奂之子，赡学多通，才辞美茂，为齐秘书丞。太和十八年，北归后魏。时高祖新营洛邑，凡所造制，肃博识旧事，大有裨益。高祖甚重之，常呼曰王生。肃在江南之日，聘谢氏女为妻。及至京师，复尚公主。其后谢氏入道为尼，亦来奔肃。见肃尚主，谢作五言诗以赠之。其诗曰："本为薄上蚕，今作机上丝。得络逐胜去，颇忆缠绵时。"公主代肃答谢云：

夏侯亶

梁代的夏侯亶位列九卿，家里穷却喜欢置办乐队。歌妓没有衣服打扮，客人来了的时候，就让妓女隔着帘子演奏乐曲。当时的人把帘子说成是夏侯家歌妓的衣服。出自《独异志》。

王 肃

后魏尚书令王肃，字恭懿，琅邪人。他是南齐雍州刺史王奂的儿子，学识渊博，才华横溢，善于言辞，担任南齐的秘书丞。后魏太和十八年，王肃到北方归顺了后魏。当时高祖新建洛阳城，凡是建筑制造的东西，因为王肃知道很多以前的事情，大有帮助。高祖非常器重他，经常叫他王生。王肃在江南的时候，娶了谢家的女儿为妻。等到到了京城，王肃又娶了公主为妻。后来谢氏出家做了尼姑，也来投奔王肃。发现王肃娶了公主，谢氏就作了一首五言诗赠给王肃。那诗说："本为薄上蚕，今作机上丝。得络逐胜去，颇忆缠绵时。"公主就代替王肃写了一首诗来答谢说：

"针是贯线物，目中恒任丝。得帛缝新去，何能纳故时？"肃甚怅恨，遂造正觉寺以憩之。出《伽蓝记》。

李延寔

后魏太傅李延寔者，庄帝舅也。永安中，除青州刺史。将行奉辞，帝谓寔曰："怀砖之俗，世号难治。舅宜好用心，副朝廷所委。"寔答曰："臣年迫桑榆，气同朝露；人间稍远，日近松丘。臣已久乞闲退，陛下渭阳兴念，宠及老臣，使夜行非人，裁锦万里。谨奉明敕，不敢失堕。"时黄门侍郎杨宽在帝侧，不晓"怀砖"之义，私问舍人温子昇，子昇曰："吾闻至尊兄彭城王作青州刺史，闻其宾客从至青州者云：'齐土之民，风俗浅薄，虚论高谈，专在荣利。太守初欲入境，百姓皆怀砖叩头，以美其意。及其代下还家，以砖击之。'言其向背速于反掌。是以京师谣语曰：'狱中无系囚，舍内无青州。假令家道恶，肠中不怀愁。''怀砖'之义，起在于此也。"颍川荀济，风流名士，高鉴妙识，独出当世。清河崔淑仁称齐士大夫曰："齐人者，外矫庶几，内怀鄙吝。轻同毛羽，利等锥刀。好驰虚誉，阿附成名。威势所在，促共归之。苟无所资，随即舍去。"言嚣薄之甚也。出《伽蓝记》。

李义琛

李义琛，陇西人，居于魏，自咸阳主簿拜监察。少孤贫，唐初草创，无复生业，与再从弟义琰、三从弟上德同居，

"针是贯线物,目中恒任丝。得帛缝新去,何能纳故时。"王肃非常惆怅悔恨,就建了正觉寺让谢氏居住。<small>出自《伽蓝记》。</small>

李延寔

后魏太傅李延寔,是庄帝的舅舅。永安年间,他被任命为青州刺史。准备上任的时候去向皇帝告别,皇帝对他说道:"当地人有'怀砖'的习俗,社会上号称是难以治理的。舅父应该努力用心治理,不辜负朝廷的重托。"李延寔回答说:"为臣的岁数已经迫近晚年,精力如同早晨的露水;离人间渐渐远了,一天天接近坟墓。为臣早已请求退休,陛下却念及甥舅之情,宠幸到老臣,让我这个夜间走路的残疾人,管理广阔的土地。老臣遵奉英明的敕令,不敢有所失误。"当时黄门侍郎杨宽在皇帝身边,不明白"怀砖"的意思,私下问舍人温子昇,温子昇说:"我听说皇帝的哥哥彭城王做青州刺史,听跟着他一块到青州的宾客说:'齐地的百姓,风俗浅薄,高谈空论,专讲名利。太守刚入境时,百姓都怀揣砖块磕头,用来讨太守的欢心。等到他被取代御任回家的时候,百姓又用这些砖砸他。'这是说当地人心的向背比翻转手掌还快。所以京城里有民谣说:'狱中无系囚,舍内无青州。假令家道恶,肠中不怀愁。''怀砖'的含义就是从这儿产生的。"颍川的荀济是一位风流名士,鉴别人才的眼光高明,在当时是独一无二的。清河崔淑仁提到齐地的士大夫说:"齐地人,外表装得还凑合,内心却很鄙俗。轻浮得像羽毛,尖刻得像刀子锥子。喜欢追求虚名,依附有盛名的人。有威风有势力的,他们就急忙去投奔。如果对他们没有什么好处,他们转身就离去。"这是说他们轻浮得厉害。<small>出自《伽蓝记》。</small>

李义琛

李义琛是陇西人,居住在魏地,由咸阳主簿升为监察御史。义琛少年时死了父亲,家里很贫困,唐朝刚刚开国时,他也没有什么维持生计的产业,跟远房的堂弟李义琰、李上德在一起住,

事从姑，定省如亲焉。武德中，俱进士。共有一驴，赴京。次潼关，大雨，投逆旅。主人鄙其贫，辞以客多，不纳。进退无所舍，徙倚门旁。有咸阳商客见而引之，同舍多暗呜。商客曰："此三人游学者，今无所止，奈何睹其狼狈？"乃引与同寐处。数日方晴，道开。义琛等议鬻驴以一醉，商客窃知，固止之，乃资以道粮。琛既擢第，历任咸阳，召商客，与之抗礼。商客不复识，但悚惧逊退。琛语其由，乃悟，因引升堂。后任监察。出《云溪友议》。

刘　龙

刘龙后名义节。武德初，进计于高祖曰："今义师数万，并在京师，樵薪贵而布帛贱。若采街衢及苑中树木作樵，以易帛，岁取数十万匹。又藏内缯绢，每匹皆有余轴之饶。使截剩物，以供杂费，动盈万段矣。"高祖并从之。出《谭宾录》。

裴玄智

武德中，有沙门信义习禅，以三阶为业，于化度寺置无尽藏。贞观之后，舍施钱帛金玉，积聚不可胜计，常使此僧监当。分为三分，一分供养天下伽蓝增修之备，一分以施天下饥馁悲田之苦，一分以充供养无碍。士女礼忏阗咽，施舍争次不得，更有连车载钱绢，舍而弃去，不知姓名。

事奉从祖姑姑,早晚问安就像对待父母一般。武德年间,三人都考进中了进士。他们三人共用一头驴,到京城去。走到潼关时,赶上下大雨,去住旅店。店主人鄙视他们穷困,借口客人太多,不收留他们。三人往前走往后退都无房可住,只好站在店门旁边。有个咸阳的商人看到他们就拉他们同住,同屋的人大多不满。商人说:"这三个人是在外地学习的,现在没有住的地方,怎么忍心看着他们这样狼狈不堪呢?"于是拉着他们与自己睡在一处。几天后才天晴,路上可以行走了。义琛等人商量把驴卖了以便请商人喝酒致谢。商人暗中知道后,坚决阻止了他们,又资助他们三人路上吃的粮食。等到李义琛考中以后,到了咸阳任职,就把商人找来,与他以平等的礼节相见。商人认不出他,只是恐惧谦让退避。李义琛告诉了他原由,商人才明白过来,于是拉着商人进入正堂。李义琛后来担任了监察御史。出自《云溪友议》。

刘 龙

　　刘龙后来改名为义节。武德初年,他向高祖献计说:"现在仁义的军队好几万,都在京城里,柴贵而布帛贱。如果采伐街道和花园中的树木作柴来换帛,每年可换得数十万匹。另外,仓库内的缯绢,每一匹都多出一些。让人把多出的裁下来,以便供给杂费之用,一下就够万段了。"高祖一并采纳了他的意见。出自《谭宾录》。

裴玄智

　　武德年间,有个僧人信义学习佛法,信奉三阶宗,在化度寺建了一个叫无尽藏的仓库。贞观年间以来,人们施舍的钱帛金玉,堆积在库里多得数不过来,常让这个和尚在那里看管。这些财物分为三份,一份用作天下寺庙的修理费用,一份用来施舍给天下饥寒交迫的穷人,一份充当供佛用品和供养僧人,不使他们困难。善男信女礼拜忏悔的满寺院都是,争相施舍,都排不上号,还有人用好几辆车送来钱和绢,卸完车就走,连姓名也不留。

贞观中，有裴玄智者，戒行精勤，入寺洒扫，积十数年。寺内徒众，以其行无玷缺，使守此藏。后密盗黄金，前后所取，略不知数，寺众莫之觉也。因僧使去，遂便不还。惊疑所以，观其寝处，题诗云："放羊狼颔下，置骨狗前头。自非阿罗汉，安能免得偷！"更不知所之。出《辨疑志》。

度支郎

贞观中，尚药奏求杜若，敕下度支。有省郎以谢朓诗云"坊州采杜若"，乃委坊州贡之。本州曹官判云："坊州不出杜若，应由读谢朓诗误。郎官作如此判事，岂不畏二十八宿笑人耶？"太宗闻之大笑，改授雍州司法。出《国史》。

虞世南

太宗将致樱桃于郐公，称"奉"则尊，言"赐"则卑。问于虞世南。世南对曰："昔梁武帝遗齐巴陵王称'饷'。"从之。出《国史》。

尉迟敬德

尉迟敬德善夺槊，齐王元吉亦善用槊，高祖于显德殿前试之。谓敬德曰："闻卿善夺槊，令元吉执槊去刃。"敬德曰："虽加刃，亦不能害。"于是加刃。顷刻之际，敬德三夺之，元吉大惭。出《独异志》。

贞观年间,有个裴玄智,恪守戒律,专心勤奋,进入寺里洒水扫地,干了十多年。寺内的众人因为他的品行没有什么污点,就让他看守那个仓库。后来他偷偷地盗走了黄金,前前后后拿走的,不知有多少,寺里的僧众谁也没有发现这件事。因为他被和尚派出去办一件事,于是就没再回来。大家惊疑他为什么这样,到他的住处一看,发现他题了一首诗:"放羊狼颔下,置骨狗前头。自非阿罗汉,安能免得偷!"后来再不知他到哪里去了。出自《辨疑志》。

度支郎

贞观年间,主管药物的大臣上奏皇上征求杜若这种药,皇上下令户部的度支曹承办。有个部里的郎官凭谢朓诗中的"坊州采杜若"一句,便委托坊州进贡杜若。该州官府的官员答复说:"坊州不产杜若,恐怕是由于读谢朓的诗搞错了。郎官做出像这样的决定,难道不怕二十八宿笑话人吗?"唐太宗听后大笑,于是把那个郎官改任为雍州司法。出自《国史》。

虞世南

唐太宗打算送樱桃给郧公,说"奉"就太尊敬郧公了,说"赐"又显得郧公地位太低了,就去问虞世南。虞世南回答说:"从前梁武帝赠送东西给齐巴陵王时用'饷'。"太宗听从了这个意见。出自《国史》。

尉迟敬德

尉迟敬德擅长夺矟,齐王元吉也善于用矟,高祖在显德殿前试验一下他们的功夫。高祖对尉迟敬德说:"听说你擅长夺矟,叫元吉拿着矟去掉刃。"尉迟敬德说:"即使加上刃,也不能伤着我。"于是加上了刃。顷刻之间,尉迟敬德就把元吉的矟夺过来三次,元吉觉得非常惭愧。出自《独异志》。

虞世基

虞世南兄世基与许敬宗父善心,同为宇文化及所害。封德彝时为内史舍人,备见其事。因谓人曰:"世基被戮,世南匍匐以请代;善心之死,敬宗蹈舞以求生。"出《谭宾录》。

来恒

来恒,侍中济之弟,弟兄相继秉政,时人荣之。恒父护儿,隋之猛将也。时虞世南子无才术,为将作大匠。许敬宗闻之,叹曰:"事之倒置,乃至于斯!来护儿儿为宰相,虞世南男作木匠。"出《大唐新语》。

欧阳询

文德皇后丧,百官缞绖。率更令欧阳询状貌丑异,众或指之。中书舍人许敬宗见而大笑,为御史所劾,左授洪州司马。出《谭宾录》。

许敬宗

太宗征辽,作飞梯临其城。有应募为梯首者,城中矢石如雨,因竞为先登。英公李世勣指之谓中书舍人许敬宗:"此人岂不大健?"敬宗曰:"非健,要是未解思量。"帝闻,将罪之。出《国史纂异》。

元万顷

元万顷为辽东道管记,作檄文,讥议高丽不知守鸭绿之险。莫离支报云:"谨闻命矣。"遂移兵守之。万顷坐是流于岭南。出《谭宾录》。

虞世基

虞世南的哥哥虞世基和许敬宗的父亲许善心,同时被宇文化及害死。封德彝当时是内史舍人,完全目睹了那件事。他因而对别人说:"虞世基被杀时,虞世南伏在地上请求代死;许善心死时,许敬宗却反复叩拜行礼来求生。"出自《谭宾录》。

来　恒

来恒是侍中来济的弟弟,弟兄相继掌权,当时的人都觉得他们很荣耀。来恒的父亲来护儿是隋朝的猛将。当时虞世南的儿子没有才艺,做了管理宫殿建筑的将作大匠官。许敬宗听说了这件事,叹息说:"事情的颠倒,竟然到了这种地步! 来护儿的儿子做宰相,虞世南的男儿却做木匠!"出自《大唐新语》。

欧阳询

文德皇后去世,百官都戴孝。率更令欧阳询相貌丑陋古怪,众人有的指指点点。中书舍人许敬宗看到后大笑不止,于是被御史告发检举,被贬为洪州司马。出自《谭宾录》。

许敬宗

太宗攻打辽国,制造了云梯来攻城。那些应征首先登梯的人,在城中的箭和石头像雨点般投射下来时,仍争先恐后地登梯攻城。英公李世绩指着他们对中书舍人许敬宗说:"这些人难道不是大壮士?"敬宗说:"不是壮士,主要是不懂得思考。"皇帝听说后,打算判他罪。出自《国史纂异》。

元万顷

元万顷是辽东道的管记,作了一篇檄文,讥笑高丽不知道把守住鸭绿江的险要处。莫离支在回报文章中说:"恭敬地听到你的指示了。"于是调兵把守住鸭绿江的险要处。万顷因为犯了这个错误被流放到岭南。出自《谭宾录》。

郭务静

沧州南皮丞郭务静性糊涂,与主簿刘思庄宿于逆旅,谓庄曰:"从驾大难。静尝从驾,失家口三日,于侍官幕下讨得之。"庄曰:"公夫人在其中否?"静曰:"若不在中,更论何事?"又谓庄曰:"今大有贼。昨夜二更后,静从外来,有一贼,忽从静房内走出。"庄曰:"亡何物?"静曰:"无之。"庄曰:"不亡物,安知其贼?"静曰:"但见其狼狈而走,不免致疑耳。"出《朝野佥载》。

唐 临

唐临性宽仁,多恕。常欲吊丧,令家僮归取白衫,僮乃误持余衣,惧未敢进。临察之,谓曰:"今日气逆,不宜哀泣,向取白衫且止。"又令煮药不精,潜觉其故,乃谓曰:"今日阴晦,不宜服药,可弃之。"终不扬其过也。出《传载》。

苏瓌李峤子

中宗常召宰相苏瓌、李峤子进见。二子皆僮年,上迎抚于前,赐与甚厚。因语二儿曰:"尔宜忆所通书,可谓奏吾者言之矣。"颋应之曰:"木从绳则正,后从谏则圣。"峤子亡其名,亦进曰:"斩朝涉之胫,剖贤人之心。"上曰:"苏瓌有子,李峤无儿。"出《松窗录》。

娄师德

天后朝,宰相娄师德温恭谨慎,未尝与人有毫发

郭务静

沧州南皮县的县丞郭务静性情糊涂,跟主簿刘思庄住在旅馆时,郭务静对庄思庄说:"跟随皇帝出行太难了。我曾跟随皇帝出行,家人丢失了三天,后来在侍从官员的帐篷中找了回来。"刘思庄说:"您的夫人也在其中吗?"郭务静回答说:"如果她不在里面,还说什么呢?"又对刘思庄说:"现在贼很多。昨夜二更天后,我从外面回来,有一个贼,忽然从我的房里跑出来。"刘思庄说:"丢了什么东西?"郭务静说:"没丢什么。"刘思庄说:"不丢东西,怎么知道他是贼?"郭务静回答说:"只见他狼狈而逃,不免产生了怀疑罢了。"出自《朝野佥载》。

唐 临

唐临性情宽厚仁慈,经常原谅别人。曾有一次想去吊唁,叫家僮回去取白衫,家僮误拿来了别的衣服,心里害怕不敢进。唐临觉察到了这个情况,就对家僮说:"今日我呼吸不畅,不适合伤心哭泣,刚才取白衫的事就暂时不办了。"又一回家僮熬药不精细,唐临暗中觉察出了原因,就说:"今天天气阴沉,不适合吃药,可以把药物扔了。"他始终不公开家僮的过错。出自《传载》。

苏瓌李峤子

唐中宗曾有一次召宰相苏瓌和李峤的儿子进见。两个儿子都是少年,皇上迎上去拉到面前抚摸他俩,赐给他们不少东西。于是告诉两个孩子:"你们应该回忆一下学懂了的书,把认为可以对我讲的说出来。"苏颋回答说:"木头依照墨线就直,国君听从劝谏就圣明。"李峤的儿子不知道叫什么名,也进言说:"斩断早晨过河人的小腿,剖开贤人的心。"皇上说:"苏瓌有儿子,李峤没有儿子。"出自《松窗录》。

娄师德

武后当朝时,宰相娄师德为人谦恭谨慎,不曾跟人有丝毫

之隙。弟授代州刺史,戒曰:"吾甚忧汝与人相竞。"弟曰:"人唾面,亦自拭之而去。"师德曰:"只此不了,凡人唾汝面,其人怒也。拭之,是逆其心,何不待其自干?"而其保身远害,皆类于此也。出《独异志》。

又则天禁屠杀颇切,吏人弊于蔬菜。师德为御史大夫,因使至于陕。厨人进肉,师德曰:"敕禁屠杀,何为有此?"厨人曰:"豺咬杀羊。"师德曰:"大解事豺。"乃食之。又进鲙,复问:"何为有此?"厨人复曰:"豺咬杀鱼。"师德因大叱之:"智短汉,何不道是獭?"厨人即云是獭,师德亦为荐之。出《御史台记》。

李 晦

李晦为雍州长史,私第有楼,下临酒肆。其人尝候晦言曰:"微贱之人,虽则礼所不及,然家有长幼,不欲外人窥之。家逼明公之楼,出入非便,请从此辞。"晦即日毁其楼。出《谭宾录》。

宋之问

宋之问,天后朝,求为北门学士,不许。作《明河篇》以见其意。诗云:"明河可望不可亲,愿得乘槎一问津。更将织女支机石,还访城都卖卜人。"则天见其诗,谓崔融曰:"吾非不知之问有才调,但以其有口过。"盖以之问患齿疾,口常臭故也。之问终身惭愤。出《本事诗》。

的隔阂。娄师德的弟弟被委任为代州刺史，娄师德告诫他说："我很担心你跟人家相争。"弟弟说："人家吐唾沫到我脸上，我就自己擦掉走开。"娄师德说："只做到这点还不够。凡是人家吐你脸上，那个人一定是很生气的。擦掉它，这就违背了那人的心，为什么不等它自己干呢？"他保护自身远离祸害的做法，都跟这类似。出自《独异志》。

另外，武则天禁止屠宰很严厉，小吏们苦于只吃蔬菜。娄师德为御史大夫，因出差到了陕西。吃饭时厨师送上了肉，娄师德说："皇上禁止屠宰，为什么有这东西？"厨师说："这是豺咬死的羊。"娄师德说："这个豺太懂事了！"于是吃了肉。又端上了切细的鱼肉，又问："为什么有这种东西？"厨师又说："这是豺咬死的鱼。"娄师德于是大声斥责他："缺心眼的汉子！为什么不说是獭咬死的？"厨师马上说是獭咬死的，娄师德就把这道菜也摆上桌。出自《御史台记》。

李　晦

李晦是雍州长史，私人住宅中有座楼房，下临一家酒店。那酒店的主人曾等着李晦来时说道："我这个低微卑贱的人，虽然是礼涉及不到的，然而家中也有老少，不想让外人偷看他们。可是我家靠近大人家的楼，出入感到不便，请允许我从此离开。"李晦当天就拆了那座楼。出自《谭宾录》。

宋之问

宋之问在武则天当政时，请求成为北门学士，武则天没答应。宋之问就写了一首《明河篇》来表达自己的心意。那诗说："明河可望不可亲，愿得乘槎一问津。更将织女支机石，还访城都卖卜人。"武则天看了那首诗后，对崔融说："我不是不知道宋之问有才情，只是因为他有嘴上的过失。"原来是因为宋之问患有牙病，嘴里经常发出臭味的缘故。宋之问终生都感到羞惭气愤。出自《本事诗》。

陆元方

陆元方为鸾台凤阁侍郎,居相国。则天将有迁除,必先访之。元方密以进,不露其恩,人莫之知者。先所奏进状章,缄于函中,子弟未尝见。临终,命焚之,曰:"吾阴德于人多矣,其后福必不衰也。吾本当寿,但以领选曹,铨择流品,吾伤心神耳。"言毕而终。出《御史台记》。

陈希闵

司刑司丞陈希闵以非才任官,庶事凝滞。司刑府史,目之为"高手笔",言秉笔之额,半日不下,故名"高手笔"。又号"按孔子",言窜削至多,纸面穿穴,故名"按孔"。出《朝野金载》。

李 详

李详字审己,赵郡人。祖机衡,父颖,代传儒素。详有才华胆气,放荡不羁。解褐盐亭尉。详在盐亭,因考,为录事参军所挤。详谓刺史曰:"录事恃纠曹之权,当要害之地,为其妄褒贬耳。若使详秉笔,亦有其词。"刺史曰:"公试论录事考状。"遂授笔。详即书录事考曰:"怯断大按,好勾小稽。自隐不清,言他总浊。阶前两竞,斗困方休。狱里囚徒,非赦不出。"天下以为谈笑之最焉。出《御史台记》。

陆元方

陆元方做门下省和中书省的侍郎,处于宰相的地位。武则天将要降升官员时,一定先去征求他的意见。陆元方秘密地献上自己的意见,不显示他对别人的举荐之恩,所以别人没有知道这情况的。以前上奏的奏章,都封在匣子里,子孙们也不曾看见。临死前,他让人把这些奏章都烧了,说:"我对待别人积下的阴德多了,后代的福分一定不会衰减的。我本来可以长寿,只因为又兼管选曹,选拔评定官阶,太过费心劳神了啊。"说完就死了。出自《御史台记》。

陈希闵

司刑司丞陈希闵因为无才而担任了官职,什么事都办得很不顺畅。司刑府吏把他看成"高手笔",是说他拿着笔举到额头上,半天不落下去,所以叫"高手笔"。又叫他"按孔子",是说他改动极多,纸都穿孔了,所以叫"按孔"。出自《朝野佥载》。

李　详

李详字叫审己,是赵郡人。祖父叫机衡,父亲叫颖,世代以儒学传家。李详既有才华,又有胆色,行动随便,不爱拘束。初次做官就做了盐亭尉。李详在盐亭时,在官员考核中,被录事参军所排挤。李详对刺史说:"录事参军依仗他有检举众人的权力,身处要害的位置,就对别人胡乱褒贬。如果让我李详拿笔写考核意见,我也有我的说法。"刺史说:"您试论一下录事参军考核的情形。"于是交给他笔。李详马上写了一份对录事的考核意见,说:"大事的考核不敢下判断,小事的考核却津津有味。隐瞒自己不清白之处,谈到他人却都是污点。大堂上双方相争,直到都疲惫不堪才停止。狱里的囚犯,不遇大赦就不放出去。"天下的人都认为这是最有趣的谈笑了。出自《御史台记》。

卷第四百九十四
杂录二

房光庭

　　房光庭为尚书郎，故人薛昭流放，而投光庭，光庭匿之。既败，御史陆遗逸逼之急。光庭惧，乃见时宰。时宰曰："公郎官，何为匿此人？"曰："光庭与薛昭有旧，以途穷而归光庭，且所犯非大故，得不纳之耶？若擒以送官，居庙堂者，复何以待光庭？"时宰义之，乃出为慈州刺史，无他累。光庭尝送亲故之葬，出鼎门，际晚且饥，会鬻糕饼者，与同行数人食之。素不持钱，无以酬值。鬻者逼之，光庭命就我取直，鬻者不从。光庭曰："与你官衔，我右台御史也，可随取值。"时人赏其放逸。原缺出处，陈校本作出《御史台记》。

房光庭

房光庭做尚书郎,老朋友薛昭被流放,来投奔光庭,光庭把他藏了起来。事情败露以后,御史陆遗逸逼着跟他要人,要得急。光庭害怕了,就去见当时的执政官。当时的执政官说:"您是郎官,为什么要窝藏这个人呢?"光庭回答说:"我与薛昭有老交情,他现在是因为走投无路来投奔我,而且所犯的也不是大事,能不收留他吗? 如果把他抓起来送到官府,在朝廷上的人,又会用什么态度对待我光庭呢?"当时的执政官认为他做的合乎道义,就派他出朝做慈州刺史,没受到连累。光庭曾为亲戚故旧送葬,出了鼎门,当时接近黄昏,并且肚子很饿了,正好有卖糕饼的,光庭就和同行的几个人吃起来。但他一向身上不带钱,没法付账。卖饼的人逼着要钱,光庭就叫卖饼的人跟他去拿钱,卖饼的人不同意。光庭说:"告诉你官衔,我是右台御史,可随我去拿钱。"当时的人都很欣赏他的放任自由。原缺出处,陈校本作出自《御史台记》。

崔思兢

崔思兢，则天朝，或告其再从兄宣谋反，付御史张行岌
按之。告者先诱藏宣家妾，而云妾将发其谋，宣乃杀之，投
尸于洛水。行岌按，略无状。则天怒，令重按，行岌奏如
初。则天曰："崔宣反状分明，汝宽纵之。我令俊臣勘，汝
毋悔。"行岌曰："臣推事不若俊臣，陛下委臣，须寔状。若
顺旨妄族人，岂法官所守？臣必以为陛下试臣尔。"则天厉
色曰："崔宣若寔曾杀妾，反状自然明矣。不获妾，如何自
雪？"行岌惧，逼宣家令访妾。思兢乃于中桥南北，多置钱
帛，募匿妾者，数日略无所闻。而其家每窃议事，则告者辄
知之。思兢揣家中有同谋者，乃佯谓宣妻曰："须绢三百
匹，顾刺客杀告者。"而侵晨伏于台前。宣家有馆客姓舒，
婺州人，言行无缺，为宣家服役，宣委之同于子弟。须臾，
见其人至台赂阍人，以通于告者。告者遂称云："崔家顾人
刺我，请以闻。"台中惊忧。思兢素重馆客，不知疑。密随
之，到天津桥，料其无由至台，乃骂之曰："无赖险獠，崔家
破家，必引汝同谋，何路自雪？汝幸能出崔家妾，我遗汝五
百缣，归乡足成百年之业。不然，则亦杀汝必矣。"其人悔
谢，乃引思兢于告者之家，搜获其妾。宣乃得免。出《大唐
新语》。

崔思兢

崔思兢在武则天当政时,有人告他的堂兄崔宣谋反,于是武则天让御史张行岌审查这件事。告密的人先把崔宣的小妾引诱出来藏了起来,却说崔宣的小妾准备揭发崔的阴谋,崔宣就杀了她,把尸体扔到了洛水中。张行岌调查后,一点证据也没查出。武则天很生气,命令重新审查,后来张行岌上奏的内容仍像上次一样。武则天说:"崔宣造反的情况很清楚,是你宽恕放纵他。我要让来俊臣来调查,你可别后悔。"张行岌说:"臣办案不如俊臣,陛下委托臣来办这事,我得掌握实情。如果只顺从旨意胡乱族灭人家,哪里是执法官应信守的呢?臣认为陛下一定是在考验为臣罢了。"武则天脸色严肃地说:"崔宣如果确曾杀了小妾,造反的情形自然就清楚了。不把小妾找出来,怎么洗清自己?"张行岌害怕了,逼着崔宣家去寻找小妾。崔思兢于是在中桥南北两面,放了很多钱帛,悬赏征求知道窝藏小妾的人,但过了好几天,一点消息也没听到。可是他家每次偷偷商量的事,告密的人却都知道。崔思兢推测家中有同谋的人,于是假装对崔宣的妻子说:"得用三百匹绢,雇刺客杀死告密的人。"而后他在天蒙蒙亮的时候就潜伏在御史府前。崔宣家有个门客姓舒,是婺州人,平时言行没有什么缺点,一直为崔宣家效劳,崔宣委派他办事就跟委派子弟一样放心。不一会儿,崔思兢就看见姓舒的那人到御史台贿赂看门人,让他通报告密的人。告密的人于是说道:"崔家雇人刺杀我,请把情况报告给皇上。"御史台中因而惊慌混乱。崔思兢一向器重这个门客,没怀疑过他。便偷偷尾随着他,到了天津桥,崔思兢估计他不会再到御史台去,就骂他说:"无赖阴险的混蛋,崔家如果破败,一定供出你是同谋,你有什么办法洗清自己呢?如果你侥幸能找出崔家的小妾,我送你五百匹缣,你回到家乡足够建成百年的基业。否则,我也一定杀了你。"那个人后悔道歉,于是带着崔思兢到了告密者的家里,搜出了那个小妾。崔宣才得以免罪。出自《大唐新语》。

崔湜

唐崔湜，弱冠进士登科，不十年，掌贡举，迁兵部。父挹，亦尝为礼部，至是父子累日同省为侍郎。后三登宰辅，年始三十六。崔之初执政也，方二十七，容止端雅，文词清丽。尝暮出端门，下天津桥，马上自吟："春游上林苑，花满洛阳城。"张说时为工部侍郎，望之杳然而叹曰："此句可效，此位可得，其年不可及也。"出《翰林盛事》。

吕太一

吕太一为户部员外郎。户部与吏部邻司，时吏部移牒，令户部于墙宇自竖棘，以备铨院之交通。太一答曰："眷彼吏部，铨综之司，当须简要清通，何必竖篱种棘。"省中赏其清俊。出《御史台记》。

许诫言

许诫言为瑯邪太守，有囚缢死狱中，乃执去年修狱典鞭之。修狱典曰："小人主修狱耳，如墙垣不固，狴牢破坏，贼自中出，犹以修治日月久，可矜免。况囚自缢而终，修狱典何罪？"诫言犹怒曰："汝胥吏，举动自合笞，又何诉？"出《纪闻》。

杜丰

齐州历城县令杜丰，开元十五年，东封泰山，丰供顿。乃造棺器三十枚，置行宫。诸官以为不可，丰曰："车驾今过，

崔 湜

唐代的崔湜二十岁时就考中了进士,不到十年工夫,开始主管国家考试录取人才的工作,后来升为兵部侍郎。崔湜的父亲叫崔挹,也曾做礼部侍郎,到这时候父子天天在同一官署中做侍郎。后来三次登上宰相的位置,而年龄才三十六岁。崔湜刚开始做宰相的时候,才二十七岁,容貌举止端庄清雅,文章词句清新华美。有一次他在黄昏时出了端门,到了天津桥,坐在马上自己吟诵:"春游上林苑,花满洛阳城。"张说当时是工部侍郎,望着崔湜意味深长地叹息说:"这诗句可以效法,这个地位也可以得到,但是在他这个年龄就这样是达不到的。"出自《翰林盛事》。

吕太一

吕太一是户部员外郎。户部与吏部的官署相邻,当时吏部发文,让户部在院墙外自己栽上酸枣树,以防备吏部的人勾结串通。吕太一答复说:"我想那吏部,是搜罗选拔人才的部门,应当强调简明扼要,清晰畅通,何必竖起篱笆,种上酸枣树呢?"部内诸公都赞赏他的清高超群。出自《御史台记》。

许诚言

许诚言任琅邪太守,有个囚犯在狱中自己吊死了,他便把去年主管修狱的人抓来鞭打。主管修狱的人说:"小人只是掌管修整监狱罢了,如果墙壁不坚固,牢狱被破坏,犯人从里面逃出,尚且可以因为修建时间长了而免罪。何况囚犯是自己上吊而死,我主管修监狱的有什么罪呢?"许诚言仍生气地说:"你是小吏,自然动不动就该被鞭打,还有什么可申诉的?"出自《纪闻》。

杜 丰

齐州的历城县令杜丰,开元十五年皇帝到泰山祭天时,由杜丰负责皇帝途中的食宿供应。杜丰于是制造了棺材三十口,放在行宫中。诸位官员都认为这不行,杜丰说:"皇帝现在经过,

六宫偕行，忽暴死者，求棺如何可得？若事不预备，其悔可追乎？"及置顿使入行宫，见棺木陈于幕下，光彩赫然，惊而出，谓刺史曰："圣主封岳，祈福祚延长，此棺器者，谁之所造？且将何施？何不祥之甚？"将奏闻。刺史令求丰，丰逃于妻卧床下，诈称赐死，其家哭之。赖妻兄张抟为御史，解之，乃得已。丰子钟，时为兖州参军，都督令掌厩马刍豆。钟曰："御马至多，临日煮粟，恐不可给，不如先办。"乃以镬煮粟豆二千余石，纳于窖中，乘其热封之。及供顿取之，皆臭败矣。乃走，犹惧不免，命从者市半夏半升，和羊肉煮而食之，取死，药竟不能为患而愈肥。时人云："非此父不生此子。"出《纪闻》。

修武县民

开元二十九年二月，修武县人嫁女，婿家迎妇，车随之。女之父惧村人之障车也，借俊马，令乘之，女之弟乘驴从，在车后百步外行。忽有二人出于草中，一人牵马，一人自后驱之走，其弟追之不及，遂白其父。父与亲眷寻之，一夕不能得。去女家一舍，村中有小学，时夜学，生徒多宿。凌晨启门，门外有妇人，裸形断舌，阴中血皆淋漓。生问之，女启齿流血，不能言。生告其师，师出户观之，集诸生谓曰："吾闻夫子曰，木石之怪夔魍魎，水之怪龙罔象，土之怪坟羊。

六宫都随行，如果忽然得急病去世的，临时找棺材怎么能找到？如果事情不预先做准备，那后悔就来不及了。"等到负责安排皇帝途中食宿的置顿使进入行宫，看见棺材摆在帐幕下，光彩照人，大吃一惊，连忙退了出去，对刺史说："圣上到泰山祭天，祈求福运绵长，这些棺材，是谁制造的？要它做什么用？太不吉利了吧？"于是打算上奏皇帝。刺史让人去把杜丰找来，杜丰逃到妻子睡觉的床底下，假称皇帝已赐他死，他家的人都为他痛哭。后来靠大舅哥张抟做御史，从中斡旋排解，才把这件事了结了。杜丰的儿子杜钟，当时做兖州参军，都督让他掌管马圈里的马和草料。杜钟说："皇帝的马极多，到了要用的日子再煮小米，恐怕供应不上，不如先办。"于是便用锅煮了两千多石的小米和豆子，放入窖里，趁热封严了。等到要供应物质时取出一看，全都腐烂发臭了。杜钟于是逃跑，仍害怕不能免罪，就叫随从的人买了半升半夏，和在羊肉里煮着吃了，以便自杀，可是药竟然不能药死人，人反而更胖了。当时的人说："没有这样的父亲就生不出这样的儿子。"_{出自《纪闻》。}

修武县民

开元二十九年二月，修武县有户人家女儿出嫁，女婿家来迎娶媳妇，车子跟在后面。女方的父亲怕村里人挡住车不能前进，就借了匹好马，让女儿骑着它，又让她弟弟骑着驴在后边跟着，在车后百步以外走着。忽然有两个人从草中跳出来，一人牵着驮新娘子的马，另一个人从后面赶着马跑，新娘的弟弟追不上，于是报告了父亲。父亲便与亲属一起寻找新娘子，一个晚上也没找到。距离女方家三十里处，有个村子里有所小学校，当时上夜学，所以学生多在学校住宿。凌晨起来一开门，看见门外有个妇女，赤身露体，舌头也被弄断了，阴部血淋淋的。学生问她，那女人一张口就血流不止，说不出话来。学生就报告了老师，老师走出门来看了看，召集学生们对他们说："我听孔夫子说过，山上的怪物叫夔魍魉，水里的怪物叫龙罔象，土里的怪物叫坟羊。

吾此居近太行，怪物所生也，将非山精野魅乎？盍击之？"于是投以砖石，女既断舌，不能言，诸生击之，竟死。及明，乃非魅也。俄而女家寻求，至而见之，乃执儒及弟子诣县。县丞卢峰讯之，实杀焉，乃白于郡。笞儒生及弟子，死者三人，而劫竟不得。出《纪闻》。

李元晶

李元晶为沂州刺史，怒司功郄承明，命剥之屏外。承明，狡猾者也，既出屏，适会博士刘琼珊后至，将入衙。承明以琼珊儒者，则前执而剥之，绐曰："太守怒汝衙迟，使我领人取汝，令便剥将来。"琼珊以为然，遂解衣。承明目吏卒，擒琼珊以入，承明乃逃。元晶见剥至，不知是琼珊也，遂杖之数十焉。琼珊起谢曰："蒙恩赐杖，请示罪名。"元晶曰："为承明所卖。"竟无言，遂入户。出《纪闻》。

王　琚

玄宗在藩邸时，每游戏于城南韦杜之间，尝因逐狡兔，意乐忘返。与其徒十数人，饥倦甚，因休息村中大树之下。适有书生，延帝过其家。其家甚贫，止村妻一驴而已。帝坐未久，书生杀驴煮秫，备膳馔，酒肉滂沛，帝顾而甚奇之。及与语，磊落不凡，问其姓，乃王琚也。自是帝每游韦杜间，

我们住的这地方靠近太行山，是怪物生长的地方，这女人莫不是山精野妖吗？何不一块打她？"于是一起扔砖石砸她，女的舌头已断，说不了话，学生们不断打她，最后被打死了。等到天亮了一看，才知道并不是妖怪。不一会儿这个女人的家里人来此寻找，来到后看到了女儿惨死的样子，于是把那个教书的先生和他的学生都抓到了县里。县丞卢峰审讯此事，审明确实是师生杀了人，于是上报于郡衙。教书的先生和学生被判笞刑，被鞭打而死的有三个人，可是那两个真正的劫匪，最后也没有抓到。出自《纪闻》。

李元晶

李元晶做沂州刺史，对司功郗承明很生气，命人到屏帐外面剥去他的衣服。承明是个很狡猾的人，出了屏帐以后，恰好碰到了博士刘琮璘来晚了，准备进入衙门。承明因为琮璘是个儒生，就上前抓住他，剥他的衣服，欺骗他说："太守对你来晚了很生气，让我带人来捉你，并且叫立即剥下衣服带上去。"琮璘以为是真的，就脱下了衣服。承明给吏卒使眼色，让他们抓着琮璘进去，他自己却逃走了。元晶见剥下衣服的人来了，也不知道是琮璘，就叫人用棍子打了几十下。琮璘站起来谢罪说："承蒙恩惠，赏给我这么多棍，请告诉我犯了什么罪？"元晶说："你被承明出卖了。"琮璘竟没话说，便进了门。出自《纪闻》。

王 琚

玄宗还住在王府里时，常常在长安城南韦氏和杜氏家族居住的韦曲和杜曲一带游玩，曾经因为追赶狡猾的兔子，心情高兴而忘了回家。他和手下的十几个人，都饥饿疲倦得厉害，于是在村中的大树下面休息。恰好有个书生，邀请玄宗到他家做客。他的家中很贫困，只有一位乡下妻子和一头驴而已。玄宗坐的时间还不长，书生杀驴煮粘高粱，准备饭食，酒肉丰盛，玄宗看了感到很奇怪。等到与书生交谈，发现书生洒脱开朗，谈吐不凡，问他姓名，原来叫王琚。从此以后玄宗每次到韦曲杜曲一带游玩，

必过琚家。琚所语议,合帝意,帝日益亲善。及韦氏专制,帝忧甚,独密言于琚。琚曰:"乱则杀之,又何亲也?"帝遂纳琚之谋,戡定内难。累拜琚为中书侍郎,实预配飨焉。出《开天传信记》。

李適之

李適之入仕,不历丞簿,便为别驾;不历两畿官,便为京兆尹;不历御史及中丞,便为大夫;不历两省给舍,便为宰相;不历刺史,便为节度使。出《独异志》。

白履忠

白履忠博涉文史,隐居梁城,王志愔、杨玚皆荐之。寻请还乡,授朝散大夫。乡人谓履忠曰:"吾子家贫,竟不沾一斗米,一匹帛。虽得五品,止是空名,何益于实也?"履忠欣然曰:"往岁契丹入寇,家家尽署排门夫。履忠特以读少书籍,县司放免,至今惶愧。虽不得禄赐,且是五品家。终身高卧,免有徭役,不易得之也。"出《谭宾录》。

夜明帘

姚崇为相,尝对于便殿,举左足,不甚轻利,上曰:"卿有足疾耶?"崇曰:"臣有心腹疾,非足疾也。"因前奏张说罪状数百言。上怒曰:"卿归中书,宜宣与御史中丞共按其事。"而说未之知。会吏报午后三刻,说乘马先归。崇

一定会造访王琚家。王琚的谈话和主张，都合乎玄宗心意，玄宗
跟他一天比一天更加亲近友好。等到韦后专权时，玄宗很忧虑，
单独悄悄跟王琚谈了这件事。王琚说："乱政就杀了她，又有什
么亲不亲的？"玄宗便采纳了王琚的策略，平定了朝廷内的祸乱。
连续提升最后任命王琚为中书侍郎，死后成为玄宗的配享之臣。
出自《开天传信记》。

李适之

李适之进入仕途，没做过县丞主簿，就做了别驾；没做过东
西两京附近的官，就做了京兆尹；没做过御史和中丞，就做了御
史大夫；没做过两省的给事中和舍人，就做了宰相；没做过刺史，
就做了节度使。出自《独异志》。

白履忠

白履忠广泛阅读文史书籍，隐居在梁城，王志愔、杨玚都推
荐了他。不久白履忠请求回乡，朝廷就授给他朝散大夫的官衔。
乡里的人对白履忠说："您家很穷，竟然不接受一斗米，一匹帛。
虽然做了五品官衔，也只是个空名，对实际生活有什么好处呢？"
白履忠很高兴地说："往年契丹入侵时，家家都要派人守城门。
我履忠只因读了少量书籍，县里主管部门免了我的差事，到现在
我还感到惭愧惶恐。虽然得不到俸禄，但还是五品之家。终身
高枕而卧，不服徭役，这是不容易得到的呀。"出自《谭宾录》。

夜明帘

姚崇做宰相，曾在皇帝休息娱乐的别殿中回答皇帝的问话，
抬左脚时，显得不太利索，皇上说："你的脚有病吗？"姚崇说：
"我是心腹有病，不是脚有病。"于是走上前向皇帝诉说张说的罪
状，说了几百句话。皇上生气地说："你回到中书省，应该反映给
御史中丞，共同审查他的罪恶！"而张说还不知道这事。恰巧有
个小吏报告时间已是午后三刻，张说就骑着马先回去了。姚崇

急呼御史中丞李林甫,以前诏付之。林甫谓崇曰:"说多智,是必困之,宜以剧地。"崇曰:"丞相得罪,未宜太逼。"林甫又曰:"公必不忍,即说当无害。"林甫止将诏付于小御史,中路以马坠告。说未遭崇奏前旬月,家有教授书生,通于说侍儿最宠者,会擒得奸状,以闻于说。说怒甚,将穷狱于京兆。书生厉声言曰:"睹色不能禁,亦人之常情。缓急有用人乎?公何靳于一婢女耶?"说奇其言而释之,兼以侍儿与归。书生一去数月余,无所闻知。忽一日,直访于说,忧色满面,言曰:"某感公之恩,思有以报者久矣。今闻公为姚相国所构,外狱将具,公不知之,危将至矣。某愿得公平生所宝者,用计于九公主,可能立释之。"说因自历指己所宝者,书生皆云。"未足解公之难"。又凝思久之,忽曰:"近者有鸡林郡以夜明帘为寄者。"书生曰:"吾事济矣。"因请说手札数行,恳以情言,遂急趋出。逮夜,始及九公主第。书生具以说事言,兼用夜明帘为贽,且谓主曰:"上独不念在东宫时,思必始终恩加于张丞相乎?而今反用谗耶?"明早,公主上谒,具为奏之。上感动,因急命高力士就御史台宣:"前所按事,并宜罢之。"书生亦不复再见矣。出《松窗录》。

急忙找来御史中丞李林甫，把之前皇帝的诏命交给了他。李林甫对姚崇说："张说足智多谋，如果一定想把他困住，应该让他到一个事务繁剧的地方去。"姚崇说："丞相犯罪，不宜逼得太过分。"林甫又说："您一定不忍心，那么张说该不会有什么灾祸。"林甫只把诏书交给了小御史，中途以从马上摔下来为由告了假。张说在未遭姚崇参奏的十个月前，家中有个教书的书生，跟张说最宠爱的侍女私通，恰巧被人发现奸情，便报告了张说。张说非常气愤，打算把这个案子交给京兆尹彻底处理。书生大声说："看到美貌的女子不能控制自己，也是人之常情。您遇到危急情况有能用的人吗？为何对一个婢女这样吝惜呢？"张说觉得他的言论挺出奇，就放了他，并把侍女送给他，让他们一同回家去了。书生一去好几个月，一点消息也没有。忽然有一天，书生直接来拜访张说，满脸愁容，说："我感激您的恩情，考虑有所报答已经很久了。现在听说您被姚宰相构陷，贬到外地的审判材料快要准备好了，而您还不知道情况，危险就要到了。我希望得到您平生最宝贵的东西，在九公主身上用计，可能立刻就会化解您的灾难。"张说便一一说出了自己所宝贵的东西，书生都说："不足以解除您的灾难。"张说又集中精力想了好久，忽然说："最近有鸡林郡托人送我的一件夜明帘。"书生说："我们的事情可以成功了。"于是请张说亲手写了几行话，以动情的话来恳求，书生带着信匆匆忙忙地走了。到了晚上，书生才来到九公主的住宅。书生把张说的事全告诉了公主，又送上夜明帘作为见面礼，并且对公主说："皇上难道忘了在东宫的时候，想着一定要从始至终加恩于张丞相吗？如今怎么反而采纳了谗言呢？"第二天早上，公主上朝谒见皇上，把书生的话详细上奏给了皇帝。皇上很感动，就急忙命令高力士到御史台宣布圣旨："之前要求审查张说的事，应该全部不再追究。"而这个书生以后也再没有见到。出自《松窗录》。

班景倩

开元中,朝廷选用群官,必推精当。文物既盛,英贤出入,皆薄具外任。虽雄藩大府,由中朝冗员而授,时以为左迁。班景倩自扬州采访使入为大理少卿,路由大梁,倪若水为郡守,西郊盛设祖席。宴罢,景倩登舟,若水望其行尘,谓掾吏曰:"班公是行,何异登仙乎?为之驺殿,良所甘心。"默然良久,方整回驾。既而为诗投相府,以道其诚,其词为当时所称赏。出《明皇杂录》。

薛令之

神龙二年,闽长溪人薛令之登第。开元中,为东宫侍读。时宫僚闲淡,以诗自悼,书于壁曰:"朝日上团团,照见先生盘。盘中何所有?苜蓿上阑干。饭涩匙难绾,羹稀箸多宽。只可谋朝夕,何由度岁寒。"上因幸东宫,见焉,索笔续之曰:"啄木嘴距长,凤凰毛羽短。若嫌松桂寒,任逐桑榆暖。"令之因此引疾东归。肃宗即位,诏征之,已卒。出《闽川名仕传》。

班景倩

开元年间，朝廷选用各位官员，一定推选精干恰当的人物。官员的车服仪仗之类变得隆盛之后，杰出人才出出进进，都看不上出京到外地做官。即使是强大的藩镇和辖区广大的州府长官，由朝中多余的官员出任，当时都认为是被贬官。班景倩由扬州采访使入朝任大理寺少卿，途经大梁，倪若水是当地郡守，在西郊安排了盛大的饯行宴会。宴会结束后，班景倩上船离开，倪若水望着他的人马的背影，对手下官员说："班公这一去，跟登了仙境有什么区别呢？就是做他的做侍从，跟在他后面，也实在是心甘情愿啊！"倪若水沉默了好久，才整理车马回衙。不久倪若水作了诗寄到宰相府，用以表达自己的真情实感，他的诗句很受当时的人们赞赏。出自《明皇杂录》。

薛令之

神龙二年，福建长溪人薛令之科考考中。开元年间，他担任东宫侍读。当时宫里的官吏清闲无聊，就用诗表达自己的感伤，并写在了墙上："朝日上团团，照见先生盘。盘中何所有？苜蓿上阑干。饭涩匙难绾，羹稀箸多宽。只可谋朝夕，何由度岁寒。"皇上因为到东宫去，看见了这首诗，就要来笔接着写道："啄木嘴距长，凤凰毛羽短。若嫌松桂寒，任逐桑榆暖。"薛令之为此托病东归故乡。肃宗当上皇帝后，下命令征召薛令之，可是薛令之已经死了。出自《闽川名仕传》。

卷第四百九十五
杂录三

宇文融

玄宗命宇文融为括田使,融方恣睢,稍不附己者,必加诬谮。密奏以为卢从愿广置田园,有地数百顷。帝素器重,亦倚为相者数矣;而又族望宦婚,鼎盛于一时,故帝亦重言其罪,但目从愿为多田翁。从愿少家相州,应明经,常从五举,制策三等,授夏县尉。自前明经至吏部侍郎,才十年。自吏部员外至侍郎,只七个月。出《明皇杂录》。

哥舒翰

天宝中,哥舒翰为安西节度,控地数千里,甚著威令,故西鄙人歌之曰:"北斗七星高,哥舒夜带刀。吐蕃总杀尽,更筑两重濠。"时差都知兵马使张擢上都奏事,值杨国忠专权黩货,擢逗留不返,因纳贿交结。翰续入朝奏,擢

宇文融

唐玄宗任命宇文融为括田使,宇文融当时正肆无忌惮,稍有点不依附自己的人,必定要加以诬陷。他秘密地向皇上报告说卢从愿买了很多田地庄园,有几百顷土地。皇上平时很器重卢从愿,也多次倚靠他做宰相;而且卢从愿家又是名门望族,与官宦人家广泛通婚,一时之间,家族极为兴盛,所以皇上也不便轻易说他有罪,只把卢从愿看成是田产众多的老翁。卢从愿小时家住在相州,曾参加过明经科的考试,考了五次,对策考试列为三等,被任命为夏县县尉。从参加明经考试到做吏部侍郎,只有十年。从吏部员外郎到吏部侍郎,只有七个月的时间。出自《明皇杂录》。

哥舒翰

天宝年间,哥舒翰任安西节度使,控制着几千里的地方,很有威势和名声,所以西北边疆的人歌唱他说:"北斗七星高,哥舒夜带刀。吐蕃总杀尽,更筑两重濠。"当时派都知兵马使张擢去京城报奏事情,正赶上是杨国忠专权受贿,张擢就逗留在京城不回去,贿赂交结杨国忠。哥舒翰接着也到朝廷来奏报事情,张擢

知翰至,惧,求国忠拔用。国忠乃除擢兼御史大夫,充剑南西川节度使。敕下,就第辞翰。翰命部下捽于庭,数其事,杖而杀之,然后奏闻。帝却赐擢尸,更令翰决尸一百。出《乾𦠄子》。

崔隐甫

梨园弟子有胡雏善吹笛,尤承恩。尝犯洛阳令崔隐甫,已而走入禁中。玄宗非时,托以他事,召隐甫对,胡雏在侧。指曰:"就卿乞此,得否?"隐甫对曰:"陛下此言,是轻臣而重乐人也,臣请休官。"再拜而去。玄宗遽曰:"朕与卿戏也。"遂令曳出,至门外,立杖杀之。俄而复敕释,已死矣。乃赐隐甫绢百匹。出《国史补》。

萧 嵩

玄宗尝器重苏颋,欲倚以为相,礼遇顾问,与群臣特异。欲命相前一日,上秘密,不欲令左右知。迨夜艾,乃令草诏,访于侍臣曰:"外庭直宿谁?"遂命秉烛召来。至则中书舍人萧嵩,上即以颋姓名授嵩,令草制书。既成,其词曰:"国之瑰宝。"上寻绎三四,谓嵩曰:"颋,瑰之子,朕不欲斥其父名,卿为刊削之。"上仍命撤帐中屏风与嵩,嵩惭惧流汗,笔不能下者久之。上以嵩杼思移时,必当精密,不觉前席以观。唯改曰:"国之珍宝。"他无更易。嵩既退,

知道哥舒翰来了，很害怕，请求杨国忠提拔任用。杨国忠就让张擢兼任御史大夫，担任剑南西川节度使。任命书发下来以后，张擢就到哥舒翰住的地方去向他告别。哥舒翰就命令部下把张擢揪到庭下，列举了他的罪状，用板子打死了他，然后才报告给皇上。皇上却把张擢的尸体赐给了哥舒翰，又让哥舒翰打尸体一百鞭子。出自《乾膜子》。

崔隐甫

梨园弟子中有个少年胡人善于吹笛子，特别受到皇上的宠爱。他曾经冒犯了洛阳令崔隐甫，随后跑进禁宫之中。唐玄宗在非召见大臣的时间里，假托有别的事，召崔隐甫进宫问话，那个少年胡人也在旁边。唐玄宗指着少年胡人说："从你那里要来这个人，可以吗？"崔隐甫回答说："陛下这个话，是轻视大臣而看重乐工，臣请求免了我的官职。"拜了两拜就要离开。唐玄宗急忙说："我是和你开玩笑啊。"于是下令把少年胡人拖出去，拖到门外，立刻用刑杖打死了他。一会儿皇上又下令释放他，可人已经死了。于是赐给崔隐甫一百匹绢。出自《国史补》。

萧　嵩

唐玄宗曾经很器重苏颋，准备依靠他做宰相，对他的礼节待遇和关怀慰问，与所有的大臣都很不一样。准备任命苏颋做宰相的前一天，皇上严格保密，不想让左右的人知道。等到夜深之时，才找人写诏书，皇上向侍臣打听说："外庭是谁值班？"就派人拿着蜡烛去叫来。到了一看是中书舍人萧嵩，皇上就把苏颋的姓名交给萧嵩，让他起草制书。制书写好之后，其中有句词说："国之瑰宝。"皇上斟酌了三四次，对萧嵩说："苏颋是苏瑰的儿子，我不想用他父亲的名讳，你替我改一下。"皇上因而让人撤出帐幕中的屏风给萧嵩使用，萧嵩惭愧恐惧流出了汗，很久不能下笔。皇上以为萧嵩思考这么久，一定会是很精密了，不觉走上前来观看。只是改成说："国之珍宝。"别的都没改。萧嵩退下之后，

上掷其草于地曰："虚有其表耳。"^{嵩长大多髯，上故有是名。}左右失笑。上闻，遽起掩其口，曰："嵩虽才艺非长，人臣之贵，亦无与比，前言戏耳。"其默识神览，皆此类也。出《明皇杂录》。

陈怀卿

陈怀卿，岭南人也，养鸭百余头。后于鸭栏中除粪，粪中有光烂然，试以盆水沙汰之，得金十两。乃觇所食处，于舍后山足下，土中有麸金，消得数千斤。时人莫知，卿遂巨富，仕至梧州刺史。出《朝野佥载》。

邹凤炽

西京怀德坊南门之东，有富商邹凤炽，肩高背曲，有似骆驼，时人号为邹骆驼。其家巨富，金宝不可胜计，常与朝贵游，邸店园宅，遍满海内。四方物尽为所收，虽古之猗、白，不是过也。其家男女婢仆，锦衣玉食，服用器物，皆一时惊异。尝因嫁女，邀诸朝士往临礼席，宾客数千。夜拟供帐，备极华丽。及女郎将出，侍婢围绕，绮罗珠翠，垂钗曳履，尤艳丽者，至数百人。众皆愕然，不知孰是新妇矣。又尝谒见高宗，请市终南山中树，估绢一匹。自云："山树虽尽，臣绢未竭。"事虽不行，终为天下所诵。后犯事流瓜州，会赦还。及卒，子孙穷匮。

皇上把他草拟的稿纸扔到地上说："这人真是虚有其表啊。"_{萧嵩}身材高大，胡须很多，所以皇上这样说他。左右的人失声笑了出来。皇上听见了，急忙站起来掩住嘴巴说："萧嵩虽然不擅长文艺，人臣的尊贵，也没有人比得上，刚才说的是笑话。"皇上暗中识别明察人才，都像这样。出自《明皇杂录》。

陈怀卿

陈怀卿是岭南人，养了一百多只鸭子。后来他在鸭栏中清除鸭粪时，发现粪中闪着灿烂的光芒，试着用盆子像淘沙一样地淘洗鸭粪，得到十两金子。就去察看鸭子吃食的地方，在屋后的山脚下，土里有沙金，淘出来熔化后得到几千斤黄金。当时的人没有知道的，陈怀卿就成了大富翁，做官做到梧州刺史。出自《朝野佥载》。

邹凤炽

西京怀德坊南门的东边，有个富商叫邹凤炽，他两肩高耸，后背弯曲，像骆驼似的，当时的人叫他邹骆驼。他家里非常有钱，金银珠宝多得数不过来，经常和朝廷中的权贵们来往，邸店和园林住宅，天下到处都有。四面八方的货物全被他收买下来，即使是古时的大富豪猗顿、白圭，也超不过他。他家的男女人等和男仆女仆，都是穿锦衣吃美食，穿的衣服和用的器物，都是当时令人惊异的东西。曾经因为女儿出嫁，邀请朝廷中的官员去参加婚礼酒席，来的宾客有几千人。到了夜间，还供应帐幕休息，里面华丽到极点。等到新娘快出来的时候，一群女仆围绕着她，个个都穿着绮罗戴着珠翠，低着头，小步走路，其中特别艳丽的，就有几百人。大家都愣了，不知道哪个是新娘子了。他曾经去拜见高宗皇帝，请求买终南山中的树，一棵树的价格是一匹绢。他自己说："山上的树卖光了，我的绢也还没有用完。"事情虽然没有实行，但这话最终被天下人传诵。后来因犯罪被流放到瓜州，遇上大赦回来了。等他死后，子孙却很穷困。

又有王元宝者，年老，好戏谑，出入里市，为人所知。人以钱文有"元宝"字，因呼钱为"王老"，盛流于时矣。出《西京记》。

又一说，玄宗尝召王元宝，问其家私多少。对曰："臣请以绢一匹，系陛下南山树，南山树尽，臣绢未穷。"又玄宗御含元殿，望南山，见一白龙横亘山间。问左右，皆言不见。令急召王元宝问之，元宝曰："见一白物，横在山顶，不辨其状。"左右贵臣启曰："何故臣等不见？"玄宗曰："我闻至富可敌贵。朕天下之贵，元宝天下之富，故见耳。"出《独异志》。

高力士

高力士既谪于巫州，山谷多荠，而人不食。力士感之，因为诗寄意："两京作斤卖，五溪无人采。夷夏虽有殊，气味终不改。"其后会赦，归至武溪，道遇开元中羽林军士，坐事谪岭南。停车访旧，方知上皇已厌世，力士北望号泣，呕血而死。出《明皇杂录》。

王 维

天宝末，群贼陷两京，大掠文武朝臣，及黄门宫嫔、乐工、骑士。每获数百人，以兵仗严卫，送于洛阳。至有逃于山谷者，而卒能罗捕追胁，授以冠带。禄山尤致意乐工，求访颇切，于旬日，获梨园弟子数百人。群贼因相与大会于凝碧池，宴伪官数十人，大陈御库珍宝，罗列于前后。乐既作，

又有个叫王元宝的人,年纪大,喜欢说笑话,常在市集上进进出出,人们都知道他。人们因为钱上有"元宝"字样,因而把钱叫做"王老",这话在当时流传很广。出自《西京记》。

又有一种说法,玄宗皇帝曾经召见王元宝,问他有多少家产。他回答说:"臣请用绢捆来系陛下南山上的树,一棵树一匹绢,南山上的树系完了,我的绢还用不完。"又一次,玄宗到含元殿,望着南山,看见一条白龙横卧在山间。问左右的人,都说没看见。让人赶快去叫王元宝来问他,王元宝说:"看见一个白色的东西,横卧在山顶上,看不清它的样子。"皇上身边地位尊贵的大臣问皇上说:"我们为什么看不见呢?"玄宗说:"我听说最富的人能够比得上尊贵的人。我是天下最尊贵的人,王元宝是天下最富的人,所以能看见。"出自《独异志》。

高力士

高力士被贬到巫州之后,那里的山谷里长了很多荠菜,可是人们都不吃它。高力士很感慨这件事,因而写诗寄托心意:"两京作斤卖,五溪无人采。夷夏虽有殊,气味终不改。"那之后遇到大赦,他回到武溪,在路上遇见了开元年间羽林军的军士,这军士因犯罪被贬谪到岭南来。高力士停下车子向他打听老相识们的情况,才知道太上皇唐玄宗已经去世了,高力士望着北方大声哭泣,吐血而死。出自《明皇杂录》。

王　维

唐玄宗天宝末年,安禄山的叛军攻下了长安和洛阳,大肆捉拿朝廷的文臣武将,以及宦官、宫女、乐师和骑兵。每次捉拿到几百人,就派人持兵器严密看守,送到洛阳。甚至有些逃到山谷里去的人,最后也被搜捕胁迫,被授予官职。安禄山特别留心乐师,寻找查访很急切,在十日之内,捉到梨园弟子几百人。叛军于是在凝碧池举行大聚会,宴请叛贼任命的官吏几十个人,大量陈列皇帝库藏的珍奇宝物,罗列在前前后后。音乐演奏起来以后,

梨园旧人不觉歔欷，相对泣下。群逆皆露刃持满以胁之，而悲不能已。有乐工雷海清者，投乐器于地，西向恸哭。逆党乃缚海清于戏马殿，支解以示众，闻之者莫不伤痛。王维时为贼拘于菩提佛寺中，闻之，赋诗曰："万户伤心生野烟，百官何日更朝天。秋槐叶落空宫里，凝碧池头奏管弦。"出《明皇杂录》。

史思明

安禄山败，史思明继逆。至东都，遇樱桃熟，其子在河北，欲寄遗之，因作诗同去。诗云："樱桃一笼子，半已赤，半已黄。一半与怀王，一半与周至。"诗成，左右赞美之，皆曰："明公此诗大佳，若能言'一半周至，一半怀王'，即与'黄'字声势稍稳。"思明大怒曰："我儿岂可居周至之下？"思明长驱至永宁县，为其子朝义所杀。思明曰："尔杀我太早，禄山尚得至东都，而尔何遽也？"思明子伪封怀王，周至即其傅也。出《芝田录》。

豆 谷

至德初，安史之乱，河东大饥。荒地十五里生豆谷，一夕扫而复生，约得五六千石。其实甚圆细美，人皆赖此活焉。出《传载》。

润州楼

润州城南隅，有楼名万岁楼。俗传楼上烟出，刺史即死，不死即贬。开元已前，以润州为凶阙。董琬为江东采访使，

梨园原先的乐师都不觉叹气，一个个互相看着流下泪来。叛军们个个手拿着刀威胁他们，却不能止住人们的悲哀。有个乐师叫雷海清，他把乐器扔在地上，向着西方痛哭。叛军就把雷海清捆到戏马殿上，大卸八块用来示众，听说这事的人没有不伤心痛苦的。王维当时被叛军拘押在菩提佛寺里，听说了这件事，写了一首诗说："万户伤心生野烟，百官何日更朝天。秋槐叶落空宫里，凝碧池头奏管弦。"出自《明皇杂录》。

史思明

安禄山失败后，史思明继续叛乱。史思明来到东都洛阳，正赶上樱桃熟了，他的儿子在河北，他想给儿子寄赠樱桃，于是写了一首诗一同送去。诗中说："樱桃一笼子，半已赤，半已黄。一半与怀王，一半与周至。"诗写完后，左右的人都称赞他，都说："明公的这首诗非常好，如果说成'一半周至，一半怀王'，就与上文的'黄'字的音韵和谐了。"史思明生气地说："我的儿子怎么能在周至的后面呢？"史思明长驱直至永宁县，被他的儿子史朝义杀了。史思明说："你杀我杀得太早了，安禄山还能到东都来，可你为什么这么着急呢？"史思明的儿子被伪政权封为怀王，周至是他儿子的师傅。出自《芝田录》。

豆 谷

至德初年，正逢安史之乱，黄河以东闹大饥荒。有块荒地十五里长，地里生出豆谷，晚上扫起来收回去后，地里又生出来，大约收获了五六千石豆谷。那豆粒长得很圆，质地细腻味道很美，人们全靠着它而活了下来。出自《传载》。

润州楼

润州城的南角，有一座楼叫万岁楼。世俗传说，只要这座万岁楼上出现烟，那么润州刺史就会死去，即便不死也要被贬。开元年间之前，人们认为润州是个凶城。董琬担任江东采访使，

尝居此州。其时昼日烟出，刺史皆忧惧狼狈，愁情至死。乾元中，忽然又昼日烟出，圆可一尺余，直上数丈。有吏密伺之，就视其烟，乃出于楼角隙中，更近而视之，乃蚊子也。楼下有井，井中无水，黑而且深，小虫蠛蠓蛛蝍之类，色黑而小。每晚晴，出自于隙中，作团而上。遥看类烟，以手揽之，即蚊蚋耳。从此知非，刺史亦无虑矣。出《辨疑志》。

丘 为

丘为致仕还乡，特给禄俸之半。既丁母丧，州郡疑所给，请于观察使韩滉。滉以为授官致仕，本不理务，特令给禄，以恩养老臣，不可以在丧为异，命仍旧给之。唯春秋二时，羊酒之直则不给。虽程式无文，见称折衷。出《谭宾录》。

裴 佶

朱泚既乱，裴佶与衣冠数人，佯为奴，求出城。佶貌寝，自出称甘草。门兵曰："此数子，必非人奴，如甘草，不疑也。"出《国史补》。

李抱贞

李抱贞镇潞州，军资匮缺，计无所为。有老僧，大为郡人信服。抱贞因请之曰："假和尚之道，以济军中，可乎？"僧曰："无不可。"抱贞曰："但言择日鞠场焚身，某当于使宅凿一地道通连。俟火作，即潜以相出。"僧喜从之，遂陈状声言，

曾经住在润州。当时大白天出现了烟，刺史又担心又害怕，十分狼狈，心情愁闷得要死。乾元年间，忽然又大白天出现了烟，粗有一尺多，一直向上有几丈高。有个官吏悄悄守候着，走到近处看那烟，发现是从楼角的缝隙中出来的，再靠近看那烟，竟然是蚊子。楼下有个井，井中没有水，黑乎乎的而且很深，有蠛蠓小虫和蜘蛛蚰蜒一类东西，颜色黑而且形状小。每当晚上晴天的时候，这些东西从缝隙中出来，形成一群向上飞。远看像是烟，用手一抓，就知道是蚊子和蚰虫。从此就知道弄错了，刺史也没有什么担心的了。出自《辨疑志》。

丘 为

丘为辞官还乡，朝廷特许发给一半俸禄。他母亲去世之后，州郡长官不知是否应该继续给他俸禄，就向观察使韩滉请示。韩滉认为当官的退休回乡，本就不理政务了，只是令州郡给他俸禄，以便施恩供养老臣，不可以在丧期有所改变，命令照旧供给俸禄。只是春秋两季的羊和酒的钱就不给了。这事尽管没有成文的规定，却被称赞为折衷的好办法。出自《谭宾录》。

裴 佶

朱泚作乱以后，裴佶和几个士绅，打扮成奴仆的样子，要求出城。裴佶貌丑，出来自称叫甘草，守门的士兵说："这几个人，一定不是人家的奴仆，像甘草那样的，就不必怀疑。"出自《国史补》。

李抱贞

李抱贞镇守潞州时，军队缺少经费，没有什么好办法。有个老和尚，郡中的人很信服他。李抱贞于是请求他说："借用和尚的道行，来供应军队的花销，可以吗？"和尚说："没什么不可以。"李抱贞说："你只要说选择哪天在球场上焚身，我事先在节度使住宅里挖一条地道和球场连通起来。等火烧起来，你就偷偷地从地道里出来。"和尚高兴地同意了，于是陈述情况宣布消息，

抱贞命于鞠场积薪贮油。因为七日道场，昼夜香灯，焚呗杂作。抱贞亦引僧入地道，使之不疑。僧乃升坛执炉，对众说法。抱贞率监军僚属及将吏，膜拜其下，以俸入擅施，堆于其傍。由是士女骈填，舍财亿计。满七日，遂送柴积，灌油发焰，击钟念佛。抱贞密已遣人填塞地道，俄顷之际，僧薪并灰。数日，籍所得货财，辇入军资库。别求所谓舍利者数十粒，造塔贮焉。出《尚书故实》。

杨志坚

　　颜真卿为抚州刺史，邑人有杨志坚者，嗜学而居贫，乡人未之知也。其妻以资给不充，索书求离。志坚以诗送之曰："当年立志早从师，今日翻成鬓有丝。落托自知求事晚，蹉跎甘道出身迟。金钗任意撩新发，鸾镜从他别画眉。此去便同行路客，相逢即是下山时。"其妻持诗，诣州公牒，以求别适。真卿判其牍曰："杨志坚早亲儒教，颇负诗名。心虽慕于高科，身未沾于寸禄。愚妻睹其未遇，曾不少留。靡追冀缺之妻，赞成好事；专学买臣之妇，厌弃良人。污辱乡间，伤败风教，若无惩诫，孰遏浮嚣？妻可笞二十，任自改嫁。杨志坚秀才，饷粟帛，仍署随军。"四远闻之，无不悦服。自是江表妇人，无敢弃其夫者。出《云溪友议》。

李抱贞命人在球场上堆积木柴准备好油脂。于是为他准备了七天的道场，白天黑夜地点着灯烧着香，佛教赞歌唱得一阵高一阵低。李抱贞也领着和尚进入地道观看，使他不疑心。和尚就登上佛坛，拿着香炉，对听众宣讲佛法。李抱贞率领着监军、同僚和军官，在坛下顶礼膜拜，带着钱进去随意施舍，堆在坛的旁边。从此，善男信女们也纷纷前来施舍，施舍的钱财数以亿计。道场做满七天，就送上柴火堆，泼上油脂点火，敲钟念佛。李袍贞已经秘密地派人填塞了地道，不一会儿，和尚和木柴全成了灰。几天后，登记得到的钱财，用车子送进军资库。另外找了几十粒舍利子，造了一座塔贮藏起来。出自《尚书故实》。

杨志坚

颜真卿任抚州刺史的时候，县里有个叫杨志坚的人，酷爱学习可是家里贫困，同乡人都不了解他。他的妻子因为钱财供给不足，向他要休书离婚。杨志坚写了一首诗送给她说："当年立志早从师，今日翻成鬓有丝。落托自知求事晚，蹉跎甘道出身迟。金钗任意撩新发，鸾镜从他别画眉。此去便同行路客，相逢即是下山时。"他的妻子拿着诗，到州府去办理官府的公文，以便改嫁。颜真卿在公文上批示说："杨志坚很早就钻研儒家学说，很有作诗的名声。心里虽然美慕科举高中，自身却还没有享受到一点俸禄。他愚昧的妻子看他始终没有考中功名，竟然不想再和他一起生活下去。不愿意像冀缺的妻子，帮助丈夫成就事业；只想学朱买臣的媳妇，厌恶并抛弃自己的丈夫。这种行为给家乡带来耻辱，败坏了道德教化，如果不给以惩罚警诫，怎么能制止这类轻浮的行为呢？妇人应当打二十板子，任凭她去改嫁。杨志坚秀才，要资助他粮食布匹，让他暂时担任随军这个职务。"四方远近的人们听说了这件事，没有不心悦诚服的。从此江南一带的女人，没有敢抛弃她的丈夫的。出自《云溪友议》。

卷第四百九十六
杂录四

赵　存

　　冯翊之东窟谷，有隐士赵存者，元和十四年，寿逾九十。服精术之药，体甚轻健。自云父讳君乘，亦享遐寿。尝事兖公陆象先，言兖公之量，固非凡可以测度。兖公崇信内典，弟景融窃非曰："家兄溺此教，何利乎？"象先曰："若果无冥道津梁，百岁之后，吾固当与汝等。万一有罪福，吾则分数胜汝。"及为冯翊太守，参军等多名族子弟，以象先性仁厚，于是与府寮共约戏赌。一人曰："我能旋笏于厅前，硬努眼眶，衡揖使君，唱喏而出，可乎？"众皆曰："诚如是，甘输酒食一席。"其人便为之，象先视之如不见。又一参军曰："尔所为全易，吾能于使君厅前，墨涂其面，着碧衫子，作神舞一曲，慢趋而出。"群寮皆曰："不可，诚敢如此，

赵　存

　　在冯翊的东窟谷,有个叫赵存的隐士,元和十四年时,已年过九十。他常服用黄精白术等药物,身体特别轻捷矫健。自称父亲名叫君乘,也是高寿。他曾经事奉兖公陆象先,说兖公的度量,绝对不是寻常人可以推测度量的。兖公尊崇信仰佛教,他的弟弟景融曾私下责备道:"哥哥您沉湎于佛教,有什么好处呢?"陆象先说:"如果真的没有通往冥府的渡口桥梁,死了之后,我和你当然是相同的。万一有罪福之分,我就理所当然要超过你。"等到陆象先做了冯翊太守,手下的参军人等大多是贵族子弟,因为象先性情仁慈厚道,他们就和幕僚们共同约定打赌玩。有一人说:"我能在大厅前旋转筹板,瞪大眼睛,扬眉举目给使君作揖,然后又手行礼招呼一声就退出来,信不信?"众人都说:"你真敢这么办,我们甘愿赔一桌酒席。"那人便照着自己说的做了,陆象先对他如同没看见一样。又一个参军说:"你所做的很容易,我能在使君的办公厅前,涂黑面孔,穿绿布衣服,扮作神跳舞,然后慢慢地退出来。"大家都说:"不可能,你如果真的敢这样做,

吾辈当敛俸钱五千，为所输之费。"其二参军便为之，象先
亦如不见。皆赛所赌，以为戏笑。其第三参军又曰："尔之
所为绝易，吾能于使君厅前，作女人梳妆，学新嫁女拜舅姑
四拜，则如之何？"众曰："如此不可，仁者一怒，必遭叱辱。
倘敢为之，吾辈愿出俸钱十千，充所输之费。"其第三参军，
遂施粉黛，高髻笄钗，女人衣，疾入，深拜四拜，象先又不以
为怪。景融大怒曰："家兄为三辅刺史，今乃成天下笑具。"
象先徐语景融曰："是渠参军儿等笑具，我岂为笑哉？"

　　初，房琯尝尉冯翊，象先下孔目官党芬，于广衢相遇，
避马迟，琯拽芬下，决脊数十下。芬诉之，象先曰："汝何处
人？"芬曰："冯翊人。"又问："房琯何处官人？"芬曰："冯翊
尉。"象先曰："冯翊尉决冯翊百姓，告我何也？"琯又入见，
诉其事，请去官。象先曰："如党芬所犯，打亦得，不打亦
得；官人打了，去亦得，不去亦得。"后数年，琯为弘农湖城
令，移摄闵乡。值象先自江东征入，次闵乡，日中遇琯，留
迨至昏黑，琯不敢言。忽谓琯曰："携衾裯来，可以宵话。"
琯从之，竟不交一言。到阙日，荐琯为监察御史。景融又
曰："比年房琯在冯翊，兄全不知之；今别四五年，因途次
会，不交一词，到阙荐为监察御史，何哉？"公曰："汝不自
解。房琯为人，百事不欠，只欠不言，今则不言矣，是以为
用之。"班行间大伏其量矣。出《乾𦠆子》。

严　震

　　严震镇山南，有一人乞钱三百千，去就过傲。震

我们就凑齐俸禄五千钱，充当输掉的费用。"第二个参军又照样做了，陆象先仍然像没看见一样。大家都打赌比赛，作为玩笑。第三个参军又说："你们做的都太容易了，我能在使君办公厅前，学女人梳妆，学新嫁娘拜公婆四拜，怎么样呢？"众人都说："这样可不行，惹正派人生气，会遭到叱责辱骂的。如果你敢这么做，我们甘愿拿出俸禄十千钱，充当输掉的费用。"这第三个参军就施粉描眉，挽发髻插金钗，穿上女人的服装，快步进入大厅，深拜了四拜，陆象先还是不以为怪。景融生气地说："哥哥身为三辅刺史，现在成了天下的笑柄。"陆象先慢悠悠地对景融说："是那些青年参军等于笑柄，我怎么成了笑柄呢？"

当初，房琯曾做冯翊尉，陆象先手下的孔目官党芬，和他在大街上相遇，党芬没来得及勒马避让，被房琯拽下马来，在他脊背上上了几十板子。党芬告诉陆象先，陆象先说："你是哪里人？"党芬说："冯翊人。"又问："房琯是哪里的官？"党芬答："他是冯翊尉。"陆象先说："冯翊尉打冯翊百姓，告诉我干什么呢？"房琯也来见陆象先，向他讲了那件事，请求解去官职。陆象先说："像党芬所犯的过错，打也使得，不打也使得；当官的打了，解去官职可以，不解去官职也可以。"过了几年，房琯做了弘农湖城令，改为代管闵乡。正碰上陆象先从江东调入京城，途中驻在闵乡，中午见到房琯，一直停留到天黑，房琯都没敢说话。陆象先忽然对房琯说："带被子来，晚上好谈一谈。"房琯这么做了，竟然没交谈一句。到了京城后，陆象先推荐房琯当监察御史。景融又问："那些年房琯在冯翊，哥哥一点也不赏识他；如今分别四五年，只是路上碰见了一次，一句话都没有谈过，到了京城却推荐他做监察御史，为什么呢？"陆象先说："你自己不明白。房琯为人，各个方面都不差，就差做到不说话，现在他不说话了，因此要提拔任用他。"同僚们都非常佩服陆象先的度量。出自《乾𫃎子》。

严　震

严震镇守山南时，有人向他讨三百千钱，举止十分傲慢。严震

召子公弼等问之，公弼曰："此诚不可，旨辄如此，乃患风耳，大人不足应之。"震怒曰："尔必坠吾门，只可劝吾力行善事，奈何劝吾吝惜金帛？且此人不辨，向吾乞三百千，的非凡也。"命左右准数与之。于是三川之士，归心恐后，亦无造次过求者。原缺出处，明抄本出《因话录》，陈校本出《乾馔子》。

卢 杞

卢杞为相，令李揆入蕃。揆对德宗曰："臣不惮远，恐死于道路，不达君命。"帝恻然悯之，谓卢曰："李揆莫老无？"杞曰："和戎之使，且须谙练朝廷事，非揆不可。且使揆去，则群臣少于揆年者，不敢辞远使矣。"揆既至蕃，蕃长曰："闻唐家有第一人李揆，公是否？"揆曰："非也，他那李揆，争肯到此？"恐为拘留，以谩之也。揆门地第一，文学第一，官职第一。揆致仕归东都，司徒杜佑罢淮海，入洛见之，言及第一之说，揆曰："若道门户，门户有所自，承余裕也；官职，遭遇耳。今形骸凋悴，看即下世，一切为空，何第一之有？"出《嘉话录》。

韦 皋

韦皋在西川，凡军士将吏有婚嫁，则以熟锦衣给其夫氏，以银泥衣给其女氏，各给钱一万。死丧称是，训练称是。内附者富赡之，远游者将迎之，极其赋敛，坐有余力，以故军府盛而黎氓重困。及晚年为月进，终致刘阐之乱，天下讥之。出《国史补》。

叫来儿子公弼等人问怎样处理，公弼说："这实在不行啊，他意图如此直白，只怕是得了疯病，您不要答应他。"严震生气地说："你一定会败坏我这门风，只可劝我多做好事，怎么能劝我吝惜金钱呢？况且此人不申辩理由，就敢向我要三百千钱，确实不一般。"于是就命令手下人如数给他。因此三川有识之士，争先恐后归附严震，也没有轻易过分要求的。<small>原缺出处，明抄本出自《因话录》，陈校本出自《乾𦠂子》。</small>

卢 杞

卢杞做宰相时，让李揆到吐蕃去。李揆对唐德宗说："我不怕远，只怕死在道上，不能完成皇上的使命。"唐德宗动了恻隐之心很可怜他，对卢杞说："李揆怕是老了吧？"卢杞说："同少数民族讲和的使者，必须熟悉朝廷事务，非李揆不可。况且派李揆去，那些比他年轻的大臣们，就不敢推辞到远处去的差使了。"李揆到了吐蕃后，吐蕃的首领说："听说唐朝有个第一人李揆，您是不是？"李揆说："不是，那个李揆，怎么肯到这里呢？"因为害怕被拘禁扣留，所以欺骗他。论门第，李揆第一；论文学，李揆第一；论官职，李揆第一。李揆退休后回到东都洛阳，司徒杜佑从淮海罢官，到洛阳拜见李揆，说起第一的事，李揆说："若说门第，门第都是有来源的，是由前代继承下来；官职，也不过是一时的机遇罢了。我现在身体不好，眼看就要过世，一切都是空的，哪有什么第一呢？"<small>出自《嘉话录》。</small>

韦 皋

韦皋在西川时，凡是军士将官有嫁娶的，就赠给男方熟锦衣，赠给女方银泥衣，再各给一万钱。办丧事和训练兵士也采取这种办法。归附他的，待遇优厚；出门远游的，都迎接回来，征收最重的赋税，因为那些人都是有多余的财力才出游的，因此军府充盈而百姓困顿。到了晚年更是按月征税，最终导致刘闹作乱，被天下人讥笑。<small>出自《国史补》。</small>

陆　畅

李白尝为《蜀道难》歌曰："蜀道难,难于上青天。"白以刺严武也。后陆畅复为《蜀道易》曰："蜀道易,易于履平地。"畅佞韦皋也。初畅受知于皋,乃为《蜀道易》献之。皋大喜,赠罗八百匹。及韦薨,朝廷欲绳其既往之事,复阅先所进兵器,刻"定秦"二字。不相与者,因欲构成罪名。畅上疏理之云:"臣在蜀日,见造所进兵器,'定秦'者匠名也。"由是得释。出《尚书故实》。

马　畅

马燧之子畅,以第中大杏馈窦文场,以进德宗。德宗未尝见,颇怪之,令中使就封杏树。畅惧,进宅,废为奉诚园,屋木皆拆入内。出《国史补》。

吴　凑

德宗非时召拜吴凑为京兆尹,便令赴上。凑疾驱,诸客至府,已列筵矣。或问曰:"何速?"吏曰:"两市日有礼席,举铛釜而取之。故三五百人馔,常可立办。"出《国史补》。

袁　傪

袁傪之破袁晁,擒其伪公卿数十人。州县大具桎梏,谓必生致阙下。傪曰:"此恶百姓,何足烦人?"乃遣笞臀逐之。出《国史补》。

陆 畅

李白曾写作《蜀道难》诗说:"蜀道难,难于上青天。"李白是用来讽刺严武的。后来陆畅又写了《蜀道易》,说:"蜀道易,易于履平地。"陆畅是用来讨好韦皋的。当初陆畅受到韦皋赏识,就写下《蜀道易》献给他。韦皋非常高兴,赠给他八百匹罗锦。等到韦皋去世,朝廷想追究他以往的事,又查到他先前所献的兵器上面刻着"定秦"二字。那些与韦皋关系不好的,想因此给他罗织罪名。陆畅上奏疏辩解说:"我在蜀地时,看到制造那些进献的兵器,知道'定秦'是个工匠的名字。"这事由此得以化解。出自《尚书故实》。

马 畅

马燧的儿子马畅,把家里的大杏子赠给窦文场,让他进献给唐德宗。唐德宗没见过这么大的杏子,感到很新奇,就命令中使立刻封存杏树。马畅害怕了,献上那座宅院,于是就把宅子作废改成奉诚园,房屋树木都拆迁到里面。出自《国史补》。

吴 凑

唐德宗破格下诏任命吴凑为京兆尹,命令他立即上任。吴凑策马疾驰,与宾客们到达官府时,宴席已摆好了。有人问:"怎么这么快?"小吏答道:"两个市场每天都备有礼席,拿锅去取就行。所以三五百人的饭,常常可以立即办好。"出自《国史补》。

袁 傪

袁傪打败袁晁的时候,捉到袁晁手下的敌伪公卿几十人。州县衙门准备了大量脚镣手铐,说一定要把他们活着送到京城。袁傪说:"这些刁民,哪里值得麻烦人?"就下令杖打屁股然后驱逐他们。出自《国史补》。

李 勉

故相李勉任江西观察使时，部人有父病蛊，乃为木偶人，置勉名位，瘗于其垄。或发以告勉，勉曰："为父禳灾，是亦可矜也，舍之。"或曰："李勉失守梁城，亦宜贬黜。"议曰："不然。当李希烈之怙乱，其锋不可当，天方厚其罪而降之罚也，矧应变非长，援军不至。又其时，关辅已俶扰矣，人心摇动矣。以文吏之才，当虎狼之隧，乃全师南奔，非量力者能乎？"出《谭宾录》。

于公异

李晟平朱泚之乱，德宗览收城露布曰："臣已肃清宫禁，祗谒寝园，钟簴不移，庙貌如故。"上感涕失声，左右六宫皆呜咽。露布乃于公异之辞也。议者以朝廷捷书露布，无如此者。公异后为陆贽所忌，诬以家行不谨，赐《孝经》一卷，故坎坷而终。出《国史补》。

邢君牙

贞元初，邢君牙为陇右临洮节度，进士刘师老、许尧佐往谒焉。二客方坐，一人仪形甚异，头大足短，衣麻衣而入。都不待宾司引报，直入见君牙。拱手于额曰："进士张汾不敢拜。"君牙从戎多年，殊不以为怪，乃揖汾坐，曾不顾尧佐、师老。俄而有吏过桉，宴设司欠失钱物。君牙阅历簿书，有五十余千散落，为所由隐漏。君牙大怒，方令分折去处，汾乃拂衣而起曰："且奉辞。"牙谢曰："某适有公事，略须

李　勉

原来的宰相李勉在任江西观察使时,部下有个人的父亲神志惑乱,这个人就做了一个木偶人,写上李勉的名字职位,埋到坟墓里。有人把它挖出来告诉了李勉,李勉说:"替父消灾,这也值得同情,放了他吧。"有人说:"李勉没有守住梁城,应贬官罢黜。"评论说:"不应这样。李希烈作乱之际,势不可挡,上天正要先加重他的罪过而后再惩罚他,何况应变不是李勉所擅长的,援兵也没有来到。加上当时边关京畿已开始动乱,人心开如动摇。用文官的才能,挡住虎狼之师的道路,能保全军队向南退却,不能正确估计自己力量的人能办到吗?"出自《谭宾录》。

于公异

李晟平定朱泚作乱,唐德宗看到收复城池的捷报上写着:臣已经清除宫室之乱,恭敬地拜谒了陵园,那里钟虡未动,庙堂依旧。"皇上感动得失声流泪,大臣后妃们也都哭了。这封奏书是于公异写的。议论的人们认为,写给朝廷的报捷书,没有比得上这一份的。后来陆贽忌恨于公异,诬告他家风不严,皇帝就赐给他一卷《孝经》,于公异因此历经坎坷而去世。出自《国史补》。

邢君牙

贞元初年,邢君牙担任陇右临洮节度,进士刘师老和许尧佐去拜见他。二位客人刚刚坐下,有一个仪表很奇特的人,头大脚短,穿着粗布衣服走了进来。也不等负责接待宾客的人员进去通报,直接进去会见邢君牙。他把手拱起来放在额前说:"进士张汾不敢行大礼。"邢君牙当了多年的军人,一点也不觉得怪诞,就回了礼请张汾坐下,都不理睬许尧佐和刘师老。不一会儿有个官吏送来案卷,宴设司亏空丢失了钱和物。邢君牙查看账册,发现少了五十多千的钱,被经手的差役隐瞒漏报了。刑君牙非常生气,正要派人去查清楚钱的去向,张汾就拍拍衣服站起来说:"暂且告辞了。"邢君牙道歉说:"我恰好有点公事,需要略作

决遣，未有所失于君子，不知遽告辞，何也？"汾对曰："汾在京之日，每闻京西有邢君牙上柱天，下柱地；今日于汾前，与设吏论牙三五十千钱，此汉争中？"君牙甚怪，便放设吏，与汾相亲。汾谓君牙曰："某在京应举，每年常用二千贯文，皆出往还。剑南韦二十三，徐州张十三，一日之内，客有数等，上至给舍，即须法味，中至补遗，即须煮鸡豚，或生或鲙。"既而指师老、尧佐云："如举子此公之徒，远相访，即腊胡而已。何不如此耶？"尧佐矍然。逡巡，二客告辞而退，君牙各赠五缣。张汾洒扫内厅安置，留连月余，赠五百缣。汾却至武功，尧佐方卧病在馆，汾都不相揖。后二年及第，又不肯选，遂患腰脚疾。武元衡镇西川，哀其龙钟，奏充安抚巡官，仍摄广都县令，一年而殂。 出《乾𦠆子》。

张 造

贞元中，度支欲取两京道中槐树为薪，更栽小树，先下符牒华阴，华阴尉张造判牒曰："召伯所憩，尚不剪除；先皇旧游，岂宜斩伐？"乃止。 出《国史补》。

吕元膺

吕元膺为鄂岳团练，夜登城，女墙已锁。守者曰："军法夜不可开。"乃告之曰："中丞自登。"守者又曰："夜中不辨是非，中丞亦不可。"元膺乃归。及明，擢为大职。 出《国史补》。

处理,对你并没有失礼的地方,不知道你急急忙忙告辞,是为什么呢?"张汾回答说:"我在京城的时候,常常听说京西有个邢君牙,是个顶天立地的人物;今天在我的面前,和一个小吏讨论起三五十千钱的事,这种男人哪里符合那样的评价呢?"邢君牙觉得很奇怪,就打发走小吏,和张汾亲近起来。张汾对邢君牙说:"我在京城参加考试的时候,每年常常花用二千贯钱,都花在与别人的往来上。剑南的韦二十三,徐州的张十三,一天的时间里,客人都分几个等级,上到给事中、中书舍人那种贵客,就需要山珍海味;中等的像补阙、拾遗之类的客人,就需要炖上鸡肉和猪肉,还有生鱼或细鱼丝。"接着指着刘师老和许尧佐说:"像这一类参加考试的举子,从远方前来拜访,就像肮脏的胡人而已。你为什么不这样来待客呢?"许尧佐很惊讶。过了一会儿,两个客人告辞走了,邢君牙给他们各自送了五匹细绢。对张汾却打扫干净内厅安排他住下,呆了一个多月,送给他五百匹细绢。张汾回到武功时,许尧佐病倒在馆舍的床上,张汾也不去看望。过两年后考中了,又不愿意当候选官员,于是得了腰和脚的疾病。武元衡镇守西川时,可怜他年老行动不便,上奏朝廷让他担任安抚巡官,还兼任广都县县令,一年以后就死了。出自《乾䐉子》。

张　造

贞元年间,度支衙门想砍掉两京沿途的槐树当烧柴,重新栽上小树,先写公文给华阴县,华阴县尉张造批道:"召穆公在下面休息过的树,尚且不砍伐;先皇过去游览过的树,怎么能砍伐?"就停止了砍树。出自《国史补》。

吕元膺

吕元膺是鄂岳团练,一天夜里想要登城,但城上的矮墙已上锁。守门人说:"军法规定夜晚不能开门。"就告诉他说:"是中丞亲自登城。"守门人又说:"夜晚看不清是谁,中丞也不行。"吕元膺就回去了。天亮后,吕元膺就提拔那人担任要职。出自《国史补》。

李章武

李章武学识好古，有名于时。唐太和末，敕僧尼试经若干纸，不通者，勒还俗。章武时为成都少尹，有山僧来谒云："禅观有年，未尝念经，今被追试，前业弃矣，愿长者念之。"章武赠诗曰："南宗向许通方便，何处心中更有经？好去苾刍云水畔，何山松柏不青青？"主者免之。出《本事诗》。

元 稹

元稹为御史，奉使东川，于襄城题《黄明府》诗，其序云："昔年曾于解县饮酒，余恒为觥录事。尝于窦少府厅，有一人后至，频犯语令，连飞十数觥，不胜其困，逃席而去。醒后问人，前虞卿黄丞也，此后绝不复知。元和四年三月，奉使东川，十六日，至裒城。望驿有大池，楼榭甚盛。逡巡，有黄明府见迎。瞻其形容，仿佛以识，问其前衔，即曩日之逃席黄丞也。说向事，黄生惘然而悟，因馈酒一尊，舣舟邀余同载。余时在诸葛所征之路次，不胜感今怀古，遂作《赠黄明府》诗云：'昔年曾痛饮，黄令困飞觥。席上当时走，马前今日迎。依稀迷姓字，即渐识平生。故友身皆远，他乡眼暂明。便邀联榻坐，兼共刺船行。酒思临风乱，霜棱拂地平。不堪深浅酌，还怆古今情。迤逦七盘路，坡陁数丈城。花疑褒女笑，栈想武侯征。一种埋幽石，老闲千载名。'"出《本事诗》。

李章武

李章武博学多识，喜好古代事物，在当时非常有名气。唐朝太和末年，皇上敕令和尚尼姑要考若干页经文，不懂佛经含义的，勒令还俗。李章武当时是成都少尹，有个山里的和尚来拜见他说："我参禅多年，没念过经，现在被迫考试，前功将尽弃，希望您能帮帮我。"李章武赠给他一首诗，写道："南宗向许通方便，何处心中更有经？好去苾刍云水畔，何山松柏不青青？"主考者就免除了他的考试。出自《本事诗》。

元　稹

元稹做御史时，奉命出使东川，在褒城写下《黄明府》一诗，诗序中说："往年曾在解县喝酒，我常常担当觥录事。有一次在窦少府客厅喝酒，有一个人迟到了，又频频触犯酒令，连着干了十几杯酒，结果不胜酒力，逃席离去。酒醒后我问别人，才知道他是以前的虞卿黄丞，以后再也不知道他的消息。元和四年三月，我奉命出使东川，十六日，到达褒城。远远望见驿站有个大池子，其间楼台亭榭很壮观。过了一会儿，有个黄县令出来迎接。我打量他的长相，似曾相识，就问他以前的官职，原来就是从前逃席的黄丞。说起以前的事，黄丞恍然大悟，就赠给我一坛酒，停船靠岸邀请我上船。我当时在诸葛亮出征的路途中住下，禁不住感今怀古，就写下一首《赠黄明府》诗说：'昔年曾痛饮，黄令困飞觥。席上当时走，马前今日迎。依稀迷姓字，即渐识平生。故友身皆远，他乡眼暂明。便邀联榻坐，兼共刺船行。酒思临风乱，霜棱拂地平。不堪深浅酌，还怆古今情。迤逦七盘路，坡陁数丈城。花疑褒女笑，栈想武侯征。一种埋幽石，老闲千载名。'"出自《本事诗》。

于 頔

丞相牛僧孺应举时,知于頔奇俊,特诣襄阳求知。住数日,两见,以游客遇之,牛怒而去。去后,忽召客将问曰:"累日前有牛秀才发未?"曰:"已去。""何以赠之?"曰:"与钱五百。""受乎?"曰:"掷于庭而去。"于大恨,谓宾佐曰:"某事繁,总盖有阙遗者。"立命小将,赍绢五百匹,书一函,追之,曰:"未出界,即领来;如已出界,即以书付。"小将界外追及,牛不折书,揖回。出《幽闲鼓吹》。

薛尚衍

于頔方炽于襄阳,朝廷以大阉薛尚衍监其军。尚衍至,頔初不厚待,尚衍晏如也。后旬日,请出游,及暮归第,幄幕茵毯什器,一以新矣;又列犊车五十乘,实以彩绫。尚衍颔之,亦不言。頔叹曰:"是何祥也!"出《国史补》。

于　頔

丞相牛僧孺当年参加考试时,知道于頔奇特杰出,特地到襄阳拜谒求教。住了几天,两次见面,都把他当游客那样对待,牛僧孺生气地走了。他走了以后,于頔叫来客将问道:"几天前来的那个牛秀才走没走?"回答说:"已经走了。""送了他什么?"回答说:"给他五百钱。""接受了吗?"回答说:"扔到院子里走了。"于頔非常遗憾,对宾佐说:"我事太多了,总会有照顾不到的地方。"立即命令小将,带着五百匹绢,书信一封,追赶牛僧孺,并嘱咐小将:"如果他没出界,就接回来;如已出界,就把信给他。"小将到界外追上牛僧孺,牛僧孺并不看信,只是拱拱手让他回来。

出自《幽闲鼓吹》。

薛尚衍

于頔在襄阳正得势时,朝廷派大宦官薛尚衍监督他的军队。薛尚衍到襄阳,于頔开头并未好好款待他,而薛尚衍表现得很平静。过了十天,于頔请他外出游览,到晚上回到住所,窗帘地毯各种器具,都换成新的了;又排列牛车五十辆,装载着彩色绸缎。薛尚衍只是点点头,也不说话。于頔叹道:"这是什么征兆呢?"

出自《国史补》。

卷第四百九十七
杂录五

高　逞

高逞为中书舍人九年，家无制草。或问曰："前辈皆有制集，焚之何也？"答曰："王言不可存于私家。"出《国史补》。

吕元膺

吕元膺为东都留守，常与处士对棋。棋次，有文簿堆拥，元膺方秉笔阅览。棋侣谓吕必不顾局矣，因私易一子以自胜。吕辄已窥之，而棋侣不悟。翼日，吕请棋处士他适。内外人莫测，棋者亦不安，乃以束帛赆之。如是十年许，吕寝疾将亟，儿侄列前。吕曰："游处交友，尔宜精择。吾为东都留守，有一棋者云云，吾以他事俾去。易一着棋子，

高　逞

高逞做了九年中书舍人，家里没有诏令的草稿。有人问高逞："前辈中书舍人都藏有诏令集子，你为什么都烧掉了呢？"高逞回答说："帝王的话不可以藏在私人家里。"出自《国史补》。

吕元膺

吕元膺担任东都留守的时候，曾经与一位隐士下棋。正下着棋时，有一些文件堆积在手边，吕元膺就拿着笔批阅。棋友以为吕元膺一定顾不上看棋局，就偷偷换了一个棋子来为自己取胜。吕元膺已经把一切看在眼里，但那位棋友却还不知道。第二天，吕元膺请那位隐士到别处去。所有的人都不明白怎么回事，棋友也感到很不安，吕元膺便用一束帛给棋友送行。就这样过了约十年，吕元膺卧病在床，将要去世的时候，儿子侄子们都站在床前。吕元膺说："结交朋友，一定要仔细地选择。当初我担任东都留守时，有一个和我下棋的人，趁我做别的事时，偷偷换了一着棋，我便借口其他事情把他打发走了。其实换一个棋子，

亦未足介意,但心迹可畏。亟言之,即虑其忧慑;终不言,又恐汝辈灭裂于知闻。"言毕,惘然长逝。出《芝田录》。

王锷

泓师云:"长安永宁坊东南是金盏地,安邑里西是玉盏地。"后永宁为王锷宅,安邑为北平王马燧宅。后王、马皆进入官。王宅累赐韩弘及史宪诚、李载义等,所谓金盏破而成焉;马燧为奉诚园,所为玉盏破而不完也。

又一说,李吉甫安邑宅,及牛僧孺新昌宅,泓师号李宅为玉杯,一破无复可全;金碗或伤,庶可再制。牛宅本将作大匠康訔宅,訔自辨冈阜形势,以其宅当出宰相。后每年命相有按,訔必引颈望之。宅竟为僧孺所得。李后为梁新所有。出《卢氏杂说》。

江西驿官

江西有驿官以干事自任,白刺史,驿已理,请一阅之,乃往。初一室为酒库,诸醖毕熟,其外画神,问曰:"何也?"曰:"杜康。"刺史曰:"功有余也。"又一室曰茶库,诸茗毕贮,复有神,问:"何也?"曰:"陆鸿渐。"刺史益喜。又一室曰菹库,诸茹毕备,复有神,问:"何神也?"曰:"蔡伯喈。"刺史大笑曰:"君误矣。"出《国史补》。

也不值得介意，但反映出此人的心迹可怕。当时立即挑明这件事，又怕那个人因此而忧愁恐惧；始终不说，又怕你们不知道这些事。"说完之后，吕元膺怀着惆怅死去了。出自《芝田录》。

王锷

泓师说："长安永宁坊东南面是金盏一样的宝地，安邑里西面是玉盏一样的宝地。"后来永宁坊那个地方成为王锷的住宅，安邑里那个地方则成为北平王马燧的住宅。后来王锷和马燧双双入朝为官。王锷的住宅依次赐给了韩弘和史宪诚、李载义等，就像人们所说的，金盏破了还能复原；马燧的住宅却成了奉诚园，就像人们所说的，玉盏碎了就恢复不了原样了。

另一种说法是，李吉甫的安邑宅和牛僧孺的新昌宅，泓师称李宅是玉杯，一旦碎了就不能复原了；金碗有了损伤，差不多可以再复制。牛僧孺的住宅本来是主管宫殿建筑的将作大监康䇦的住宅，康䇦自己会看风水，认为自己的宅院会出现宰相。以后每年有任命宰相的文告时，康䇦就一定会伸着脖子去看看。他的宅院最终被牛僧孺得去了。李吉甫的宅院后来归了梁新。出自《卢氏杂说》。

江西驿官

江西有个驿官自认为有办事才能，报告刺史大人，说驿站已经整理好，请大人前去视察，刺史于是前往。最初看到的一间屋子是酒库，各种酒都酿好了，外面画着一个神，刺史问："是谁？"驿官答："是杜康。"刺史说："你很有功劳。"看的另一间屋子是茶库，各种茶叶都储存好了，外面也画着一个神，刺史问："是谁？"驿官答："是陆鸿渐。"刺史更高兴了。又一间屋子是腌菜库，各种菜都已齐备，外面也画着神，刺史问："是什么神？"驿官回答："是蔡伯喈。"刺史哈哈大笑说："你搞错了。"出自《国史补》。

王仲舒

王仲舒为郎官，与马逢友善。每责逢曰："贫不可堪，何不求碑志相救？"逢曰："适见谁家走马呼医，吾可待也。"出《国史补》。

周　愿

元和中，郎吏数人省中纵酒，话平生各有爱尚及憎怕者。或言爱图画及博奕，或怕妻与佞。工部员外周愿独云："爱宣州观察使，怕大虫。"出《传载》。

张　荐

张荐自筮仕至秘书监，常带使职，三入蕃，殁于赤岭。出《传载》。

莲花漏

越僧僧澈得莲花漏于庐山，传之江西观察使韦丹。初惠远以山中不知更漏，乃取铜叶制器，状如莲花。置盆水上，底孔漏水，半之则沉，每昼夜十二沉，为行道之节。虽冬夏短长，云阴月黑，无所差也。出《国史补》。

唐　衢

进士唐衢有文学，老而无成。善哭，每发一声，音调哀切。遇人事有可伤者，衢辄哭之，闻者涕泣。尝游太原，遇享军，酒酣乃哭，满坐不乐，主人为之罢宴。出《国史补》。

王仲舒

王仲舒任郎官时，和马逢相当要好。他常常责备马逢说："你家太穷了，为什么不去给人写写碑文救急呢？"马逢说："刚才正好看见谁家骑马找医生，我可以等着了。"<small>出自《国史补》。</small>

周　愿

元和年间，几位郎官聚在省中喝酒，喝酒时大家都谈起各自一生所喜欢崇尚及憎恶害怕的事情。有人说喜欢绘画和下棋，有人说害怕无知妄为和阿谀奉承的人。唯独工部员外郎周愿说："喜欢宣州观察使，惧怕老虎。"<small>出自《传载》。</small>

张　荐

张荐自己算卦算出官可以做到秘书监，经常担任出使的事，三次进入吐蕃，死在赤岭。<small>出自《传载》。</small>

莲花漏

越地和尚僧澈在庐山得到一个莲花漏，传给了江西观察使韦丹。当初惠远和尚因为山里不知时间的变化，就用铜片制造了这种东西，形状像朵莲花。把它放在水盆里，它的下面有小孔可以漏水，漏进一半的时候，它就沉到了水底，每昼夜沉十二次，作为修行生活的时间标准。虽然是冬夏有日夜长短的变化，有时是阴天没有月亮，这个莲花漏所测出的时间并没有什么偏差。<small>出自《国史补》。</small>

唐　衢

进士唐衢很有文才，但到老了也没有什么建树。擅长哭，每哭一声，声音凄切哀婉。碰到有什么使人感到悲伤的事，唐衢就哭，听到的人无不因此落泪。唐衢曾经在太原一带游览，赶上军队设宴，喝到酒兴正浓的时候，唐衢便哭了起来，在座的人都感到很扫兴，主人只好撒了宴席。<small>出自《国史补》。</small>

脂粉钱

湖南观察使有夫人脂粉钱者,自颜杲卿妻始之也。柳州刺史亦有此钱,是一军将为刺史妻致,不亦谬乎! <small>出《嘉话录》。</small>

韦执谊

元和初,韦执谊贬崖州司户参军,刺史李甲怜其羁旅,乃举牒云:"前件官久在相庭,颇谙公事,幸期佐理。勿惮縻贤,事须请摄军事衙推。"<small>出《岭南异物志》。</small>

李光颜

李光颜有大功于时,位望通显。有女未适人,幕客谓其必选嘉婿。因从容,乃盛誉一郑秀才,词学门阀,人韵风流,冀光颜以子妻之。他日又言之,光颜乃谢幕客曰:"光颜一健儿也,遭逢多难,偶立微功,岂可妄求名族,以掇流言者乎?某自己选得嘉婿,诸贤未知。"乃召一典客小吏,指之曰:"此为某女之匹也。"即擢升近职,仍分财而资之。从事闻之,咸以为惬当矣。按光颜居鼎盛之朝,虑弓藏之祸,事当远害,理在避嫌,岂敢结强宗,固隳本志者欤?与夫必娶国高,求婚王谢者,不其远哉? <small>出《北梦琐言》。</small>

李 益

长庆初,赵宗儒为太常卿,赞郊庙之礼。罢相三十余年,

脂粉钱

湖南观察使有夫人的脂粉钱的事，是从颜杲卿的妻子开始的。柳州刺史也有这种钱，是军队的一个将领替刺史的妻子收缴的，不也太荒谬了吗！出自《嘉话录》。

韦执谊

元和初年，韦执谊被贬为崖州司户参军，刺史李甲可怜他寄居在外，就写文书推荐他说："前件文书提到的官在相府的时间很长，很熟悉公务，希望能他帮助理事。不要怕束缚贤才，事务需要他担任军事衙推。"出自《岭南异物志》。

李光颜

李光颜在当时立了大功，官位亨通，声望显赫。有个女儿还没有嫁人，幕客们都说他一定会选个好女婿。于是趁他空闲的时候，向他权力赞扬一位郑秀才，说郑秀才出身书香门第，仪表风流倜傥，希望李光颜能把女儿嫁给他。过了几天，幕僚们又提起这事，李光颜谢绝了幕客，说："我只是一个兵，遭逢国家多难，偶然立下点功劳，怎么敢妄想高攀名门望族，招来闲言碎语呢？我自己已选了一位好女婿，你们都不知道。"于是就叫来一个典客小吏，指着他说："这就是我女儿的配偶。"便提升他到身边任职，还用自己的钱财资助他。随从们听说后，都认为很妥当。由此看来，李光颜在身处朝中，权势鼎盛之时，能考虑到鸟尽弓藏的祸端，做事应当远避祸患，理应回避嫌疑，哪里敢攀结高门显贵，违背当初的志向呢？这和那些一定要到像春秋时期齐国的国氏、高氏那种贵族家娶妻，向六朝时期王、谢那样的世家大族求婚的人相比，不是相差很远吗？出自《北梦琐言》。

李益

长庆初年，赵宗儒任太常卿，负责组织在郊外祭天和在宗庙中祭祖先的礼仪活动。当时赵宗儒卸任宰相已经三十多年了，

年七十六，众论其精健。有常侍李益笑曰："赵乃仆为东府试官所送进士也。"出《撼言》。

吴武陵

长庆中，李渤除桂管观察使，表名儒吴武陵为副使。故事，副车上任，具櫜鞬通谢。又数日，于毬场致宴，酒酣，吴乃闻妇女于看棚聚观，意甚耻之。吴既负气，欲复其辱，乃上台盘坐，褰衣裸露以溺。渤既被酒，见之大怒，命卫士送衙司枭首。时有衙校水兰，知其不可，遂以礼而救止，多遣人卫之。渤醉极，扶归寝，至夜艾而觉，闻家人聚哭甚悲，惊而问焉。乃曰："昨闻设亭喧噪，又闻命衙司斩副使，不知其事，忧及于祸，是以悲耳。"渤大惊，亟命递使问之，水兰具启："昨虽奉严旨，未敢承命，今副使犹寝在衙院，无苦。"渤迟明，早至衙院，卑词引过，宾主上下，俱自克责，益相敬。时未有监军，于是乃奏水兰牧于宜州以酬之。武陵虽有文华，而强悍激讦，为人所畏。又尝为容州部内刺史，赃罪狼籍，敕史令广州幕吏鞫之。吏少年，亦自负科第，殊不假贷，持之甚急。武陵不胜其愤，因题诗路左佛堂曰："雀儿来逐飐风高，下视鹰鹯意气豪。自谓能生千里翼，黄昏依旧入蓬蒿。"出《本事诗》。

韦乾度

韦乾度为殿中侍御史，分司东都。牛僧孺以制科敕首，

已七十六岁了，大家都说他精神饱满身体健康。有个常侍李益笑着说："赵宗儒还是我在做东府主考官的时候选送的进士呢。"
_{出自《摭言》。}

吴武陵

长庆年间，李渤出任桂管观察使，表奏名儒吴武陵为副使。按惯例，副职上任时，要拿着弓箭袋向观察使致谢。过了几天，李渤在球场设宴，酒喝到高兴时，吴武陵听到一些妇女聚在看棚上看，心里觉得非常耻辱。吴武陵心中很生气，就想报复一下这种羞辱，于是上高台盘坐，提起衣裙光着身子撒尿。李渤也喝多了酒，看到后异常愤怒，命令卫士把吴推到衙门斩首。当时有一个衙门校官叫水兰，知道这样做不好，很礼貌地阻止了这件事，派了许多人看守吴武陵。李渤大醉后，人们搀扶着他回去睡觉，到夜深时才醒，听到家里的人聚在一起哭得很伤心，惊讶地问怎么回事。家里人说："昨晚听到球场喧闹，又听说你命令衙司斩掉吴副使，不知道具体怎么回事，担心会引出灾祸，所以才这么伤心痛哭。"李渤非常惊慌，立即命人前去衙门打听，水兰报告说："昨晚虽是奉了严命，但没敢执行命令，现在副使还睡在衙院里，没有受苦。"李渤等到天亮了，一早来到衙院，言辞谦恭地承认了自己的过错，分宾主落座后，都互相自责，从此更加敬重对方。当时还没有监军，李渤就上奏请求让水兰任宜州长官，以此来答谢水兰。吴武陵虽然有文才，但性情强悍暴烈，人们都怕他。他曾经做过容州部内刺史，犯下许多罪行，皇帝的使者命令广州的幕吏审讯他。这个小官吏正当年轻，也自负是科举出身，一点也不宽恕，办案逼得很紧。武陵感到非常气愤，所以在路边佛堂里题诗说："雀儿来逐飓风高，下视鹰鹯意气豪。自谓能生千里翼，黄昏依旧入蓬蒿。"_{出自《本事诗》。}

韦乾度

韦乾度任殿中侍御史，分管东都。牛僧孺凭制科考试第一，

除伊阙尉。台参,乾度不知僧孺授官之本,问何色出身,僧孺对曰:"进士。"又曰:"安得入畿?"僧孺对曰:"某制策连捷,忝为敕头。"僧孺心甚有所讶,归以告韩愈。愈曰:"公诚小生,韦殿中固当不知。愈及第十有余年,猖狂之名,已满天下,韦殿中尚不知之,子何怪焉?"出《乾𬬱子》。

赵宗儒

赵宗儒检校左仆射为太常卿,太常有师子乐,备五方之色,非朝会聘享不作。至是中人掌教坊之乐者,移牒取之,宗儒不敢违,以状白宰相。宰相以为事在有司,其事不合关白。宗儒忧恐不已,相座责以懦怯不任事,改换散秩,为太子少师。出《卢氏杂说》。

席夔

韩愈初贬之制,舍人席夔为之词曰:"早登科第,亦有声名。"席既物故,友人多言曰:"席无令子弟,岂有病阴毒、伤寒而与不洁?"韩曰:"席不吃不洁太迟。"人曰:"何也?"曰:"出语不当。"是盖忿责词云"亦有声名"耳。出《嘉话录》。

刘禹锡

牛僧孺赴举之秋,每为同袍见忽。尝投贽于补缺刘禹锡,对客展卷,飞笔涂窜其文,且曰:"必先辈期至矣。"虽拜谢咨砺,终为怏怏。历三十余岁,刘转汝州,僧孺镇汉南。枉道驻旌,

被任命为伊阙尉。他到御史台来去参见韦乾度，韦乾度不知道牛僧孺授官的缘由，就问他什么出身，牛僧孺回答说："进士出身。"又问："怎样到了京畿地区做官？"僧孺回答："我制科对策考试连连取胜，有幸成为第一。"牛僧孺心里感到很惊讶，回去后告诉了韩愈。韩愈说："你是个年轻人，韦殿中当然不知道了。我进士及第十多年了，狂妄的名声已传遍天下，韦殿中尚且不知，你有什么好奇怪的呢？"出自《乾𦠅子》。

赵宗儒

赵宗儒以检校左仆射任太常卿，太常寺里有一种师子乐，具备五方的特色，不是朝会宴享活动是不演奏的。这时有个掌管教坊音乐的宦官，移送文书来调用，赵宗儒不敢违抗，就把这情况报告了宰相。宰相认为做种事情是太常职责范围内的事，不应该向他报告。赵宗儒忧愁恐惧得不得了，宰相责备他怯懦不能担当大事，给他换了一个闲职，做了太子少师。出自《卢氏杂说》。

席　夔

韩愈初次受贬的制书上，中书舍人席夔在上面写了这样的话："早年就登科及第，也有些名声。"席夔死后，友人大多都说："席夔没有好的子弟，难道是他有了阴毒、伤寒一类的病，而给他吃了不干净的东西吗？"韩愈说："席夔不吃不干净的东西为时太晚了！"有人问："这是什么意思？"韩愈说："他说话不恰当。"这是在愤怒地指责制书上那句"也有些名声"的话啊。出自《嘉话录》。

刘禹锡

牛僧孺赶考的时候，常常被同辈人忽视。他曾写了一篇文章投到补缺刘禹锡门下，刘禹锡当着客人的面打开文卷，提笔涂改他的文章，而且说："一定是哪位前辈让你来的吧。"牛僧孺虽然感谢他的批改，终究不大高兴。过了三十多年，刘禹锡转到汝州任职，牛僧孺奉命镇守汉南。牛僧孺绕道来看望刘禹锡，

信宿酒酣,直笔以诗喻之。刘承诗意,才悟往年改牛文卷。因戒子咸佐、承雍等曰:"吾立成人之志,岂料为非。况汉南尚书,高识远量,罕有其比。昔主父偃家为孙弘所夷,嵇叔夜身死锺会之口,是以魏武戒其子云:'吾大忿怒,小过失,慎勿学焉。'汝辈修进,守中为上也。"僧孺诗曰:"粉署为郎四十春,向来名辈更无人。休论世上升沉事,且阅樽前见在身。珠玉会应成咳唾,山川犹觉露精神。莫嫌恃酒轻言语,会把文章谒后尘。"禹锡诗云:"昔年曾忝汉朝臣,晚岁空余老病身。初见相如成赋日,后为丞相扫门人。追思往事咨嗟久,幸喜清光语笑频。犹有当时旧冠剑,待公三日拂埃尘。"牛吟和诗,前意稍解,曰:"三日之事,何敢当焉!"宰相三朝主印,可以升降百司。于是移宴竟夕,方整前驱。出《云溪友议》。

滕 迈

滕倪苦心为诗,远之吉州,谒宗人迈。迈以吾家鲜士,此弟则千里之驹也。每吟其诗曰:"白发不能容相国,也同闲客满头生。"又《题鹭障子》云:"映水有深意,见人无惧心。"迈且曰:"魏文酷陈思之学,潘岳褒正叔之文,贵集一家之芳,安以宗从疏远也?"倪既秋试,捧笈告游,乃留诗一首为别。滕君得之,怅然曰:"此生必不与此子再相见也。"乃祖于大皋之阁,别异常情。倪至秋深,逝于商於之馆舍,闻者莫不伤悼焉。倪诗曰:"秋初江上别旌旗,故国有家泪欲垂。千里未知投足处,前程便是听猿时。误攻文字身空老,却返樵渔计已迟。羽翼凋零飞不得,丹霄无路接瑶池。"出《云溪友议》。

第二夜酒兴正浓时，提笔写诗告诉他以前那件事。刘禹锡读了诗，才想起当年曾改过牛僧孺的文章。他因而告诫儿子咸佐、承雍等说：“我立下成就他人的心志，哪里料到结果不是如此。何况汉南尚书，见识高，度量大，很少有能与之相比的人。从前主父偃全家被公孙弘杀掉，嵇康被钟会诬陷致死，因此曹操劝他的儿子说：‘我经常容易大怒，轻忽自己的过失，你们千万不要学这一点。’你们修身养性，要以保持中庸为上。”牛僧孺的诗是这样写的：“粉署为郎四十春，向来名辈更无人。休论世上升沉事，且阅樽前见在身。珠玉会应成咳唾，山川犹觉露精神。莫嫌恃酒轻言语，会把文章谒后尘。”刘禹锡的诗是这样写的：“昔年曾忝汉朝臣，晚岁空余老病身。初见相如成赋日，后为丞相扫门人。追思往事咨嗟久，幸喜清光语笑频。犹有当时旧冠剑，待公三日拂埃尘。”牛僧孺读完刘禹锡和的诗，以前那种不高兴的心情才稍微消解了，说道：“宰相三日掌印之事，我可担当不起。”宰相上任三天后可以主掌相印，可以升降百官。于是另设宴席，喝了整整一夜酒，天放亮才收拾行装出发。出自《云溪友议》。

滕　迈

　　滕倪苦心学习作诗，远远去到吉州，拜见本家兄弟滕迈。滕迈认为我们家很少有名士，这位老弟就是一匹千里马。滕迈常常吟诵滕倪的诗句：“白发不能容相国，也同闲客满头生。”还有《题鹭鹚子》诗中的句子：“映水有深意，见人无惧心。”滕迈还说：“魏文帝酷爱弟弟曹植的才学，潘岳赞美侄子潘正叔的文才，贵在凝聚了一个家族的精华，哪里因为只是同宗兄弟就疏远呢？”滕倪参加了秋试之后，带着书外出远游，临行时就留下一首诗告别。滕迈读了后，惆怅地说：“这一生一定不能再和他相见了。”于是就在大皋城的阁楼上设宴为他送行，离别的情形与通常极不一样。滕倪到了秋深的时候，死在商於的客栈里，听到的人没有不伤心的。滕倪的诗说：“秋初江上别旌旗，故国有家泪欲垂。千里未知投足处，前程便是听猿时。误攻文字身空老，却返樵渔计已迟。羽翼凋零飞不得，丹霄无路接瑶池。”出自《云溪友议》。

卷第四百九十八
杂录六

李宗闵

　　李德裕在维扬，李宗闵在湖州，拜宾客分司。德裕大惧，遣专使，厚致信好，宗闵不受，取路江西而过。非久，德裕入相，过洛，宗闵忧惧，多方求厚善者致书，乞一见，欲以解纷。复书曰："怨则不怨，见则无端。"初德裕与宗闵早相善，在中外，交致势力，及位高，稍稍相倾。及宗闵在位，德裕为兵部尚书，自得歧路，必当大用，宗闵多方沮之。及邠公杜悰入朝，即宗闵之党也，时为京兆尹。一日，诣宗闵，值宗闵深念。杜曰："何念之深也？"答曰："君揣我何念？"杜曰："得非大戎乎？"曰："是也，然何以相救？"曰："某则有策，顾相公必不能用耳。"曰："请言之。"杜曰："大戎有词学，而不由科第。若与知举，则必喜矣。"宗闵默然，

李宗闵

　　李德裕在扬州时,李宗闵在湖州,被朝廷任命为宾客分司。李德裕很害怕,派出专人,郑重向李宗闵表示诚信友好,李宗闵不接受,取道江西而绕过扬州。不久,李德裕进京做了宰相,经过洛阳,李宗闵很担心害怕,多方寻找与李德裕有交情的人捎信,请求见一面,想以此解开纠纷。李德裕回信说:"怨恨倒没有什么怨恨,见面倒也没什么理由。"当初李德裕和李宗闵关系很好,在朝廷内外互相帮助,扩张自己的势力,等地位高了,开始互相倾轧。等到李宗闵登上相位时,李德裕担任兵部尚书,李德裕自己选择了一条独特的路,看样子必然会受到重用,李宗闵千方百计地阻止他。等到邠公社惊入朝,他是李宗闵的同党,当时是京兆尹。一天,杜惊去拜访李宗闵,正赶上李宗闵在那里深思。杜惊说:"想什么想得这么专心?"李宗闵说:"你猜我在想什么?"杜惊说:"大概是李德裕吧?"李宗闵说:"是的,但是怎么挽救呢?"杜惊说:"我倒有个办法,但是你一定不能采用。"李宗闵说:"请说说看。"杜惊说:"李德裕有词章学问,却没有科考功名。如果让他去主持科举考试,他一定会高兴。"李宗闵默不作声,

良久曰:"更思其次。"曰:"更有一官,亦可平其慊。"宗闵曰:"何官?"曰:"御史大夫。"曰:"此即得也。"邠公再三与约,乃驰诣曰:"适宗相有意旨,令某传达。"遂言亚相之拜,德裕惊喜,双泪遽落,曰:"此大门官也,小子岂敢当此荐拔?"寄谢重叠。杜还报,宗闵复与杨虞卿议之,竟为所陷,终致后祸。出《幽闲鼓吹》。

冯 宿

冯宿,文宗朝,扬历中外,甚有美誉,垂入相者数矣。又能曲事北司权贵,咸得其欢心焉。一日晚际,中尉封一合,送与之。开之,有乌巾二顶,暨甲煎、面药之属。时班行结中贵者,将大拜,则必先遗此以为信。冯大喜,遂以先呈相国杨嗣复,盖常佐其幕也。冯又性好华楚鲜洁,自夕达曙,重衣数袭。选骏足数匹,鞍鞯照地,无与比。冯以既有的信,即不宜序班,欲穷极称惬之事,遂修容易服而入。至幕次,吏报有按,则伪为不知。比就,果有按。谒者捧麻,必相也。将宣,则谒者向殿,执敕磬折,朗呼所除拜大僚之姓名,既而大呼曰:"萧仿。"冯乃惊仆于地,扶而归第,得疾而卒。盖其夕拟状,将付学士院之时,文宗谓近臣曰:"冯宿之为人,似非沉静;萧仿方判盐铁,朕察之,颇得大臣之体。"遂以易之。出《玉堂闲话》。

过了好久才说:"再想想别的办法。"杜悰说:"还有一个官职,也可消除他的怨恨。"李宗闵说:"什么官?"杜悰说:"御史大夫。"李宗闵说:"这就行啦!"杜悰与李宗闵再三商量约定之后,杜悰就骑马到李德裕那里说:"刚才李宗闵宰相有个想法,派我来传达。"就说了要拜李德裕为御史大夫的事,李德裕又惊又喜,两眼泪水很快就落下来,说:"这是大门官,我怎能担当得起这推荐和提拔呢?"他反复致谢。杜悰回去作了汇报,李宗闵又与杨虞卿商议这件事,竟被他否定了,终于导致后来的祸患。出自《幽闲鼓吹》。

冯 宿

冯宿在唐文宗在位时,为官的政绩名扬朝廷内外,很有声誉,好几次都差点儿当上宰相了。他又能奉承北司的豪门贵族,深得他们的欢心。一天傍晚,中尉送来一只封闭的盒子。冯宿打开后,看到里面有两顶乌纱帽,以及香料甲煎、防冻膏之类的东西。当时朝中官员结交宫中显贵宦官的人,如果将升大职,一定先用这些东西通消息。冯宿欣喜万分,就把这些呈送给宰相杨嗣复,因为他曾经做过杨嗣复的幕僚。冯宿喜欢衣着华丽干净整洁,从晚到早要换几套华贵的衣服。他挑选了几匹骏马,鞍鞯光亮照地,无与伦比。冯宿认为有了可靠的消息,就不必依序上班,要尽情享受称心如意的快乐,就修整容貌换好衣服前往相府。到了幕府附近时,小吏通报说已有诏书,冯宿假装不知。等到了幕府,果然已有诏书。通接宾客的近侍捧着诏书,看来一定是公布宰相的任命。将要公布时,那近侍面向大殿,躬身拿着诏书,大声叫着所授大官的姓名,接下去大声叫道:"萧仿!"冯宿竟然惊诧得扑倒在地,别人搀扶他回到家,就得病死了。原来那晚拟定委任状准备送到学士院时,唐文宗对亲近大臣说:"冯宿的为人,好像不够沉稳;萧仿兼任盐铁官时,我观察他,很有大臣的风度。"于是用萧仿代替了冯宿。出自《玉堂闲话》。

李 回

太和初,李回任京兆府参军,主试,不送魏謩,謩深衔之。会昌中,回为刑部侍郎,謩为御史中丞,常与次对官三数人,候对于阁门。謩曰:"某顷岁府解,蒙明公不送,何事今日同集于此?"回应声曰:"经音颈。如今也不送。"謩为之色变,益怀愤恚。后回谪刺建州,謩大拜。回有启状,謩悉不纳。既而回怒一衙官,决杖勒停。建州衙官,能庇徭役,求隶籍者,所费不下数十万。其人不恚于杖,止恨停废耳,因亡命至京师,投时相诉冤,诸相皆不问。会亭午,憩于槐阴,颜色憔悴。旁人察其有故,私诘之,其人具述本志,于是诲之曰:"建阳相公素与中书相公有隙,子盍诣之?"言讫,见魏导骑自中书而下。其人常怀文状,即如所诲,望尘而拜。导从问之,对曰:"建州百姓诉冤。"魏闻之,倒持麈尾,敲鞍子令止。及览状,所论事二十余件。第一件,取同姓子女入宅,于是为魏极力锻成大狱。时李已量移邓州刺史,行次九江,遇御史鞫狱,却回建阳。竟坐贬抚州司马,终于贬所。出《摭言》。

周 复

元稹在鄂州,周复为从事。稹尝赋诗,命院中属和。复乃簪笏见稹曰:"某偶以大人往还,谬获一第,其实诗赋皆不能。"稹嘉之曰:"质实如是,贤于能诗者矣。"出《幽闲鼓吹》。

杨希古

杨希古,靖恭诸杨也,朋党连结,率相期以死,权势熏灼,

李　回

太和初年，李回任京兆府参军，主持考试，没有推荐魏謩，魏謩因而十分恨他。会昌年间，李回任刑部侍郎，魏謩任御史中丞，有一次曾和几个依次等候问话的官员，在内阁门口等候问话。魏謩说："前些年选拔人员进京赶考的府试，承蒙您没送我进京，为什么今天一同聚集在这里呢？"李回应声说道："估计今天你也不会送我。"魏謩听了此话，脸色都变了，更加怀恨在心。后来李回被贬为建州刺史，魏謩高升。李回送的公函，魏謩都不接受。不久李回怒责一个衙官，处以杖刑并勒令停用。建州的衙官，能够帮人躲避劳役，所以想做衙官的人，花费的钱财不下数十万。那衙官并不怨恨受了杖刑，只恨停止了他的职务，就逃到京城，找当时的宰相伸冤，各位宰相都不过问。赶上正午，衙官在槐树阴下休息，脸色憔悴得很。旁边的人看他像有事的样子，就询问他，衙官就详述了事情本末，那人告诉他："建阳相公和中书相公一向有仇，你为什么不去找中书相公呢？"刚说完，就看见魏謩的先导随从从中书省出来。衙官经常带着诉状，就按那人教的，望尘而拜。随从问他，他说："建州百姓要诉冤。"魏謩一听，倒拿拂尘，敲敲马鞍命令停下。看那诉状，共列了二十多条。其中第一条是把同姓子女娶进家中，于是，魏謩极力判成重案。当时李回已被调任邓州刺史，途中住宿九江时，遇到御史审讯案件，又退回建阳。最终被贬为抚州司马，死在贬所。出自《摭言》。

周　复

元稹在鄂州时，周复做他的从事。元稹曾写诗，并让部下步韵奉和。周复就带着官和笏板来见元稹，说道："我偶然因为与大官来往，错误地使我考中，实际上我写诗作赋都不会。"元稹赞许地说："如此诚实，比会写诗的更贤德。"出自《幽闲鼓吹》。

杨希古

杨希古，靖泰诸杨之一，他们结成同党，相约生死与共，权势熏天，

力不可拔。与同里崔氏相埒，而敦厚过之。希古性迂僻，初应进士举，以文投丞郎，丞郎奖之。希古乃起而对曰："斯文也，非希古之作也。"丞郎讶而诘之，曰："此舍弟源幡为希古作也。"丞郎大异之曰："今子弟之求名者，太半假手也。苟袖一轴，投知于先达，靡不私自炫耀，以为莫我若也。如子之用意，足以整顿颓波矣。"性酷嗜佛法，常置僧于第，陈列佛像，杂以幡盖，所谓道场者。每凌旦，辄入其内，以身俯地，俾僧据其上，诵《金刚经》三遍。性又洁净，内逼如厕，必散衣无所有，然后高展以往。出《玉泉子》。

刘禹锡

刘禹锡自屯田员外左迁朗州司马，凡十年，始征还。方春，作《赠看花诸君子》诗曰："紫陌红尘拂面来，无人不道看花回。玄都观里桃千树，尽是刘郎去后栽。"其诗当日传于都下。有嫉其名者，白于执政，又诬其有怨愤。他见日，时宰与坐，慰甚厚。既辞，即曰："近者新诗，未免其累，奈何？"不数日，出为连州刺史。禹锡自叙云："贞元二十一年春，予为屯田员外时，此观未有花。是岁出牧连州，至荆南，又贬朗州司马。居十年，诏至京师。人人皆言，有道士手植仙桃，满观盛如红霞，遂有前篇，以志一时之事耳。旋又出牧于连州，至十四年，始为主客郎中。重游玄都，荡然无复一树，唯兔葵燕麦，动摇于春风耳。因再题二十八字，以俟后游。时太和二年三月也。"诗曰："百亩庭中半是苔，桃花静尽菜花开。种桃道士今何在，前度刘郎今独来。"出《本事诗》。

难以消除。杨家和同乡崔家势力相当，但比他们诚朴宽厚。杨希古性格迂阔怪僻，当初考进士时，拿一篇文章投给丞郎，丞郎赞赏他。杨希古站起来说："这篇文章不是我写的。"丞郎惊讶地问是怎么回事，杨希古说："这是我弟弟源嶓替我写的。"丞郎非常吃惊地说："现在年青人求取功名，多半找人代笔。如果能拿到一篇文章，投到有名望的前辈那里，没有不私下炫耀，认为没有比得上自己的。像你这种做法，足以整顿颓败的风气。"杨希古又酷爱佛教，常把和尚请到家里，供上佛像，插上幢幡华盖，算作所谓的道场。每天早晨，就进入道场，五体投地，让和尚骑在上面诵读三遍《金刚经》。杨希古又爱干净，要上厕所，一定一丝不挂，穿上厚底鞋才进去。<small>出自《玉泉子》。</small>

刘禹锡

　　刘禹锡从屯田员郎外降职为朗州司马，共十年，才调回京城。当时正是春天，写下了《赠看花诸君子》一诗，诗中写道："紫陌红尘拂面来，无人不道看花回。玄都观里桃千树，尽是刘郎去后栽。"这首诗当天在京城传开。有嫉妒刘禹锡的人，禀告给执政长官，诬陷他心怀怨恨。过些日子刘禹锡拜见宰相，宰相和刘禹锡同坐，深切地安慰他。刘禹锡告辞之后，宰相就说："最近的那首新诗，不免又给你惹来麻烦，有什么办法呢？"不久，出任连州刺史。刘禹锡自叙说道："贞元二十一年春天，我做屯田员外郎，当时这个观里没有花。那年出任连州刺史，走到荆南时，又被贬为朗州司马。过了十年，召我回京。人人都说有个道士亲手栽植了仙桃树，满观桃花盛开，好似红霞，于是有了前一首诗，来记一时之事。不久又出任连州刺史，如今已是十四年，我才回来做主客郎中。重游玄都观，空荡荡没有一棵树，只有兔葵燕麦在春风中摆动。因此再题二十八个字，以等待后来的游人指教。时为太和二年三月。"那诗说："百亩庭中半是苔，桃花静尽菜花开。种桃道士今何在，前度刘郎今独来。"<small>出自《本事诗》。</small>

催阵使

会昌中,王师讨昭义,久未成功。贼之游兵,往往散出山下,剽掠邢、洛、怀、孟。又发轻卒数千,伪为群羊,散漫山谷,以啖官军。官军自远见之,乃分头掩捕。因不成列,且无备焉,于是短兵接斗,蹂践相乘,凡数十里,王师大败。是月,东都及境上诸州,闻之大震,咸加备戒严。都统王宰、石雄等,皆坚壁自守。武宗坐朝不怡,召宰臣李德裕等谓之曰:"王宰、石雄不与朕杀贼,频遣中使促之,尚闻逗挠依违,岂可使贼党坐至东都耶?卿今日可为朕晚归,别与制置军前事宜奏来。"时宰相陈夷行、郑肃拱默听命。德裕归中书,即召御史中丞李回,具言上意。曰:"中丞必一行,责戎帅,早见成功,慎无违也。"回刻时受命,于是具名以闻,曰:"今欲以御史中丞李回为催阵使。"帝曰:"可。"即日,李自银台戒路,有邸吏五十导从。至于河中,缓辔以进,俟王宰等至河中界迎候,乃行。二帅至翼城东,道左执兵,如外府列校迎候仪。回立马,受起居寒温之礼。二帅复前进数步,磬折致词,回掉鞭,亦不甚顾之。礼成,二帅旁行,俯首俟命。回于马上厉声曰:"今日当直令史安在?"群吏跃马听命,回曰:"责破贼限状来。"二帅鞠躬流汗,而请以六十日破贼,过约,请行军中令。于是二帅大惧,率亲军而鼓之,士卒齐进。凡五十八日,攻拔潞城,枭刘稹首以献。功成,回复命。后六十日,由御史中丞拜中书侍郎、平章事。出《芝田录》。

催阵使

　　会昌年间，朝廷军队讨伐昭义，很久也没成功。敌人的流动部队，往往在山下零散出动，抢劫邢州、洛阳、怀州、孟州一带。又派出几千轻装的兵，扮作一群羊，散布在山谷，来引诱官军。官军远远看见了羊，就分头去捉拿。由于不成行列，又没有准备，结果短兵相接，踩蹦践踏，遍及几十里，官军大败。这个月，东都洛阳及边境各州，听说此事后大为震惊，都加强防备实行戒严。都统王宰、石雄等人，都坚守壁垒自卫防守。唐武宗坐朝时很不高兴，召来大臣宰相李德裕等人说："王宰、石雄，不给我杀退贼兵，屡派中使督促，他们还是徘徊观望迟疑不决，难道能让贼兵轻易达到洛阳吗？你们今天为我晚些回去，另外制定处置军前事务的办法奏上来。"当时宰相陈夷行、郑肃，拱手沉默听受命令。李德裕回到中书省，就召来御史中丞李回，详说了皇帝的意图。说："中丞你一定亲自去一趟，督促军中主帅，早日成功，千万不要违命。"李回立即接受了命令，李德裕于是将李回的名字上报说："现在想让御史中丞李回担任催阵使。"武宗说："行。"当天，李回从银台出发，有小吏五十人作向导随从。到河中一带时，李回放松缰绳，让马缓行，等候王宰等人到河中边界来迎接，然后在继续前进。两位军帅到翼城东边，站在道左手执兵器，按州郡官署排列军队欢迎的仪节。李回停住马，接受日常问候的礼节。两位军帅又前进几步，恭敬地鞠躬致词，李回摇着马鞭，也没有太理睬。行礼完毕之后，两位军帅陪行，俯首听命，李回在马上厉声问道："今天的值班人在哪里？"众军吏策马跑过来听从命令，李回说："拿出击破贼兵期限的报告来。"两位军帅弯下身子流下汗来，请求六十天内打退敌人，过了期限，按军令处罚。于是两位军帅非常害怕，率领亲兵亲自督阵，士兵一齐进攻。一共五十八天，攻下潞城，砍下刘稹的头献上去。大功告成之后，李回回去复命。此后第六十天，李回由御史中丞提升为中书侍郎、平章事。出自《芝田录》。

李群玉

李群玉既解天禄之任,而归澧阳,经二妃庙,题诗二首曰:"小孤洲北浦云边,二女明妆尚俨然。野庙向江春寂寂,古碑无字草芊芊。东风近墓吹芳芷,落日深山哭杜鹃。犹似含颦望巡狩,九疑如黛隔湘川。"又曰:"黄陵庙前莎草春,黄陵女儿茜裙新。轻舟小楫唱歌去,水远山长愁杀人。"后又题曰:"黄陵庙前春已空,子规滴血啼松风。不知精爽落何处,疑是行云秋色中。"李自以第二篇,春空便到秋色,踟蹰欲改之,乃有二女郎见曰:"儿是娥皇、女英也,二年后,当与郎君为云雨之游。"李乃志其所陈,俄而影灭,遂礼其神像而去。重涉湖岭,至于浔阳。太守段成式素与李为诗酒之友,具述此事。段因戏之曰:"不知足下是虞舜之辟阳侯也。"群玉题诗后二年,乃逝于洪州。段乃为诗哭之曰:"酒里诗中三十年,纵横唐突世喧喧。明时不作弥衡死,傲尽公卿归九泉。"又曰:"曾话黄陵事,今为白日催。老无儿女累,谁哭到泉台?"出《云溪友议》。

温庭筠

温庭筠有词赋盛名,初将从乡里举,客游江淮间,扬子留后姚勖厚遗之。庭筠少年,其所得钱帛,多为狭邪所费。勖大怒,笞且逐之,以故庭筠卒不中第。其姊赵颛之妻也,每以庭筠下第,辄切齿于勖。一日,厅有客,温氏偶问客姓氏,左右以勖对。温氏遂出厅事,前执勖袖大哭。勖殊惊异,且持袖牢固,不可脱,不知所为。移时,温氏方曰:"我弟年少宴游,人之常情,奈何笞之?迄今无有成遂,得不由汝

李群玉

李群玉解去朝廷馆阁的职务后,回归澧阳,经过虞舜两位妃子娥皇、女英的二妃庙,题诗二首:"小孤洲北浦云边,二女明妆尚俨然。野庙向江春寂寂,古碑无字草芊芊。东风近墓吹芳芷,落日深山哭杜鹃。犹似含嚬望巡狩,九疑如黛隔湘川。"又写道:"黄陵庙前莎草春,黄陵女儿蒨裙新。轻舟小楫唱歌去,水远山长愁杀人。"以后又题诗:"黄陵庙前春已空,子规滴血啼松风。不知精爽落何处,疑是行云秋色中。"李群玉自认为第二篇,春去很快到了秋来有些不妥,犹豫着想改一改,眼前忽然出现了两个女郎,她们说:"我们是娥皇、女英,两年以后,会和你有一番男女交往。"李群玉就记住了她们说的话,一会儿两个身影消失了,于是他对着神像施礼后也离开了。越过重重湖山阻隔,到达浔阳。太守段成式一向和李群玉是作诗饮酒的朋友,李群玉就详细说了这件事。段成式于是开玩笑说:"想不到你还是虞舜的辟阳侯。"(辟阳侯为汉初大臣审食其,吕后宠臣。)李群玉题诗后二年,就死在洪州。段成式写诗哭悼他说:"酒里诗中三十年,纵横唐突世喧喧。明时不作弥衡死,傲尽公卿归九泉。"又说:"增话黄陵事,今为白日催。老无儿女累,谁哭到泉台?"出自《云溪友议》。

温庭筠

温庭筠享有擅长词赋的盛名,当初准备参加乡试,客居游览在长江淮河之间,扬子留后姚勖赠给他一大笔钱。温庭筠年轻,所得的钱财,大多为寻花问柳所浪费。姚勖非常生气,把他打了一顿并赶走了他,因此温庭筠最终没有考上。他的姐姐是赵颛的妻子,每想起庭筠落榜,就对姚勖产生切齿痛恨。一天,家里来了客人,温氏偶然问起来客姓名,身边的人告诉她是姚勖。温氏就走到前厅,上前扯着姚勖的袖子大哭起来。姚勖非常惊讶,而且袖子被抓很得牢,不能挣脱,不知怎么办好。过了好一会儿,温氏才说:"我弟弟年轻时喜欢宴饮游乐,也是人之常情,为什么要打他?致使他一直到现在也没有成就,难道不是因为你

致之?"复大哭,久之方得解。勖归愤讶,竟因此得疾而卒。出《玉泉子》。

苗 耽

苗耽进士登第,闲居洛中有年矣,不堪其穷。或意为将来通塞,可以响卜。耽即命子侄扫洒厅事,设几焚香,束带秉笏,端坐以俟一言。所居穷僻,久之无所闻。日晏,有货枯鱼者至焉,耽复专其志而谛听之。其家童连呼之,遂掣鱼以入。其窭无一钱,良久方出。货者迟其出,固怒之矣,又见或微割其鱼,货者视之,因骂曰:"乞索儿,卒饿死耳,何滞我之如是邪?"初耽尝自外游归,途遇疾甚,不堪登升。忽见有以舁棺而回者,以其价贱,即僦而寝息其间。至洛东门,阍者不知其中有人,诘其所由来。耽谓其讶己,徐答曰:"衣冠道路得病,贫不能致他物,相与无怪也。"阍者曰:"吾守此三十年矣,未尝见有解语神枢。"后耽终江州刺史。出《玉泉子》。

裴 勖

裴勖容貌幺麽,而性尤率易。与父垣会饮,垣令去声。飞盏,每属其人,辄自言状。垣付勖曰:"矬人饶舌,破车饶楔。裴勖千分。"勖饮讫而复其盏曰:"蝙蝠不自见,笑他梁上燕。十一郎十分。"垣第十一也,垣怒笞之。慈恩寺连接曲江,及京辇诸境,每岁新得第者,毕列姓名于此。勖常与亲识游,见其父及诸家榜,率多物故,谓人曰:"此皆鬼录也。"出《玉泉子》。

造成的吗?"又大哭起来,过了很久,姚勖才得以解脱。姚勖回去后又惊又气,最后因此得病去世。<small>出自《玉泉子》。</small>

苗 耽

苗耽中进士后,闲居在洛中已经有几年了,不能忍受那种穷困。有一次他心里想将来通达与否,可以用响声来占卜。于是苗耽就命令晚辈打扫客厅,摆好几案焚起香来,苗耽扎上腰带拿着笏板,端端正正坐着等待一句话。所住的地方太偏僻,很久也没有听到什么。日暮时分,有个卖干鱼的来了,苗耽又专心致志地去听。他家的仆人连声叫卖干鱼的人,随后就拿着鱼进来了。可实际上家里没有一文钱,过了很久才把鱼拿出来。卖鱼的嫌他出来得晚,本来就生气了,又看见他的鱼被人稍稍割去一些,就骂道:"乞丐,早晚得饿死,干什么耽误我这么久?"当初,苗耽曾从外游历回来时,道上病得厉害,不能走路了。忽然看见有用人力车拉棺材回城的,因为便宜,就租用,躺在棺材里面。到了洛阳东门,守门人不知道棺材里有人,就问棺材打哪儿来。苗耽以为他觉得自己奇怪,慢慢地回答说:"斯文的人在道上病了,太穷了不能坐别的,你不要奇怪。"守门人说:"我在这儿守了三十年了,没见过有懂人语的神棺材。"后来,苗耽死在江州刺史任上。<small>出自《玉泉子》。</small>

裴 勋

裴勋容貌丑陋,性格特别率直平易。和父亲裴垣一块喝酒,裴垣让轮流喝酒,轮到谁,谁就说一段话。裴垣把酒杯交给裴勋说:"矮人好多嘴,破车楔子多。裴勋千分。"裴勋喝完酒把酒杯交还给裴垣说:"蝙蝠看不见自己,笑话房梁上的燕子。十一郎十分。"裴垣排行第十一,就生气地打了儿子。慈恩寺连接曲江以及京城各地,每年新考中的人,都把姓名写在慈恩寺。裴勋曾和父亲去识记游览,看到父亲以及各家的题榜,而题榜的人大多已死,就对人说:"这都是记载鬼的。"<small>出自《玉泉子》。</small>

邓 敞

邓敞,封教之门生。初比随计,以孤寒不中第。牛蔚兄弟,僧孺之子,有气力,且富于财。谓敞曰:"吾有女弟未出门,子能婚乎? 当为君展力,宁一第耶?"时敞已婿李氏矣,其父常为福建从事,官至评事。有女二人皆善书,敞之所行卷,多二女笔迹。敞顾已寒贱,必不能致腾踔,私利其言,许之。既登第,就牛氏亲。不日,敞挈牛氏而归。将及家,敞绐牛氏曰:"吾久不到家,请先往俟卿,可乎?"牛氏许之。洎到家,不敢泄其事。明日,牛氏奴驱其辎橐直入,即出牛氏居常所玩好幕帐杂物,列于庭庑间。李氏惊曰:"此何为者?"奴曰:"夫人将到,令某陈之。"李氏曰:"吾即妻也,又何夫人焉?"即抚膺大哭顿地。牛氏至,知其卖己也,请见李氏曰:"吾父为宰相,兄弟皆在郎省,纵嫌不能富贵,岂无一嫁处耶? 其不幸,岂唯夫人乎? 今愿一与夫人同之。夫人纵憾于邓郎,宁忍不为二女计耶?"时李氏将列于官,二女共牵挽其袖而止。后敞以秘书少监分司,悭啬尤甚。黄巢入洛,避乱于河阳,节度使罗元杲请为副使。后巢寇又来,与元杲窜焉。其金帛悉藏于地中,并为群盗所得。出《玉泉子》。

邓敞

邓敞,是封教的门生。当初随计吏进京赴考,因为贫寒未能考中。牛蔚兄弟,是牛僧孺的儿子,有力气,而且富有钱财。他们对邓敞说:"我有个妹妹未出嫁,你能娶她吗? 我替你出力,难道还怕考不中吗?"当时邓敞已经娶了李氏,她的父亲曾是福建从事,做官做到评事。她有两个女儿都擅长书法,邓敞应举所投递的诗文,大多是这两个女儿抄写的。邓敞看到自己贫寒低贱,一定不能飞黄腾达,暗自认为牛蔚的话对自己有利,就答应了他。考中之后,就和牛氏结婚。没过几天,邓敞带牛氏回乡。要到家时,邓敞哄骗牛氏说:"我很久没回家,我先回家,在家等着迎接你,行吗?"牛氏答应了他。等到了家,邓敞不敢泄露这件事。第二天,牛氏的奴仆赶着行李车直接进入,拿出牛氏平常所喜欢的帐幕等其他东西,陈列在庭院走廊里。李氏吃惊地说:"这是干什么?"奴仆说:"夫人要到了,让我先布置好。"李氏说:"我就是夫人,哪里还有什么夫人?"随即拍胸踩地大哭起来。牛氏到了,知道自己被欺骗了,请求见李氏,说:"我的父亲是宰相,哥哥们都在郎省,纵使不能富贵,难道还没有一个出嫁的地方吗? 那种不幸,难道只有你有吗? 我愿意和你共侍一夫。你即使对邓郎感到失望,难道忍心不为两个女儿考虑吗?"当时李氏要去见官,两个女儿拉着她的袖子阻止她。后来邓敞任秘书少监分司,更加吝啬。黄巢攻入洛阳时,邓敞到河阳躲避战乱,节度使罗元杲请他做副使。后来黄巢军队又攻来,就和罗元杲狼狈逃窜了。他的钱财全都埋在地下,被黄巢军兵查获。出自《玉泉子》。

卷第四百九十九
杂录七

崔　铉

崔铉，元略之子。京兆参军卢甚之死，铉之致也，时议冤之。铉子沇，乾符中，亦为丞相。黄巢乱，赤其族，物议以为甚之报焉。初崔瑄虽谏官，婚姻假回，私事也；甚虽府职，乃公事也。相与争驿厅。甚既下狱，与宰相书，则以己比孟子，而方瑄钱凤。瑄既朋党宏大，莫不为尽力；甚者出于单微，加以铉亦瑄之门生，方为宰相，遂加诬罔奏焉。瑄自左补阙出为阳翟宰，甚行及长乐坡，赐自尽。中使适回，遇瑄，囊出其喉曰："补阙，此卢甚结喉也。"瑄殊不怿。京城不守，崔氏之子亦血其族。呜呼！谓天道高，何其明哉！出《玉泉子》。

崔铉

崔铉，是崔元略的儿子。京兆参军卢甚的死，就是崔铉造成的，当时舆论都以为卢甚死得冤。崔铉的儿子崔沆，乾符年间，也是丞相。黄巢作乱时，灭了崔沆的族人，舆论认为这是卢甚冤死的报应。当初崔瑄虽然是谏官，结婚请假，那是私事；卢甚虽然在府里担任职务，为的是公事。两个人因驿厅发生争执。卢甚入狱后，给宰相一封信，把自己比为孟子，把崔瑄比为钱凤。崔瑄的同党很多，没有不为他尽力的；而卢甚势单力孤，加上崔铉也是崔瑄的门生，正做宰相，于是就上奏诬陷卢甚。结果崔瑄从左补缺升为阳翟宰，卢甚则在走到长乐坡时，被赐自尽。处置卢甚的宫中使者回来路上，恰好遇上崔瑄，从布袋里拿出卢甚的喉咙说："补缺，这是卢甚的喉结。"崔瑄非常不高兴。后京城失守，崔家的人也全被杀掉了。唉，都说天道高远，又是何等明鉴啊！ 出自《玉泉子》。

王　铎

故相晋国公王铎为丞郎时，李骈判度支。每年江淮运米至京，水陆脚钱，斗计七百。京国米价，每斗四十。议欲令江淮不运米，但每斗纳钱七百。铎曰："非计也。若于京国籴米，必耗京国之食；若运米实关中，自江淮至京，兼济无限贫民也。"时籴米之制业已行，竟无敢沮其议者。都下官籴，米果大贵。未经旬，而度支请罢，以民无至者故也。于是识者乃服铎之察事矣，铎卒以此大用。出《闻奇录》。

李　蟾

李蟾与王铎进士同年，后俱得路，尝恐铎之先相，而己在其后也，迨路岩出镇，益失其势。铎柔弱易制，中官爱焉。泊韦保衡将欲大拜，不能先于恩地，将命铎矣。蟾阴知之，挈一壶家酒诣铎曰："公将登庸矣，吾恐不可以攀附也，愿先事少接左右，可乎？"即命酒以饮。铎妻李氏疑其堇焉，使女奴传言于铎曰："一身可矣，愿为妻儿谋。"蟾惊曰："以吾斯酒为鸩乎？"即命一大爵，自引满，饮之而去。出《玉泉子》。

韦保衡

韦保衡欲除裴修为省郎。时李璋为右丞，韦先遣卢望来申意，探其可否。李曰："相公但除，不合先问某。"卢以时相事权，设为李所沮，则伤威重，因劝韦勿除。出《卢氏杂说》。

王 铎

前宰相晋国公王铎做丞郎时,李骈兼任度支。每年从长江淮河一带运米到京城,水陆运费,一斗米需七百钱。京城米价,每斗才四十钱。李骈建议想让江淮一带不再运米来,只需每斗交七百钱。王铎说:"这不是好办法。如果从京城买米,一定会耗费减少京城的粮食;如果运米充实关中,那么从江淮到京城,沿途可以救济许多贫苦百姓。"当时买米的制度已经推行,竟然没有人敢阻止这种主张。京城里官方买粮,粮食价格果然猛涨。不到十天,李骈请求罢免度支,因为没有人来卖粮的缘故。因此有见识的人都佩服王铎的明察能力,王铎最终也因此被重用。出自《闻奇录》。

李 蟾

李蟾与王铎同年中进士,后来都步入仕途,李蟾常怕王铎先做了宰相,自己落在他的后面,等到路岩出任镇将,就更失去了优势。王铎性格柔顺容易控制,宫中的宦官都很喜欢他。到韦保衡将被提升,因不能比恩人升得早,就得任命王铎。李蟾暗中知道的这件事后,提一壶家酒到王铎处说:"你将要被选拔重用了,我恐怕不能依附你,想事先交接你的左右,行吗?"接着就让倒酒共饮。王铎的妻子李氏怀疑他的酒有毒,派女仆传话给王铎说:"你一个人也就罢了,希望你替妻子儿女着想。"李蟾惊讶地说道:"以为我的酒是毒酒吗?"就让拿来一个大酒杯,自己斟满,喝完后走了。出自《玉泉子》。

韦保衡

韦保衡想要任命裴修为省郎。当时李璋是右丞,韦保衡先派卢望去表明想法,试探李璋是否同意。李璋说:"相公只管任命,不应该先问我。"卢望认为当时是宰相掌权,如果被李璋阻止,会损伤威严,就劝韦保衡不要任命裴修。出自《卢氏杂说》。

衲衣道人

唐有士人退朝诣友生,见衲衣道人在坐,不怪而去。他日,谓友生曰:"公好毳褐夫,何也?吾不知其言,适且觉其臭。"友生答曰:"毳褐之外也,岂甚铜乳?铜乳之臭,并肩而立,接迹而趋。公处其间,曾不嫌耻,乃讥予与山野有道之士游乎?南朝高人,以蛙鸣及蒿菜胜鼓吹。吾视毳褐,愈于今之朱紫远矣。"出《国语》。

路群 卢弘正

中书舍人路群与给事中卢弘正,性相异而相善。路清瘦古淡,未尝言市朝;卢魁梧富贵,未尝言山水。路日谋高卧,有制草,则就宅视之;卢未尝请告,有客旅,则就省谒之。虽所好不同,而相亲至。一日都下大雪,路在假,卢将晏入,道过新昌第,路方于南垣茅亭,肆目山雪。鹿巾鹤氅,构火命觯,以赏嘉致。闻卢至,大喜曰:"适我愿兮。"亟命迎入。卢金紫华焕,意气轩昂;路道服而坐,情趣孤洁。路曰:"卢六,卢六,曾莫顾我,何也?"卢曰:"月限向满,家食相仍。日诣相庭,以图外任。"路色惨曰:"驾肩权门,何至于是?且有定分,徒劳尔形。家酿稍醇,能一醉否?"卢曰:"省有急事,俟吾决之。"路又呼侍儿曰:"卢六欲去,特早来药糜分二器,我与卢六同食。"卢振声曰:"不可。"路曰:"何也?"卢曰:"今旦饭冷,且欲遄征,家馔已食炮炙矣。"时人闻之,以为路之高雅,卢之俊迈,各尽其性。出《唐缺史》。

衲衣道人

　　唐时有个士人退朝后去看望朋友,看到有个穿补丁衣服的道人在座,不高兴地走了。另一天,他对朋友说:"你为什么喜欢穿毛制僧衣的人呢? 我没听到他的话,只闻到了他的臭味。"朋友回答:"毛制僧衣的气味是外在的,难道比铜乳还厉害吗? 铜乳的臭味,并肩站着,前后走着都能闻到。你和他们在一起,不觉得可耻,怎么竟然讥讽我和山野中有学问的人交往呢? 南朝的高尚之人,认为蛙鸣和草野之音,胜过正式乐队演奏的音乐。我看那毛制僧衣,比今天的朱紫官服好多了。"出自《国语》。

路群　卢弘正

　　中书舍人路群和给事中卢弘正,性格各异却相处得很好。路群清瘦脱俗,古雅淡泊,不曾谈论集市朝堂之事;卢弘正魁梧富贵,不曾谈过山水之事。路群每天都想安闲无事,有起草皇帝诏令的任务就拿回家完成;卢弘正不曾请假,有客人,就在官署里接待。虽然各自喜好不同,却互相亲善。一天京城下大雪,路群在休假,卢弘正在天晚时去省中处理政务,途中路过新昌第,路群正在南垣茅草亭中欣赏山中雪景。路群穿戴着鹿皮巾、鹤毛大氅,拢火喝酒,欣赏雪中佳景。听说卢弘正来了,高兴地说:"正合我的心意啊!"立即叫人请进来。卢弘正穿着艳丽富贵的衣服,意气昂扬;路群穿道服坐着,情趣孤洁。路群说:"卢六,卢六,你一直都不来看我,为什么呢?"卢弘正说:"眼看这一个月又快过去了,家里我却仍然赋闲在家。我现在每天都到相府去,图个地方官当当。"路群脸色凄惨地说:"身在权门,何至于这样? 况且万事都早有定分,何苦白白浪费精力。家里有刚酿好的酒,喝个大醉怎么样?"卢弘正说:"省中有急事,等我裁决。"路群叫侍从说:"卢六要走,快盛两碗药粥来,我和卢六一块吃饭。"卢六大声说:"不行。"路群问:"为什么?"卢弘正说:"今天饭太凉了,而且要出远门,在家里吃饭时已吃过烤肉了。"当时人听说这事后,认为路群的高雅,卢弘正的杰出豪迈,各自都充分体现了出来。出自《唐缺史》。

毕 诚

毕诚家本寒微,咸通初,其舅尚为太湖县伍伯。诚深耻之,常使人讽令解役,为除官。反复数四,竟不从命。乃特除选人杨载为太湖令,诚延之相第,嘱之为舅除其猥籍,津送入京。杨令到任,具达诚意。伍伯曰:"某贱人也,岂有外甥为宰相耶?"杨坚勉之,乃曰:"某每岁秋夏,恒相享六十千事例钱,苟无败缺,终身优足,不审相公欲除何官耶?"杨乃具以闻诚,诚亦然其说,竟不夺其志也。王蜀伪相庾传素与其从弟凝绩,曾宰蜀州唐兴县。郎吏有杨会者,微有才用,庾氏昆弟念之。洎迭秉蜀政,欲为杨会除马长以酬之。会曰:"某之吏役,远近皆知。忝冒为官,宁掩人口?岂可将数千家供侍,而博一虚名马长乎?"后虽假职名,止除检校官,竟不舍县役矣。出《北梦琐言》。

李师望

李师望,乃宗属也,自负才能,欲以方面为己任。因旅游邛蜀,备知南蛮勇怯,遂上书,请割西川数州,于临邛建定边军节度。诏旨允之,乃以师望自凤翔少尹擢领此任。于时西川大将嫉其分裂巡属,阴通南诏。于是蛮军为近界乡豪所道,侵轶蜀川,戎校窦滂不能止遏,师望亦因此受黜焉。原缺出处,今见《北梦琐言》。

高 骈

渤海王太尉高骈镇蜀日,因巡边,至资中郡,舍于

毕 诚

　　毕诚家原本贫寒,咸通初年,他的舅舅还是太湖县伍伯。毕诚常常对此感到很羞耻,常常派人婉转地劝他辞去差事,为他授官。反复劝了多次,舅舅也没听他的。就特地任命候选官员杨载为太湖县令,毕诚把他请到相府,嘱咐他替舅舅解除卑贱的身份,照料护送他进京。杨载到任后,详细转达了毕诚的意思。他舅舅说:"我是一个卑微的人,怎么会有外甥当宰相?"杨载一再劝他,他就说:"我在每年秋夏,都能平稳地享受六十千钱的事例钱,如无错误,一辈子就很优厚满足了,不明白相公还要让我做什么官?"杨载把这些话都告诉了毕诚,毕诚也认为舅舅说得对,最终没有勉强他改变心愿。前蜀伪宰相庾传素和他的堂弟凝绩,曾任蜀州唐兴县宰。有个叫杨会的郎吏,稍有才干,庾氏兄弟记住了他。等到二人轮流执掌前蜀国政时,想任杨会为马长来酬谢他。杨会说:"我的这份差使,远近皆知。硬是去做什么官,怎么去堵人家的嘴呢?哪敢用几千家的供奉侍候,去换一个马长的虚名呢?"以后虽然挂上官衔,也只是任检校官,最终也没有放弃县役的职务。出自《北梦琐言》。

李师望

　　李师望,是皇帝同族,自负很有才能,想自己担任一方的军政大员。他到邛州蜀州游历,深知南蛮的英勇怯弱等情况,于是上奏书,请求分出西川几个州,在临邛设置定边军节度。皇帝下诏应允,就把李师望从凤翔少尹提升为定边军节度使。当时西川大将憎恨他分裂自己的属地,就偷偷和南诏勾结。因此南蛮军队被靠近边界的乡豪引导着,侵犯蜀川,戎校窦滂不能阻止遏制南蛮军队的侵袭,李师望因此被罢黜。原缺出处,今见《北梦琐言》。

高 骈

　　渤海王太尉高骈镇守蜀地时,因为巡视边界,到了资中郡,住在

刺史衙。对郡山顶有开元佛寺，是夜黄昏，僧徒礼赞，螺呗间作。渤海命军候悉擒械之，来晨，笞背斥逐。召将吏而谓之曰："僧徒礼念，亦无罪过。但以此寺十年后，当有秃子数十作乱，我故以是厌之。"其后土人皆髡执兵，号大髡小髡，据此寺为寨。出《北梦琐言》。

韦宙

相国韦宙善治生，江陵府东有别业，良田美产，最号膏腴；积稻如坻，皆为滞穗。咸通初，授岭南节度使。懿宗以番禺珠翠之地，垂贪泉之戒。宙从容奏曰："江陵庄积谷，尚有七千堆，固无所贪矣。"帝曰："此所谓足谷翁也。"出《北梦琐言》。

王氏子

京辇自黄巢退后，修葺残毁之处。时定州王氏有一儿，俗号王酒胡，居于上都，巨富，纳钱三十万贯，助修朱雀门。僖宗诏令重修安国寺毕，亲降车辇，以设大斋。乃扣新钟十撞，舍钱一万贯。命诸大臣，各取意而击。上曰："有能舍一千贯文者，即打一槌。"斋罢，王酒胡半醉入来，径上钟楼，连打一百下，便于西市运钱十万入寺。出《中朝故事》。

刘蜕

刘蜕，桐庐人，早以文学进士。其父尝戒之曰："任汝举进取，穷之与达，不望于汝。吾没后，慎勿祭祀。"乃乘扁舟，以渔钓自娱，竟不知其所适。蜕后登华贯，出典商於，

刺史衙门。资中郡对面山顶上，有个开元佛寺，这天黄昏，僧侣礼赞，法螺与念经声交替出现。高骈命令军候将他们全都抓住拘系起来，第二天早晨，鞭打后背并驱逐他们。高骈又召来将士吏卒对他们说："僧侣做礼赞，也没有什么罪过。只是这个佛寺，十年以后，会有几十个秃子作乱，我因此用这种方式来压制他们。"后来当地人都剃了头拿着兵器，号称大髡小髡，把这个佛寺作为军营。出自《北梦琐言》。

韦 宙

相国韦宙善谋生计，江陵府东有他的别墅，良田美产，最为肥沃，堆积的稻子像小陆地，都是成熟的稻穗。咸通初年，他被授为岭南节度使。懿宗认为番禺是出珍珠翡翠的地方，告诫他不要贪婪。韦宙从容启奏道："江陵庄积蓄的粮食，还有七千堆，所以没有什么可贪的。"皇帝说："这真是个多粮的老头。"出自《北梦琐言》。

王氏子

京城从黄巢退兵后，便修补被毁坏之处。当时定州王氏有一人，绰号王酒胡，住在上都，非常富有，交纳了三十万贯钱，资助重修朱雀门。僖宗下诏重修安国寺，修完后，亲自乘辇而来，设置大斋。敲了新钟十下，施舍一万贯钱。让各位大臣，各按自己的意思去敲钟。皇帝说："有能施舍一千贯钱的，就敲一下钟。"吃斋之后，王酒胡半醉半醒地进来了，径直走上钟楼，连敲一百下，然后到西市运钱十万贯送进安国寺。出自《中朝故事》。

刘 蜕

刘蜕，是桐庐人，早年凭辞章修养考中进士。他父亲曾告诫他说："任凭你科考上进，困窘与发达，不寄希望于你。我死后，千万不要祭祀。"就乘上一叶小船，以钓鱼自我娱乐，最终不知他到哪里去了。刘蜕后来登上了显贵的高位，出朝掌管商於地区，

霜露之思，于是乎止。临终，亦戒其子，如先考之命。蜀礼部尚书纂，即其息也，常为同列言之。君子曰："名教之家重丧祭，刘氏先德，是何人斯？以蚬之通人，抑有其说，时未谕也。"出《北梦琐言》。

皮日休

咸通中，进士皮日休上书两通。其一，请以《孟子》为学科。其略云：臣闻圣人之道，不过乎经。经之降者，不过乎史；史之降者，不过乎子。子不异道者，《孟子》也。舍是而诸子，必斥乎经史，圣人之贼也。文多不载。请废《庄》《列》之书，以《孟子》为主，有能通其义者，科选请同明经。其二，请以韩愈配飨太学。其略曰：臣闻圣人之道，不过乎求用。用于生前，则一时可知也；用于死后，则万世可知也。又云：孟子、荀卿翼辅孔道，以至于文中子。文中子之道旷矣，能嗣其美者，其唯韩愈乎！

日休字袭美，襄阳竟陵人，幼攻文，隐于鹿门山，号醉吟先生。初至场中，礼部侍郎郑愚以其貌不扬，戏之曰："子之才学甚富，其如一目何？"对曰："侍郎不可以一目而废二目。"谓不以人废言也，举子咸推伏之。官至国子博士。寓苏州，与陆龟蒙为文友。著《文薮》十卷，《皮子》三卷，人多传之。为钱镠判官。出《北梦琐言》。

郭使君

江陵有郭七郎者，其家资产甚殷，乃楚城富民之首。

归隐的想法就停止了。临死,也告诫他的儿子,就像他父亲告诫他一样。蜀国礼部尚书刘纂,就是他的儿子,曾和同伴们说起这件事。君子说:"有名望有教养的家庭重视丧礼祭祀,刘家有德行的前辈,是什么样的人呢?像刘蜕那样的博通古今的人,也有那种说法,当时人很不理解。"出自《北梦琐言》。

皮日休

　　咸通年间,进士皮日休两次上奏书。第一次,要求把《孟子》作为学习科目。大致是说:我听说圣人的道理,没有超过经书的。次于经书的是史书,次于史书的是诸子文章。诸子文章不背离圣人之道的,是《孟子》。除此而外的各派学者,都排斥经书史书,是圣人的灾害。奏书的文字很多,不一一记载了。请求废除《庄子》《列子》之类的书,而以《孟子》为主。有能贯通它的义理的,经过相关考试,视同明经科出身。第二次,他请求让韩愈在太学里享受祭祀。大致是说:我听说圣人的主张,不过是要求被采用。活着时被采用了,一时可以知道;死后被采用了,万代相传都可以知道。又说:孟子、荀卿,捍卫维护孔子学说,传到文中子王通。文中子的学说太阔大了,能继承他的精华的,大概只有韩愈吧!

　　皮日休字袭美,是襄阳竟陵人,自幼钻研文章,隐居在鹿门山,号称醉吟先生。他第一次到考场中,礼部侍郎郑愚因为他长相不太好看,戏弄说:"你很有才学,但又能拿一'日'怎么办呢?"皮回答说:"侍郎不可因为一'日'而废掉两'日'。"意思是说不能因人废言,举子们都很佩服他。皮日休做官做到国子博士。他住在苏州时,和陆龟蒙是文学好友。著有《文薮》十卷,《皮子》三卷,人们争相传颂。当时做了节度使钱镠的判官。出自《北梦琐言》。

郭使君

　　江陵有个叫郭七郎的人,家里资产很多,是楚城的首富。

江淮河朔间，悉有贾客仗其货买易往来者。乾符初年，有一贾者在京都，久无音信。郭氏子自往访之，既相遇，尽获所有，仅五六万缗。生耽悦烟花，迷于饮博，三数年后，用过太半。是时唐季，朝政多邪，生乃输数百万于鬻爵者门，以白丁易得横州刺史，遂决还乡。时渚宫新罹王仙芝寇盗，里间人物，与昔日殊。生归旧居，都无舍宇，访其骨肉，数日方知弟妹遇兵乱已亡，独母与一二奴婢，处于数间茅舍之下，囊橐荡空，旦夕以纫针为业。生之行李间，犹有二三千缗，缘兹复得苏息，乃佣舟与母赴秩。过长沙，入湘江，次永州北江。墂有佛寺名兜率，是夕宿于斯，结缆于大楠树下。夜半，忽大风雨，波翻岸崩，树卧枕舟，舟不胜而沉。生与一梢工拽母登岸，仅以获免。其余婢仆生计，悉漂于怒浪。迟明，投于僧室，母氏以惊得疾，数日而殒。生惝惶，驰往零陵，告州牧。州牧为之殡葬，且复赠遗之。既丁忧，遂寓居永郡。孤且贫，又无亲识，日夕厄于冻馁。生少小素涉于江湖，颇熟风水间事，遂与往来舟船执梢，以求衣食。永州市人，呼为捉梢郭使君，自是状貌异昔，共篙工之党无别矣。出《南楚新闻》。

李德权

京华有李光者，不知何许人也。以谀佞事田令孜，令孜嬖焉，为左军使。一旦奏授朔方节度使，敕下翌日，无疾而死。光有子曰德权，年二十余，令孜遂署剧职。会僖皇幸蜀，乃从令孜扈驾，止成都。时令孜与陈敬瑄盗专国柄，

长江、淮河、黄河以北之间，都有商人靠着他的货来经商。乾符初年，他有一个商人在京城，很久没有音信。郭七郎亲自去查访，见面后，把他所有的钱财都要了过来，差不多五六万吊。郭七郎迷上了妓女，沉湎于饮酒、赌博，三四年后，把钱花掉一大半。这时是唐朝末年，朝中坏人专权，郭七郎用几百万钱送给卖官的人，由一个白丁变成了横州刺史，于是决定回家。当时江陵刚刚被王仙芝攻打过，城里的人，与以前很不一样了。郭七郎回到旧房，房屋都没了；打听亲人，几天后才知道弟弟妹妹碰上乱兵已死了，只有母亲带一两个丫环住在几间茅草房里，钱袋里空无一文，靠白天夜里做针线活过日子。郭七郎的行李中，还有二三千吊钱，因此生活才算得以好转，就雇船和母亲一道去上任。经过长沙，进入湘江，停泊在永州北江。岸上有一座庙叫兜率寺，当晚就住在船上，把船系在大樯树下边。半夜，忽然刮大风下大雨，波浪翻滚冲毁了河岸，大树倒了压住了船，船经受不住就沉没了。郭七郎同一个船工把母亲拽到岸上，保住了性命。其余的奴仆东西都被波涛卷走了。天亮后，到了庙里，母亲受惊得病，几天后也死了。郭七郎一筹莫展，跑到零陵，把情况告诉了州牧。州牧为他安葬了母亲，并且又赠给他一些钱。他为母亲守丧结束后，就在永郡租房住下来。孤身一人，很穷又没亲戚熟人，早晚都忍饥挨冻。郭七郎从小就来往于江湖之上，很熟悉行船这一套，便给来往船只掌舵，解决衣食。永州街上的人，叫他捉梢郭使君，从此面貌和以前不同，与船工们无异。出自《南楚新闻》。

李德权

京城有个叫李光的人，不知他是哪里人。他靠拍马屁侍奉田令孜，田令孜非常喜欢他，派他担任左军使。有一天奏明皇上授予李光朔方节度使的职务，任命颁布的第二天，李光没得什么病就死了。李光有个儿子叫德权，二十多岁，田令孜就让他代理这个重要职务。赶上僖宗皇帝驾幸蜀地，李德权就跟着田令孜一起护驾，到了成都。当时田令孜和陈敬瑄窃取了国家大权，

人皆畏威。李德权者处于左右,遐迩仰奉。奸豪辈求名利,多赂德权,以为关节。数年之间,聚贿千万,官至金紫光禄大夫,检校右仆射。后敬瑄败,为官所捕,乃脱身遁于复州,衣衫百结,丐食道途。有李安者,常为复州后槽健儿,与父相熟。忽睹德权,念其蓝缕,邀至私舍。安无子,遂认以为侄。未半载,安且死,德权遂更名彦思,请继李安效力,盖慕彼衣食耳。寻获为牧守圉人,有识者,皆目之曰:"看马李仆射。"出《南楚新闻》。

人们都害怕他们。李德权在他们的身边,远近都巴结他。奸诈的豪强们为了求得名利,常贿赂李德权,用以打通关节。几年的光景,李德权受贿上千万,当上了金紫光禄大夫、检校右仆射。后来陈敬瑄败露,被官府逮捕了,李德权就逃出来跑到复州,衣服破烂不堪,沿街乞讨。有个李安,曾经是复州的看马军士,和李德权的父亲很熟悉。李安突然看到李德权,可怜他穿得破破烂烂,就把他接到自己家。李安没有儿子,就认李德权做侄子。没到半年,李安将要死了,李德权就改名叫彦思,请求继承李安的职位,原来不过贪图那点吃穿罢了。不久,李德权成为看马的人,有知道认识他的,都看着他说:"看马的李仆射。"出自《南楚新闻》。

卷第五百
杂录八

孔　纬

　　鲁国公孔纬入相后，言于甥侄曰："吾顷任兵部侍郎，与王晋公铎充弘文馆学士，判馆事。上任后巡厅，晋公乃言曰：'余昔任兵部侍郎，与相国杜邠公悰，充弘文馆直学士，判馆事。暮春，留余看牡丹于斯厅内。言曰："此厅比令无逸 无逸乃邠公子，终金州刺史。居之，止要一间。今壮丽如此，子殊不知，非久须为灰烬。"余闻此言，心常铭之。又语余曰："明公将来亦据此座，犹或庶几。由公而下者，罹其事矣。"以吾今日观之，则邠公之言，得其大概矣。'"是时昭宗纂承，孔纬入相，朝庭事体，扫地无余，故纬感昔言而伤时也。 出《闻奇录》。

李克助

　　李克助为大理卿。昭宗在华州，郑县令崔鋆，有民告举放绁绢价。刺史韩建令计以为赃，奏下三司定罪。御史

孔　纬

　　鲁国公孔纬做丞相后,对他的外甥侄子说:"我不久前任兵部侍郎时,和晋公王铎充当弘文馆学士,管理馆中事务。上任后,巡视办公厅,晋公说:'我从前任兵部侍郎时,和宰相邠公杜惊充当弘文馆直学士,管理馆中事务。暮春时节,杜相公留我在这个大厅内观赏牡丹,说道:"这个办公厅等到让无逸无逸是邠公的儿子,官至金州刺史。住时,只要一间。现在如此壮丽,你很不知道,它不久将会化为灰烬。"我听了这话,记在心里。他又告诉我说:"明公将来也会占据这个位置,或许还可以。从你以后的人,就会遭遇祸事了。"从我今天的情况来看,邠公的话,已说中了现在的大致情况。'"这时昭宗继位,孔纬任宰相,朝廷体统,破坏无余,所以孔纬感于从前邠公的话而伤感时势。出自《闻奇录》。

李克助

　　李克助是大理寺正卿。唐昭宗在华州的时候,郑县的县令崔鎏,有老百姓检举告发他提高次等丝绸的价格。刺史韩建命令登记按贪赃的罪名处理,上奏朝廷请让三司给他定罪。御史

台刑部奏,罪当绞。大理寺数月不奏,建问李尚书:"崔令乃亲情耶?何不奏?"克助云:"禆公之政也。"韩云:"崔令犯赃,奈何言我之过也?"李云:"闻公举放,数将及万矣。"韩曰:"我华州节度,华民我民也。"李曰:"华民乃天子之民,非公之民。若尔,即郑县民,乃崔令民也。"建伏其论,乃舍崔令之罪,谪颍阳尉。出《闻奇录》。

京都儒士

近者京都有数生会宴,因说人有勇怯,必由胆气。胆气若盛,自无所惧,可谓丈夫。座中有一儒士自媒曰:"若言胆气,余实有之。"众人笑曰:"必须试,然可信之。"或曰:"某亲故有宅,昔大凶,而今已空锁。君能独宿于此宅,一宵不惧者,我等酬君一局。"此人曰:"唯命。"明日便往,实非凶宅,但暂空耳。遂为置酒果灯烛,送于此宅中。众曰:"公更要何物?"曰:"仆有一剑,可以自卫,请无忧也。"众乃出宅,锁门却归。此人实怯懦者,时已向夜,系所乘驴别屋,奴客并不得随。遂向阁宿,了不敢睡,唯灭灯抱剑而坐,惊怖不已。至三更,有月上,斜照窗隙。见衣架头有物如鸟鼓翼,翻翻而动。此人凛然强起,把剑一挥,应手落壁,磕然有声,后寂无音响。恐惧既甚,亦不敢寻究,但把剑坐。及五更,忽有一物,上阶推门,门不开,于狗窦中出头,气休休然。此人大怕,把剑前斫,不觉自倒,剑失手

台刑部上奏,按罪应当绞死。大理寺几个月没有将案件上奏,韩建问李尚书:"崔蜜是你的亲戚吗?为什么不上奏?"李克助说:"这是帮助您的办法呀。"韩建说:"崔县令贪赃,为什么说是我的过错呢?"李克助说:"听说你提高价格,数量将要达到上万了。"韩建说:"我是华州节度使,华州百姓是我的百姓。"李克助说:"华州百姓是天子的,不是你的。像你所说,那么郑县百姓就是崔县令的百姓了。"韩建佩服李克助的看法,于是免了崔蜜的死罪,把他贬为颍阳尉。出自《闻奇录》。

京都儒士

近来京城里有几个读书人聚在一起饮酒,便说起来人有勇敢和怯懦的,都来自内心的胆气。胆气如果强盛,自然就无所恐惧,这样的人可谓是男子汉。在座的有一个儒士自我介绍说:"若说胆气啊,我是真有哇。"众人笑着说:"必须先试试,然后才能信你。"有个人说:"我的亲戚有座老宅,过去非常不吉利,而今已经无人居住锁上门了。如果您能独自住宿在这个宅子里,一夜不害怕,我们几个人酬谢你一桌酒席。"这个人说:"就按你们说的办。"第二天便去了,其实并不是不吉利的宅子,只是没人住罢了。大家为此备置了酒肉瓜果灯烛,送到宅院里。大家说:"你还要什么东西?"他说:"我有一把剑,可以自卫,请你们不要担忧。"于是大家都出了宅子,锁上门回去了。这个人实际是个怯懦的人,当时天已快黑了,这人把驴拴到另一间屋子里,仆人也不许跟随。他就在卧室里住宿,一点也不敢睡,只是熄灭了灯,抱着剑坐着,惊恐不止。到了半夜,月亮升起来了,从窗缝中斜照进来。这人看见衣架上面有个东西像鸟在展翅,飘飘地动。他鼓起勇气勉强站了起来,把剑一挥,那东西随手落在墙根,发出了声音,后来就一点动静也没有了。因为特别害怕,所以也不敢找寻,只握着剑坐在那里。到了五更,突然有个东西,上台阶来推门,门没有推开,却从狗洞里伸进个头来,咻咻地喘气。这人害怕极了,拿剑往前砍,自己却不由自主倒在地上,剑也失手

抛落，又不敢觅剑，恐此物入来，床下跧伏，更不敢动。忽然困睡，不觉天明。诸奴客已开关，至阁子间，但见狗窦中血淋漓狼籍。众大惊呼，儒士方悟，开门尚自战栗。具说昨宵与物战争之状，众大骇异。遂于此壁下寻，唯见席帽，半破在地，即夜所斫之鸟也。乃故帽破弊，为风所吹，如鸟动翼耳。剑在狗窦侧，众又绕堂寻血踪，乃是所乘驴，已斫口喙，唇齿缺破。乃是向晓因解，头入狗门，遂遭一剑。众大笑绝倒，扶持而归，士人惊悸，旬日方愈。出《原化记》。

孟 乙

徐之萧县，有田民孟乙者善网狐狢，百无一失。偶乘暇，持稍行旷野。会日将夕，见道左数百步，荒冢岿然，草间细径，若有人迹。遂入之，以稍于黑暗之处搅之。若有人捉拽之，不得动。问："尔鬼耶人耶？怪耶魅耶？何故执吾稍而不置？"暗中应曰："吾人也。"乃命出之。具以诚告云："我姓李，昨为盗，被系兖州军候狱。五木备体，捶楚之处，疮痏遍身。因伺隙逾狱垣，亡命之此，死生唯命焉。"孟哀而将归，置于复壁中，后经赦乃出。孟氏以善猎知名，飞走之属，无得脱者，一旦荒冢之中，而得叛狱囚以归，闻者皆大笑之。出《玉堂闲话》。

落在地上，他又不敢去找剑，又怕那东西进来，便钻到床下蜷伏着，再也不敢动了。突然困倦起来，就睡着了，不知不觉天就亮了。大家已来开了门，到了内室，只见狗洞里鲜血淋漓，一片狼藉。大家吃惊地大声呼喊，儒士才醒过来，开门时还在发抖。于是他详细地说了昨晚与怪物搏斗的情形，大家也异常害怕。于是大家就到墙壁下去找，只见一个帽子破成两半散在地上，就是昨夜所砍的那个鸟。原来是个破破烂烂的旧帽子，被风一吹，像鸟在扇动翅膀。剑在狗洞旁边，大家又绕屋寻找血迹，原来是他骑的那驴，已被砍破了嘴，唇齿破损。原来是天快亮时挣脱了缰绳，头伸入狗洞里才遭了这么一剑。众人大笑，笑得前仰后合，一起搀着儒士回去，儒士吓得心惊肉跳，过了十天才好。出自《原化记》。

孟 乙

徐州萧县，有个打猎的百姓孟乙擅长用网网狐狸、貉子，网一百次也没有一次失误。偶然有一天趁着空闲，手持长矛走在旷野中。赶上太阳快要落山，看见道路左边数百步处，有高大的野坟，草地中的小道上像是有人的脚印。于是孟乙走了进去，用长矛在黑暗处乱搅。忽然觉得好像有人把长矛拽住，搅不动了，就问："你是人是鬼？是妖怪还是鬼魅？为什么抓住我的长矛不放？"黑暗中回答说："我是人哪。"就让孟乙把他救出来。他把实情如实地告诉孟乙，说："我姓李，从前是个小偷，被关押在兖州军候的监狱中。身体受到了各种刑罚，被棍子和荆条打的地方，全身伤痕累累。我便找了个机会越狱逃了出来，逃到这个地方，生死只能听天由命了。"孟乙可怜他，把他带回了家，藏在夹壁中，后来遇大赦才从夹壁中出来。孟乙因为擅长打猎出名，飞禽走兽之类没有能够逃脱的，却忽然在荒坟之中，把一个从狱中逃跑的囚犯带回了家，听到这事的人都大笑起来。出自《玉堂闲话》。

振武角抵人

光启年中,左神策军四军军使王卞出镇振武。置宴,乐戏既毕,乃命角抵。有一夫甚魁岸,自邻州来此较力,军中十数辈躯貌膂力,悉不能敌。主帅亦壮之,遂选三人,相次而敌之,魁岸者俱胜。帅及座客,称善久之。时有一秀才坐于席上,忽起告主帅曰:"某扑得此人。"主帅颇骇其言,所请既坚,遂许之。秀才降阶,先入厨,少顷而出。遂掩绾衣服,握左拳而前。魁梧者微笑曰:"此一指必倒矣。"及渐相逼,急展左手示之,魁岸者懵然而倒,合座大笑。秀才徐步而出,盥手而登席焉。主帅诘之:"何术也?"对曰:"顷年客游,曾于道店逢此人,才近食桉,踉跄而倒。有同伴曰:'怕酱,见之辄倒。'某闻而志之。适诣设厨,求得少酱,握在手中,此人见之,果自倒,聊助宴设之欢笑耳。"有边岫判官,目睹其事。出《玉堂闲话》。

赵 崇

赵崇凝重清介,门无杂宾,慕王濛、刘真长之风也。标格清峻,不为文章,号曰无字碑。每遇转官,旧例各举一人自代,而崇未尝举人。云:"朝中无可代己者。"世以此少之。出《北梦琐言》。

韩 偓

韩偓,天复初入翰林。其年冬,车驾幸凤翔,偓有扈从之功。返正初,帝面许用偓为相。偓奏云:"陛下运契中兴,当须用重德,镇风俗。臣座主右仆射赵崇,可以副陛下

振武角抵人

光启年间,左神策军四军军使王下出朝镇守振武。举行宴会,奏乐舞蹈之后,就下令摔跤比赛。有一个男人特别魁梧高大,是从邻州来此地比力气的,军中十几个人在体形外貌体力方面,都比不过他。主帅也觉得他很健壮,就选了三个人,相继和他比试,魁梧的人都胜了。主帅和座上客人都称赞了他好久。当时有一个秀才坐在席上,突然站起来告诉主帅说:"我可以打倒这个人。"主帅对他说的话很吃惊,因为他坚决请求,于是就答应了他。秀才下了台阶,先进了厨房,不一会儿就出来了。秀才把衣服系紧一些,握着左拳走上前去。魁梧的人微笑着说:"这人我一指就会倒下。"等到二人渐渐靠近时,秀才迅速展开左手让他看,魁梧的人不知不觉就倒在了地上,满座大笑。秀才慢慢走出圈外,洗洗手又登上了坐席。主帅问他:"这是什么招数?"他回答说:"我之前在外旅游,曾在途中遇到过这个人,当时他人刚靠近饭桌,就跟跟跄跄倒在地上。有个同伴说:'他怕大酱,见到就晕倒。'我听到后就记在心上。刚才去厨房,要了点大酱,握在手中,这个人见到后,果然倒了,姑且为宴会助兴取乐罢了。"有个叫边岫的判官,亲眼看到了这件事。出自《玉堂闲话》。

赵　崇

赵崇老成持重、清高耿直,家中没闲杂的客人,羡慕王濛、刘真长的风度。格调高洁,不写文章,号称无字碑。每次遇到调职,按惯例需推荐一人代替自己,可赵崇从未推荐过别人。他说:"朝中没人能代替我。"世人因此看不起他。出自《北梦琐言》。

韩　偓

韩偓,天复初年进入翰林院。那年冬天,皇帝巡幸凤翔,韩偓有随从护驾的功劳。国家由乱而治之初,皇帝当面答应让韩偓做宰相。韩偓上奏说:"您气运符合中兴,用人当用有大德的人,以安定风俗。我当年的主考官右仆射赵崇,可以符合陛下

是选。乞回臣之命授崇,天下幸甚。"帝甚嘉叹。翼日,制用崇暨兵部侍郎王赞为相。时梁太祖在京,素闻崇轻佻,赞又有嫌衅,乃驰入请见。于帝前,具言二公长短。帝曰:"赵崇乃韩偓荐。"时偓在侧,梁王叱之。偓奏:"臣不敢与大臣争。"帝曰:"韩偓出。"寻谪官入闽。故偓诗曰:"手风慵展八行书,眼病休看九局基。窗里日光飞野马,案前筲管长蒲卢。谋身拙为安蛇足,报国危曾捋虎须。满世可能无默识,未知谁拟试齐竽。"出《摭言》。

薛昌绪

　　岐王李茂贞霸秦陇也。泾州书记薛昌绪为人迂僻,禀自天性,飞文染翰,即不可得之矣。与妻相见亦有时,必有礼容,先命女仆通转,往来数四,可之,然后秉烛造室。至于高谈虚论,茶果而退。或欲诣帏房,其礼亦然。尝曰:"某以继嗣事重,辄欲卜其嘉会。"必候请而可之。及从泾帅统众于天水,与蜀人相拒于青泥岭,岐众迫于辇运,又闻梁人入境,遂潜师宵遁,颇惧蜀人之掩袭。泾帅临行,攀鞍忽记曰:"传语书记,速请上马。"连促之,薛在草庵下藏身,曰:"传语太师,但请先行,今晨是某不乐日。"戎帅怒,使人提上鞍轿,捶其马而逐之,尚以物蒙其面云:"忌日礼不见客。"此盖人妖也。秦陇人皆知之。出《玉堂闲话》。

这个选人要求。请收回成命改授赵崇，天下的百姓一定会感到幸运。"皇帝很赞赏他。第二天，皇帝下令用赵崇和兵部侍郎王赞为宰相。当时梁太祖朱温在京城，一向听说赵崇很轻佻，他又与王赞有嫌隙，就迅速骑马入宫请见皇帝。在皇帝面前，详细陈述了二人的优缺点。皇帝说："赵崇是韩偓推荐的。"当时韩偓在场，梁王朱温叱责他。韩偓上奏说："我不敢同大臣争辩。"皇帝说："韩偓，你出去吧！"不久他被贬到福建做官。所以韩偓的诗中写道："手风慵展八行书，眼病休看九局基。窗里日光飞野马，案前筠管长蒲卢。谋身拙为安蛇足，报国危曾捋虎须。满世可能无默识，未知谁拟试齐竽。"出自《摭言》。

薛昌绪

岐王李茂贞称霸秦陇一带。泾州书记官薛昌绪为人迂腐怪僻，天性如此，在快速写作方面，就谁也不能赶上了。与妻子见面也有固定时刻，必有礼节法度，先命使女去通告一声，往来多次，允许了，然后才拿着蜡烛到室内。到了之后，高谈阔论一番，喝杯茶，吃些果品就回去了。有时想到卧室去，那礼节也是这样。他曾经说："我把传宗接代的事看得很重要，总想选一个相会的良辰吉日。"必须等候邀请同意后才行。等到跟着泾州大帅统领大兵到天水，与蜀人在青泥岭对峙时，岐王将士因为苦于拉车搬运，又听说梁人也入了境，于是就偷偷地在夜里逃跑撤退，又很害怕蜀人偷袭。泾州大帅临走时，刚要上马，忽然想到了薛昌绪，说："传话给书记官，快请他上马。"连催几回，薛昌绪仍在草庵中藏身，说："告诉太师，请他们先走，今天是我不高兴的日子。"军帅很生气，派人把薛昌绪提上马鞍，然后用棍子打那马赶它走，这时薛昌绪仍用东西蒙住自己的脸说："忌日按礼应当不见人。"这大概是人妖吧。秦陇人都知道这件事。出自《玉堂闲话》。

姜太师

蜀有姜太师者,失其名,许田人也,幼年为黄巾所掠,亡失父母。从先主征伐,屡立功勋。后继领数镇节钺,官至极品。有掌厩夫姜老者,事刍秣数十年。姜每入厩,见其小过,必笞之。如是积年,计其数,将及数百。后老不任鞭棰,因泣告夫人,乞放归乡里。夫人曰:"汝何许人?"对曰:"许田人。""复有何骨肉?"对曰:"当被掠之时,一妻一男,迄今不知去处。"又问其儿小字,及妻姓氏行第,并房眷近亲,皆言之。及姜归宅,夫人具言,姜老欲乞假归乡,因问得所失男女亲属姓名。姜大惊,疑其父也,使人细问之:"其男身有何记验?"曰:"我儿脚心上有一黑子,余不记之。"姜大哭,密遣人送出剑门之外。奏先主曰:"臣父近自关东来。"遂将金帛车马迎入宅,父子如初。姜报挞父之过,斋僧数万,终身不挞从者。出《王氏见闻》。

康义诚

后唐长兴中,侍卫使康义诚,常军中差人于私宅充院子,亦曾小有笞责。忽一日,怜其老而询其姓氏,则曰姓康。别诘其乡土亲族息胤,方知是父,遂相持而泣。闻者莫不惊异。出《玉堂闲话》。

姜太师

蜀地有个姓姜的太师,记不清叫什么名字了,是许田人,小的时候遭到黄巾军抢掠,与父母失散了。跟随前蜀先主王健南征北战,屡立战功。后来相继担任了几个地方的节度使,官至正一品。他手下有个管马圈的姜老头,从事喂牲口的活儿有数十年了。姜太师每次进牲口圈,看到姜老头有点儿过失,就一定用鞭子抽他。就这样好多年,计算一下,姜老被打将近几百次。后来姜老头实在受不了鞭打,便哭着告诉姜太师的夫人,乞求姜太师能让他回故乡。夫人说:"你是哪里人?"姜老头回答说:"是许田人。""你还有什么亲人?"回答说:"当初被抢掠的时候,有一个妻子和一个儿子,至今不知道下落。"又问他儿子的小名,以及妻子的姓氏、排行次第、家族分支、亲属和比较近的亲戚,姜老头都说了。等到姜太师回府,夫人告诉说,姜老头要请假回乡,因而问出了姜老头所失去的男女亲属姓名。姜太师听后非常惊讶,疑心姜老头是他的父亲,便派人前去细问:"你儿子身上有什么记号?"回答说:"我儿子脚心上有一个黑痣,剩下的都不记得了。"姜太师大哭起来,于是暗地里派人把姜老头送出剑门关外。然后奏明先主,说:"为臣的父亲最近从关东来。"于是用金帛、车马把姜老头迎入府中,恢复了当初的父子关系。姜太师为了弥补鞭打父亲的过错,请数万僧人吃斋饭,并且一生中再也不鞭打随从了。出自《王氏见闻》。

康义诚

后唐长兴年间,侍卫使康义诚,曾经从军队中派一个人到他自己家中充当仆人,也曾经轻微地用板子荆条打过他。忽有一天,康义诚可怜这个仆人衰老了,就询问他的姓氏,说姓康。又问了他的故乡、亲属、家族、子女、后代,才知道这仆人是他父亲,于是两人拥抱痛哭。听到这事的人无不感到惊奇。出自《玉堂闲话》。

高季昌

后唐庄宗过河,荆渚高季昌谓其门客梁震曰:"某事梁祖,仅获自免。龙德已来,止求安活。我今入觐,亦要尝之。彼若经营四方,必不縻我。若移入他镇,可为子孙之福。此行决矣。"既自阙回,谓震曰:"新主百战,方得河南。对勋臣夸手抄《春秋》,又竖指云:'我于指头上得天下。'则功在一人,臣佐何有?且游猎旬日不回,中外情何以堪?吾高枕无忧。"乃筑西面罗城,拒敌之具。不三年,庄宗不守。英雄之料,顷刻不差,宜乎贻厥子孙。出《北梦琐言》。

沈尚书妻

有沈尚书失其名,常为秦帅亲吏。其妻狼戾而不谨,又妒忌,沈常如在狴牢之中。后因闲退,挈其妻孥,寄于凤州。自往东川游索,意是与怨偶永绝矣。华洪镇东蜀,与沈有布衣之旧,呼为兄。既至郊迎,执手叙其契阔,待之如亲兄。遂特创一第,仆马、金帛、器玩,无有阙者,送姬仆十余辈,断不令归北。沈亦微诉其事,无心还家。及经年,家信至,其妻已离凤州,自至东蜀。沈闻之大惧,遂白于主人,及遣人却之。其妻致书,重设盟誓,云:"自此必改从前之性,愿以偕老。"不日而至。其初至,颇亦柔和;涉旬之后,前行复作,诸姬婢仆悉鞭棰星散,良人头面,皆拏攀破损。

高季昌

后唐庄宗过了黄河,荆渚人高季昌对他的门客梁震说:"我在梁太祖手下做事,得到的仅仅是自己没有被处罚。龙德初年以来,只求安稳地活着。我现在去朝见庄宗,也是要试探试探。他若是想得天下,一定不会囚系我。要是进军别的地方,那可是子孙的福分。这次行动就能判别了。"从皇宫回来以后,他告诉梁震说:"新国主经历百战,才得到河南。对功臣自夸他亲手抄录《春秋》,又竖起指头说:'我从指头上得到天下。'这意思就是功劳在一个人身上,辅佐的大臣有什么用呢!而且去游玩打猎十天不回来,朝廷内外人们的心情怎么受得了?我现在高枕无忧了。"于是在西南加筑了罗城,又修造了用来阻挡敌人的用具。不到三年,庄宗果然没有守住。英雄预料的,一点没错,确实应该留给子孙啊。出自《北梦琐言》。

沈尚书妻

有个沈尚书,没记下名字,曾做过秦地主帅的亲近小吏。他的妻子性格凶残而不恭顺,又生性嫉妒,沈尚书常常像生活在监牢里。后来因闲散而辞官,带着妻儿,寄住在凤州。自己到东川游玩散心,想和这位怨偶永远断绝来往。华洪镇守东川,他和沈尚书在没做官时就有交情,称沈为兄。沈尚书到达后,华洪到郊外迎接,拉着手叙述久别之情,待他像亲哥哥。于是特地为他建了一所住宅,仆人马匹、金银绸缎、器具玩物,没有什么缺的;又送他小妾仆人十多个,坚决不让沈尚书回北方去。沈尚书也约略地告诉了他有关妻子的一些事情,表示没有心思再回家了。一年后,家信到了,说他的妻子已离开凤州,自己奔东川来了。沈尚书听了非常害怕,就告诉华洪,并且派人去让她回去。他的妻子又送信来,重新立下誓言,说:"从此一定改掉以前的性格,愿意和你白头到老。"没几天他妻子就到了。她刚来到时,也很温柔和平,经过十天后,又旧病复发,小妾侍女仆人们被她鞭打得四散奔逃,丈夫的头和脸都被揪抓得伤痕累累。

华洪闻之,召沈谓之曰:"欲为兄杀之,如何?"沈不可。如是旬日后又作,沈因入衙,精神沮丧。洪知之,密遣二人提剑,牵出帷房,刃于阶下,弃尸于潼江,然后报沈。沈闻之,不胜惊悸,遂至失神。其尸住急流中不去,遂使人以竹竿拨之,便随流。来日,复在旧湍之上,如是者三,洪使系石缒之。沈亦不逾旬,失魂而逝。得非怨偶为仇也!悲哉!沈之宿有仇乎? 出《王氏见闻》。

杨蘧

王赞,中朝名士。有弘农杨蘧者,曾至岭外,见杨朔荔浦山水,心常爱之,谈不容口。蘧尝出入赞门下,稍接从容,不觉形于言曰:"侍郎曾见杨朔荔浦山水乎?"赞曰:"未曾打人唇绽齿落,安得见耶?"因大笑。此言岭外之地,非贬不去。 出《稽神录》。

袁继谦

晋将作少监袁继谦常说:"顷居青社,假一第而处之,闻多凶怪,昏暝即不敢出户庭,合门惊惧,莫能安寝。忽一夕,闻吼声,若有呼于瓮中者,其声重浊,举家怖惧,必谓其怪之尤者。遂于窗隙窥之,见一物苍黑色,来往庭中。是夕月色晦,睹之既久,似若狗身,而首不能举。遂以挝击其脑,忽轰然一声,家犬惊叫而去。盖其日庄上人输税至此,就于其地而糜,釜尚有余者,故犬以首入空器中,而不能出也。因举家大笑,遂安寝。"出《玉堂闲话》。

华洪听到这种情况,叫来沈尚书对他说:"我想替哥哥杀了她,怎么样?"沈尚书不让。就这样十天后沈妻又发作一次,沈尚书于是来到衙门,精神沮丧。华洪一看就明白了,于是偷偷地派两个人拿着剑,把沈妻拉出屋,在台阶下杀了,并把尸体扔进了潼江,然后告诉了沈尚书。沈尚书听了后,异常惊恐,以至于丧失了神智。沈妻的尸首在急流中停住了不走,就派人用竹竿拨动,就随水漂走了。可是第二天,又停在原来的急流上了,这样反复了多次,华洪派人把石头捆在尸体上,才使尸体沉下去。沈尚书不到十天,就像掉了魂似的死去了。大概是那个怨偶报仇吧? 可悲呀,沈尚书前世与她有仇吗? 出自《王氏见闻》。

杨 蘧

王赞,是中原朝廷有名的人士。有个弘农的杨蘧,曾经到过岭南,看到杨朔荔浦的山山水水,心里非常喜欢,赞不绝口。杨蘧曾出入王赞门下,碰到他稍微空些,就不自觉地问道:"您曾见过杨朔荔浦的山水吗?"王赞说:"不曾把人打得唇裂齿落,怎么能见到那里的山水呢?"于是大笑起来。这是说,岭南的地方,不是被贬的人是不去的。出自《稽神录》。

袁继谦

后晋将作少监袁继谦曾说过:"刚到东方土神庙,借了一间房住下,就听说这里多有凶神恶怪,天一黑人们就不敢出门,一家人都很害怕,没有能睡安稳的。忽然有一天晚上,听到吼叫声,好像有什么在大瓮中呼叫,声音浑厚,全家人都很害怕,认为一定是个大妖怪。就趴在窗缝窥视,只见一个苍黑色的东西,在庭院中来回走。这一夜月色阴暗,看了很长时间,觉得身子像狗,可是头不能抬起来。就用挺打它的头,突然'轰'的一声,家犬惊叫着跑了。原来那天村里人到这纳税,就在那地上做粥,锅里还有剩余,狗就把头伸到那中空的器具里,却不能脱出来。全家人大笑后,安安稳稳睡下了。"出自《玉堂闲话》。

帝羓

晋开运末,契丹主耶律德光自汴归国,殂于赵之栾城。国人破其腹,尽出五脏,纳盐石许,载之以归。时人谓之"帝羓"。出《玉堂闲话》。

帝羓

　　后晋开运末年,契丹国王耶律德光从汴梁回国,死在赵地的栾城。契丹国人剖开他的腹腔,把五脏都拿了出来,用十斗左右的盐装进腹内,用车运回国,当时人把这叫做"帝羓"(帝王的干肉)。出自《玉堂闲话》。

太平广记表

　　臣昉等言：臣先奉敕撰集《太平广记》五百卷者。伏以六籍既分，九流并起，皆得圣人之道，以尽万物之情，足以启迪聪明，鉴照今古。伏惟皇帝陛下，体周圣启，德迈文思，博综群言，不遗众善。以为编秩既广，观览难周，故使采摭菁英，裁成类例。惟兹重事，宜属通儒。臣等谬以谀闻，幸尘清赏，猥奉修文之寄，曾无叙事之能，退省疏芜，惟增觊冒。其书五百卷、并目录十卷，共五百十卷。谨诣东上阁门奉表上进以闻，冒渎天听。臣昉等诚惶诚恐，顿首顿首，谨言。

　　太平兴国三年八月十三日。

　　　　将仕郎、守少府监丞臣吕文仲、臣吴淑。

　　　　朝请大夫、太子中赞善、柱国、赐紫金鱼袋臣陈鄂。

　　　　中大夫、太子左赞善、直史馆臣赵邻幾。

　　　　朝奉郎、太子中允、赐紫金鱼袋臣董淳。

　　　　朝奉大夫、太子中允、紫金鱼袋臣王克贞、臣张泊。

　　　　承奉郎、左拾遗、直史馆臣宋白。

　　　　通奉大夫、行太子率更令、上柱国、赐紫金鱼袋臣徐铉。

　　　　金紫光禄大夫、上柱国、陈县男、食邑三百户臣汤悦。

臣李昉等言：臣等之前奉圣命编纂《太平广记》五百卷。六经确定之后，诸子百家学说一并兴起，都有得于圣人之道，能展现万物的真实情况，足以启迪耳目，明鉴古今。想到皇帝陛下，充分体悟圣人启示，德行超过文学才思，综合吸收各家言论，不遗漏各种善事。认为书籍多了之后，难以全部阅览，所以让人选择精华，分类编排。只是这种重大的事情，应该托付给通儒办理。臣等误因他人赞誉，侥幸被皇上看中，突然接受修纂文集的委托，竟然全无叙述事情的才能，私下省察自身学问荒疏，心中徒增羞愧冒昧之感。《太平广记》一书五百卷，还有目录十卷，共计五百一十卷。我们恭敬地来到东上阁门，用奏表将书呈上进献，以求让您知晓，冒犯亵渎了天子的听觉。臣李昉等诚惶诚恐，顿首顿首，谨言。

太平兴国三年八月十三日。

　　　　将仕郎、守少府监丞臣吕文仲、臣吴淑。

　　　　朝请大夫、太子中赞善、柱国、赐紫金鱼袋臣陈鄂。

　　　　中大夫、太子左赞善、直史馆臣赵邻幾。

　　　　朝奉郎、太子中允、赐紫金鱼袋臣董淳。

　　　　朝奉大夫、太子中允、紫金鱼袋臣王克贞、臣张洎。

　　　　承奉郎、左拾遗、直史馆臣宋白。

　　　　通奉大夫、行太子率更令、上柱国、赐紫金鱼袋臣徐铉。

　　　　金紫光禄大夫、上柱国、陈县男、食邑三百户臣汤悦。

朝散大夫、充史馆修撰、上柱国、赐紫金鱼袋臣李穆。

翰林院学士、朝奉大夫、中书舍人、赐紫金鱼袋臣扈蒙。

翰林院学士、中顺大夫、户部尚书、知制诰、上柱国、陇西县开国男、食邑三百、赐紫金鱼袋臣李昉。

八月二十五日奉敕送史馆。

六年正月奉圣旨雕印板。

按：宋太平兴国间，既得诸国图籍，而降王诸臣，皆海内名士。或宣怨言，尽收用之。置之馆阁，厚其廪饩，使修群书。以《修文御览》《艺文类聚》《文思博要》、经史子集一千六百九十余种，编成一千卷，赐名《太平御览》。又以野史传记小说诸家，编成五百卷，分五十五部，赐名《太平广记》。诏镂板颁行。言者以《广记》非后学所急，收板藏太清楼。于是《御览》盛传，而《广记》之传鲜矣。《崇文总目》不及《广记》，夹漈郑樵乃谓《太平御览》别出《广记》，专记异事。樵自谓博雅，不知于《实录》《会要》诸书曾考订否。余归田多暇，稗官野史，手抄目览。匪曰小道可观，盖欲贤于博奕云尔。近得《太平广记》观之，传写已久，亥豕鲁鱼，甚至不能以句，因与二三知己秦次山、强绮塍、唐石东互相校雠。寒暑再更，字义稍定。尚有阙文阙卷，以俟海内藏书之家，慨然嘉惠，补成全书。庶几博物洽闻之士，得少裨益焉。嘉靖丙寅正月上元日都察院右都御史致仕十山谈恺书。

朝散大夫、充史馆修撰、上柱国、赐紫金鱼袋臣李穆。

翰林院学士、朝奉大夫、中书舍人、赐紫金鱼袋臣扈蒙。

翰林院学士、中顺大夫、户部尚书、知制诰、上柱国、陇西县开国男、食邑三百、赐紫金鱼袋臣李昉。

八月二十五日奉圣命将《太平广记》送入史馆。

太平兴国六年奉圣旨雕刻印书的书板。

按：宋太宗太平兴国年间，得到了各国的图书之后，而投降各王的大臣们，都是海内的名士。有些人口出怨言，皇帝就全部收留任用他们。将他们安排在馆阁之中，给他们丰厚的俸禄，让他们修纂各种书籍。用《修文御览》《艺文类聚》《文思博要》、经史子集各种典籍一千六百九十多种，编成一千卷，赐名《太平御览》。又用野史、传记、小说诸家，编成五百卷，分五十五部，赐名《太平广记》。皇帝下诏雕版印行，有言事官说《太平广记》并非后学所急需的书，于是将书版收藏在太清楼。因而《太平御览》非常盛行，而《太平广记》则少见流传。《崇文总目》中没有记载《太平广记》，夹漈郑樵却说《太平广记》是从《太平御览》中分出来的，专门记录奇异之事。郑樵自认为学问渊博，不知对《实录》《会要》等书曾经做过考查没有。我退休以后，有很多闲暇时间，稗官野史之类的书籍，或用手抄录，或用眼阅读。不是因为小道也有可观之处，只是想比下棋要好一些吧。近来得到《太平广记》来阅读，因为传抄已经很久了，像"亥"错成"豕"、"鲁"错成"鱼"之类的文字错讹不少，有些甚至无法句读，因而跟两三位知己好友秦次山、强绮塍、唐石东一起开展校勘工作。经过两个寒暑，文字基本确定了。还有一些文字或卷次残缺，这就有待海内的藏书家们，能够慷慨地施给我们恩惠，以便能够补全为一部完整的书。这样大概可以让博学多闻的人士，从中稍微得到一些好处吧。嘉靖四十五年丙寅岁正月上元日从都察院右都御史任上退休的谈恺（号十山）书写。

太平广记引用书目

《史记》 《汉书》 范晔《后汉书》 《魏书》 《吴书》
《魏志》 《蜀志》 《蜀记》 《吴志》 《三国志》 《晋书》
《宋书》 《齐纪》 《唐书》 《唐史》 《晋史》 《后魏书》
《唐历》 《国语》 《史系》 《南史》 《北史》 《史隽》
《晋阳秋》 《晋春秋》 《齐春秋》 《三国典略》 《唐统纪》
《唐年补录》 《年号历》 《华阳国志》 《赵书》 《野史》
《越绝书》 《朝野佥载》 《明皇杂录》 《开天传信记》
《大唐新语》 《国史补》 《逸史》 《阙史》 《南楚新闻》
《妖乱志》 《中朝故事》 《会稽录》 《谭宾录》
《王氏闻见集》 《玉堂闲话》 《耳目记》 《北梦琐言》
《唐会要》 《汉武故事》 《唐年小录》 《御史台记》
《翰林故事》 《三辅决录》 《柳氏史》 《潭氏史》
《大业拾遗》 《国史异纂》 《国朝杂记》 《大唐奇事》
《大唐杂记》 《西京杂记》 《前秦录》 《传载》 《三齐要略》
《论衡》 《长沙传》 《皇览》 《建康实录》 《益都耆旧传》
《王子年耆旧传》 《闽川名士传》 《简文谈疏》 《补录记传》
《魏文典论》 《宋明帝自序》 《梁四公记》 《汝南先贤传》
《会稽先贤传》 《孝子传》 《孝德传》 《东方朔传》
《尚书故实》 《说文》 《书断》 《法书要录》 《图书会粹》
《书评》 谢赫《画品》 《名画记》 《画断》 王僧虔《名书录》
羊欣《笔阵图》 《八朝画录》 《韵对》 《列女传》 《妒记》
《杜兰香别传》 《邺侯外传》 《太公金匮》 《颜氏家训》

《古文琐语》《说题辞》《文枢竟要》《神异经》《宣验记》
《应验记》《冥祥记》《冥报拾遗》《阴德传》《感应传》
《列异传》《甄异传》《述异记》《异苑》《志怪》
《齐谐记》《续齐谐记》《搜神记》《续搜神记》《灵鬼志》
《幽明录》《洞冥记》《旌异记》《冥报记》《报应录》
《报冤记》《穷神秘苑》《还魂记》《离魂记》《地狱苦记》
《灵怪集》《集异记》《纂异记》《独异志》《博异志》
《玄怪录》《续玄怪录》《宣室志》《潇湘录》《纪闻》
《辨正论》《广异记》《通幽记》《祥异集验》《原化记》
《洽闻记》《摭异记》《奇事记》《闻奇录》《祥异记》
《续异记》《卓异记》《妖怪录》《稽神录》《八朝穷怪录》
《甘泽谣》《录异诚》《神鬼传》《虬髯客传》
《王子年拾遗记》《惊听录》《杜阳杂编》《异闻记》
《前定录》《定命录》《警诫录》《续定命录》《感定录》
《广古今五行记》 谢蟠《杂说》 　张璠《汉记》《两京新记》
《十道记》《成都记》《南雍州记》《九江记》
盛宏之《荆州记》《渚宫故事》《三秦记》《三吴记》
《南齐记》《三齐记》《燉煌新录》《陈留风俗传》
《湘中记》《河东记》《寻阳记》《襄沔记》《十洲记》
《山河别记》《林邑记》《桂林风土记》《周地图记》
《河洛记》《南越志》《三峡记》《扶南记》《南康记》
《河洛记》《汉沔记》《建安记》《新津县图经》
《渝州图经》《陇州图经》《建州图经》《歙州图经》
《黎州图经》《通望县图经》《朗州图经》《陵州图经》
《交州记》《武昌记》《豫章古今记》《洞林记》《梁京寺记》
《塔寺记》《顾渚山记》《广人物志》《山海经》《水经》
《异物志》《洞天集》《投荒杂录》《南海异事》
《海陆碎事》《外荒记》《江表异同录》《玉歆始兴记》
《庄子》《墨子》《淮南子》《管子》《抱朴子》《贾子》
《说苑》《金楼子》《符子》《玉泉子》《神仙传》

《续神仙传》《列仙传》《集仙传》《洞仙传》《墉城集仙录》
《仙传拾遗》《神仙感遇传》《武陵十仙传》《十二真君传》
《真诰》《列仙谭录》《传仙录》《汉武内传》《玄门灵妙记》
《原仙记》《三宝感通记》《玉匣记》《道家杂记》
《郭氏玄中记》 扬雄《琴清英》 曹植《恶鸟论》《艺文类聚》
《太原事迹》《太原故事》《真陵十七史》《本事诗》
《杼情诗》《白居易集》《顾云文集》《郑谷诗集》
元稹《长庆集序》 韩愈《欧阳詹哀辞序》 郑处诲撰《刘琢碑》
《李琪集序》《皮日休集》《贾逵碑》《续江氏传》
《吴兴掌故事》《崔龟从自叙》《中兴间气集》《羯鼓录》
《中兴书》《蔡邕别传》《郑德璘传》《曹景宗传》
《罗昭威传》《贺若弼传》《赵延寿传》 司空图《段章传》
《樊英列传》《女仙传》《张氏传》《崔少玄本传》
《高僧传》《洛阳伽蓝记》《法苑珠林》《三教珠英》
《金刚经》《观音经》《灵保集》《风俗通》《博物志》
崔豹《古今注》《语林》《笑林》《笑苑》《世说》
《世说新语》《郭颂世语》《笑言》《启颜录》《说林》
《剧谈录》《云溪友议》《幽闲鼓吹》《三水小牍》
《卢氏杂说》《桂苑丛谈》《会昌解颐录》《松窗录》
《集话录》《嘉话录》《戎幕闲谈》《因话录》《芝田录》
《乾臊子》《酉阳杂俎》《谈薮》《摭言》《玉溪编事》
《野人闲话》《辨疑志》《妖乱志》《穷愁志》《殷芸小说》
《刘氏小说》《梦书》《梦隽》《梦系》《梦记》《梦苑》